生活·讀書·新知 三联书店

烟雨平生蓝天野

蓝天野 罗琦 著

图书在版编目（CIP）数据

烟雨平生蓝天野 / 蓝天野，罗琦著. —北京：
生活·读书·新知三联书店，2014.12（2022.6 重印）
ISBN 978 − 7 − 108 − 05160 − 8

Ⅰ．①烟… Ⅱ．①蓝… ②罗… Ⅲ．①回忆录 −
中国 − 当代 Ⅳ．① I251

中国版本图书馆 CIP 数据核字（2014）第 246375 号

责任编辑 颜 筝
装帧设计 康 健
责任印制 卢 岳
出版发行 **生活·讀書·新知** 三联书店
（北京市东城区美术馆东街 22 号 100010）
网 址 www.sdxjpc.com
经 销 新华书店
制 作 北京金舵手世纪图文设计有限公司
印 刷 天津图文方嘉印刷有限公司
版 次 2014 年 12 月北京第 1 版
2022 年 6 月北京第 2 次印刷
开 本 720 毫米 ×965 毫米 1/16 印张 34.5
字 数 320 千字 图片 170 幅
印 数 8,001 − 9,500 册
定 价 69.00 元
（印装查询：01064002715；邮购查询：01084010542）

目 录

中国话剧漂洋过海

邻里真情——和日本戏剧界的交往

被"绑架"去拍了影视剧

十年"文革"——种种不同色彩的记忆

画缘

自 序

我曾决意不写两种东西，一是不写回忆录，再一个就是不写所谓艺术创造经验之类的文章。但终究没能坚持住誓言，还是写了这本回顾自己烟雨平生的书。

最早的起因，大约是由于北京人艺要出版一本《生命·舞台》，评介六位老演员，由罗琦撰写关于我的那一篇。在和罗琦谈起舞台生涯时，从记忆中搜寻件件往事，觉得还是颇有兴味。或许就是这时，萌发了要把自己平生梳理一下的想法。

也是巧合？我的好友方杰寄来他的自传体新作《人生复调》，他原也是不想写的，经亲友鼓动，就写了，其中还记述了我们的交往，读来亲切。我平时也喜欢读传记书，那些或传奇或平淡的人生，常让我感叹多样不同人和他们所处的时代和社会。

于是，我打定主意，也写一本书。

文笔是我的弱项，就敦请罗琦与我合作。初始，由我口述，罗琦帮助整理成文，我再做些增删改写；也有议论或想到什么，随手写出，再经罗琦和我反复斟酌修改、定稿。全书以第一人称，回顾我自己平生往事，由我和罗琦共同参商合作撰著。

1

但刚刚动笔，北京人艺又拉我回去演戏。重返舞台，就收不住脚步了，又不断有戏接续。人们说我现在身体好，但毕竟已越耄耋之年，每琢磨一个角色，每导一部戏，心只能放在这一件事上，丝毫不敢他顾。并又在这期间，再办了一次个人画展，也是劳神费时的事。写书就因此几度中断。2011年开始写，竟在进入2014年才算勉强结稿，这是几年了？

烟雨平生，最珍贵的是收获真情无数。也有坎坷、纠结，想如实记下依稀路程，但是否有不当说，说得不当？真话有时也会伤人！还是自己涵养不够，但我一定不伪谎。回首八十七载岁月，从记忆中捡拾起片片落叶，有过弯路和虚度，也有过充实和自得，或欢愉，或无奈，或悲愤，因成以往，都化作自己心中淡淡的趣事。

但真有必要写这么本书吗？

蓝天野

2014年4月

2005 年，在山西晋祠

幼年记忆

我的家庭，我的童年

1927 年，我出生在河北省饶阳县，差不多满月时，曾祖父王心印（号恕亭）带着我们全家四代人从冀中老家迁居到了北平。

祖父王明煦，字升中，排行老大。弟兄三人，各有一个儿子。父亲王应奎，字焕宸，是这一辈里的老大。三祖父的儿子我叫三叔，二祖父的儿子我叫四叔，谁是二叔呢？不知道，没有人告诉过我，也许是夭折了？

我们这个大家族，刚迁居北平时是四世同堂，我是家中最小的孩子，大哥结婚生子时，曾祖父还健在，就成了五世同堂了。大家族从祖父这一代分了家，但大家住得都不远，曾祖父在三家换着住，更多是住在我们这一支的家里，一段时间内由每家轮流送饭。我的家族有点像巴金笔下的《家》，也有点像曹禺的《北京人》中的家，但既非名门望族，也没有那么多的书香气，只是一个典型的封建大家族。父系中有一些亲戚，母系的舅舅，两个姨，也都迁居北平，时有来往。

我父亲有两位妻子，我的生母是嫡室，我还有一位庶母。同样是封建大家庭，我家的情况不太一样，兄弟姐妹都对我的嫡母叫娘，都对庶母叫妈，而很多亲戚家都不是这样。我们这一代共有七个孩子：弟兄四人，姐妹三人。其中，我和姐姐石梅是嫡出。听说原本还有一个大姐，但刚出生就夭折了。

我们兄弟四个的名字都是祖父取的，按照每人的生辰八字，在五行中各取一字——老大五行缺水叫润泉，参加革命工作后改名杜澎，用的是他生母的姓；老

我六岁时

我的父亲王应奎和我的大哥杜澎（左一），
三姐石梅（中），大约拍于 1930 年

二缺土叫润坡，1948 年到解放区改名杜坡，以后又改回原姓叫王韵坡；我按木叫润森；四弟按火叫润炎，后改名杜池。我们弟兄四个中没有"金"。

我小时候，家里没有任何人做事，也没有任何人做过官。从家乡搬到北平后，在崇文门花市一个布店有点儿股份，略有积蓄，虽然这股份是整个大家族共有的，分到每一户就没多少了，但总归是个小康之家吧，衣食不愁，都还可以供所有孩子去上学，还能常去听戏，家里还有一个本家的亲戚做厨子。

但到了 1937 年，在我十岁时，国难家灾几乎同时降临——日本侵华战争全面开始，我父亲也突发恶疾故去了。

因为是这样的一个大家族，丧事就必须要办出个样子来，规格恰当，不这样就会被人说闲话。我记得搭了棚，请和尚念经。那时我还小，对亲人的离世并不觉得有什么异样，反而对很多仪式更有兴趣。有一个佛事叫"放焰口"，就是和尚念经，两位母亲和我们兄弟姐妹都得跪在灵前。和尚一边念经，一边用掰下来的馒头粒儿往上扔，我觉得特别好玩，就过去捡。还有一个礼节，叫"哭丧"：守灵这几天，我们逝者家属都得待在灵前，若没人来，可以离开一会儿，一有人来吊唁，帮忙办事的司仪喊一句什么，我们就赶紧跪在灵前。司仪喊"举哀"，我们都听不懂，没反应，司仪就说大白话了："哭——""哭"字我们也不懂，包括大人，因为平时家里说的都是家乡话，"哭"在我们家乡话里是"啼呼"，司仪急忙又喊："啼呼！"我们这才明白了，才赶紧哭。"哭丧"在过去所有的大家族里都有，《红楼梦》里也写过。等吊唁的人都走了，大家就坐在灵前开始聊刚才怎么怎么回事，包括我两位母亲也是这样，因为失去亲人也过了几天，一直坐在那里也烦了。生活实际上就是这样，人到这种时候，也不完全就活在悲愁里边，也得正常地把这一天一天打发过去。

办完父亲丧事之后，要解决的一个大问题，就是运灵柩回老家入土。我虽然是嫡出，但像出殡打幡、运灵回家这些都是我大哥的事，因为他是长门长子长孙长重孙，得由我娘带着他去。回老家路程有五六百里地，那时交通不便，据说从北京到老家，坐骡马大车也得七天，中间有的路不好，只能下车走路。刚把我父亲的灵柩运回老家，没料想，我祖母也紧接着过世了，于是他们得赶回北京去办另一场丧事；刚把祖母的灵柩运回老家，又接到祖父病故的消息……在两个月之内，我们家接连办了三次丧事，运了三次灵柩回老家。这种骤然变故，对我们家打击极重。

从办丧事开始，到以后过日子，都是我的两位母亲在操持。以前她们何尝为家事操过心？轮不到她们管呢。我们这一支的长辈男人都故去后，家里的主心骨就没了，家道开始中落，当然，这不是一下子显示出来的。后来我听姐姐跟其他人说，办丧事时因为急需用钱，他们曾去找了几个亲戚借。我舅舅、我姨这边虽然都比较关心我家，但我姨她们都不管钱。借还是借来了，将来拿什么还呢？我的两位叔祖父是早已分了家的，怎么办丧事会过问一下，会要求必须如何如何办，但经济上是不可能指望他们的。

2006 年，我们四兄弟都还健在时，大哥杜澎（右四），二哥王韵坡（左四）、二嫂周彩筠（左三）、我（右二）和狄辛（右一），四弟杜池（左一）、四弟妹刘素贞（左二），还有表哥贺逢年（右三）

家道中落、被人歧视，这些感觉起初并不强烈，我只觉得家里少了几个人，其他的生活似乎依旧，我还在像以往那样上学，该干什么干什么。但是，这些变故在我庶出的二哥和二姐身上体现出来了，估计是供不起孩子们都上学，二姐只上过几年小学就辍学了，我二哥比我大一岁，上完小学后由亲戚给找了一个地方去学徒。

那时我们院子里有一棵老榆树，平时我们老爱顺着大门爬到树上，再从树上爬到房顶。有一天，我和二哥又爬到房顶上，在屋脊房后山的位置，聊了很久。我不知道事情为什么会是这样，怎么我们都能上学就不让他上了呢？我带点儿意气地说："你不去不就完了吗？"二哥很无奈，肯定也很难过："该怎么着就怎么着吧！"很快，他就去学徒了。没想到，后来二哥是我们家里成材最早的一个——他学徒时，就跟着老板学算账；等家里经济条件稍好一点的时候，他又去上学。其实，他原先学习时并不是最聪明的，但是有了这个经历，他再上学就特别用功，后来考入北大农学院学畜牧专业，是我们兄弟姐妹当中学历最高的一个。

大哥杜澎

我们兄弟姐妹各走了各的路，受的影响也不一样。大哥杜澎是我们当中尤为特别的一个。他从小受宠，兴趣广泛，特立独行，总得跟别人不一样，有一天放学回来，也不知道打哪儿弄来辆独轮自行车，满大街骑，杂技团那时好像都没有呢。他也很像个大哥的样子。我上小学时，有一天下瓢泼大雨，他愣是骑着辆不带挡泥板的自行车，给我们所有上学的弟弟妹妹一人送一把雨伞，我还记得车轮抡起的泥水溅了他一身。

大哥特别聪明，会票京戏、拉胡琴。到我姨家里玩的时候，他们也喜欢京戏，大哥的胡琴一拉起来，那水音儿，举座皆惊，都觉得这孩子特别不得了。他后来又去京华美专学画，很有艺术天分。大哥个性活跃，交友甚广，新中国成立后在文艺界、曲艺界结交了许多朋友。他因为最早写了点儿关于曲艺的新词，还成为中国曲协理事。中国话剧诞生100周年时，获得"国家有突出贡献话剧艺术家"的荣誉称号，中国青年艺术剧院这一代演员，他是为数不多的一个。

我大哥这个人，应该说我对他还是很了解的，但有件事却让我很难理解他。

我不明白，他为什么要跟我大嫂结婚。大嫂是我们妈从河北农村找来的。当时，我们住在一个大杂院的三间北房里。那天，我未来的大嫂由人带着从院子里穿过去，大哥就在屋里隔窗看了她一眼，这就算相亲。其实不管她是什么样，这婚事肯定定了，不过走个形式而已。按说那时大哥已在美专学画，在外面有很广泛的交际圈，尤其他个性那么强，可能都有自己的女朋友了——这是我听二姐她们议论的，但为什么他就同意了？这不应该是他的性格。

但我大嫂是个极其善良的人，习惯以礼待人，我们这些弟弟妹妹每次去看望我妈和大哥，临走时她都一定要送我们下楼，一直送到大门口。她照顾了婆婆、丈夫，照顾了一个一个的孩子。我大哥很自豪，对我们说："你们能做到像我这样吗？我就跟她生活了一辈子。"我心里不明白，很长时间不明白。他是我们当中接触新文化比较早的一个，但是，对旧的礼数他又特别重视。过了几十年我才理解了，他是出于责任，对家的责任，对母亲的责任，也是对拜了堂的妻子的责任。我现在记下这件事时，也满怀着对我大嫂的敬意。

我娘先故去了，妈身体也不好，我会定期去看她，就像对自己的生母一样，一直到她晚年故去送她走。

确实，比起我和嫡亲姐姐石梅，庶出的二姐、二哥在家里受到的待遇确实差，但我大哥不一样，他是长门长子长孙长重孙，而且等他结婚生子后，他的儿子又是那一代中的老大，长玄孙，在我们五世同堂的家族里，我这个大哥的位置有点特殊。记得小时候，我娘跟我的几个姨，都对他非常好，什么都少不了他，我娘带我们去看戏，首先要把他带上，二哥二姐就没份儿，所以他会拉胡琴唱戏，跟这也有关系。到我母系亲戚家里去的时候，他甚至比我们都更受宠一些。我亲舅舅家的两个表哥跟他同龄，小时候他们长时间在我家，就跟我大哥同住一间屋一个炕上，一起长大，关系很好，一直到老。

我们这个大家族虽然分家了，但是又特别讲究礼数，尤其我们这一支家道中落后，我母亲感觉到处礼数都不能差，大哥好像也一直有点讲究这些，跟他在家中的地位以及我们的家境不无关系。但在这方面，我不太一样。我从小就对这套礼数反感至极，又看到很多家族内部的相互倾轧和算计，特别不喜欢这种压抑，所以造成我后来的性格，就是想随意、不受约束，既不愿奉承别人，被别人奉承也觉得难受。

姐姐走了

我们家道中落后，又发生一件大事，就是我三姐石梅走了，大概在我刚开始上初中的时候。

三姐比我大三岁，也在读中学。她的学校离我们家不远，是后来的女三中，当时是幼稚师范学校。她学的是家政系，主要学点烹调、缝纫什么的，我估计她也不喜欢学这个。她接触新文化运动的思想比较早，我知道她们同学之间写点文章，但不是很了解。当时我们住在西城沟沿（现在的赵登禹路）报子胡同西口，东口离西四不远。她走的那天，中午过后，西四有一个饭馆的伙计给家里送来一包东西，说是："刚才有三个人在我们那儿吃饭，吃完饭结账了，说有包东西让我给送回家。"里面是一包衣服，还夹着一封信。她们是三个女同学一起走的，另外两个都是她的同班同学，送衣服回来实际上是为了送信。她就这样走了，上哪儿去了我们不知道。

三姐在走之前，还办了一件大事，她提出让我们的两个母亲分家。当时我也不明白，而且很多家里事我也不想去明白，对这个兴趣不大。三姐提出来这件事，而且亲自去谈怎么分。我只记得，分家得找长辈亲戚给两边处理。我们这边有我娘、三姐和我三个人；她们那边有我妈，加上两个哥哥、二姐、四妹和一个小弟弟，共六个人，可能是按四六成分的。在住房方面，还是按各人原先的住。家里也没有什么存储、现金，分的都是东西，就是把所有的东西拿出来，由亲戚

9

主持，把同类的东西按比例分成两份，然后弄两个纸阄，我娘这边由我代表去抓，抓到哪份就是哪份。往往是抓完一份再分下边那类东西的时候，我就到院里玩去了，然后她们叫半天，我才回来继续抓阄，我就觉得好玩，也没觉得家里有什么变化，因为还是住在一起，住原来的房子，除了分开吃饭了，其他好像相处如常。多年以后我才明白了三姐当时提出分家的用意，因为家庭纠纷最难处理，她担心她走了之后，这个家里如果发生什么矛盾，而她不在场，所以就在走以前把这件事处理了，为她的离开做准备。我这个三姐很能干，而且确实很有一种凝聚力。

母亲带着我看戏

我娘出生于河北省武强县北籍村贺家，不识字，一生酷爱听京剧，直到临终前，我的儿子、外甥都还经常陪她去看戏。

自幼年懵懵懂懂还不太记事的时候开始，我就已经随母亲在戏园子里听戏了。那时候，好戏也确实比较多。从四大名旦、四大须生，还有像金少山、郝寿臣等唱花脸的名角儿，一直到当时京城的两大科班富连成和中华戏校里那些没出科的学生的戏，我都看得有滋有味儿。从小听戏，纯粹就是一种兴趣、乐趣，但对我后来的影响非常大。

当时社会上有一个习惯：大户人家，或是社会名流，往往会在戏园子定一个包厢，或者在最好的位置订座，但是并不天天去看戏。我有一个姨夫就是这样，在长安大戏院常年包两个座位，平常也不去，但去了这两个座位就是他的。而且这种听戏都有讲究，不会去听整出戏，就是等着，等到角儿要出来了，这才进剧场，就听这一段唱，听完就走。这也是一种身家的显示吧。

但我总喜欢早早地就去戏园子，因为连正式开戏之前的"打通"我都喜欢。"打通"的起源我不清楚，可能跟以前草台班子"撂地"演出延续下来的习惯有关吧：为了吸引观众，先开文武场，把路过的人聚拢来，围成一个场子。反正我小时候在戏园子里听戏都有"打通"，打三通，头一通剧场里基本没人，等打罢三通，接着是开锣戏。开锣戏一般都是《渭水河》之类的，就是姜子牙在渭水河钓鱼，文王来访贤，两个人在那儿干唱。但只要锣鼓点一响，我就开始兴奋。

我对名角唱腔不懂得欣赏，见到台上什么都喜欢，都是一种享受。我对科班的戏更感兴趣，比如富连成"元字辈"的，刚坐科，基本上跟我是同龄人，但他们跟那些名角的区别在哪儿？当时太小了，后来才懂了点儿。

看完戏回来，就开始自己模仿。我们那时住在一个大杂院，有好几进院子，住了很多人家，我就跟院里同龄的孩子比画，甚至自己都想学戏。不过，当时根本不知道科班在什么地方，家里也不可能送我去学戏，后来又听说科班特别苦，富连成的角儿都是打出来的，教戏就叫"打戏"；再一个，我也没法唱，天生的五音不全，一张嘴就跑调。唱京剧对我来说，终归没门儿，但对戏曲的兴趣爱好，伴我终生。

小时候，我特别内向，见了生人说不出话，总躲到一边，从来没想过我会成为演员。我五六岁上小学的时候，曾经学过一段时间武术。那时胡同里有个武术馆，同学拉着我去玩，就一块儿报名学了，我是其中年纪最小练得最好的，可能跟我看了那么多戏受的影响有关，有身上的感觉。我成年后演戏，寻找人物的形体感觉就比较快，比较准确，这不是光靠练就能达到的，还得要有悟性和感觉，而感觉就是从小在看戏环境里受的那些熏陶带来的。

我看戏从最初能够迷进去，到逐渐能比较容易看懂，能区别出演员的表演、扮相，到唱腔、武功、基本功好在什么地方……这是一个渐进的过程，也培养了我的美感能力。所以，我演戏特别强调感觉。北京人艺在20世纪50年代，请盖叫天、裘盛戎、荀慧生等名家来讲演戏，也在这方面大有收益。

我的读书启蒙

2010年4月28日"世界读书日",央视"艺术人生"栏目做了一期《读书点亮心灵》的节目,邀请了万方、毕淑敏、沈昌文和我担任嘉宾。

我说:"你们找错人了。"我们四个人,两个是写书的,万方和毕淑敏,还有一个沈昌文是经营书的,就我这一个是读书没读好的。我读书的起点不高。

我的祖父和父亲可能读过私塾吧,都只是略有文化。可能我那时太小,父亲比较喜欢我大哥和三姐,有时带他们做点数字游戏,对我好像没怎么太注意过。

我真正开始"读书",是从听书开始的。从我记事起,一直到上了小学的几年间,几乎每天晚上,祖父都会躺在炕上给我讲一段书,主要是《包公案》、《施公案》、《彭公案》、《三侠五义》这些公案书,偶尔可能讲点儿《西游记》,一天一段。我从来没有听书听得睡着过,每次都因为时间太晚了,祖父只能强行停止让我去睡觉。我也不知道祖父那个时候为什么会这样,可能他特别喜欢我吧。

祖父连着给我讲了几年书,每天都讲,有的讲了都不知有多少遍,他都想不起来还能再讲些什么了。有一天,我上小学回来对他说:"我们那学校,今天推了一个车,是卖书的。"以前我都不知道还有卖书的,大概是哪个出版社或书店到学校推销来了。我祖父一听,说:"你明天看看,要有什么什么样的书,你带回来。"然后给我一点钱。我记得我买回来的,有《西游记》、《水浒传》……能抱一大摞书回家,自己也很得意。因为那时小学,可能也会有同学买点童话、故事书之类的,但能像我这样都是大部头的书抱回一摞来的,真不多。祖父让我买这些书,是因为他讲来讲去把知道的故事都讲完了,所以他得再看书，看完了好给我讲。这个时候我也开始自己看些书了，那些其实就是"闲书"。我认字也不多，好多都是猜的，但也将就着看下来了。不过听祖父再讲书，我还是很有兴趣。

家里除了我祖父以外，其他人是不赞成孩子看闲书的，不管文学性强不强。所以那时候我看书，只要是看得太晚，家里人催着睡觉，我就钻进被窝，把被子留一条缝，就着透过来的灯光，一看看到半夜。这么看书挺费劲的，因为我不能出声，翻篇也不能动作太大，但兴趣使然，总是读得津津有味。

我读的这些书大都是些公案书、武侠书，文学性比较强的就是《水浒传》、《西游记》，基本上都是民间的说部。所谓章回小说，就是记录下来的说书人的说部，一个回目一个回目延续下来的，但这些书的想象力特别丰富，对形象思维很有帮助。其中对中国历朝历代的演变、宫廷生活、官场、吏治、衙门，以及土豪劣绅、官宦人家、平民百姓、三教九流……都有形象化的描述。有些是作者对于自己时代社会生活的具体描述，像《红楼梦》，是生活气息写得非常浓，又是文学性很高的作品。这些对历史生活、对不同时代的形象化补充，对我后来不论画画或演戏，都有一定的作用。演《蔡文姬》、《王昭君》这些古装戏的时候，容易很快寻找到那个年代形象化的社会生活的印象。

从中学开始，我更喜欢文科，课外读物也比较多了，接触到一些文学性比较强，尤其是新文化运动以来的作品。除了读书品位有所提高，对买书也兴致颇浓。记得当时我买到的鲁迅的书，是不切边的，装订好了是毛边，有的甚至是连在一起的，需要裁开才能看，真的是很漂亮。而且很难得的是，我还在东安市场的书摊上买到了一本鲁迅编的俄国版画《死魂灵百图》，因为它印数很少，在当时也很难找到。可惜后来在颠沛的生活中，这些书大部分丢失，遗憾至今。我还常与同学相约去北京图书馆（现在的首都图书馆）看书，到现在为止，我都觉得那里是北京各大图书馆中最好的，它的整个建筑、环境都相当优美。

我还喜欢读杂书，至今积习未改，爱好广泛。青年时就买过画家于非闇的《都门豢鸽记》。现在老了，也还是喜欢些花鸟虫鱼这样的杂书。

老北京的庙会文化

对我幼年启蒙影响大的，还有庙会。那时，北京有固定的庙会，每月逢三、四（初三、初四、十三、十四、二十三、二十四）是白塔寺，五、六是护国寺，七、八是隆福寺。隆福寺的庙会里有卖书的摊位，卖名著、碑帖什么的。我家住在西城，离白塔寺最近，对这里的庙会最熟悉。

当年，白塔寺庙会特别有民间气息，它太民间了。这里卖各种最原始的老北京小吃。当时的北京，被称作"无风三尺土，有雨一街泥"，只有从西四到西单、东四到东单，还有北海和中南海之间那座金鳌玉蝀桥的清幽路，这几条路是所谓的硬地面，柏油路，其他所有的街、所有的胡同，都是土路，所以赶庙会时只要一起风，昏天黑地，但是人们坐在露天地里照吃不误。这个庙会还有卖百货的，包括吆喝着卖估衣的；还有各种杂耍、唱小戏的、说相声的，也有其他一些曲艺场子，都是"撂地"，表演一段就向观众打钱；也有拉洋片看"西洋景"的，那吆喝声是唱出来的。我在戏园子里听了那么多大戏了，庙会小戏这种民俗的东西则是另有一番兴味。更吸引我的，一个是花鸟虫鱼，还有一个是民间工艺品。

花鸟虫鱼里，相对来讲，我特别羡慕养蝈蝈、蛐蛐的，尤其是养鸟的。白塔寺庙会上卖各种鸟，有的是很多只关在一个大笼子里的，很普通也很便宜；也有的是经过训练的，比如可以叼旗儿的黄鸟。做一个几层的盒子，每层都有一个小屉，下面挂几个小旗儿，鸟儿飞上去叼一个旗子回来，就给它一粒米，然后再叼，等这一层的几个旗子都叼完了，这一层的小屉就"啪"地掉下来了，然后再叼，直到叼完。这种表演叫"开盒儿"，很有意思。

我有一次实在忍不住，拿出自己所有的积蓄买了一只能叼旗儿的黄鸟。当时我们家离白塔寺不远，就隔着一条街。我付了钱，拿着鸟，刚走到街口，忽然那只鸟就飞了。它的脖子上有一个环，环上有根链儿，链儿拴在这个架子上，怎么会飞了呢？后来我才琢磨着这鸟脖子上的链儿，卖鸟的压根儿就没给扣上，他训练这鸟儿一走到什么地方，它就给你飞了。但那买鸟的钱，对一个小孩来讲，可是不少呢。鸟飞了，我也只能望着天空发呆。

我还喜欢玩蛐蛐。小孩子养蛐蛐不讲究，也就没什么太大的困难。我听了很多这方面的故事，慢慢学会了分辨蛐蛐的好坏，怎么斗法，还打听蛐蛐是从哪儿逮来的，怎么养法，用什么样的工具。特别是罐的种类，我知道"赵子玉澄浆罐"最有名。一些小伙伴也试着抓，兴趣极浓。当然，我们不可能像那些卖蛐蛐的跑得那么远，听说他们要去小汤山逮，在那个年代，小汤山简直是远得不得了的郊区。我们一般在院子里逮，我舅舅家后面有一个小院，我去逮过。到上中学的时候，我还专门在北京图书馆借了养蛐蛐的书来看，是一本叫《促织经》的古版线装书，这书在别的地方还真没见过。近年电视台做了一期对我的专访，谈到对花鸟虫鱼的兴趣，我提到幼时看过这部书。在后期制作中，他们还真去北京图书馆找出这部《促织经》拍摄下来了。我看成片时，镜头里果真就是我当年看过的那部书，感慨莫名，像见了儿时伙伴一般。

白塔寺庙会卖的民间工艺品，如风筝、空竹，特别是泥人、面人，也很让我喜欢；还有吹的糖人，水平未必有多高，但却是民间的一种很质朴的东西。新中国成立以后，50年代初，我认识了几位不错的民间手工艺人，比如"面人汤"的第一代面塑大师汤子博，他的作品跟别的匠人手艺确实不一样，人物形态生动逼真，惟妙惟肖。以前做面人的都是背着个木箱走街串巷，汤子博手艺已经非常好了，但还是按照这个传统走街贩卖，我就是在街上认识他的。后来跟他很熟了，有时我到他家里去，让他做我想要的面人，他做好了，就让他儿子送来。我最喜欢的，是他给我做了一个长眉罗汉，两道细长的白眉自然弯曲垂落，尤其罗汉是盘腿坐在一个镂空藤条墩上，想象力太丰富，太美了。我还把他拉到我们剧院宿舍，好多人都对他的作品感兴趣。后来我了解到，他有很多自己画的画稿。他专门捏佛教、道教的神佛像和神话传说人物，还有戏曲人物和历史、文学名著中的人物，后来他的面塑被称为"面神儿"。

"文革"后不久，我遇到了老汤的儿子汤凤国，当年的小孩已经继承了父亲的衣钵，想搞一个展览，想找一些他父亲"老面人汤"的作品，可惜我收集的那些面人在"文革"中都毁了。我得知他父亲把他送到了中央美院雕塑系去学习，他从素描到雕塑学了西方的一些技法，但又继承了"面人汤"的传统，当时我正好是《北京晚报》的特约记者，就写了一篇报道《两代"面人汤"》，分两天在《北京晚报》上连载。

青年时期参加革命与演剧

三姐从解放区回来了

1945年初，日本帝国主义发动的侵华战争已进入第八个年头。有一天，几年没有音讯的三姐石梅忽然回来了。

后来我听北平地下党的第一任领导武光同志说，石梅这次回来，就是他决定的。国际反法西斯战争的胜利比预想的要快，在中国，也要准备迎接抗日战争胜利，大城市的工作急需补充力量，石梅是最早被派到北平的成员之一。

姐姐回到北平，先去了我们家的旧址，才知道我们早已经搬走了。她到处打听，好不容易找到了一个还住在原址的叔伯姑母，姑母也知道她走的事，就马上找人通知我们。

我放学回到家，母亲告诉了我这个消息，我立刻赶往姑母家里。一路上，我思绪万千，想不到姐姐竟然回来了。姐姐走的时候，我还太小，很多事情都记不太清，这些年只有我和母亲相依为命，又在沦陷期过了几年困难日子，对她的记忆已渐渐模糊。她突然回来，引发了我的好奇心。我知道姐姐离开家以后是到了解放区，因为她走后的这些年，家里曾经有一次来人，受她之托带来了一个口讯，说她在那边很好，让家里不要担心。我记得来人说我姐姐在那儿表现得非常好。有一次他们被敌人包围，她突破包围圈，绕了很大一圈，最后回到了自己的部队时，开怀大笑，表现得非常乐观，很勇敢。这件事给我留下深刻的印象。这么多年过去了，姐姐现在什么样？

石梅   石梅在解放区文工团

　　来到姑母家，我们姐弟一别经年，但彼此都没有太明显的激动。

　　姐姐的相貌变化不大，但在她看来，我的变化就太大了。她走时我还是个十三岁的少年，现在已经是身高一米八的健壮青年了，正在学画，而且还能讲点新思想的东西。过了些日子，她对我说："我回来后，跟我原来预想的不一样。"她没回来前，觉得我长大后肯定是那种不爱上学，整天糊里糊涂，只知道贪玩的孩子，我们家最有思想、最成熟的应该是我大哥。让她意外的是，像我大哥这样一个有独特性格的人，怎么就接受包办婚姻了?! 而且，他还在伪军里做事。我也觉得不可思议，说："我只知道他去做事是为了养家。"

　　稍长大一些后，我能理解的，就是大哥所处的地位——长门长子长孙长重孙，他的家庭观念强，特别是遭遇了家道中落，让他有一种观念，就是要撑起这个家来，尽孝道，成婚，传宗接代。出去做事，也是为了一家的生计。

　　姐姐回来前是在解放区文工团晋察冀挺进剧社，写剧本，也演戏，什么都干。我正在国立北平艺专学画，又在沙龙剧团演了话剧，所以我们有些共同语言。姐姐回来后就在北平开展工作了，在北平有家，是她开展地下工作的有利条件。她走以前主持分家，是怕自己不在时家里出现各种矛盾不好办，现在回来了，她办的第一件事，就是把所有的亲戚都联系上，然后再找一处房子，使我们这个分了的家又同住在一起。地址在宫门口头条，现在鲁迅博物馆的附近（下面的合影就是合住后拍摄的，不久，我姐夫石岚也被派到北平工作了）。所以我的两个母亲，我的兄弟姐妹，又都住到一块儿了。虽然还是各过各的，但还完全像一家人一样。北平解放前那几年我们都住在那里。

三姐回来后做的另一件事，就是把我妹妹送到了解放区。因为我弟弟妹妹还小，弟弟才十二岁，妹妹刚十五岁，上学也上不了几天，在这里待着也没出路，于是姐姐就把她送到解放区去了。当时我二哥还在上学，大哥已经有了工作，尽管是在治安军，倒是有一个好处：我们家连伪军都有，很安全。

1946年，我20岁（后右一）和嫡母贺氏（前右），庶母杜氏（前左），姐夫石岚（后右二），三姐石梅（后右三）

青年时期参加革命与演剧

我们的新家立刻就成了共产党的地下联络点，几位交通到这儿来联系，在解放区和北平敌占区之间往来，专门送情报，办各种事。

突然有一次，在没有任何通知的情况下，时任冀察城工部部长的武光同志来到我们家，我姐姐很意外，问："你怎么来了？"这是我第一次见到武光同志，一副拉洋车的打扮，毫不起眼，后来我才知道，他其实是一个大知识分子。武光说："我先认一下你这地方。"姐姐特意介绍我说："这就是我弟弟。"她之前汇报工作时肯定汇报过我的情况，包括我全家的情况。

老领导武光同志

武光同志在随后成立的晋察冀城工部担任副部长，是我们的第一位直接领导。他给人的印象是特别随和、平易近人，就连我母亲，一个普通的家庭妇女，都老说他好。在她眼里，解放区来的人都好。

以后很多年，我都没跟武光同志接触。"文革"当中，各省市成立革委会，各地的主要领导里都有几个被点名打倒的，北京是彭真、刘仁等；在新疆，武光是第三把手，报纸上点名打倒的名单里有他的名字。我问我姐夫石岚这个名字是不是他，石岚说："对，他后来调到新疆工作了。"后来又了解到，武光同志去新疆之前，曾在北京航空学院当了十年书记，"文革"当中，他在新疆被打倒，就跑回北京，躲到了北航。有意思的是，北航当时有两派，平时在任何问题上都互相斗得你死我活，但在一点上是共同的：保武光。在北京航空学院那么长的历史当中，老北航人提起来，觉得最好的年代，就是武光主政的十年。

我跟武光真正的第二次见面，是"文革"后我们恢复演《茶馆》时。有一天我姐夫石岚说："晚上武光去看戏，他那么多年没见你了，看完戏，他到后台去

2007 年，我看望原城工部副部长，原北京市人大副主任武光同志（右）。我第一次见到这位老领导时 18 岁，这时 80 岁了

看看你。"武光来时，我还来不及卸装，我们就这样在后台匆忙见了一面。

几年前，我在一个朋友家，听到他和另一个朋友闲聊，谈到武光，我赶紧问："你们说的武光，是不是当过北京市人大常委会副主任的？"他们说："是啊。""是不是曾经在新疆工作过？""是啊。"太好了，这正是我的老领导武光同志！我说："你给我联系一下，我要去看他。"过了两天，朋友告诉我："武光同志说了，想尽快见到你！"于是，我们就约好，去他的办公室见面。

武光同志那时九十多岁高龄，还在上班。北京市人大常委在办公楼里给他安排了一个很大的办公室，他每天上午去办公，中午在单位吃完饭，休息一会儿，下午回家。我去的那天，他嘱咐秘书："今天来的这个人不一般。"所谓的"不一般"，指的是我们的关系，我第一次见他的时候，才十八岁，这一次再见到他，

青年时期参加革命与演剧

我已经是八十岁，而他已经九十多岁了。

武光同志办公室墙上挂着几幅书法，都是他作的诗，由他的女婿周大民书写，大民是中国书协会员。武光同志晚年出了诗集，还写了几本回忆录，头脑特别清晰，他对我姐姐回北平在我家建立地下党联络站时的情况，全都记得一清二楚。中午，他带我去吃饭，从他办公的楼走到另一个楼的餐厅，路上遇到两位女同志，认出我来了，她们很纳闷："武老，你怎么今天跟他吃饭来了？""我认识他的时候还没你们呢！"武光同志爽朗地笑了起来。旁边的人跟我说："武老是老革命，我们这个系统，只有武老是两个保姆费。"关于"保姆费"这个提法，一般人可能不知道，这还是以前供给制的观念。对于那个年代参加革命的老干部，国家补贴两个保姆的费用，这在现在已经是很少有人享受的待遇了。

三姐引领我参加革命

三姐回来后，她的影响在我们这个大家族和亲戚中，扩展得很快。她很能干，而且特别有亲和力、凝聚力。我们的亲戚都知道她是共产党，常愿意跟她聊。在她的影响下，当年6月，我开始参加革命工作，9月加入中国共产党，当时情况特殊，由于时局发展迅速，上级党领导指示，要立即开展工作，发展组织。我是石梅回到北平后发展的第一个党员，也是她多次向上级领导汇报，反映情况，经上级党组织研究后批准的。我最早做的是帮石梅搞宣传工作。上级党组织交给石梅一部短波收音机，每天晚上到固定的时间，我们要收听解放区的广播，记录下来，然后由我刻到蜡版上，进行油印，再由她拿出去。另外还有很多关于时事政策的社论和文件，我记得有毛泽东的《论联合政府》《新民主主义论》、《目前的形势和我们的任务》等小册子，都是白纸封面，印着一个普通的书名。

后来我又执行一项任务，做交通。原来我在家里见过专做交通的人员，跟他们也比较熟了，由于人手不够，就让我也做。我骑一辆自行车去北平西郊。那时的北平，只要一出城门，就是郊区。我到西郊比较远处，过了颐和园背后的青龙桥，奔西山方向，在约好的地方，和解放区来的人见面，我交给他一些东西带走，他再交给我一些东西带回来。我送去的有书，有些还是大部头的，能带多少带多少；我还做过一些演戏用的化装油彩，是北平四中一位李老师教我的。好在我学油画，这并不算难，把油彩调好了，再找些瓶瓶罐罐装起来；还买一点胶、犀牛尾（做头发、胡子用的）等，送去给解放区文工团用。此外，我还传递一些文件，这些文件是写在普通草纸上的，干了就没字迹了，拿回去用药水一涂，就显出来了。现在看来技术非常简单，但在那时、那种环境下，使用的就是这种方法。

那一年我十八岁，只是凭着一腔热情，但思想和工作经验都非常幼稚，石梅也觉得我需要学习、锻炼，曾向上级党组织建议送我去解放区，参加文工团，而且不久她就通知我说，组织上已经同意了。当时我好兴奋了一阵，怀着对解放区的向往，企盼早日成行。但随着抗日战争胜利后形势的发展，党组织需要在大城市积蓄和发展力量，城工部领导决定，凡是有条件留在北平的，尽可能留下来工作，我也就没有走成。

石梅在各个学校的工作情况我不了解，她也不会告诉我。我姨家的一个表姐，舅舅家的表姐夫刘恒（辅仁大学英语系学生）……都被发展成为共产党员。刘恒后来被送到解放区，曾担任过董必武同志的秘书。

很长时间我自己都弄不明白，我原先学画，而且兴趣极浓，非常用功，怎么后来就阴错阳差去演戏了，直到前几年为《笑忆青春》一书撰文，回忆北平解放前地下党领导的北平剧坛运动过程，我才想明白。

我姐姐当时受城工部学委、文委的双重领导，她的直接领导武光同志走了之后，接任的是孙国樑同志（北平解放后曾任北京市教育局局长）；后来是曾平同志，他当时在北平经营一家北方书店，以书店为据点，和一些文化界上层人士接触较多；再以后是崔月犁同志（"文革"后曾任卫生部部长）。工作局面稳定以后，第二年，我姐夫石岚也被派来了，他也是十几岁离家到解放区的，虽然对北平不熟悉，但他工作能力很强。在解放区时，他是挺进剧社①副社长，非常了解戏剧方面的情况。之前，石梅一直兼顾戏剧界的工作，和剧团的人非常熟，大家都随着我叫她"三姐"，此后，她工作重点逐渐转到学校方面去了，戏剧战线的工作主要由石岚负责。

1946年3月初，城工部指示，要成立北平戏剧团体联合会（简称"北平剧联"），并成立剧联党支部。石岚让我通知王凤耀，开第一次支部会。我去北大农学院宿舍找到王凤耀时，知道彼此都是同志，兴奋不已。

会址定在陈奇家，城工部文委负责人孙国樑也参加了，他宣布支部由石岚、陈奇、王凤耀和我共四人组成，石岚任支部书记。

此后，又发展刘景毅、苏民等人入党，在学校入党的一些成员，组织关系也转了过来。

这次支部会主要讨论北平剧联工作。还有一个插曲，就是祖国剧团难以再维持下去，陈嘉平决定离开北平去天津参加一个职业剧团。行前，他把祖国剧团在国民党社会局备案的执照交给了我。由于陈嘉平还遗留了一些扫尾工作，包括他曾答应为辅仁大学演一出戏，也需由我组织排演。对此，会上有的同志提出，剧联的工作如此忙，还要为这出戏耗费不少时间和精力，是否值得？

陈嘉平来自上海，原是上海苦干剧团②的演员。抗战胜利后，他回到北平，想按照苦干剧团的模式组建一个剧团，取名"祖国"。石梅和石岚都嘱咐我做好与他的合作，支持他搞好祖国剧团，而我也成为自祖国剧团成立起自始至终和他保持联系最多的成员。在陈嘉平办剧团最困难的时刻，我也遵照党的指示，关心协助他，并建立了友谊。

---

① 挺进剧社，成立于抗战期间的八路军文工团，属中共华北局晋察冀军区。

② 苦干剧团，1942年成立于上海的职业话剧团，由黄佐临创办，主要成员有剧作家姚克、吴仞之、柯灵，主要演员有石挥、丹妮、丁力、黄宗江、白文等。苦干剧团演出过《秋海棠》、《大马戏团》、《蜕变》、《雷雨》、《日出》等剧目，在上海沦陷期，为压抑的民族揭露社会黑暗面，起到了积极作用，是当时最有影响力的职业剧团。于1946年6月解散。

石岚曾对我详谈过一次关于陈嘉平的情况。据城工部领导了解，陈嘉平以前在上海就与我地下党组织有过联系，后来关系断了。此次他到北平，一是想办职业剧团，同时也在寻找党的关系，并有去解放区的想法。石岚指示我："根据你和陈嘉平现在的关系，必要时可以对他亮明自己的党员身份，进一步了解他对今后的打算，尽力支持他的工作。"

1946年早春3月，祖国剧团在灯市口的建国东堂演出第二个戏——李健吾[①]编剧的《以身作则》[②]。首场演出就遭到一个大雪天，连事先购票的观众都没有来，台下看戏的人自然就很少了，只有四五个观众。

据我的记忆，这是我平生遇到的最大一场雪了。戏散场时雪越下越大，毫无停歇的迹象。个别演员情绪激动，表示明天如果还这么大雪，就不来演了。陈嘉平很是为难，我就仗着年轻气盛，出面制止了这种波动情绪。见我真动气了，他们又表示，为了剧团，就是下刀子也来！

演员们散去，我说："这雪也太大了，我不回家了，今晚就住在后台。"并且拉陈嘉平和我一起留在剧场。深夜，屋外漫天大雪。在后台我和陈嘉平开始了一番有意义的谈话。他述说自己的苦恼：经费缺少，在当时的环境下办一个职业剧团难度太大了。但他又极不甘心：他自己刚刚写出一个剧本，是从俄国名剧《无辜的罪人》[③]改编为中国故事的《舞台艳后》，很想作为下一个剧目搬上舞台，

---

① 李健吾（1906—1982），笔名刘西渭，剧作家，文艺评论家，翻译家，法国文学研究专家，1931年赴法国留学，1933年回国，40年代是其剧本创作的黄金时期，以喜剧著称，并翻译了许多世界文学名著。

② 《以身作则》是李健吾1936年改编的一部喜剧作品，是批判并存于中国的封建道德及资本主义文化的代表作。

③ 《无辜的罪人》，俄罗斯剧作，作者亚历山大·尼古拉耶维奇·奥斯特洛夫斯基（1823—1886），享有"俄国戏剧之父"的尊称，代表作有《大雷雨》《智者千虑必有一失》等。该剧讲述了19世纪一位纯真、善良的俄罗斯少女欧特拉蒂娜遭人欺骗、抛弃后远离家乡，成为一位名演员，晚年回到家乡，发现当年自己的私生子没有病死，已成长为一位青年演员，母子终于团聚的故事。

还希望我演剧中的男主角。谈话中，我对他亮明了自己的党员身份，并且告诉他，党组织对他的情况有所了解，所以指示我尽力协助他的工作。这不像是一番正式谈话，更似风雪之夜朋友间以诚相见的灯下絮语。

说起他想排《舞台艳后》的愿望时，他说："剧团目前又难于找来多少演员。""我倒可以为你介绍一位唐先生，"我说，"很适合这部戏里一个重要角色。"石岚当时化名唐士伦，必要时他可以亲自约陈嘉平谈话，最好的办法应该是先通过合作认识。这也是石岚嘱咐我的。

陈嘉平当时没有明确表示什么，一则可能没有思想准备，更主要的还是对今后的打算还没拿定主意。但经过这一番风雪夜话，我们相交更近了一层。

次日凌晨，我们准备打开后台楼上阳台门时，发现雪虽缓下来，但积雪已可没腰。一片银白世界，顿时令人心清气爽。

过了些天，陈嘉平借着和我商量《舞台艳后》的话题，提出想约见一下唐先生。这自然是想和党组织取得联系，因为他当然明白我推荐石岚，绝不仅是介绍一个演员。

但不久，陈嘉平就去天津参加了新世纪剧团。因为这时祖国剧团已再无力经营，而他又一时下不了决心去解放区，就和于是之一起去另找职业剧团演戏了。

临行前，陈嘉平郑重其事地把祖国剧团的备案执照交给了我，说剧团办起来不容易，别荒废了。此事我向党组织请示过，党组织也认为把祖国剧团接下来，对团结陈嘉平有益；而且一个"合法"的剧团掌握在我们手中，使我们多了一块阵地。就这样，祖国剧团的经营执照正式交到我手里。实际上，陈嘉平领导的是前期祖国剧团，北平剧联被迫停止活动后重组的祖国剧团，被称为后期祖国剧团，在城工部领导下成为党在北平戏剧战线的主要阵地。

因此，剧联党支部成立会上，有人对我还要帮助陈嘉平做扫尾工作提出疑问时，孙国楫、石岚都说，关于祖国剧团的事，都是按党组织的指示做的，花点时间排演个戏也值得。好在《柳暗花明》只有四个人物，参加这个戏的有王凤耀和我，另外两个女演员不记得是谁了。

《柳暗花明》算是个过渡的剧目。

我们在城工部领导下重组的祖国剧团，要从 1946 年夏秋之间排练李健吾编剧的《青春》[①] 开始算（演出是在 11 月）。当时，在北平剧联被迫停止后，曾考虑过用北京剧社或沙龙剧团的名义开展工作。但北京剧社也已被迫停止活动，沙龙剧团又是业余团体，不适合用以公开演出，于是使用了有"合法"执照的祖国剧团的名义。

一如剧名，这次演出充满了青春气息。重组的祖国剧团的成员，仍是原北平剧联的骨干，包括北京剧社、沙龙剧团，还有一些曾积极参与北平剧联的学校剧团，如弘达中学的七七剧社和女二中剧团等。从此，我们以祖国剧团的名义继续在北平戏剧运动中展开活动，祖国剧团广泛团结联系着多个学校剧团，发挥了引导青年进步的核心作用。

自此，北平剧联党支部也改称为祖国剧团党支部。《青春》演出后，我被派到演剧二队工作，但党组织关系仍在祖国剧团党支部。祖国剧团以后演的几个戏，我没有在其中担任角色，但参与了舞美、服装设计及前台的一些工作。

从此，我逐渐就不再去北平艺专上课了，毕生工作在戏剧舞台上。

---

① 《青春》是李健吾 1944 年创作的、以反封建为主旨的农村题材喜剧，人物塑造生动。新中国成立后，评剧《小女婿》就是根据《青春》改编的。

阴错阳差的舞台生涯

1946 年，与沙龙剧团演员合影，我（后排右二）19 岁，苏民（前排右一）20 岁

1947 年，与祖国剧团演员合影，我（后排左五）时年 20 岁，苏民（二排左一）21 岁

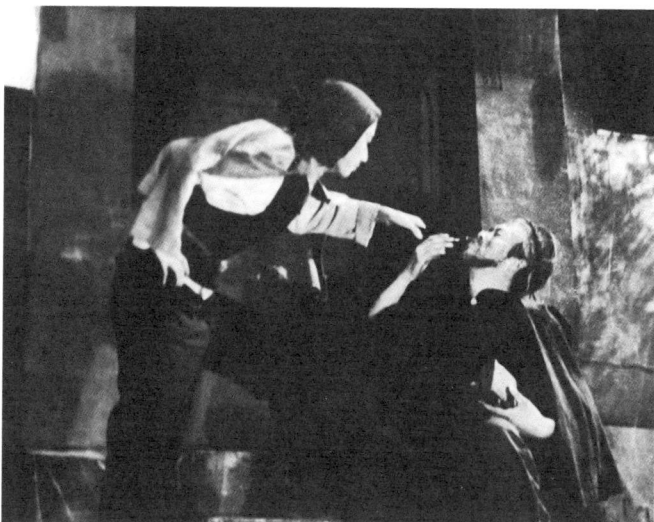

《青春》剧照，我饰演红鼻子（右），陈奇饰演老二

1949年，《民主青年进行曲》中饰演方哲仁（左），田冲（中）饰演贺百星，方琯德（右）饰演冯文辉

在年少时，怎么也没想到我会当个演员，那时候满心兴致都在画画儿上。

最早使我知道了还有一种艺术门类叫话剧，并对此发生了兴趣，是1942年在北平三中读高一时，看一拨大学生、中学生在学校小礼堂演曹禺的《北京人》，其中有比我高一级的三中学生，苏民在戏里演曾霆。这是我第一次看话剧，那些我认识和不认识的人们在舞台上化身为另一个人物，年龄、性格各异，演的还不是我们这个时代的事儿，离奇又含蓄的故事，穿着也不一样，强烈地吸引了我。我因为在学校办壁报，和苏民相熟，自此，就和苏民，还有他们班的邓国封、我同班的黄凤（原名居乃鸥）经常凑在一起聊话剧，看话剧。

那时看的大多是学生剧团的演出，偶尔也有跑码头的职业剧团到北平来演戏，水平一般都不算高，甚至还有粗制滥造的。就在这时期，由黄佐临先生①创办的上海苦干剧团到北平来，演了《大马戏团》②和《秋海棠》③两个戏，他们的

---

① 黄佐临（1906—1994），曾留学英国学习戏剧，1937年回国，创办苦干剧团，并任导演。新中国成立后，曾担任上海人民艺术剧院院长。是研究布莱希特的专家，导演《伽利略传》等精品剧目。

② 《大马戏团》，由师陀根据俄国剧作家安德列耶夫的剧本《吃耳光的人》改编为中国故事。石挥是苦干剧团的主要演员，主演《大马戏团》《秋海棠》等剧，在中国话剧史上有重大影响。

③ 《秋海棠》由黄佐临、费穆、顾仲彝与原小说作者秦瘦鸥联合改编，描写艺名为"秋海棠"的京剧名伶遭军阀迫害悲惨一生的故事。

阴错阳差的舞台生涯

水平要高很多，特别是从演剧观念上，引起我深深的思考。

我在舞台上看到了生动的人物和场景。石挥无疑是苦干剧团的台柱子，当时传闻石挥主演的《秋海棠》是他的代表作，但我更喜欢他们的《大马戏团》。石挥扮演的慕容天锡一出场就让我愣住了，心想，哪儿找来这么个演员？留了个"二道毛子"①头，相貌猥琐，油腔滑调……完全不像很多剧团演员都是靓男俊女，再搭配些专演老人和反派，或以逗笑观众为能的"喜剧"演员。

我这才悟到，这是演员创造的人物。活脱脱一个鲜明人物形象！原来戏还可以这么演，原来戏应该是这样演！

还有黄佐临先生的夫人丹妮，演那个马戏班的女班主盖三省。这个为情所扰的女人，在人们惊呼她表演驯狮时，愣是把自己的头放进狮子的血盆大口里（这个场面是在幕后，舞台上是众人惊恐的反应），当她披散着头发上场时，让我感到了震撼！

那时候我还没上台演过戏，但是对话剧已经着了迷。《大马戏团》、苦干剧团、石挥的表演打动了我，应该说，这是从演剧美学观上引发我思考的一次启蒙。

第一次登台演话剧

因为一心想学画，1944 年我索性就考入国立北平艺专，苏民也同时考入艺专，我们又是同校了。就在这一年底，苏民拉我演了第一次话剧，以沙龙剧团的名义演《日出》。可能角色都已经安排有人了，让我演黄省三。排了几

---

① 到了民国时期，男人们都剪了辫子，但有个别人仍把前部头发剃光，后部辫子是剪了，却留了较长的头发，俗称"二道毛子"。

天戏，台词熟了，走了走地位，就在长安大戏院演出了。那年我十七岁，确实什么也不懂，一米八的身高，也还算得上魁梧，尽量演一个卑微、哀求无助的小职员吧。

沙龙剧团也由学生组成，演员来自各个学校，也有个别是临时约来的。在那时，沙龙剧团算是比较严肃认真的，演戏也都很用心，它还有自制的两套小布景片，这可是其他学生剧团做不到的。

《日出》在长安大戏院演了两场，是由北平四中组织、为毕业班印纪念册筹款的演出。

从此，我就算参加沙龙剧团了，平时没有固定活动。再过了一阵子，又筹划排演《沉渊》（陈西禾编剧，笔名林柯），这次请来了郑天健做导演。郑天健这位老大哥当时还在北大法学院就读，在学生演剧活动中是经验非常丰富、颇有影响力的。他第一次来的时候，郑重宣布：想要搞戏就要认真下功夫！不能草率按老套路演，这也给我们很大鼓舞，懵懵懂懂感到我们演话剧是在搞艺术！

我在《沉渊》里演男主角，是个老年人，一家之主。郑天健自己还在戏里兼演那个主要反面人物、阴谋夺人家财的管家梅墨卿，这好像是他准备已久的戏，后来他参加南北剧社① 时，也曾导演过《沉渊》，也是兼演这个人物。这是我在沙龙剧团演的第二个戏，逐渐就成为剧团的骨干了。

沙龙剧团毕竟不是专业剧团，每个戏演出场次也不多。1945 年抗日战争胜利后，《雷雨》是沙龙剧团比较正式的一次演出，我演鲁大海。

---

① 南北剧社，1947 年在北平成立的职业话剧团，成员有丁力、黄宗英、周楚、林默予、孙道临、端木兰心等，演出有《日出》、《甜姐儿》、《魂归离恨天》等剧目。是当时实力比较强的职业剧团。

阴错阳差的舞台生涯

回顾《青春》——我演"红鼻子"

又一次对我的演剧观念有很强影响的是，1946年，演剧二队到北平来了。这支身着国民党军装的演剧队伍在建国东堂演了一台节目，有独幕话剧，还有民歌演唱《朱大嫂送鸡蛋》等等。特别是最后一出中型话剧——反映农村生活的《败家子》，从布景到演员都那么质朴，生活气息非常浓，一个个鲜活真实的村里人形象，让我看到话剧舞台还有这样一种境界！这些演员的表演是怎么来的？后来，我明白了，演剧二队长期在山西农村、山沟里工作和生活，对农民太熟悉了。

1946年，在城工部领导下，我们以祖国剧团的名义重新开展活动，首先演出李健吾编剧的《青春》，这是我演剧生涯中至关重要的一次经历。

《青春》的导演是我的姐夫石岚，他原是解放区挺进剧社副社长，演戏、导演、唱歌什么都干，天生一副充满韵味的好嗓子，我真是直到现在也没觉得有哪位歌唱演员，能有像他那样天籁般的音色。他在1946年初被派到北平做地下工作，从北平剧联到祖国剧团一直是我们的党支部书记。

参加《青春》的演员只有郑天健经验比较丰富，我们当时都是不满二十岁的年轻人，更有些还是在校的中学生。石岚担任这个戏的导演，开始，大家也不太了解他排戏会是什么样，但一进入排练场，他就很自然地引导大家摆脱那种舞台上习见的表演模式。由于他长期在解放区工作，对农村生活非常熟悉，而且解放区文工团所形成的优秀演剧传统风格和方法，加上他自己很鲜明的创造个性，使我们感到新鲜，逐步向舞台上的真实、生活化的路子去创造。

我在《青春》里演一个老更夫，没有名字，绰号叫"红鼻子"。以往很多剧团演这个角色的，肯定都要找一位经验丰富的演员，插科打诨，是专门逗

1946 年，祖国剧团上演李健吾编剧《青春》。我 19 岁，演一个老更夫红鼻子，正在化装造型

笑的"一味甘草"。石岚提醒我："这是一个老农民，是那种不能下地干活了，但还能值夜打更的老头，是生活当中很具体的一个人物。"这种演剧理念，勾起我去探索新途的创造欲望。我一个自幼在城市长大的学生，采取现在看来很幼稚、但确实极用心的做法，跑到京郊一个村口，坐在井台上和老乡们闲聊，观察体会这些老农的言谈举止。聊得熟了，有时他们舀点井水给我喝，还会割一小把鲜韭菜让我带走。这种"体验生活"当然是极其肤浅和幼稚的，但我就是在这种环境下，开始摸索什么是正确的演剧方法和理念，并且真是受益良多。

我试着寻找人物的感觉，怎么体现"生活当中很具体的一个人物"，从观察感觉得到的，尝试着体现这个角色的动作姿态、语气声调，更有他的性格。我在生活中观察体验到的一些老农的幽默，是那么质朴自然，完全不是此前在舞台上那种卖弄的搞笑。

从那时起，我开始了一个习惯：看戏，看别人演戏，不只坐在台底下看，也

阴错阳差的舞台生涯

常在舞台上侧幕后面看。在看戏的过程中，分辨哪一个人物演得好，为什么就好？他怎么做到的？哪些地方演得不好、表演有毛病，为什么会这样？怎么样就能好？大概所有门类的艺术创造，都需要有用心用脑子辨别的习惯和能力。

可能与生俱来喜欢美术的基因，让我当了演员之后，对人物的化装造型特别重视，总是不断琢磨。红鼻子这个形象在脑子里越来越具体了，我在化装上花了很大功夫，凭着自己略微的美术功底，每次用上三个钟头来细细化装，对造型效果自己也很满意。化装对我来说，是一种乐趣。

以后，我一直钻研化装造型，不单所有自己的角色坚持由自己造型，因为这是我自己塑造人物的一个重要部分，不能交给别人去摆弄，我还为很多人化装，尽量琢磨出有特点的人物形象。

《青春》的红鼻子让我找到了一座正确演剧方法的路标，沿着这个方向的路会是漫长有趣的。我的表演获得了肯定，演剧二队很多演员来看戏，有人对我说："你演的这个农村老头是我们见过的最好的。"这让我高兴又意外，他们可是演农村戏的能手啊！马彦祥先生也给予赞扬："没见过演农村形象这么好的。"我当然也明白这些夸赞并不说明我达到了多么高的地步，但我知道他们的话也是真诚的，这次表演确实取得了成绩，让我多明白了些演戏的道理。

参加演剧二队，开始了以演剧为专业的路

1946年秋，演完《青春》后不久，我加入了演剧二队。

演剧二队是个什么样的戏剧团体呢？它的公开身份是国民党国防部直属军中演剧队，但它的历史很不简单。抗战初期，国共合作时，周恩来同志指示时任国民党政治部第三厅厅长的郭沫若于1938年8月在武汉成立十个抗敌演剧队，二

队就是其中一个。十个演剧队中，二、四、六、九这四个队都由中共党支部领导。演剧二队第一任队长是光未然同志，由他率二队前往延安。在渡黄河的过程中，光未然同志写了《黄河大合唱》的歌词，到达延安后，冼星海同志激动地为歌词完成谱曲，并由演剧二队为毛主席等中央领导人演唱，其中"我站在高山之巅"独唱由田冲担任，这是著名的《黄河大合唱》的首次演唱。演剧二队非常想留在革命圣地延安，但党中央认为他们还是在国统区开展工作为宜，所以二队就去到山西二战区，长期在山区农村做抗日宣传工作。

经历了几年的艰苦抗战，演剧二队遭到阎锡山的迫害，队中几位领导人被抓进监牢，后经多方营救方才出狱。为了避开危险处境，1946年演剧二队转赴北平，并在北平找到当时在军调部工作的徐冰同志，经由他的请示，党中央同意二队马上撤回解放区。二队迅速行动，于7月已撤走了一批同志，但正当二队准备陆续全部撤回时，8月接到中央通知："根据现在的形势，需要开展工作，你们要留在国统区继续战斗。"消息太突然了，和正在进行的部署完全相反，下面的工作该怎样做？二队特支书记彭后嵘如实汇报说："我们已经走了很多人了。"在中央统战部工作的徐冰同志要坚决贯彻中央指示，提出："你们可以在本地找些人补充，只要能保住二队这块牌子就行。"演剧二队领导人紧急磋商，在极其艰难的形势下，留在国统区的北平，坚守住阵地。

但队内一些骨干成员已经走了，确实需要补充人员。这又是个有待慎重解决的问题，既不能暴露自己，又要对新来的人有一定的了解，人应当可靠。

这时，祖国剧团党支部也正想摸清演剧二队的真相——这支演进步戏，并深入到学生文艺运动中去开展辅导活动，但又身着国民党军装，领国民党薪饷的队伍，其真实面目到底是怎么样的？要尽快摸清底细，于是先后派了刘景毅、苏民和我参加演剧二队。据我们了解：二队从山西到北平后，有些老队员，甚至领导骨干都离队了。他们去哪儿了？一时还不清楚。从演出看，都是进步戏剧，《孔雀胆》、《夜店》、《丽人行》……特别是他们很明确拒绝演反共的"戡乱戏"；在作风上，队内关系亲切融洽，甚至有些像解放区的文工团，

41

阴错阳差的舞台生涯

还有生活小组会等活动；从队长到队员以及炊事员都不按国民党军队编制如数领饷，而是集体开伙，每人只拿仅供购买牙膏肥皂的生活费，这也很像解放区的供给制。但他们确实和国民党上层机关往来频繁，先后直属国民党国防部新闻局和联勤总部的军队编制。

就这样，两个都是党领导下的文艺队伍在互相摸底，又互相寄托希望。所以我们三个人参加演剧二队后，和他们相处十分和谐，如同一家人。二队当时确实困难重重，国共合作遭蒋介石破坏，军调部已经撤销，我方代表团都回解放区了。1947年夏，二队党组织设法联系上了晋察冀城工部，城工部部长刘仁同志向他们传达了中央指示，并告诉他们："祖国剧团是城工部领导的，有什么困难和要求，可以和他们联系。"由祖国剧团的石岚担任联系人。

从此，两个团体弄清楚了彼此的同志关系，但明确在组织上不发生横线联系，这机密暂时只在极小范围内掌握，只由石岚一人负责联系。[1]

我于1946年11月被组织派到演剧二队，从此以国民党少校军官的身份，开始了专业演剧的道路。

到演剧二队，对我专业演剧的起步是一份幸运。祖国剧团在当时学生剧团中水平最高、影响最大，在党的领导下逐渐发展成为一个专业剧团，它有"职业部"，始终以演出占据北平剧运阵地，还有"业余部"，广泛联系各大、中学校剧团，成为学生剧运的核心。但演剧二队经验更丰富、水平更高。这期间，从南方的几个演剧队和剧团陆续来了不少人，演员、导演、舞美各方面人员都有，他们中有的人打算经由北平奔赴解放区，暂时落脚演剧二队，就参加了演出工作，有的索性就一直留下来了，如此，演剧二队实力更加增强。

可能由于我有较好的演员条件，对演戏也有很强的钻研和创造欲望，所以的确幸运地碰上了很好的演戏机遇。

42

---

[1]　以上经过，参考《笑忆青春》一书中石梅《演剧二队和祖国剧团》部分章节。

十九岁演了段功

进演剧二队不久，二队就开始准备排郭沫若编剧的《孔雀胆》，让我演主角段功，这一年我十九岁。

《孔雀胆》曾经在抗战期间由演剧九队演过。夏淳（查强麟）、梁菁夫妇也是刚从九队到北平，留在了二队。夏淳推荐并想导演这个戏。原来演剧九队演《孔雀胆》是由刁光覃导演的，刁光覃是九队的台柱子，他在各个演剧队都有较大影响。但夏淳以前并没有多少独立导演的经历，他留在二队也是想创出自己的一片天地。演剧二队排这个戏，从导演、舞美设计全部采用九队原处理方案，所以演出署名也是刁光覃、查强麟联合导演。

据记忆，《孔雀胆》的演员安排是：

段功——蓝天野

阿盖公主——梁菁、胡宗温

梁王——田冲

王妃——张金呈

车力特穆耳——冉傑

杨渊海——罗泰、邓毅

建昌阿黎——任群

长老——彭后嵘

我当时年轻，算起来从学生时代起，只演过两年戏，没什么经验，但确实肯钻研，很用功，又凭着自己的气质和形象，段功这个角色还是受到了肯定。马彦祥先生，还有后来和我成为好朋友的丁力等，都给予了鼓励和赞许，祖国剧团的同伴们也都为我有这样的机遇高兴。我自己也感觉在演戏上跨进了一步。

刁光覃家在北平，他回来料理家务的几天里，也曾来二队指导过两次排戏，对我怎样演这个人物，怎样举手投足，都给予过指点。他原来在九队导演《孔雀胆》时，还兼演梁王，这次也临时客串了两场，果然演得很有气势，这是我第一次和老刁合作。

《孔雀胆》的演出，在当时的北平剧坛也称得上引起了轰动，影响很大。演剧二队以其实力和水平，在北平站稳了脚跟。

《大雷雨》·库力金·我

这段文字的标题，是我在演剧二队又演了一个角色后，所写一篇文章的名字。

《孔雀胆》以后，二队又准备排19世纪俄国剧作家奥斯特洛夫斯基的《大雷雨》①。这也是原来演剧九队在抗战期间演过的戏，提出想排这个戏的还是夏淳，由他担任导演。

我在这个戏里演钟表匠库力金。

《大雷雨》的主要演员安排是：

卡杰林娜——梁菁

瓦尔瓦拉——朱嘉琛

---

① 《大雷雨》赞扬了民主反抗的精神，无情鞭挞了专制社会的黑暗势力。

奇虹——田冲

卡巴诺娃——胡宗温

库得略西——罗泰

鲍里斯——向路

提郭意——彭后嵘

库力金——蓝天野

　　这时我正在思考，怎样找到更好的、正确的表演方法。我看过苦干剧团的演出，怎么做到那么精彩？石挥、丹妮这些演员创造的人物，为什么会那么鲜明动人？这时北平又出现一个职业剧团——南北剧社，维持时间较长，水平也比较高，汇集了一批演员，有原苦干剧团的丁力等，大多有相当的演剧经验，但表演方法各异，这就引发我去思考、辨别、吸收。我也开始读些有关表演的书，如郑君里的《角色的诞生》[1]、美国人所著的《演技六讲》[2]中文译本等，我最感兴趣的是斯坦尼斯拉夫斯基的《我的艺术生活》[3]，但对他的《演员的自我修养》（第一部中译本）[4]则看得糊里糊涂。能看到焦菊隐先生所译丹钦科的《文艺·戏剧·生活》[5]是稍后的事了，其中有关于莫斯科艺术剧院的建立，和斯坦尼斯拉

---

[1]　《角色的诞生》，我国现代戏剧家郑君里（1911—1969）论述表演艺术的著作。

[2]　《演技六讲》，［美］理查德·波列斯拉夫斯基著，作者1889年出生于波兰华沙，曾在莫斯科艺术剧院斯坦尼斯拉夫斯基指导下学习表演，后去美国，成为百老汇的歌剧和电影导演，并成立了实验性剧院。

[3]　《我的艺术生活》，俄国、苏联演员，导演，戏剧教育家、理论家斯坦尼斯拉夫斯基（1863—1938）的自传体著作。

[4]　《演员的自我修养》，斯坦尼斯拉夫斯基阐述他创建的演剧体系的专著。新中国成立前我国只翻译出版了其第一部；新中国成立后，陆续翻译出版了《斯坦尼斯拉夫斯基全集》，其中包括《演员的自我修养》第二部（论述表演的外部技术）等。

[5]　《文艺·戏剧·生活》，俄国、苏联戏剧导演，剧作家，戏剧教育家聂米罗维奇-丹钦科（1858—1943）著，原名《回忆录》，1947年由焦菊隐译成中文出版。

阴错阳差的舞台生涯

夫斯基十八小时会谈，演员和导演，特别是详尽叙述了契诃夫的《海鸥》、托尔斯泰的《安娜·卡列尼娜》成功演出的巨大影响。这些具体生动的叙述，让我对19世纪俄国戏剧，还有文学、美术、音乐的文化繁荣景象，充满无限憧憬。

一时间，心比天高，但要脚踏实地，我该怎么做？

我回顾自己的演戏经历：《青春》的老更夫"红鼻子"算是有点儿开窍，演了个"生活中有的"人物；《孔雀胆》的段功，也算得到肯定，我表演上有长进，但也有自身形象条件和气质的原因。现在要面对一部世界名著，演一个俄国工匠库力金，我从何着手？当时在北平，我们所处的文化大环境远不如今天，现在的青年演员所处的时代、文化大环境，要比我们那时幸运多了！我要自己寻找办法，哪怕是极幼稚的办法。俄国人什么样儿？一个19世纪俄国工匠什么样儿？我没有见过这样的人物，但我要演他，我必须知道、熟悉、"见过"他。

当时我也开始读《静静的顿河》等俄国名著，有些感受，也不全懂，毕竟那都是文字的描述。寻寻觅觅，恰巧，我们二队住地旁边有一户白俄人家，夫妇俩带着一个小孩，我得知后喜出望外，前去拜访。他们家有一个很小的院子，男主人还自己动手给四五岁的儿子搭了个秋千架。这位昔日的俄国贵族流落北平日久，倒也会些中国话，我们海聊，俄国的风俗习惯，种种种种。他肯定不是我的库力金那种人物，但我到底面对了一个俄国人。他毕竟还要谋生计，想教俄语，问我能不能帮他制作几幅广告。这好办，我学过美术，连写带画给他做了几张。我主要是观察他，这也是难得的"体验生活"吧。

更巧的是，当时的国统区居然在电影院里放映了两部苏联影片：《彼得大帝》和《宝石花》，前者可是由塔拉索娃、西蒙诺夫等大演员演的！后者是一部神话故事，其中都是形形色色、三六九等的人物。这两部影片我都看了十遍以上，就是光看这些来自斯坦尼斯拉夫斯基家乡的演员也是乐事，更何况我正要演《大雷雨》，演19世纪的俄国人库力金。影片里很多人物的行为举止、音容笑貌、服饰、造型，我都反复琢磨、选择，揣度哪些含有我的库力金的影子。

排练伊始，我就构划自己角色的手势、步态、眼神、语气、服装——腰带、长筒皮靴，尤其是造型，长长的头发，但那时没有能制作头套的高端技术，我就自己把头发蓄留起几个月，为了逼真，演出时我请人帮我在头发上喷染上黄颜色、金粉。一次化装我要用三到四个小时，那会儿还没有如今北京人艺演外国戏的理念，即不要着力装扮成西洋人的模样。而且，要尽可能做到极致的真实。也促使我后来概括出一个观点："艺术创造，如果能做得更好一些，为什么不呢？"

就这样每天满头颜色，保持到演出结束。我去理发馆剪发洗头，直到洗了三遍，才算勉强洗净了。那时的条件就是如此。

我演的库力金挺好，至少在我二十岁、刚演了两年戏的时候，塑造了一个形象，性格、外部造型都很鲜明的人物。也许是《青春》"红鼻子"之后，又一次表演上有所收益，我的人物创造获得了称赞。在表演的探索道路上，我正处在一个创造欲望很强、对演剧的道理逐渐有更多的体会和实践的阶段。

那位白俄邻居看戏后，给我送上一束鲜花，这也是我第一次在舞台上得到的献花。那时演戏还没有这样的习惯。

第一次在焦菊隐先生指导下演戏

1947 年秋，演剧二队要排《夜店》，这是柯灵、师陀根据高尔基[①] 的名剧《在底层》改编的故事：一个贫民窟似的鸡毛小店，里面住着形形色色的人们。

---

① 　高尔基（1868—1936），苏联著名作家，诗人，剧作家。出生于一个木工家庭，幼时当过学徒，1892 年发表第一篇短篇小说，从此专心从事写作。被称为"社会主义现实主义文学奠基人"。代表作有诗《海燕》，小说《童年》、《在人间》、《我的大学》；20 世纪初转向戏剧创作，代表作《在底层》、《小市民》，后者塑造了世界文学史上第一个革命工人形象——尼尔。曾任苏联作家协会主席。

队长王负图说，要请焦菊隐先生来导演这个戏。当时我对焦先生不了解，不只是我，包括一些有一定演戏经验的演员，也不太了解。事实证明，请来焦菊隐先生导演《夜店》，对中国话剧，对很多开始和他合作的人，影响非常深远。

由于焦先生刚被邀请来，所以《夜店》演员名单还是由二队队部研究决定的：

杨七郎（一个小偷）——罗泰

闻太师（夜店老板）——冉傑

赛观音（老板娘）——胡宗温

石小妹（赛观音的妹妹）——狄辛

戏子——田冲

金不换——刘景毅

赖皮匠——朱天民

赖嫂子——杨琦

馒头张——张金呈

林黛玉——宋凤仪

全老头——蓝天野

牛二——任群

四喜——崔牛

初识焦菊隐先生，从他开始着手准备《夜店》的排练工作起，他的学识见解、生活经历之丰富，对待剧本的严谨，尤其是导演手法，对演员表演的启发诱导，都让我觉得见识了演剧的又一片新天地。

他让全体演员先去体验生活，去天桥。这次我们去的可不只是平时见过的各种叫卖和耍杂技的场子，天桥还有一片不为寻常人所知的贫民窟，三教九流，难以想象的龌龊嘈杂，以及最下等的妓院……人们挣扎、吵斗、麻木……我们见到的是从未见过、从未感受过的活生生的众生相，体验生活几天，不算很长，但体会了《夜店》要呈现的，就是这样的生活和人物。

焦菊隐先生导演《夜店》，从各个环节都要求浓郁的生活气息，摒弃常见的舞台表演痕迹，尽量做到真实和鲜明的人物刻画。演剧二队本来就非常重视生活化和舞台真实感，但他们过去更多熟悉的是农村生活，现在演员们又从焦菊隐先生这里获得了对城市的新感受。几位年纪稍长的演员的表现让我惊叹。

田冲是我所见过最具"天性"的演员，他在《夜店》里演"戏子"，一个败落的往昔名角儿。六十多年过去了，我至今还记得一场戏：当有人张罗出去喝点酒，田冲——"戏子"从上铺立马出溜下来，一副馋涎欲滴毫无自尊的强烈贪婪相！还有偶尔流露的对往昔怀恋之感："谁还记得我海月楼（当年唱戏的艺名）啊！"田冲这个人物塑造实在是精彩到了极致！他的表演境界是我很难、甚至是无法达到的。还有我们的老大哥刘景毅，原北平剧社社长，干戏年头最长，是位老资格剧人，但一直做组织领导工作，我从没见他上台演过戏。这次他在《夜店》里演"金不换"，一个破落贵族，那形象、神态生动得令人叫绝，他的表演有点儿倾向"表现派"，举手投足都体现充分，略带夸张，但又毫不造作。让我刮目相看的，还有胡宗温大姐的表演。过去我只看过她演（或唱）的农村妇女，在《孔雀胆》合作时，她演阿盖公主，算是"青衣"型吧，她的形象、气质一贯如此，但她在《大雷雨》里演了那个恶婆婆卡巴诺娃，就使我很惊异了，这次《夜店》里塑造出的赛观音，又是一个性格极为独特，却演得非常自如的角色。宗温大姐真是一位好演员，业内称为"性格化"、"演技派"的优秀演员，她戏路宽广，又真挚自如。后来在北京人艺，一个《雷雨》里的四凤，她从1954年演到80年代前后；甚至《茶馆》里的康顺子，第一幕时才十五岁的少女，她年过花甲，还坚持演到1992年的"告别演出"，依然那么动人。

胡宗温大姐开朗，身体好，很多年前我曾开玩笑地说："将来我们这些人的悼词都要你来念！"但想不到的是，步入老年，宗温大姐病痛缠身，她坚持抗争多年，令我心伤难已。

其他经验较少的年轻演员们，像宋凤仪、狄辛在焦菊隐先生的启发下，都取得了令人耳目一新的成绩。有时焦先生些许点拨：你这个人物此时此地该怎么活动？演员就依照真实生活的规律去体现了，逐步开窍，人物成型。

我演得不像前两个戏那么顺，在《夜店》里遇到了困难。我在戏里演全老头，首先，焦菊隐先生第一次得知演员名单，见到我时，就直觉地说他有些意外，他脑子里这个人物应该是另一种样子，"没想到会让你这个高大身材的演员来演这个角色"。全老头是依据《在底层》的游方僧鲁卡改写的，但和鲁卡完全不同，反面人物被改为一个乐于助人的老头。焦先生将就我这个"材料"，要求我在形体上做很大的改变，要极度驼背，造成身材尽量缩矮。我依照导演的意思做了，但也只是形体的一些变化，由于我年轻，太缺乏社会经历，而改编的剧本又把这个角色处理成带有点抽象化的哲人或预言家的色彩，所以我最终没能演出一个具体的、"生活中有"的人物来。戏演出后的座谈会上，石岚曾建议，是否把全老头处理成一个卖艺打拳的，排戏已结束，焦先生对此也未再置可否。这是我一个不成功的角色。

但我这次和焦先生合作，收获是多方面的，对我演剧道路的走向有很重要的影响。原来对焦菊隐先生不了解，后来逐渐知道他曾做过中华戏曲学校校长，那可是北京两大京剧科班之一，后又留学法国，专攻戏剧，获得文学博士，抗战伊始，回国一直在大后方重庆国立剧专任教。这些也只是对他经历的简单了解，让我惊异的是他担任《夜店》导演工作时所做的一点一滴。

使我印象很深的，不只是焦先生的导演处理手法和对演员表演的引导，还有他对剧本和舞台美术的细微关注。柯灵、师陀改编《在底层》，把人物、故事中国化（现在习惯称为"本土化"），剧本写得很生动，但焦先生不满足，在排戏过程中，花了很大精力调整、修改剧本，甚至把第三幕的结构打散重组。演出证明，修改后节奏更鲜明了。

《夜店》的布景设计王蓝（后名江里），是一位非常优秀的画家，他根据剧本和导演的要求，把这个鸡毛小店设计为一个很真实的景，有床铺，还有上下铺、小阁楼，拥挤、脏乱。全剧只有这一个景，从开始排戏就在排练场搭起了很实在的代用景。准备演出了，有一场戏，赖皮匠的老婆一直病卧在那个很窄的床铺上。画景时，王蓝在墙上画出碾死臭虫的血迹，画得非常认真细致，但焦先生指出：你不能这么抹，因为病人长期躺在铺上不能动，血迹只能在病人伸手够得着的地方，而且要顺着手的动势方向，这才更真实。其实像臭虫血这些细节，台下的观众可能根本看不清，但焦先生对这样的细节都要求得很严格、很具体。这诸多细节真实融合起来，就营造出一个生活气息浓郁、别具意境的场景。

演出各个方面的细微之处都毫不放过，呈现一片"活生生的生活"图景。

人们公认新中国成立之后，焦先生导演的《龙须沟》奠定了话剧的现实主义基础，但这个根基早在1947年焦先生导演的《夜店》就已经形成了。我想说，焦先生对戏剧的创造和探索，从来不甘于平庸，总要做到极致，不容忍任何舞台上的概念化、虚假造作的演剧风气，营造出"一片生活"，"活生生的生活"的人物和场景，打造了一部现实主义的卓越戏剧。

《夜店》的演出在北平引起了震动！虽然我的角色还是显得"平庸"，但我对戏剧美学观有了新的体会，那时感受朦胧，但受用终生。

在北平艺术馆的经历

焦菊隐先生在抗战后来到北平，有开辟艺术事业的宏伟愿望。

1947年，他在导演了《夜店》后，就开始筹建北平艺术馆，按照他的设想，要办成一个综合性的大型艺术馆。我听他说过，他打算设立好几个艺术门类的部门，当时叶浅予和戴爱莲也由海外回国到了北平，焦先生想要成立美术部，由叶浅予负责，舞蹈部由戴爱莲掌管。但创办之初，只先设立了话剧部和京剧部。

焦先生自任馆长。京剧部主要由他原任中华戏曲学校校长的几届学生参加，先由焦先生自己导演了一出《桃花扇》。演员有德字辈的傅德威、和字辈的王和霖，金字辈的王金璐原是应工大武生，在《桃花扇》里扮演杨龙友，不单嗓子好，身上也干净利索；玉字辈的高玉倩，就是后来在样板戏《红灯记》里演李奶奶的，其实她原来应工青衣花衫，在《桃花扇》里演郑妥娘；戏里的主角李香君由永字辈的佼佼者、男旦陈永玲扮演，天渐凉时，他总是坐着包月车来排戏，前几科的师兄们都称他"小师妹"。

我看过焦先生排《桃花扇》，他在这些学生中很有威信，学生们也都很有悟性，不保守。比较麻烦的是龙套演员，焦先生希望他们能演出点节奏变化来，但总不容易做到。

北平艺术馆话剧部的成员来自四面八方，有原苦干剧团的丁力、黄宗江和他的夫人朱嘉琛，黄宗英、孙道临、唐远之、许蓝、史林等。演剧二队和祖国剧团为了支持焦先生，派了田冲、夏淳、梁菁、冉傑和我加入北平艺术馆。此外还有年轻演员于是之、宋凤仪等。

话剧部第一个戏是焦菊隐先生导演的《上海屋檐下》。焦先生多次说，在中国剧作家中，他最喜欢夏衍的风格。

在《上海屋檐下》里，我饰演黄父，一个从农村进城看望自己儿子的老人。也怪了，我年轻时，十几、二十岁时经常被安排演老年人，倒是在中年以后，甚至开始步入老年，反而演了些年轻的角色。

这个戏里演得最好的是两位男主角。田冲饰演的革命者匡复常年四处奔波，把妻子彩玉托付给好朋友林志诚（丁力饰演）。一朝匡复回到家里，好友相见。但因为时过多年，林志诚和彩玉以为毫无音讯的匡复必定已死于乱世，两人就同居了，戏的主线由此展开。田冲以其特有的演员天性和革命生活经历，把匡复体现得淋漓尽致，而丁力的表演也一直让我深为佩服。丁力在抗战胜利后从苦干剧团来到北平，先在南北剧社演戏，他在《日出》中饰演的王福升，简直出乎我意料的精彩。我见过演王福升这个角色的，都是表现这个人物的油滑，有些也还是演得很好的，但丁力对这个角色的处理绝对与众不同。他把这个旅馆的"博役生"（Boy），或称"茶房"，体现为一个外表甚至很土的形象，狡猾阴损全不在表面上，这肯定是由于他对这种人太熟悉了（应该是对当年天津卫那种城市的旅馆很熟悉，据说那儿有一个闻名远近的惠中饭店）。丁力摒弃了惯用的解读人物方式，刻画了一个活生生的生活中具体存在的人物形象。后来我和丁力成为好朋友，常常聊起一些戏里的一些人物，随意展开想象，更能知道他脑子里总在酝酿各式各样的人物，不同于一般的人物构想，这对我此后演戏生活有很大的启示作用。林志诚是一个遭遇、情感都很复杂的角色，但丁力不去夸大这种复杂纠结，也就是说，他不"表演情绪"。两个男人，好友间的"难以启齿"，一个厚道人的心理过程被他体现得具体入微。

《大团圆》让我对话剧的整体有了体会

紧接着，我和丁力有了一次更深的接触。

北平艺术馆第二部话剧是《大团圆》，由黄宗江编剧，丁力担任导演。焦菊隐先生让我做剧务，到上演时就担任舞台监督。虽然在沙龙剧团和祖国剧团时我什么都干，上台演戏、舞台各个部门：景、服、效、道、化样样都干，辅导学生剧团时还当导演，但在一个正规专业剧团，还真没做过剧务和舞台监督。这次算是认真接触了一下话剧的所有职能部门，一览全貌，从开排就要和舞台各部门：布景、服、效、道、化都保持接触，按时保质完工，按导演意图制定的排练日程，准确告知每个演员按日程来排练场。这个戏里还有两个四五岁的小孩，当然是外借的，每次排戏、演出都需我按时接送。

《大团圆》是黄宗江依照他自己的家庭写的，主要角色是一家之主——妈妈，

53

以他的母亲为原型，所以黄宗江希望由他的妹妹黄宗英来演。最初黄宗英也来了，但不久就因为急切地要去上海，放弃了这个角色，黄宗江颇有怨意和遗憾。最后由梁菁饰演妈妈。

据我的记忆，《大团圆》演员是这样安排的：

妈妈——梁菁

老大——于是之

老二——唐远之

老三——孙道临

老四（青年）——黄宗汉

大姐——史林、宋凤仪

二姐——许蓝

大姐夫——程述尧

小妹（青年）——高励群

老四和小妹的幼年，是外借了两个小孩演的。

我做剧务，每天跟排演场。那时候年轻，记忆力好，又有兴趣，全剧每个角色的台词我都能记得很熟，而且这还真顶用了。演出中，程述尧因故不能来，事到临头，我连对词走戏都不用，当天晚上就上场演了大姐夫这个角色，戏还挺重，我也走位一点不差、台词一字不落地演下来了。唯一难的是，大姐夫和大姐要有一段唱歌的戏，我天生跑调，也硬撑着唱下来了。跑没跑调，跑了多远，自己也没感觉，不知道。导演丁力看完大乐，整场戏我没有丝毫"钻锅"① 的迹象。

54

———————————

① "钻锅"原是戏曲界的行话，话剧也习惯借用，意指没有准备时间，仓促上台顶替一个角色演出。

我还顶替过一个没有话的小角色。在全剧的尾声，是一个外景，在这个家的大门口，时间是抗日战争胜利后，国民党接收北平。为了表现这所房子被接收大员占有了，大幕开启，先是胡同空无一人，然后一个国民党勤务兵提着东西，上场，进大门，幕毕。原来这勤务兵是由艺术馆服务员还是布景工人演的，我记不清了，有一天，他病了，就临时由我顶替这个角色。不就是上场走几步、进大门，还没词儿吗？但我还是琢磨这个人物怎么演能体现出点意思来。人物身份是勤务兵，当然一身士兵军装，扎着绑腿。我两手提了不少东西，找了两个捆着红纸的蒲包、老母鸡、小孩玩意儿……脸上还化得通红，一副喝酒过量的模样，醉醺醺，有点儿摇摇晃晃地走来，腾不出双手，索性伸一脚把门踹开，进去，再反脚把门掩上，闭幕，全剧终。不是说"没有小角色"吗，我挺认真地把他当个重要角色演。实际上，这个人物还真挺重要的，反映了那个时代背景。听前台人员说，这点儿戏倒真引起国民党弹压席[①]人员的注意。

从来自各方的外请演员身上，我看到了种种不同的表演方法，这跟只在台下看戏不一样，能现场看每个人怎么塑造人物的全过程，了解得更清楚，体会更深。

譬如唐远之，在《大团圆》里演老二，一个喜欢提笼架鸟、好唱两口京戏的少爷。唐远之个头较矮，一口京片子，演起来极度松弛，个性十足。新中国成立后，他在电影学院做表演教学多年。我1989年准备拍《封神榜》时，听说北京已经在拍这个戏（后来下马了），就是由唐远之演姜子牙，当然，和我所演的完全是不一样的形象。从演员条件来说，我和他是迥然不同的。

在《大团圆》我更多是从丁力身上得到启发。以前我只知道他是一个非常好的演员，这次他做导演，从一开始他对布景设计的意图，就让我觉得非常亲切：一个典型的老北京四合院，这我太熟悉了。戏里出现的场景有院子，有室内，小院那个景，有正房（北房）三间，小院里还有个通向外面的二道门，绿色门扇，

55

---

① 当时在国统区话剧演出时，剧场要为国民党警察局设专门席位，警局派员检查剧本及演出内容，名为"弹压席"。

通向正房有三层台阶，一溜平台，窗户下层是玻璃的，上层是纸糊的窗格子，窗上还挂着个大沙燕风筝。丁力还跟我说，如果能弄一台风扇吹起地上的落叶，在屋前台阶的角落处飘旋，一定会有意境，可惜当时还找不着那么大风力的电扇。舞台设计是辛纯，把舞台环境创造得非常真实而精到。辛纯也是从南方来到演剧二队的，1948 年我们同去解放区，又共同回到解放了的北京。从北京人民艺术剧院建院之始，辛纯就担任舞美设计组组长。

丁力打造的这个《大团圆》，把剧中人物处理得个个鲜活，老北京小康家庭的地方色彩十分浓郁，就像娓娓道来，给人们讲了个邻家故事。他也有很独特的手法，但毫不卖弄，一片亲切自然的风貌。

丁力很实在、平和，没有那种"艺术家"、"演员"的范儿，但他生活经历丰实，创造力极活跃。经过《大团圆》的合作，我和丁力成为好朋友，应该说是亦师亦友。他不是太善谈的那种人，但聊起戏来，想法总是很多。

干了一回剧务和舞台监督，特别是在北平艺术馆这样一个正规的职业团体，接触了话剧的各种环节、各个部门，不单要了解、熟悉，很多还要我去应对、处理，对我以后演戏、导戏，包括对生活、处世，都有影响。

有些事是我想不到的。演出结束了，焦菊隐先生作为馆长，交代给我一项差事：给外请演员发酬金。我还真没想到有这么一说，更没想到这个事要由我去做，可焦先生说：这是剧务工作的职责。是职就尽责吧，我拿了几份封好的"红包"，分给几位特邀演员。有的拿到手后表现得极不高兴，肯定是嫌少了吧？我也不知道到底是多少钱。当初肯定没签合同，但谈过酬金数了吗？估计也没谈定。人家看我这么个未经人情世故的年轻人，一脸迷茫，也不好太过发作。但我自知我只能搞专业，就算干杂活儿，忙、累都无所谓，这种经管什么的差事，我干不了。

从演剧二队到北平艺术馆的经历，使我在演剧专业上多有长进，顺风顺水，机遇难得。

撤回解放区

——北平解放

1950 年

1949 年初，在华大文工二团，进入刚刚解放的北平

1951年，因医生误诊，
我去北戴河疗养，胖了许多

1951年，在北戴河

撤回解放区，改名蓝天野

1948 年，解放战争发展迅猛。国统区大城市民主运动高涨，学生民主运动以多种形式展开，很多大、中学校的学生剧团，都是学生运动中的主力。面对这种局面，国民党反动当局也对祖国剧团和演剧二队开始怀疑，加紧监视。

为了转移国民党当局的注意，演剧二队和祖国剧团先后到天津去演出，这就造成一种印象：这两个有影响的戏剧团体不在北平了，但学生运动依然蓬勃开展，学校剧团的进步活动也仍然在有声有色地继续。实际大多数学生剧团的骨干都与祖国剧团早就建立了密切联系，很多都是祖国剧团业余部的成员。但这一时期确实给了敌人一种假象，祖国剧团和北平学生剧运无关。

随着全国形势发展，斗争愈加尖锐，敌人在文化戏剧战线也加紧控制，一方面明令让我们演反共的"戡乱戏"，这当然是绝对不能接受的；同时，根据我们获得的内部情报，演剧二队和祖国剧团受到更多监视，个别成员已成为他们重点怀疑对象。情况日益紧迫。

为了摸清国民党到底对演剧二队有多少怀疑，二队的核心成员商量出一个办法，让队长王负图递一个辞呈，结果没多久就得到了批示："照准"，而且很快就要派个新队长来。这当然就是一个迹象，情况已经很紧急。恰在这时，崔月犁同志传达了党中央指示：演剧二队已经没有继续留在国统区的必要，马上撤回解放区。并决定让石梅参加演剧二队，协助撤退工作。演剧二队最后演的一个戏《大凉山恩仇记》^①，由石岚导演，石梅也作为演员参加了演出，这时祖国剧团党支部和演剧二队党组织已经在城工部领导下，建立了横线关系。当然，联系只限于党组织的主要负责人之间。

《大凉山恩仇记》演出期间，一天晚上，突然一个商人打扮的人到剧场来找石岚。这位"不速之客"原来是城工部文委的曾平同志，是祖国剧团党支部前任领导。他这次是受城工部部长刘仁同志特派，催促并安排演剧二队尽快撤回解放区。石岚当晚就找二队王负图、彭后嵘等主要负责人，在英租界一个小楼里会合，由曾平同志传达了这一指示。他们当即开始研究撤退方案，第一步是尽快结束在天津的演出，返回北平。

1948 年 7 月，演剧二队、祖国剧团相继返回北平。当时北平的政治空气相当紧张，反动当局白色恐怖加剧。我们从秘密渠道了解到，祖国剧团有的人也被列入了"黑名单"。于是，党组织研究决定，祖国剧团也要立即撤回解放区。这也是根据当时的形势，全国解放已为期不远，要保存实力，并培养一批干部，为日后的新中国发挥更大作用。

在城工部领导下，对全盘撤退作了部署：石岚、陈奇、刘景毅、蓝天野协助演剧二队撤退，石梅、郑天健、王凤耀等负责祖国剧团的撤退。上级领导把从天津到泊镇和从通县到冀东的两条交通线交给了几位负责人，并要祖国剧团的成员，尤其是在学校读书的成员趁放暑假时撤退。

正当我们拟订好计划，8 月 18 日开始行动的时候，突然得到情报，国民党当局第二天早晨要到各大学去抓人。敌情来得紧急，我们立即分头把消息送出去。19 日，"华北剿总"^②宣布，成立特种刑事法庭和特种监狱，并连续三天在

---

① 《大凉山恩仇记》，编剧李洪辛，描写凉山彝族的传奇故事。1949 年被改编拍摄成电影，导演卜万苍。

② "华北剿总"，全名"华北剿共总司令部"，傅作义任总司令，是抗日战争胜利后，国民党反动派破坏国共和谈，发动内战而建的嫡系军队。

《华北日报》公布了要抓捕的"黑名单"。次日凌晨，国民党军、警、宪把各个大学团团围住。石梅等支部负责人仔细查对"黑名单"，在祖国剧团的党员中，只有王凤耀被列上了，有些平日不是学生运动的骨干，反倒在"黑名单"之列，我二哥杜坡也在其内。我们分析，如果不是敌人特别愚蠢，就是他们故意不公布他们认为是党员或骨干的名单，那就会有更深的危险。不论是哪种情况，都要把被围困在学校内的进步同学营救出来。一开始，敌人封锁还不严密，但学生出校门时要查学生证，只要不是"黑名单"上的人，就可以放行。于是我们马上做假身份证，由张真刻图章，石岚把换了姓名和照片的学生证耐心磨压，仿制成钢印的凹凸纹路，足以乱真。很多同学都用这种假证走出校门，脱离了敌人封锁。按计划，祖国剧团约四十人分批撤回了解放区，大部分是经天津到达城工部所在地——泊镇。也有少数人员去冀东解放区。

祖国剧团撤退，我还担任一个任务。因为在演剧二队，我有国民党军官的身份，按指示身着国民党少校军装担任护送工作，一般都很顺利。只有一次，我二哥杜坡和于民，还有两位女同志走冀东路线，我一清早出朝阳门外，关注他们一路的安全。约定的暗号是，在一个地方，如果见到有人牵着一头系着红缨子的骡子，即可顺利通过，进入解放区；如果没有骡子，而红缨子散落在地上，则说明有情况，不能通过。当时我在那一带反复察看，什么迹象都没有，既没有可以通过的信号，也没有不能通过的信号。也没见到这四个要走的人！我急忙返回向石梅汇报，石梅立即动身去往冀东解放区，得知结果是两位女同志硬闯过去了，已到达解放区。而杜坡和民因为没见到信号，返回城里。于是，过了两天，又重新安排他们两人从天津去泊镇，也进入华北大学。

演剧二队回到北平，面临的形势也日益严峻。几位负责人王负图、彭后嵘、刘正言等到我家来开会，和石梅、石岚共同研究制定撤退方案，估计可能发生的情况，包括新队长到来之后如何应对，都做了认真分析，做好几手准备。

很快，国民党派来国防部康乐司司长，说要接见二队全体队员，时间在下午，地点是朝阳门内的励志社，一座很大很空旷的院子。我们到达的时候，见门禁森严，还有持枪的卫兵守立两边，但我们早有准备，分析研究过可能面对的各种情况，坦然地等在院内，也时而轻声闲聊。接见是在东厢房，每次只传进一人，当然是从正、副队长开始。接见的时间都很短，每回来一位同志都很镇静："问得非常简单。""只问了问姓名、年龄，在队里担任什么职务……好像就是要见见面。"轮到我了。走进去，见屋里有两个国民党军官，坐在中间的一个身材高大，有些发胖，四十来岁吧，颇显傲气，这就是那个司长了。他先自我介绍了一番，说刚从美国回来，好像姓施，然后对着二队的花名册问了我的姓名、年龄，又问我什么时候、怎么参加演剧二队的。我说："我是北京人，在学校就喜欢课余演戏，看过二队的戏，觉得艺术水平不错，就考进来了。""好，初次见面，就谈到这里吧。"谈了这么几句就结束了。

这一天看起来平稳地过去了，但敌人已经对我们密切注意，开始加紧控制。果然，很快新队长就来了，此人名叫董新民，只带了一个总务科长来上任。我们就按照事先研究好的办法，非常热烈地欢迎了他一下，他很高兴，因为他也在观察，看大家对他是否合作，是否都欢迎他。然后我们跟他说："我们刚从天津演出回来，大家都很累。您也刚来，这样，您呀，做一个姿态，中秋节了，给大家放几天假，放完假之后，在您的麾下，咱们好好大干一番。""好啊！"对这种不费力气又能够收买人心的事情，他很痛快地答应了，宣布了放假。

中秋这三天假，大家分头各自准备，有的说刚在天津演了那么多天戏，可要找地方玩几天了；我说，我家在北京，得回去跟家人过个团圆节。董队长也爽快地答应了。当然，我们还安排了一些人住在队里，陪着这位新官上任的队长打麻将、喝酒。就在这表面一片欢乐的气氛中，1948年中秋节，演剧二队全体分三批撤回解放区了！

我们大部分走的是冀中去泊镇的路线。我和王负图一家等是第一天走的。我和我母亲，还有祖国剧团一个年轻演员一起，坐火车到了天津，当晚住在了张大哥家里，他是我们祖国剧团副团长王凤耀的姐夫，他家有一座两层的小楼。祖国剧团的人员去解放区，大多数都是住在那里，所以这位张大哥家就成为中共地下党的转运据点了。我们在那儿住一晚，第二天一大早，天还没亮，化好了装，换好衣服，去火车站，坐火车到了陈官屯。

出陈官屯火车站后，走一段路就到了闸口，有国民党兵把守着，还有女警察。检查时男的一队，女的一队，检查完之后，仍分两队上摆渡船，到了对岸，男女才能会合。刚一上摆渡船，我旁边正好是我们队长王负图一家，他爱人余朴带着他们五六岁的孩子王英民，小孩子一看见我就大叫："哎，叔叔……""哎！你这孩子，不认识的人不要乱叫！"他妈妈赶紧一把拉住了他。

我们过了河，各自雇了辆大车继续上路。我坐的大车上还有一男一女两个学生，一到"三不管"地区，车还没走出多远，女学生就改回了自己的装束，那盘着的头发也放下来了（其实盘着也不像小媳妇），辫子也编起来了。我没化装，就穿着一件长袍。因为我母亲跟我一路，我能说一口冀中话，我母亲更是一口乡音，根本不会说北京话，所以比较方便。我带了点随身衣服，带了件棉袍，还带了床被子，被子里面絮着毛线。直接带那么多毛线走是不行的，这是城里人的用品，我们就把它充当棉花，将来从被子里拿出来可以织毛衣。那手表怎么带走呢？有人想出了办法——先不上弦，让表停下来，买一块肥皂，中间挖空，把手表用油纸裹起来，塞进去，再把肥皂外层填好，一洗再一揉，就看不出来了。我也采用了这个办法。其实，要是戴也就戴着了，那时撤离的人是大批地走，虽然也有极个别的在检查中被扣留，但多数情况下国民党都是睁一只眼闭一只眼，要让我当时随便往人群里一看，哪些是化了装的基本上都看得出来。实际情况是，国民党当时一方面是要抓一些人，另一方面感觉压力实在太大了，就是想把人轰走了事。

坐在大车上，没多久那两个学生就开始兴奋地唱歌，唱的都是当时的进步歌曲，其实这还不是解放区，只能算"三不管"的地区。赶大车的把式也没什么反应，可能是见得太多，习惯了。

当天晚上我们住在"三不管"地区，这个地带的村子还没解放，但夜里会有民兵出来巡逻。第二天到了沧州，就是到了解放区了。这里是新解放区，我们按

65

约定去找一个叫"平教会"的地方，先找到一个解放军站岗的大门。第一次见到全副武装的解放军，真是特别亲切，而且我们问"平教会"的时候，他一听就知道我们是要干什么的，带着含蓄的微笑，示意我们一直顺着铁路走。

找到平教会后，这里有专门负责接待的人，给我们安排好住处，说："不要出门，不要离开房间，必要的时候，如果要去厕所，见着任何人也不要说话。"别人都睡了，接待的人跟我说："你先不要睡，晚上还有人找你。"他给我一些解放区的报纸看着。到了半夜，来了一个人，说："现在进了解放区，你们在国统区还有亲戚朋友、很多关系，为了不受牵连、影响，到了解放区就要改名字，每个人都要改，现在就改。"——规定马上改，没时间想，我随口说出了"蓝天野"三个字，没有任何寓意。改名字时，每个人的想法不一样，有的是想找一个特殊的、有特点的或者自己喜欢的，有的则是改得越普通越好。有一个祖国剧团的，原本改了一个名字叫于得财，但是他第二天在路上被土匪抢了，这财没了，于是就改叫于得。我觉得无所谓，名字不过是个符号，也可能当时觉得，原来"王"这个姓太多了，想找个不常见的姓，就脱口而出。这个名字一直用到现在。

来人还嘱咐："你们明天到泊镇，不要坐原来的那个大车，到指定的地方，坐我们自己的可靠的大车。"第二天，到了泊镇，这里就是晋察冀城工部。一夜过后，清早石梅就来了。她那个时候老在北平和解放区之间往来，来了后对我们稍作安排，她就忙自己的去了。过了一天，有人通知我："你们到正定华北大学。"于是让我带了几个人一同出发。母亲留了下来，以后就一直和我姐姐在一起。

华北大学共设三个部，田冲、胡宗温等年纪比我们大一些的，直接到华大三部，就是文艺部；我们多数是到华大一部政治班学习。石梅写信给我说：曾平本来想让你带一个队走，后来是别人另外安排了。当时在华北大学一部，从政治班11班到14班，很多都是祖国剧团或演剧二队的，我们重新在那儿集合了。

我在正定华北大学还碰到一些人，有我原来在艺专的同班同学、老师，而且有一天，还迎面碰见了最初创办祖国剧团的陈嘉平。重逢后，他又提起祖国剧团演《以身作则》时，下大雪的那天晚上，我们在后台的那次谈话。他问我："你那天晚上直接把你的党员身份告诉我，究竟对我了解有多少？"我说："这不是我自己随便跟你说的，是上级领导的指示。党组织知道你正在找关系想去解放区，让我示意给你，你有事可以通过我们这个系统。你不是还曾经想找石岚谈吗？"不过后来我知道，他那时虽然在找党组织，也曾想找石岚谈去解放区的事，但还没有下定决心。他那时也还不是党员，直到北平解放后，在中央戏剧学院话剧团，我们讨论他的入党问题时，他还谈到自己当时举棋不定，还是带着于是之到天津一个职业剧团演戏去了，直到实在搞不下去，他才决心到了解放区。

演剧二队最后一批撤离北平的人中，刘景毅专门留在后面陪着新队长董新民打麻将。他走时，还故意在自己的炉子上炖了一锅红烧肉，压着小火，直到他们这最后一拨人都走光了，给人的迹象还是大家都在，不过是放假上哪儿玩去了。等到第四天该上班了，却一个人都没有，新队长这才感觉出大事了。后来听说他还派人到处找，那时天津还有个演剧21队，属于天津警备司令部，骨干都是国民党的嫡系，也派出了人，在北平、天津一带找了好长时间。当然，一个人也没找着。

组建华大文工二团，迎接北平解放

到了华北大学几个月，还赶上一件事：接到通知，说傅作义要偷袭石家庄。华北大学一部分在石家庄，另一部分在正定的大佛寺旁边的天主教堂，全校都要转移，开始连夜行军。走了几天，听说傅作义的军队撤走了，又返回正定。

这时，形势发展得越来越快。辽沈战役开始了，记得有一天，忽然听人说：长春解放了！我去问班主任这是不是真的，他说："是！"我就在广场上宣布了。那时只要谁得一个消息都在这里交流，几乎一天一个消息，一天一个捷报。

1948年11月底，为了迎接北平解放，要在几天之内组建华大文工二团。华大原有一个文工团，我们还看过他们演《白毛女》，这个团后来叫做华大文工一团。我们又以原演剧二队、祖国剧团的骨干，以及华大工学团（半工半学性质，黄宗洛就来自这个团），还有一些搞美术、音乐的人马上集中到正定的东百塘村，组成了华大文工二团。

重返北平的路上，连夜行军，背包都放在一个随行的车上，我们徒步走，最多时一天走110里地。因为年轻，也没觉得怎么累，空手走路觉得很方便。我们的校长吴玉章年迈，是中共"五老"之一，待遇好一些，也就是在大车上摆了一个沙发，让他坐着。一直走到了良乡，接上级指示要我们就地待命，中共中央要争取古都北平和平解放。

在良乡待了将近一个月，除了赶排宣传城市政策的小节目，每个人都给发了几斤白面。这是考虑到在战争情况下进北平，万一遇到粮食供应困难，都得带点干粮，所以发了面，让各人自己想办法把它做成饼，随身准备。但是等了很长时间，还没有消息。这时北平近郊，包括清华、燕京这些大学全解放了，因为是新解放区，为防敌人搞破坏，党组织派了一部分来自这些学校的学生，记得有黄悌、黄宗洛等到学校去，把一些老教授、知名教授都接到良乡，以保障他们的安全。

快到春节的时候，我们又往前行进，住到石景山发电厂。北平的近郊区已经全解放了。从良乡出发前，为了过春节，部队给了我们一只羊，到了石景山，又给了我们一头猪，我们吃了三天都没吃完。终于有一天，我们接到消息——北平和平解放谈判成功！我们就立即坐卡车进北平，从西直门进城的时候，已经是傍晚，正好看到解放军和傅作义的士兵在城门一起站岗。

进城的当晚，我们被临时安排住在东华门大街的孔德中学，第二天又搬，一段时期内搬了好几个地方。

1949年2月3日，北平举行解放军入城式。那天我在天安门金水桥前观看，恰好遇见石梅和城工部部长刘仁同志在一起，石梅马上招呼我过去，介绍说："这就是我弟弟。"这是我第一次见到刘仁同志，但他显然了解我的情况，因为石梅从1945年初派回北平开展地下工作以来，常回到西山一带刘仁同志住地去汇报工作，和刘仁同志早就很熟了。

解放军入城式真是气势雄壮、热烈。官兵全副新军装，最显眼的是大皮军帽，全新武器配备，都是辽沈战役大捷的战利品，有步兵列队行进，还有坦克车。北平全城沸腾，老百姓欢欣鼓舞，很多人上前去慰问解放军战士。

进城后，文工团开始演小节目，宣传城市政策，在很多场合演出，街道、广场，还去过天坛。我们男女各一队，先扭秧歌，打腰鼓，吸引观众，打开一个圆场子来，然后开始正式表演。扭秧歌的时候，因为我在演员当中个子算高的，所以经常是男队的头一个，女队的排头，好几次都是孙维世。

我们演的节目有快板、小秧歌剧、小话剧、独唱，还有合唱等等，大多是新创作的。新编小戏《一场虚惊》原是华大文工一团演的秧歌剧。还在良乡的时候，刚从苏联回来的孙维世先给一团排了这个小秧歌剧，因为她专业还是话剧，调到文工二团后，又把它改成了话剧。剧中就两个人物，讲一个做小买卖的，开了一个小铺子，听国民党反动宣传，害怕解放军进城骚扰。这一天，真来了一个解放军，为了要开联欢会来买东西。没任何布景，演员动作全是虚拟的，一个门里，一个门外。掌柜的胆战心惊，最后他发现解放军讲买卖公平，原来是一场虚惊。这个小戏孙维世排得真是特别精彩。

关于孙维世同志，我抑制不住要多说几句。新中国成立以后，她被调到中国青年艺术剧院去了，是青艺第一任院长廖承志同志把她要去的。维世同志导演了《保尔·柯察金》、《钦差大臣》、《万尼亚舅舅》等经典剧目，轰动一时，为中国戏剧界深入了解斯坦尼斯拉夫斯基体系，发挥了重大作用。我真切地认为，孙维世同志和焦菊隐先生、黄佐临先生，堪称新中国话剧史上最卓越的三位导演艺术

69

家。维世同志不幸过早离世，悲！憾！几十年过去了，年轻的几代人不了解她，2012 年 12 月底，国家话剧院编著出版了《唯有赤子心——孙维世诞辰 91 周年纪念》一书纪念她，功德无量，我应邀写了一篇怀念文章。

另一个新创作的《平汉路小调》，采用了民间曲调，至今我还记得一些歌词："平汉路，从南到北三千里……平汉路啊，变成贫寒路……长辛店啊，变成了伤心店……琉璃河啊，变成了流泪的河！"曲子非常动听。

我们也在新新大戏院演过，戏院在西单往东路南（后来改名为国民电影院），唱《黄河大合唱》时，我担任"你见过黄河吗……"那段朗诵。毛主席、周总理等党和国家领导人也曾来看演出。有一天，我们团的一个演员到观众席去看戏，见楼上包厢里没有人，就进去坐下了。过一会儿有人进来了，他也没注意，背后有人递给他一筒冰淇淋，他伸手就接过来了，忽然一回头，是周总理！再一回头，毛主席！他动也不敢动，手里拿着冰淇淋，也没好意思马上吃，过了一会儿才找个机会溜开了。

后来我们住在了东华门，才算安定下来。那时候，所有活动都军事化，外出要排队。有一次去看梅兰芳先生在长安大戏院演戏，大家也是身着制服，排队去，过马路还要跑步前进。到了剧场，都是各个文艺单位的，开演前还互相拉歌。

重逢

我们刚进城不久，还住在东四六条的时候，忽然一天晚上，姐姐石梅、姐夫石岚，还有我大哥杜澎一块儿到华大文工二团找我来了。我看到他们，一愣："你们怎么在一起？"——每个人走的路，真是很难预料。我到了解放区后，石梅经常在北平和解放区之间来回跑。北平解放前夕，她又被派往北平。

没想到刚走到天津，平津之间的路不通了，她只好留在天津。正好贾铨在天津工作（她是由石梅派来这里的），石梅找到贾铨，并通过她联系到了李之楠。李之楠说："正好，我们特别需要从解放区来的人，向我们的各界名流介绍解放区的情况。"于是他就骑着自行车，带着石梅到处去演讲。很悬的是，石梅当时正怀着孕。

我大哥又怎么会跟我三姐在一起呢？他在国民党青年军二〇八师文工队，他曾经问过我三姐："我这样不好吧？我们一家子都是革命的。"我三姐石梅也为此请示过上级，得到的答复是："这样也好，你们家还有国民党军队的呢，也能有点儿掩护作用。"北平解放前这支部队准备逃跑，快开拔的时候，我大哥留了一个心眼，趁军队走到一个火车站时，他愣是从一列停着的火车下面爬过去，"开小差"了。这可是非常危险的，要真被抓住，肯定就是枪毙，没有任何余地。但是大哥当时只有一个心思：我的弟弟妹妹都是革命的，而自己在国民党军队，也是共产党领导同意了的，我绝不能跟着国民党军队走了。

我大哥逃离国民党军队后，辗转来到天津，这里有我们的亲戚，他和我姐姐石梅就相遇了。平津战役正激烈进行，我军对天津攻打猛烈。当时他们正住在我们走时住的张大哥家的小楼上，等仗打完了，天津解放了，第二天早上他们发现，二楼的阳台上落着一颗炮弹，居然没有爆炸！

北平和平解放后，平津通车，大哥杜澎和三姐石梅就立刻回到了北平。姐夫石岚在北平解放前夕被捕了，后从监狱出来与大哥、三姐团聚，当天晚上三人一起找到了我。

石岚送走了那么多人去解放区，最后自己却被捕了。北平解放以后，有人非要说他是叛徒，出卖同志，开除了他的党籍。建国后，他先在劳动人民文化宫工作，后来他和我姐姐到了新影厂，他一直在新影当编导。很多人都知道他被开除党籍了，但他从来不提这个事。这中间有些老同志劝过他，可以考虑重新入党。后来他曾跟我说，他有一次去天安门参加国庆庆典，在观礼台上跟刘仁同志在一

71

石岚

起时问过刘仁："有人劝我重新入党……"刘仁同志一听就火了："当时开除党籍根本就错了，为什么要重新入党？"但是也没办法，因为石岚所在的新影厂，不属于北京市。含冤几十年，他依然勤勤恳恳，一句怨言也没有过。"文化大革命"期间，他更是被当成叛徒了。"文革"以后，他告诉我，孙国槭同志那时身体已经很不好了，躺在床上跟他说："石岚，在我活着还有一口气的时候，我一定争取把你的问题给解决了。"最后孙国槭同志真是找了上级领导，甚至一直找到了叶剑英同志！当初不知道为什么就不做个调查，如果认真调查，早就真相大白了。此时虽已事隔多年，但终于找到了有力的证明，就连当时他被关押之处的监狱长也找到了，跟他同牢房的狱友也都找到了，那监狱长说："是有这么一个人，我们也没有什么证据，他就是身上有点进步文件。问他，他说不知道是谁给他的。"其实，他就是在回答文件来源的时候，随便编造了一个人的姓，还说这个人也没留下地址，只能等对方来联系。跟他关在一起的狱友，是一个被误抓的普通年轻学生，并不是党员，还说："我就是跟他一起在监狱里，得到他很大的帮助，才知道什么叫革命。"这才确实弄清了，事实证明他在狱中没有暴露自己，更没有叛变行为，而且还在为党做宣传工作。

"文革"后，在孙国樑等同志的关切下，1978年，组织上落实政策，纠正了错误处分。当组织上专门到他家去，向他传达给他平反、恢复党籍的决定时，征求他的意见，他任何怨言都没有，只平静地说了一句："妈妈打孩子，打了也就打了。"而且，在平反、落实政策之后，他也依然很少提这件事，以致过了许多年，在2008年我们编辑出版《笑忆青春》一书，回顾当年北平剧运情景时，还有一些那时一起共事的朋友，在他领导下工作的同志，尽管平时保持着联系，却还不知道他已经恢复党籍了。在看到几篇写石岚这段遭遇的文稿后，才惊喜地了解了真相。

石岚平反以后，只有一件比较大的行动，他回到扬州，寻找自己阔别半个多世纪的家人。石岚十六岁离家参加革命，去过延安，在晋察冀挺进剧社唱歌、演戏，做副社长，1946年被派到北平做地下工作。北平解放了，全国解放了，按说他早可以回家乡和家人联系团聚，但就是错误地背上"叛徒"之名，使他等到平反昭雪之后，近古稀之年才心境平和地回到家，找到了兄嫂和远在陕西的妹妹。亲人才得以团聚。

遗憾的是，就在着手编辑《笑忆青春》的朋友们都知道了他落实政策、恢复党籍之时，2005年夏天，石岚突发重病，瘫痪卧床，且失去语言能力。尽管他仍坚毅平静面对，但我却心如刀割！

2008年2月23日，石岚走了！87岁时，离开他的家人、同志、朋友，走了！我长哭难已，心泪无止。

但我只能抑制自己，去和新影厂有关负责人谈，怎么写石岚的生平和悼词。

石岚是一个真正的人，真正的共产党人。

谁能清楚地了解他啊？我从石岚遗体告别仪式上的众多挽联中，选出几副记在这里。

原晋察冀城工部负责人武光同志的挽联：

理想烟岚赤

意志磐石坚

　　石岚同志一路走好　　武光敬挽　　达是恭书

原祖国剧团老友的挽联：

坦然从容走来　　领导我辈推动剧运　　有分有合智勇斗争三载
满腔热血为党　　甘将生命应对危局　　无怨无悔光明磊落一生

　　石岚同志安息　　原祖国剧团老友敬挽

我和狄辛的挽联：

奋力挺进　　无怨无悔　　忠诚为党　　奉献毕生智慧心血
胸怀祖国　　亦才亦德　　敬业从艺　　创造诸多影剧佳作

　　石岚于1946年初被党组织派到北平，做党的地下工作，那时我刚入党一年，他是我的直接领导人，指导我做革命工作，使我开始学到一些有益的东西。作为导演，他第一个引领我演戏要从生活出发，第一次让我从体验生活入手创造角色，使我在戏剧艺术的美学观念上，迈上正确的道路，受益终生。我从他身上感受最深的，是他的为人。半个多世纪以来，我从心里把他视为榜样，但我只能努力做到一点真挚，他人格的品质和境界，我自知今生是无法达到的。

　　前几年编辑《笑忆青春》时，我补写了一篇文章，写到石岚的时候，苏民说："我觉得有一句话你写得特别好。"他指的是我说到第一次见到石岚时的这句——"印象中，他就那么来了，站在我面前，看不出丝毫特殊之处，对谁都那么自然、质朴。"

参加开国大典的接待工作

1949年9月27日中国人民政治协商会议第一届全体会议后，北平重新改名叫做北京。

1949年新中国成立时，苏联派来一个规模庞大的文化代表团参加庆典。团长是法捷耶夫，副团长是西蒙诺夫，都是人们熟悉的著名作家，随团还来了一个红军歌舞团。为此专门组成了一个接待组，重点负责接待红军歌舞团。当时华大文工二团去唐山演出，我只做了一个小戏的导演，任务完成后返回北京，立刻就接到通知，让我去这个接待组报到，同时参加的还有田冲、耿震、方琯德。我去报到时才得知接待组组长是曹禺，副组长是金山①。这是我第一次见到心目中的天才作家曹禺，他和我想象中的样子不同，第一感觉是天真，甚至有些像个顽童，但时而又太严肃。红军歌舞团去了很多地方演出，还到天坛露天广场表演，是临时用木板搭的台子，虽然这种临时搭的台子不符合跳芭蕾的要求，但他们尽可能克服一切困难，条件差也演。最后跳《红军舞》的时候，有一个演员都骨折了，还坚持演出。

10月1日下午举行新中国开国大典。一清早，我们几个人从棉花胡同走向天安门，记得有光未然、方琯德等人。这时中央戏剧学院刚刚成立，我们华大文

---

① 金山（1911—1982），原名赵默，著名话剧与电影演员、导演。20世纪30年代在上海参加左翼戏剧运动，曾主演过话剧《娜拉》、《钦差大臣》、《赛金花》，电影《夜半歌声》、《狂欢之夜》等。1942年在重庆主演话剧《屈原》。新中国成立后，曾任中国青年艺术剧院副院长兼总导演，主演过《保尔·柯察金》、《万尼亚舅舅》等剧，导演了《丽人行》、《文成公主》等剧，自编自导自演电影《风暴》。1978年出任中央戏剧学院院长。1982年兼任电视剧艺术委员会主任。还曾任中国文联委员、中国戏剧家协会副主席、第五届全国政协委员等职。

工二团改组为中央戏剧学院话剧团，从东华门迁到棉花胡同校址。在路上我们拿到了当天出的号外，上面印了几张照片，宣布中央人民政府成立，主席是毛泽东，副主席是朱德、刘少奇、宋庆龄、李济深、张澜、高岗。光未然是华大三部副主任，解放前成立北平剧联的时候我们就认识了，他还曾是演剧二队第一任队长，中央戏剧学院成立，他担任教务长。我记得他拿着号外自言自语道："哦，副主席，这个……对对对……高岗也是副主席，哦，他是东北第一书记……嗯？怎么没有周副主席？哦，恩来同志是要做'内阁总理大臣'的。……"显然，光未然同志比我们成熟多了。

我们一直走，从东华门进入太庙，再往南穿出来，最后在天安门广场的指定地区等候着。下午三点整开国大典正式开始，那时天安门两侧还没有修建正规的观礼台，只有简易的木台，供特邀嘉宾观礼。光未然同志就去了观礼台，我们几个站在广场里，在我们前面是一群少年儿童，手里拿着鲜花，席地而坐。我们看到游行队伍通过，也看到天安门城楼上的中央领导人，有时很多人聚在一起，看不清楚都是谁；有时其他人有意往两边散开，只突出中间站着的两个人——毛泽东和朱德。这是我第一次见到毛主席、朱总司令。

我亲耳听到毛泽东主席在天安门城楼上宣布："中华人民共和国中央人民政府成立了！"人们欢欣鼓舞，真是体会到我们的中国新旧两重天！

当时天安门广场还不是现在的样子。从天安门出来，金水桥前是红墙围起的千步甬道，甬道东侧有长安左门（龙门），西侧有长安右门（虎门），都有三孔门洞；甬道南侧正中对着天安门金水桥的是砖石结构的中华门大道，一直延伸到正阳门，四周也以红墙围隔。

阅兵式开始，朱德总司令从天安门城楼上下来，坐上一辆军用吉普车检阅部队，然后再上天安门，向毛主席汇报。检阅完毕，游行开始。

游行队伍从东向西经过天安门，各游行单位都打着自己的门旗，还有国旗、彩旗等。游行结束，坐在我们前面的那些孩子，就欢叫着跑向金水桥，全场高喊着："毛主席万岁！"这时，原本站在天安门城楼中间的毛主席，先后走向城楼东西两侧的拐角处，摘下帽子挥舞着，回应着向下面喊："人民万岁！"——真的是伟人气势！

庆典当晚，在怀仁堂，红军歌舞团为庆祝中华人民共和国成立进行演出。我们下午就到了现场，查看装台情况，以及化装间、休息室。演出前，我知道今天中央领导人要来看演出，毛主席也肯定会来，估计他们将从哪个门进场，就提前站在那里。果然，进场时，所有的领导，包括毛主席都从我面前过去了，距离不到一米。那年，我才22岁，就这么近距离地见到了毛主席，当时心里真是无比激动。

演出过程中，很多时候我们都是在看这些领导人，毛泽东、周恩来、朱德、刘少奇……在一个节目演完时，毛泽东站起来，拥抱身边的法捷耶夫和西蒙诺夫，讲了一句："我们感谢他！"在开国大典的当天，苏联是第一个立即宣布承认新中国，和我们建立外交关系，发来贺电的国家。

看节目时，正是10月乱穿衣的季节。可能有些热，毛泽东就在自己的座位上脱毛衣，他又胖，好不容易才脱下来，这时我看见一个小女孩在旁边胡噜他弄乱了的头发。我看过毛主席的家庭照片，知道这小女孩是他的女儿李讷。

2009年是建国60周年，有好几家电视台找我做专题节目。在访谈当中，我说到开国大典游行结束时，毛主席走向天安门城楼的东西两角，挥动着帽子，向广场的群众回应，高呼"人民万岁"的情景。很多访谈节目都采用了这个镜头。

我由衷地谈自己的感受。我说：新旧社会的不同，现在很多人可能感受不到，而我是经过了几个时期的，经历过军阀战争，经历了日本帝国主义侵华战争，还在沦陷区尝过当亡国奴的滋味，所以我知道旧中国什么样。我知道为什么解放军、共产党能胜利，国民党会失败，这有必然的原因。

我亲身体会到新中国来之不易。中国人民长期受尽苦难，企望自己的国家改变命运。民心不可欺！我们这个年龄的人，亲身体会了旧中国的百年史就是一个屈辱的历史，旧中国被蚕食，中国人被称为"东亚病夫"……我小时候住在北京西城，旁边的官园现在是个繁华的花鸟虫鱼市场，可当年就是一个乱葬岗子，我在那里亲眼见过倒卧[①]，那时候真的是民不聊生。毛泽东后来还讲过一句话："中国人民从此站立起来了！"——这是在天坛举行的一次会议上宣布的。新中国建立，成为在国际上有重要影响的国家，中国人才能挺直腰杆，身为一个中国人是值得自豪的。

《民主青年进行曲》

北平解放后，华大文工二团排的第一个大型话剧是《民主青年进行曲》，反映 1946 年北平"反饥饿反内战"学生民主运动。据我记忆，演员的安排是：

方哲仁——蓝天野

宋蓓华——胡宗温

贺百里——田冲

何迈——耿震

大姐——严青

大刘——白山

冯文辉（大炮）——方琯德

宋教授——苏民

刘震——李醒

老校工——丁里

---

① 倒卧，京津地区方言用语，指在严冬季节，衣不蔽体，冻饿而死在街头的流浪者。

1949 年,《民主青年进行曲》中饰演方哲仁

我们大都亲历了 1946 年那场声势浩大的学生民主运动。我演的方哲仁是这个戏的主角,是个不问政治、一心用功的大学生,最后受到现实生活的冲击,激发出正义感,投身到民主运动洪流中去。《民主青年进行曲》是解放初期影响比较大的新创话剧。还有一部影响较大的新创话剧是反映纱厂工人的《红旗歌》。

我演方仁哲,是我在演剧道路上一次有益的创造经历。

华大文工二团刚进入解放了的北平、还没有完全安顿下来时,方琯德和吴艺带着他们的小女儿班比,还有耿震、大胡子王傑从南方辗转进入解放区,最后到了北平,就直接参加了二团,所以他们也参加了《民主青年进行曲》。此外,这一时期华北大学广泛招收人员进行培训,其中有些有演戏经历的人进入二团,周正就是这时来的,他也在《民主青年进行曲》中演了一个比较重要的角色。

此后,又从华大三部新招收短期培养的学员中,选拔了一些人到二团,有朱旭、李婉芬等,都是北平的中学生,没演过戏,但是很有灵气,后来都成为造诣不凡的骨干力量。还有一个冯钦，也是中学生，爱好文艺、体育、足球踢得很好，还擅长百米短跑，聪明绝顶，但就是不入戏，上台发憷，让他改做效果，这就决定了他的一生。冯钦后来成为中国搞音响效果的最顶尖人物，才华发挥得淋漓尽致，北京人艺《茶馆》、《雷雨》的效果达到至精至微的艺术水准，再难企及。

中华人民共和国成立，华大文工二团改组为中央戏剧学院话剧团，《民主青年进行曲》也还是继续演出了一段时间。

在中戏话剧团

由文工二团改建为中央戏剧学院话剧团，大家都很高兴，因为又成为专业话剧团体了。这时陆续又增加了一些成员，刁光覃正式参加话剧团，赵韫如留美归国，杨薇从香港回大陆，黄音、平原从东南亚来到新中国的首都北京。未几，有两位中央戏剧学院普通科（当时尚未设本科）短期培训毕业生，分配到话剧团，一个是在职业剧团演了些戏的张瞳，另一个是中学生的林连昆，过去也没有演过戏，但颇多文体才能，足球踢得好，能踢前锋，还能当守门员。

中央戏剧学院话剧团颇具实力，但两年多时间里，演出却不尽如人意。首先是剧本问题。抗美援朝期间，话剧前辈洪深先生[①] 创作了一个剧本《这就是美国

---

① 　洪深（1894—1955），学名洪达，中国现代戏剧三大奠基者之一，中国现代话剧导演制度的建立者，剧作家，戏剧与电影理论家，教育家。1919 年在哈佛大学转攻文学与戏剧，是中国获得戏剧硕士学位的第一人。1928 年 4 月，洪深提议用"话剧"一词统一当时对现代剧的混乱称谓。话剧代表作有《赵阎王》、《少奶奶的扇子》、《农村三部曲》、《飞将军》等，电影剧本《申屠氏》是中国第一部较完整的电影作品。他编剧的《歌女红牡丹》（1931）是中国第一部有声电影。

生活方式》，写美国各阶层人物。他先用英文写，然后再自己译成中文，并由他亲自导演，话剧团倾全团之力排这个戏。我在戏里演主角，一个有进步思想的职员。全剧连排审查时，戏剧学院领导都来了，文化部副部长周扬也来了，看戏后一致的意见是，剧本立意和表现不鲜明，到底是揭露还是宣扬美国生活方式？于是这个戏被否定了。当时大家对这个决定还是很服气的。

接下来一个戏，是中戏创作室新写的大型剧本《开快车》，工厂题材，话剧团又是投入全部力量：田冲担任主角，一个勇于革新的干部，演得很生动；方琯德演那个思想保守且官僚主义的厂长，也体现得气派十足。原定我演一个工程师，可是当时医院给我误诊，说我必须休养，后来这个角色就换人了。

当时大家对《开快车》抱有很大期望，而且觉得演员阵容强，但全剧连排时，领导审查的意见是，表现官僚主义太严重，以致给党的干部抹黑了，而且那个官僚主义厂长叫史向红，作者是以"思想红"的谐音取名的。这个费尽心力的戏又被否掉了，周扬看完这个戏的连排后说："我很感动，但我不同意。"话剧团连续两个大戏被否决，好像还花了一段时间，学习整顿文艺思想。

此后，话剧团选了苏联剧本《俄罗斯问题》[①]，并请著名导演章泯来执导，演员也配备了最强阵容：刁光覃、田冲、赵韫如、耿震、方琯德……决心搞出一部力作。我按医生建议去疗养了，没有参加这个戏，大家还挺为我觉得遗憾。

听说《俄罗斯问题》已经全剧连排了，导演章泯突然发出了一通批评，认为演员的表演全是形式主义的，一个比一个形式主义！整个排练过程中没提过，戏马上要演出了，这一通猛批让演员们发懵。后来我在剧场看过演出，觉得演员的表演还是很好的，如果说有什么问题，就是戏比较拖，节奏不够鲜明，应该是导演处理的问题。《俄罗斯问题》不失为一出好戏，但不那么精致感人，没有产生太多影响。

---

① 《俄罗斯问题》，苏联文学家、剧作家西蒙诺夫于1946年创作的剧本，揭露美国统治集团发动新战争的企图，写一个善良的美国记者，抵制华尔街的收买，拒绝写污蔑苏联人民的作品。

中央戏剧学院话剧团时期，演出最多、影响较大的，还是华大文工二团延续下来的《民主青年进行曲》。

还有一组小戏，到处巡回演出，也去郊区搭台、晚上挂汽灯演。在独幕剧《生产长一寸》里，我演老王，一位铁匠工人师傅，朱旭演个徒工。朱旭经常说，他第一次演戏，就是和我同台，在这个戏里演我的徒弟班彪——"半彪子"的谐音。戏的场景就是打铁车间，我掌锤，朱旭抢大锤。为排这个戏，我们去铁工厂体验生活，学打铁，演来还像模像样。我为自己的角色造型很下了些功夫，把观察体验所获的形象积累、再创造，形成一个很有特点的老工人造型，那时我也才二十岁出头，这个造型我自己都很满意。

也是缘分，在我写到这个片段的时候，正值 2012 年我演《甲子园》，也和朱旭同台合作。

北京人艺一甲子

——舞台演剧生涯

1958 年，周恩来总理看北京人艺演出《红旗飘飘》后，在台上与蓝天野（前左）等演员谈话

1961 年

1959 年，郭沫若为演员讲《蔡文姬》资料，朱琳（左前三）、蓝天野（左前二）、童超（左前一）在座

1953 年 6 月 12 日北京人艺院庆一周年，曹禺院长（右一）和方琯德（左二）、童超（左三）、蓝天野（左一）畅谈

1957 年,《北京人》中饰演曾文清

1958 年，《茶馆》首演剧照，左起：于是之（饰王利发）、蓝天野（饰秦仲义）、郑榕（饰常四爷）

1979 年,《茶馆》中饰演老年秦仲义

1979 年,《茶馆》中
饰演青年秦仲义

1980 年,话剧《王昭君》中
饰演呼韩邪大单于,狄辛饰演
王昭君(右)

2011 年，回归话剧舞台，在《家》中饰演冯乐山

2012 年，《甲子园》中饰演黄仿吾

北京人民艺术剧院建院的第一个戏

1952 年，文艺工作要求专业化，于是中央戏剧学院的歌剧团、话剧团、舞蹈团和原北京人艺（后习称为"老人艺"）同专业的三个团，按专业归口合并。时任北京市委书记兼市长的彭真说："我北京只要一个话剧院。"因此，两个话剧团合并，于 1952 年 6 月 12 日建立了北京人民艺术剧院。

在筹备建院的过程中，有一项重要的演出是 1952 年为纪念世界文化名人果戈理[①]，孙维世准备排《钦差大臣》，以中国青年艺术剧院为班底，从我们正在筹建的剧院选出田冲、叶子、方琯德和我参加这个戏，后来又选派了刁光覃，共五个演员，算是两个剧院联合演出的剧目。

刁光覃参加《钦差大臣》还有个曲折的缘由。原来演市长的是一位老演员，戏已经排了一段时间，导演孙维世觉得他确实不适合这个角色，不得已决定更换演员，但市长戏份很重，一时到哪里去找这样的演员？有人提到刁光覃在演剧九队时，演过这个戏，据说演得很好。维世同志没有见过，也不了解刁光覃，慎重地提出要见老刁，还要求他试一段戏。按约定时间，由田冲、方琯德和我陪刁光

93

---

① 果戈理（1809—1852），具有波兰血统，出生并成长于乌克兰，当时为沙皇俄国辖地，故称为俄国作家，善于描绘生活，具有讽刺性的幽默。被称为俄国现实主义文学的奠基人。车尔尼雪夫斯基称他为"俄国散文之父"。最著名代表作有小说《死魂灵》、剧本《钦差大臣》等。

覃到铁狮子胡同维世同志住地，让刁光覃到里屋去临时准备，现场表演了市长最后一大段独白。孙维世导演当时也没有表态，在我们同车离开的路上，只说了一句："准备处理善后吧。"我们明白，她是对老刁感到满意，决心换演员，请刁光覃来演市长。

孙维世在苏联学习戏剧导演多年，回国后，曾在华大文工二团和我们短暂合作过，后来又看过她在青艺导演的《保尔·柯察金》，从她的导演手法和水平，还有第一次在舞台上看金山的表演，都使我极为震动，这次《钦差大臣》的排练，更有直接的体会。

我看过苏联把《钦差大臣》拍成的影片，集中了苏联强大的演员阵容，表演非常精彩。但刁光覃演的市长比之毫不逊色，而田冲饰演的仆人奥西普，则是比影片中那位苏联演员更胜一筹！尤其是在房间里那段独白，简直是神灵活现。刁光覃、田冲这两位老大哥都是演剧队极优秀的演员，各有不同的人生经历和演剧风格，取得了很高的成就。这次《钦差大臣》的合作，他们都对孙维世导演极为钦佩，从维世同志的导演工作中，对斯坦尼斯拉夫斯基体系有更直接更深的感受。田冲毕生最佩服的导演有两位，就是焦菊隐和孙维世。刁光覃也由衷地说："我将来演戏导戏，要运用孙维世导演的办法。"

在《钦差大臣》里，我演医院院长，有点儿难为我了，或者说，我不太适合演这个人物。这是一个"戴小帽的肥猪"的角色，贪婪、老奸巨猾又胆小，样子应该是肥猪般的大胖子。我也曾设想，从脸部到全身，做成极胖的造型，虽然演出时在化装上还算取得了比较突出的特点，但我这个二十多岁的年轻演员，终究没有把这个饱经人情世故的人物演绎鲜明，这是我很一般的一次表演。

《钦差大臣》即将上演前，有一件至今很少有人知道的事。两院联合公演的戏要开始做宣传了，有关人员问："你们正在筹建的剧院名称是什么？"我们赶紧回去问，很快给的答复是："北京艺术剧院。"这肯定是"四巨头"已经酝酿过的想法，把建院目标规划为"建立像莫斯科艺术剧院那样的剧院"，我们隶属中国首都北京，所以定名为"北京艺术剧院"。我们也就这样回复给青艺宣传部门。

但没过两天，剧院又发来变更，告知对方，我们正式定名为"北京人民艺术剧院"。这是根据北京市委书记兼市长彭真同志意见确定的，其意义当然是要强调剧院的人民性。

所以，北京人民艺术剧院的第一个戏，是和中国青年艺术剧院联合演出的《钦差大臣》。

北京人艺建院之初

1952 年 6 月 12 日，北京人民艺术剧院正式建立。一个不大的建院会，在史家胡同 56 号的小院里召开，下午到傍晚，在那棵大核桃树下，北京市领导人、戏剧界几位前辈和全院人员参加。致辞、祝贺、宣布市委市政府任命剧院领导人……六十多年过去，一些细节已渐模糊，印象中，那更像一次茶话会。

未久，"四巨头"会谈，也就是院长曹禺，副院长焦菊隐、欧阳山尊，秘书长赵起扬，在"56 号"东小院的 42 小时会谈，提出："要把北京人民艺术剧院办成像莫斯科艺术剧院那样具有世界第一流水平、而又有民族特色和自己风格的话剧院。"人心振奋。莫斯科艺术剧院，那是我们心中最高的戏剧艺术殿堂，斯坦尼斯拉夫斯基体系是我们倾心求索的演剧境界。那一年我 25 岁，标准的青年演员，对未来满怀憧憬。

目标宏伟而大胆，起步却是脚踏实地。建院之初不是马上排戏，而是用较长时间体验生活，这在另外章节里将有详细追述。建院之初还布置全院学习了两篇文章：《演员的道德观》和《演出的青春》。

剧院总是要演戏，在半年的体验生活之后，排演了《赵小兰》等一组小戏，即所谓"以四个小戏起家"。紧接着，又排演了一组小戏，我参加的一个独幕剧叫《长海来了》，演一个木工组组长，这组小戏主要是巡回演出，部队、工地、郊区农村……经常是临时搭台，挂起汽灯演出，演一场换一个场地。1953年夏天我们去郊区演出，晚上演戏，白天帮老乡收麦子。北京这个季节多是雷阵雨，几乎每天收麦子时都是晴空万里，但刚把麦子割完堆在场上，就突然阴云密布、大雨骤降，于是赶紧抢着收堆苫起，又总是还没抢完，就雨过天晴。演戏也常这样，汽灯亮起来了，观众也带着小杌、蒲团什么的，在台底下坐得满满的了，一小片乌云立即变得瓢泼大雨！人们马上散开避雨，却又云住雨歇。这是寻常事，观众还是看得有趣，我们也演得兴致极浓。

随后开始排演大戏，1953年、1954年这两年我参加了两部戏的演出。

《非这样生活不可》，苏联作家所写反映民主德国故事的剧本，由欧阳山尊导演，有刁光覃、田冲、赵韫如等老演员，苏民、狄辛、周正、马群、胡浩等若干青年演员。我在戏里演工程师格鲁伯，自我感觉从人物性格、造型都还是可以的。演出水平还不错，但《非这样生活不可》算不得苏联剧本中的上乘作品，也不能成为剧院的保留剧目。

再一个就是北京人艺的重点剧目，要排曹禺院长在新中国成立后的第一部新作《明朗的天》，自然倾全院之力，由焦菊隐先生导演，刁光覃演主角凌士湘，还有叶子、杨薇、梁菁、董行佶、马群、狄辛、朱旭、徐洗繁、吕恩、刘华、尚梦初……

焦先生给我的角色是绰号"阴间秀才"的医学院教务长江道宗。曹禺先生妙笔生花，这绝对是一个特色鲜明、对演员诱惑力极强的角色，而且我清楚地知道，自从1947年《夜店》的合作起，焦菊隐先生就关注我在表演上的突破。焦先生对我说："你的声音虽然不是典型的男低音，至少是Baritone（男中音），但你要演的这个角色，应该是江浙一带人，声音高而尖细，你要让观众听不出是你来。"我很能体会焦先生的用意，当时剧院也正在焦先生引领下，特别热衷于创造特征鲜明的人物。机会难得，我倾尽全力去练，学江浙语言，把声音尽量提高变细，排演场内外，随时随地，除了"我就是那个江教务长……"那些剧中台词，还用各种南方特有的词语去练……练得总有些明显变化，从中寻找人物的感觉，但进入排练场，焦先生还不满意："你声音是变窄了，但是要高上去，再高八度。"这可难了，我除了天生跑调，还就是音高不够，平日最普通歌的高音部分我都唱不上去！声音我也许还可以继续改变，方言也行，但从生理上，我确实高不上去。

其实我也明白，外部形体和语言的改变是一方面，关键是我不熟悉这样的人物，在我的生活经历中没有接触过这种人。虽然一些大学经历丰富的同事给我描述了清华、燕京、北大这些高等学府的高层人士，也是性格各异，我也去协和医学院体验生活，参加高层专家会议，但只是表面的接触。最根本的原因，是我不熟悉这样的人物。

很多人说，焦菊隐先生脾气不好，这也是事实吧，但长久以来，包括以前和此后的合作中，他对我都是很耐心，甚至总是尊重的，一位前辈的关怀。我这个江道宗真很难达到他的要求了。恰值我病了几天，焦先生以这个缘由，请新来的一位演员演江道宗，等我病好之后，让我改演志愿军庄政委了。这位新来的演员是张福骈，只是年轻时在燕京大学和同学孙道临等课余演过点戏，后来做生意去了，新中国成立后不愿意再当商人，就想要改行演戏。虽然没做过专业演员，在学校时演戏经历也不多，但这个"阴间秀才"他初次排练就对了，也没有改变声音语调，但人物神态准确，因为他既熟悉这样的人物生活，本人条件又与角色相当适合。后来《明朗的天》参加全国话剧会演，张福骈还获得演员三等奖。张福骈是个很实在的人，又由于我和他有很多共同爱好，喜欢玩儿，养鱼、养鸟……以后还在《北京人》等戏里合作过，我们私交不错。

遇到"阴间秀才"江道宗这样一个角色，本应是我极难得的机遇，但这是我的一次失败。回顾以往，从失败中也获益。曹禺先生在《明朗的天》中，塑造了众多生动的知识分子形象。焦菊隐先生也对这样的人物和生活太熟悉，不仅对我，他向好几位演员都提出了若干人物特征的要求，这些人物在他心中是活生生经历的，但演员却很难体会。焦先生自己后来也总结，他在这次导演实践中，对演员如何创造人物的探索，是走了些弯路。几年后，在剧院决定由我筹办演员学习班时，焦先生还曾提到《明朗的天》的排练过程中，对演员的引导只是"由导演分析人物性格"，"规定地位调度和形体动作，然后让演员照仿，强制规定多于启发"，"大多数演员却很难进入角色，加上演员对他的实验目的也不尽了解，于是演员本身的创造性和主动性被限制了"（以上引自中国戏剧出版社《经典人物——焦菊隐》，作者是焦先生长女焦世宏和刘向宏）。

焦先生仍在继续探索表演问题，此后，他对"形体动作方法"做了更深入的实践和发展，并更注重充分发挥演员的主动创造性。

可就是《非这样生活不可》和《明朗的天》这两个戏，为我的演剧生涯带来极大的幸运，这个很大的课题，另设章节记述吧。

大半辈子演了很多舞台剧，不罗列流水账了，拣出几例，来追忆将近七十年的往事，有顺风顺水，更有坎坷崎岖，苦乐交织。

《北京人》·曾文清

曾文清是我长久以来最想演的角色之一。曹禺先生的剧作中，我最喜欢的也是《北京人》。曾文清这个人物我能理解，也觉得自己适合演，时常会想象这个人物会是什么样？在生活中也会时时留意。但是真的要演了，我反而有一种仓促的感觉，仿佛心里还没有充分准备好。

也确实事出仓促。1957年，剧院决定排《北京人》了，由田冲导演，他刚从苏联专家主持的导训班毕业回院。这时我正主持剧院在职演员学习班的表演教学，尚未结业，就匆匆调我去演曾文清，当时有一种心理，这个寄托了我多年愿望的角色，就这样匆忙上阵？似乎有些不大情愿。因为还要处理我表演教学遗留的事宜，所以我进剧组也是最晚的。

演吧。

从我曾经对这个人物的设想中去搜索，再继续从生活中，从经历中去捕捉、酝酿，我这个曾文清是什么样的？一个世家子弟，能诗善画，称得上有才情，会养鸽子，放风筝，还抽大烟，并且很重感情。曹禺说曾文清是一个不值得同情的人，当然他也不是坏人，可也怪，我在演这个人物的过程中，总是摆脱不掉对他的同情，怒其不争，也哀其不幸。我呢，画画可以，但文学修养一般，写不了诗，尤其是古体诗，这要用心补一补诗词，体会些人物以诗寄情的心境吧；放风筝我略懂一点；鸽子我自己没养过，但我看见过别人养，有兴趣，还读过《鸽经》、于非闇所著《都门豢鸽记》等等，我还专门去请教养鸽子的人，学怎么看鸽子的品种优劣，嘴怎么看，眼睛怎么看，怎么把鸽子拿在手里它才是最舒服的……甚至对抽大烟我都有些了解，当然我自己不抽，但我知道大烟怎么个抽法儿，烟瘾上来时什么样儿；还有就是品茶，一个人品茶时的状态，老北京的品茶和现在习见的喝功夫茶不一样，是一种很独特、很讲究的文化和社会习俗，我专门寻访了老先生为我讲解，在舞台上自己得知道怎么做，哪怕坐着不动，心里也有底。再有，夜晚曾文清坐在那里，江泰和袁任敢在旁边聊天，曾文清突然念了几句《钗头凤》。我希望前面的"东风恶，欢情薄……"几句最好是吟诵出来的，到后两句是一字字念出来："一怀愁绪，几年离索……"然后是："错，错，错！"我找了一些吟诵材料，但那些都很简单，表达不出人物此时此刻的心绪。后来田冲给我谱了一个曲，我觉得不太像吟诵，也没有采用，最终作罢，至今感到遗憾。

从演出结果看，我演曾文清这个人物还算是成功的。

《北京人》整个戏应该是什么样，以后我也不断在想。很多年前一次电视台采访，谈到曹禺院长，我边谈边萌发一个观念：《北京人》确实是曹禺最好的一部剧本，戏里那些人物都是在他脑子里积累形成并且蒸腾许久，让他不吐不快，有感而发写出来的。这些人物每个都很有才：曾文清能书善画；愫方出身名门，善良聪慧；曾皓虽然视"漆了十五年上了数百道的楠木棺材"为命，但他"做了几十年牛马"，自是有才干，且挂念的是孙辈读《昭明文选》；江泰是留洋生，不逢时运而已；甚至思懿也是很干练的，这样一个封建腐朽的大家庭都是她一个人在打理。但这么多有才华的人却憋困在这个"家"里，如果不冲出来，不打破它，只能最后都憋闷死在里面。这会让观众自己感受到，必须冲破、改变这样的社会，而不仅是让那个象征"北京人"喊出"我们打开，我们走"来告诉观众什么。戏真是非常深刻的。

周恩来总理看过我们《北京人》演出后，到后台来和演员们谈话，还把我叫到前面，肯定了我："你这个文清演得很好。"让我分外高兴。那些年，我演的所有戏，周恩来总理都看过。

《茶馆》——从不熟悉到熟悉的秦二爷

1956年12月2日，在北京人艺205会议室，老舍先生为全体演员念他的新剧本《茶馆》。听老舍先生念剧本就是一种乐趣，他一边念一边讲，有时候还站起身来比画……一个个人物活灵活现！念完后，群情激奋！难得精彩到这份儿上的剧本，老舍先生说：《茶馆》里每个人物，都是我看过相、批过八字的。

剧本读完，当场宣布：北京人艺决定要排《茶馆》，现在就可以申请角色了。"申请角色"是北京人艺形成的一项制度，确定要排某个戏了，演员可以根据自己的愿望，申请演某个角色，而且是书面申请，还可以写明为什么想演这个角色，具备什么条件演这个角色；有时还会推荐，建议哪位演员演某个角色。《茶馆》开始申请角色了，引起一片沸腾，有的说想演哪个角色，更有的说如果我能如愿演上某个角色，就请大家去广东酒家吃"粉果"；也有拿不定主意的，说只要能让我在这个戏里就行，哪怕是没一句话的群众都行……

我没有申请角色。虽然听了剧本也极为兴奋，但我确实想不好，这些三教九流的人物，我能演哪一个？

但演员名单公布了，有我，而且是比较重要的角色：秦仲义——秦二爷。仨老头之一。

一些演员为我高兴，林连昆说："蓝天野，你可摊上个有趣的好角色了。"说实在的，我没有这种感觉，真不熟悉这样的人物。但能参加这么精彩的一部戏，而且是比较重要的角色，总是好事。演吧。可怎么演呢？

剧组建立以后，没有马上排戏，请了老舍先生和研究老北京的专家金受申先生来，讲老北京的掌故和风土人情。焦菊隐先生布置演员去体验生活。

一开始，焦先生要求演员们不要只奔着自己的角色，要到生活中去寻觅、了解各种有关老北京的人和事，演员们于是仨一群俩一伙，分头下去了。那时候老北京的遗迹比现在遗存着的要多，戏里"老裕泰"那样的大茶馆是没了，但中小型茶馆还有一些，包括一些书茶馆；城墙拆了，但像安定门城门楼还在，城里城外、城门洞口路两旁还有各样生意人的地摊儿，卖估衣的、算命看相的。我们有的还真去算了一卦，实际就是我给他"相面"，琢磨他的心思、言谈举止。演员们都分头去泡茶馆，观察体验各色人等。

经文化局王松声介绍，我们去访问了两位老评书艺人。童超在《茶馆》里前面演庞太监，后面演说评书的，这自然是他体验生活的对象，我和于是之也极有兴趣，三个人从下午起和这两位老艺人聊到深夜。其中一位是当时正走红、听众甚多的陶湘九，拿手的书是《五女七贞》，给我们讲学艺经历、人在江湖的艰难，还当场给我们说了《五女七贞》的段子，讲说书人怎么抓住听众的诀窍……童超后来在演出时自己改的那段词儿："三侠、四义、五霸、十雄、十三杰、九老十五小……"可谓精彩，就是从陶湘九那儿学来的。陶湘九饱经世故，告别时一番谦词："您老几位哪天到书馆听书，给我提个醒儿，恕我眼拙！"在礼貌中又

101

带着江湖规矩。另一位较为年老的长者，应该辈分比较高，但肯定逊于陶湘九的风光，在天桥等地撂地说书，时不时补充或随声附和几句，临走时也同样客套几句："您听书去，提个醒儿，恕我眼拙。"

这一天，我们收获颇大，兴致益然，从西城向东城史家胡同返回的路上，还在议论不绝。到宿舍大门口时，夜静更深门已上锁，敲门时才突然想起，这晚是董行佶和陈国荣、朱旭和宋凤仪，四位演员两对新人结婚的日子，早就得到邀请，可一着迷采访就给忘在脑后了！但午夜已过，各家各户都黑灯了，总不能敲人家新房的门，贺喜闹房去吧？只好次日（实际已是当日）再挨门道歉。

这一阶段体验范围广，见到形形色色的人和事。焦先生提出，让演员们把自己最感兴趣的，以观察人物生活小品的方式，在排练场演出来。

这之后，焦先生又布置下一阶段体验生活，集中在和自己角色有关的人物对象上。在人们为我介绍的一些体验生活对象中，偶然遇到一位让我很感兴趣的企业家。他经营的生意很多，也很大，当时已经公私合营了，但他仍是民族资本家中的代表性人物，仍处在事业的鼎盛时期，人的状态显得意气风发。我和他本人接触不算很多，一则他很忙，再则我也说不清他对这种不期而至的访问有无戒备，倒是和他的家人接触较多，尤其和在他家干活儿的人们混得熟了。

这位企业家似乎把开拓事业当成唯一的乐趣，这可能正是秦仲义的特点。但他的家庭和生活方式格外引发我的兴趣，包括家里的各样陈设，仍然像我所见过的那种封建大家族的模样：古董、字画，古色古香极为讲究的家具，而且花鸟虫鱼，养鸽子，养鸟，还喂养蛐蛐儿……都十分精到。不过，对这些他并不在心，各种玩物都有专门的人侍弄，有花把式、鱼把式、蛐蛐把式……我因为对这些方面的爱好，和他们处得很熟了，从另外的角度为我体验生活提供了方便，甚至他家那位鱼把式以后离开，独自经营去了，一二十年后，和我还有来往；而那位蛐蛐把式也视同知音地给我讲，他们每年秋天到德胜门外路边的小店里，专门等候从小汤山回来的蛐蛐贩子，使尽招数，不惜高价，一定要把最上等的蛐蛐给主人弄到手，在全北京城一定算第一份儿。但那企业家连那些珍稀古董都无心一顾，更别说这些玩物了，可是所有的事他都必拔头筹，这是家族几代传承，不能缺了这个排场和体面。

演员都希望从生活中找到自己角色的原型。而我从这些周围各种人身上，更能多方面体会到"原型"的感觉。通过体验生活，我悟到，秦仲义也是从封建世家冲出来的，这就是那个时代新兴资本家的特征。对封建家族我了解一些，这样，我比较熟悉的东西开始在我不大熟悉的人物身上起作用了。

也可以说，我开始触摸到自己的角色了。

但是演戏，要由我自身去体现角色。开排前，导演又要求演员们根据这阶段体验生活所获，再做自己角色的生活小品。我构思了这样一个表现人物关系的小品，找扮演庞太监的童超等演员一起演，情节大致是：

秦二爷叫人给物色到一只绝顶出色的鹌鹑，偏巧被庞太监（童超）看见了，也争着想要。我（秦二爷）当然不肯让，中间人刘麻子来回说和，双方争执不下，但毕竟是我先要的，又故意抬高了极大的价钱，庞太监终归财力比不上，所以最后鹌鹑还是被我买下来。

事儿还不算完。

我把鹌鹑得到手之后，随即吩咐人："去，把它送给庞老爷。"庞太监本来就输了一筹，正在气头儿上，这个表面人情更是让他当众明显受到污辱！

童超（庞太监）气恼之下，说："拿到后厨，给我炸了下酒吃！"噢，这可是价值连城的鸟啊！

我淡淡冷笑地回敬了一句："庞老爷，您好雅兴！"

103

我们就把这个人物生活小品定名为《鹌鹑斗》。

这是我在体验生活的基础上，逐步对自己的人物酝酿过程中结构出来的。这个小品引起大家很浓的兴趣，更是我开始进入角色很有作用的一步。

回顾当年《茶馆》首次排练，花在体验生活上的时间和精力，比用在排练过程中的还要多，也是我演剧生涯中，对一个不熟悉的角色，达到熟悉并鲜明体现出人物形象的有益例证。1957 年排《茶馆》的时候，我 30 岁，正是角色第一幕年轻时期的年龄，但体现人物意气风发并带着些许傲然自得的性格状态，还是要花工夫创造的，尤其演第三幕秦仲义晚年时期，就更需用心从生活体验中去探索创造了；1963 年演出时，我又逐渐找到人物头部不断痉挛颤动的病态特征。这最后一幕仁老头的戏很难演，导演焦菊隐先生专门用一个晚上排这场戏，诱导启发演员找到那种历尽坎坷沧桑，从心底发出倾诉的感觉，从而使这一部作品成为在老舍先生和焦菊隐先生两位大家的引领下，打造出的经典篇章。

1958 年 3 月，《茶馆》首演，反响强烈，这也是焦菊隐先生以近现代题材剧目而非古装戏探索话剧民族化的经典之作。

创造还在继续。

二十年后，其间还经历"文革"的岁月，1978 年，剧院决定复排《茶馆》。老舍先生、焦菊隐先生已离世，但绝大多数原班演员还在，《茶馆》再度上演，把中国话剧史上的这部巅峰之作留住了。

历经磨难，劫后余波，那最混乱的年代造成的破坏性损失难以弥补，但对文艺创造、对戏剧、对演员也是一笔财富。演员和观众都带着对生活更深一层的经历和体会，来感受《茶馆》。

"文革"中，我亲眼目睹了一些人遭受折磨、囚禁……不仅是身体上的摧残，更有对心灵、人格的打击和污辱。我自己也深有体会。以前演《茶馆》，对最后仁老头这场戏也懂，但再次复排上演，不只是知道、了解，是有了体验。

1992 年最后一次演《茶馆》时，我已经是年过花甲，接近秦仲义最后一幕的年龄，这样我就必须解决一个难题：怎么把秦仲义第一幕那种年轻气盛、风华正茂的人物感觉体现出来？当然，我那时胳膊腿还算灵活，但光靠这个还不够，肯定还要从表演上想些办法。于是逐渐琢磨，先是上场前较早在候场区活动，来回慢遛快走，找到一种骑在马上路经街市的感觉，勒缰，下马，跃上茶馆大门的台阶；站在门口巡视这房子——目中无人，只是端详这房子的时候，撂下掖在腰间的长袍大襟，甩开绕在脖颈的辫子，伙计上来接过我微举的马鞭……这是个"亮相"，裕泰茶馆只这一个大门，每个人物都要从这里出场亮相。我是有生活依据的，因为一路骑马，所以袍襟要掖在腰间，辫子缠绕颈上，才便于乘骑；这也是经过用心设计和即兴结合的外部动作。我希望一出场就有与众不同的人物身份感觉，体现步履轻盈、潇洒不羁的神态。

我设想的秦仲义，事业正在顺利发展之际，刚刚和三五知己畅饮几杯，趁着微醺，信马由缰，一路行来……值得怀念的是，《茶馆》音响效果冯钦见到我在准备，起身拿起竹筒铜铃，造出马蹄銮铃声响，自然而然地和我配合起来，蹄声由远而近，使我更增添了真实感和信念，当我"吁"的一声勒住缰绳，冯钦随即做出马的嘶鸣，然后"嗒、嗒……"蹄声渐缓渐停，又是一阵响鼻声。我们在候场时共同演了一场真实的戏，促我带戏上场。冯钦称得上中国音响效果的第一人，他绝多都用人声、器械声，很少用音响录音操作，他那套坊间早已淘汰的陈旧钢丝录音机，一直随《茶馆》到世界各地去演出，令外国同行惊异佩服之至！

天道不公！多才智慧的冯钦，那么好的身体，毕生只去过一次医院，就这一次，当即被留下住院，再也没有出来，英年早逝！到何年才能再出现这样一位天才聪颖的音响效果大家？难。

演了几十年、近四百场的《茶馆》秦仲义，时代转换，年龄增长，对人物的理解处理不断改变发展，也难记清，是哪一度演出时，哪些地方又有加工和丰富。

《蔡文姬》·董祀

演了大半辈子戏，董祀是我摊上的最为概念化的一个角色。

1959年，胡志明主席（前右二）观看《蔡文姬》演出后，由总导演焦菊隐（右一）
陪同上台为演员献花，会见刁光覃（左一）、朱琳（左二）、蓝天野（左三）

    1956年，焦菊隐先生导演郭沫若的《虎符》，以"矫枉必须过正"的胆识，
开启了探索话剧民族化的路，这只是起步。他曾说，《虎符》还有很多没来得及
试验的东西，比如，很想在音乐方向做些探索。于是，他又选适合的剧本，最初
他要排郭沫若抗战时期的另一部戏《筑》（又名《高渐离》），是写战国时期高渐
离击筑刺秦王的故事。筑是古代一种乐器，这自是饱含了音乐的成分。

    1959年初，《筑》已经建组，演员也都分派好了，田冲演高渐离，我演秦
始皇，朱琳演两个人物——双清夫人孪生姐妹。我对秦王嬴政这个角色非常感
兴趣，人物性格特征突出，还有几场情节出人意料的戏。但建组后，大家觉得
今天演这部抗战期间写的剧本，不太有现实意义。后来郭沫若也说："现在再
演这个戏不合适，如果需要，我可以写新的剧本。"当时郭沫若正在着手写为
曹操翻案的文章，研究资料过程中自然接触到文姬归汉的情节，于是用了七天

时间写出《蔡文姬》。对这个新剧本，大家对其真情和诗意自然也有感受，但又觉得，作为戏剧，是否太简单了些？然而，焦菊隐先生说："好！我要的就是这样的剧本。"

北京人艺当即决定改排《蔡文姬》，作为国庆十周年献礼剧目。

那时，北京人艺正热衷于在表演上"塑造鲜明人物形象"，特别对外部性格特征突出的人物发生兴趣。

《蔡文姬》筹备期间，没有很快确定演员名单，据副导演私下透露，在三个演员和三个角色的安排上，还在犹豫不决：苏民、童超和我，谁演董祀，谁演左贤王，谁演周近？并说有一种方案是苏民演董祀，我演左贤王，童超演周近。刚刚一个秦始皇没演成，左贤王这个人物也让我很感兴趣，一个匈奴王爷，性格强悍，又从青年演到中年的跨度，还有民族间的极大误会，面临妻离子散的悲愤遭遇……这样的角色是很吸引人的。而且，在曾经的合作中，焦先生也很鼓励和支持我在人物性格化塑造上有所突破的愿望。

但是，在最后公布演员名单时，我演董祀。当时我真觉得很乏味，在我所遇到的角色里，这一个——董祀，确实是最概念化的了。他在全剧中的两场重点戏，就是在蔡文姬沉溺于悲伤的时候，两次说了大段的大道理，促使文姬情绪转变。这个人物几乎没有什么特色，两次讲大道理，也就是"大道理"罢了，甚至也没有略富色彩的心理情绪，就是在那儿干说。

是很乏味，当然还要认真去演吧。

再读剧本，作家七天成稿，大手笔！气势磅礴、奔放、流畅，写尽了蔡文姬抛儿别女，悲愤欲绝，以其心血赋出《胡笳十八拍》的心境……而蔡文姬两次巨大的心绪变化，都是由于董祀关键一席话的结果。剧本真情浓郁，但一想到自己的角色，依然摆脱不了苦恼，这个人物的语言实在太枯燥乏味了。

创造上是很苦的。在表演上，我喜欢着重研究人物关系，寻找角色待人接物的自我感觉。逐渐，觉得还是很有些可挖掘之处，董祀和蔡文姬之间的人物关系，还是颇为复杂，或者说是在多种矛盾中找出丰富些的特点。

107

——他们是姨表姐弟，自小一起长大，失散多年，今又重见了。

——他又是使节，受命于中原朝廷，代表汉丞相曹操。

——而他要迎回的却又是曹丞相挚交之女，他以屯田都尉低微官职，面对曹丞相"当做自己的女儿一样"的文姬夫人，这在两千年前的汉代社会，有悬殊的地位之别。

——再，匈奴与汉的关系、匈奴上层内部的矛盾，副使周近又捅了娄子……董祀必须完成迎文姬归汉的使命，更增添了麻烦。

以上种种，给人物关系提供了丰富充实的可能。此外，还要寻求一个性格比较有内涵的人物自我感觉。他有才干，有见地，为人情感真挚，但又常含而不露。这种人物自我感觉，要掌握准确，不容易，但总算逐渐具体一些了。

随着不断分析思考，感到这个人物处在复杂的环境中，处在戏的矛盾之中。问题在于人物的语言太平常，我试着从表演上去丰富人物的语言。

由此想开去，戏曲舞台上，除净角的脸谱外，面部化装几乎没有明显的变化，但好演员体现出来的性格各自不同。梅兰芳先生，同是青衣行当的角色，有雍容华贵的杨玉环，有威风凛凛的穆桂英，还有洛神、赵女、萧桂英……周信芳先生演的宋江、萧何、宋世杰……都独特、鲜明，再说到语言，周信芳先生演的宋世杰，许多念白简直动人心魄。

话剧民族化，不是戏曲化，但要借鉴。从台词入手，我力求借鉴戏曲艺术的精华，从人物出发。董祀，对汉室中原的变迁有感受，对文姬心境有体谅，对左贤王的矛盾有同情，对曹丞相所付的使命有理解。我尽量使台词有感而发。

找准矛盾，就可以充实人物语言背后深一步的思想。在第三幕，蔡文姬深夜在父亲墓台上弹唱《胡笳》诗，董祀身处的矛盾可以归结为：对文姬大姐很难无顾忌地直言，却又不能不坦诚地直言无忌。

这一场戏，我从听开始："泣血仰头兮诉苍苍，胡为生我兮独罹此殃？……"这些诗句，董祀都听进去，被震撼，有所感，于是"不得不说"。"听"很重要，

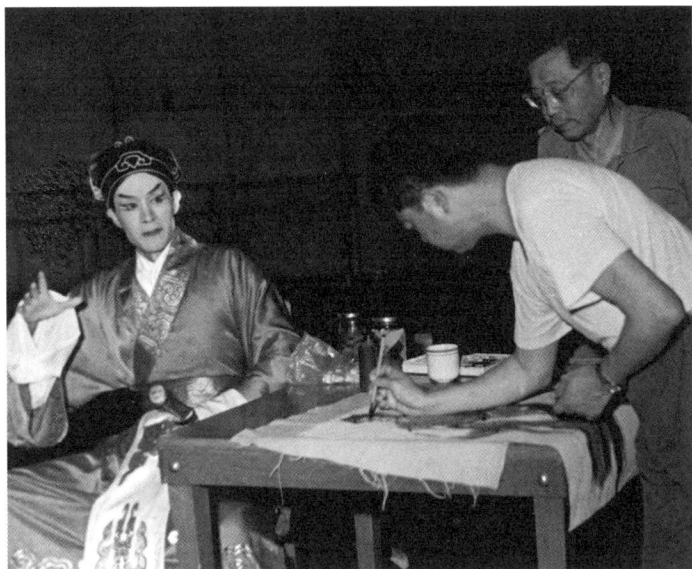

赵士英为我在《蔡文姬》中饰演的董祀画速写，右为曹禺院长

有了"听"才能流露出后面发自肺腑的语言。董祀透过诗来理解蔡文姬，那就不仅是看到她此刻的悲伤欲绝，而是体会到她半生颠沛流离、抛儿别女的遭遇。

董祀这个人物的核心是"真"。

《蔡文姬》是焦菊隐先生在《虎符》之后"向民族戏曲学习"的继续，但要融化得更自如，不是"戏曲化"，也许可以说是"化戏曲"于话剧。从语言到形体，我借鉴了京剧小生名家叶盛兰身上的气韵，是借鉴，不是模仿，甚至也借鉴了裘盛戎和周信芳表演的精华。由于自幼对京剧的痴迷，也有些许学武术的幼功，这方面我略具些优势。比如，第三幕结尾处，蔡文姬经董祀规劝，心情豁然开朗，焦先生把三次"明天见"揖别场面处理得可称神韵，我在舞台中央，背向远去的文姬主仆，躬身礼送，落幕。形体从动到静，还是完成了这一场景。

一个难度极大的角色，我尽力了。

不期而遇的角色——《王昭君》·呼韩邪大单于

从 1963 年，我就转行做导演了。虽然"文革"后恢复的保留剧目《蔡文姬》、《茶馆》都有我，一直在舞台上，退不下来，但我的专职是导演，就不再接演新的戏了。

世事难料，意外总会出现。

"文革"后，曹禺院长继续写他 1963 年被迫搁笔的《王昭君》，于 1970 年代末完成，北京人艺立即把这部戏列为重点剧目。但这肯定与我无关了。

偶然在楼道里遇到该剧导演，随便打了个招呼："戏筹备得怎么样？"

"难哪！"导演顺口答话。

"不是说要从全院演员中挑选吗？曹禺院长也拟了个参考名单。"

"难！有的角色还没着落呢，呼韩邪大单于谁演？！"

"我来演啊。"就是随意聊天嘛，不经意搭了这么一句腔。

导演盯住我，停顿了那么一会儿，说："好！就这么定了啊！"

"不，我是随便开玩笑的……"我感觉到他当真了，赶紧解释。而且我也确实是玩笑话，也真的不可能。首先，我已经在导演编制，正在考虑下一步准备导演的剧本，再则，我当时正在复排《茶馆》，身兼两戏？又是《王昭君》的男主角，确实不可能……

"说定了啊！"导演当真地补了一句。

我当时也没太往心里去，剧院要从全院演员中考虑名单，无论从哪方面想，也不会让我来演。可偏偏这偶然碰面的一句玩笑话，竟成真的了，不久，剧院公布了《王昭君》演员名单：男主角匈奴呼韩邪大单于——蓝天野。

王昭君由狄辛饰演，这是 1963 年曹禺在着手写剧本时就已经决定了的，时隔十五年后，仍然由她来演；当年确定的舞美设计，也依然由王文冲担任。

《王昭君》建组，体验生活，甚至已经开始排戏了，我都没能马上进入排练场。因为《茶馆》也刚开始复排，也是历经十五年没演，导演焦菊隐先生已逝，当年的演员们都要认真回顾，全身心投入怎样才能恢复到最好。所以，我是在《王昭君》已经排到第二幕中间，才进入排练的。当然，在此之前的一切准备工作，我都必须做充分。我读了两部《匈奴史》，翻阅了有关匈奴的词典，还去了历史博物馆，尤其难得的是看到了匈奴单于王冠的实物，后来我经过有选择的构想，把它的图纹样式用到戏里去了，对自己的服装、造型设计，我已逐步酝酿出具体方案，供舞美、服装设计参考。

可以说，演这个角色是意外的，进入排练十分仓促，但我对人物创造的准备工作，还算是比较充分。

塑造呼韩邪这个人物，对我来说，有个很具体的困难：我那时身体不好，长期失眠造成精力不足，除了一米八的身高还算适合人物的要求，但体重最低时只有60公斤，要演出一个强悍的、马背生涯、连年征战、草原上成长起来的民族君主，难度可想而知。也许正因为仓促，这次人物塑造使我无暇去顾虑、担忧，似乎从进入排练场的那一刻，就捕获到人物的自我感觉。

但塑造人物毕竟不可能一蹴而就，要一点一滴去挖掘、丰富。我没有着意去演人物的强悍、挺拔，虽然这是很重要的人物精神状态，必须呈现得很鲜明强烈，以我当时的身体状况、精神状态，要做到这一点，难度会极大。

我常向人物的另一方面去寻找，这也是我表演方法的一种习惯。我希望能展现他的柔情，矛盾导致的苦闷……我期望尽可能捕捉到这一人物的更多层面，一个"活生生的人"。"呼韩邪虽然贵为单于，但'他也是一个心在跳动的人'，也有他的快乐和苦恼，有着各种矛盾和痛苦。"他挚爱亡妻玉人阏氏，又从生疏的汉家昭君公主身上，透过年轻美貌看到了她的胆识与善良……曹禺先生于1963年"正写在兴味上"的创作状态时，神奇地刻画了玉人石像这场戏，让我有可能使呼韩邪这个威武豪迈的单于，突现他饱含至情至性的一面。

111

我力求体现人物的思虑，呼韩邪在掌控处置民族大业，以及和亲、感情上，都面临诸般纷繁矛盾。一位君主，"也是一个心在跳动的人"，苦恼袭来，需要思忖，方能决断。这矛盾不是一般的，有人作梗，有人制造事端，有阴谋乃至叛乱，而这祸首却是温敦——玉人阏氏的亲弟弟，乌禅木老侯爷的儿子，这一家对自己情义深切，立下汗马功劳，恩重如山。面对的偏偏是温敦，无法规劝，如何处置，怎能不苦苦思考。

比如，有两场戏：

通过和亲，正迎来胡汉和好局面，却发生人为制造的边境抢烧事件，呼韩邪清楚地知道，指使者就是温敦。在审判这场戏中，我把呼韩邪的注意力，集中在对温敦的观察和带有一丝期望上。当他做出决定，要斩掉那两个受命的替死鬼，要让"此事的追查到此为止。然后，端起了桌上的一杯酒，仿佛要独饮这杯苦涩"。"忠诚的乌禅木忍不住问：'单于，这件事情就这样完了吗？'温敦赶紧劝阻父亲：'爹爹！'"这时，我处理为正在背身的呼韩邪，一个强烈的转回身来，直盯住问："温敦，你有什么话要说？""目光中流露出期待，仿佛等待一句带有忏悔意味的回答"……最后依"龙廷大法"下令立即问斩，斥责罪犯家人，"一句：'你听懂了吗？！'直如咆哮，语带双关，依然是在说给温敦听。"①

后面一场，乌禅木基于事态难以抑止，苦谏呼韩邪单于收回温敦手中掌管龙廷兵马的宝刀时，我在收刀那一刻，注意到温敦流露出的不甘心，有一丝停顿。兵权是收回了，但自己却心如刀绞般地痛，呼韩邪这样"一个最刚强的人，我从相反方面去强调他埋藏在心中的犹豫苦闷，这恰恰是他思虑过人之处，作为政治家、君长之风的表现。"②

从表演方法和理念上，演员应该会在舞台上思想。

---

① 以上四段中引文出自罗琦：《勾勒舞台戏即诗》，载《生命·舞台》，中国戏剧出版社，2011年，第268—270页。

② 引自我简论表演的《寻觅失去的青春》，载《戏剧学习》1982年第2期，第30页。

因为是曹禺新作，引起广泛关注，这个戏在首都剧场就连续演出百场。1980年，《王昭君》去香港演出，这是内地话剧首次赴港公演。当地媒体报道评论不断。对我所演的呼韩邪大单于，甚至有"演技令人拍案叫绝"的极度赞誉，还有报刊说：新闻发布会上，看到演员本人也没有什么特殊之处，但在舞台上，则呈现出一派马背征战的民族君长的英豪形象和气概。不吝赞誉之词。

我的老同学，香港电影导演李翰祥说："你演这个戏，吸收了裘盛戎的东西。"我说："北京人艺致力于话剧民族化，从中国民族戏曲，特别是从京剧中借鉴吸收了很多。"翰祥说："我指的是裘盛戎。"在香港电影界，他确实艺术修养很高，又是老北京，感觉很敏锐。

前面说《蔡文姬》中的董祀，借鉴了一些叶盛兰的表演手段，其实也不止，对京剧名家，我特别赞赏裘盛戎先生，北京人艺有很多"裘迷"，那时期，只要

和裘盛戎先生之女裘芸（左）、嫡孙裘继戎（右）合影

有空，总要去看裘先生的戏，《姚期》《锁五龙》都看过近十遍，对裘先生后来创造现代戏也非常关注，一出《杜鹃山》的乌豆，给了我很多启示，《大火熊熊》唱段风靡一时，比后来"样板戏"里那段唱强过何止百倍！裘盛戎先生身材不高，脸形瘦小，但一上场就身形气场强劲高亢，这自有他唱腔身段的独特之处，扮相（我们讲化装造型）也别出心裁。我演呼韩邪确实从裘先生身上借鉴不少，包括化装造型，也采用了他在乌豆扮相上的一些手法。

我自幼对京剧的痴迷而获得的感觉，和略具武术的功底，在形体把握上，使这个人物的外部表现力，更强烈、更准确一些。

我只是说，对呼韩邪这个角色，从一开始就比较自如地获得人物自我感觉，创造欲望也很浓，自己还算满意吧。这次演出，演员阵容强，且多数演员，比如狄辛饰演的王昭君，董行佶创造的温敦，田冲的苦伶仃，吕齐的乌禅木等形象，都很出色。但戏的总体风格似乎不很清晰，缺少一种独特的样式和风采。

近几年回归话剧舞台，我曾想，如果有生之年尚有精力和时间，重新思考一下《王昭君》剧本，把曹禺院长"正写在兴味上"的前两幕保持好，对"文革"以后重新接续写下的后几幕，提取精华，剪去冗长，把专为"配合"民族政策的束缚去掉，是否会形成一部整体"有兴味"的剧本？试着突出民族生活气息，或许能做出一部更富韵味的演出？

114　　小角色，跑群众

在我的简介中，常提到在舞台上演了几十个角色。有那么多吗？虽说演了大半生的戏，但"文革"十年，1963年转行做导演，1987年整六十岁离休，实打实地在舞台上演了多少年？演了多少戏？

到底几十几个？我没有做过精确统计，但我是把每一个角色，不论戏多戏少，包括临时被拉去顶替个群众角色都算在内，每次我都是认真去创造的。

年轻的时候，1947年祖国剧团演出《嫦娥》，剧中有个角色叫熊髭，是后羿的爪牙。演员病了，临时拉我顶替上场，戏不算太多，但也还有些台词。时间紧迫，仓促准备时我还是构想，这是个远古的神话传说，我觉得可以把它处理成一个蛮荒的、甚至带些野性兽性的人物，于是从服装化装都重新造型，找到"远古"的特点，在舞台上的身姿动态，略借用了一些大猩猩和长臂猿的模样。六十多年前的事了，至今还印象清晰，是动了脑子，当做一次正式的创造。

1948年底，华大文工二团住在良乡，排了一组小节目，其中一个独幕剧《没有开出的列车》，是写铁路工人的，我在戏里演一个没有台词的老工人，只站在人群后面。我饶有兴致地琢磨人物造型，从年龄、身份看还确实像个老铁路工人，每场演出，化装用的时间，远多于在场上露面的时间。

想起来了，1956年，我从苏联专家主持的表训班毕业回剧院后演的第一个戏是什么？是《虎符》，说明书里肯定没有，即或有也只是"本院演员"。《虎符》演出过程中，突然发生流感，不少演员病了，大的群众场面要一些人顶替，其中就有我，是送信陵君持虎符调遣兵马，如姬夫人一大段台词的那场戏。戏演完了，一位同事冲我说："你在台上还跪了那么一下子啊？"语气不无讽刺之意。是的，我临时被拉上去，演一大群人中的一个，但这也是一个人物。

《女店员》里，我顶替的总算是有几句台词的角色：商店支部书记，一小段过场戏。小商店的基层干部该什么样？我弄了件衬衫，没扎在裤腰里，脸、手都化得肤色较重；这是个农民出身，又常动手运货干活儿的干部，尽管中年吧，还有点"少白头"；身上也弄了些白粉，油盐粮杂货店嘛，当时叫合作社，要进货，少不了要跟大伙一块儿扛米面。这回有同台演员夸了一句："是那么个人。"

1958年，焦菊隐先生导演了《智取威虎山》，是由小说改编为戏剧中最好的一台戏，也是焦先生对话剧民族化的继续探索。这台演出，我担任过两个角色，都没有印在说明书上。

戏已经连排了，焦先生考虑这是长篇小说《林海雪原》中的一段故事，为了使情节能更连贯，他临时让我在全剧开场前，担任一个"说书人"的角色，讲述解放军小分队为什么来到了深山，最后一句是："……这枪声是从哪儿来的呢？"——然后我推开大幕，戏开始进行。

再一个角色更是临时顶替，记不清是由于病情，还是因为其他原因，有几位演员不能演了，临时把我和刁光覃等找来，当晚突击分别演"八大金刚"之一。我演的是"老大"。于是我又琢磨着这个人物怎么处理……我请服装组给我找来一套国民党军官服，连同带青天白日徽的大檐帽，化装造型时我特意粘了一个上唇胡，老刁（刁光覃）看了说："好！座山雕手下八大金刚是要有这么个人物，国民党残军当了土匪，符合那个年代的形势。"然后，又说："我也得琢磨个具体人物身份。"结果他弄了个土老财恶霸地主的造型。人物身份、形象都能鲜活，我们演起戏来也带劲儿，就那场"老九不能走"，力主处死栾平的戏，全力投入，没丝毫临时赶场、凑合事儿的感觉，就当自己也是个角儿！

这种幕前解说人的角色，我在欧阳山尊导演的契诃夫《三姐妹》戏里也做过，也是到了全剧彩排时，导演临时找我去的，而且每次幕与幕之间都出场。当然，说明书里也没有我的名字，抱哏儿的活儿，来不及印。

你信不信？《茶馆》里我也客串过群众。1963年又演《茶馆》，因为是和其他大戏搭配着建组的，人手紧，第二幕裕泰茶馆门外要有一群乞丐的过场戏，正好第二幕没我的戏，反正要改装，就自告奋勇演了个叫花子。因为我演的秦二爷是戏里的重要人物，导演焦菊隐先生还有点儿担心："你可千万不能让人认出来！"我说绝对没问题，化装肯定让人认不出，体型也尽量改变了。驼背、耸肩、叽叽嗦嗦……

不光是我，北京人艺几位大演员（现在惯称"著名表演艺术家"，甚至"大师"）都跑过群众。众所周知，舒绣文大姐刚来剧院，就在《风雪夜归人》里演了个没两句话的女学生，在《带枪的人》中演个没有话的打字员，这么个角色，还是我夫人狄辛和她演A、B制，而且兼演后面大场面里的红军士兵。

刁光覃除了跟我一块儿演过"八大金刚"，还在《茶馆》第一幕里演过茶客。

"没有小角色，只有小演员。"这是斯坦尼斯拉夫斯基的名言。其实，那会儿也不是单冲着这种精神干的，就是很自然由衷的兴趣，还真把这些"小角色"、"龙套"当成个人物去创造。没有豪言壮语，就是一种演员的习惯，传承为剧院风气。看过当年《蔡文姬》第二幕胡兵仪仗队和最后《重睹芳华》的群舞吗？有刚刚考入剧院的"大班"学员，也有老演员，每场演出中间都练，那叫一个整齐！因为都认真，都没忘记建院之初，全院学习讨论过的《演员的道德观》。

现在似乎不大一样了，排练场墙上依然挂着名人名言，还有"戏比天大"的警句。但新形势下，文化大环境有所不同，该如何发扬戏剧人的精神？当引起有志之士的思索。

回归舞台——《家》·冯乐山·我 *

"蓝天野，你怎么想的，演了个冯乐山？"

"鸿门宴？"

2011年，我做梦都没想到，又上舞台演了一次戏。在本命年，八十四周岁粉墨登场，不是翻演保留剧目，而是演一个新的角色。

春天，北京人艺马欣书记打电话给我，说："张和平院长要请您和狄辛两位，还有朱旭、宋雪如老两口儿吃饭。"我当然知道，这不只是吃顿饭，肯定有事要

---

* 此部分根据我 2011 年所写的《家·冯乐山·我》一文增改而成。

谈，就依约去了。在剧院食堂，几位院领导，马欣书记、崔宁副院长都参加了，小濮（濮存昕）晚上有演出，也先来打了个照面。

落座以后，和平院长开门见山，把最近院领导班子对北京人艺的发展设想清晰地介绍了一番，我们听得颇感动，我还说了一句："好，你们对人艺现状的脉号得很准。"

酒过三巡，和平院长话锋一转，说："剧院打算排《家》，巴金原著，曹禺改编的《家》，李六乙导演，决心搞出一台北京人艺风格的《家》。"挺好的想法啊！《家》这个戏，我1984年导演过，演出反映不错，听到这儿，还以为也就是听听我们的意见，顶多，挂个"艺术顾问"之类的名义？但绝没想到，今天设宴最主要的一句话是："请天野和朱旭二老在戏里演个角色。"

这可真让我愣在那儿了，上台演戏？你们怎么想的？我离开话剧多久了？算几个时间账吧，1963年我在人艺就正式转为导演编制，虽然有些保留剧目抽不开身，还不断登台，但主业已经是做导演了。1987年，我整六十岁，准时办理了离休，自此离开了话剧，二十多年不演了，不导了，也不看戏了，那些年的好些热门剧目我都没看过。也难说离开得绝对彻底，还有个《茶馆》每年演上几场。直到1992年《茶馆》最后一次演出，此后可就真的再和话剧没有丝毫瓜葛，至今也已经十九年了，我真不知道戏该怎么演了，话剧该是什么样儿？

朱旭还算好，我知道他这些年在剧院接连演了几个戏。可我这些年，人艺领导对我们这些渐老的一拨人甚为关怀，两年前又受邀参加北京人艺重建的艺委会，看新戏连排、讨论剧本，每年招考青年演员，于是，脑子里时而又翻腾起话剧，又多多少少关注起人艺表演风格之类的事，发些议论，但，也只是一个任意漫谈的清客而已。

上台演戏？再从头创造一个新的人物？荒疏久矣，再说，已越耄耋之年，演得动吗？记忆力早已衰退，记得住词儿吗？

真不敢答应，说句心里话，我真不想演戏。但北京人艺诚邀，拒绝？也难出

118

口。雪如脑子好："是件大事，回去好好考虑考虑，一定给个明确答复。"这句话缓和了气氛，朱旭跟张和平院长都有点儿酒量，觥筹交错之间，结束了这顿家常便饭。这在后来，被称为"鸿门宴"。

既然说了要认真考虑，总得给个明确答复吧。很多人可能都以为，演了大半辈子戏了，肯定割舍不下舞台，但说心里话，我当时真不想演戏，而且正忙着筹备我在中国美术馆的第三次个人画展，事无巨细，手脚朝天，还要赶着再创作一些新作，包括两幅丈二大画，真的无暇他顾。

我打了个电话给马欣同志，说我去剧院回复一下考虑的结果，院领导随便哪一位抽点儿时间就行。我本意是想简单表明一下，真是演不了，于是按约定时间去到剧院会议室，马欣书记、崔宁副院长，还有艺术处处长吴文霞都参加了，让我感觉气氛有点儿严肃，就只好尽量把意图说清楚些，大意是：我真的没把握，最好别让我演……领导没接茬儿，接下来就是聊天了，我说："按照常规思路，肯定是让我演高老太爷，朱旭演冯乐山。如果换个思路呢，我演冯乐山？我在舞台上还从来没演过反面人物，破一下常规，或许能多激发点儿创造欲望……"也就是随意聊吧。马欣书记还直说："不急着决定，还是以保证老艺术家健康为重！"话是诚恳的，我也就觉得完成了向领导的答复。

过程中，领导告诉我，朱旭在看剧本，而且还找来巴金小说原著重读。谈话后，又告诉朱旭：天野老师说了，想演冯乐山！

于是就有了在剧场咖啡厅的再次聚会，导演李六乙也到场，确认了我和朱旭参加《家》的演出。我演冯乐山。其实，真不是领导硬性这么决定，回顾当时，面对剧院领导班子的真心关怀和尊重，也由于他们出衷想把北京人艺搞好，确实难以说"不"。

那些犹豫不决的日子里，也自然而然地开始琢磨这个戏了。冯乐山这个人物什么样儿？我演的冯乐山该会是什么样儿？

我从年轻时起，就看过一些、也听说过一些《家》的演出。冯乐山这个角色大都由一些舞台经验丰富、被称为"性格化"的演员来扮演，形象造型各异。

现在我要演了，从何着手？

我有个主张：演员创造角色从什么时候开始？不是在你接到剧本和角色时，应该是从你决心当演员的那一天起，就不断在心中酝酿种种人物创造的愿望和积蓄，也许还没有这样一个剧本和人物，但你心中总在琢磨这样那样的人物形象。我从未想过自己会演冯乐山，但记忆中，从年轻刚刚演戏起，几十年来和同行议论过形形色色的人物，也包括冯乐山。

曹禺在剧本中是这样描述他的：

[冯乐山年约五十六七，中等身材，面容焦黄枯瘦。须眉稀少，目光冷涩，鹰钩鼻子，削薄的嘴唇里有一口整齐的黄牙齿。他体质强健，却外面看不出来，像他的为人一样，一切都罩在一种极聪明，极自然的掩饰的浓雾里。至于他掩饰些什么，他自己埋藏在最深的潜意识的下层中，也绝无勇气来担承。惟有真正接近过他的，揭开那层清癯而端重的面形，才看见那副说不出来的个人厌恶，令人颤惧、自私、刻毒的神色。他不是"伪善"，他一点不自觉他"伪"。他十分得意地谈些有关道德的文章。确实相信自己是一个方方正正的君子。他敬孔而又佞佛，他一直本着这两位圣人的慈悲心肠，才拯救那些他认为沉溺在苦海，却需要他来援手的人。他穿着雅致的瓦灰色呢袍，宽宽大大，自觉飘逸脱俗，举止动作非常缓慢，一切都是自觉地做着他认为的好态度。时常和蔼的微笑，笑容里带着一点倨傲。他缓缓地踱进来，手里拿着一束诗稿。[1]

这是曹禺从他丰厚的生活经历中，经过蒸腾、提炼而形成的冯乐山。谁演冯

---

[1]　《曹禺全集》(3)，花山文艺出版社，1995年，第83页。

120

乐山都要仔细品味曹禺这番点拨。但每个演员的生活经历、创造观念、自身条件都各有不同。演员要塑造出"我的这一个"冯乐山。

我继续搜索自己心中这类人物的积存，又不断寻找一些新的资料，包括图片资料。这个人的"表"是什么样子？冯乐山是当地最有影响和声望的名士，又是风雅的文坛领袖。能说他没文化吗？他到处题诗、留字、品文、评画，当然，这无节制的自我膨胀加上周围的奉承，那个时代，有些"名士"就是这样造出来的。"是真名士自风流"，我开始给自己的角色这样定位。

名士，在那个时代意味着地位、权势。巴金小说里写他是孔教会会长，这可不是个纯学术的团体，他的势力足以把觉慧投入牢狱，此是后话。风流、风雅，也不仅指文化，在那个年代，好女色有时也会被传为美谈、佳话。所以我想把这个人物形象表现得大气势，而且潇洒。这个人还会很狂，曹禺不也说他"带着一点倨傲"吗？

在酝酿角色的过程中，不能仅仅在分析，演员心里始终需要不断生成形象，不断积累、取舍、蒸腾，最后凝聚成为我自己的这一个人物。

演戏几十年来，积累了许多各式各样人物形象的图片资料，有新老照片，有报刊上剪下来的，也有少量自己速写下来的，总共有近千张吧，这对我演戏导戏有很大作用。20世纪90年代我导演一部戏，试装时，化装师为一位演员搞了一个造型，还可以，但我觉得还是偏于一般化，于是把积存的资料拿来一部分，从中选出几个图像参考，果然做出一个更具鲜明特点的造型。在场有人对这些资料感兴趣，借去看，日后索还时，说："没了，好像还给你了吧？"当时我曾心伤，几十年心血，不经意就缺失了，又过几年，我彻底离开了戏剧，也不再为此纠葛，现已遗失殆尽。

冯乐山这个人物的造型，我心中有些积存，也能记得起某些书报中有可供选用的资料，恰好这时我在参与系列文献片《百年巨匠》的制作筹划，那里正好有些中国近百年文坛大家、学者、画家的图片，也算近水楼台吧。我选出了符合自己思路的几幅，向导演、设计陈述我的造型构想。长髯飘胸，发与须连，一袭呢

121

料长袍，黑丝绒随形帽子，方竹手杖，也就是后来形成的这个人物造型。模样有了，我对人物的把握也较快地有了自信。对我的这一个冯乐山，行为举止、语气步态都逐渐找到感觉，虽老而风流倜傥，这也是可以显示于人前的姿态。狂且傲，也是一种自持身价，譬如对克字辈人，很少正面看一眼，高老太爷虽是一方显贵，但对高翁诗作的吹捧里也略带着居高指点的气势。

冯乐山内在的本质是恶。万恶淫为首。1984年我导演《家》时，请曹禺院长来为青年演员讲这个戏。说到冯乐山，他用一个词来表述——"意淫"，切中要害，不是通常形容贾宝玉的那种"意淫"，他明确指的是西门庆之流。实际上，冯乐山就是一个玩弄女性的性虐狂，不仅是好色，他以折磨蹂躏女性为乐，这在剧本第二幕婉儿哀诉中已经很明白了。

用遭遇冯乐山残虐蹂躏的婉儿的一句话来概括："他不是人！"我也很难具体阐述和体现他的淫和性虐狂，我想到一种现象：人们见过或听说过有人对流浪猫狗的残忍加害，他们不弄死这些小动物，而是捅瞎它的眼睛、砸断它的骨头，使一个小生命生不如死，其行为令人发指，他们却从中取乐，获得快感，这可以恰如其分地表明冯乐山的淫恶。

这种伪装为不可一世的恶人，当今社会中也实在还有。很多人都知道文化界有个大骗子，把自己装扮吹嘘成"大师"，到处招摇，而且一时颇有市场，不乏有人为了增光邀请他出席各种活动，越吹嘘越卖弄，越狂妄则越有人信奉若"国宝"。此人每去一地，都开口要女人，这倒完全"冯乐山式"地以荒淫为风流，且毫不掩饰地引为得意，追捧者也如《家》剧台词一样称赞为"老当益壮"，问起"大师"高寿秘诀，此人自夸地称："性！"说白了就是玩女人。其实知道其底细者现大有人在，当年此人曾因玩弄妇女被以"坏分子"的罪名抓进监狱，被逮捕前拘押时看管他的人如今还健在。此人被公开揭露出来后，人们称快，却不料，这几年我还看到这么个骗子又被盛邀出席某地官员举办的活动，像什么也没发生，依旧大模大样继续招摇撞骗。

这厮身上从表及里真是充满了冯乐山的基因，为我理解和塑造冯乐山提供了不少依据。这种人伪装自己不择手段，"大师"、"名流"……甚至好色、到处要女人都成了炫鬻自己"不同凡人"的本钱。

这类人虚伪到不知耻，譬如这厮曾被揭个底儿掉，明知很多人清楚他的邪恶底细，仍人五人六，行骗不已，这就是本性。狂妄也是行骗作伪的一种手段，可以壮自己的胆，吓唬他人。

只是这厮模样气质太过猥琐了，很明显的小家子相貌，这不足取，我的这一个冯乐山要大气势的表，因此我从诸多酝酿筛选过的影像中，形成了自己的造型方案，而这心中的"初稿"也还要继续丰富、演变。

排练过程中也遇到一些预想不到的情况，舞台上已经到了最后彩排阶段了，化装服装制作有些刚刚拿到，有不适合处，胡须短了，达不到长髯飘逸的感觉，我们的设计、制作师抢时间现场修改，尽量接近我心中的预想，然后每场不断调整加工，逐步完善。我学美术出身，在人物造型上习惯了尽可能做到极致精微，期望我的这一个冯乐山，也是尽可能特点鲜明。

冯乐山两次出场，都是高府大办喜庆，一次觉新大婚，冯乐山是大媒，全场都是盛装出席，男人穿马褂是那个年代必需的礼服；第二次高老太爷大寿，冯乐山又为觉民提亲，按理也应是着礼服出席。但冯乐山依然一袭长袍出现，我使他有意不同于一般，习惯性卖弄自己的洒脱。彩排时，演员们都在试自己的服装，男人们都在扎腿带，这也是那年代必需的，有些年轻演员不很熟悉，更要命的是剧装厂不会做，跑遍四城也难找到样式标准的腿带，让服装组和演员都犯愁。我忽然得到启发，冯乐山这次不扎腿带了，就是散口裤腿，很好，又显得不同凡人，算得上炫耀时尚了吧。

造型是点滴的积累，反复凝聚而成的。更重要的是人物性格，举止言谈，尤其是人物关系的体现。戏是需要磨出来的。为了照顾我和朱旭这两位"80后"，剧组排练时间尽量安排得少，而我们的确需要多排，在排练活动中，通过人物交流磨出戏来。有些是即兴的，譬如第一幕冯乐山见到鸣凤的戏，本来下场前为了掩饰对鸣凤的垂涎，已经转了话题，但反复排练过程中，总觉得心意离不开鸣

123

凤，所以台词是"外面少了一片竹子……"贪色的心和目光仍在这个"小了一点儿"的少女身上，话就变为随性编造、断断续续的了。而高老太爷听了这番话，立即有个反应，示意克明记住照办，这些即兴交流中产生的细节，却是有色彩的，也可以说，这就是我们谈表演时常提起的形体动作方法。

这是我时隔二十年再次和剧院几代演员合作，以前心中的青年一代，如今已是五六十岁的老艺术家，演技成熟，具备了独立创造蕴含个人风格的能力，都有过不少出色的成果。

在这个"四世同堂"的剧组里，我和朱旭两位"80后"，优势可能在于对那个时代的理解体会更多些。案头分析工作阶段，我们叙述童年时留在心里的那个年代影像，包括自己曾经的大家族。

总有人喜欢问，这次李六乙导演的《家》，和你1984年导演的《家》有什么不同。怎么比较？这就像常常遇到的"你演过的戏最喜欢的是哪一个"之类问题似的，很没劲，没法儿回答。不同演员演同一个角色，不可能一样，每一位导演排同一部剧作，也肯定不同。年代不一样，创作者也不一样。说让李六乙排一部"北京人艺风格的戏"，想法好，应该。但你让六乙完全丢开自己的创造主张和风格，可能吗？必要吗？

六乙有一个优势，我了解到他自幼生活居住的地方，就是成都一座老式的大府第，这个环境他太熟悉了，生活的熏染最难能可贵。我1984年导演《家》，两次去成都、重庆，寻觅旧时代那种家族府第的留痕，去过巴金的故居，还有些古旧宅院，但遗迹渐少。

如果提出点问题，全剧排过后，有一点处理我对六乙导演提过：应该让瑞珏死得明确，我说，你在鸣凤之死的处理上用了那么多笔墨，瑞珏是这个故事的主角，应该让观众对瑞珏的死感受更深。

我们都尊重巴金和曹禺两位大师。文学巨匠的作品培养了一代又一代戏剧人。如果曹禺院长还在，也许他会问我："蓝天野，你怎么想的？选着演了个冯乐山。"

一甲子，太重了！——《甲子园》里的黄仿吾

2012 年是北京人民艺术剧院建院 60 周年，60 年一甲子，是大庆。这一年的盛典计划有十项活动，其中最难的一件，是要有一部"原创·当代·北京"的新剧目演出。

北京人艺邀请了多位优秀作家，创作这个新剧本。2012 年春节前夕，李长春同志代表党中央和胡锦涛总书记来我家看望，张和平院长在座，说到剧院为完成这部"原创·当代·北京"的新戏，广邀剧作家动笔，开始是"五选一"，即已经请了五位作家来写，后来又发展为"七选一"。

艺委会讨论了几个新剧本，都是经验和生活颇丰的作家，题材自然也切合实际，只是要求能形成一部可供院庆之际投入排练的剧本，则尚有困难，时间来不及了。一次，艺委会已经结束，说还有何冀平一个仅一张纸的故事梗概。听三言两语介绍了一下，我有些心动："我想找何冀平谈谈。"他们说："你可以先看看她这大约一千字的提纲。"我说："不，约个时间，我听她直接说。"

我跟何冀平认识三十多年了。1976 年"文革"还没结束，她在北京市二轻局一个工厂当工人，这个小女孩和李洪洲、李惠生合作，业余写了个剧本《淬火之歌》，北京人艺派我去导演，辛纯、宋垠做舞美设计，同时还派了胡宗温、谢延宁去辅导表演。何冀平还在戏里兼演了个角色。

《淬火之歌》已经全剧连排了，恰值"四人帮"垮台，"文革"结束，何冀平说想上学，进入中央戏剧学院戏文系学习。四年后毕业，她成为北京人艺的编剧。一个小女子，花了三年时间扎在烤鸭店体验生活，拿出一部成为人艺保留剧目的《天下第一楼》。但这时我已经离休，彻底离开了北京人艺，离开了话剧。后来她在香港定居期间偶尔来北京，有时匆匆见上一面。但我知道她在香港成为

多产作家，写影视剧本，写话剧……

安排我和何冀平在剧院二楼会议室谈。又是几年不见了吧，是年底了，冀平送我一条黑白格的围巾，我拿了自己的两本画册给她。

落座，我听她讲那一张纸、大约一千字的剧本故事梗概，讲那些她心中酝酿的几位老人，讲那座她深有体会的老楼和那棵老树……我有点儿像听她在叙说我们都熟悉的朋友。一千字，很快讲完，我觉得：行了，今年这"原创·当代·北京"的戏有了！我没有对她的梗概提具体意见，只回顾了我曾在北戴河疗养院见到的几位老人，讲了在北京松堂临终关怀医院所见，还有剧院几位老演员曾经和正在住的老年公寓……冀平说：记下来，去看看。

我这才了解到这一张纸的由来。张和平院长在文代会和冀平相遇，正式请她写这个"原创·当代·北京"的戏，并派了唐烨协助她体验生活收集素材。何冀平答应了和平院长之邀，不长的时间里，出来了这一千字提纲，张和平院长听了，当场拍板："就是它了。"

我难掩自己的兴奋，建议冀平赶紧动手写。

何冀平回香港，春节也没好好过，一个月吧？拿出了剧本初稿！我读后，心里激动，并且踏实了，见到和平院长时，说："这个戏行了。"

然后，艺委会讨论，冀平改出第二稿，这时就可以开始建组筹备排戏了。

又是接连让我料不到的事。

马欣书记打电话来，这次倒是开宗明义，说："张和平院长请你和他共同做这个戏的艺术总监。"艺术总监？这差使都干什么？说："就是管宏观调控。"这可难了，我这个人只会干微观的具体活儿。领导说："就这么定了，没商量。"从开始和冀平接触，到她拿出初稿，我确实动心，因为这是作者动心写出来的，我也确实想过要参与这个戏，做点什么，但绝没想到，做了个"艺术总监"。

参加剧组筹备会，有张和平院长、马欣书记、崔宁副院长、导演任鸣和唐烨、艺术处处长吴文霞，作者何冀平也参加了，挺隆重的。对讨论剧本修改、舞美设计方案，我倒是能提供些有益的建议。还有一项重要事，是研究演员名单。

又一件事让我感到为难，会上，提出让我演男主角黄仿吾，好像觉得"非你莫属"似的！我可真犹豫了，这个角色戏太重，台词量太大，以我的年龄体力，特别是记忆力，实在不知道能不能支撑得下来。没敢接，再次会上还是提出来："你说谁能演？"我脱口而出："濮存昕。"人们好像认为根本不可能，这是写老人的戏，黄仿吾这个人物八十四周岁——基本是我这个年龄。我说："你们不要忘了，当初排《茶馆》的时候我三十岁，演老年的秦二爷是七十多岁的人物！濮存昕现在也已年届六十，怎么不能演？"但讨论到后来，我准备说真的不行的时候，记不起怎么就说出一句："好，我演！"处在纠结心情中，我也记不得是否冀平也希望我演，终归是北京人艺的事儿，难说坚持不演，所以就演了。这里还有个原因，一部写老人的戏，最终请了六位老演员参加，九十岁的朱琳，同是八十多岁的郑榕、朱旭，七十多岁的吕中、徐秀林，出现在同一舞台上，演员的年龄感需要搭配适当。

决定演了，其实心里真的没把握，但也顾不上想这些了，马上要做的是：我的黄仿吾什么样儿？这个人物不太容易演，性格、形象的独特性较难显现。但必须有一个具体的人物形象，探寻出他的鲜明特征。鲜明，必须是个"活的"人物。

黄仿吾历经坎坷磨难，饱受世态炎凉。人各不同，有一种人，他把自己遭遇的不幸返还给社会，用报复社会来补偿自己心理的不平；也有一种人，在经历了人生的坎坷后会用爱来回报社会，善待别人。黄仿吾是后者。我为自己的黄仿吾概括为一句话——曾经沧海难为水。

体验生活是北京人艺特别重视的，我们那几代人必需的创造习惯。黄仿吾的职业身份最后确定为建筑师，这和戏的故事发展关系更密切了。我回想曾经接触过的建筑师，并为此去了建筑设计院，但是，建筑专业不是黄仿吾在这个故事中的重点，要紧的是压在他心里的故事。

还要从自己个人经历中搜寻记忆，包括我自身与人物之间，有哪些共同和不同，我没有的是黄仿吾这个人物的身世和海外生涯，但年龄相同，成人以后有很多相同的人生经历。

127

与《甲子园》作者何冀平（右）观看台上排练

两场重点戏，黄仿吾对爱林讲述这座老楼的故事中提到的人和事，很多我有切身体会。"1945年，这里是中共地下党联络站。"同年代，我的家就是中共地下党的据点，也有电台、架着天线。1948年冬，平津战役迅猛发展，为了迎接北平的解放，我们急行军到良乡停了下来，等待和平解放北平的消息。那时傅作义苦守的北平已仅剩一座孤城，城外全被解放军占领，我们又前移至石景山发电厂。我不在部队，解放军司令部在过年时给我们送来一口猪、整只羊。我对解放北平城的经历，印象太清晰了。北平和平解放当天傍晚，我们文工团就由西直门进入城内，目睹了解放军和傅部士兵共同在城门站岗，我们是第一批进入解放了的北平。过了几天，1949年2月3日，正式举行解放军入城式，也就是金奶奶所说："大姑娘，小媳妇上街扭秧歌……"这场景是我在天安门金水桥前见到的，那天，我和晋察冀城工部部长、中共北平市委第二书记刘仁同志相遇，一起观看解放军入城式。至于"1968 年，这里被洗劫一空……爷爷就惨死在这棵大树下"，我见过这样的场景，很多年长的人都经历过，这里就不具体举例了。

作者安排这场戏，每讲到一个时期，都有当时人留下的字迹出现。"你是人，我也是人！"这是我手写，是我感同身受挥写的。

回顾这些年代，我心里涌现出许多熟悉的人物身影。

我深深地想起一个人，李柄泉，又名李向阳，年长我们约十岁，一位中共地下党员，公开身份是《平明日报》（国民党"华北剿总"的机关报）记者，他热爱戏剧，写过剧本、剧评文章，相交共处，就像我们剧团成员一般。他待人接物的真挚热忱那么自然，恰是黄仿吾应该有的。就是这位儒雅的兄长，以中共党员

2012 年，六位老演员参加《甲子园》演出，荣获北京人艺年度荣誉奖，右起：朱琳、蓝天野、郑榕、朱旭、吕中、徐秀林

的身份去到傅作义家，传达中共中央和人民解放军的指示，然后亲自带领傅作义的代表到达人民解放军前线指挥部，面见聂荣臻司令员，谈和平解放北平事。后来，在那个"最混乱的年月"，柄泉大哥含冤离世。

生活原型重要并且是必需的创作依据，但毕竟还不是这个人物的艺术形象。在形成黄仿吾形象的过程中，我要从诸多熟悉的人、也间有逐渐发掘并生出兴趣的人身上，反复斟酌、取舍一个我的黄仿吾的具象。

于是，感受到了体验的重要。北京人艺重视"深刻的内心体验"，但似乎多年来这一点时常被忽略，乃至间或被视为贬义或遭否定。后来逐渐明白在规定情境中、人物的交流中，以形体动作方法捕捉到人物的感觉，也便有了可贵的体验。

进而，斯坦尼斯拉夫斯基的"从自我出发"、"种子"也在这次人物创造中，不期而遇地又引起我的思考和体会。而这些更是曾被贬斥，乃至否定的谈资。

由于年迈，记忆力差，面对这样大量的台词，演出的每一场，在每段重点戏前，都一定要再反复翻看剧本，这倒给我在创造上带来了益处。台词是不能背的，每看一遍剧本，都是又一次梳理人物的动作脉络，包括与同场人物的交流，不断梳理过程中都会产生新的感受，丰富充实"语言的动作性"。

保持每场演出的新鲜感，把规定情境当成此时此地所发生的，"戏要三分生"，确实是有道理的。在演出过程中，还会不断有对人物进一步的理解，有新的、经常是即兴的新的创造。

黄仿吾在全剧中第一个出场，从陈淮生的葬礼归来，路很远，可能是远郊，都是山路，走回来很累，随手捡了一根树枝做手杖——这是我以前远程行军或登山用过的办法，最初只是从走远路的感觉而即兴选择的动作；从人物发展引申，黄仿吾日常表现得有生气，体力充沛，年轻时肯定爱好运动，八十四周岁仍肢体灵活；但他身罹绝症，自知不久于人世，随之有了和爱林两个空间的那场戏里，黄仿吾把树枝修理整形为手杖，并在此之后就手杖不离身了——这体现了人物生活中兴趣浓、心灵手巧，也是他病情逐步加重的表现。

看过戏的人们对黄仿吾还有一个动作产生兴趣，就是和彦梅仪谈话过程中，他随手在地上捡了个小石子向远处抛去，这个动作也是在排练过程中即兴产生的。那场戏，彦梅仪把自己织的毛围巾亲手给黄仿吾戴上，对黄仿吾的情感流露很明显了。排练中，每到此刻的交流，我都从对方感受到一种感激、又无奈，这时的心境难以表达，即兴产生的动作。

人们把这场戏称作"黄昏恋"，我对人物的理解不全如此。肯定已是暮年黄昏，但还不明确是"恋"，黄仿吾明白彦梅仪的心思，但要做的事在心里很重，黄仿吾已无意再安排自己的生活。这还不完全是因为患了绝症。

《甲子园》演出了，反应热烈。我觉得它是"北京人艺的戏"，更具体说，它不是落入写应景题材的剧本，它写人，写了有各自不同故事的人，写了一群不同经历和身份的老年人，还有一些青年人。

我最深的感受是《甲子园》谱写人间真情。作者何冀平写这个戏是有感而发，对那座老屋、那棵古树，对那些纯真的老人们，也对那些人们生活中见过的不协调的物欲、贪婪，种种人和事。不是每个人、每位文艺家都能随时在生活中发生感受的。我们很多人游历八方，住了这样那样的楼和屋，也会留下深刻的印象，真美，真有特点，住也就住了，渐渐就从记忆中淡漠了。而何冀平在广州中山大学住过黑石别墅，在美国迈阿密大学住过一栋老屋，这些经历能激发她的灵感和创作欲望，把曾经在那些地方的感悟化进了《甲子园》。

写人，作者笔下的人物都有原型和生活依据，不只是客观看到过，有些曾亲身有所感受。譬如写黄仿吾，原型有多位关怀过她的年长一辈人，何冀平与他们可算是"忘年交"，她是心怀感激写出来的，以若干亲身经历蒸腾提炼而创作的艺术形象。

作者何冀平应邀开笔仓促，戏还有很大的提升空间。尽管如此，这部《甲子园》给予了观众最可贵的东西。

观众有共鸣，演出中笑声不断，六位老演员联手再登舞台，每位出场都得到"碰头彩"，观众既赞扬演员的表演，也怀着多年看戏的记忆情怀，这些都使演员感激不已。

131

著名作曲家王立平（左）为《甲子园》作曲

　　每场演出结束后，直到深夜，我都接到看过戏的朋友和不认识的观众的电话和短信，他们说："我被戏打动了，止不住流泪！""这个戏启发我思考今后怎样生活。"……这些使我尤为感动，体会到我们从事话剧艺术的价值。

　　我曾对作者何冀平说："我太想演好这个人物了。"

　　剧组让人留恋，大家找来说明书、特制折扇请人签名留念，我自备了一件圆领衫，写上"《甲子园》——蓝天野告别舞台"，是由演职员签名最全的一件了。但还差一位——待到最后一场演出，作曲家王立平肯定要来，等他也签了名，就绝对是唯一一件签名一个不落的了。朱旭看了说："天野，这不对啊，你怎么又写'告别舞台'？"我说："告别是为了回归。"

表演进修和表演教学

"表训班"——意外难得的机遇

1952年北京人艺建院时，演员来自四面八方，表演五花八门、方法各异。"四巨头"会谈提出的宏伟目标，建成世界一流的话剧院，要求统一表演方法，大家兴奋，但苦于没有正规、科学的学习训练。

机会来了。

1954年，苏联派了戏剧专家来华授课，先是在中央戏剧学院举办导演干部训练班（简称"导训班"），继而又开办表演干部训练班（简称"表训班"），后来，又陆续开设了舞台美术班、导演师资进修班，都是从全国各话剧院、团、学校招生。

大家都迫切想学，当时把去向苏联专家学习叫做"取真经"。北京人艺非常重视，每个班都派人去参加考试、学习。

由列斯里主持的导训班，派去了欧阳山尊、田冲、耿震。表训班更是广大人艺演员追求的梦想目标。我也提出申请要求去，没有被批准，我也不知道剧院为什么没同意我去。但命运眷顾，表训班第一次招考名额未满，剧院领导通知我："苏联专家点名要你去考。"大意是看过我演的戏吧。那时期我演了两个戏，苏联戏《非这样生活不可》里的工程师格鲁伯，和曹禺新作《明朗的天》中的志愿军庄政委，不清楚他们是看了哪一个，还是都看了？

又重燃起希望，但时间仓促，就匆忙去应考了。表演考试都是一般通常的项目，自备一段朗诵。那时期我参加朗诵比较多，有现成的，就选了马雅可夫斯基

135

的长诗《列宁》的一个片段。我有一个自己的观念，朗诵不要自我陶醉地表达慷慨激昂，就是我以诗人的身份，把心里的话说给听众。（入学后，苏联专家让学员在课堂上随意做些展示，我还是读了《列宁》的一段，库里涅夫老师说："他知道怎样对人说话。"）我这个语言的考试，应该是获得了肯定。

另一项考试，即兴生活小品，更是最简单的题目——"正在下小雨，你们每个人从院子中到对面的房子里去"。考生们各有各自的演法，我也没太注意，印象中有考生在院子里停下来做各种活动……没有多少思考的时间，我一个即兴的想法：小雨中？就要尽量让自己身上少淋雨。于是我就快步穿过这院落，到了对面屋檐下，自然而然地胡噜一下头发，掸掸身上不多的雨……没多演什么。

口试，是两位苏联专家——导训班的列斯里和表训班的库里涅夫，还有当时仍兼任中戏副院长的曹禺共同主持。也特简单，记得问了一个："你最喜欢演的角色是什么？"我答："三个，哈姆雷特、屈原和曾文清。"

"曾文清？"

"是曹禺先生《北京人》里的一个人物。"

专家没说什么，曹禺院长也毫无表情，口试就结束了。

我被录取了。

和我同时考入表训班的还有剧院的张瞳和赵韫如。赵韫如只上了一个学期，然后又被调回剧院了。

进入表训班，直接受教于苏联专家，是我演剧生涯极重要的一段。

我们的老师鲍里斯·格里高里耶维奇·库里涅夫，是苏联瓦赫坦戈夫剧院[①]

① 瓦赫坦戈夫（1883—1922），俄国导演、戏剧理论家，1911 年进入莫斯科艺术剧院任演员，1913 年担任导演。他早年悉心学习斯氏体系，十月革命后提出"幻想现实主义"理论，强调演员的体验应通过戏剧的手法传达给观众，"需要创造形式，需要幻想，所以我们把这称为幻想现实主义"。其特点是综合了两种戏剧流派——体验派（以斯坦尼斯拉夫斯基为代表）和表现派（以梅耶荷德为代表）的长处。1921 年他主持莫斯科艺术剧院第三工作室，1926 年发展为瓦赫坦戈夫剧院。其戏剧主张被称为瓦赫坦戈夫学派。

1956年，我（后右戴帽子的）在中央戏剧学院表训班进修。前中为苏联专家库里涅夫，前左为中戏副院长沙可夫，前右为院长欧阳予倩的夫人刘问秋

附属史楚金戏剧学校[①] 校长，一位老红军，极有个性的人。

他对人员安排也常出人意料。

我们的班主任是时任上海人艺副院长的吕复（原演剧九队队长），并由上海的丹妮（黄佐临夫人）、张君川任教员。上海人艺演员庄则敬（庄则栋的大哥，我们称他为"庄老大"），原也是报考来学习的，可是苏联专家让他也当教员了。

---

①　史楚金（1894—1939），苏联杰出演员，1920 年加入瓦赫坦戈夫领导的莫斯科艺术剧院试验所，1926 年成为瓦赫坦戈夫剧院主要成员，也是瓦赫坦戈夫学派的代表性人物。是第一个塑造列宁形象的演员，他主演的影片《列宁在十月》、《列宁在 1918》，在 20 世纪为我国广大观众所熟知。瓦赫坦戈夫创办培养演员的学校，被命名为史楚金戏剧学校。

表演进修和表演教学

舞美设计是上海的胡冠时。上海儿艺青年女演员郑振瑶条件好，考试成绩也不错，但专家说她年纪小，让她去中戏表演系读本科了。

库里涅夫专家的授课，以学员的表演实践为主。

也许是由于有个什么"表演教学大纲"的约束吧，他还是先讲了些斯氏体系单元训练的理论，每堂课一节……但很快就进入表演实践教学，由生活小品、观察生活小品，到戏剧片段，最后毕业教学剧目竟有五个。

库里涅夫专家授课的中心内容是形体动作方法，以斯氏体系为核心，他肯定糅进了很多瓦赫坦戈夫学派的东西。

表训班设在香饵胡同二十五号一个四合院里，除苏联专家外，师生全部吃住都在这里，把原来的院子改造成一个大课堂，还有一个小舞台，舞台两侧墙上挂着斯坦尼斯拉夫斯基和丹钦科的照片，未久，库里涅夫自费制作了同样的瓦赫坦戈夫和史楚金的相框，也挂上去，说："他们不会打架的。"

学员大量进行表演实践，专家随时给予引导或纠正，让我们自己去体悟表演观念、方法的正确或谬误。我觉得他这做法有点像兴修水利、大禹治水，哪个学员有了正确的表现，就给予肯定、疏导；谁出现了造作的表演感，便及时堵住，对那些我们习惯性的虚假、概念化表演，他会放大地给你指出，如此反复，使我们加深印象，铭刻于心，逐渐从身上丢弃这些错误的演剧习惯。

他要求学员做大量的小品，做完就丢开，不在这一个上反复加工，马上再构思新的。我们每天都绞尽脑汁去想小品题材，班长朱子铮说："天天想小品，急得我都觉得还不如挖土去呢！"其实，这倒真锻炼了演员丰富的想象力。

生活小品练习中，很自然地涌现出人物小品。譬如姚向黎曾找我商量一个小品，她甚至演了一个新疆维吾尔族女孩。

库里涅夫为了让我们克服按照设计好的固定模式去表演，经常打断或是采取很多即兴的手段，让学员去适应"规定情境"中的变化。

我曾经构思了一个小品：一个行军中因伤掉队的文工团员（我不曾在部队生活，所以没有演一个战士），一个人挂着根树枝做拐杖，追赶部队，饥渴难耐，途经一个村口，见老乡屋门前灶锅里有吃食，四顾呼喊无人应，就喝了点水，拿了一点干粮，留下钱并写了一张字条……这在解放区是有规定的，是根据我的经历构想出来的。小品演到这儿，突然上来很多人。专家几乎让全班同学都上来了，作为这个村的老乡，有的质问，有的说要扭送村公所……我解释，并且从身上拿出路条，证明我身份和任务的路条——这是我准备小品过程中预备好的，原来并没想要用在小品事件里，只是觉得应该有的东西准备周全了，可以增加演员的自信，这时倒真派上用场了，"乡亲们"知道了是自己人，热情招呼我去休息、吃饭……

这些即兴的方法使我们体会到，不要板滞地只演那些事先设计好的过程，要在交流中、在规定情境的变化中去适应，产生新的行动。

鲍·格·库里涅夫就形体动作方法为我们做了一点概括，行动的线即：不断地判断（客观发生了什么？）—决定（我怎样去对待）—判断—决定……

还有一点很深的体会，库里涅夫指出："演员要会在舞台上思想。"客观规定情境发生了什么？你怎样判断？判断就要思考！专家那些即兴置入我们表演中的东西，都是要引导我们对"此时此地"发生的事去判断思考。

进入剧目实习阶段，在《小市民》里，赵凡演食客吉其耶夫，有一段戏是别人在谈话，他只是在一旁静静地听。库里涅夫认真地向大家说："他（赵凡）会在舞台上思想！"这时，我对专家引导的表演观念有了更准确的体会。

演戏多年，每个人都会自然流露出已经习惯形成的表演方法，在接受专家引导时，我们逐渐体会到在舞台上正确行动，一个"活生生的人"的行动，但有时也还难免带出那些概念化的、甚至是造作的表演，每当这种情况出现，库里涅夫都会及时地制止，常常是不留情面地、夸张地指点出你的毛病。

剧目实习，创造人物

表训班学制时间较短，全程只有不到两年，库里涅夫为我们安排的表演实践量很大，到了剧目实习阶段，总共竟有五个戏。

由于学员中有儿艺的方掬芬，专家又特别把宋廷锡的新婚妻子小曾调了来，特意选定了两部儿童剧，一个苏联剧本《玛申卡》，还有一个是上海儿艺作家任德耀在表训班期间写的《马兰花》。这部后来长演不衰、至今还是儿艺保留剧目的《马兰花》，就是在表训班期间，由苏联专家指导，作为教学剧目首演的。

我还能记起的，饰演小兰的是方掬芬，马郎由当时年龄最小的徐企平饰演，老猫由后来参加旁听的儿艺演员饰演。《马兰花》在课堂舞台第一次彩排时，库里涅夫让在京学员把自己的孩子全带来看戏。

专家又选择了莎士比亚的《柔蜜欧与幽丽叶》，当然是采用曹禺先生的译本。大致角色分配是：

> 幽丽叶——田华
>
> 柔蜜欧——稽启明
>
> 墨故求——赵凡
>
> 班浮柳——胡思庆
>
> 猛泰夫人——丹妮
>
> 凯布夫人——姚向黎
>
> 梵萝那大公——王一之
>
> 悌暴——蓝天野
>
> 幽丽叶的奶妈——刘燕瑾

演悌暴引起了我的兴趣，残横傲慢，不可一世，报复心理；还有几次斗剑，杀人，被杀……我对这个人物从心理状态到形体的体现，都充满期待。

在一次排演时，悌暴向柔蜜欧的家族朋友寻衅之后，我靠在台侧的框柱上，玩弄着手中的剑，满心期待对方来应对，专家对我给予表扬，大略是肯定我在舞台"规定情境"中，思想行动不断。但再次排演这一段戏时，我依然做出同样的反应，专家立即提醒，不要演那种少了思想的空壳。

《小市民》——尼尔的兴致与纠结

高尔基剧作《小市民》是苏联专家库里涅夫有代表性的教学剧目，在表训班，他也重点选用了这个剧本。

一开始就安排了角色：

> 别斯谢苗诺夫——王一之
>
> 阿库琳娜——朱启穗
>
> 达吉雅娜——于蓝、姚向黎
>
> 彼得——张瞳、稽启明
>
> 尼尔——蓝天野
>
> 吉其耶夫（食客）——赵凡、陈铮
>
> 捷捷科夫——宋绍文
>
> 波丽雅——田华、李守荣

在最初让学员阅读剧本的时候，库里涅夫曾问过我想演哪个角色，我说想演彼得，因为这个角色有个性。专家摇了摇头，最后让我演火车司机尼尔——这个俄罗斯戏剧文学中第一个具有新精神面貌的工人形象，当年莫斯科艺术剧院首演时，契诃夫建议斯坦尼斯拉夫斯基演的角色。

开始进入排练、角色创造，专家让大家先不要按剧本台词去说，要求每个人把自己人物的动作线理清楚了，即兴发挥，还希望不断调整、变换人物动作线，特别是随着对手的表现，即兴做出反应。有些学员有很突出的体现。譬如，姚向黎演那个性情古怪、未嫁的老姑娘达吉雅娜，她暗恋尼尔，平时从不表露，话不多。有一场戏，她突然莫名其妙地怪笑起来，这是心理动作发展过程的一种爆

1956年，高尔基名剧《小市民》中饰演尼尔，田华饰演波丽雅（右）

发，没有表演感，却把人物体现得清晰而强烈。赵凡也是很有悟性的演员，他演的那个食客吉其耶夫经常话不多，观察着这个小市民家庭，冷眼旁观，但思路清晰。王一之、朱启穗……很多同学都充分体现出一年来学习的收获。朱启穗是原演剧四队的，非常好的女演员，相处之间我从她那里受益不少。很明显，库里涅夫的教学，是以斯氏体系与瓦赫坦戈夫学派兼容，采用形体动作方法让演员逐步掌握内部技术与外部技术融合，消除掉概念化表演的毛病，开始掌握了怎样体现"活生生的生活"、"活生生的人物"。

我演尼尔，一直状态也还好。我还特意去南口机务车辆段去体验生活，跟夜间行车，在火车头上给司机打下手，挥锹往炉里添煤……

我脑子里有些俄国人物形象的积累，就一直没剪头发，库里涅夫专家发现了，他很高兴："你把头发留起来，再在上唇加个小胡子，就是年轻高尔基的样子！"

但到《小市民》进入连排阶段，我就出问题了。可能是用功过度的缘故，我的精力逐渐严重下降，而尼尔是一个精力充沛的工人，这样我就不自觉地努着劲演，常常很难自如地行动，也就是说，是在"演"！库里涅夫敏锐地发现了我的这个现象，当然不满意，但他也不明白我为什么突然又这样了。说实在的，我也没有马上明白到底发生了什么事，就是力不从心！专家也没把我撤掉，但决定让胡思庆也来演尼尔，参加结业时的汇报演出。胡思庆也是上海人艺演员，高高的个子，篮球打得极好，悟性很强，表训班毕业回上海后，又参加了一位苏联女专家的训练班进修，几年后他来京主演苏联戏《决裂》，更炉火纯青了！

我也顾不上心里添什么负担，还是继续尼尔的工作。进入彩排时，我的头发留得恰好，再加上一个小胡子，确实有点青年高尔基的神态。

后来逐渐明白了自己出现问题的原因，也无法立即解决，还是觉得，无论什么缘故，这一次，我做好还是没有做好，这不重要，关键是通过近两年的学习实践，找到了正确表演方法和理念，让我终生受益。

《暴风骤雨》——实践中的体会

鲍·格·库里涅夫专家对中国民族文化非常尊重。在这一点上，他和导训班的专家列斯里迥然不同。

据列斯里说，他刚刚进入莫斯科艺术剧院时，曾见过斯坦尼斯拉夫斯基，但那时他只是在剧组做场记工作。北京人艺请他来辅导过一次，辅导后就餐时，列斯里非常傲慢地说："我看了京剧演出，你们的京剧表演完全是形式主义的！"本来还很协调的空气因他变得很僵滞。人艺的人和他争论，当时由孙维世同志担任翻译，交谈变得激烈时，孙维世也顾不上翻译了，直接和他辩论。后来维世同志告诉我，她给列斯里讲了很多具体例子，讲到裘盛戎在《姚期》中的表

143

演，……列斯里最后只好表示："你们说的这些我没看过，没有发言权。"我也气愤，对孙维世同志说："你应该问他，连斯坦尼斯拉夫斯基本人，看了梅兰芳先生的戏以后，都对梅先生的表演、对京剧艺术无比称赞，他列斯里居然一笔抹杀，也太狂妄，甚至是无知了吧！"

当然，列斯里主持导训班教学，还确有成效。导训班的毕业剧目，尤其是《一仆二主》很精彩，也培养了人才，李丁在这个戏里的表演堪称优秀。北京人艺副院长欧阳山尊参加了导训班进修，担任班长，他毕业回院连续导演了《日出》《带枪的人》等戏，都是人艺优秀保留剧目，见功力，很大气，足见学有所获，但这也和欧阳山尊本人生活经历丰富有关。

鲍·格·库里涅夫是一位很有个性的人，对中国民族文化艺术非常尊重，正基于此，他做出了一个出人意料的抉择：以周立波描写中国农村土地改革斗争的小说《暴风骤雨》为蓝本，作为表训班的毕业实习剧目之一。

没有剧本，他就根据小说大致分配了角色，让学员去构思人物生活小品，包括小说里有的和小说里没有写的，任你去驰想，这倒真引起大家很强烈的创造兴趣。大量的人物生活小品自然地过渡到创造角色的教学过程。

记忆中，最初的角色安排是：

地主韩老六——陈铮、庄则敬

大枣核（地主老婆）——姚向黎

韩爱贞（地主女儿）——李守荣

韩长脖——张瞳

白玉山——赵凡

白大嫂——刘燕瑾

郭全海——鲁非

赵玉林——罗森

赵大嫂——岳慎

小英子——方掬芬

刘桂兰——田华

老孙头——朱子铮

小猪倌——徐企平

杨老疙瘩——张洪轩

肖队长——蓝天野

小王（工作队员）——宋廷锡

刘胜（工作队员）——张健翎

人物生活小品中涌现了不少精彩段落，碰出火花。

赵凡来自辽宁人艺，对东北农村生活非常熟悉，他也真是位好演员，表演学习过程显示了很好的悟性，把白玉山演得那么自然生动。

姚向黎、李守荣演了一段地主婆母女设"美人计"，拉那个贫农杨老疙瘩（张洪轩）下水，最后哭闹起来，非常精彩。按常规，姚向黎、李守荣包括人艺的张瞳，从自身条件和素质，都是演"正面人物"的。库里涅夫曾看过姚向黎自己准备的《大雷雨》卡切琳娜的片段，很高兴；张瞳原本都是演《清宫外史》光绪的，这次让他演了个韩长脖，包括《小市民》中的彼得，这就开拓了演员多方面的潜质。后来，姚向黎还真是主演了《大雷雨》；张瞳回到剧院后，能出色地演了《茶馆》中的唐铁嘴，都和在表训班的经历有关。

让我演土改工作队肖队长，估计也是根据我各方面条件而定的。土改生活我也有过，但毕竟不是长期在农村，不能做到很熟悉，所以在结构人物小品时，时而还算有些内容，时而就比较简单，题材大多是"访贫问苦"一类，尽管表演也沿着正确的方法进行，但难免流露出一般化，这时专家就会打断："总听你在喊：'韩老六！韩老六！……'"我也自知，缺乏更丰满的生活。

只有一次"召开全体贫下中农大会"的小品，为了发动群众揭发地主罪恶，做动员报告，专家又让全体学员上去了，大家沉闷、不满，然后纷纷散去，会

1956年，周恩来总理看中央戏剧学院表训班演出《暴风骤雨》后，与全体合影，第三排转头看周恩来总理的是蓝天野

搅黄了！我——肖队长制止不住，真急了，呼唤人们……会后，工作队员们泄气，面对这困境，我只能边思索、边安抚，和他们商量应对局面的办法。这次，专家肯定了，也使我进一步悟到，由于面对意料不到的事发生，真的动"思想"了。

要即时应对发生的意外；

——在舞台上要会"思想"。

——对"规定情境中"发生的事件，判断—决定—判断—决定。

这就是形体动作方法，而不是我们曾习惯的"未卜先知"，重复表演那些固定、一般的套路。

但这些要有一个前提：熟悉生活。

本来专家是想请一位作家，把小说改写为剧本，但很难找到这样既懂生活，又明了库里涅夫表演思路和方法的作家。

于是，就把所有学员们做过的大量人物小品汇集在一起，在库里涅夫指导下，经过筛选、组织，结构成一部十三场的戏。每场戏由专家指定一位学员担任导演。这样，剧本肯定会有结构不够严谨的现象，但经由人物生活小品反复融汇而成，人物是鲜明、甚至是鲜活的，表演是生动真实的。

库里涅夫又做出了一个决定，把十三场的《暴风骤雨》送到农村去演出！我们都了解他个性，常会有些让人意想不到的想法，于是联系了京郊黄土岗大队。到农村演出，临时搭台，夜晚用汽灯照明，这些我们也都曾做过，但一位外国专家带他的教学剧目下乡演出，这还是第一次。

黄土岗大队（现在丰台区的花乡）是当时农村的一面旗帜，大队书记殷维臣是全国劳模。库里涅夫一见到这位高大魁梧的农民就动心了，这是他第一次近距离接触中国农民，这就是他心中《暴风骤雨》贫协主席赵玉林的形象。于是他当即做了一个决定，让我改演赵玉林，他肯定是看中了我一米八的身高和当时还算壮实的身体。

演赵玉林？演吧，反正多接触一个人物塑造的机会总有益处。我曾经的农村生活经历开始涌动：年轻时演《青春》老更夫"红鼻子"时，幼稚地体验生活；几年前去西北土改工作的经历，我所在岳家巷道乡乡长的个性和外貌也近似殷维臣；还有尚古城村很熟悉的老贫农陆鸿运、陆建仓……这些记忆勾回来，使我能抓住我的赵玉林怎样待人接物——怎样行动。

也有困难。这个人物不像其他譬如姚向黎、张瞳的角色，有那样独异的外部特征，赵玉林不善言辞。更关键是，我毕竟不如赵凡、王一之他们对农村生活那样熟悉。

赵玉林是光头，但不打理，发长不到半寸吧，但我还有《小市民》的尼尔、《柔蜜欧与幽丽叶》的悌暴两个角色，都需把自己的头发蓄留起来，只好由化装师制作一个短发头套。他们制作的也真是好，逼真，库里涅夫看了也极满意。

《暴风骤雨》是一个从小品训练到人物创造的生动过程，这点燃了我们的创造兴趣，因此我们几个学员，有于蓝、赵凡、李守荣、张洪轩和我等，自发地想再做一次实践。我们以赵树理的《三里湾》为材，课余再以人物小品方法构成了几场戏，其中我和于蓝、赵凡的一段，印象至今不忘：我演那个顽固不化的老中农"糊涂涂"马多寿，于蓝演老伴"常有理"，赵凡演的村长来动员我们参加合作社。我在故意扭转话题应付，这时于蓝突然倒地，装做晕死过去，这一下完全出人意料，"村长"慌神了。我太知道自己的媳妇这一套了，举起烟袋："别丢人现眼了，再不起来，我拿烟袋锅梆你！"于蓝立马坐起来，还气呼呼的……这些即兴反应都清晰真实。不说于蓝和赵凡，我也把自己所有农村生活积累调动起来了，是一个活生生的特定人物形象。大家反应很强。库里涅夫专家看了也很高兴，但已经这么多剧目，再不可能有余力对《三里湾》加工了。但这是我们受《暴风骤雨》启发自觉地又一次表演实践，很受益。

全国来的旁听生

库里涅夫的个性随时显现，"杀法"出人意料。1955 年举行全国话剧会演，各省市几十个院团都来参演。会演结束后，库里涅夫提出，让每个省、市，包括部队，以及电影厂都派人来表训班做旁听生。机会难得，于是全国几十位旁听生立即报到。说是旁听，专家马上让大家都参与到表演训练中去，在《暴风骤雨》、《柔蜜欧与幽丽叶》里都有他们角色，有的还是比较重要的戏。

这些旁听生都是各地院团的主力：张平、葛振邦、杜德夫、罗英、耿汉、李金榜、朱嘉琛、白珊、化群、夏永安、丁笑仪、韩明……时间太久，难以尽数。

苏联专家在北京人艺授课

库里涅夫专家总不断有各样的新奇想法，同时也是应曹禺院长之邀，在主持表训班之余，库里涅夫选了北京人艺这个点儿进行表演教学。最初的小品练习阶段，他带了田华、张瞳和我随他一起，他直接教一个组，其他三个组，由我们三个人主持教学。后期剧目实习由专家自己单独授课。

他选择的剧目是高尔基的《耶戈尔·布雷乔夫和其他的人们》。

据我观察了解，专家在北京人艺授课、排戏，受益最大的是郑榕，至今，郑榕仍不断谈起通过演布雷乔夫，从库里涅夫那里获得的指点，找到正确表演途径的详细过程和体会。而最用功的，是焦菊隐先生。这个戏是由焦菊隐先生担任总导演，库里涅夫专家担任艺术指导。还是引用《经典人物——焦菊隐》中的一段话："1955年，苏联戏剧专家库里涅夫到北京人艺指导排戏，焦菊隐有了一次实际了解斯氏体系的机会。……焦菊隐当时已是知名的导演艺术家，但在艺术上他绝不故步自封，仍然谦虚地向苏联专家学习。……焦菊隐对库里涅夫的印象相当好，更主要的是他们在很多问题上观点是一致的，所以这种合作令焦菊隐感到愉快。"（第140页）

这次合作中，库里涅夫对焦菊隐先生也极为尊重，他特地找我谈了一次话，了解焦先生的艺术经历和主张。对焦先生曾担任过中华戏曲学校校长，和导演《夜店》《龙须沟》等的成就和治学精神，库里涅夫都十分敬佩和称赞。

两年时间，表训班结束了，以《马兰花》《玛申卡》《小市民》《柔蜜欧与幽丽叶》《暴风骤雨》五部毕业剧目。库里涅夫为学员打了三项科目的分：表演、导演，还有表演教学。他希望这为数不多来取"真经"的学生，不仅自己学到科学的表演方法，而且更要掌握表演教学方法，能扩大影响。

他给学员打分很宽容，大多数同学得了5分。第一学年结束时，曾有个别学员得到4分，就痛哭不已。他以鼓励为主，有时也施予一定的刺激。第一学年时，他给过一位同学2分，这表演上不及格的分数，自有他很深的用意。

分数从来不重要，至少我不看重这个，我是带着真实的收获，从鲍·格·库里涅夫主持教学的表训班毕业了。

还有个插曲。那一年，正值有人在呼吁建立国家级示范性话剧院，欧阳山尊就曾在报刊上发表过专文。虽然山尊从导训班毕业后还是回到北京人艺了，但此事的筹措仍在实地进行，在表训班临毕业时，已经决定要建立中央戏剧学院附属实验话剧院，基本组成就是导训班和表训班的人员，还有中戏本科的优秀毕业生。有人找过我，开门见山，要做一次坦率的谈话：愿不愿留下来，参加即将建成的示范性话剧院？我不想进入这样一个不熟悉，也不了解其未来发展趋向的新剧院，就仍回到北京人艺。这两个训练班，有不少人留下，参加了这个新组建的剧院，院长是舒强，孙维世担任总导演，演员构成自然是很强的。但后来也因各自不同的原因，一些演员又回到了自己的原单位。

要和库里涅夫老师分别了，全班郑重议论为专家物色一份礼品，以记师生情谊，有中国优质民族工艺品，其中还有一把精美的宝剑。而库里涅夫只提了一个要求：把你们每人的孩子的照片给我。

表演教学的兴趣

主持北京人艺演员学习班

1956年秋，我从表训班毕业回院。北京人艺领导决定，由我主持办一个演员学习班，从在职演员中抽调一部分人，脱产学习，因为能有机会去直接向苏联专家学习的毕竟是少数。建院后，经过几年，北京人艺演员在表演上取得了不错的成绩，但很多演员不满足现状，要求探寻科学的表演方法，也有的演戏正处在苦恼状态，普遍渴望学习。

为什么由我来筹办这个学习班？库里涅夫来北京人艺进行教学，通过《布雷乔夫》让很多人艺演员尝到甜头。焦菊隐先生对我说过："库里涅夫的形体动作方法教学，对北京人艺是非常适用的。"

我对马上要做一次表演教学也很有兴趣，库里涅夫真心期望我们掌握教学方法，扩大影响，我也想对自己所学，在表演教学实践中进行一次检验。

本来是决定由我和张瞳共同教学的，但剧院要开始排《风雪夜归人》，导演想让张瞳演魏连生，张瞳来找我，说这个角色机会难得，恳切希望我"放他去"。人事安排上我管不了，只能表示："只要剧院认可，我不拦着。"于是就由我独自拟定教学计划，来筹办这个演员学习班了。其实，我也是要做出点儿牺牲的——这个词儿不当，我对表演教学有兴趣，自己也想从中取得收获，但总归要有一年多（包括准备教案、开班教学到最后结业）不能上台演戏。

由我自己主持教学也有好处，我可以独立思考，甚至在随意畅想过程中，不断修订改变自己的设想。我拟定的教学方案，以形体动作方法结合北京人艺风格的特点，突出两点要求：一、强调观察体验生活，具体到表演课进程中，把观察生活小品练习列为重点，这一点也延续到实习剧目创造角色的阶段；二、尽量安排学习中国民族戏曲艺术。

领导很重视这首次剧院自己办班，焦菊隐先生、欧阳山尊、赵起扬三位副院长一起听取了我的教学方案汇报。此外，我还提出两点要求：

一、自愿参加。学习愿望强烈，才能有真正的收获。尽管当时普遍希望学习，但真要放弃近一年的排戏、演戏机会，不是每个人都能安下心来学的。而且也还会有人不相信或不赞成这种演剧观念，强制来学，更不会有好效果。院领导同意了我的意见。虽然他们也还是提出，有哪位演员颇具潜质，但表演上毛病也比较明显，建议参加学习，但据我了解，他们有的可能会欣赏、甚至坚持自己现在的表演状态和观念，从心理上排斥学习，不会自愿。领导也认同了我的看法。

二、我申请了一笔数目不大的观摩费，让大家尽可能多地看戏，主要是京剧，还有曲艺和一些地方戏。也真是赶上了好机会，整个学习班期间，看了大量优秀演出。那一年，京剧名角荟萃，连续几场由梅兰芳先生唱大轴，一出"醉酒"后面的宫女全是梅兰芳先生的弟子，也都是名噪一时的角儿！有一场的开锣戏就是裴盛戎先生和李和曾的《逍遥津》。还有一场，身为"四大名旦"的尚小

151

云和荀慧生唱倒第二（压轴），戏码是《姑嫂英雄》（又名《樊江关》），这两位年事已高的大家，也并不那么拼命地装，极自然地让你觉得他们就是性格鲜明的少女，这都是功夫加修养所达到的演剧至高境界。

还有曲艺，看了天津骆玉笙老师等的演出。

我相信，演员的文化修养和生活积累至关重要，心里装着更多的民族艺术精华，将受益一生。

这笔小小经费还包括用于延聘老师。因为话剧的形体和语言训练一直没有一套规范的方法，我们还在摸索，所以请来老师教京剧练功，还请了曲艺名家来教一些段子，主要想解决吐字发音的能力，同时，多一些欣赏民族和民间艺术的机会和习惯，对话剧演员非常重要。

我在筹备教学方案的同时，确定了参加学习班的人员名单：

（男）方琯德、童超、周正、黄宗洛、林连昆、李翔、平原、张兴山、覃赞耀。

（女）狄辛、秦在平、金雅琴、金昭、刘华、尚梦初、肖榴。

还有从志愿军文工团派到北京人艺学习的贾学武、张芷坤，基本全程参加了学习班，算是旁听，但参与了全部学习实践。

来学习的演员动机不一，其中有些颇具代表性。譬如童超，是一位个性极强，表演很有灵气的演员，已经有了些突出的成绩，但这时正处于苦恼之中。他刚刚参加了欧阳山尊导演的《日出》，扮演王福升。所有人，包括他自己都觉得他非常适合这个角色，但他苦于不知怎样在表演上更有突破，所以迫切渴望学习。

金昭是剧院年纪最小的演员，建院时十五岁，还戴着红领巾，也演了一些戏，条件也不错。1954年排《雷雨》，让她女扮男装演了周冲，有评论说她演得不好——找个女演员演周冲合不合适另议，我看了戏，觉得她演得还是不错的。金昭这个女孩子也可能就因为没什么经验，表演毛病也相对较少，有些可贵素质，但经受了这些舆论压力，正处在苦恼状态。据金昭自己回忆，由于身处准备被调离院名单之中，她进入演员训练班是"旁听生"，这我不记得了。参加表演训练的实践，她和其他人没有区别。

这是我第一次正式表演教学，有个切身体会，演戏，是我自己面对一个角色进行创造的事，但表演教学，我要同时为二十多人的创造进行思考。

演员学习班开课，从生活小品开始。我要求大家构思大量的小品题材，不重复，经过表演，现场点评，或现场变更一些规定情境，发挥演员即兴新鲜的适应能力，尽量发挥想象力，每人每天拿出新的小品。还能记起的一些例子，比如，有一堂课，我要求每个人从自己的兴趣即兴想象："你现在在什么地方？"各式各样：飞机上，公园里，大漠戈壁，非洲荒原……然后我让每个人表演在他所想象的那个地方，有的容易，结构一个简单的事件就行了，有的也比较难。

一位演员设想"在海底"，好，马上演，他在表演区摆了一个大的木盆，坐在里面，双手用力划桨，一副搏击海浪的样子！我打断他："不对了，这只是在海面上，而你应该是在海底！"海底怎么演啊？我也是即兴想象，随手抓过小舞台两侧的幕布条，系在身上，也可以算是救生索和氧气管吧，踏着"海底"缓缓游动前行……还可以刺激他："看到周围浮动的珊瑚和游来游去的鱼……"所以，我确实觉得，表演教学，包括做导演，要为几十个演员同时展开创造的想象。

还要因人而异。黄宗洛总有让人意外的东西，但我真领教了，他在表演上绝对是异类，有自己顽强坚持的东西。我希望引导演员在规定情境里真正地判断、反应，演"活生生的人"，掌握形体动作方法，行动、交流是必需的，但黄宗洛经常坚决不交流，甚至眼睛不看对方。一度我曾泄气，我教不了他，但后来也想，先由着他来吧，何必一律强求。有一次例外发生：

就是这个"在你所想象的地方"，黄宗洛的兴趣是"在无人的荒岛上"。那么，你就在这无人荒岛上"生活"去吧。他在小舞台上把环境布置得很丰富有趣，岩石、山丘、不知名的植物……但只有他一个人！不能总这么待在上面吧，我逐步提示他："坚持生存下去……天气骤变……日子不短了，有求生的欲望吧……远处会有什么动静吗？……地平线上会有过往船只的迹象吗？……""求生！"还是燃起他的欲望，好，有了愿望就会有行动……"呼喊！……有没有回应？！……"这次可能算是黄宗洛很真情的一次精彩表演。

但我知道，我还是无法让他进入不符合他观念的表演方法。他的出彩，只能是后来经焦菊隐先生调教了。

"不错，不错！"

观察生活不只是表演训练的一个阶段课目，演员应该把观察体验生活形成经常的习惯。在生活小品教学过程中发生了一件事：剧院正在上演《日出》，演陈白露的杨薇病了，但票早已售出。导演欧阳山尊找到狄辛："你突击一下，演陈白露。"那么重的一个戏，场次太多，台词量太大！好在狄辛对陈白露这个人物有兴趣，欧阳山尊曾为她在排演场单独排过不多的几次戏，但只是个别场次，也没想过会演出。事出紧急，狄辛也就再排了一天戏，就突击上去演了。

演出当晚我还得备课，也没去看。演出后回来，我问她怎么样？狄辛长出一口气："还算可以，总算演下来了。"观众也还挺满意。第二天上课，很多人还在议论昨晚演出的事儿。我说，今天别的什么课都不上了，大家就把昨天演《日出》的那个情景、过程——就是临时找演员突击女主角，从后台准备，一直到大幕开启，注视着演员上场，戏演下去——也就是你们经历的那个过程演下来。恰巧，参加学习班的有一多半是《日出》里的演员，他们经历了这件事的全过程，不在这个戏里的就作为舞台各部门工作人员。大家很快结构了一个生活小品，即兴把昨天发生的事情演出来，内容就是在后台：演员狄辛临时突击演戏中的主角陈白露，大家都忙着帮助准备，又得记词，又要化装，整理服装道具，旁边还有人想帮助平复情绪，或者，更多是轻轻地尽量不干扰她，还想着在台上万一出点差错怎么弥补……大幕拉开了，上场了，所有人都在那儿悬着心看，然后舞台上的戏一点点进行，演下去了，……再然后，人们都欣慰地喘口气："啊，不错，不错！"放心了。他们给这个小品定了个名字，就叫《不错，不错》。

这个小品反映的就是生活中自己亲身经历的事。你能不能把生活中的事情，正常地化到表演里去？这时，已经不是生活，而是表演创造，但又是你刚刚经历的。这就是从生活到表演，也许可以使演员体会到，重温生活感受化为舞台行动，这时，常常是顾不上那种造作的表演痕迹的，这样反复检验自己的表演，区别什么是虚假造作，怎样是真实的、活生生的生活。

但这些还是在演自己，还不是角色。斯氏体系最后还是要求创造角色，瓦赫坦戈夫更是重视外部技术的体现。北京人艺要求创造"鲜明的人物形象"。我的表演教学方案要求：从生活小品到观察生活小品，过渡到创造角色——以科学表演方法，塑造人物形象。

生活积累——创造角色

演员的天职就是塑造鲜明的人物形象。

斯坦尼斯拉夫斯基总结建立了科学的演剧体系，从表演训练的基本单元开始，最终目的还是为了创造角色。他的学生瓦赫坦戈夫发展了他的体系并独树一帜，更加强调戏剧表现方式和人物形象特征，着重发挥了外部技术。

北京人艺演剧风格形成的实践过程中，焦菊隐先生概括的"深刻的内心体验，深厚的生活基础，鲜明的人物形象"，以及北京人艺一贯重视文化修养的储存和艺术总结的经验，形成了北京人艺精神的丰硕传统。

苏联专家库里涅夫的表演教学也对北京人艺发生了重要作用。我这次主持表演教学，也结合北京人艺风格特点的需求，强调生活积累，强调演员的文化修养，还开列了古今中外名著（重点是剧本）书单，作为阅读参考。

表演训练的最终目标是创造角色，塑造鲜明人物形象。这也是我全部教学方案的最后一个部分。

经欧阳山尊推荐，演员学习班最后确定以田汉[①] 的《名优之死》和欧阳予倩

---

① 田汉（1898—1968），学名寿昌，中国现代戏剧三大奠基者之一，剧作家，小说家，诗人，文艺批评家，文艺活动家，中华人民共和国国歌《义勇军进行曲》歌词作者。1927 年田汉创办南国社，为我国现代戏剧事业培养了大批优秀的戏剧人才。话剧代表作有《咖啡店之一夜》、《江湖上的悲伤》、《苏州夜话》、《丽人行》、《名优之死》、《关汉卿》等，戏曲代表作有《白蛇传》、《情深》、《谢瑶环》、《西厢记》等。

的《潘金莲》作为教学实习剧目。这是 20 世纪 20 年代田汉和欧阳予倩在上海艺术大学举行"艺术鱼龙会"演出的优秀剧目。

演员接到了自己的角色。我要求在"观察生活小品"的基础上，过渡到"人物（角色）生活小品"，安排了大量时间体验生活。《名优之死》反映的是早期京剧艺人生活，一方面，我们组织联系体验生活，很多演员兴趣极浓，自发抓住一切机会，甚至自费每天去看京剧、去京剧戏园子的后台。当时经常去并逐渐熟悉了的有谭富英先生和裘盛戎先生挑班的北京市京剧二团、当时还是民营的吴素秋京剧团，还去戏曲学校观察体验京剧教学，只是我们能看到的都是戏曲改革后的状况，老的京剧科班那些习俗很难见到了。非常幸运有趣的是，当时还保存着一个唱连台本戏的戏班子，据参加学习班的老演员秦在平著文回忆："北京是京剧发源地，当时各种流派代表人物都还健在，而且有些还是非师即友，体验生活比较方便，每晚看戏可凭个人爱好随便买票。虽然如此，但后台情况比旧社会多有改变，只有唱连台本戏的庆乐戏院（在大栅栏）后台还保留了旧时风貌，演员也多半是过去著名老艺人。通过经常在后台观察和老艺人接触，给予我们很多有益的启迪和帮助。例如他们仍不用油彩化装，还是用老式粉饼，尤其是旦角为了把脸上的多余粉渣弄掉，又怕把妆弄坏，不用卫生纸和棉花擦，而是突出下唇用嘴吹掉，这些旧时代的东西正是我们需要了解的，后来我把这些小动作用在演出中，起到了很好的时代特征效果。我们当时是以庆乐后台为基地，别的名角后台我们也经常学习参观。通常是前台看戏、后台学习。感觉京剧演员特点是把行当中的动作带到生活中去……我想恐怕是他们坐科出身居多，老式科班要求又严格，七年中朝夕学习，习惯成自然了。……对长辈和客人极为尊敬，也就不足为怪了。"[1]

那阶段，所有人每晚去戏园子，第二天在课堂做人物生活小品。人艺不乏京剧迷，就连部分过去很少接触京剧的演员，也为了角色需要，饶有兴味。有

156

---

[1]　秦在平：《一段不应忘记的往事》，载北京人艺院刊《北京人艺》2012 年第 5 期，第 128 页。

两位年轻女演员从没看过京剧，从戏校回来，做了学唱《清风亭》的小品，尽管荒腔走板，但极认真，逐步生活积累，后来也把个天分不甚佳的女徒弟刘芸仙演得很到位。如秦在平文中所说："在排戏之前，……要求我们多做反映戏中人物后台的生活，和人物关系的小品。这时大家在做小品中都能解决很多表演上的问题。"[1]

体验生活也遇到过困难。经过一段交往，和当时京剧二团的同龄青年演员，三十岁左右的谭元寿、马长礼比较熟了，童超演的刘振声是一代名优，很想拜见谭富英先生，就烦谭元寿引荐一下。那天谭老板正在扮戏，元寿毕恭毕敬向父亲轻声禀告："北京人艺的童超想见见您。"不料谭老板全无反应，依旧慢条斯理地化装。空气像凝固了，谭元寿也很尴尬，童超一时僵在那儿……但他突然悟到：哦，这就是角儿！其实谭富英先生并不是架子大，他本不善交往，这时又全心集中在扮戏上。

为了丰富梨园行知识，我们尽量做足了功课，还请来一位老艺人（沈三玉先生？记不准确了）讲早年梨园掌故，有老艺人生活从艺经历、行内规矩、跑码头的奇闻逸事……譬如那位传奇名角儿金少山，最当红时个性十足，在受邀赴东北演出时，肩上挎了只猴子就要上火车，被依章劝阻后，扭头就走。如此，拖迟几日才到了沈阳，当地一官僚心有不忿，谋划好了要整治一下这位不可一世的金老板，人们不禁为他捏了把汗。此事也传到了金少山耳中，他却似满不在意。当这位地方长官率手下进入后台的一刻，金老板突然热情地上前与之握手："好久不见老兄，今晚散戏后得好好聚聚！"被这气势弄蒙了的官爷，不知怎么的也像重遇故交似的："难得金老板光临敝地，我来做东……"从各方面获得对梨园生活的熟悉，使我们后来在塑造人物上有了扎实的根基。

157

沈先生还为我们请来两位老艺人教戏。那可真是举步维艰的老先生了，他们

---

① 秦在平：《一段不应忘记的往事》，《北京人艺》2012年第5期，第128页。

① 秦在平：《一段不应忘记的往事》，《北京人艺》2012年第5期，第128页。

示范的身段已全然看不出名堂，我们其实是在体会老艺人"说戏"的感觉。

为了《名优之死》体验生活，演员称得上非常熟悉了。我要求在这个戏里的前后台唱念全由演员自己来做，后台的管事、大衣箱、跟包……全都得拿得下来，要真像个内行。演员们做到了。

很多演员不只是完成布置的作业，他们时刻动脑筋、花工夫。金昭在一个场合中见到梅兰芳先生、杜近芳等名家，从和他们的接触中也在体会角色的感觉。一些演员自己想办法多学，秦在平文中说："虽说《名优之死》中很多演员是京剧迷，大半也能哼几句，……为了准确起见，我和童超、于是之（于是之未参加学习班，后来排戏时加入演左宝奎）、周正还自费请了武生宗师杨小楼先生的女婿、老生演员刘砚芳老师来教《坐楼杀惜》。"[1] 凡此可见演员们对体验生活、创造角色的兴趣和热情，蔚然成风。

《潘金莲》是反映宋代的故事，怎样直接体验生活？大家在历史博物馆、故宫博物院看了很多资料，请沈从文先生讲解宋代服饰和生活习惯。（顺便说一下，"文革"中，有人"揭发"我带演员请沈从文先生讲解时，沈先生拿了些"不宜"的图片给大家看，没有这么档子事。那年月抖出些带色彩的事能引人注意，"揭"我也还算不得大事儿，可对沈从文先生不能这么编造，大不敬啊。）有些演员还自己重读了《水浒传》以及"三言二拍"中有关人物描述的章节，充实对戏的历史背景和自己角色生活的积累，有的还找来《东京梦华录》等书阅读。

体验生活，大量人物生活小品的积累，使很多演员的角色活起来了，自然地过渡到排戏，演员就逐渐没有那种要"演"的习气，但人物是鲜明的。这是我此次表演教学要解决的最后一个阶段：创造角色。

戏排出来了，举行了一次向全院的汇报演出，除了两个戏，还有"起霸"、"趟马"等形体训练，和金昭的京韵大鼓等舞台语言训练等课目。

---

① 秦在平：《一段不应忘记的往事》，《北京人艺》2012 年第 5 期，第 128 页。

汇报演出受到剧院极大肯定，觉得通过学习，一些演员在表演上有了很明显的进步。

但就在这时，院领导突然把我调走了。剧院开始排《北京人》，决定让我去演曾文清。我都来不及申述：演员学习班的教学只进行到"十分之九"，我还有最后一个重要教学步骤要做！由于《北京人》已经建组，就急催我去了。

后来《名优之死》由夏淳担任导演，《潘金莲》由方琯德担任导演，未久，作为剧院演出剧目上演。每位导演会有自己的思路和节奏的调整，但可以实在地说："十分之九"的基础是演员在学习班期间打下的，连《名优之死》的布景，那个京剧后台的格局都没有多少改变。

事隔几十年，直到"文革"后赵起扬准备写在人艺工作的回忆录，有一章节是剧院演员培养问题，找我谈当时办演员学习班的情况时，我对他提到："我的表演教学规划中，还有最后关键的步骤未能做完，就匆忙把我调去演戏了。你们也没有和我了解商量一下，致使这次演员学习班缺失了一个完整的收关。"赵起扬听后也觉得，当时的考虑不够细致。

遗憾总有，但回顾这次表演教学，北京人艺为培养人才第一次下大决心办班，收效还是不错的，大多数参加学习的演员有突出的进步，这在其后来的专业发展成就上有明显的表现。

但我毕竟做不到绝对成功，尽管我一开始就提出，要自愿参加，但表演是很具特殊性的艺术专业，教与学都需要些耐心与定力。这过程中也偶有人会感到难耐，但演戏的事儿，演员如何创造好角色，不可能有一个速成的"偏方"。

后来，有人把这次演员学习班称之为"回炉班"，好像也就这样流传下来。我不太赞同这个形容，"回炉"，还是原物质的提升，或者"回锅"也难免造成"夹生"。我觉得表演教学更像治水，大禹治水，有堵，有疏，堵截住那些虚假造作的"演戏"，更要有疏导，让演员的天性充分激发出来，进入自由创造的境界。

表演教学是重要的，但演戏——是不能教会的。

"大班学员"

1958 年，北京人艺第一次自办演员学习班，面向社会招生，要求高中毕业，为期两年。剧院决定这个班"以实践为主，教学为辅"，从录取入院后，立即就参加到舞台演出中去。正值"大跃进"，北京人艺分了四个队，这些刚入院的学员就被分配到各个队里，有的当晚就登上舞台，当然基本是跑群众，但他们确实有意想不到的机遇，有的马上随队到外省巡演，还有的立即整装随队到福建前线慰问演出。有几位分到我们最后成立的第四队，在《红旗飘飘》里演群众，他们肯定想不到，周恩来总理来看戏，还带了他当年在法国勤工俭学时的一位老同学。演出结束后，周总理到舞台上看望演员。当总理得知剧中有些年轻人是刚入院不几天的学员时，高兴地向他的老同学介绍说："北京人艺很多演员都是我的朋友，今天这个戏可以说是四代同堂的演出。"我看了一下，可不是吗，有从文明戏开始的老演员沈默；有 30 年代在重庆大后方的赵韫如；我和于是之、张瞳当时三十岁出头；而最年轻一代当然就是这些多半不满二十岁的学员了。

这是周总理看完戏后，在舞台上和演员谈话时间最长的一次。刚进剧院两三天的学员们兴奋不已，每个人都连夜写日记，留下这幸运夜晚的记忆。

对比两年后第二次院办班，习惯地把这次的学员称作"大班学员"，从招生、报名、三轮考试我全参加了。最初是由苏民带班，他提出的指导思想是"人人是老师，处处是课堂"，让学员首先参观剧院和首都剧场各部门，然后参与各项工作，演戏、舞台工作，也参加装台、拆台，成为熟悉的多面手。

"教学为辅"，也在演出间歇期，集中一段时间进行表演教学，还有形体、台词课和文化课。后来我也担任过一个阶段的班主任，主持表演教学。

"大班学员"两年后毕业，大部分留在人艺，好多位成为剧院骨干。他们开始时坚持跑群众，《蔡文姬》第二幕胡兵仪仗场面，他们是最精彩的一批，以后他们在很多戏里担任角色，也有很优异的成就。

据不完全的记忆，"大班学员"毕业后留在剧院的有：

1958年，周恩来总理（二排左五）陪他年轻时在法国勤工俭学的同学（二排左六）看蓝天野（二排左四）主演的《红旗飘飘》后，到舞台上和演职员合影

（男）吴桂苓、任宝贤、闫怀礼、韩善续、仲济尧、修宗迪、孙安堂、张我威；

（女）刘骏、王志鸿、刘静荣、李容、沙灵娜（后来转学中国古代文学，成绩不凡，在大学任教）。

半个多世纪过去了，2008年是他们进入北京人艺50周年，很想聚会纪念一下，由于忙或健康原因，且这些活动多半由吴桂苓组织，正值他身体欠佳，就拖下来了。情谊所在，还是在次年聚了一次，并把我和苏民两位当年的老师邀去，但能参加的"同学"却不是很多，有的说好要来，临时因故未能赶到。2009年，他们应该是七十岁左右吧，也都老了。还有个别人已经离世。

大家聚在一起，还是有很多说不完的温馨往事。

"81班"

1981年，北京人艺再一次自主招生，办演员训练班，是苏民提出并筹划的，他是考虑北京人艺演员年龄段的接续。这一期剧院学员班，称为"81班"。

苏民希望我参加这个班的表演教学。既然答应要参加了，我肯定要全力贯注，从开始连续三天报名日，我都一直在剧场前厅的报名处，每一位来报名的学员我都见过，也都看到他们在报名时刻的状态。这虽然可能是比较表面的，但招考吸收演员这事，只凭三次考试的接触，而且初、复试是分组进行，所以甚至只在三试见这一面，想真正了解一个人潜在的素质，也嫌太短促了。

还有一个体会，招考学表演的学员，不是看"成品"，是看"材质"，需要的是可塑之材，在入学后的表演教学中，引导他们走向正确的演剧道路，如果已经是一个完整的雕件成品了，你再去修整打造有时会更难。我从报名处看到有些考生，应对考试很有经验，他们早就准备好了成品，有些肯定是经导师辅导加工的，但这些修饰过的东西，不一定就能体现他自身材质，甚至需要你在考试中，把这些"加工"过的东西尽量从脑子里扬弃掉，再分辨看清他的"原材料"。

一般情况，学员都想尽力展现，并且在"琢磨"考官，"投其所好"。考官只有一个目标，辨清面前这个孩子的材质，打个不大恰当的比喻，这有点像"赌玉"，透过那斑驳如泥土的表层，识别其内是否有精玉在。

从数量众多的人中，能层层过关进入三试的考生，都会闪出一些亮点，取舍之间，不由你不多掂量掂量。

有一位考生形象很好，首先就赢得了印象分，我们一位考官真太想给予他这个机会，不厌其烦地出题、启发……但他确实没有些许心动，过于理性且滞讷了，终究不入槽，按这个行当就叫做："不是这条街上的人。"

也有完全不同的例子，可能很幼稚，没有什么经验，但素质好，有悟性，就需要多观察一下，我们最终录取的学员中，有的就是这种情况。

宋丹丹又是另一例，聪明，有很好的展示，大家一致满意，主考总要再出个即兴题吧："你来人艺看榜，被录取了，突然接到电话：妈妈病重，送医院了。"确实很一般的题目，宋丹丹做了，自然，清晰，挺好，她最后对着电话说了一句："啊，您跟我开玩笑哪！"这即兴发挥让自己绕过了着急难过的心情。聪明！其实所有考官都高兴，心里都通过了，但我没让她就此结束："重来，是妈妈真的病了！"……重来，再重来，第三次，"真的病了！"丹丹是那种有人生体味的孩子，"我不去人艺了，马上去医院！"果然动情！但最后还是心有不甘地补了一句："您别忘了给我带两瓶酸奶！"举座欢悦。旁边有人低语："你干吗这么跟她较劲？"

"对她有好处。"

反复研究、讨论，经过一致决定，录取了十多人。

男：马星耀　　　　女：宋丹丹
　　王长立　　　　　　王姬
　　梁冠华　　　　　　郑天玮
　　鲍大志　　　　　　李珍
　　崔麟　　　　　　　罗历歌
　　张永强
　　尹伟
　　钱波
　　毛克

表演招考，就算再仔细认真，只在那么短暂一段接触了解过程，很难保证绝对看得准，肯定会有些才华优异的考生落榜。尤其女生，基于演员比例的限制，只能录取五名了。

81 班的班主任是苏民，参加表演课教研组的，除我和苏民，还有谢延宁和童弟。要着手制定表演教学方案，我根据 1957 年办在职"演员学习班"的教案，再针对从头学起的青年学员特点，拟出一份表演教学计划，经教研组讨论，形成最终教程。核心精神还是以斯氏体系"形体动作方法"和北京人艺风格要点"生活积累"结合，观察生活小品练习占据了很大的比例。81 班和同时期的中戏表演系 80 班有较多的交流，从张仁里教授为主的教学组那里汲取了不少经验。

观察生活，从生活中获得有兴趣的人物形象，经过自己的揣摩、体验，以自身把人物展现出来，对这些缺少生活阅历的年轻人来说，并不容易。他们饶有兴味地到各种场合去寻找、观察，回到课堂上，有时给我们带来颇有特点的人物形象雏形；也有的，到生活中去看到了，并没有抓住生活中那些鲜活的人物特征，还是以习惯性的概念或套路来表达。要经过引导，从"深厚的生活基础"获得感悟，以自身体现"鲜明的人物形象"，这是一个演员的天职，是艺术创造！要做演员？就必须一生去创造。

　　再重述一下宋丹丹的例子。在观察生活小品的表演课上，她也演了一个老太太形象，有些特点，在同学们的作业中，算是比较好的。不能不承认宋丹丹聪明、有才，而且，她文化素养也比较好，但我就是觉得，她在准备这个表演作业时，没有太认真，凭着自己的小聪明就可以应付下来了，说句大实话，就是没怎么用功，也应付得还不错。这不行！要做一个真正的演员，就这么应付可不行。我说："丹丹，下次观察生活小品课，你给我拿出三个不同的老太太形象。"

　　一周以后，丹丹在课堂上，真就演了三个不同的老太太，不错！看得出来，她下功夫了。其中一个还真把我震住了：一个南方口音的老年知识分子，爱训人，什么都看不惯，不停地唠叨……鲜明，出色！我问丹丹："你从哪儿观察到这么个人物？"

　　"就是我们家邻居，我天天回家路过她门口，总把我喊住，训一通……"

　　明白了，是太熟悉了！鲜明的人物形象，必须熟悉，非常熟悉，这太重要了。我常对年轻演员说：你对自己的人物，要像生活中最熟悉的人那样，一听到窗外的脚步声，就清楚地知道这是谁！就像曹雪芹在《红楼梦》里写王熙凤出场，人未到，话语已先传来，一听就是"凤辣子来了"！

　　丹丹这个人物小品做到了。熟悉，更重要的是，她用功了，所以做到。一个演员，一个从事艺术创造的人，你如果能做得更好一点点，为什么不呢！

　　除夕夜，全班同学组织了一个联欢，把我和苏民也请去了。欢聚结束时，送我们离去，突然宋丹丹很自然地又以这个"南方老太太"的语气唠叨起来："老

2009 年，去黄山一行，宋丹丹（左）对我们老两口多有照顾

师慢走啊……这些孩子们太小，不懂事，学习态度不好，请你们不要介意……"
她完全没想要"演"，只是随意以"人物的身份"去对待这现实生活的"规定情
境"，真好，鲜明的性格，自然流露的行动（动作），我当时很想对同学们说：这
就是演剧艺术的最佳状态，很难得的表演境界。我半生演戏，也很难达到。

81 班我没教到他们毕业，因为要准备排戏，又值要参加中国戏剧家代表团
出国访问，最后毕业剧目实习阶段我离开了。有些留恋。1984 年，在他们刚刚
毕业留院时，我导演了《家》，一个重要原因是为他们选的这个戏。

81 班应该是成材率很高的，很多位当年的学员，如今都是声名响亮的"大
腕"了，是有真本事的"大腕"。

前些年有一档电视节目，做了 81 班师生重聚的专题。由于电视台安排上有
些不细致，我几乎来不及去参加，录制即将开始时，同学们自己开车，坚持接我
去了。罗历歌从美国赶来了，王姬从剧组拍摄地来了，崔麟那些年也拍戏，大多
时间在写电视剧本，也来了，在剧院的人大多参加了，但也有在外地或联系不上

表演进修和表演教学

的，郑天玮、梁冠华等没能到场，但十几位同学，还有两位老师苏民和我，一次欢聚也确实抒发了当年的真情。

宋丹丹太忙，在外地，后来她又邀大家再聚一次，在她家里漫聊，罗历歌说丹丹家的音响特好，众人随意开唱。

这是我在北京人艺最后一次表演教学。六十周岁离休了，就彻底离开了戏剧。

生活积累，得趣获益

2013 年初，剧院约一篇文章，谈谈"我在北京人艺"的故事。引起往事回想，我在人艺这么多年，演过一些戏，也导了一些戏，每一个新戏排练前，都要去体验生活，而且，在不是专为了某一个戏的时候，也曾几次用较长时间去体验生活，收获了丰实的生活积累，也收获了浓厚的兴趣，丰富了自己的人生。

琉璃河水泥厂

北京人艺建院后的第一件事，没有马上排戏演出，而是下厂下乡。当时好像没怎么提体验生活，就是强调"下厂下乡"。全院的导演、演员和舞美分为四个组，去往琉璃河水泥厂、天津棉纺厂、大众铁工厂和黄土岗农业社，为期半年。我们去琉璃河水泥厂的这个组，有刁光覃、田冲、平原、林连昆、朱旭、郭维彬等，副院长焦菊隐先生也去了，近三十人。

那时，我们对工农兵生活不太熟悉，有的刚刚离开校门，我虽然已经演了几年戏，还是书生气重。对体验生活充满兴趣，去水泥厂，也很好奇。我和朱旭分到动力车间。朱旭还懂点接电线之类的，我对电则是一窍不通。好在车间给我们派的活儿通常是去各处修理，我们帮师傅扛工具提电线，打下手，跑的地方多，接触的人也多点儿。

水泥厂一个主要车间是烧成车间，四个大转炉日夜不停，高温烧制水泥，转炉运转过程中有时会出现一种故障，叫"结圈"，就是炉内水泥料在高温下凝结在炉壁上了，越结越多，形成一块瘤状体。这东西会影响正常生产，必须把它除掉，这就叫"打结圈"，但是转炉又不能熄火，因为熄火、降温、再进炉"打结圈"，重新点火……需要停产很长时间，所以必须要在极高温度下停车（停止炉子转动）来干这个活儿。工人身穿着石棉服，还要裹着湿透的棉被，进入炉内，用钢钎冲击结瘤，直到把"结圈"完全打下来，这要花很多时间，就算全身捂严了，那么高的温度下，一个人进去不超过一分钟就要赶紧出来，再换一个人进去继续打，这肯定很有难度，也有危险。我们也要求去打结圈，但厂领导考虑我们是外来的"文艺工作者"，不敢让我们干这带有危险性的活儿，没有批准。我们死磨硬泡，"不是说了要同劳动嘛！"最后勉强批准了我们几个年轻体壮的去干。我们兴奋至极，没有过这种经历和经验，全身披挂，进去冲凿几下就得赶紧跑出来。其实那时候一方面是胆子大，同时也是带着极大的兴趣和好奇心去干的。相处久了，工人和干部对我们又是夸赞又是无奈。

下班以后，总有工人来找我们，有时还一起踢足球什么的。我偶尔有事回北京，总是晚上坐火车回水泥厂，午夜十二点才到站，下车时一定有工人朋友在车站接我，然后拉着我一起去吃夜宵，海聊。

两年多以前，琉璃河水泥厂建厂70周年，请我们一些人去参加庆祝典礼的笔会，我说我以前在琉璃河水泥厂待过，大家都不信，我说起当年的厂长、总工程师、副厂长姓甚名谁，那时候都干些什么……现在厂里这一代人基本都没见过那些老同志了，但是知道我说得对，这才相信我确实在这个厂待过比较长的时间，提起往事依然非常亲切。有一位工厂干部，年纪也不算大，中年吧，笑着对我说："我可知道，你当时在哪个车间我都知道！是动力车间吧？"说得我有点意外，经他一解释我才明白，当初我们离开工厂时，工厂会给每个人写一份鉴定。他说："你们的鉴定现在工厂还保存着呢。"

岗上，老主任吴春山

北京人艺表演风格的形成，很重要的一点是重视"深厚的生活积累"，人艺人真切地感受到体验生活的收益，形成了自觉的要求。

1963 年，我协助焦菊隐先生重排《关汉卿》，这算是我转行做导演的开始吧。《关汉卿》上演后，我有了一段难得的空闲，打算去农村体验生活。根据我的要求，北京市委给我推荐了房山区的岗上大队。

岗上大队特别擅长饲养大牲口，骡子、马、驴都饲养得特别好。大队书记吴春山，是全国劳模，五十几岁，热心、朴实、性子耿直、腰杆儿倍儿挺，乡亲们都叫他老主任。他很少回家，老伴儿在家带着小外孙女，他住在大队的牲口院里，我就和他住在一起，晚上睡在一个炕上，海聊。他跟我说，怎么管这个大队，怎么侍弄牲口，也说他们村里人的各种事儿。吴春山每天都带我到田间地里转转，教我干农活、喂牲口、遛牲口。只有给牲口配种我干不了，也不让我干，因为这不单是技术活儿，要保证成功率，还牵扯奖金，我不能去抢人家配种人的奖金工分啊。老主任开大小会，我也都参加，在支委会、大队部会上，我有时还说上几句，一块儿讨论，出个点子。熟了，大伙儿都不把我当外人了。

岗上桃也很有名，我还跟着学给桃树剪枝。负责桃树的是吴月，还有个女孩小杨也跟着学，是准备培养的青年人吧。

在岗上待了半年多，我回到了剧院，编制正式转为导演，排的第一个戏是《结婚之前》，是老作家骆宾基写的表现北京郊区农村生活的剧本。我又带刚从京西山区农村演出回来的全体演员、舞美人员到顺义后鲁各庄去体验生活，又待了近三个月。这个戏演出后受到了肯定，观众觉得还真有北京郊区农村的味儿，人

171

1964年，去京郊房山岗上大队体验生活，和老书记、全国劳模吴春山（左）在牲口院共同相处半年

艺演员演农民还挺像。后来在人民大会堂演出，彭真市长看戏后专门找我谈了一个多小时，特别问起："你们花了多少时间体验生活？"他称赞北京人艺现在演农村戏，能有生动的生活气息。

"文革"当中，剧院搞"文艺革命"排一个戏，由军宣队带领又到岗上大队体验生活。当时我被派到海政文工团排戏，一听说这个消息，马上去了岗上。我又见到了吴春山，多年不见，我们俩都非常激动。他跟我说，他在"文革"中受到冲击，隔三差五被批斗。造反派把大铁链挂在他的脖子上，勒得全是大血印子，链子底下挂一个大磨盘，让他抬不起头来。造反派头儿居然就是当年一起剪枝的那个单纯的小女孩儿！我这次去时，刚刚落实政策，恢复了吴春山大队书记的职务，他还是全国劳模，农业战线的一面旗帜。

吴春山见到我，感慨万千，他说："来了这么多人，我觉得和你的感情真的是最深，我知道是你们单位又来人了，但我真没想到你还会再来。"

都是历经磨难，我的心情也很复杂，对他说："如果不是这样一个机会，我还不知道你现在怎么样！"

前几年，岗上一个年轻人白全永给我写了一封信。他在《北京晚报》上看到一篇对我的采访，配发的照片正好是我和岗上大队老书记吴春山的合影。他正在整理岗上的村史，他在信里说："村里的老人常说，蓝天野来过我们这里，他们看到电视里对您的采访时，感觉很亲切很激动。我想了解一下当时您来我们村的情况。"

我立刻回信，讲述了当时的情况，并把照片等资料寄给了他。他也将岗上的情况告诉了我，如今，岗上人为吴春山在村口立了一尊塑像，纪念这位为岗上建设作出过贡献的老主任。我很想再回岗上看看，看看吴春山的塑像，祭奠一下老主任，倾诉哀思，也看看村里现在还有哪些老人。

倾情补记

2013年初春，仍是天寒时节，相隔四十九年之后，我终于又一次回到岗上村，祭奠老主任吴春山，看望乡亲们。

这件事酝酿好几年了。早在五六年前，白全永因为看到《北京晚报》对我的专访，还有1964年我和吴春山在岗上村牲口院的合影，和我通信了解详情，还给我寄来村口吴春山塑像的照片。我就很想再回岗上看看。

两年前《鲁豫有约》找我做专访，离开了事先拟定的采访提纲，随意漫谈，多半说的是体验生活，从琉璃河水泥厂说到岗上大队。出乎我的意料，鲁豫的工作团队做了充分准备，还真把这两地的人请到采访现场来了，岗上村来的就是白全永，还随身带着我写给他的信，这是我第一次和小白见面，也忘了正在进行访谈，就向他打听起村里现在情况，几十年变化太大了，不由泪下。鲁豫问："蓝

2013 年，终于重回房山区岗上村，在村口老书记吴春山雕像前和乡亲们见面

这次重返岗上村，是栗坤（右）帮忙联系，房山区常委副区长李江（左）全力安排的

和各位老乡亲，还有近年与我有信件往来的青年白全永（右一）依依难舍，终有一别

老师，您怎么了？"我说："我问当年在岗上熟识的乡亲都还有谁健在，小白告诉我，如今健在的不到十位了！当然也都老了。"我决心，找时间一定再回村里看望，并拜祭老主任吴春山。

后来在北京电视台又接受过几次采访，我和年轻的主持人栗坤比较熟了。栗坤这个平和、自然淳朴的女孩，对自己的本职工作、对生活都充满真挚的乐趣。

栗坤热心，她主持过的几个栏目涉及面广，并由此结识了各行各业的专家能手。她帮助我找过几乎绝迹的北京小吃，还曾相邀去听连丽如先生的评书。说起体验生活，提到当年的岗上村，栗坤说："想去岗上，我可以找房山区给您安排。"真好！她还真为我联系好了，我们通过电话、短信约定了时间。时隔数十年，我得以故地重游。

是房山区常务副区长李江同志做了周密的安排，青龙湖镇的镇长、镇委书记都参加了。我们一行径直奔岗上村而去。车还未停，我就看到了村口矗立着吴春

175

山的塑像。这位全国农业劳模，一面旗帜，在我心里，他还是当年在牲口院土炕上，我们相处了半年的老主任。下车后，李江副区长陪我向吴春山同志塑像献上花束，行礼拜祭。

几位熟悉的乡亲等在村口，久别重逢，竟还能都认得出来，当年的同龄人，都老了。大队长武凤，教我给桃树剪枝的吴月，常来牲口院聊天的吴春荣，都是八十开外的人了，当年最年轻的大队会计邸文福，如今也七十多了。还有武越呢？1964年我离开岗上村的头天晚上，还去他家告别呢。小白在电视台采访现场告诉我，武越健在，乡亲们说，他去年故去了。真是世事难料，迟来一年，又少见到一位。

李江同志和镇长、镇委书记带我到一间会议室。我太想看看牲口院，太想在村里、地头去转转，但是都没有了。现在村民都搬进了楼房，全村都按规划拆平了，这里要建成旅游区，和一渡到十渡相连接，依据环境优势，打造房山区独具特色的旅游景点。

叙旧，话当年，1964年那半年的相处，每天换家吃派饭，参加大队会，学遛牲口，学剪枝；还有"文革"期间，我又来看望被残酷批斗、刚刚落实政策恢复职务的吴春山老书记……

邸文福还记得我后来介绍朱旭到岗上，在村里住过几天。因为我回剧院后，紧接着导演农村戏《结婚之前》，朱旭演老村长杨二叔，我介绍他来见见老主任吴春山。

我把当年在牲口院和吴春山合影的照片装上镜框，还匆匆赶画了一幅鹰，题为"鹏程万里"送给岗上村，寄托怀念。镇委书记和镇长郑重地授给我一本"岗上村荣誉村民"的证书——这可是至为珍贵的纪念！

没能见到曾生活了半年的牲口院、岗上桃园……虽也遗憾，但这些还是留下了录像视频资料。这里的变化也说明我们的农村在大发展，远景诱人！难得重聚，终须一别，不知不觉聊到午饭过后，我握着乡亲们的手，期望有机会再来，有生之年，亲眼看看建成旅游景区的岗上。

越南行

1965 年，我到越南民主共和国去访问。当时，中国和越南的关系友好，是"山水相连的兄弟邻邦"。越南领袖胡志明年轻时在中国待过很长时间。那时是战争年代，法国长期侵略越南，越南抗战，以北纬 17 度线划为越南北方和南越之间的军事分界线。后来，美国又以军力援助南越打越南北方，战火不断，昼夜派飞机轰炸。中国决定拍三部反映抗美援越的电影，都是由部队拍的，有八一电影厂、总政文工团和昆明军区文工团。根据周恩来总理的指示，三个剧组的主创人员组成中国电影学习团赴越南民主共和国访问，机会难得，决定增加几个名额，北京人艺派我和梁秉堃参加。三个摄制组的人要赶回国拍戏，只在越南待了十天左右。我们七个不参加拍电影的人要求多待些日子，更深入地采访，体验战争环境。

接待我们的是越南电影局，给我们派了两辆吉普车，并由电影局局长和另一位电影局干部陪同。中国驻越南大使馆为我们派了两位翻译，一男一女，都是中国在越南的留学生，都十分热心，给我们很多帮助。女同志王德洋是我国外交部派去的留学生，回国后很长一段时间，我们还有联系。我们一行人从河内出发，一路采访和考察，直向北纬 17 度线——贤良河上的贤良桥而去。

出发前，我们按照越方的嘱咐，把所有浅色衣服都染成深颜色，这是为了防空袭，还定制了"抗战鞋"——一种用废汽车轮胎制成的鞋。越南当时上至胡志明下至平民百姓，都穿这种"抗战鞋"，平时越南百姓干活儿走路甚至光着脚。然后，我们每人头戴一顶草编斗笠。

临出发前有段插曲，在河内时，我突然严重腹泻，住了几天医院。虽已康复出院，但我国驻越南大使馆觉得这一路行程极艰苦，不想让我去了。我再三坚持，大使馆的人曾见我游泳非常好，身体不错，最后同意让我一起上路，还给了

177

我一些特效药，以防万一。

战争时期确实艰苦，美军飞机不分昼夜随时到越南北方轰炸，越南军民用高射炮回击，甚至在山头用机枪、步枪打敌军飞机。我们见到过敌方夜间来袭，先是三颗照明弹，把大地照得亮如白昼，地面上一览无遗。所以一旦轰炸机来了，越南人就向天空开火，有时还真的能打中飞机。敌机还常常低空飞行用机枪扫射。有一次，就在我们住的村子里，敌机突然超低空飞行，连飞机上的驾驶员都能看得见，在房顶树梢上一掠而过，不一会儿就听得村外机枪声响。越南朋友告诉我们，是民兵在射击，刚才那架敌机被击落了。

越方为我们安排的采访有些单调，每到一地，都是村干部讲打敌机的事迹，说了很多数字。于是，我和《解放军画报》的摄影记者老李提出要求，说我们的导演和摄影师需要现场采访。越方就特许我们两个人到各处去活动。我和老李抓紧机会，每天四处跑。当时不论是在田间干活儿的农民还是民兵，多数是妇女，我们和越南农民一起挽起裤腿下稻田，跟她们一起扛炮弹箱，还有机会去农民家里访问，每天都能亲眼见到抗美作战的现场。我亲眼见到一个越南女孩，身材矮小、单薄，她和男人们一起不停地运子弹。小姑娘瘦弱的肩膀每次扛起两箱子弹，不停地向山上运输。两箱子弹非常沉，超过了她自身的体重，青年小伙子扛起来也很吃力。她羸弱的身躯在人群中格外显眼。

一路上，我们白天住在村子里，夜里开车赶路，而且夜间也要防空袭，不能开车灯，有月亮的时候还好，阴雨天就全凭司机的经验了。我们担心司机太累会打瞌睡，也为了排遣长夜的寂寞，就一起聊天，绞尽脑汁地讲故事、编笑话。我和作曲家陈紫聊京剧，我不顾天生跑调，模仿裘派、谭派、马派……陈紫唱了一句程派，词不清楚，可那腔儿倒真像，聊得同车的人都很兴奋，欢声笑语，声音也越来越大，司机也觉得提神多了。越南陪同人员对我们在艰苦战争环境下，还能有如此乐观的精神状态，连连称赞。

从河内出发时，照顾我刚刚病愈，安排我坐在团长晏甬的小型吉普上，我完全康复以后，要求回到另一部车上，和其他年轻演员一起。年轻人，无所顾忌。

1965 年，抗美援越期间。赴越南访问，在北纬 17 度线贤良桥前

一晚过后，他们告诉我，你来了，这车的气氛才热闹起来，前些天另一位领导在
这部车上，整夜不让大家出声，说美国飞机仪器先进，地面上人说话都能听见，
一说话就会引来敌机轰炸，所以这些天车里都是鸦雀无声的。我和大家都觉得，
这也太莫名其妙了！难道整个越南不分昼夜全不能出声说句话了？胆小恐慌得太
过分了吧。管他呢，我们夜里在车上聊，白天到处看打飞机，也说不上胆大勇
敢，对这难得的生活体验，确实有浓浓的兴趣，想多些见闻。

　　车开到了北纬 17 度军事分界线的贤良河，河两岸南北各五公里为非军事区。
我们打算当夜过线去南越。住下后，我们听说在前一天，巴金和魏巍已经过线
了。这时候，传来了军情，说南越敌军当夜在河对面有骚扰行动，我们不能去对
岸，太遗憾了。我们只是白天时，在贤良桥上漫步一回，还留了影。

　　险情不只是美军飞机频繁来轰炸，风雨也无常。有一天，半夜行车遇到了台
风，司机开车更加小心。为了避免遭到袭击又不能开车灯，黑黢黢的夜，路况又
很复杂，司机看不见路，车子寸步难行。危难中，电影局那位干部跳下车，脱下

1965年，赴越南，采访一位
为击落美军轰炸机运送炮弹
的越南妇女（左）

身上的白衬衫，不停地甩动，司机以白衬衫反射出的微弱光亮为准，缓慢行进。我们当时身处越南和柬埔寨的边境，如果开错方向迷了路，后果不堪设想。这位越南干部平时性格内向，对中国朋友感情很深，但不善表述，他把车引导到稍平缓的路上后，上车来也只是默默擦干身上的雨水，像没发生过什么大事似的。

还有一次，司机开车开得久了，困得犯迷糊，猛然间，也是这位坐在副驾驶座上的电影局干部，大喊一声，司机下意识踩了急刹车。我们大家因为这下急刹车东倒西歪。待车停稳，下去一看，原来车开到了一座断桥上，这石桥受到敌机轰炸，桥面几处石板已经严重损坏，我们的车恰恰停在断面边缘，前车轮离炸毁处不足一米，再向前一步就会掉进滚滚江流。

在越南的日子里，经历了无数的危难和险情，那时候，我年轻也不知道害怕。当然，我们大家的表现也为中国人争了光。听越南朋友说，某些国家的人，甚至那些身材魁梧、派头十足的军官，平日颐指气使，可一听到空袭警报，马上吓得脸发白，慌不择路地找防空洞去钻。

后来在"文革"中，我受到冲击的时候，提到访问越南这一段，梁秉堃还是对大家说："蓝天野勇敢，不怕死！"其实那时候年轻，没想过什么是害怕，对自己没经历过的事充满新鲜感和兴趣，在这一次次经历中也确实增长了见闻。

青藏高原行

1968 年，"文革"中运动稍缓，各地开始搞"文艺革命"，北京人艺也想搞点创作，能搞什么"革命题材"呢？听说，江青曾看上一部叫《昆仑山上一棵草》的电影，讲青藏高原兵站的故事，想把它搞成样板戏。当然，这只是传说，但北京人艺决定：去青藏高原搞创作。编剧、导演、舞美、演员一行数十人出发了。

当时，剧院很多人都受到冲击，唯一还能去的导演只有我。我们一行人从北京出发，坐火车到西宁，开介绍信去到格尔木兵站。站长是位团政委，爽朗、热情，掏出刀就给我们削牦牛肉，尽管很不习惯，我们还是生吃了那些牦牛肉。

随后，我们挨个进行体检。因为高原缺氧，容易产生强烈的高原反应。所有要进藏的人都必须进行体检，合格才能上高原。郭维彬血压高体检不合格。我平时血压低，反而合格了。政委给我们派了一辆大轿车，我们登车出发，当天中午到纳赤台兵站吃午饭，晚上到了五道梁。西宁海拔 1000 米，格尔木海拔 2000 米，到了五道梁海拔已经高达 4500 米。晚上我翻来覆去怎么也睡不着，一屋子的人都睡不着觉，头痛欲裂，就像有人拿着重锤使劲砸你的头。有人说，附近有稀有金属矿，是汞矿之类的，有辐射，所以人受不了。也有人说，是因为从格尔木当天就到了海拔 4500 米处，适应不了。我也弄不清到底是什么原因。

我头疼得最厉害，感觉还发了高烧。第二天清早，全组人继续出发，决定把我送回格尔木。尽管我很不情愿，但当时确实以为自己病了。五道梁兵站派车送我走，没料到车往回开了不到一小时，我所有症状都没有了，跟正常人一样。这才明白了，那是高原反应。

回到格尔木，我立即找到那位政委，要求再把我送上青藏高原。政委先是不同意，可禁不住我软磨硬泡，只好答应。但是为我单独派车是不可能了，正好过两天有一个运输连车队要出发，就安排我随车队走。这倒好了，随着运物资的车队再次出发。我坐在连指导员的副驾上，一路上冰天雪地，除了偶尔看到几只野兔子或者黄羊，连个人影也看不到，着实有些枯燥。

一个星期的时间，我和全连士兵一起生活。车队在冰天雪地里行驶，有时会见着路边山石上蹲着一群秃鹫，要是看到远处有一群黄羊，战士闷得慌就会端起枪来打黄羊，指导员也不管，我说："让我打一枪吧。"看在我是北京来的客人的份儿上，他批准了。但离得太远，打不着，战士们也打不着，就是解解闷儿吧。

青藏高原上的昆仑山，终年积雪，人们说："昆仑山谦虚，看着平平坦坦，实际海拔极高。"车队开到了青藏公路最高点唐古拉山。唐古拉山口顶峰海拔 5700 米，我们所到的兵站海拔 5300 米。我只在唐古拉山兵站吸过一次氧，高原反应实在太强了。我看见当地的藏民，尤其是一群小伙子、小姑娘，也就十五六岁吧，在那里干活儿，扛木头，活蹦乱跳，干完了也不休息，又跳起舞来。当地的人世世代代生长在这儿，完全习惯了。

过了唐古拉山，就进入西藏了，我也和全组会合。就在这时北京打来电话，叫我们立即回去，估计是又要搞运动了吧。其实，"文革"期间也没指望着搞创作有什么结果，但去一趟青藏高原，也是今生难得，多一份经历和体验吧。现在回想起来都觉得有趣，竟然在"文革"当中有机会去了趟高原。

又没有料到，返回的路上，我们已经适应了高原缺氧的环境，不论是在唐古拉山，还是在五道梁，都和正常人一样，毫无高原反应。

专职是舞台导演

1964年，导演《结婚之前》，主要演员狄辛（左）、朱旭（右）

1982 年，导演《贵妇还乡》，朱琳饰克莱尔（左），周正饰伊尔（左二），吕齐饰
市长（右）

导演《贵妇还乡》，狄辛饰演克莱尔（坐轿者）

1983年，导演《吴王金戈越王剑》，吕齐饰演勾践（中），狄辛饰演王后（右），赵宝才饰演更孟（左）

导演《吴王金戈越王剑》，勾践率军誓师出征剧照

导演《吴王金戈越王剑》，罗历歌饰西施（左），修宗迪饰范蠡（右）

1984年，导演《家》。罗历歌饰演
瑞珏，获得梅花奖

1986年，导演《秦皇父子》，郑榕
饰秦始皇（左），濮存昕饰公子
扶苏（右）

1985 年，蓝天野（右二）去泸沽湖参加拍摄摩梭人专题片，与副导演朱一锦（右一）访问堂屋

1985 年，去泸沽湖世界上仅存的母系社会摩梭人地区采风

转行做话剧导演

离休时，我是从北京人艺的导演编制退下来的。

从我申请做导演，到剧院最后批准下来，经过了几年的时间，可能在剧院转做导演的人中，我是获得批准时间最长的一个。但我却真抱定决心要转行了。

我想从演员转行当导演，是基于两点：一个是身体的原因，再一个是我对导演工作的兴趣。这也是一件件具体事积累起来，让我下了这个决心的。

回想起来，我第一次感觉到演戏有点吃力了，是在表训班学习的后期。学习期间，我确实非常用功，也因此消耗了太多精力。

在高尔基的《小市民》里，我演尼尔。排练的时候我觉得自己演得也不错，挺顺。而且，我考虑到人物造型，头发留起来了，有些青年高尔基的神态，库里涅夫专家看到也很高兴。但是，到了全剧完成的时候，我觉得自己累了，身体有点顶不住，不自觉地就努着劲演，可这就不对了，这是表演最忌讳的。所以苏联专家对我有点不满意，他觉得本来挺好的，怎么忽然又这样去演？最初我自己也没意识到，怎么会是这么个状态？当时年轻，也还没太在乎。

回剧院后办演员学习班，我主持教学，为准备每天的教学方案，需要大量的脑力活动。演员学习班结束后，连续演了几个戏，就有点超负荷了，就是从这时起睡眠开始不好。1958年夏天，北京人艺给我联系到清华大学的一个小楼，让我去休息一段。这座小楼原来住着一位教授，现在放暑假空置下来了。剧院的司

191

机老史开车送我，驶进清华大学大门的时候，门卫拦住，问我们上哪儿，要找谁。司机介绍说："这是我们的蓝天野，他来休息来了。"——怎么叫休息来了？那时也不叫疗养，就叫休息。院里跟他说的就是："你送蓝天野去休息一段。"

我在清华大学的那段时间，过得十分惬意。整栋小楼里只有我一个人。每天，就在清华大学的食堂里吃饭，然后骑着自行车，上午、下午两次到颐和园昆明湖去游泳。真的放松下来，玩得很舒心，确实是调整了一下身体。

但是一回到剧院，就碰上了"大跃进"。那时我们演戏、排戏经常是三班，甚至四班，有时还要搞个通宵。而且，在"全民大炼钢铁"的号召下，把剧场后院的花房都拆了，几个人一组，在那儿用各种招数土法炼钢。我非常累，但就是一股劲儿撑着，病了也坚持。

那时，剧院还增加了演出场次。"大跃进"了，有时一天连演三场。连《茶馆》这种不是"革命题材"的戏，也拿来参加"大跃进"，一天三场。

1958年秋冬，全院分成了四个队。我在第四队，是剩下来的一些演员组成的，临时排了一个《烈火红心》，我演主角许国清。还演了《红旗飘飘》，反映上海炼钢工人邱才康被铁水大面积烫伤，由上海广慈医院成功抢救的事迹，只用了十天突击排出来的，我演以邱才康为原型的康永光。经常是一天两场、三场。不久，我们到山东去巡回演出，演戏之余，还参加大炼钢铁、砸矿石。

这个时期，处在兴奋状态，看起来精力充沛，但连续没日没夜地干，我经常觉得演戏很累，睡不好。第一次吃安眠药，就是在这个时候。但还是仗着自己年轻，缓一缓也就过去了。

1959年，我又演了《蔡文姬》。这是为国庆十周年献礼的三个剧目之一，演出效果非常好，文艺界、观众都反应极为热烈，演出场次很多。但是演这个戏的后半程中，我就真觉得有点扛不住了。医院给我开了一个诊断，让我到小汤山疗养院去疗养，休息调整一段时间。

到了小汤山，我就完全放松了。疗养院陆陆续续来了几个比较熟的人，有新影厂的编导，有表训班时的同学，还有八一女篮的运动员。我们常在一起打球，玩得很高兴。刚到小汤山的时候，天气还比较暖和，我经常在温泉里游泳。天冷了，我还练溜冰，也挺有意思。但就是从这时起，直到现在，我的安眠药一天都没有断过。医生每天给我开药，晚上临睡前，值夜班的护士把安眠药给我送来。有一天，我吃了安眠药以后，觉得怎么一点感觉也没有？找护士问："你今天给我的是什么药啊？"护士一听就笑了。我明白了，给我开的安眠药是假的。因为有人是由于心理作用而失眠，只要给他一点药，哪怕是维生素，他心里没负担了，就可以睡着了。但我不是，我失眠确实是神经官能系统的病情。

我在小汤山疗养院住了几个月，从夏末到冬初，精神状态不错，但失眠问题一点儿也没解决，我不愿在这儿再耗下去，就回剧院了。

1960年初，剧院分成两个队去外省巡回演出。我们这一队到东北巡演，正、副队长是刁光覃和田冲，队部还有童超、苏民，他们总拉着我参加队部的活动，我不想参加，可也推不掉。演《蔡文姬》这些戏，既需要充沛的精力，还要保持良好的形象，可我累得体重下降，瘦了，连化装都困难了。

去东北，在三个省的省会演出。我们经历了这么一个接待的过程——

首站到达沈阳，我们所有人都是带着行李卷去的，不管是队长、主要演员还是演群众的刚进院不久的学员，所有人，一律都住在后台。

长春方面负责打前站的人来了，一看我们都住在后台，说到长春不能这样，一定要让我们住宾馆。我们坚持说不行，说我们都自己带着行李呢。争执不下，各让一步，一定要给我们的主要演员安排个招待所。

哈尔滨方面又来长春打前站，他们态度很坚决，说："全给你们安排住高级宾馆，省委有指示，这是规定！"所以在哈尔滨，我们只能坚持让年轻演员和学员住在一般的宾馆，队部成员和几个主要演员，被安排住进了国际俱乐部。这是他们最好的宾馆，在这里，我吃到了迄今为止最好的俄式大餐。

但是，我每天睡眠还是不行，还要坚持演出。这一路下来，我真觉得身体顶不住了，更加明白了这个道理：演员是靠自己的身体工作的。再后来，我总结：表演这门专业，演员自身是创造者，还要以自身做创作工具，并且以自身体现创

193

专职是舞台导演

作成品。这跟所有其他艺术行当不一样。人们老表扬我"带病坚持演出",我觉得不对,这实际是给观众提供了次等品。

1959年,我甚至有两次演戏都晕倒在后台。一次是从山东巡演回来,在工人俱乐部一天演两场《烈火红心》,那天演日场的时候,我化了装还没上场,就晕倒在后台了。

但是我有一个特点,晕倒很快就会清醒。有的医生说这可能是血压低,供血不足。我一向是低血压,很长时期保持在低压60,高压80,甚至于出现过50/70。这次晕倒,也很快就清醒过来,只是头晕乏力。有的医生说,可能就是一倒下,血液流到大脑,供血就恢复了。这也只是个分析,一直没查出原因。

我晕倒后,剧组只好跟观众说:"我们的主要演员病倒了,请大家耐心等待。"观众就在台底下自发唱起歌来,等了我大概有一个小时,演出才开始。观众反倒异常热情,演出的效果也算好,但是我心里很不是滋味儿。

还有一次,在首都剧场演《蔡文姬》。前几幕我都演完了,没想到第五幕临上场前,我忽然又晕倒了。当时就我一个人在化装室里,虽然倒地后还是很快就清醒了,但外面可能有人听见了动静,进来一看我倒在地上,赶紧扶我起来。我一边说:"没事!"一边还在回想:刚才怎么就倒下了?剧院领导赵起扬、焦菊隐都来了,决定:"最后一场你别演了。"我说:"我已经起来了,没问题。"焦菊隐先生坚持说:"你真别演了,还是注重身体。"说了很多安慰的话,大意是你现在还年轻,别把身体弄垮了。我当时听了都想跟他急,但又不好急,焦先生还从来没有对哪个演员像对我这样宽容过。我说:"我可以演!"要去换服装,但他们摁着我,强制着不让我动,最后换别人替我演,跟观众做了解释。

这些事情使我的心情特别不好,觉得自己力不从心,真不能再演戏了。

我多年血压低,直到六七十岁逐渐改变,人到老年,血压基本正常了。

我想改行做导演的另一个原因,是我觉得演员有一定的局限性和被动性。

一个演员,你即使能够自主创作,用自身去体现一个一个人物,体现自己的表演意图,但是,你决定不了一部戏整体的风格,那是由导演把握的。

很多人说，电影是导演的艺术，话剧是演员的艺术，这种说法也有些绝对。话剧，有再好的剧本、再好的演员，导演不行，这个戏也弄不出来。把握全剧整体形象的，是导演；决定一个戏成败的，是导演。在表演问题上与导演有矛盾，演员可以坚持自己的观点，但最后，决定演剧走向的，还是导演。当然，表演创造与导演之间不完全矛盾，这一点，我从焦菊隐先生的创造中看到了，他始终在关注、探索演员表演问题，把演员的表演融入到自己导演创造当中。

总之，由于身体原因，以及对把握戏总体风格的愿望，促使我想做导演。

但是我向剧院提出申请，每次得到的答复都是"再演几年戏吧！以后再说"。以后？既然我现在想干导演，我脑子里想的就都是这些。

就这样，一拖就拖到了 1963 年。北京人艺要重排《关汉卿》，按照当时的说法，是要"还田汉老的账"。《关汉卿》是那么好的一个剧本，但 1958 年的演出不理想，始终是个遗憾。1963 年，人艺决定由焦菊隐再排这个戏。

有一天，院领导找我谈话，说："你不是想做导演吗？这次跟焦菊隐先生谈重排《关汉卿》，他提出来想找一个副导演，而且他希望是能跟他长期合作的。我们提出来几个人，焦先生说，想要你去。"但领导又说："你别离开演员，还是演你的戏，但是你这段就跟焦菊隐合作，他有戏排，你就帮着排。"我说："好啊！"心想，即使是这样，也总比原来近了一步了。

这事决定了以后，焦菊隐先生请我到他家里吃了一顿饭，这可能因为是他要求找一个副导演的。他们这一代人，都特别讲究这种礼节。

在他家里，他弄了几个菜，还拿出一瓶酒。我说我不会喝酒，他就象征性地给我们俩都倒了一点。酒是好酒，好像是什么特曲。从酒瓶盖子可以看得出，已经打开喝过一次了：酒瓶盖还盖着，用胶布密封着，怕挥发。

席间，天南地北聊起来，更多的当然还是谈戏。我问焦先生："前几年，演《蔡文姬》之后，梅兰芳先生曾提出来，希望您为他导演一出戏，这事当时已经定了，梅先生还特意把梅剧团的主要演员，组织了一场内部的折子戏演出，让您了解梅剧团的演员阵容，为将来排戏选演员作参考。我们都去看了，但是后来这个戏没有排？"焦先生说："就因为剧本问题，梅先生提出排《龙女牧羊》，我想选一个更适合的剧本。"我体会焦先生的意思，剧本既要适合梅兰芳先生，还要能使他在导演一出京剧上，有探索发挥的天地。剧本还在考虑，后来梅兰芳先生去世了。两位伟大的戏剧家终究没能实现这次合作，实在是很遗憾的事。

我还问他："以后还准备排什么戏？"他说："我要创建话剧的中国学派。这些年对话剧民族化做了一些实践、摸索，写了几篇文章，我希望更系统地总结一下民族化的导、表演问题，创建话剧的中国学派。"他送给我一本书，内部发行的，这是他参加中国戏剧家代表团到日本访问，临时给他赶印的，里面收录了他的几篇文章，包括《豹头、熊腰、凤尾》等。书里面有些不准确的地方，他还给我改正了。他说："我想排一出话剧《白毛女》，现在只是个想法，剧本还没有呢。《白毛女》曲调非常好，我想用生活中的声音化成音乐的曲调，譬如《北风吹》的旋律，把它变成在北方冬天的农村风吹窗户纸的那个声音，或者说，用吹窗户纸的声音造成这个旋律。这还是民族的东西。"虽然剧本还没有，他已经先产生了这样一种创造意念。他总是不停地在思索，舞台上还能再呈现些什么，再试验些什么……这是我第一次听他提出要"创建话剧的中国学派"。

谈到这次再排《关汉卿》，他说，我要找两个有激情的演员来演关汉卿和珠帘秀，田汉笔下的这两个人物是激情澎湃的，一个剧作家一个演员，一个敢写一个敢演。后来确定演员名单，焦先生选择的，一个是田冲，一个是狄辛。

也是在这次聊天中，焦先生告诉我："我翻译了斯坦尼斯拉夫斯基的《演员的自我修养》第二部，关于外部技术，和《演员创造角色》的全部。"为了翻译这套书，他自学了俄语，除了俄文原本，还参考了法文、英文译本。一些很难翻译的专业词语，比如舞台语言，要从俄文翻译成中文，有时很难找到恰当的词汇，要费很多的劲。但是，最后出版社用了郑雪莱的译本。我问："那您的译稿呢？"他说："我把它烧了！"我半天无言，心里感觉：中国的一代大知识分子就是这样！其实，如果在今天，你出了这个译本，我再出版另外一个译本，是很寻常的事。焦先生的译本在专业方面肯定会更强。但是，他一把火烧了。

我协助焦先生排戏过程中，他有时不来排练场，常用很多时间去谈美术设计，有时我参加一起谈，也有时我了解他的意图后，把一些场戏先排出个大样来。但是有两场戏，我请他自己先排，然后，我再加工细排。

一场是"戏中戏"。关汉卿写的《窦娥冤》，要演给阿合马看，但是被勒令要改。关汉卿说："宁可不演，也不能改。"珠帘秀回答他："你敢写，我就敢演！"第二天，他们的戏照原样演。在剧本中，"戏中戏"《窦娥冤》不出现在舞台上。焦菊隐先生这次要改变处理，他说："我要把这个'戏中戏'，这个关汉卿写的、珠帘秀演的《窦娥冤》摆在台上。"

为此，狄辛特意学了《窦娥冤》中的《法场》一折。

再有，就是关汉卿和珠帘秀在狱中，"蝶双飞"的那一场。

从筹备建组到排练，我每天和他沟通，包括他的导演构思、演员进展情况、日程安排等，还有舞美设计方案。他后来从史家胡同的小院搬到首都剧场的二楼住了，在靠北边的一排房子。当时困难时期还没完全过去，每次我到他那里谈戏，都看到他桌上铺的纸上，既写着舞台处理的构思，也写着大白菜、花生米怎么蓄存这些生活琐事。他事无巨细全都自己张罗。有一次我去了，不知道他屋里是什么声音在响，后来发现在洗脸池里养着一条鲤鱼，是特供给他增加营养的，他用一块什么板子压在上面，洗脸池很小，鱼就在里面蹦。他总觉得自己生活能力很强，但确实又没那么强。他就是脑子里关于戏剧创造不断地有想法。

《关汉卿》这次演出还是不很理想，因为当时文化的处境有了极大变化。1963年年底，就已经有毛泽东对文艺的两个批示了，柯庆施提出"大写大演十三年"。这时已经决定要对焦菊隐公开点名批判，批判稿都写出来了，如果不是时局变化让人们摸不清，这批判文章就会见报了，那样，用不着"文革"开始，他这个人那时候就被"打倒"了。

所以我说，焦菊隐先生提出要创建的话剧中国学派，只是积累了许多珍贵的探索设想和成就，但尚未能完成他实现一个学派、体系的愿望。他心里酝酿的中国学派是更丰硕、更具完整系统的。这是中国话剧的悲剧。焦菊隐先生对中国话剧的贡献是巨大的，从大处说，中国话剧史，具体到北京人民艺术剧院，有一个焦菊隐和没有焦菊隐，结果是不一样的。

从《关汉卿》以后，我的编制正式转为导演。

虽然成为专职导演了，但不可能就让我独立排戏，面临的是信任问题。你原来演戏，也许还可以，但是你做导演，行吗？尽管没有谁会直说不信任你，尽管我对自己做导演有很强的自信，有很多想法，否则我也就不选择做导演了。

有一段时间没事做，我也不愿意闲着。1964年年初，我到房山的岗上村体验生活，一住就是半年，这在"生活积累，得趣获益"章节里有详述。

也是碰巧了，半年之后，我导演了第一个戏——骆宾基的《结婚之前》，一个写北京郊区农村的戏。其实，开始也还没让我独立排戏，是我和夏淳联合导演，我也就是把副导演的名义变为导演而已。说实在的，我觉得导演只能是独自执导，很难"联合"，能合作默契的也有，为数不多。具体说，我对夏淳的导演想法就不大赞同。我这次独立导演，也是出于偶然，戏还没开始工作，夏淳生病住院了，才落到我一个人身上。我可以毫无约束地考虑自己的导演构思了。

我做导演，从开始就比较重视两件事。一个是演员的表演。舞台上的戏还是要演员去体现出来，演员演好了，表演方法正确了，人物就精彩鲜明了。导演对每出戏必然有自己整体的风格，但只给观众看你这个导演的样式，肯定不行，必须由演员塑造出活生生的人物。

再有，我对舞台美术兴趣极大，用心也多，对营造出什么样的场景、服装格调，一件道具，一个人物造型，我都希望更多一些思考、推敲。这些和我搞过表演教学，学过美术有关，也和我的个性有关。当然，想要做好，还是要有真才实学。开始起步，我自知诸多不足，譬如音乐，是我极大弱项。方方面面都要长本事、长眼，做导演不易。

《结婚之前》开始了。首先，我安排全剧组体验生活，我更愿意把这称作"生活积累"。我们这一代人生活面不广，个人生活经历也不丰富，对农村生活就更不熟悉，所以我在岗上一段较长的生活就大有作用了。参加这个戏的大部分演员，也都是刚刚在北京远郊山区长时间巡回演出，农村生活也比较丰富。我们全体演员、舞美设计人员又去顺义后鲁各庄住了很长一段时间。

几位主要演员，狄辛演年轻的大队长柳遇春，朱旭演那个有点顽固的村长杨二叔，那时也都是三十多岁，有很好的表演；二十多岁的吴桂苓演男主角杨茂，也很称职。所有年轻演员都不错，就是因为熟悉了生活，表演获得了自信。

《结婚之前》的舞台美术算得上精致。第一幕村口的场景：灌了水的一片稻田，隐约带些反光倒影，两岸土坡夹着一道水渠，人可以跳过去，是我期望的深度和层次感；远处一排顺义特有的"馒头柳"——柳条不是下垂的，树梢形成圆帽形；尤其舞台中央的一棵大柳树，引人注目。舞美设计是我北平艺专的同班同学韩西宇。舞美处主任是于民，他干什么事都总有兴趣，这个戏的制作精美，那棵大柳树就是他亲自和制景工人一起，从树干到一片片树叶都做得细致入微。

老作家骆宾基，为了写这个戏在农村生活了很长一段时间，我们去后鲁时，他也去了，看得出来，他对农村生活非常熟悉。你很难要求这位20世纪20年代的老作家笔下有太多的新意，但这个剧本确实有比较浓的生活气息。

《结婚之前》整个戏体现了北京郊区农村的泥土气息，北京人艺演农村戏，这还是很难得的。我偶然地第一次独立导演，行了，被认可了。

1965年，我去越南访问五个多月，回国后，和欧阳山尊联合导演了一个抗美援越的戏《仇恨的火焰》。

接下来，我又导演一部农村戏《艳阳天》，是我们根据浩然的同名小说改编的，由田冲主要执笔。小说当时很吸引人，浩然本人就是从农村出来的。

剧组先到顺义的焦庄户体验生活，浩然的原作就是以这里为背景。演员们对农村生活也算得上熟悉了，我希望把生活中的感受体现出来。戏一开场是在村口，有点风雨，村文书马立本从城里赶回来，报告了一点不太顺的消息。这个角色是1958年学员班刚毕业的青年演员演的，还是有点儿习惯一般化，我建议他换一个演法，对他说："一上来你得冷啊，你淋了一路雨了，得有瑟瑟缩缩的劲儿。你回村儿，大伙儿都急着问你，但你别马上说台词，因为你说不出来，大伙

199

儿都拥着你，你到那儿坐定了，头一个字是什么呢？——'阿……嚏！'你得想想你这一路的风雨，把这感觉带上场。演戏，你得知道你这一路是怎么回事，得具体。"他最后演出来的这段戏还挺生动。

另一位青年演员演县委书记到村里视察灾情。我让他从远处撑着一条小船过来，临近岸边，要撑篙跳上岸来。他形体比较灵活，手里用杆儿一撑，确实很轻巧地就跳过来了。我说："这不行，你这是运动员撑竿跳的姿势，可你这个人物应该是对这一带环境非常熟悉，应该是会干活儿，撑船就是生活里的动作。"

我做导演，希望演员把生活中的东西融入到人物中去。

但是，《艳阳天》没有正式演出。到了1965年"四清"的时候，中央关于怎么看待农村问题的斗争，已经很激烈了，农村到底该怎么写？领导也心里没底，看了连排后，只能说："挺好挺好，剧本再改一改。"就再没有下文了。

如果《艳阳天》演出了，可能会是很好的一台戏。"文革"之后，浩然曾在报纸上发表了一篇文章，大意是说，1965年北京人艺改编了《艳阳天》，蓝天野导演，里边有很多演员演得非常好，都连排了，非常好。不知道为什么，后来就不演了……我看了这篇文章后心想：为什么当时没演？是因为"文革"的气息已经来了；为什么"文革"后不演呢？不排除当时对浩然怎样看待的问题。"文革"中，除了八个样板戏，能搞的就是浩然的《金光大道》之类的电影了。那段时间再演浩然的作品，肯定不可能。

浩然是农村出来的作家，而且坚持生活在农村，他的作品一时影响很大。《艳阳天》的改编、排练过程中，我们合作也很愉快。我们确实花了很大工夫，应该说是一部精彩的戏。没能上演，算是遗憾。这没有办法，"文革"让我们损失的何止是这一个戏，一耽误就是十年，连上前后，就是十多年的影响。

但是排了这两个戏，也算形成了一个看法：蓝天野做导演，行。

"文革"后期，我也导演了几次戏。

一个是吉林话剧团创作的《山村新人》，这个戏以年轻人为主，由杨桂香和尚丽娟担任两个主要角色，她们是"文革"期间招收来的学员，演出效果还不错。

还有北京市二轻局一个厂的业余剧团要排《淬火之歌》，由李洪洲、李惠生、何冀平三位业余作者合作写，很受重视。北京人艺派我去导演，辛纯、宋垠做舞美、灯光设计，还请胡宗温、谢延宁去辅导演员的表演。这样一个工作班子，可以算得阵容够强了。

一个业余创作的剧本，写得像模像样，我们去帮助排戏的人都兴致很浓。剧中有一场戏的场景是长城，我和辛纯、宋垠打听哪里有尚未开发成旅游景点的野长城，去了当时还是人迹鲜见的慕田峪。我们先到延庆县文化局打听路程，再驱车直奔慕田峪。长城蜿蜒看似有些荒凉，却是一片自然景态，正是夏末初秋，长城脚下树木葱郁，还有一片静水，我们乘兴下水游了一番。后来辛纯据此设计出一场长城的景。

全剧排出来了。李洪洲告诉我："'四人帮'抓起来了！"所以戏已经彩排，但没有正式演出，大家都忙着欢庆粉碎"四人帮"的胜利，拨乱反正了。何冀平，时隔三十多年后，我们有了一次愉快的合作，2012年北京人艺60周年大庆，我主演了她的新作《甲子园》。

后来——别走题，后来的事，在别的章节里谈吧。还是在《甲子园》排练过程中，我把心里放置许久的想法对何冀平说：近年回归舞台，演了两个戏，其实我的专职是导演，如今老了，趁着还有气力，想最后再导演一部戏，你能不能为我写一个《曹雪芹》的剧本？使我意外惊喜的是，冀平说："好，我对这个题材有兴趣。"当时，这事算约定了。连她的先生小程都说："这事包在我身上，一定督促她写。"有点让我悬心的是，2012年10月初参加在武汉的话剧"金狮奖"颁奖会期间，何冀平告诉我，自《甲子园》后，大陆、香港诸多大腕请她写戏，"《曹雪芹》我记住了，肯定写，但可能要拖些时间"。我明白那些邀请都是分量很重的，所以由衷地说："我不催你。"

这个章节是写我做话剧导演的事，我唯一不知道的是，在我有生之年，具体说，就是这两年里，估计精力尚能撑得起的时日，还能不能导演这最后一部戏：《曹雪芹》。

十年"文革"结束，文艺界迎来复苏的时机，我们又可以演戏了。在还没有新创作剧本的时候，先选了一个现成的剧本《针锋相对》，写国共重庆谈判。故事一半在重庆，一半写上党战役，是两位老作家写的。

"文革"后的这第一个戏，由我导演。这原是重庆话剧团组织创作的剧本。我们导演、舞美设计一行七人，1976 年 12 月去了成都和重庆两地。这是我第一次去四川，在成都安排了参观游览，杜甫草堂、武侯祠、都江堰……在重庆，受到重庆文化局和重庆话剧团热情接待。四川原是富庶的"天府之国"，但"文革"中武斗激烈，各方面都遭到了巨大的破坏，"天府之国"一片凋零，要接待我们很困难。这么艰苦的条件下，在我们去之前，重庆派了很多人到乡下采购，在他们一个大排练厅里，架了三个大锅，请我们吃毛肚火锅。

为什么分三个锅，是因为人多，主要是为了照顾我们，设了三种口味：一个是红油锅底，这是当地人的吃法，最辣；一个是微辣；还有一个是免红，就是完全不辣的。像我这种不能吃辣椒的人，就只能免红。但是我们也得派出一个代表参加吃最辣的这组。

在重庆，所有跟革命历史相关的地方，我们都去了，歌乐山渣滓洞、白公馆、磁器口，还有毛主席参加重庆谈判时的住处和会议地址……

此行即将结束时，我们一行七人，关于回程怎么个走法产生了异议。通常从重庆回北京有两种方案：一是坐火车直接回京；或是从重庆坐长江三日游江轮，过三峡，到武汉，再坐火车回京。第二种走法日期多些，但三峡沿途景色值得一观，初到重庆的人愿意这么走。但也有人坚持要坐火车，意见相持不下，最后问我：你是导演、带队的，你拍板吧。我说我不管，大家随便。最后有一个原先主张坐船的人宣布放弃，于是决定坐火车回去。

一上火车，我们中的一位就显出很着急的样子，半夜到了绵阳，他急急匆匆

1977年初，去山西农村体验生活

地下了火车到站台上，这才知道他为什么要坚持坐火车，是有人说好要给他送东西。其实，他有事可以说一下，自己坐火车走。就为了这点事，其他人失去了一次游三峡的机会。结果他自己后来也没找着送东西的人，东西没接到。

我当时没表态，因为我知道这次在重庆工作的事还没办完，春节期间，我跟舞美设计辛纯还要再去一次。第二次到重庆去，就我们两个人乘江轮返回，人家给我们联系好了头等舱。当时的头等舱平常根本是不开的，特别照顾，把头等舱大门的钥匙给了我们，里面别的包房都没人住，只有我们两个人。我们在船顶上任意观看三峡两岸美景，十分畅快。辛纯熟悉重庆，沿途给我指引，特别到了巫峡，看到了巫峡十二峰，尤其神女峰，看得清清晰晰。

《针锋相对》还涉及上党战役。我和全体演员去山西，到长治。从太原出发时，山西军区给我们派了三辆车，还有一位文化干事全程陪着我们，部队领导对我们这些经历了"文革"的文艺工作者非常热情。当年的八路军办事处、刘邓大军驻扎过的地方，以及有关上党战役的地方都去了。

专职是舞台导演

与北京人艺优秀女演员
徐秀林多次合作

体验生活结束，再从太原坐火车回京。这时"文革"刚刚结束，百废待兴，到了火车站，人非常挤，就跟现在的春运高潮似的，我们好不容易挤上了火车，能有个座位就不错了，而且一坐下就动不了。后来军区的人敲着窗户大喊："给你们找了两张卧铺！"从车窗缝里把票塞了进来，但我们大家犹豫了半天，没人有勇气走到卧铺车厢去，因为人多得没有一点空隙，要踩着桌子，甚至于要踩着别人的肩膀才能过去。

后来，我又排了吉林话剧团的一个剧本《救救她》。这个戏，由徐秀林演主角。小徐真的是一个很能演戏的好演员，而且人特别好。她后来每年都拍很多戏，一部接一部，不间断地拍影视剧。徐秀林特别实在，拍戏从来不提片酬的事，只要剧本好，订合同去，不订合同也去。也是巧合，我最后一次拍电视剧就是跟她合作，在杨阳导演拍的《记忆的证明》中。我事先不知道，进组以后，才知道她在戏里跟我演老两口。她的激情戏很多，总是能非常自如流畅地迸发出来，每场戏都是一条就过，引得全剧组人由衷地鼓掌。

真就导演了《贵妇还乡》[*]

瑞士剧作家迪伦马特①是位奇才。我导演了他的代表作《贵妇还乡》，起因有点特别。"文革"中，我常到黄永玉家，在他那被赶到角落的小屋里海聊：过去的人生经历，运动中的"笑话"，偶尔也聊戏。那天晚上，聊起迪伦马特的《老妇还乡》，一时兴起，永玉说："你排这个戏，我来做舞台美术设计！"我还真动心了，想着这个戏在舞台上会是个什么样……也就是想着吧，那个年月，被称作"死了的话剧"，谁还能想到将来还能再演戏，而且还是个外国戏，还是迪伦马特那么怪异的戏！但确实兴致特别浓。那时候，也就剩点兴致了。

《老妇还乡》我还是很多年前看过的，"文革"中那晚聊过后，又从剧院图书馆借来再读了一遍，这个剧本"有诸多方面新意打动我，作家才华横溢的艺术想象力，怪异的风格……一个剧本能让我这样总在反复不断去想，为之心动不已，《贵妇还乡》是我感受最深的戏"。"当时还只有一个由英译本转译过来的单行本，

205

---

* 此节里引文均出自我写的《用尸体换取的繁荣——〈贵妇还乡〉导演杂记》，发表于中央戏剧学院院刊《戏剧学习》，1983 年第 1 期。

① 迪伦马特（1921—1990），瑞士剧作家，小说家。其代表剧作《贵妇还乡》（又译《老妇还乡》）于 1956 年上演，此剧的巨大成功，使他获得世界声誉。该剧本揭露了金钱万能的现象。迪伦马特在艺术上善于采取悲喜剧手法，戏剧效果强烈。其代表剧作还有《物理学家》、《罗慕路斯大帝》、《天使来到巴比伦》等。

内部发行，且数量极少，连我们戏剧界中人都绝少知道这位影响很大的天才德语作家。"

"文革"中，运动不紧的闲在时间里，我读了些有趣的书，《老妇还乡》是一本，还有杰克·伦敦写一只狼狗的小说《雪虎》(中译本名，应该是"雪白的虎牙"的意思)，等等。

没想到，"文革"结束后，1982年，我还真把《贵妇还乡》推上了北京人艺的舞台。说明一下，原译本名为《老妇还乡》，我把它改名为《贵妇还乡》。叶廷芳先生告诉我：德语原意是"老夫人"，含有尊称概念，我据此更改了剧名。但黄永玉还是更喜欢"老妇"的原译词。

"前年(1980年)秋天，《茶馆》赴欧演出，最后在瑞士苏黎世期间，由于健康原因深居简出的迪伦马特没能来看戏，特地委托他的朋友库克森教授致意，并转达了他这样一个心愿：希望北京人艺能上演他的《贵妇还乡》。""去年(1981年)当我作为导演准备为自己选择剧目时，读了数十个剧本，很多都是经典名著，反复考虑后，我首先提出来的是这部《贵妇还乡》。"

剧院党委、艺委很痛快地决定，《贵妇还乡》列入北京人艺演出计划，一致认为，这个有点怪诞的作家的剧目，适合在中国上演。"我始终坚信，这个戏，我们的观众是会理解和接受的，而且会被这怪异的戏里内含的深刻意念所打动。"

有必要简述一下故事梗概。20世纪50年代中叶，欧洲某地一个名叫居伦的小城，面临灾难性的危机，穷困和饥饿使人们把希望寄托在——出生于本市的，而现在是全世界最有钱的女富豪克莱尔，今天要回乡访问。克莱尔在市民欢迎大会上宣布要捐给全城十亿巨款。四十五年前，十七岁的克莱尔与本城小商人伊尔相恋，而在她怀孕后遭到伊尔遗弃，以后流落外地，沦为娼妓。如今克莱尔成为世界第一财阀，她宣称："只要有人把伊尔弄死，我就可以给居伦城十个亿。"市长代表全城人表示："我们宁愿永远受穷，也绝不能让双手沾上血迹！"此后……伊尔感觉到死亡的威胁……市长通知伊尔去参加全城主持"公道"的市民大会。市长宣布代表全城接受克莱尔的捐赠，并率众高呼："我们不是为了钱"，

"是为了良心！"之后，伊尔被装进那口精致的棺材。

从开始排练到演出，都产生过争议。在构思导演计划时，我对剧本有些删节，譬如剧本提示中，有市民甲乙丙丁，在树林子里敲烟斗，表示鸟儿在啄木，另一个蹦了几下，表示小鹿在跑，我把这些删掉了。这些肯定能引起观众的兴趣，但是也就是一个兴趣，对感受戏的内涵有多大作用？特别是这段克莱尔和伊尔的谈话极重要，我不想让观众的注意力被转移。导演排戏都会删改剧本，而《贵妃还乡》这个剧本有很多有趣的东西。我们有的演员不干了，说我把"最迪伦马特"的东西删掉了。我说："迪伦马特最好的东西不是这个。"

正好那时候，作为我们1980年出国演《茶馆》的回访，西德曼海姆民族剧院来华演出《屠夫》。我们请他们一位副导演，给剧组介绍迪伦马特，因为德国演迪伦马特的戏比较多。介绍完之后，我们一个演员站起来提问："我们导演想把迪伦马特剧里的那些细节，敲烟斗当成森林里的啄木鸟那些的去掉，你觉得应该吗？"人家副导演回答得很有分寸，说："导演怎么处理剧本，怎么删改剧本，那是导演自己的责任和权利，别人不应该干涉。"这才算是过去了。

如果谁说想让观众从剧情当中能跳出来，我这戏里面一开始就有：大幕一拉开，观众面前就是一面墙，上面什么都没有；接着上来两个人，一个人拎着个桶子，另一个人抱着一个大纸卷；然后一个往墙上刷糨糊，另一人展开一大张海报——"北京人民艺术剧院演出，迪伦马特《贵妃还乡》"，贴到墙上。从一开始我就告诉观众这是一出戏，不是生活里面的东西。我也知道迪伦马特说过："舞台幻觉是用不着'打破'或者去间离的，像布莱希特[①]那样。因为每个人进剧场

207

[①]　布莱希特（1898—1956），德国戏剧家，近代戏剧史上极具影响力的改革者。布莱希特学派的著名理论是"间离法"，又称"陌生化方法"，要求演员与角色保持一定的距离，演员要驾驭角色、表演角色。但布莱希特也对斯坦尼斯拉夫斯基体系持肯定态度，认为其对现实主义戏剧有很大贡献，同时对中国戏曲艺术给予极高评价。1955年获列宁和平奖金。

时，他都知道眼前看到的仅仅是戏。"这很表明迪伦马特的特点。我是想向观众讲一个故事，一个传奇故事，"我的意图更主要是通过那个在街头拉小提琴的老人如泣如诉的乐曲，在开头引出这个戏，然后再由他来结束全剧"。这种街头演奏行乞，是我在欧洲见到过的。

我希望让这个戏有它独特的、迪伦马特的风格和形式，但我不想让观众只对形式感兴趣，最好能让人们正常地观看演出。我也有特意要的形式，最后戏要上台了，排景排光，排到最后一幕，舞台上用了各种光，也弄上霓虹灯了，但我还是觉得不行，舞美有点抱怨说："导演，这都成花西瓜了，还怎么弄？"我一听高兴了："对了，我一直找这个词呢，没找着，我的要求就是，你给我弄成一个花西瓜！"什么意思？我说："这样吧，我就希望前边都是所谓的'居伦城'——这是叶廷芳告诉我的，德文'居伦'有个含义就是类似臭水沟的地方，中文译本里，没找到一个谐音——到最后，我就想让这么一个穷乡僻壤的小城，渐渐变成非常繁华，甚至繁华到让你觉得光怪陆离刺眼了这么一个对比。"

关于表演，我还是坚持希望，演员不要因为是这么一个戏，用虚假造作来装饰形式和风格。演好喜剧是很难的，《贵妇还乡》又不是完全的喜剧，其中还有着强烈的悲剧感。所以过分闹的那种演法我不喜欢，有些怪异的手法，也许在观众看起来一定很好玩，但好玩不应是这个戏给人最主要的感觉。对我以为观众真正应该感触清楚的地方，我进行了强调：

一是当克莱尔提出要捐很多钱拯救居伦城，但条件是居伦人要杀死她的老情人伊尔时，所有人听了都是那么义愤填膺。二是最后，同样是这些居伦人，把伊尔围起来，把他掐死，在欢送克莱尔走的时候，所有人都很认真地在那儿喊："我们都是为了正义！我们不是为了钱！"非常认真地喊。

观众看到这里会想，即使是现在，我们也都能在生活当中感受到。其实导演只要让人们感受清楚，观众都会明白——这戏讲的虽然不是我身边的事，是另外一个时代另外一个世界的事，但似乎都是我们身边的人和事。这是观众自己感受到的，不是迪伦马特直接告诉你的，也不是分析出来的。我觉得这个戏的魅力、生命力都在这儿。如果我弄的一些形式，把观众的兴趣都转移了，单纯地搞笑有什么意思？现在的演出，观众感兴趣的东西正是我想让他们感受到的。我想让观众正常地接受迪伦马特，我觉得这一点我做到了。

《贵妇还乡》演出时，正在开一个上海、北京两地的导演座谈会。会议期间，看了《贵妇还乡》，自然就谈到这个戏，大部分人说迪伦马特好像不应该是这样，应该是另外一种样子。只有上海戏剧学院教授张应湘说："也可以这样。"他给上戏的学员排了迪伦马特的《物理学家》，我去看过，挺好的。虽然相隔两地，我和应湘以后多有交流，成为好朋友。

我说："我知道，也许我没有达到一定的程度，理解和处理想法也不同。既然'也可以这样'，就还是按照我的主张，我想让观众感受到什么，我就把最浓的笔墨用在什么地方。这个目的如果达到了，我自己就满意一半了。"

《贵妇还乡》上演的时候，正是我们的文化艺术对外交流开始渐多的年代，从闭塞中走出来，人们热衷于吸收或闯出新颖的手法。这是好现象，使中国戏剧多姿多彩。但我对所见所闻希望自己能有个鉴别。新奇独特的形式是需要的，不能总给观众一种口味的菜，不要玩弄大于（或离开）内容的花样。

再有，戏剧——演员的表演永远是最重要的。《贵妇还乡》很多位演员在塑造人物上，表演是出色的。这很值得。

翻译家、评论家叶廷芳先生给了我很大帮助，为我提供了许多材料。而且，他会见过迪伦马特先生，带给我许多新的信息。尽管他和我对此剧的理解也不尽相同，但我仍十分尊敬他，由这次《贵妇还乡》结缘。

前些年，黄永玉跟我说："你为什么不再排《贵妇还乡》？再排，我还是给你做舞美设计。"确实，这个戏很多观众都喜欢，我们当时演了几十场还是没演够，不少观众写信来说还想看。本来我也曾想过，但我离开话剧多年，虽然现在又回归舞台，只要北京人艺能够有一两位演员再创造出克莱尔，肯定能弄出一台好看的戏来。但也难，前几年有其他话剧团体演了这个戏，可能不太热烈，演出场次不多就停了。真要复排《贵妇还乡》，需要再过几年。

专职是舞台导演

《吴王金戈越王剑》的是非曲折 *

为了选择我要导演的戏，不断和作家有联系，其中包括白桦，"文革"刚结束那几年，我们接触比较多。大约在 1980 年，我说："白桦，你有没有兴趣再给我写个剧本？"他说："可以，我脑子里有题材，一腾出手来就给你写。"

可就在他为我动笔写剧本的过程中，开始点名批判他写的电影《苦恋》。不过，这部电影准备修改后放映。1981 年夏初，我给白桦打电话联系，他说："我正在写。"我说："这样，约个时间，我到武汉去，了解一下你写戏的进展。因为剧院得做安排。"

几天之后，我到了武汉。傍晚，白桦从车站直接把我接到一个吃饭的地方。正好《苦恋》的导演和演员都在那儿，他们急着要赶火车走，刚吃完饭，我跟导演彭宁打了个照面。他们走了之后，我和白桦就接着在这个地方谈。

白桦说："我写得差不多了，本来可以写完，所以跟你约了这个时间，但是最近周扬、阳翰笙在抓《苦恋》的修改，还要补拍一些镜头，所以这个剧本停了一段。现在他们补拍完了，很快我就能把这个剧本写完。再过几天，我到北京，把剧本给你带去。"我不想看他的未完成稿，只是在交谈中问他写的什么。他说："写吴越之间的故事。"吴越之间？从开始请他为我写剧本，我就没提任何要求和想法，希望完全凭着他自己的兴趣去写。但有一段时期，写吴越春秋故事的剧本很多，连曹禺都写了《胆剑篇》，不过我能想得出，以白桦的才华和个性，写的角度肯定不一样。

---

* 此节里引文均出自《探索新意——〈吴王金戈越王剑〉导演随想》，发表于《上海戏剧》1983 年第 4 期。

过了一个多星期，白桦就到北京来了。一天下午，北京人艺党委、艺委在剧院会议室，听白桦念剧本《吴王金戈越王剑》。他一开始念，大家就很兴奋，剧本整个都是诗的语言，词也好，意境也好。我一边听一边想象舞台可能会是什么样，肯定是很美、很动人。

念剧本过程中，门口有人找白桦，他请我帮他接着念，就出去了。过一会儿，他回来了，接着念。念完了，当即决定：剧本很好，写吴越春秋的戏，还没有人是采取这么一个角度来写的，而且整个戏诗的语言都很美，这个剧本没问题。党委还特意研究，因为是白桦的剧本，这是一位容易引起争议的作家，而且现在还有一个《苦恋》的问题，所以剧院特意打报告，把剧本送呈市委审查，大意是：我们觉得这个剧本没问题，是一个好戏，我们要排，请审批。

会后，大家都散了，白桦让我留下，说："我得跟你说个事，刚才是彭宁来了，告诉我，说中央已经决定了，出中央红头文件，点名批白桦、批《苦恋》。"我说："刚才我们对这个戏的看法一致，你说的这个情况我再跟剧院反映。"

后来剧院党委会研究，大家还是这样的意见：我们认为这是一个好戏，没有问题，但是考虑到，现在中央要点名批白桦，这个时候上演他的戏，不适合，我们把它暂时搁一下，以后再排。

我们把剧本送审以后，市委还真找了两位历史学家，看了剧本，提了意见。他们认为，第一，这个剧本是符合历史的；第二，这个戏没有问题，因为符合历史，剧本是以史为鉴，以史为镜。所以市委领导等于是批准了，但我们考虑到作者白桦目前的情况，觉得现在上演不适合，对白桦说，只是推迟，请他把剧本保留给北京人艺首演。

一年过后，我看到报上发表了白桦的诗，我想：既然报刊上已经发表了白桦的新作品，这就是说，对他的公开批判已经过去了。因此我们又给市委宣传部打了报告，说我们认为可以演他这个戏了。市领导批复同意了。

这整个过程真是很少有的，剧院对排一个戏这么慎重，还要往上打报告，审查、批准……确实是白桦这位作家受争议比较多。而且，这个剧本里有没有一点他想多说几句的，也很难讲。

1982年，决定要排这个戏了，我跟白桦说："后两场你改一改，不要太直白。你按照人物正常的思想发展，人们就能更有感受。"那时白桦住在剧院，认真修改剧本，我们还随意谈对戏的风格处理。

我们始终非常肯定这个剧本。

我研究历史资料，参照了很多文物，开始准备我的导演构思。

北京人艺演出过很多历史剧。焦菊隐先生引领建立了北京人艺演剧风格，其核心是民族化，这是一个博大精深的课题。要坚持剧院的优良传统。但民族化不是一个固定的模式，每个戏都是一次新的创造，基于剧本的不同格调、导演自己的艺术个性，探寻新的舞台风格。

《吴王金戈越王剑》是一个什么样的戏？作家把这个古老的故事赋予新意，"他不仅凭着翻阅史料来结构故事，60年代白桦在绍兴（即原越国国都会稽）生活一年多，在那里有流传至今的关于勾践、文种、范蠡、西施等的传说，和一些古代遗迹，这些两千余年来在民间流传……激发了作者，乃有此剧的新意，这新意并不表现在形式的奇特，而是体现了浓厚的感情。生活和历史给作者以创作的冲动……""作者还以饱满的情感、流畅的诗句格调形成了文学剧本。我怎样把它体现为舞台形象呢？""这个戏应该具有古朴的民族色彩，但一定不要戏曲味儿，我希望使观众感觉到我国古代人的生活，要使戏在生活中见民族特色。"

民族化的路还要延续，舞台处理上，我希望虚实结合，区别于北京人艺曾经的一些历史题材剧目，这个戏，在富于真实感的同时，融入虚拟化的体现，重在展示意境。这一点，我从中国画大写意获得启发，"以少胜多"，"意在画外"。

舞美设计韩西宇提供了非常简洁的布景基架，让我在其中有充裕展现意境的空间。服装是决定人物塑造的重要环节。这个戏描写勾践被释回国后，"十年生聚、十年教训"，他带着负罪感到民间去，体味民间疾苦。民间，诗意——应该是这个戏的色调。我希望服装设计鄢修民拿出来的服装，"都是人们生活中能穿在身上的，百姓衣衫褴褛，……使人感到是能作战、能下田的，武士的甲胄也采用了带有青铜和皮革质感，包括勾践、王后等人身上也都不要习见的'剧场式'服装。在这个戏里，我就是不要亮晶晶的华丽之感。"

舞台形象的关键是人物，以两场戏为例：

"西施，历代传说，西施成为我国历史上四大美女之一，但在舞台上不论表现得怎样美貌，也难合乎人们的想象。在这个戏里我要破除那种传统观念中的古典仕女形象，着力去体现她的淳朴素质。古往今来，为什么西施、王昭君能在历史上留名，与其说是因为貌美，不如说更打动人的是她们的聪慧……"

"西施第一次出场……由舞台深处撑舟而来，跳上岸，系绳缆……一连串动作都要求演员做得更壮实利索，总之，我要求演员就把她演成一个江南水乡的普通村姑。"她撑的船和篙是实的，但西施浣纱是虚拟的无实物动作，直到此时，观众也没看清她的面貌，待她在溪边水中发现对岸人的倒影，她顺着这水中倒影抬头，望见范蠡，人们才第一次看清了她。

这时，一个舞台停顿。意境确实美。观众感觉到西施也很美，但人们已经丢掉那种习以为常、传统的不食人间烟火的古典美人形象，我要让观众看到的，就是一个江南水乡长大的渔家少女，一个村姑。

北京人艺的戏里，出现过两次西施的形象，第一次在曹禺先生的《胆剑篇》里，狄辛扮演西施，重场戏是在入吴国成为王妃，去拜见被囚的勾践，非常闪亮的形象和场景，著名画家程十发、阿老都曾为她画像。

这次《吴王金戈越王剑》里的西施，我选用了剧院学员班还没毕业的学生，罗历歌。她是班里最年轻的，那年大约十九岁吧？这个戏里西施的主场戏是"浣纱"，范蠡苎萝村访美。我就是要找一个年轻、非常纯的女孩来演。最关键的是气质，所谓气质，就是一种纯、正的感觉，而不是让人觉得美艳不可方物的那种。

戏演出了，白桦对我说："你选演员，从美学观念上非常好。你找一个很年轻的人演西施，她非常纯。"罗历歌确实演得不错，当然很大程度不是她当时有多么强的表演功力，但她表演上没有那么多毛病，纯真，年轻，再加上这场戏的场景是非常美的。

整个戏的厚重感，是几位老演员撑起来的，吕奇和郑榕分饰勾践，狄辛扮演王后，童弟演文种，包括当时的青年演员赵宝才演的农民更孟，修宗迪演的范蠡，都凭仗他们的表演能力和生活经历，生动地塑造了人物，很好地体现了时代感；戏不是太重的角色，徐秀林饰演若素，许福印饰演伯武，陈浩饰演仲耕，郑天玮饰演季子，都很生动。更可贵的是，以表演的真实和生活化，演绎出民族化的话剧。这正是我排这部戏所要追求的。

整个演出最遗憾的是音乐。我们特意请了金紫光老师作曲，他曾为《蔡文姬》谱曲，尤其是《胡笳十八拍》，精妙一时。但《吴王金戈越王剑》不同，我要求没有戏曲味儿，明确希望音乐更具远古，甚至有些强烈的野性。但是直到戏进入连排了，还没有拿出作曲方案，再几天后我直接听乐队演奏录音时，真的心都乱了，和我期望的完全相左，全都是戏曲调，甚至是宫廷程式的乐章。金紫光老师是一代大家，但这个作曲，不是我的戏能用的。事出意外，我只能临时救急，多数还是采用负责音响效果的杨学信所选代用音乐，不伦不类，但总勉强符合一些场景的意境和节奏吧。这次唯一失败的是音乐。

我也想了些办法弥补。越王勾践江边誓师出征，应该是非常恢宏的一个场景，满台只有29个人，我用各种办法，数不尽的盾牌、烟岚……形成气势。但那舒缓程式化的曲调肯定不行，无奈中，我在勾践誓师的大段台词过程中，使用阵阵江涛声的音响效果，产生了很浓的色彩。但这只是临时急就章，如果将来有机会再排《吴王金戈越王剑》，我会把这"惊涛裂岸"之声造成既是生活中的天籁，又带有鲜明的乐曲感觉。

在准备开始排戏时，我一直和白桦谈剧本，也谈我的导演构思。我说："这个戏的开头和结尾我想加点东西。"原剧本开头，是勾践、王后跟范蠡三个人，刚被吴王释放了，急急忙忙要过河，河的对岸，就是自己的国土越国。我要在这前面加一场戏，勾践独自被囚禁在吴国的狱里，手铐、镣、铁链，一副很颓废的样子。这时，传来范蠡的声音："勾践，你忘了亡国的耻辱吗？"他猛然惊醒："勾践不敢忘！"从勾践被俘到复国灭吴，这句话贯串全剧，我想一开始就从舞台形象上把这个展示清楚，使观众立即进入戏的主旨，而且会有震撼力。

原剧本结尾，勾践灭吴归来，在越国修建了比吴国还要华丽的宫殿，里面歌姬起舞。我要增加一场戏，原先最亲近的百姓，更孟一家人来找他，被他关在门外。我说："舞台上不加什么东西，只有紧锁宫门时，咣啷啷铁门栓上锁的一声极强音。这时宫外漫天大雪，里面是歌舞升平。全剧在一番对比景象中结束。"

后来白桦的剧本正式发表的时候，把这些处理加到剧本里去了。其实，这只是我的一个导演处理，作者可以不必把它写到剧本里去，将来如果另外的导演要排，他应该会有不同的处理。这样一个导演处理的方式，不需要在剧本中规定。

这个戏确实跟以往北京人艺的历史剧演法不一样，可以说，脱开了已经习惯的历史剧演出模式，又没有脱离北京人艺民族化的演剧风格。

"以少胜多是中国民族艺术的特色之一，中国画论讲求意境在画外，这给了我很好的启发，由此找到了现在舞台上宁静晨曦中的苎萝村头，吴越界河渡口的壮怀誓师，和姑苏台上战火余烬等景象。""一个重要体会，就是艺术创造不能重复，不能走千篇一律的模式，要找出'这一个'戏需要的展现风格样式。有创造才有艺术生命力，探索中可能成功，也要允许失败，但总比依样描红的平庸要好。"

《吴王金戈越王剑》演出了，观众反响很好，演艺界反应也很强烈，但是报刊少有评论，连报道都没有。有一天，我们按惯例举行记者招待会，我主持，白桦也参加了。与会者都很兴奋，很多记者提问。会开了很长时间。到快结束时，还在谈，我对记者们说："这样，我也给你们诸位提一个问题，你们都谈得非常兴奋，觉得这是一部好戏，但你们诸位都是各报刊电视台的，为什么没反应？"会场突然停顿了一下，然后，有一位记者说："这个戏，上边怎么说？"我明白了，是要了解领导对这个戏的看法。

正好过了两天，习仲勋同志来看戏。他跟我们非常熟。"文革"后他先在广东省任书记，这时回中央主持国务院工作。中场休息时，他来到休息室，正好白桦也在。我说："习总，我给您介绍一下，这就是白桦。"习仲勋同志很高兴，说："你就是白桦！你看，你原来写的东西有什么问题我们批判，你这个戏写得很好，以史为鉴，很有意义，我们就鼓励嘛！"大家都很高兴。演出结束后，习仲勋同志上台和演员见面，肯定这个剧本，也赞扬了戏的演出风格。

剧院通常有什么活动，会发一个简报。这期简报就写了习仲勋副总理来看戏，他认为"符合历史真实"，给予了肯定。但简报发了后，报纸上还不见有多少反应，后来我遇见记者，就问："我们的简报看了吧？你们不是要了解上边的看法吗，上边说了。"人家又问一句："有关方面怎么说？"我又无奈，"上面"说了还不行，还要"有关方面"。谁是"有关方面"啊？哦，主管意识形态的！

我们曾一再请当时主管领导人来看戏，他不来。剧院办公室每天给他送票，最后送得他的秘书都说了："你们别送票了，你们送票他也不会去的。"但是我说："还接着送。因为这是他的工作。"天天给他送票，他还是不来。后来《北京晚报》上发了一个消息，说即将举行北京市戏剧调演，这次调演有《吴王金戈越王剑》等优秀剧目。这位主管领导立即直接打电话给报社编辑部，说："你们根据什么说《吴王金戈越王剑》是一个优秀剧目？"——也称得上是个怪现象了，一部经过专家论证、市领导批准的剧本，作为主管领导人，不看戏，不了解这个戏，却要坚持压制舆论，也难怪媒体如此谨小慎微了。

怎么找"有关方面"啊？后来，我们请来了邓力群同志，完全是通过非正式渠道，我们剧组一位演员和邓力群是邻居，跟他们家所有人，包括保姆都很熟。我说："你拿两张票给邓力群送去。"再见到她，我问票送到没有，她说："他没在家，我交给他家里人了。"没想到演出时，邓力群同志还真来了。

邓力群看了戏也挺高兴，演出后还上舞台和演员见面。我们演员憋不住了，就问："邓力群同志，您看这戏怎么样哪？""挺好啊！"他回答。我们演员又接着说："现在很多方面都反应很好，观众也很喜欢，可是就是报上不敢登啊！不敢宣传。""哎，没有问题，这戏很好！演吧！"他也肯定了。

我们又出了一期简报，把邓力群的意见刊登了出来，报纸上这才开始有了一点报道。

这一年北京市举办的戏剧调演，那天，评委们看完戏都兴奋至极，觉得这个戏非常好，很新。但是这一次评奖，很长时间都没有出结果。一个多月以后才无声无息地把评奖结果发下来了：《吴王金戈越王剑》演出一等奖，优秀导演奖，舞美一等奖，优秀表演奖……我们加在一起有九个人获奖了，但剧本是二等奖。后来见到几位评委，我说："你们哪，太小气。你就是给三等奖，那也是奖，不是贬和否定。你要评，就评一等奖，要不然，你就不奖。你们可以实实在在地说，这个剧本我们拿不准，我们不评都可以。结果你抠抠搜搜地弄一个二等奖，你这还是奖他啦！肯定他啦！"

后来这个戏到东北的大庆、哈尔滨等地巡回演出，观众，尤其是戏剧界的反应特别强，一片热烈赞扬之声。

作为保留剧目，回到北京继续轮换上演。有一天，白桦打电话给我："天野，我在报上看，你们还在演这个戏？什么意思？""没什么意思啊，就是正常的保留剧目的轮换演出。"听他话里的意思，是不是担心要被批判？我说："没有，我们前些日子还去外地巡回演出，反应简直强烈至极。"我开玩笑说："我还告诉你，你得奖了。不过对不起，你二等奖。"他说："不是，我告诉你一个情况，我知道部队在开一个什么会，有位领导在一个小组会上说了这么一句，'听说，白桦有一个戏在北京演，听说是骂我们的'。"所谓"听说"，是因为他没看过这个戏；所谓"我们"，意思就是骂共产党了吧？我说："我现在还没见到文件或传达。我了解一下。但是现在这个戏反应很好，我们就是正常地轮换演出。"

以后，确实得知部队是有这么个会，确实有人在小组会上说过这样的话——但毕竟只是"听说"的个人看法，不是决议。

北京人艺领导班子始终有个统一的看法，《吴王金戈越王剑》是一个以史为鉴的好戏，没有问题。我这个人也是属于传统、保守的，如果有损于党和国家的作品，我首先就不会接受。白桦这位作家确实是位极有才华，又颇带敏感的人物。

争议中，评论界、戏剧界也颇有极为肯定这个戏的，记得我的朋友方杰（当时在剧协工作，后调任文化部艺术局局长）发表了一篇观后感文章，论述了剧作"使人们以史为镜，引起思考"的意义，并清晰地论证了"随意给它扣上'影射'的帽子"在文艺创作上的危害性。前些时，方杰写了一本回顾往事的书《人生复

1983年，《吴王金戈越王剑》演出结束，剧组游颐和园时合影，当年人艺81班学员如今很多是大腕儿了

调》，其中提到了，就因为这篇文章也曾多少吃了点"挂落儿"①。我写到这一段经历，在翻阅当时资料时，恰好找到方杰这篇文章，再读一遍，除了亲切，更觉得语义中的，颇能涵盖此剧的主旨。

从导演艺术处理上，《吴王金戈越王剑》也是我自己喜欢的一部戏，它保持了北京人艺的民族化，但又没重复人艺以前几部历史剧的样式，以一种新颖的风格和艺术个性，营造出场景的意韵，塑造了若干鲜明的人物形象。

我曾想，如果让我从自己导演过的戏中，选出一部来复排上演，我会首选《吴王金戈越王剑》。今天的文化大环境，该对以史为鉴的正常文艺现象，予以正常的理解和评论。

————————————

① 北京方言，有"受到牵连"之意。

218

匆促补白：谁能预料，31 年后，我还真又再次导演《吴王金戈越王剑》了！就在这本书稿即将搁笔的时候，2013 年，北京人艺让我复排执导一部戏。时过 31 年，《吴王金戈越王剑》已经在 2014 年春暖花开时节再度上演。

31 年后复排上演

这件事的缘起，简单又似曲折。既然重迈舞台，就一门心思琢磨，再弄个什么戏？

我和狄辛的朋友、才华卓越的上海演员焦晃，相交多年，总希望有个机会同台合作。如今都老了，前年（2012 年）我萌发了一个想法，我们就演一出两个老人的戏，该很有趣吧？一次偶然的场合，我遇到万方，想请她为我写这样一个剧本，万方表示很有兴趣。我说：就是两个老人的戏，至于写什么、怎么写，都随你。

几个月后，万方写出来了，我连夜一口气读完。剧名《忏悔》，万方肯定是有感而发的，我也有切身体会，觉得正是我想要的戏。我请万方马上传给焦晃和北京人艺。

焦晃也是一下子看完剧本，并深感兴趣。

我肯定希望由北京人艺来演这个戏。张和平院长十分支持，并很快由剧院开会研究。事常遇意外，就在我去参加会的路上，和平院长打电话来，他遇到万不得已的事，实在不能来了，他说："我已经都打了招呼，用八个字来推动这个戏——加大力度，加快速度。"我感动不已。

会开了，说：还是要走个程序。

等待期间，我和万方、焦晃在酝酿着这部戏，已经进入创造状态。只待剧院走程序，做决定。

219

专职是舞台导演

走过一些程序之后，北京人艺领导班子开会讨论了，并约我谈话，而且是院领导全体成员参加，可谓郑重。我想无非是两种结果，北京人艺演或不演这个戏吧。生活中的事不总是那么简单，领导的决定是我怎么也没想到的，说这个戏太重、太累，让我别再演了。当然是出于对我年龄和身体的关切。又拿出一纸清单，打印着我曾经导演过的十四部话剧，说："你随便挑选，再做导演，复排一部戏吧。"记起来了，一次随意聊天时，我对张和平院长说过，其实我在离休前的编制是专职导演。一次闲聊也可能和这打印的剧目清单有些关系。

我纠结得不知所措，与焦晃同台演个戏是我倡议的，万方的剧本是应我之邀写的，而且这个剧本那么打动我，至今也牵挂在心舍弃不下。北京人艺的决定我无法有异议，但必须待我去和万方、焦晃谈过了，再正式表明我接受这个决定。这也是人情的程序吧。

我说："这当成两件事做吧，我要先想想怎么去和万方、焦晃谈，先处理这因我而起，又因我而作罢的事。"

过些天，剧院催我赶紧决定复排剧目，因为要制定明年（2014年）排练演出计划了。

请剧作家万方（右，曹禺先生的女儿）给写个剧本

《吴王金戈越王剑》复排现场，为演员濮存昕（左）、黄薇（右）说戏

2014年4月，《吴王金戈越王剑》复演剧组

专职是舞台导演

没有任何犹豫，我首选了复排《吴王金戈越王剑》。

当年导演这部戏，对话剧民族化，我做了一些新的探索，是我颇多感悟，并很怀念的；也为了白桦这部才情横溢的剧本，却在当时遭遇到不正常的舆论环境。

我立即打电话告知白桦，然后又去上海与他见面。他高兴，肯定没想到时隔30年，人艺又要演出此剧。我邀请他到时来京看首场演出。

31年后《吴王金戈越王剑》再度上演，反应仍然热烈。时代在发展，舆论环境改变了，普遍反映这个戏很有现实意义，有专家称：人艺决定再演《吴王金戈越王剑》是有深远意义的举措。

历经几十年，老了，也对剧院太不熟悉，感谢刘小蓉来帮我共同复排这个戏。小蓉是好演员，做过导演，还做过表演教学，所以对掌控剧组，包括演员表演问题，我们有较多共同语言。

一些演员是舍弃了许多事来演这个戏的。我这次复排是"在原基础上，有所创新和突破"，不同的演员必然要有新的创造，发挥自己的创造个性。

前文说过，当年这部戏最失败的是音乐，这次我们请来王立平老师作曲，他那些美妙的旋律使得这次复演生辉添彩！

白桦来京看首场演出，他身体更弱了，是从医院出来，由几位朋友陪同来的。他说：一定要来，坐在台下看自己的戏，是享受。谢幕时，我请白桦上台和观众见面，30年沧桑，那情景怎不令人慨叹。

我问白桦，还有精力、有兴趣再为我写剧本吗？他说，我躺在病床上时，就已经在构思了。谁知道呢，我还能再折腾几年？以白桦的身体状况，还能再完成一部新戏？

2011年，我的冀中同乡张和平院长一次"鸿门宴"，让我又回归舞台，重又获得创造的乐趣，满心都是话剧，思考、感悟，也有些成绩，还有荣誉。

今后的路呢？不知道。

生活在继续。就在全书完稿之际，北京人艺又嘱我明年（2015年）复排《贵妇还乡》，我有些犹豫，迪伦马特这个戏，对演员表演的要求有一定难处。但

2014 年 4 月，《吴王金戈越王剑》再度演出，作者白桦（左）来京看戏

人艺早有这个想法，也只好着手筹备了。

更有料想不到的事，我邀万方写的剧本《忏悔》，由北京央华文化公司王可然先生签约制作，要把它搬上舞台，并请了台湾导演赖声川先生执导。原以为这样就可以稍了却我欠万方的债，但万方还是动员我演，毕竟不能舍下，最后，就答应演了。已经和赖声川导演初步接触，也期望在新的合作中有所获。年底排戏，明年（2015 年）元月演出，改名《冬之旅》。这该是我最后一次上舞台了吧？也说不准。

1984 年，我导演了《家》

1984 年，我导演了巴金原著、曹禺改编的《家》。好不容易才轮到我排一个戏，我这次没选新剧本，而选了这个老剧本，是为了人艺81班刚毕业的学员。

我参加了这个班的表演教学，按照教学计划，最后阶段应该是创造角色，需要有两个好的实习剧目。但这个班没来得及安排一部经典剧目，这有点可惜了。正好轮到我排戏，就冒出一个想法：我教过他们，现在他们刚刚毕业，可以通过排戏、演出，在创造人物、把握剧本上，算是再补一次课吧。

我想请剧院的老演员和他们同台演出，带他们一程。《家》是名剧，可以让他们从两位文学大家的作品中受益，而且恰好这戏里有三代人，高老太爷、冯乐山是一代，克字辈几弟兄是中年一代，觉新、瑞珏、梅、觉民、觉慧等是一代。三代人，以青年人的戏为主。我是特意为他们选定这个戏的。

我邀请了剧院好几位演员来参加这个戏，中年演员有吴桂苓、谭宗尧、吕中等人，老演员有胡宗温、吕奇、谢延宁、秦在平、童弟等人。对每一位，我事先都恳切地谈了自己的想法：请你来参加，一个重要目的，就是希望你们来带一带这一拨刚毕业、刚开始上舞台演戏的年轻人。他们都热心地同意了。

老演员中，秦在平演戏不算太多，但她的古文学功底很深，生活经历丰富，对那个时代也比较熟悉。她写得一手好小楷，那时北京人艺上演的历史剧，需要打出的字幕都是她手写的。谢延宁是一位非常优秀的演员，并且有很好的文化素养，但从不张扬，甚至非常低调，表演可以说极为真挚，她也参加了81班的教学，对这些学生的情况也了解。童弟也是参与这个班教学的。胡宗温、吕齐都是剧院有成就的老演员，吴桂苓、谭宗尧、吕中当时都是人艺的中年骨干演员，他们都热心地参加了。

在给年轻演员分配角色时，我倒费脑筋了，因为和我的初衷有些不同，我选这个戏的目的是以年轻演员为主，但主要角色也就那么几个，要让这一个戏满足他们所有人演戏的愿望，很难。我只能尽量安排。女学员还好，正好有五个。主要角色瑞珏，确定的还是罗历歌。之前罗历歌在《吴王金戈越王剑》里已经演了西施，虽然只有三场戏，但表现出色。王姬和李珍，一个演梅，一个演琴。郑天玮演鸣凤。到了宋丹丹，我说："丹丹，对不起了，我只能给你安排婉儿，两场戏。"但给众多的男学员派角色就有些难了，觉字辈年轻人物只有三个，有的还可以演克字辈的 B 制，但也有个别只能演仆人、跑群众了。

让我确实欣慰的是这些中年演员和老演员在排演场，都很真诚地帮这些年轻人。每当年轻演员一下场，或是排练休息的时候，他们就围拢起来谈戏，尽力给年轻演员出主意。比如谢延宁，她教学的时候不一定多说什么，在排演场上她的话也不多，但说的都在点儿上，对年轻演员起了很大作用。胡宗温、吕中等演员也是如此。排演场形成了一种既可以算教学，也可以算创造交流、探讨的气氛。这正是我的愿望，要让他们感受到，真正的创造环境是什么样。

我首先要解决的一个难题，是时代感问题。《家》的剧情发生在北伐战争之前、民国初期，年代比较久远。在舞美上，为了寻找历史资料，包括一些实物，我和舞美设计去了四川，体验那个时代的环境。可惜巴金的故居已经看不大出原貌，只能借鉴一些比较有那个时代特点的大宅院，还有一些王府遗迹。

我们的老演员或多或少都能找到那种社会时代的感觉。比如谢延宁，她本身就是大家族出身，毛笔字写得特别好，她寻找时代感就比较容易。但是我们的青年演员就比较难，他们生长在当代，那些老的遗迹基本上已经荡然无存，过去那个时代人们行动举止、接人待物的习惯和方式都是有讲究的，和现代生活中的人有很大区别，这些让青年演员解决起来，真是要花费一番工夫。

我们尽可能为青年演员提供些资料，他们可以从文学作品中寻找人物的时代感觉，巴金先生的《家》、《春》、《秋》里自然有最直接的描述，老一代作家还有很多作品；我还希望他们能再读《红楼梦》，曹雪芹这部伟大名著会让人终身受益，一个演员，在演艺生涯中能读五遍以上《红楼梦》也不为过。

当时排一个戏，可以从电影资料馆调看两部内部电影。我选的其中一部，是1941年上海"孤岛"时期拍的《家》，我上初中时曾看过。该片集中了当时上海最强的演员阵容：觉新三兄弟的扮演者是梅熹、刘琼和王引，顾兰君演瑞珏，陈云裳演琴表姐，袁美云演梅，陈燕燕演鸣凤，姜明演高老太爷。尽管现在看来，当年这些演员的表演都显得陈旧，但它能提供一种时代的感觉。

225

专职是舞台导演

寻找不熟悉的时代感，塑造自己不很熟悉的人物，要面临很具体的坎儿。排练一开始，演员们就都穿起代用服装，但年轻演员穿上长袍布鞋，走起路来依旧是时下穿牛仔裤的感觉。他们看了一些老影片资料，也每天见到老演员服饰在身后的形体状态，但自身习惯了的东西很难摆脱，这是塑造人物极大的障碍。有一天排戏，我请一位演仆人的演员把长袍脱下来，说："我穿上你们看看。"他们看我穿在身上，这样那样随意活动，可能都很有兴趣地注意着，我说："这件长袍是很次的，就是土布做的。在这个家里边，如果穿长袍，那料子都应该是很有讲究。这样的衣服穿上后，行动坐卧跟你们穿牛仔裤、旅游鞋的感觉是不一样的。我今天不是要给你们示范，就是让你们区别一下，不同的时代，对服装的感觉。这是一种习俗，也是一种文化。北京人艺每次排戏都要备齐代用服装、道具，这不是形式，是为了帮助自己进入角色。不只是服饰和行动举止，还有行礼。过去行大礼怎么行，一般见面礼什么样，也都有讲究。这些礼数对于我们一些大家庭出身的演员，都容易掌握，老演员生活经历不都相同，但他们会去掌握自己不熟悉的东西，这就是演员创造角色。你们可能一下做不到，但是你们得知道，因为人物是生活在具体的年代社会里的。"

　　罗历歌一开始也找不到感觉。我让她演瑞珏，这个戏的女主角，不是因为她的表演能力比别人好多少，主要是她的气质。当然，她也用功。毕业的时候她也就二十出头，排《家》的时候，一开始，她走路也是跑跑颠颠的。我告诉她："你穿的是民国时期的服装，上装是短衣，下装是长裙，你走路要轻，不能出声音；按照那个年代的习俗礼仪，瑞珏新嫁到高家来，是最晚辈、做媳妇的，做任何一件事情，你都是轻轻的。"最后，罗历歌在这个戏里，无论做任何事，真的是很轻很轻。

　　郑天玮是一个很有才的女孩子。当初入学考试的时候，她身上有一种很能够入戏的感觉。这次她演鸣凤，比较快地能够抓住角色，一直到第一次连排，我们都觉得她演得非常好。但是第二天，还是连排，什么都没变，但就是让人觉得，她这个角色怎么忽然都不大对了？她演的也没有说是哪点地方改动了。刘涛也参加了81班教研组，对这些年轻人比较了解，看到这种情况去找郑天玮聊，结果再一次连排，郑天玮的表演又很好了。我也弄不清当时是什么原因导致天玮这种状态变化，至今也不知道刘涛和她谈了些什么。是表演上有什么想法？还是有什么杂念干扰？不清楚。但终究郑天玮把鸣凤演得很好。

王姬演梅表妹，也很好，她把握人物感觉的能力很敏锐。她来学员班的时候才十九岁，已经是文工团的演员，还拍过电影。考入北京人艺学员班，入学前还写了一份保证书，声明自愿放弃文工团的工作，安心学习，保证书只写了一句"我认命了"，颇显个性。她肯定觉得在北京人艺被埋没了，包括在我排的戏里跑过群众。后来，她离开了人艺，也就离开了演艺事业，远赴海外。时隔六年，一个极偶然的机会，她参加了电视剧《北京人在纽约》，这部戏影响大，王姬也极为出色，就又回归演艺圈，成绩不凡。前些年，我偶然在电视剧《月落长江》里和王姬合作，她演我的情人，近年我们又在人艺《甲子园》中上演对手戏，这是另一个章节里的话了。

这部戏里，我们老演员都够出色。谢延宁真是一个好演员，我请她在《家》中饰演的这个角色，未必是她适合的，但她确实演得非常好，太自如、太松弛了。秦在平的文化程度很高，但她在剧中只演了一个黄妈，戏很少，但非常好。吕奇饰演冯乐山，说实在的，也不是他最合适的角色，但他作为一个老演员，就是有创造能力，绝不表面化，确实演得好。我跟胡宗温大姐合作几十年了，她是我很佩服的演员，塑造过许多不同性格的人物形象，花甲之年还在演《雷雨》中的四凤，还是那么自如；已近古稀，仍然在《茶馆》第一幕演出十五岁的康顺子。这次我请她在《家》里演了个戏不多的钱人姨妈，她依然塑造了一个性格鲜明的人物。

《家》这个剧本很长，需要删很多，怎样保留住精华，去掉那些可以不要的场景，每个导演都会有自己的想法。剧本中闹洞房的戏，对我而言，实在很难排出效果来。我过去也看过很多版本的《家》的演出，所有"闹洞房"这场戏，我都觉得和全剧的风格不协调，剧本里戏写得是很足，但不是我想的那样。这场戏我排了好多次，但总是我不想在舞台上展现的。最后，我干脆把它去掉了。

觉新和瑞珏的婚礼场面，我最终这样处理：开始迎娶了，整个舞台先是一个空场。接着，觉新牵着凤冠霞帔的瑞珏上场，两个人这么拜，那么拜；拜完了下去，换一身服装，再上场，又到处拜，拜……最后，只有两个人在洞房的时候，舞台一下子就安静下来了。我只想要加强一点，就是把觉新和瑞珏所受的封建桎梏的压力，尽量放大。觉新是长房长子长孙，他要撑起这个家的局面来，在他身上，封建礼教的束缚体现得最重，能把他压得喘不过气来。相对空旷和寂静的舞台，也许更能体现这种无形的压力。

把这些铺垫好了，到了觉新和瑞珏单独在洞房一段戏时，那些很经典、写得很美的大段独白和旁白，就更突出了。

瑞珏突出的本质是善良。虽然结了婚，是大嫂，其实还是个年轻的孩子。这么善良、单纯的一个年轻女性的形象，到最后，高家要让她过多少桥，到遥远乡下一个偏僻的地方生孩子，观众感受到的，真就是这个制度害死人。罗历歌塑造出了一个人物。

郑天玮的悟性很好，演出了一个纯真又"不信命"的鸣凤。鸣凤投湖这场戏，舞台处理很难。我想让鸣凤走到真的是一个"绝境"——当她离开觉慧的书房窗户后，这时，舞台中间有一个大的景片降落下来，有一些树丛，像是花园的背景，整个把后面的房子都遮住了，把鸣凤拉到了另外一个空间。不一定是最好的办法，但至少能展现鸣凤面临绝境的无助。日本仲间剧团的伊藤巴子女士看戏后，对我说："当鸣凤离开觉慧，身后的树木景片落下，把两个年轻人隔开时，我的心颤动了。"

《家》最后一次在舞台上彩排时，我有意使自己就作为一个观众在看。彩排完了，该排谢幕了。我很想看一看这个戏里死了的四位女性，把瑞珏、鸣凤、梅、婉儿请上来，站在舞台中央，我突然生出一种感受：就是这么一个家族，就是这么一个封建制度下，这些善良极了的女性，死了！这样，全剧结束，大幕再启，就是这四位戏中死了的女性静静地站在舞台上！——既是开始谢幕，又是戏的延续。

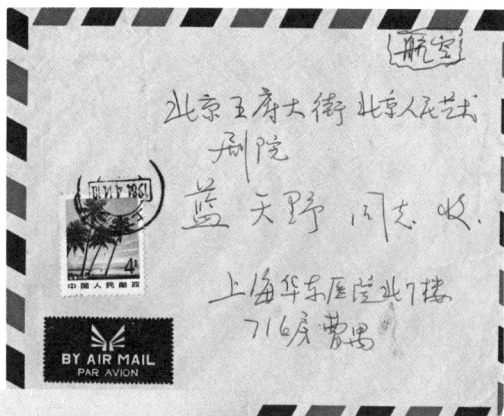

天野同志：信早收到，久病，但在医疗中，未及时复，请谅鉴。

"家"在北京人艺上演，你费了不少精力。培养青年演员，让成熟的老中年的戏家领他们上场，北京人艺的前途便大有希望。剧本，尤其是我们的党应生育更好的出色的青年演员在雪出光彩。是，你和你当时的朋友不就是在年轻时就显出头角了么？

我有机会来，我将在上月中旬回京时来。相信，这出戏，经过你同朋友们艺术加工，定然获得成功的。

在巴黎见宋见"家"的节目单。好在报上有评论，希望能剪下一画。

但仍在医院疗治，但要信请寄上海至兴中路1462号3号。

请问候林连同志及所有的朋友们。

狄辛同志请代致意。 曹禺 1984.4.12.

1984年，导演的《家》上演后，曹禺院长写信给我，关注培养青年演员问题

专职是舞台导演

戏演出了，受到各方的肯定和鼓励，称赞青年演员的进步、老演员的造诣，特别赞许剧院三代演员同台、艺术传承的做法。罗历歌就凭着这么一个老戏，获得了当年的中国戏剧梅花奖。瑞珏这个角色，那么多的优秀话剧、电影演员都演绎过，罗历歌一个二十一岁的年轻女孩子，让人认可了，不容易。

戏演出后，我收到曹禺先生的一封信。《家》建组之初，我请曹禺院长来讲解剧本和时代背景。演出时，我请他来看戏，但他正因病在上海住院，医生不同意他出院。他拗不过医生，写信给我，说："《家》在我们北京人艺上演，你费了不少精力。培养年轻演员，让成熟的中老年艺术家领他们上路。北京人艺的前途便大有希望。剧院、观众尤其是我们的党盼望有更好的出色的青年演员早些露出光彩。想想你和你当时的朋友们，不就是在年轻时就显出头角了么？……在巴老（巴金）处看见《家》的节目单，如在报上有评论，希望能剪下一阅……"

我把有关剧协、北京人艺的专家座谈会，饰演瑞珏的青年演员罗历歌获梅花奖，连同《戏剧报》封面瑞珏剧照，以及所有报刊的评论等都寄给了曹禺院长。

青年演员从巴金、曹禺两位大家的作品深深获益。巴金的小说《家》是以觉慧为主角，20世纪三四十年代很多青年受这部书的影响走向进步，投身革命者众多。曹禺改编的剧本《家》，是以瑞珏为主角的，曹禺说："得写我感受最深的东西。"他写成的是"一部女性的戏"。戏剧深刻揭露了封建社会的腐朽、残酷，吃人的本质。这就是曹禺先生对生活的艺术感悟，我庆幸自己当时还是感悟到了曹禺。

《秦皇父子》怎么了？

2009年，郑榕在北京人艺出版的《经典人物——郑榕》中说了这样一句话："退休前后我在人艺演过两出历史剧，两个剧本都引起过争议。"[1] 恰巧，这两部历史剧都是我导演的，一部是前面谈过的《吴王金戈越王剑》，另一部就是《秦皇父子》。

谈到《秦皇父子》，郑榕所写原文摘录如下：

1986年蓝天野决定排《秦皇父子》。这原是个电影剧本，作者霍达愿为人艺改编成话剧。我为这次退休后的返聘很激动，觉得这是秦始皇首次在话剧舞台上出现，很值得重视，于是便谢绝了意大利导演贝尔·托罗奇要我去拍摄影片《末代皇帝》（演总理大臣）的邀请（他们找了我三次，面见了导演，给了我英文剧本），去西安参观了秦始皇陵的兵马俑体验生活。开排不久，《狗儿爷涅槃》上马了，他们在四楼排戏，我们在三楼，一次偶然遇到他们剧组的人说："这个戏简直不知如何排法，演员只是一遍一遍地走戏……"没想到《狗》剧率先公演后，引起很大轰动，有人誉之为："继鲁迅《阿Q正传》后第二部描写中国农民形象的经典之作。"《秦》剧首场演出，作者亲自请了很多记者来看戏，看后没听到任何反应……我听说第二天上午在二楼会议室有个座谈会，但没有人通知剧组人员参加，还听说导演当晚去外地了……那种诡秘的气氛引起我很大怀疑，第二天我自己偷偷进入到会议室，一看导演、作者、剧组人员都未出席，到会的人接连发炮，对该剧进行了猛烈的抨击："剧本只是罗列了历史上连中学生都已熟悉的事件，根本没有进入到人物的内心深处去。""作家未能给人以新的看法，使观众能重新审视这个历史人物。""作者对历史人物和历史事件缺乏主观的评价和必要的集中。这次演出是人艺历史剧的倒退。""人艺放了一个臭炮！"

231

---

[1]　郑榕：《经典人物——郑榕》，中国戏剧出版社，2009年，第140页。

这一通炮当时把我打懵了，对报纸上肯定我的表演的文章也无心再看了！后来剧院送我一张该剧录像的光盘，看后觉得剧本没有违反历史的真实，还是具备一定的观赏力的，足见当时社会风气动荡之激烈。[1]

我想关于当时"诡秘的气氛"，郑榕参加了会，肯定比我感受更具体，但其中一些内情，郑榕可能也弄不清。这里有些事我清楚，有些我也只能根据当时的情况进行推断。

我能说明白的是：一、说第二天要开座谈会，"导演当晚去外地了"是为什么？当时是剧组舞台监督对我说要开座谈会的事，但正好电视连续剧《末代皇帝》剧组通知我到沈阳拍最后一场戏，我说："拍摄日程早就定了，我不能不去，等我回来再开座谈会，我去两天就回来。"我是这个戏的导演，日程应该是我安排。但我完全没料到，两天后我回到剧院，座谈会已经开了。这个会，不但没有请导演和演员参加，连作者都没有邀请。直到现在，也没有谁告诉我：剧院为什么急着开这个会，是谁主持的会，为什么不请作者和剧组人员参加？以前每个戏的座谈会，这些人都会参加的。等我拍戏回来，关于座谈会的事也没人对我说过。后来，是我把座谈会记录要了来看的。

按说与会的都是评论界的专家、学者，但似乎有一些话带点火气，或是与戏剧专业离题远了。有这样的议论："演出是一流的，导演是一流的，演员是一流的，舞美设计一流；剧本没有一句台词是像样的。"这些好像有点针对人了。但座谈会记录上，也看不出什么"气氛"来。《秦皇父子》这个戏并没有好到怎样一个地步，但要把它全盘否定，那北京人艺为什么决定排这个戏？我至今不知道剧院到底对这个戏、对这次座谈会是什么态度，没有人和我谈过，每个戏上演前例行的艺委会也没有开，就像没发生过这回事。

---

[1]　郑榕：《经典人物——郑榕》，第141页。

文艺评论非常重要。我赞成并敬佩坦直鲜明，或赞扬，或否定，或谏言……都曾使我受益。但这次研讨我未得身临其境，也不了解其始末由来，这里只能依照自己所经历的，做一些回顾了。

排《秦皇父子》的缘起

1984 年，我和霍达认识了。霍达是一位回族女作家，她的丈夫王为政是一位画家。霍达说特别想让我排她一部戏，肯定是由于她看过我演的和我导演的戏。她刚刚写了一个话剧剧本。这原本是她给长春电影制片厂写的电影剧本《公子扶苏》，发表了，长影一直说要拍，但是由于各种原因没上马。这个电影剧本我以前看过，觉得题材、人物都还可以，挺有意思的。霍达把它改写成一个话剧剧本。我看过后，觉得原电影剧本的基础、人物都保持了，而且过去写秦始皇嬴政和长公子扶苏题材的戏还不多见，有些新意；可能是不熟悉舞台，语言显得繁冗，一般初写舞台剧本的作家常有这种情况，要在排练过程中修改解决。北京人艺艺委会经过讨论，认为这个剧本很好，决定作为剧院的排练上演剧目。

在我准备的过程中，霍达说："我还有一个电视剧本《江州司马》，希望你来导演。"这个戏从白居易在江边上船写起，演绎《琵琶行》的故事，上下两集，当时叫单本剧。我觉得《江州司马》很有情调，故事发生在江边，船上，应该挺有味道。我也考虑过，在适当的机会尝试一下电视剧的导演工作。有过些想法，关键是剧本。那时期，女作家张洁的小说很吸引我，她作品的格调，特别是她看世界有自己独特的视角，带有浓郁的个人感触。她的长篇小说《沉重的翅膀》、中短篇小说《方舟》等，我都看过，她又给了我一本刚发表的中篇小说《祖母绿》。

张洁真的是很不张扬的一个人，这和她的作品风格是一致的，给人一种静静的、淡淡的，但又韵味非常深厚的感觉。我曾经问过她："你有没有想过把自己的小说拍成电影？"她说："也不是不想，但是好像很难。你有没有兴趣要拍？"

233

我说："我没有做过，但是我对你的小说，这种文笔、格调非常感兴趣。"我们谈过要把她的《祖母绿》改编成电影剧本，但这要投入的精力一定很大。张洁那时身体不大好，她在阜外医院住院时，我去探望她，又谈过这事，后来还通信交换过意见。以后就搁置下来。

再继续说《秦皇父子》的事吧。

选演员的风波

没想到，《秦皇父子》从开始选演员的时候，就闹得风吹浪起。

秦始皇这个角色，我邀请了郑榕。郑榕高兴地接受了。郑榕肯定能体现出一个伟岸的人物形象，他一向认真、严谨，一定对这段历史、这个人物很有兴趣。郑榕是第一个确定的演员。他说："我只有一个要求，体验生活去西安。"对老郑，我确实很尊重很佩服。筹备阶段，我已经去过西安了，到兵马俑现场，还有精美绝伦的铜车马，古长安城……都会得到感受。

还要找一个女演员，分饰姐妹两个：姐姐孟姜，妹妹仲姜，我选择了尚丽娟。李斯和赵高由周正和马群两位老演员担任。那个很有特点的角色，优旃，一个侏儒优伶，由仲跻尧饰演……应该说，演员阵容还是比较强的。

不可避免的一个话题，就是借濮存昕来演公子扶苏的事，由于已经说过无数次了，本不想再多提起，无奈坊间流传版本颇多，又时有不甚准确或误传之说，还是稍记录一下这始末。

到最后，就空着一个主要角色——公子扶苏。当时北京人艺的男演员中，我反复考虑也想不出谁来演。这个人物应该是个子高高的，很挺拔，郑榕已经是非常魁梧了，一米八以上了，扶苏一定要有适合的形象和气质。忽然我想到一个人，濮存昕。濮存昕当时是空政话剧团的演员，我看过他演的《周郎拜帅》，王贵导演的处理手法独特，濮存昕演周瑜，很好。他的形象和气质正适合扶苏这个角色。我拿定了主意，就去找剧院领导："我想把濮存昕借来。"

借演员的事，剧院过去不是没有先例。1957年排《北京人》，演袁圆的演员就是从儿艺借来的，还有一些戏也借过演员。我还为自己终于想到了这么一个适合的演员，觉得很高兴。剧院领导也没犹豫，当即决定："可以，你去借吧。"

不久，剧院举办1985年春节联欢会，那天人很多，濮存昕也来参加了，我叫住了他。昕昕是苏民的儿子。苏民家的几个孩子，是我们看着长大的。濮存昕的年龄在他兄弟姊妹中属于不大不小，后来他去黑龙江建设兵团插队离开了北京一段时间，所以相对来说，我跟他的姐姐和弟弟更熟一些。

我叫小濮："昕昕你过来，有个事。我正准备排一个戏，我想借你来演。"他不敢相信，说："真的？"我说："我没事跟你开这玩笑干吗，真的，剧本叫《秦皇父子》，想让你来演长公子扶苏……"这时，我正准备去找空政文工团团长王贵。我说："我马上就要办这事。"

我跟王贵约了个时间去找他。见到王贵，我一直在想怎么说服、打动他能答应借，谈话的大意是：我要排这么一个戏，但是从我们剧院的男演员中，我真的想不出特别合适的，所以我想借濮存昕去……没想到王贵听完了就一句话："好啊，咱们共同来培养这个年轻人。"

王贵那么痛快地答应了，我回来跟剧院说："行啦，人家同意了。"

没想到，过了两天，三位副院长一起来找我谈话，说："现在下边听说借濮存昕来演主角，舆论反应太强烈，都炸锅了，能不能别借了？"这个我相信，我平常不太注意都发生什么事儿，但这次下面的反应，我也听到一点儿。最厉害的说法就是："北京人艺年轻演员都死绝了？就这么一个角色还到外面去借？！"我也知道这话是怎么说出来的，而且确实很有煽动性，引发一些青年演员情绪激动。我对副院长们说："北京人艺年轻演员没死绝，我用剧院里的年轻演员够大胆了，我原来有的戏用很年轻的演员，那时候传的另一种反应：'那么年轻能演得了吗？'有些话也说得不大好听，但这些青年演员演得不错，有的还得了大奖。但是这一次，这个人物，我找不着。要不，你们给我想一个，谁演扶苏？"没有，真的没有。最后，我说："这样吧，咱们就不谈了，再谈，肯定是你们说

235

服不了我，我也说服不了你们。咱们把这个戏先搁起来，暂时不排。"

三位副院长知道再谈下去也只能是个僵局，这事儿就搁起来了。

戏停排了。我只能跟王贵解释说："这戏现在暂时就放下了，以后再排。等排的时候再借他吧。"

我跟霍达说戏搁下了的时候，她说："也好啊，那咱们先拍《江州司马》。"我想也可以，反正这段没事，正好有这么一个片子。但是谁来负责筹备？霍达说："我负责。"她跟长影的人比较熟，正好原来长影创作部门一位领导，现在调到浙江电视台负责电视剧部。她说："我已经说好了，将来浙江电视台作为拍摄单位，而且他们派制片主任。"拍摄资金的事也由他们负责。

我就开始准备了，主要是考虑导演构思，白居易笔下的"浔阳江头"，"主人下马客在船"，"犹抱琵琶……""大珠小珠落玉盘"……意境、人物都在我心里渐渐酝酿。这之前我演了不少电视剧，也算熟悉了，但毕竟是第一次尝试影视剧导演工作，我还特意找了一位副导演，帮我协调处理技术方面的事。

没多久，浙江电视台还真派了一位制片主任来。何主任是浙江电视台能力很强的一位，后来我演《中国商人》的时候，制片主任就是他。我跟他就初步的拍摄计划交换了意见，比如大体需要多长时间，演员、外景地的选择等等。但最关键的问题是，必须要资金到位拍摄才能启动。而霍达跟浙江电视台的那位负责人在资金问题上还没完全落实。

制片主任说到以前谈资金问题的情况，霍达说自己解决了一点，其他的没有落实够，就应该由他们台长负责。霍达还挺不高兴，张口就说："你告诉他，这是他答应了的事。"我也不清楚当初是怎么商定的，就对何主任说："咱们相处得挺好，但是咱们俩见面见早了，资金不落实，什么都谈不上。"

后来，《江州司马》拍摄的事情不了了之。本来也就是一个插曲的事儿。

《秦皇父子》搁下来整整一年，1986年春，主管剧本的副院长于是之来找我，说："《秦皇父子》还得再排啊，咱们答应了作家要演，不能没下文啊。"我说："行啊，把濮存昕借来，咱们就排。"他倒也没再犹豫："那就再去借吧。"

1986 年，濮存昕（左）借到北京人艺《秦皇父子》剧组，排演前与导演蓝天野（右）去长城体验生活

实际上，舆论再激烈，喊了一年也累了，本来大多数人也并不是特别计较这样的事儿，时隔一年，也总会冲淡些吧。

原本就说是"先搁下"，既然领导催促排这个戏，也同意了借濮存昕来演扶苏，我就又去找王贵了。他告诉我："濮存昕现在在外面拍戏。我跟他们导演说说，把他的戏集中拍完，尽量早一点去你那儿排戏。"

过了几天，我在史家胡同路口正好碰上了濮存昕，我们俩都骑着自行车，边骑边说。我对小濮说："这个戏还是要排，我已经跟各方面都说好了，你现在戏拍得怎么样？"他说："我已经知道了，戏争取尽快拍完。但是，现在空政文工团正要整顿，空政话剧团很多演员要复员。我现在正要找转业单位。"我说："你赶紧把那个戏拍完，拍完你就来。"

当时，我曾希望借这个机会把李雪健也调来，向剧院领导推荐他，但是北京人艺解决不了户口指标，李雪健的户口在外地，所以无法来剧院。实验话剧院知

专职是舞台导演

道了这个情况，说："我们有指标。"所以李雪健就复员到他们那儿了。

濮存昕第一天进人艺排演场，距我提出借他已经过了一年，风波应该算是基本平息，但究竟发生过这么一场舆论，所以我看着濮存昕，觉得真难为这么一个孩子了。我想，要换作别人，甚至是换作我，知道因为自己有过那么大的议论，甚至把戏都停下来了，现在进这个排演场，那么多的眼睛盯着，有的也可能怀着"我看你怎么把戏演砸了"的心理，一个年轻人迈进这个排演场是很难的，很可能就被压得无所适从。但是小濮的心态保持得不错，他紧张归紧张，舆论归舆论，没有唯唯诺诺，就是踏踏实实排戏。没有被压垮，就说明他是好样儿的。

在北京人艺，濮存昕刚开始排戏确实存在一定的困难。这时，我们的老演员的风范、作用就显示出来了，郑榕、马群看见一个年轻演员的状况，由衷想帮他一把。郑榕一点一点地给他说戏，其他演员对他也很关照。至少使他能跟大家正常相处，把很紧张的一段度过去，融入到这个环境里来。这一步对他来说很难，也很关键。当然，私下里还会有什么议论，我就不清楚了，也不想知道。但既然是我坐镇排演场，大家交流创造心得和体会可以，绝不能随意议论戏以外的东西。当时北京人艺的排演场创造气氛是非常浓的。

《秦皇父子》在1986年秋演出了，濮存昕也正式调入北京人艺。这对他来说，可以算得上人生的一个转折点。作为人艺子弟，从小对首都剧场那么熟悉，但只是借着给爸爸送饭的机会，在剧场的后台、搭着布景的舞台上、通向灯光间的梯子、空荡荡的观众席里，作为一个"槛外人"流连折腾一会儿。这方舞台对年轻演员的吸引力肯定很大，现在迈进这个门槛，成为北京人艺的一员，在这片天地里施展自己的才华，成长、成熟……后来又产生一些舆论，包括濮存昕自己也总是说：蓝天野是我的恩师。更有甚者：蓝天野是"伯乐"，这说法可是有点儿过分了，就像现在"大师"、"泰斗"、"经典"满天飞一样，离谱儿！

一个人的成长，一个出色人才的成就，离不开自己的努力、环境和经历的孕育，当然也离不开机遇。但你如果不是能琢成器的材料，有再好的机遇，也无法被制造成人才。濮存昕是靠他自身的素质、悟性和努力跻身于北京人艺，并在此后一步步成为其中具有代表性的骨干人才的。

《秦皇父子》演出以后，当时还稚嫩、不成熟的濮存昕被认可了，被留在剧院，又接连被安排到一些戏里去担任主要角色。我曾开玩笑地说："北京人艺年轻演员死绝了？非要用他？"

我借小濮来演戏，也确实为他提供了一个机遇，算是做了一次"中介"吧。但具体到像王贵所说"共同培养这个年轻演员"，我又没能做得很好。

当年《秦皇父子》排戏时，我的一些做法让小濮颇感压力，觉得我对他的表演不满意。他在后来写的两本书里，或者在其他一些电视访谈节目中都提到过。在《我知道光在哪里》这本书中，他说：

> 戏演出了，但我演得并不好，令蓝天野老师有些失望。他想扳正我的概念化表演，一些附在台词表面的情绪，还有一些并不高级的创意与表演状态。就为这个，他在一个需要我独白的地方叫停了好多次，是带有惩罚性，让我当时很没脸面。但那时并不懂得他要我表达的是什么，所以他干急也没办法。有一次，恰好排练场有一块道具石头放的不是地方，他一脚就踢过去，没踢开，反而把他的脚踢疼了。一个人在那儿倒吸凉气，那是真发火，可想他有多着急。[1]

从我的感觉，真不是他以为的那样，但这又的的确确是他切身感受。我曾反复想过那时问题出在哪儿了？前些时他到我家里来，提起当年此事，我说："你的书我看了，年头太久，我想过当时为什么会这样，可能是觉得你表演过程中有个问题，就是太理性。我每次说戏，总是希望演员感悟、感觉，在保持人物创造

① 濮存昕、童道明：《我知道光在哪里》，北京十月文艺出版社，2008年，第41、42页。

239

的状态下，体会人物的感觉。可能你当时常会停下来，重复概括我的提示，这样就从创造状态中跳出来了。所以打断重来的多了。现在回想，其实最简单的办法，就是直截了当地告诉你两句话：第一，你现在已经演得不错了；第二，你去感觉，别老跳出来理性分析之后再进入状态去演。"

这些是早已过去的事，濮存昕如今是很成熟、具有鲜明艺术个性的演员了。但不论什么原因，这是当时我作为一个导演的失误。演员的自信心是极重要和可贵的，我做过导演，也搞过表演教学，自认为还是非常注意保护演员自信心的，但不知不觉中，还是不止一次伤害过有些青年演员的创造自信，这暴露出我个性和修养的缺欠！

小濮是好演员，他有自己的思考，走出了自己的创造步伐，脚印清晰。论学历，由于历史原因，只能算作初中甚至高小学历，但你看他演戏，包括听他朗诵，有很浓的文化气息。文化是装不出来的！他好学，但更可贵者是他善悟。他那么忙，但又很从容地学画、练字。画马、画虎，还画人物，这不是一般业余者能做到的。学书法由行楷入手，现在又喜欢上了汉隶，笔下流露出来的是感觉，因为他不功利，不单是为了增加修养学书画。他有兴致。

这次在我家，也自然聊起当年我去空政文工团找王贵的情景，王贵简单的那句话——"好，我们共同来培养这个年轻人"，小濮是第一次听我说，他自然会很感激。对，王贵才堪称濮存昕的恩师。

《秦皇父子》的舞美设计还是与我已经默契的三位合作者。我们反复探讨，

甚至争论，最后呈现在舞台上的使我欣慰。简练的舞台布景托出一部几千年前的故事，一座凝重的石雕……嬴政死后，胡亥继位，簇拥他的是一组高大但僵立无语的兵马俑……这些是我们从历史资料，包括西安之行获得的诸多素材中提炼形成的。鄂修民为嬴政、扶苏等人设计制作的服饰，没有重复人艺过去的历史剧，非常好地衬托了人物形象。说是"一流的舞美设计"也当之无愧。

戏终究是要由演员呈现给观众看的。

公子扶苏，真的不是像濮存昕在自己书里说的那样，我认定他演得很不错，人物的思想脉络，感情的率真，心理的纠结，都把握得当；再以其正气、挺拔的形象，使这个人物立住了。顺便再说一句：我借来这个青年演员是对了，从这个戏，他被认可，被留在北京人艺，也是自然而然的事。

郑榕是我非常尊敬的一位同事，他塑造的嬴政是值得称赞的。我曾担心的一点是，他形体的灵活性能否充分表达人物一些幅度很大的动作。在排练中，郑榕设想出一个"慢镜头"手法，来体现这些激烈的场面，譬如震怒中剑劈胡姬的戏，生动，而且启发我在导演处理上，对其他有些场景也采用了类似的手法。

尚丽娟是非常有灵气的青年女演员，这次两个人物都演得不错，尤其是妹妹仲姜的真挚灵动，体现得很出色。在剧院青年演员中，尚丽娟堪称佼佼者。但后来由于各种原因，到日本去了，丢弃了演员生涯，很可惜。

马群和周正两位老演员，凭着几十年经验发挥极好。

还值得一提的是那个很有特点的角色优旃，一个侏儒优伶，由 1958 年进院的青年演员仲跻尧饰演。怎么塑造这个侏儒形象？我们联系了川剧院，川剧有很多令人惊叹的绝活，《晏婴说楚》就有一种不同于京剧"矮子功"的技法，我们让仲跻尧去学了，运用到优旃这个人物身上。

《秦皇父子》诸多演员塑造的人物是出色的。

霍达是一位有才华的女作家，创作了一些有影响的作品。由《公子扶苏》改编的话剧本《秦皇父子》从题材选取到人物、情节，都有新意，北京人艺也因此决定演这个戏。作为导演，也引发我有若干舞台构思。很难避免会遇到一个问题，就是作家对舞台不够熟悉，特别在舞台语言上，有些离开戏剧结构而抒发的台词。我在准备过程中，必然要对剧本进行一定的删节。很正常，我们以往演郭沫若、曹禺、老舍先生这些戏剧大家的剧本，也会对剧本做些认真的删节。

但霍达有些不适应，可能字字句句难以割舍。全剧连排了，她跟我说："我都到文化部跟很多作家谈过了，跟王蒙也谈过。我说，导演把一些我觉得最好的词给删了。"有的名作家说："北京人艺导演就是这样，他专门挖你最疼的肉。"

241

作家这种心情我理解，但也很无奈，只能说："霍达，你那些台词可能很好，但搁在台上，就显得多余了。比如我删了李斯的独白，李斯为秦始皇竭尽心力做了很多事，最后没落得个好下场，你让他临死前一大段独白，只是抒发心情，又谈及屈原如何如何，这时的大段抒情，违反了戏剧节奏，变成多余的了。"

霍达还是心疼自己那些语言，还向剧院反映了，后来于是之来找我，说是不是把剧本删得太狠了。我说："你是抓剧本的，应该明白我是为了符合舞台规律，去掉冗繁，保存精华。"于是之说："是不是我们也让一步吧。"我更无奈，创造上可以探讨，我是为了戏的完整，也是为了霍达好，何言"让步"？但是我也不想再僵在那里，看来只能恢复一些删了的词。行啊，那就恢复点，就这样吧。

最后一次内部彩排的时候，出现了一个我不愿见到的情况。那天，我坐在观众席中的导演台，静下心来考虑当晚的合成。王为政带了很多记者来到剧场，舞台监督也帮着满剧场喊我，再想躲也躲不开了，我对王为政说："你们现在别找我，也希望你们别到后台采访演员，我现在唯一要做的事，就是今晚这最后的彩排。"这件事没有预先和我打招呼，我只能谢绝了。但他们还是到后台去找演员了。后来听说，霍达也跟演员在聊，甚至聊到她在联系去国外演出等等。

霍达愿意把剧本交给我排，是对我的尊重和信任，她是一位有才华的作家，北京人艺也认定《秦皇父子》是一个好剧本。但是霍达和她的先生是不是都恃才有些张扬了？因而引起有些人的不满？说这些，我不无依据，但也难下定论。

戏上演以后，没有任何人，包括剧院领导跟我谈过任何有关这个戏的事，包括这个座谈会的事。北京人艺一贯善于总结，这次没有做。

我愿意倾听，但至今也没有人告诉我，当年有些什么尖锐的意见，对什么"进行了猛烈的抨击"。怎么就出现了"诡秘的气氛"？

这是我在北京人艺导演的最后一部戏。此后不久，我就主动申请离休了，有关此剧的是非也再没想过。能留下来的是我和作者、舞美、演员合作的美好记忆，留下了一份公开发行的《秦皇父子》舞台演出光盘，也使北京人艺留下了一个稚嫩却很有潜质的青年演员濮存昕。

舞台美术的默契合作者

我从做导演以来，对每部戏的处理，都特别重视舞台美术设计的构想和探讨。戏剧的灵魂是人物，而人物是生活在具体规定情境之中的，因此，营造出一种适合的场景就非常重要，这也是完成导演构思和风格，体现艺术个性的基础。还由于我曾经学美术，使我对舞台美术的兴趣尤其浓厚。

我导演过的若干戏中，合作比较多，也逐渐形成默契的，有几位舞美设计师。

韩西宇是我年轻时在国立北平艺专学画时的同班同学，同窗不到两年，相处还算多。老韩是当年中南海游泳队队长（那时北京只有这么一个游泳队），仰泳冠军，我开始游泳就是跟他学的。后来我转行演戏了，没想到他毕业后也进入话剧圈，干的是舞台美术，从1952年北京人艺建院起，又共事一甲子至今。

论演戏，我略早几年，但1963年我转行做导演时，老韩已是经验丰富的舞美设计了。更巧的是，我1964年执导的第一部戏《结婚之前》，就是他做舞美设计。我们一起去农村体验生活，反复研究在舞台上的场景，我希望把京郊那种风貌体现充分，老韩以他对舞台熟悉的经验，做得可谓精致。

后来和韩西宇多次合作，愈加默契，我80年代最后导演的几个戏：《家》、《吴王金戈越王剑》、《秦皇父子》，以不同风格，有繁有简，写实、写意，都呈现为舞美精品。更可贵的是，我们对每部戏能有充分的共同感觉。

243

鄢修民，年轻我几岁，喜欢画，成为专职服装设计。他还曾去北京京剧院几年，对戏曲服装也所知甚多，以后又回北京人艺。我后来导演的几部戏，大多是老鄢做服装设计。鄢修民肯用心，总会拿出点儿有味道的方案。我仗着年长几岁，总期望他琢磨出更精到的设想，比如《吴王金戈越王剑》的服装，我要求

我做导演时的三位默契合作伙伴，照明设计宋垠（右二），布景设计韩西宇（左一），服装设计鄢修民（右一）

不论是沦为国破家亡的贫民百姓、身着铠甲的士兵，还是华丽裘服的王公重臣，"衣服都要感觉是能穿在身上的"，就是说，不是那种看惯了的古装戏，不是剧装厂的行活。老鄢反复构思，拿出的方案绝对精致。

我导演《家》，服饰年代考证，当然是十分准确的；关键在体现人物，曹禺改编的剧本主角是瑞珏，怎么展现这个心地善良、纯真的年轻女性？瑞珏在洞房那场戏的服装，鄢修民设计出了第六稿方案，说实在，真是已经很好了！我说："老鄢，你能不能再想想，让她更淡雅一些？"他自己肯定也觉得相当不错了："行了吧，还要改？"但他还是冥思苦想拿出了第七稿设计。美！出乎我意料的好！这就是瑞珏。其实他采用的只是看来很简单的手法，但这"无止境"的艺术探索，产生了神奇效果。

鄢修民对我们的合作也高兴，他在中央戏剧学院教授舞美服装设计课时，所用的实例教材，有很多是我们合作过的这几部戏。

宋垠，我们早在1947年年初就认识了，他原来是演剧四队的，当年想经北平去解放区，留在演剧二队一年多；1948年，又同在华北大学，同年11月，从组成华大文工二团起直到现在，六十多年始终在一起。但我做演员时，和灯光照明方面接触不多，转行为导演后，和这位剧院灯光设计头把交椅合作渐多。宋垠画的那些布光图我不大懂，但他把光照在舞台上时，那些幻化不尽的意境就呈现出来了。也曾偶有反复，《吴王金戈越王剑》排景排光时，到了第三场西施出场，灯打出来了，宋垠忽然说："不对了，我要重新考虑布光方案。"果然，第二个夜晚再排景排光，舞台上的苎萝西村，一幅江南水乡如画景象。

这就是我做导演时合作默契的几位舞美设计师。

遥想当年，北京人艺在逐渐形成自己演剧风格的过程中，舞美各部门可谓人才济济，真称得上卧虎藏龙！

道具制作洪吉昆师傅，原本学的手艺是纸活（专业称作"纸马"，俗称"楼库人"），技术精湛不说，而且独创一套技法，只要舞台上需要又难找到的东西，无论各色器皿杂物，历代民间绝迹用品，还是青铜陶瓷奇珍异宝，都经洪师傅手里纸浆、立粉，制造出来，足以乱真，就是近距离看也令人叫绝。他那套绝活儿现在还留存下几件，珍藏在北京人艺戏剧博物馆。洪师傅也带出了个聪明能干的徒弟边英凯，小边基本把手艺继承下来了，显露出本事。但也曾偶遇难题。有一次香港电影人拍一部片子，请北京人艺制作几样道具，还希望做一匹逼真的马，马头要能动，拍中近景镜头不失真，小边有些为难了，请回已退休的洪吉昆师傅。问明要求，洪师傅立马儿给造出来，制片人大为满意。

北京人艺服装组能人不少，顶尖的有两位，做中装的姜文山师傅，做西服的谢宗荫师傅。如果在最名牌服装店里，他们也够得上超特级裁缝，但舞台上，要根据剧中不同要求，做出适合古今中外、各色不同人物的服装来，难度可就大了。北京人艺服装师傅手上有绝技！

化装大李——李俊卿，我怎么形容这位能人呢？论起来我们还有点儿渊源，大李是盔头社学徒出身，盔头社是专门做京剧的帽、冠的店铺，北平解放前我为了制作话剧化装品，还去他们店里买过材料。他的师傅兼掌柜一直还记得我。大李也不单京剧盔头手艺学得精，懂行，更能自己钻研出好多话剧人物造型的手段。

1958年，北京人艺演出田汉新作《关汉卿》，我在剧中分饰两个角色：前面演戏园子的何总管，最后一场演元剧大家王实甫，一位儒雅清瘦的文人。两个完全不同的人物，为了让二者之间对比更鲜明，就想把何总管塑造为体态极度丰盈的造型，但当时我恰是最身弱体瘦。那年代可还没有如今这么多科技含量高的化装手段，大李自己琢磨着用各种普通材料，为我制作了加在双颊的面膜，把人物顿时变成比我肥胖两三倍的身形面容，恰是我所设想人物的样子。

我导演《家》，按照那个年代的习俗，瑞珏大婚过程中要多次换装，这是有规矩的，拜堂要穿戴凤冠霞帔，哪儿去找啊？从剧装厂订制了一套，要求样式准确，拿回来，大李一看，不对了！他懂，懂那个时代凤冠的式样，会这门手艺，于是自己动手改造，效果极佳，让研究古代服饰的专家也赞叹，肯定。

大李解决了无数化装造型的难题，为很多演员塑造人物出了点子，制作精良。但他有个很大的遗憾，北京人艺大多数演员都是自己化装，特别是我们这一代人，把化装造型当做塑造人物不可分离的部分。所以，虽然他技艺高超，倘若在别的剧院（团）早就是高级化装造型设计师了，可在北京人艺，到了儿也只是技师职称。

演员们绝对应该感谢他，北京人艺演剧风格的"功劳簿上有他的名"！

北京人艺装置组有很多位木工师傅，他们身怀绝技，有的是小器作的细木工，舞台上呈现的布景、道具，那活儿可真是"抹腻"（北京方言"精巧"、"细致"之意）。而管理、装台、迁换也都有一套。

他们都是北京人艺辉煌时期的功臣。

中国话剧漂洋过海

《茶馆》首赴欧洲三国演出

1980 年,《茶馆》赴欧洲三国演出,这是中国话剧首次走出国门。

这件事的起因是,"文革"后恢复上演了《蔡文姬》和《茶馆》,当时外文局的两位外国专家,西德的乌苇·克劳特先生和英国的白霞女士,和中国的文艺界非常熟悉,后来多次看北京人艺的演出,兴趣极浓,和剧院演员也都很熟了。乌苇甚至说:"《蔡文姬》的舞台美术设计那么精美,都可以出版一本专著了。"他看《茶馆》达到几十次,也经常带外国朋友来看戏,由此萌发了一个想法:"《茶馆》可以到国外去演出,这是国际一流的话剧。"

一个很巧合的机缘,乌苇的母亲病了,由他的继父陪同来中国做手术。乌苇的继父在西德曼海姆市工作,看了《茶馆》后也非常感兴趣,说他可以和曼海姆民族剧院谈谈此事。曼海姆是个不很大的城市,同城的人都很熟。果然,1979年 4 月底,他回国后,和曼海姆民族剧院负责人第一次提及此事,不久后,就由乌苇直接为双方联系了。顺带说一下,乌苇的继父是一位业余摄影爱好者,他到《茶馆》后台时,在我第三幕候场时,为我拍下一张照片,这就是我经常采用,觉得最能体现我所饰演老年秦二爷精神状态的那幅黑白剧照。

经过双方不断联系,我国文化部也十分关注支持这次出国演出,后来就确认为官方的文化交流项目:北京人艺的《茶馆》,于 1980 年将赴西德、法国、瑞士三个欧洲国家演出。

249

1980年，《茶馆》赴欧洲演出前，西欧戏剧同行来京看戏。曹禺院长（前排左二）接待

"茶客"还在天上

中国《茶馆》演出团一行七十余人，1980年9月25日奔赴北京首都机场，准备登机飞往法兰克福。前期的准备工作相当顺利，但就如唐三藏西天取经，欧洲之旅必须经历点劫难。在我们抵达机场的前一天，两伊战争开始，原来的国际航线都是经德黑兰中转的，打起仗来了，飞机不能穿越战区。

航班已定，还是要登机，临时决定先飞往卡拉奇，并联系从其他国家过境飞往西德，但都未获同意，我们只好在卡拉奇停了下来。下一步飞往何方？不清楚。这架飞机也就结束了航程。全团人员在卡拉奇一家宾馆住了下来，等待消息，一停就是 30 个小时。在这里，语言不通，天气闷热，自助餐倒还丰富，但其他需求都难以交流，好歹也将就了一夜。

我们有七位演员是回民，第二天一早，听他们说，同是穆斯林，有一种默契的沟通，提供蚊帐，甚至还破例为他们烧了开水……这都只能让我们羡慕了。

第二天清晨，巴基斯坦航空公司提供了一架包机，这样，我们才能继续飞行。但没料到，飞机中途又发生了故障，不得不在就近的迪拜机场临时降落。当时我国和阿联酋还没建立外交关系，只能在机场久等，倒是和我们同机的还有三位建筑设计师，他们知道迪拜机场的建筑世界闻名，却无缘一见，这回算是碰上了。他们抓住机会各处看了个够。

乌苇此时想起，在迪拜机场给曼海姆剧院打了个长途电话，虽然首场演出是肯定耽误了，但毕竟让对方知道了我们的下落。据说西德的报纸还有个报道：中国的"茶客"还在天上，不知飞往何处……

飞机初步排除了故障，又向埃及方向飞去，在开罗上空盘旋时，我们都看到地面上的金字塔了。几经交涉，飞机在开罗机场重新进行了检修，这才准备直接飞向法兰克福，但又因导航失误，却降落在了法国巴黎。一个民航值班的小伙子，嗓子已经沙哑至极，疲惫地上来解释。看来，受到两伊战争影响的航班肯定不只是我们，打算奔向各地的乘客都会误时误事，心急火燎。我们总算被安排了去法兰克福的航班，到达时已经过了午夜。算来，从北京起飞，到法兰克福落地，已是 72 个小时，三天三夜。也有人统计为 76 小时，或说是整整 80 个小时。而正常情况，从北京飞往法兰克福只需 18 个小时。

我乘坐飞机遇到的千奇百怪事，足可以写一本书了，这一次航程算得上最复杂漫长的。

但毕竟到达了，飞机落地已是 9 月 28 日凌晨三点钟，26 日就捧着鲜花来接机的主人们，再一次来到法兰克福机场等待迎接。曼海姆剧院的负责人，还有先期来装台的演出团副团长宋垠等，都守候在机场，主人为我们每人赠送了一枝红玫瑰。电视台拍摄了我们抵达的全程场景。

我们决定当晚进行首场演出。实际上，原定的首场演出已经错过了，改动这个首演日期可不是容易事，前两场票早已售罄，首场还邀请了曼海姆市市长，各界知名嘉宾，中国驻德意志联邦共和国大使张彤。演出整整推迟 24 小时。

主人先把我们安顿在曼海姆一家宾馆。经过三四天的折腾，终于躺在一张真正的床上休息，而我由于多年失眠的毛病，越是疲劳越难入睡。也就是稍躺片刻，天已渐亮，索性起来走到外面去转一转。清晨，街上还没有车辆行人。

所有的演职人员也都只睡了几个小时，上午九点钟，大家去到剧场，装台，走台。我还要负责组织谢幕的方式和顺序。

当晚，推迟了的《茶馆》访欧首场演出，受到了极为热烈的欢迎。演出结束时，全场掌声如雷，很多观众喝彩。后来人们告诉我们，他们在喊："太棒了！""妙极了！"伴随着掌声，全场观众还使劲地用脚踩地板。什么意思？立即又有人告诉我们：这是欧洲观众表达他们最为赞赏的方式。我估计到会很热烈，所以安排了比较长的谢幕时间，但还是不行，观众还把鲜花抛到舞台上，演员一遍遍再谢幕，掌声依然持续不停。最后，我们把曼海姆剧院的负责人，《茶馆》的导演，还有同声传译的乌苇都请到台上来，向观众致意，这才算能够把大幕拉上。后台的人看着表统计，谢幕多少时间？十分钟，不，有人说是近二十分钟。中国的演员和欧洲的观众同样兴奋！《茶馆》演出成功了！中国话剧首次出国演出成功了！曼海姆剧院的负责人高兴地说："今晚就像是狂欢节！"

《茶馆》在西德历时约一个月，在十一个城市演出，都获得同样热烈的反响。

1980 年，在巴黎罗丹艺术馆巴尔扎克雕像前

1980 年，在欧洲

    第二天，各家媒体报道了演出盛况，记者、评论家、戏剧界权威人士发表文章盛赞《茶馆》，对剧作家老舍先生、导演焦菊隐先生，对演员、舞美设计都不吝赞誉之词，把中国话剧《茶馆》称为"东方舞台上的奇迹"。不只是在戏剧艺术方面的好评，他们通过《茶馆》了解了中国，有人说："看了《茶馆》，就明白了中国为什么会发生 1949 年的革命！"

    西德演出结束后，去了巴黎。我们是为参加纪念法兰西喜剧院 300 周年活动演出的，《茶馆》依然受到热烈欢迎。

    除了演出，我们在西方这个著名文化城市巴黎，抓紧机会参观。在卢浮宫，在那里见到了《蒙娜丽莎》原作，这幅世界名画每天被锁在保险柜里，只在规定时间展出，我们幸运地看到了；我和郑榕、谢延宁还单独去罗丹艺术馆看了个够，我特意驻足观看了巴尔扎克雕像。

    访欧最后一站是瑞士，入境就到了斯特拉斯堡，这座"二战"中闻名的城市，是我们在中学语文课本《最后一课》中就读到的，所以有很深的情感记忆。

    除了瑞士的戏剧，这个宁静的国家，连绵起伏的雪山，都让我终生难忘！

253

1980年，《茶馆》访欧演出，我（前左）和郑榕（前右）在巴黎参观卢浮宫

在瑞士演出完毕，欧洲之旅也就结束了，我们乘夜间航班返回北京，途中，在万米高空看到了日出，那可比曾在海边看到的日出更奇异壮观！我叫醒了几位倦极入睡的演员，共同欣赏这难得一遇的景象！

中国话剧《茶馆》首次走出国门，轰动的景象，就像这高空望到的日出。

交流与探讨

中国话剧是从西方引进的。1980年我们出访时，中国的话剧只有七十多年的历史，而邀请我们的曼海姆民族剧院恰值 200 周年纪念，他们的第一任院长是席勒；而法兰西喜剧院的第一任院长是莫里哀，这一年是他们成立的 300 周年。当时中国文艺界还很闭塞。西方也很不了解我们，觉得遥远而陌生，更想不出中国还有话剧，中国的话剧会是什么模样？我们也不了解人家，因此，出行之前我们就呼吁，我们是去演戏，也要多看戏，多交流。不负所望，去欧洲三个国家的一个半月时间，粗略估计，看了十一部话剧，还有美国的爵士音乐和现代舞蹈，还和欧洲戏剧同行座谈、交流。总之，关于戏剧专业的观摩访问活动不算少。

我还对他们的表演教学情况感兴趣，和有关戏剧学校、剧院，或是私人办的演员培训机构，在教学方法及思路方面进行了沟通。

当时欧洲戏剧在不断寻求新的社会内容和戏剧表现手段，他们在探索，有创造性，值得我们学习借鉴。同时，他们在探索过程中也有苦闷、彷徨，甚至出现畸形发展。西方同行对《茶馆》发生浓厚的兴趣，并感叹："你们把现实主义又给我们带回来了。""我们的戏剧正在十字路口徘徊。"

从观摩的一些演出中，我注意到，他们的演员有良好的表演功底，绝少矫揉造作的痕迹。不同剧院的导演都着重创造性，可以说各种流派并存。

法兰西喜剧院至今还以演莫里哀的喜剧著称，在坚持传统的同时，很有新意。看了他们演出的《醉心贵族的小市民》，从导演、演员到舞美设计都是精彩的重新创造，很有感染力，堪称上乘艺术水准，又颇能为普通观众所接受。他们有 40 位固定演员，都是经验丰富，颇具影响力的，其他则是根据需要临时聘请。白天我们去参观剧院时，遇到一位资深女演员，她盛情邀我们看戏时去参观她的化装室。当晚演出幕间休息时，我和胡宗温、郑榕同去。她的化装室是个套间，各种设施，是她个人专用的，如果没有她的演出，也不会有其他演员使用。

我们还见到了著名导演彼得·布鲁克，这位年轻时就因导演莎士比亚的戏一举成名，曾做过英国皇家剧院院长，但他决然要另辟蹊径，自己创办了个另一种样式的剧团。这个剧团只有十个演员，却包括欧洲人、非洲人、阿拉伯人，三名

255

音乐师里还有一位专搞打击乐器的日本人。彼得·布鲁克说，他就是想尝试在戏剧中打破国籍和民族的界限，比如，他们演出的一个短喜剧《骨头》，是非洲的故事。为了这个戏他们曾专门去非洲体验生活，但演出时却有意让这些不同民族的演员以本来面目出现。他带领这个剧团走了很多国家。我们是在巴黎一个很破旧的剧场看他们的演出。这是一个战争烧毁过的剧场，舞台已经没有了，戏就在平地上铺了地毯演，观众全坐满了，就在前面再加垫子，让更多的观众席地而坐，演员上下场常常在观众中穿过。他们有时还在街头广场演出。彼得·布鲁克说，他就是想打破那种一进入庄严的剧场就把观众"震"住的气氛，要使观众自然而然地接受剧中的故事。

有趣的是，我们白天去那个剧场和彼得·布鲁克见面的时候，他穿了一件蓝咔叽布中山装，一双圆口千层底布鞋，头上还戴着一顶中国布制军帽。我问他："是因为今天我们来了，你特意这身打扮的？"他说："不，我平常就穿这个。"这倒使我更觉意外了。

在巴黎，我们还看了一出歌剧《悲惨世界》。和我观看前所想象的完全不同，它全然不是传统歌剧的样子。雨果的这部世界名著被谱写成一部意境新奇的歌剧，是一位名叫罗伯特·侯赛因（Robert Hossein）的导演按着自己的创造构思，约集了一批演员，在体育馆演出。体育馆的一端造起舞台，整个大厅布置了六七千个观众座位，这使很多后面的观众距离舞台相当远，而戏就恰恰依据这特定演出环境，采用特定的强烈表现手法，舞台美术极其独特鲜明，特别是表现街垒的一场，台正中用木料、石块组成坍塌背景，上面横竖卧着起义者尸体，形成强有力的生动画面，灯光变化成为交响诗般画面的灵魂，观众为这场景的灯光爆发了掌声。这样一出古典戏，大胆采用了很现代的作曲，节奏强烈，音响设备也把演唱音量放到极强度，着力贯满整个体育馆大厅，发出巨大艺术感染力。在这个近万坐席的场馆里，连续客满，在巴黎剧坛引起轰动。

曼海姆民族剧院请我们在小剧场看了《一个无政府主义者的死亡》，是意大利作家达里奥·福写的荒诞派剧作，在欧洲风行一时。这台演出处理手法严谨，演员表演非常真实，产生了强烈的喜剧效果，那天和我们一起看戏的西德观众（有一大批是评论家）笑声不绝，前仰后合。他们利用了排练场作为小剧场。

另一个小剧场戏，西德萨尔布吕肯剧院演出的《生活是这样的吗》，是美国作家莱恩·克拉克的名剧。此剧讲的是一个全身瘫痪的雕塑家，自知患了不治之症，要求放弃治疗，得到死的权利（安乐死），而医生按照社会道德和法律却无权这么做，从此展开矛盾。演男主角的是一位素质优秀的演员，观众入场时，大幕敞开着，他已经躺在舞台中央的病床上，直到全剧结束，全身不动，却很清晰地表达了人物的思想脉络，激情处也很有感染力。我也注意到，剧中扮演小护士等次要角色的青年演员，也具有生活在舞台上的力量，贯穿始终。

当时的小剧场戏让我很感兴趣，引起诸多思考，访欧归国后，我曾在所写《欧洲戏剧见闻》等若干文章中，谈到了小剧场观感。但我从未亲自实践过。

有待商榷的问题

欧洲同行的探索中，也有一些思潮起伏无定的状况，时有单纯玩弄形式的猎奇倾向，也有颓废的，呈现不健康的趣味，反映着社会百态。

在曼海姆民族剧院看的另一个戏《奔特》，是描写同性恋的，表现"二战"中法西斯对同性恋者的迫害更甚于对待犹太人，通过这个情节来宣扬同性恋是一种人性的常情。在演出进行到一些同性恋者间的对话时，一些德国观众退场了，而且大声跺着地板表示不满地走出剧场。更意外的是，演出后安排我们和剧组演员会面，在交流中，那位饰演男主角同性恋者的演员说，他本人就是同性恋者，并且说："你们也是吧？"我们当然否认，而且表示接受不了，但这位演员固执地说："你们肯定也是，只是不愿意承认而已。"简直让人哭笑不得。

也有个别演出，玩弄形式大于内容，甚至脱离内容卖弄猎奇手法，一般说，这类演出水平不很高，也是探索过程的牛角尖吧。

打开眼界，交流总是有益的。

257

海外演出之旅的延续

在《茶馆》赴欧洲三国演出之前，同年9月，《王昭君》先去香港演出，这也是内地话剧首次赴港演出，详情已在话剧表演部分"不期而遇的角色——《王昭君》·呼韩邪大单于"章节中讲过了。补充一点，同在《茶馆》和《王昭君》两剧中的演员，只有我一个人，所以9月在港演出结束后，我就匆匆赶回北京，投入《茶馆》赴欧前的排练及各项准备工作中去。

1986年，《茶馆》再度出访

1986年，《茶馆》再次出国，原定连续四地演出，路线依次是香港、加拿大、美国和新加坡。但日期临近时，美国邀请方经济上发生了问题，据说他的剧场破产了，无法接待中国话剧《茶馆》。这样一来，加拿大也就去不成了，于是改为两次分别出访，先是去香港，再过一个多月后直接去新加坡。

1986年4月，《茶馆》赴香港演出，主办方很热情，组织工作也到位。但此次香港之行还发生了一个小插曲，宋垠在先去香港打前站时，被解除了副团长职务，宋垠返回北京后得知此事，他自己倒大大咧咧满无所谓，但香港主办方表示："你们内部的事我们不清楚，那我们要单独邀请宋先生。"于是宋垠先生独自再次赴港，同住一个酒店，却不参加《茶馆》的演出活动。

事情又发生突变，那几天纷纷议论，很快传开了：香港演出后不能回北京，还要直接去加拿大演出。怎么会这样？原来加拿大的《茶馆》票已全部售罄，而且邀请《茶馆》是温哥华世博会的一项重要活动，加拿大组委会确实急了，甚至想通过外交途径交涉，但查明取消《茶馆》访加演出的原因，是当初合同上规

1986年，《茶馆》赴加拿大演出期间，参加当地印第安人的活动

定：赴美洲的七十余人往来路费都由美国演出商担负，美国演出取消了，加拿大也随之无法成行。于是费尽各种心思，总是要把《茶馆》接到加拿大去。

解决这样艰难复杂的事，还真有点挠头，于是又把宋垠请回来，恢复了副团长兼秘书长职务，就是要把中国《茶馆》七十多人运到加拿大。事儿当然不好办，但宋垠先生三下五除二还真给办成了。

在温哥华的日子

路费可不是个小数目，演出团七十多人从香港飞往地球的另一面，谁掏钱买机票？谋事在人，成事在天。恰好香港演出结束后两天，由上海到加拿大温哥华开辟新航线，要举行首航仪式，于是，《茶馆》全体开往上海住了一夜，次日，连人带景登上那架大型首航飞机，作为"贵宾"直奔温哥华而去，两百多个座位的飞机空空荡荡，座椅都可以当卧铺用。我们的演出地点正是温哥华。

《茶馆》是温哥华世博会重点的文化项目。

事出突然，仓促间食住行等诸般生活问题怎样解决？温哥华当地邀集了六七十位志愿接待者，有加拿大人，也有定居温哥华的华人，他们每天开车来，每人带几位中国"茶客"四处参观游逛购物。温哥华是个极其幽静的城市，一些港台同胞喜欢定居在这里。我们去看过原始森林边架设的浮桥，山路弯弯的公园，还参加过印第安人安置图腾的仪式。加拿大盛产木材，有兴趣的人们都选购手工的随形木雕。世博会日夜灯火辉煌，参观人数最多的是中国馆，有新科技展示，更有多彩的各式工艺品，引得世界各地来的游客在"中华门"前排起了长龙。

担任志愿者的主人们，还在我们所住酒店开设了一间多功能厅，准备好咖啡、茶、点心，供中国"茶客"随时来泡这个洋茶座。剧场后台也同样布置了大休息厅。还有一位在当地开了几十年饭馆的华人老板，免费为我们供应每天四餐，都是比较地道的中式饭菜。

生活安排得周到、惬意，甚至带点儿浪漫，但我们的精力主要还在演出上。《茶馆》在世博会文艺活动中拔了头筹，主办方终于一块石头落地。

最后一站——新加坡

1986年6月21日《茶馆》赴新加坡演出。新加坡优良的社会秩序闻名于世，自然环境也受到精心维护。而且在新加坡还有一种亲切感，中文是他们官方应用文字之一，并采用简化汉字，人们讲的是标准普通话。并且人的姓名也与中国相同。新加坡的治国成效反映出一种文化，但他们又正视自己历史上文化渊源不深，非常重视文化、文艺方面的提高。

在新加坡，《茶馆》受到极大重视，由于没有语言障碍，我们演得也比较自如。自此，新加坡演艺界和北京人艺交往不断，以后还邀请过剧院的苏民、任宝贤去新加坡做较长期的讲学，特别是关于戏剧语言方面的课程。新加坡后来还上演过几出曹禺的戏，北京人艺在舞台美术各部门都给予了具体的支援。

演出期间，我们参观了著名的鸟类公园，还有作为新加坡标识的鱼尾狮。

邻里真情

——和日本戏剧界的交往

"前事不忘，后事之师。"日本军国主义侵华战争，给中国人民造成的严酷苦难，我有切身体会。如今，日本右翼势力妄图篡改历史，复活军国主义，中国人民和全世界人民决不允许！

正因如此，民间的友好交往更加重要。

1960年首次接待日本话剧团访华演出

大约在20世纪90年代，一位参加中国戏剧家代表团访日归来的朋友，偶然见到我时，顺口说："每一个日本人问你好！"这当然是句半开玩笑的话，但多年来，我和日本戏剧界有很密切的交往，结识了很多前辈戏剧家，也有我的同龄人，许多位成为我的真情挚友。

我第一次和日本戏剧界交往，是在1960年。"二战"结束后，中日的关系一度很微妙，没有建立正式的外交关系，所以，我们很重视和日本的民间交往，包括两国文化界的民间交流。

与日本文学座著名演员杉村春子先生（右）交谈

    1960 年，中国正式邀请了日本一个大型的话剧团——"日本新剧第一次访华演出团"[①] 来华演出。这个演出团由其国内五个最主要的话剧团为主组成。

    这五个话剧团体中，东京艺术座历史悠久，它的负责人村山知义先生是年纪最长、资历最老的戏剧家，担任此次访华团的团长。另外四个剧团的负责人分别担任副团长。

    文学座是在日本演出水平较高、艺术风格严谨的一个剧团，核心成员是极负盛名的女演员杉村春子先生，她的表演在日本话剧界影响很大，此次带来的剧目是她的代表作《女人的一生》（森本薰编剧）。在这个戏里，杉村春子先生饰演的

---

①   话剧在日本被称为"新剧"。

布引圭，从少女一直演到老年。这是日本话剧的经典剧目之一。

俳优座也是日本重要的话剧团体。负责人千田是也先生，年轻时是演员，曾成功扮演过哈姆雷特，当时已是著名导演、研究布莱希特的专家。千田是也先生对中国十分友好。1956年梅兰芳、欧阳予倩率大型京剧团访问日本，日本各界特别关切，力求中国京剧访日避免受到干扰破坏。在一次聚会中，现场突然断电，千田是也先生立即挺身而出站到梅兰芳先生前面，保护他，以防不测。

"葡萄之会"的负责人是山本安英先生，她也是日本前辈级著名女演员。她一生中演出最多的戏是《夕鹤》，据说演了一千多场，创下了一个角色演出场次最多的纪录。

民艺剧团的负责人泷泽修先生也是非常出众的演员，他这次主演了一部新戏，描写农民斗争的《郡上农民起义》。他访华结束回到日本后不久，又主演了田汉的《关汉卿》，被舆论公认为演得极成功。泷泽修先生中等身材，显得很伟岸，凛然正气，很适合演关汉卿这个角色。

他们还专为这次访华排演了一个活报剧：《反对日美安全条约》。这个戏主要由东京艺术座创作，但几乎所有演员都参加了演出。

在北京的活动

那时从日本来中国，还不能直接通航，只能先飞到香港，然后在罗湖过海关，再从深圳坐火车到北京，要耗费好几天时间。中国方面对日本话剧界首次正式访华很重视，还为他们配备了专用火车，供演出团在中国的两个月使用。专列火车到达北京时，中国文化各界人士、许多剧院团，形成了人数众多的欢迎队伍，到北京火车站迎接他们，然后以一个盛大的游行，把他们送到下榻的新侨饭店。郭沫若、梅兰芳等文艺界的领导和名人，都参与了这次游行接待。

如此盛情的接待，使日本代表团很感动。在之前的侵华战争里，日本军国主义曾对中国造成了极大的伤害。代表团里许多人没来过中国，不了解中国，没想到来到北京，受到了这样隆重的欢迎，切身感受到中方不计前嫌的大度和友好。而且，战后日本的状况不是很好，经济发展甚至还不如中国。这些话剧团体都是民营剧团，很多演员要靠话剧演出的收入养家，现在来到中国，几个月不能挣钱。日本新剧访华团一共来了90个人，要在中国演出、参观访问两个月，中方给每个人都提供生活费，对其中一些特别困难的演员，还再提供一定的安家费。

组织接待工作由中国人民对外文化协会负责，郭劳为担任领队。全程陪同的翻译人员都是能力很强的，像叶渭渠、唐月梅夫妇，后来都成为日本文学的研究家和翻译家；老董也是得力的实干人才；还有上海的瞿麦；以及在日本长大、正在北京体育学院的杨为夫，曾是很好的棒球运动员，后来成为我的好朋友。

我参加接待工作，要做的是为日本话剧在中国演出做同声传译。那时话剧进行国际交流很少，中国也是第一次接待外国的话剧团，为了让中国观众听懂外国戏，采用同声传译，即在剧场安置一套音响设备，每个观众座位都有一个耳机，通过扩音系统，在看戏的同时，通过耳机听到汉语的翻译。当时，请了五位中国演员担任这项工作，由我主要负责。还有朱琳、周正等北京人艺的演员，都是台词功力较强的。每个戏的所有角色，都由我们这五个人来进行传译，这样，每个人就要为几个不同角色配音。

我先和日本话剧团负责此事的人进行沟通。最初，他们提出要求，为了不影响观众直接看舞台上的表演，主张不要全部翻译，只要重点说明剧情，对一部分最重要的台词做简单的翻译即可。

我有些自己的想法，只做部分翻译，效果可能不会太好，观众肯定希望尽可能懂得多。我的感觉是从以前看外国电影原声片来的，如果同步全部翻译，让我全懂了，才能静心地看戏，这和看舞台演出是一样的。

因此，我建议，为了让观众看懂，我们翻译全部台词，并且和舞台上演员的表演同步进行；再有，毕竟演出才是主体，应该让观众的注意力在欣赏演出上，传译只是起辅助作用，我们配音要略收敛一些。

说起来容易做来难。有利的条件是首都剧场观众席后面有个隔音的导演间，我在里面传译时，可以看到舞台演出进行，通过音响设备听到台上的台词。但最难的是，我们都不懂日语，就由中国人民对外文化协会的翻译唐月梅和我们共同工作，她随时提示现在进行到哪里，快了或是慢了，尽力保证和演出同步进行。虽然我们在很紧的时间里，尽力做了准备，反复研究剧本、对台词，心里还算有底，但要在第一次看到戏时，就直接传译，只有靠自己的演剧经验了。

在演出前的一次走台时，我们就按照这个设想做了传译，请日本方面来听效果，然后由他们定夺。结果，日本同行们看到我们的同声传译不但没有影响演出，而且中国观众在看戏过程中该有反应的地方，全都有了，演出效果和在他们国内基本一样，都特别高兴。我们也非常开心。

一场下来，我们就可以逐渐减少对唐月梅的依靠，自己掌握台词的节奏，进而有时还能做到对上口型。至于如何更符合日本演员把握角色的语气，则是我们作为演员的专业功力的要求了。

通过这次同声传译，开始了我和日本戏剧界的友谊。

我的同龄好友，日本文学座著名演员北村和夫先生（左）来华访问

邻里真情——和日本戏剧界的交往

几位前辈艺术家每天见到我都很亲切，不吝夸赞。演员们都高兴地来找为他们的角色配音的中国同行，文学座演出的《女人的一生》中饰演荣二的北村和夫马上来找我，他恰和我同龄，自此几十年成为挚友。

我全程和他们共同相处了两个月。演出之外，还为他们安排了许多活动，看戏、参观访问、游览、两国戏剧界的交流等。印象很深的是，请他们参观北海幼儿园。北海幼儿园就在北海后门旁边，办得非常好，环境也很好，入园的却大多只是普通人家的小孩子。这让日本同行们十分感动。他们平时靠演戏维持生活，几乎都很艰难，因此，许多人结了婚不敢生孩子，怕耽误演戏的时间，怕养不起。所以，他们对这个北海幼儿园十分感兴趣，

他们也常问我们剧院的排练演出情况，还特别关注工资福利状况，听说我们有固定工资，还有分配的宿舍，觉得特别羡慕，告诉我们说，他们不少演员的生活没有保障，甚至演技很好的演员，头一天在舞台上很风光，第二天就要在餐馆端盘子，当服务员，或者打别的工。所以，他们看到，中国虽然并不富，但老百姓生活稳定，能满足基本的温饱；戏剧界的同行们，都能安心专注于事业，这使他们感受很深。而我了解到他们在那么艰难的状况下，仍然坚持戏剧事业，不禁油然起敬。这也是我真心想结交、了解他们的原因。

日本朋友观察也很仔细，曾对我说，周总理来看他们的演出，幕间休息接见了剧团主要成员，他们发现周总理穿的中山装上，还带有虫子咬的小洞，对一个大国的总理过着这样朴素的生活，感慨不已，更加敬佩。

北京演出结束，同声传译人员做了很大调整，除了我全程陪日方赴外地，朱琳、周正等都因有演出，留在北京。又请来几位新的配译演员。

日本话剧团离开北京时，在北京站有一个大型的欢送会。日本朋友带着在北京期间的友谊和感动，相互深情告别，依依不舍地上了火车，中方陪同人员也全都上了车。等到车要启动了，突然车厢里人们惊叫起来，目光都紧张地注视着车窗口，只见一位日本女演员靠着车窗，激动地含着泪，仍在向车外招手，是佐佐木澄江，俳优座的演员，和我年龄相仿，也已经很熟。

人们纷纷议论："太危险了……"有人告诉我，在火车启动时，月台上送别的人群中，突然有一位中国女演员跑到车窗前，把一件东西交到了佐佐木澄江的手里。车上、车下见到这一幕的人都惊讶担心起来，火车启动时刻，靠近车身，这太危险了！

火车逐渐加速，佐佐木澄江依然没有从担惊激动中平静下来，手里握着一枚戒指，说是她在北京结交的一位好朋友，北京人艺的女演员，刚才从自己手上摘下来送给她的。我明白了，告诉她，这是我的夫人狄辛，我知道她们是在联欢时成为好朋友的。佐佐木澄江说："这太巧了，你们夫妇都成了我的好朋友！"还极关心狄辛在车外会不会出事。我看见她手中的戒指，就是狄辛平日戴着的。

在专列上，我和这么多日本同行一路畅谈着，到了武汉。

在武汉的活动

武汉的演出剧场，对同声传译来说有不少难度。在首都剧场里，有导演间，能看到舞台上的情况，便于配合。在武汉，只好在剧场楼上观众席后侧，临时搭建了一个同声传译的工作室。为了保证隔音效果，工作室要密封起来。到武汉时天气已经开始热起来了，武汉是中国有名的"火炉"之一，那时又没有空调，配音的男演员连背心都脱掉了，真的是赤膊上阵，一场戏下来，总是大汗淋漓。有时日方的舞台监督和导演过来，见到我们在这样的工作环境下，依然那么认真且兴致浓浓地工作，惊讶之余，倍感激动，连连称赞和感谢。

在武汉，还为他们安排了其他活动，特别是游览长江大桥。我也是第一次到武汉，第一次见到长江大桥，大桥分两层，上面一层是汽车道，下面一层通火车，再下面就是川流不息、波涛澎湃的长江水。长江的壮观、长江大桥的雄伟令日本戏剧家都叹为观止。我们和日本朋友并肩走在大桥上，对他们介绍说，这长江里还可以游泳，我们的毛主席就曾畅游长江。

我也希望更多些交流。但有个很大的困难：语言。随团的翻译人员不少，但

269

他们实在太忙了，对宾主一行百余人来说，要为随时随地聊天的人们都帮忙翻译，实在顾不过来。于是，我就试着自己和日本朋友沟通，用刚听来的简单日语单词和他们随意闲聊，很快我又发现了一个办法：日语中有很多汉字，可以借助于笔谈，我就随身带了纸和笔，再不行了，还可以用手比画。从北京登上火车，到长江三日的游轮甲板上，终日相处，也积累了一些简单的日常词句。当然，说错了闹笑话也是常事。领队郭劳为或是翻译人员见了，也开心地帮我纠正。

后来，《夕鹤》的作者、著名剧作家木下顺二先生问我："你以前学过日语吧？"我说："没有啊，也就是在这些天的接触当中，学会那么一点点，就是好玩儿，敢说，也闹出不少笑话。"

去上海、广州

武汉演出结束之后，我们起程去上海。

在武汉码头，大家上了一艘专为日本话剧团准备的大游轮。这就是有名的长江三日游。专列火车则运着布景道具等直接去上海了。江轮顺水往上海驶去，正值天气晴朗，在甲板上饱览了沿途的长江风光。松弛下来，心情极好。日本长辈的戏剧家，年轻的同行，都喜欢找我聊天，尽兴畅谈。

途经南京，我们陪日本朋友们下船，登中山陵，逛夫子庙，游雨花台。雨花石引起了人们的极大兴趣，大家都争着选购雨花石，我也买了一盒。那时，一盒装有五六颗雨花石，好一点的大约五块钱，一般的也就一两块钱。我记得村山知义团长花了25块钱买了一颗雨花石，这在当时真算是高价了，但这颗石头真是特别漂亮，图形像孙悟空，称得上精品，人们看了都称羡不已。

然后就到了上海。

上海文艺界、演艺界众多名家，黄佐临、周信芳、张瑞芳等，都参加了接待日本话剧访华团。上海很会待人接物，所以日本朋友们对在上海的演出和参观访问活动，都觉得十分惬意。

1960 年，在长江
游轮的甲板上

　　为日本话剧团配备的火车专列已经在上海等待了，所以上海演出结束后，仍
然登上火车驶往最后一站广州。

　　广州的演出依然反应热烈。日本话剧团首次访华演出获得巨大成功。我近距
离接触，一场不落地看他们的演出，确实感觉到日本话剧水平很高，尤其是几位
前辈艺术家的演技，达到一种精美、无懈可击的境界。

　　成功了，友谊日渐加深了，大家都高兴，广州的美食也为人们增添好心情。
但人们又不由得开始感到，广州是最后一站，意味着分别的时刻越来越近了。

送别

　　两个月的演出结束之后，一直把他们送到了深圳。就要离别的时候，所有日
本朋友都哭了，这两个月在中国的访问，对他们来说，是特别难忘的，和我们这
些全程陪同的中方人员，感情也非常深了。他们中的大部分人来之前不了解中
国，此行的切身体会，对中国产生了真挚的感情。我们也同样依依难舍。

　　日本话剧团第一次访华演出，对日后中日戏剧界的交往，产生了深远的影

邻里真情——和日本戏剧界的交往

响。听说他们回国后不久，文学座还发生了一件事情。杉村春子先生的好朋友，和文学座关系很密切的作家三岛由纪夫写了一个剧本，有一些反华的倾向，杉村春子先生和北村和夫等几位访问过中国的主要成员，非常坚决地拒演了这个剧本。他们的态度，正是源于这次访华过程中，对中国的了解，对中国人民的感情。由于这件事，文学座甚至还发生了分裂现象。因为总会有人觉得我不管政治，只要是个好戏，我就演。这样的心态我能理解，我在旧社会待过，也曾有过抱这样想法的同事和朋友。但杉村先生和北村君的态度真是很令我感动和敬佩。北村和夫曾在他们的一个会上，站起来激昂地表达了自己的看法，讲述了自己到中国的经历，坚决拒演带有反华色彩的剧本。文学座由此产生了极大的困难，演戏以及生活都更加艰难。好在杉村春子先生在日本是影响极大的戏剧家，历尽艰辛，文学座坚持下来了，仍然是日本话剧界最主要的剧团之一。

1965 年两次接待日本戏剧界访华活动

接待日本演剧家代表团

1965 年春，一个日本演剧家代表团来华访问。对外文协和中国戏剧家协会向北京人艺提出，让我担任领队，全程参加接待活动。这是由于从 1960 年起，我和日本话剧界熟了，有很真挚的情感，并且这次的日本演剧家代表团里，有几位是我很熟悉的，特别是我最好的朋友，文学座的北村和夫先生，还有文学座的导演戌井市郎先生都在其中。团长小泽荣太郎先生是著名的老作家，一位很亲切的长者，还有著名戏剧评论家户板康二先生。还有一位民艺剧团的青年女演员坂口美奈子，以及日中文化交流协会事务局局长白土吾夫。白土吾夫先生也和我同

1965年，送日本戏剧家代表团回国，在深圳与团长小泽荣太郎先生（右二）、文学座演员北村和夫先生（右一）、民艺剧团女演员坂口美奈子女士（左二）告别

龄，他先后访问中国达一百多次，多有接触，也成为好朋友。

我先是在北京陪日本演剧家代表团看戏，参观访问。那时正值"文革"的前一年，中国文艺界已经开始有一些微妙变化。中国剧协为日本演剧家代表团组织过一次会，除了话剧界人士外，著名京剧演员裘盛戎和袁世海都来了。

我对裘盛戎先生特别欣赏，他的唱腔和表演，都让我极为佩服，尤其是在塑造人物上，是一位了不起的京剧名家。那时，裘盛戎在北京京剧二团，已经开始演现代戏《杜鹃山》了。当时的《杜鹃山》还不是后来这个版本，女主角不叫柯湘，叫贺湘，裘盛戎扮演的男主角也不叫雷刚，叫乌豆。剧中，裘盛戎为乌豆的创腔，比大家听到的样板戏里雷刚的唱腔要强很多！尤其是"大火熊熊"的唱段，风靡一时。在生活里，裘盛戎先生是一位不善言辞的人。袁世海则非常健

邻里真情——和日本戏剧界的交往

1965 年，与日中文化交流协会秘书长白土吾夫先生（左）在中国长江边合影

谈，那天，他对京剧现代戏如何创新、改革，讲了许多。我至今记得，他对裘盛戎在《杜鹃山》里乌豆的化装造型极为称赞。大约是因为日本朋友问起传统的东西，诸如怎样对待脸谱等话题而谈起的。

此外，还请他们看了两次中国芭蕾舞剧，第一天看的是《红色娘子军》，翻译老董说，他们觉得很不错。第二天看的《天鹅湖》，幕间休息时，日本戏剧家们不停地议论，当时老董没有为我翻译。后来他对我说，他不想打断日本朋友的热烈讨论，那天日本朋友特别兴奋，认为中国的芭蕾舞剧非常出色。其实，日本的芭蕾舞水平也非常高，松山芭蕾舞团在世界巡演受到广泛好评。而这次日本朋友反应如此强烈，不仅是因为中国芭蕾舞演员的技巧很高，而且舞台的整体性特别好。这表明，中国的芭蕾舞艺术受到了国家整个实力的影响。

这些年日本经济发展较快，他们这次带了些彩色胶卷来，数量不多，色彩质量也远不如现在，但日本话剧界人的生活条件确实开始好些了。

随后，我陪他们去了上海和广州。这次有两件事，我印象特别深。

一件是到了上海，年轻女演员坂口美奈子病了，要住医院，我们请来上海的女演员到医院去陪她，而代表团还要按既定日程活动，幸好坂口女士恢复还算快，能随团一同去广州，但毕竟病后仍有些虚弱，需要特别关心照顾。最后从深圳离境时，她十分感激中国朋友的关怀。

我后来听说，她回国之后，在演出时又受伤了，好长一段时间都只能坐轮椅。1983年我去日本演出《茶馆》时，事先和日本方面提出，希望见到坂口美奈子。果真，她到剧场后台来看我，又见面了，当然很高兴，但她那时候基本不演戏了，面容略显清弱，真为她惋惜，不过看起来她心态还是不错的。

再一件事是从上海乘飞机去广州的途中，我和团长小泽荣太郎先生坐在一起，开始聊天。老董说："我来给你们翻译吧。"我说："不用，你去照顾别的日本朋友吧。"于是，我就和团长随便谈起来，主要是用笔写汉字，再加上说几句日语单词，交流也还算连续下来了。我问他，最近在写什么新作品，他说正在构思一个剧本。这一路高空飞行中，连说带写，居然听了一个剧本的故事梗概，大致是一群非人非猴的动物，住在森林里面，它们只吃"林檎"。很久之后我才知道，"林檎"这个词在日语里就是苹果。中国古文中林檎是一种比苹果小的，类似沙果的水果。交流中，实在弄不明白了，偶尔也要问一下老董，但基本上是我们两人直接对话的，谈兴很浓，心情也更好。

在广州，就要送代表团回国的前一天晚上，日本朋友约我在团长小泽先生的房间里小聚，茶酒之间，还彼此演了点节目，我唱了一段京剧，虽然天生跑调儿，却也还略有韵味。白土吾夫说："明年邀请中国戏剧家代表团访日，希望请一些熟识的朋友参加，想请蓝天野先生也去。"我听了非常高兴，大家还为此干杯。但这一美好的愿望，在经历一场浩劫，十余年后才得以实现。

第二次日本新剧团访华演出

1965年秋天，日本第二次新剧访华团来中国演出。

日本文学座著名演员松下砂稚子
女士（左）访问北京人艺

最高兴的是，又见到了杉村春子先生，又看到了她的演出。还有许多 1960 年认识的朋友，倍感亲切。有不少是首度来中国的演员，也由于我和日本同行之间的深厚友谊，都愿意和我相交，又结识了许多新朋友。

民艺剧团的内山鹑先生 1965 年首次随团来中国，他是鲁迅先生的好友内山完造的侄子。鲁迅著作里常提到内山书店，在 1932 年 2 月 13 日的日记中，写到"得内山嘉吉信，通知于三日生一男名鹑"，就是指的内山鹑。内山书店依然在，由内山完造的弟弟，也就是内山鹑的父亲内山嘉吉先生在主持。因为有上一辈和中国的这层友好关系，所以内山鹑和我们自然就延续了亲密的友情。

松下砂稚子是文学座年青一代演员中的骨干，后来她曾多次访华，有时陪同杉村春子先生一起来。这里我一定要提到文学座另一位演员，也是 1965 年访华团成员的川边久造先生。2004 年我应邀参加了一部电视剧《记忆的证明》，反映 1944 年在日中国战俘和劳工的反抗斗争，我演的老年萧汉生，当年是劳工暴动的核心人物。优秀的女导演杨阳告诉我，她请了好几位日本演员参加这个戏，我对她说，这些位日本演员中，肯定有我认识的。果然，我进剧组后得知，演我剧中对立面人物冈田大佐的，就是川边久造先生。但有趣的是，这两个人物在青年阶段有大量对手戏，而在晚年阶段，虽然每场戏都必然会说到对方，却始终没见过面。我和川边先生都是演人物的老年时期，所以没有同场戏。我是通过剧组制片主任约好，在我的戏全部拍完后的当晚，才得以和川边久造君见面，畅叙几十年的友谊，询问彼此近况。1965 年我们还都年轻，川边君还比我小几岁，如今都已近耄耋之年了。川边君告诉我，他和松下砂稚子后来结为夫妇。其实，都是我的好朋友，这我早已知道了。

日本新剧第二次访华演出时，我特别忙，刚从越南访问回来，正在和欧阳山尊联合导演一部反映越南的戏《仇恨的火焰》，并正在着手筹备执导《艳阳天》，所以没能陪同他们去外地，但他们在北京的所有活动我都参加了，在首都剧场的舞台上和排练厅，以及后台化装室，都是我和他们相聚的机会。

而从这次之后，我和日本戏剧界的联系，就中断了十年有多。次年，中国就发生了"文化大革命"。"文革"中期，我也曾在报纸上看到了杉村春子先生到中国访问的消息，但那时当然不可能见面。

"文革"后与杉村春子先生重逢

"四人帮"垮台、"文革"结束不久，杉村春子先生再次来中国，她坚持要见到一些老朋友。有一天，我被告知，杉村先生要到北京人艺来访问，并提出一定让我去参加会面，我兴奋地盼着第二天的重逢！

在约定的前一日中午，剧院办公室一个电话打到了人艺宿舍找我。那时候，北京私人家里基本都没有装电话，我们人艺的宿舍大院住了一百多户人，只传达室里有一部电话。而且北京人艺有个规定，下午三点以前是不许传达室喊人接电话的，怕影响晚上的演出。但这天，突然来的电话说，日本外宾急于找我，恰值我不在家，家里人也不知道去哪里了。那时候没有任何别的联系手段，人一出门，就几乎没办法找到。后来他们估计，我会不会在院儿里哪个邻居家里？事情很急，于是破例用传达室的高音喇叭喊，说有这么个重要的事找蓝天野，不得已打扰大家，请大家原谅。喊了半天，最后还是没有人应。因为那天我确实出去了，还去了很远的地方，等我回到家时已经很晚了，听说这件事后，心里遗憾至极。而且，后来还听说，杉村春子先生下午又请人来找我，因为那天晚上她要去青艺剧场看戏，想提早见到我，结果青艺派人来到我家，敲了半天，没人应。来的人不死心，又转到屋后去使劲地敲窗户，没想到我家里竟然真的一个人都没有，据说他们敲门敲窗，等了许久才走。我和杉村春子先生只能还是按原定时间，第二天在首都剧场见面。时隔十年再度相见，感慨无限！

聊起这些年，我说："杉村先生，我曾经在报纸上看到您来了，但是没办法见面。"她也感叹道："这几年来过北京，也去了上海，多想见到你们啊，但结果在北京谁也没见到。想找大家，到处问，不是没有回答，就说不知道，那时候心里真是很担心，不知道大家究竟怎么样了。到了上海，也是同样状况，想见谁也见不到。"后来，总算安排她见了张瑞芳，也是临时通知张瑞芳去会见外宾，嘱咐了好多注意事项，才让她参加了会面。这难得的一次见面，不但十分匆忙，而且什么也没有说，什么也不能说，反而令杉村先生对中国朋友更加担心了。

现在终于在北京重聚了，见到大家，而且都又登上了舞台，杉村先生十分欣慰。我也激动兴奋不已，杉村先生的关怀之情如此真挚，使我深深感激。

1978 年，杉村春子先生再次来到中国，她特意在北海的仿膳饭庄，请了十来位中国的老朋友吃饭，其中有夏衍、林林、欧阳山尊、赵寻、刘厚生等人，还有北京人艺的朱琳和我，正在北京的吕复和张瑞芳也参加了。杉村春子先生在日本是家喻户晓的话剧艺术家，在日本话剧界的地位就相当于我们中国京剧界的梅兰芳。在我心里，她更是亲切的长辈。席间，宾主尽情回顾往事，了解现在。杉村先生说："我真想再多为日中两国文化交流做些事。"

这以后不久，杉村先生就看到了我们重排的《蔡文姬》，当时《蔡文姬》正由北影厂拍摄成电影。我是从摄影棚赶去和先生见面的。北京人艺开始复苏，中国文艺一片兴旺。再以后，就有了日本话剧团第三次、第四次访华演出，以及1982 年我第一次参加中国戏剧家代表团访日。1983 年，北京人艺去日本演出《茶馆》，我和日本戏剧界的交流更加频繁，友谊深至心灵。

1982 年，我第一次访问日本

"文革"以后，中日两国戏剧界达成一个协议，每年轮流派戏剧家代表团互访。1982 年，中国派出代表团，成员大多是和日本戏剧界熟识的。日本方面提出，希望我能参加这次中国戏剧家代表团。这是我第一次去日本。

其实，日中文化交流协会和日本戏剧界的朋友，在许多年前就想邀请我去日本访问了。前面曾提到，1965 年我陪同日本演剧家代表团访华，在送别前夕聚会时，白土吾夫先生就说过，再次邀请中国戏剧家代表团时，打算请我也参加。不料想，一拖十七年，才实现了我的第一次日本之行。

这次中国戏剧家代表团的团长是曹禺，副团长吕复，团员有曹禺的夫人、著

邻里真情——和日本戏剧界的交往

1982 年，曹禺（左三）率中国戏剧家代表团访日，在千田是也先生（左四）家做客

名京剧演员李玉茹，浙江越剧剧作家顾锡东，陕西剧作家鱼讯，儿童剧作家任德耀，以及剧协的方杰等。再一位是青艺于黛琴，那时她已经在日本了，作为访问学者研究日本戏剧，也作为这次代表团的团员并兼任翻译。黛琴在日本已近三年，是和日本演艺界最熟的中国演员，除她之外，应该就是我了。

我们去的时候是 11 月，北京已经有些冷了，东京的纬度大致与我国河南洛阳相仿，气候不错，正是晴朗时节。我们到东京成田机场时，日中文化交流协会和千田是也先生等戏剧界知名人士都去迎接。在东京时住在新大谷酒店。

安排好住处后，我们马上就去拜访日中文化交流协会。事务局局长白土吾夫先生、副局长佐藤纯子女士、翻译原信之先生在办公室等着接待，都是老朋友。进去之后，我顺口说了一句："今天我们串门儿来了。"当时中日双方的两位翻译于黛琴和原信之都愣了一下，想"串门儿"这带点老北京土话的词儿该怎么翻呀，大伙儿也都笑。我说："不好翻吧？"他们两位说："没问题，能翻！"然后在那里琢磨了半天，我也不知道他们用了一个什么词来表达了这个意思，但是气氛一下子就活跃起来。这种融洽的气氛一直贯穿了整个在日本访问的过程。

最重要的活动当然是去日本各个剧团访问，看戏。

我们首先拜访了文学座。文学座和北京人艺的关系比较密切。我也觉得这两个话剧团体的演剧风格有些相近，并且文学座的杉村春子先生和北村和夫等几位主要成员，和我们的感情也非常深。

接着，访问了俳优座和千田是也先生的研究所，还拜访了山本安英先生的"葡萄之会"，后来改名为"山本安英之会"。千田先生曾留学德国，还学过绘画，后来专门研究布莱希特，建立了自己的研究所，我对这位风度高雅的戏剧家十分尊敬，他的夫人岸辉子女士也是俳优座资深的演员。山本安英先生演的《夕鹤》是经典，这个戏，她演了一生。在她的厅里，悬挂着无数白色的折叠纸鹤，都是观众赠送给她的。这次我带给她的礼物是我自己画的鹤，题写着"曩观夕鹤——以此赠山本安英先生"，算是我呈给先生的一只纸鹤吧。

同时，我们也就近去拜访了《夕鹤》作者、著名剧作家木下顺二先生，看到他墙上挂着老舍先生去他家做客时写下的诗。熟悉的字体，有"小院春风木下家"之句。木下先生平时不苟言笑，实际上也是性情中人，几度访问过中国，我接待他时，感觉得到他内心情感十分丰富。

我们还访问了松山芭蕾舞团，团长是松山树子的丈夫清水正夫先生。松山树子是日本顶级的芭蕾舞演员，曾率先将中国歌剧《白毛女》改编为芭蕾舞剧，演出非常成功。我们去参观时，松山树子夫妇热情接待，还特意安排了她的儿子和儿媳，两位极为出色的青年芭蕾舞演员，在排练场给我们表演了一段芭蕾舞片段。

我们还参观了早稻田大学戏剧博物馆。曹禺感叹，我们早想建一个这样的戏剧博物馆，但是确立馆址等具体事项都没有进入到规划中，所以一直没能建成。

邻里真情——和日本戏剧界的交往

1983年，《茶馆》访日本演出期间，民艺剧团导演内山鹑先生（中）刚刚导演了中国
话剧《日出》，向我们介绍在剧中饰演陈白露的青年演员

现在看他们的博物馆，已经具备了一定规模。他们专门向我们介绍了藏品里的京剧服装，据说是梅兰芳访问日本时留下来的纪念品，还有一套歌舞伎服装，据说是日本一位国宝级的演员借给梅兰芳穿过的。参观时，博物馆还请我们试穿这套服装，吕复披在身上，还随意做了几个动作。

参观内山书店给我很深的印象。因为鲁迅与内山完造的关系，使我们对内山书店也很有感情。那时内山书店由内山完造的弟弟内山嘉吉主持，但他年事已高，实际主持人是他的长子内山篱。内山嘉吉的次子，民艺剧团导演内山鹑君能说一点中国话，更增加了相互的感情。我们这次访问前，内山鹑导演了曹禺的《日出》，广获好评，他特地带了参加《日出》的几位青年演员来看我们，饰演陈白露的演员形象气质都非常好，曹禺看见她，也很高兴。内山鹑君也说："演《日出》，我们这些日本青年演员对这个时代和人物很能理解。"

在东京还有一次随意性的活动。日本朋友请我们去他们熟悉的一个小酒馆，用方形的木杯喝清酒，佐以各式各样的烤鱼，一起聊天，享受着松弛的欢聚。夜渐深了，宾主双方年长一些的就先走了，他们一离开，我就用那点儿不规范的日语说："现在是中国青代表团和大家开始联欢！"好在日本朋友们猜也能猜得出来，就更加无拘无束地继续下去。

代表团一项重要活动是看戏。文学座演出的契诃夫名剧《樱桃园》给我的印象很深。文学座的演剧风格也常常是通过上演文学性强的剧目体现的。杉村春子先生主演这部难度很大的《樱桃园》，看她的表演是一种享受。这个戏汇聚了文学座几代有实力的演员。

俳优座演出的是《波，我的爱》。主演是俳优座的明星演员加藤刚。在中国，中年以上的观众都会熟悉一部日本电影《砂器》，扮演男主角和贺英良的演员就是加藤刚先生，他在日本观众中影响很大，他主演的话剧常要增加日夜场，才能满足观众的要求。中国观众很熟悉的电影女演员栗原小卷，也是俳优座的。他们演技上都很有造诣，但都经常回到舞台上演戏。

我是第一次接触文化座。文化座到 1982 年已经有四十多年的历史了，是由佐佐木隆和铃木光枝夫妇创办的。铃木光枝本人就是一位十分出色的前辈女演员。佐佐木隆先生已经去世，文化座由铃木光枝先生独立支撑。我们所看的文化座的戏，是日本著名作家水上勉的作品《越后筒石村的险滩》，印象很深的是女主角佐佐木爱，她是铃木光枝的女儿，演技很棒，其中一个场面是在山坡上她一个人爬着，有大段蕴涵着饱满感情的独白，就算语言不懂，也会感觉到她动人的表演。还有一个祭奠或者哀悼的场面，一群人手里举着蜡烛围成圈，营造出来的气氛非常好。

戏后的晚宴上，见到了水上勉先生，我很兴奋地对他说："我十分想导演这部戏。但这个演出是那样精彩，以至我很难构思出其他更好的处理手法，又不愿完全照抄照搬地去做，也许最终还是排不成这出戏呢。"

见到卸了装的佐佐木爱，我由衷地钦佩她，而且一见投缘，我真是觉得日本

283

话剧界青年一代演员中涌现出一些出类拔萃的力量，佐佐木爱就是其中的佼佼者。铃木光枝先生看到我对文化座的演出以及她女儿的表演的欣赏，感觉我是真诚的，也很高兴地把我当成朋友看待。

后来在1984年，铃木光枝先生作为日本演剧家代表团副团长访问中国，我们又见面了。回国后她写信给我，说："在中国的十四天，我一直处在惊奇和感动之中，看过的《茶馆》自然不用说，我还发现各地方的戏剧，传统的手法与我们有许多共同之处。""我们文化座创建以来，几乎一直上演振作社会中民众生活的新剧本，不少剧目反映了农民和下层人民的生活，因此我们是乡土剧团。有人说在文化座的戏里有日本。"精准地概括了文化座的独特艺术风格。

访问青年座时，我对我的同年龄朋友、青年座"座长"（人们这样亲切地称呼他）森塚敏先生说，青年座演的戏"很厉害"！我不大能找到更能表达意思的词句，或者可以把他们的戏形容为强烈、有力、鲜明……看过青年座来中国演的《文娜，从树上下来吧》的人，会与我有同感。这次看了他们的《江户狂人》，演出节奏铿锵，处理大胆又不过火，演员们很有股子生气。

我想再多了解话剧演员基本功训练问题。我看过日本桐朋学园演剧科的基本训练课，这次又看到青年座的养成所（即演员训练班）有一套自己的训练方法。青年座另一位代表、著名女演员东惠美子告诉我，她将于10月初演出独舞节目，现在每天都花几个小时排练，这样一位年过花甲的话剧演员，有如此多方面的技能和坚强的毅力！

在东京时，我们还去拜访了他们的两个话剧组织，一个是"话剧人社"，还有一个"你好会"。日本的话剧叫"新剧"，而"你好"则是典型的中国人见面寒暄的用词，这两个组织都用了中文名字，可见跟中国的感情很深。

我们去话剧人社拜访的那天，话剧人社的理事长日笠世志久和剧作家小林宏负责接待我们，一起聊天。日笠先生还谈起了"文化大革命"，说当时中国的"文化大革命"已经波及了日本，日本也有了"造反派"。日笠世志久先生还受到了批斗，我是第一次听到这样的事，真是哭笑不得。小林宏先生是剧作家，1960年日本话剧代表团第一次来中国，《郡上农民起义》的剧本就是他写的。

一天，日中文化交流协会正式宴请我们，会长井上靖先生、理事长宫川寅雄先生都将出席。当天上午没有别的安排，我提出想自己去逛逛书店。

我年轻学画时，就开始接触日本出版的一些世界美术全集，也收集过不少册。日本出版界持续数次印了世界美术全集，像凡·高、高更、毕加索等，每位名家一册。所以每次去日本，逛书店买画册就成了我私人的固定行程。日方接待人员听说我要自己外出，对我说："日本交通很堵，你最好坐地铁，否则很耽误时间。"但是我根本不知道怎么坐地铁，在哪里上车，在哪里下车，书店到底在哪里，所以还是由他们派了车，果然车行很慢，但总算能直接找到书店。这回又借助我那几句日语和手写汉字，马上由店员带到"美术の本"（美术图书）的书架前，虽然时间很紧，还是买到了一大摞喜欢的画册，并且按时赶上了午宴。

代表团其他成员也有些各自的活动。

李玉茹大姐是上海京剧院著名演员，当年中华戏曲学校"玉"字辈名震一时的"四块玉"之一。这次在东京，她和"四块玉"的另一位，已定居日本的李玉芝相会了，当年同科班的孩子，几十年后异国重逢，不用说她们自己，我们大家在一旁也感慨世事沧桑，悲喜难分。

方杰是代表团中年纪最轻的，是中国剧协《戏剧报》的主编，文字功夫、组织能力都很强，所以等于是担当了曹禺团长的秘书。方杰与我的年龄最接近，交流自然较多。回国后还有一段插曲，我导演了白桦的剧本《吴王金戈越王剑》，从上演之日起，争议不断，所有媒体反应甚强，却很少报道，在这种情况下，方杰写了一篇坦直称赞的评论文章，但《吴王金戈越王剑》始终是个敏感话题。就在我开始考虑写本书的时候，突然收到方杰惠赠的自述《人生复调》一书，在"1982年访日"一章中，称我为兄，用了不少篇幅回顾了我们的相处相交，且多夸赞之词。我也是从这本回忆录中才知，当年他还是因为评

285

日本青年座著名演员森塚敏先生
（左）也是我同龄朋友

1982年我访问日本时，与大阪
话剧人社柳川清（左，曾在《茶
馆》中饰演秦仲义）及其夫人
（中）合影

《吴》剧一文，吃了些许"挂落儿"。于是赶紧复函，并寄了两本书和我的画册
以为回报，从此又有了联系。

我在东京时，我的好友北村和夫先生一直在外地演出，在那么紧张的情况
下，他两次赶回东京来和我相见，一次还带了他的夫人同来。他的夫人穿着传统
的和服，身材高挑，落落大方，是典型的日本女性。他们夫妇陪我逛街，入夜又
到一家小酒店继续聊往事，聊现在，然后又漫步在深夜东京的小巷。北村先生
说："你是中国的北村和夫，我是日本的蓝天野。"两次相聚，都聊到次日凌晨才

道别，然后他还要赶回外地去演出。

离开东京，又去了静冈。有几位日本朋友：青年座的森塚敏先生、东惠美子女士，仲间剧团的伊藤巴子女士，民艺剧团的内山鹑先生、梅野泰靖先生，文学座的稻野和子女士一路同行。他们陪我们参观了一个很大的店，叫"三和人形"。"人形"是日本一种传统的人偶，技艺高超的工艺品。每年3月3日"女孩节"，家里有女孩儿的父母都要置办一套这种人形，表达对孩子的美好祝愿。店里布满大大小小的各种人形，衣饰造型丰富，色彩极为绚丽。

三和人形店和我们住的酒店，主人都是松岛壮夫妇，他们是文学座，尤其是杉村春子先生的忠实观众，也是静冈一个观众组织的负责人。

奈良是日本的古都，有许多古老的唐代建筑。我们去了最著名的唐招提寺，曹禺团长送给方丈一份礼物，老方丈接过礼物后，先十分虔诚地奉送到鉴真像前，请鉴真先过目，然后才收起来。他说，所有东西都必须请鉴真先看。漆制鉴真像是日本的国宝。

我们还访问了京都。京都近郊的岚山，著名的诗碑上，刻着周恩来总理1919年4月5日游览岚山时的诗作《雨中岚山》。大家在诗碑前合影留念。

最后去了大阪，这是日本商业化程度很高的一个现代城市，和幽静的奈良、京都完全不同。说起大阪，我就要提到柳川清先生了。

话剧《茶馆》，在中国只有北京人艺演过，此外，就是日本大阪的话剧人社演过了，柳川清先生在剧中饰演秦仲义，和我演同一个角色。这成为极好的友谊媒介。1980年，话剧人社访华团在北京看了北京人艺的《茶馆》。我和柳川清先生第一次见面，就像是老友重逢。

这次到大阪，柳川清先生邀我们去他家里做客，还组织了招待会。大阪话剧人社上演中国话剧较多，除了《茶馆》之外，他们还演过《虎符》、《阿Q正传》等剧。30年前，日本关西地区上演田汉先生改编的《阿Q正传》时，柳川君就在剧中首演了阿Q。

287

邻里真情——和日本戏剧界的交往

1983 年《茶馆》访日演出时的人与事

杉村春子先生的毅力

1983 年《茶馆》赴日本演出。谈起此事，首先必须提到的是杉村春子先生。就是她首先发起并促成中国话剧到日本的演出。

我想起 1978 年，在北海仿膳那次大约只有十人的聚会。杉村春子先生颇重感情地说："我真想为我们两国戏剧的交往再做些事。"

1981 年春，杉村先生率日本话剧演出团第三次访华，演出了《华冈青洲之妻》。在人民大会堂举行的告别宴会上，杉村春子先生举杯来到我的面前，表示了她打算邀请中国话剧赴日演出的愿望。杉村先生已不止一次提起这件事了，听到《茶馆》1980 年的欧洲之行，她对我说："欧洲那么远，为什么你们不先到日本演出呢？"先生举杯说："我有两个愿望，一个是再组织日本话剧团访问中国，这已经实现了。另一个就是想促成中国话剧到日本演出。"在座的日本著名演员高桥悦史先生、森塚敏先生、伊藤巴子女士等都齐声赞同。

果然，时隔两月，盛夏时节，杉村先生去丝绸之路旅游，途经北京时，问及我《茶馆》演出的一些具体事项，并说她已经在着手筹备了。

1982 年，《茶馆》访日演出已达成协议。

开始时，这件事完全是由民间筹办的。为此，杉村春子先生四处奔走，邀请了日中文化交流协会、民主音乐协会、松竹公司等许多团体协力进行。话剧的国际交流不是易事，尤其要接待《茶馆》这样人数众多的演出团，其难度可想而知，但杉村先生以极大的毅力做起来了。

1982 年我参加中国戏剧家代表团去日本访问时，在我们的活动日程表上，专门安排了一个时间研究关于《茶馆》访日演出的事项，杉村春子先生和民音的松村和明先生、松竹公司的加藤润先生、日中文化交流协会的村冈久平先生、文学座制作部西田辰雄先生等都参加了。他们已经组织起了"《茶馆》访日演出实行委员会"，对演出日程、剧场等，都有了细致的设想。曹禺团长、吕复和我参加了这次商谈，涉及《茶馆》的具体问题由我来对日方讲，包括舞台需要的深度和宽度、演出团的人数等，还让我对东京、京都、大阪几个地方的剧场实地考察。杉村先生还提到，1983年将要到日本演出的外国重量级剧团特别多，她非常关心如何保证中国话剧首次访日演出的成功。

后来，由于日本国际交流基金热切期望参加，最后决定由官方和民间联合举办，《茶馆》访日演出被正式列为日中文化交流项目。

为了充分做好中国话剧首次访日演出的准备工作，杉村春子先生及日本各筹办单位代表1983年2月来到北京，观看了《茶馆》的排练，毕竟，在此之前，杉村先生还没有看过《茶馆》。

北京人艺专门安排了一次《茶馆》全剧连排。我就在排练厅门口，迎接杉村先生到来。戏像往常一样正常进行，全剧结束，日本朋友们都很兴奋，杉村先生说："现在我完全放心了。"

筹备工作一件重要的事就是同声传译。于黛琴告诉我："那时我已经准备回国了，杉村先生找到我说，《茶馆》要来日本演出，你熟悉两国的戏剧，留下来协助我们把这件事做好吧。我就参加到这个工作里去。"于黛琴和配音的演员们在一起，反复研究北京人艺《茶馆》录像，等我们去的时候，他们已经排练得很熟了。虽然这些演员不懂中文，但他们都很懂戏，加上于黛琴指导有方，同声传译的配合非常好。这是演出成功的一个重要因素。

1983年9月10日晚，《茶馆》一行70人飞抵日本，成田机场已经有众多日本朋友等待着欢迎。鲜花、拥抱、街上一排排《茶馆》的宣传彩旗……中国话剧《茶馆》访日演出的热烈气氛已经很浓。

访日演出的第一站是东京。中国驻日大使宋之光和夫人李清也出席了开幕

1983 年，《茶馆》访日本演出，在剧场海报前留念

式。后来还把我们全体 70 人都请到了大使馆，也请了协助我们演出的日本朋友。大使馆非常漂亮，有游泳池，各种花草树木，溪流里喂养了许多好看的锦鲤，很大，都是纯种的。宋之光大使问我要不要几条锦鲤，我说，我家里没有那么好的环境养鱼，放在鱼缸里太委屈它们了。大使夫人李清是一位歌唱家，邀我到大厅里去为他们作画，信笔画来，一幅荷鹭图，也还算略有趣味。

9 月 12 日，《茶馆》在东京阳光剧场首演。演出之后，杉村春子先生到后台来看我们，她穿着一身正装的日本和服。以前我见她到中国来时，只有在人民大会堂参加国宴才会这样着装。那天，先生非常开心，她说："我相信你们的演出能成功，但我没想到能获得这么大的成功。"她说，她看到观众的反应，以及日本戏剧界的反应都十分强烈。

在东京，演了十三场。按照他们的估计，如果宣传效果好，能够达到80%的上座率，没想到场场爆满，每场还要加卖两三百张票，有的观众加座，有的就坐在台阶上。那样的场面，令日本同行们也觉得惊讶。后来杉村先生还告诉我们说：东京的阳光剧场经理还提出要求，希望邀请《茶馆》再去演出。

取得如此圆满的成功，促成此举的杉村春子先生，该可以得到安慰了。

日中文化交流协会会长井上靖先生

1983年9月20日下午，我们去拜会井上靖先生。已经77岁高龄的井上先生不但是日中文化交流协会的会长，而且是位声望很高的文学家，也是日本笔会的会长，还担任日本现代文学馆名誉馆长。在他数十部著作中，有许多是写中国题材的，比如《敦煌》等等。

这是我第二次到先生家了。井上先生和他的夫人接待我们，日中文化交流协会的事务局长白土吾夫先生也在座。客厅里，引人注意的还是那四壁满布的书籍，以及摆设着的几件中国文物，幽雅的环境使人立即静下心来。主人请我们在矮矮的长桌旁围坐，仍然是井上先生的儿媳来为我们端上日本清茶和醇香的甜食。

我说：这次《茶馆》到日本，可惜两位为这个戏做出巨大贡献的艺术家没有来，那就是已故的老舍先生和焦菊隐先生。老舍先生和井上靖先生是老朋友。老舍先生含冤离世，是几位日本著名作家最早著文悼念的，井上先生便是其中的率先者。巴金先生在一篇文章中说："当中国作家由于种种原因保持沉默的时候，日本作家井上靖先生、水上勉先生和井高健先生都先后站出来为他们的中国朋友鸣冤叫屈，用淡淡几笔勾画出一个正直善良的作家形象，替老舍先生恢复名誉……我从日本作家那里学到了交朋友、爱护朋友的道理。"井上靖先生说：有了《茶馆》的成功，就会有更多中国话剧到日本来。

伊藤巴子女士

我国话剧界的人士，和日本演剧界交往多的，都会经常见到这样一位热情爽朗的朋友，她总是戴一顶大大的花格圆帽，说话举止毫无半点矫揉造作，性格率直，甚至有些男孩子风度。她就是多次来过中国的伊藤巴子女士。

伊藤巴子是仲间剧团的负责人，是一位难得的献身儿童剧事业的演员。

1982年在东京访问时，我最早听说可能参加《茶馆》同声传译的，就是伊藤巴子。后来于黛琴从日本写信给我，也提到过和伊藤女士一起研究《茶馆》的事。直到《茶馆》访日剧组飞抵东京时，我在成田机场见到伊藤君，才知道她最终还是没能参加，因为那时她正在排演新戏。

后来，我们参观仲间剧团排练时，看到了她的这部新戏。出乎我意料的是，这位以演男孩著称的演员，此次演了一位妈妈。她深沉的内在感情，加上一身剪裁得体的连衣长裙，使我发现，伊藤巴子君在舞台上有那么典雅的风度。

我和伊藤巴子从1965年认识起，有过许多接触。印象很深的一次是1983年春天，我导演的《吴王金戈越王剑》正在首都剧场上演，一天晚场散戏后，我突然在观众席里发现了伊藤巴子。我们相互高兴地招手，走近时，我问她怎么会突然出现在这里。原来她是参加昆曲观摩团到我国南方去，现在又独自一人来北京看戏。我们就在剧场观众席上，在休息大厅里谈起来，一直谈到剧场要闭门了。我送她回去，漫步在街头。北京的深夜春寒料峭，但我们兴致勃勃，从去年别后一些朋友的近况，谈到她刚刚看了戏的印象，无拘无束地交流着。

次年，伊藤巴子君又看了我导演的《家》，她说被这个戏打动，看到鸣凤离开觉慧，两人被落下的树木景片隔开时，"我的心颤动了"。她很喜欢这部戏的服装，很想照这种样式做一套，我说这好办，就请她第二天来，我们剧院服装师为她量尺寸，按照她选的颜色面料制作完成。

就在我写这些往事的时候，要去参加曹禺院长百年诞辰纪念活动，其间要开三天学术研讨会。我从代表名单上看到了伊藤巴子的名字，她现在是日本话剧人

日本著名演员伊藤巴子女士（右）参加北京人艺主办的纪念曹禺百年诞辰学术研讨会

社理事长。果然，在开幕式前不久，她进到会场，听有人喊了声："伊藤樣（さま）！"回头一看，竟然是我，意外中更感高兴，毕竟又有多年未见了。

会议期间，我和她约定找个时间单独谈谈。她送给我一本日本演员写真集，里面大部分都是我认识的，于是我就逐一询问这些日本朋友的现状。伊藤巴子告诉我，其中许多位健在，有的还在演戏，也有些朋友，包括我的挚友北村和夫先生已经故去了。我是此刻才知道的，不尽心伤。

小泽明先生

小泽明先生是搞人形剧艺术的，是"杉之子"人形剧团的负责人和导演。从他送给我的许多资料来看，他们的戏常是采用由真人和人形（木偶）同台演出的形式。

在东京演出期间，小泽明先生几乎每天都来约我去聚会，而且总是很早就来等我们，他还常请三林亮太郎、日笠世志久、松原刚、中西弘光等各位先生来。

1983 年，《茶馆》访日演出期间与"杉之子"人形剧团负责人小泽明先生（右）

一天晚上，《茶馆》演出结束后，在小泽明先生的朋友开设的寿司店里，我和《茶馆》另几位演员、导演们应邀又去和话剧人社的朋友们小饮，小泽明先生把"杉之子"剧团几位年轻演员也找来参加。席间，于黛琴对我说："一定要请她们演唱一段，保你们会喜欢的。"果然，两位演员表演了《狐嫁女》的一个片段，她们的动作天真而有趣，那位女演员还用中国话演唱了一段快板，使人感到意外和钦佩的是，她对中国话一个字也不认识，是全凭硬记学会的，而且她掌握中国快板这种演唱形式的感觉也非常准确。

"杉之子"人形剧团在剧本创作、人形制作和操纵、演出风格等方面，都有很好的经验，1984 年它将迎来创立二十周年。小泽明先生说，他们正在做的工作，都是为了争取 1985 年到中国访问演出，而且是用中国话演出。

可惜的是，我回国没多久，就听说小泽明先生病了，而且病得很厉害，住进了重症监护室，只有他的女友才能进去照顾他，其他的家人朋友都不能去探访。没过多久，小泽明先生就病逝了。

后来，我写了一篇文章，发表在《北京晚报》，写了这次去日本访问演出，

胡宗温（中）和好友青木千里（右）相遇后，邀我一起合影

其中也写到小泽明先生。第二年，"杉之子"剧团的剧作家冈崎正男先生来中国访问，特意拿着登着我那篇文章的《北京晚报》来见我，说："还有一位中国朋友发表文章怀念我们的团长，我特别感动。"这件事已经过去几十年了，直到现在，每年他都会给我寄来一张贺年片。这就是人家以真情对我，我也回馈给人以真情。两次到日本去，我又结交了许多新的特别知心的朋友。

现在"杉之子"剧团还在，由小泽明先生的弟弟小泽幸雄在继续经营。

我为寻找友谊的人搭桥——兼记"你好会"

"你好会"是由曾经访问过中国的日本戏剧家建立的，并且采用了一句中国话"你好"为名。为了欢迎《茶馆》访日，"你好会"特意邀请我们在"老爷爷小酒馆"举行了聚会。

1960年日本话剧第一次访华演出团有90人，在中国都结识了许多朋友。这次赴日前，《茶馆》的一些演员就嘱我帮他们联系和当年的朋友见面。

胡宗温经常向我提起 1960 年和青木千里洒泪告别的情景，希望这次访日演出时能见她。青木千里当时是最年轻的女团员之一。在"你好会"欢聚时，两国朋友们热烈交谈。人群中，胡宗温和一个人在说话，兴致勃勃，谈笑风生。我突然发现和她在一起对话的，正是青木千里，而她们彼此却完全没有意识到对方是谁。当我走过去提醒，她们突然明白过来时，先是愣了一下，然后紧紧拥抱哭出声来，然后又笑了起来，那场面真是动人！旁边有几位朋友抢拍下了这个镜头。

1960 年日本话剧访华团中，年龄最小的一位演员是相生千惠子。在中山公园联欢时，她和我们剧院当时也是最年轻的演员金昭成为好朋友。这次来东京，金昭问我能不能见到她的朋友。到达东京，我就请人打电话联系。万没有料到，打电话的当天下午我到了阳光剧场后台，相生千惠子已经等在那里了。从 1960 年分别后，我也是第一次见到她。她样子没太大变化。她还清楚地记得当年的情景，知道要找她的一定是当年好友金昭。以后，这两位已是人到中年的女演员又几次见面，我多次听到她们从隔壁化装室传来的开心的笑语声。

在东京的其他活动

为了感谢日本担任同声传译的演员，在《茶馆》演出休息的晚间，我们自备了些酒和小吃，请五位配音演员联欢，特别请他们用日语演了《茶馆》第一幕中的一段，我们这才第一次听到，他们不仅语言生动，连神态都惟妙惟肖，使我们听得入迷！我和日本朋友建立深厚友谊，就是从 1960 年为日本话剧做同声传译开始的，所以特别能切身体会这种心灵相通的感情。

于黛琴还为我安排了一些个人活动，邀我参加日本演剧协会举办的报告会，于黛琴主讲，向听众介绍《茶馆》，我是作为《茶馆》的演员被邀请去和听众见面的。报告会由内山鹑先生主持，北村和夫先生陪我出席并献了一束鲜花。我被临场要求讲讲我的表演，我即兴地说起这个戏从体验生活到排练，以及我在第一

1983年,《茶馆》访日本演出,与戏剧家杉村春子先生(前中),同声传译导演、中国青年艺术剧院演员于黛琴(后左一)及五位日本同声传译演员合影

《茶馆》访日演出结束后,在联欢会上与日本表演艺术家宇野重吉先生(右一)见面

邻里真情——和日本戏剧界的交往

幕上场时人物的上场，边讲边动作，听众还很有兴趣。黛琴说："你们来之前，我就做过几次介绍《茶馆》的报告了，以后再讲，我就把你讲的这些包括进去，就更具体更生动了。"

东京的戏剧同仁们为我们举行了一个告别宴，地点在阳光城地下的"慕尼黑酒店"。来了很多人，大家一起喝酒聊天。千田是也先生、杉村春子先生等都来了。他们说民艺剧团的宇野重吉先生也要来。

中国老一代的观众应该还记得日本电影《金环蚀》中那个男主角，一个龅着牙的老资本家，那就是宇野重吉先生。宇野重吉先生是民艺剧团的主要负责人，他和中国戏剧界的渊源很深，是 20 世纪 50 年代初最早到中国访问的日本戏剧家。这次，宇野先生也担任了"中国话剧《茶馆》上演委员会"委员。

当内山鹑君听我说想见见宇野先生时，说："今天晚上的聚会上你肯定能见到他。"果然，演完晚场戏的宇野先生匆匆赶来。内山鹑介绍我和宇野先生见了面。宇野先生反复表示歉意，说自己每天都在演戏，没有为《茶馆》做多少事，希望中国话剧第二次、第三次到日本来。

日本演员们也很激动，说原本在日本话剧界的几个重要团体之间，有一些不太和睦的地方，《茶馆》不但访日演出成功了，还让日本戏剧界的关系都缓和了。最后，所有人拉着手，转着圈跳舞，气氛很融洽。

赴京都演出

《茶馆》演出的第二个城市是京都。

一到京都，天气预告说有台风，果然，很快就开始下雨，到了晚上，雨越下越大。日方接待的人问我们："如果真的台风来了，雨太大了，观众来得很少，要不要停演？"我们回答："只要台下有观众，我们就演。"

在京都的南座剧场演出，这是个以歌舞伎演出为主的古老剧场。首场演出时，没想到观众冒着雨全都来了，观众席上全坐满了。那天，正好是我们的国庆节前夕。当第一幕开场，大傻杨打着牛骨板走上"花道"时，二楼的观众席上突然悬挂出了一面很大的中国国旗，祝贺中国国庆节。那是观众自发带来的，可见，中日友好是人民的心愿。

那天的雨非常大。我们演出完了，离开剧场的时候，好多观众还在雨里站着，等着我们出去，有些还在唱着"我爱北京天安门"，他们还站在雨中挥动着中日两国的国旗，激动地高呼："欢迎你们，中国朋友！"日方接待人员告诉我们："这些观众已经在风雨中唱了二十多分钟了，台风是挡不住日中人民的友谊的。"

大阪是我们演出的第三个城市。但在东京时，中西弘光先生忽然来告诉我，柳川清先生从大阪打来了电话，说他希望更早些时候，在京都和我见面。那一天，柳川先生和夫人从大阪赶来，在京都等着我们，虽然这晚台风的最强势头开始见缓，但仍风雨不停，他们冒着这样的天气，驱车跑了几个小时的路赶来，使我们倍加感动。

在大阪的活动

在大阪演出期间，大阪话剧人社为《茶馆》举行了招待会，由柳川清先生主持，关西地区著名的戏剧家差不多都到场了，好几位当年演过《茶馆》的日本演员也都来了。中日双方扮演过同一角色的演员争相交谈。

柳川清先生拉我一起到台上去，日方演刘麻子的演员也和英若诚上去了。四个人站在一起，总得说点什么吧，于是我说："两个好人，两个坏人！"英若诚接茬儿说："我们不同意！"全场都笑了起来。总不能像对口相声那样继续下去吧，我就说："我说不过刘麻子，但有一点，保证你不能不同意，那就是在舞台上扮演着剧中的好人或者坏人，但在生活中，今天聚会在此，我们都是为友谊而工作的人，就像我和柳川清先生那样，友谊与日俱增。"大家又是欢呼鼓掌。

《茶馆》在日本时，也正值水上勉先生率日本作家代表团在中国访问。在大阪演出时，突然，日中文化交流协会的佐藤纯子女士来告诉我说："水上勉先生刚刚归来，想见见你。"晚场开幕前，水上勉先生果然来了，很高兴地见了面，我知道他是从很远的地方，赶了几个小时的路程才到达的。

1982年访日时，我就和水上勉先生说，想导演一部他的剧作。我曾提出过要导演《饥饿海峡》，但北京人艺认为这个剧本不适合在中国上演，我也没弄明白原因何在。1983年，中央戏剧学院的一个班，把这部戏作为毕业剧目，演出效果非常好。水上勉先生此次中国之行，看了这个戏的排练。

我始终想要排一部日本戏，北京人艺也表示同意，还特地请于黛琴译出一部剧本《豪华之家》。但这个愿望始终也未得实现。留下一份遗憾。

惬意的五天

《茶馆》演出的最后一站是广岛。

《茶馆》在日本的四个城市，共演出了23场。我们在日本演出期间，杉村先生正在外地巡回演出，但她还是对我们的日程做了精心安排，并在巡演的间隙赶来参加了《茶馆》首场演出，以及每一次欢迎会、电视采访……

《茶馆》演出场次多，日程紧，杉村先生又安排我和夏淳、于是之，作为文学座的客人多留数日，使我们几个平时比较忙的人多一些看戏、交流、游览的机会。于是，演出团起程回国后，我们三人继续在日本逗留了五天。

这五天的生活真是丰富极了。在紧张的演出和各种频繁活动之后，终于得以稍稍松弛下来。在杉村先生的安排下，文学座著名女演员稻野和子女士和能干的舞台监督楠木章介先生专程陪我们。还特邀来我的好朋友、在早稻田大学任教的杨为夫和我们一道。

美丽爽朗的稻野和子女士是日本观众熟悉和喜爱的演员，她是放下正在进行的电视剧来陪同我们的。我多次遇到这样的情景，一些观众发现了她，会由衷地说："遇到了您，今天我真是好运气！"有一次，在乘坐新干线的途中，我们都在休息，稻野和子在一旁的座位上静静地看书。车上一批观众围拢过来，争着要求和她合影，这热情的场面引起了我的兴趣。不一会儿，我又听到这些人在后面轻声议论，然后派来代表，拿着十多份本子请她签名。又不久，这些观众又派代表给她送来礼品，稻野和子站起来很有风度地向他们答礼致谢。坐下来之后，她又把收到的装饰成日本人形的糖果转送给我，我说我要把它们带回北京，分送给我们剧院演员训练班的年轻人，让他们知道，一位日本著名的女演员在她的观众中受到的尊敬。

楠木章介先生是文学座专职舞台监督，也是全日本舞台监督协会会长。他和我是 1960 年认识的老朋友了，这五天，他把活动安排得井然有序。他开玩笑地说："现在不论团长还是主角，都要听从我的领导了。"我们称他为"楠木干部"。

我们先被安排住在松本城。吉村旅馆是典型的日本式建筑，环境幽静，有温泉浴场。一进宾馆的大门，就开始换鞋，再进房间，换上宾馆提供的和服。晚饭后，稻野和子问我们："你们打麻将吗？"于是，稻野和子、杨为夫、夏淳和我四个人就在房间里玩开了麻将。我也发现日本街上很流行"麻雀馆"，"麻雀"就是俗称的麻将牌，估计这些"麻雀馆"是赌博或其他活动场所。而我们在这里打麻将，纯是为了消遣，还真的放松下来了。

然后又去泡温泉，稻野女士告诉我，这里的温泉 24 小时随时可以去，半夜醒来，自己就可以去。温泉很有特色，形成一条天然的小溪，我都能在里面游泳，像在大自然中一样幽静。我游得畅快，水温正好，很能解乏。

我住的房间壁上挂着一幅杉村春子先生的字，看着我所熟悉的流畅书体，回想起先生的毅力，我的心静下来了，消除了近一个月来的疲劳。

第二天，去看文学座演出的《奥赛罗》，由北村和夫主演。1982 年我随中国戏剧家代表团访日时，曾与北村君相约，第二年《茶馆》赴日时，看他演的奥赛罗。这时距 1960 年日本话剧团访华、我第一次看北村君演戏，已经相隔二十多年了。

《奥赛罗》此次在松本是在大剧场演出的。那天，天气特别冷，温泉宾馆破例允许我们把在宾馆里穿的和服穿出来。但即使这样，还是冷得要命。

邻里真情——和日本戏剧界的交往

我与稻野和子（右）

北村和夫先生是在日本观众中很有影响的演员。我们到了松本时，刚进入旅馆，有人发现是文学座的朋友陪我们来的，就走上来打听，想见到他们崇敬的北村和夫，当听说北村先生不在时，很失望地走开了。

我们在静冈又看了文学座的《横滨物语》。杉村春子先生又一次以她极具艺术魅力的表演感动了静冈的观众。参加这个戏的还有松下砂稚子女士，前一年，松下女士以其出色的工作获得文学座的表扬。

在《横滨物语》中，又看到了高桥悦史先生，中国观众会记得他在银幕上的许多形象，尤其是他在影片《追捕》中饰演的矢村警长。1981 年日本话剧访华演出的《华冈青洲之妻》，担任男主角华冈青洲的，就是高桥先生。那时，杉村先生特意把他介绍给我，希望我们也成为好朋友。我深能体会杉村先生的心愿，她总希望中日两国戏剧界的友好关系能有更多人来继续发展。

后来，我接到高桥先生的信，说：“我看了《茶馆》，十分感动，重新认识到演技的根本。它是最最要紧的，然而在繁杂的日常生活中，我们又往往遗忘它。……《茶馆》对我的影响是深远的，今后，我愿继续对演剧艺术进行探讨。"

青年演员二宫小夜子也参加了《横滨物语》，她演一个性格爽朗的混血儿，甚至带些"野气"。她的形象和气质都非常好，是文学座的养成所（即演员训练班）培养出来的。我很佩服文学座老、中、青三代优秀演员的搭配，保证了很高的艺术水准。

静冈的观众组织叫"日本平之会"，凡是文学座来演出，日本平之会都会负责组织观众买票，集中看戏，演出之后，这些观众还和演员一起聚会，联欢。那天，我也参加了他们演出后的庆祝晚餐。大家都席地而坐，有观众发言，对演出发表看法，表示祝贺。二宫小夜子正好坐在我旁边，杨为夫给我们翻译，我就和她聊对剧中角色的处理和把握。二宫小夜子说："我很喜欢您，我知道很多日本演员都是您的朋友，我常听他们说起您。"她还告诉我，第二天文学座为我们安排午餐会，很多演员都会参加，她太年轻了，就参加不上了。并说："真希望有机会和您多接触。"

次日杉村春子先生把午宴设在"野鸟之家"，一个十分幽静的地方。《横滨物语》的几位主要演员，戌井市郎先生、松下砂稚子女士、高桥悦史先生等，还有稻野和子女士都参加了。品尝着清新美味的日本料理和清酒，我知道，这是此次日本之行，最后一次和杉村春子先生聚会了。席间，我请杉村先生为我写一张字，她笑着写了一个"花"字，并说："算作我送给你的一束花吧。"

《茶馆》在日本演出的巨大成功，我们最后这愉悦的五日游，无不凝聚着这位前辈艺术家的心血。我一直珍存着这束"花"，杉村春子先生，谢谢您！

303

《茶馆》日本之行，我有很多愉快的收获，但因为时间毕竟有限，加上语言的障碍，了解总觉不够。我羡慕于黛琴，她精通日语，有机会去考察一个较长的时期。在写给我的一封信中，黛琴提及她正在收集关于中日戏剧界友好发展的资料时说："只要黛琴不死，就一定把这件事做到底。"使我深为感动。

邻里真情——和日本戏剧界的交往

我也有很多遗憾，毕竟没能排演一部日本戏，更由于已经许多年没有和日本朋友会晤了。2005年，我曾去过一次日本，名义上是参加中日韩联合画展，实际上我是希望能借此机会，和老朋友们重聚，但因种种原因，没能见到。这些年来，我一直想再去，既重温友情，也悼念逝者，但如今已是耄耋之年，不知还能否了我夙愿。

被「绑架」去拍了影视剧

80年代，电视剧《末代皇帝》中饰演摄政王载沣，蔡远航饰演少年溥仪

电视剧《渴望》中饰演王子涛，黄梅莹饰演王亚茹（左）

电视剧《封神榜》中的姜子牙

1989 年，《封神榜》在敦煌拍戏，刘安古（前左一）、姚明荣（前右一）、徐娅（前中）带我到鸣沙山月牙泉去玩儿

电视剧《将军暮年》拍摄过程中研究剧本

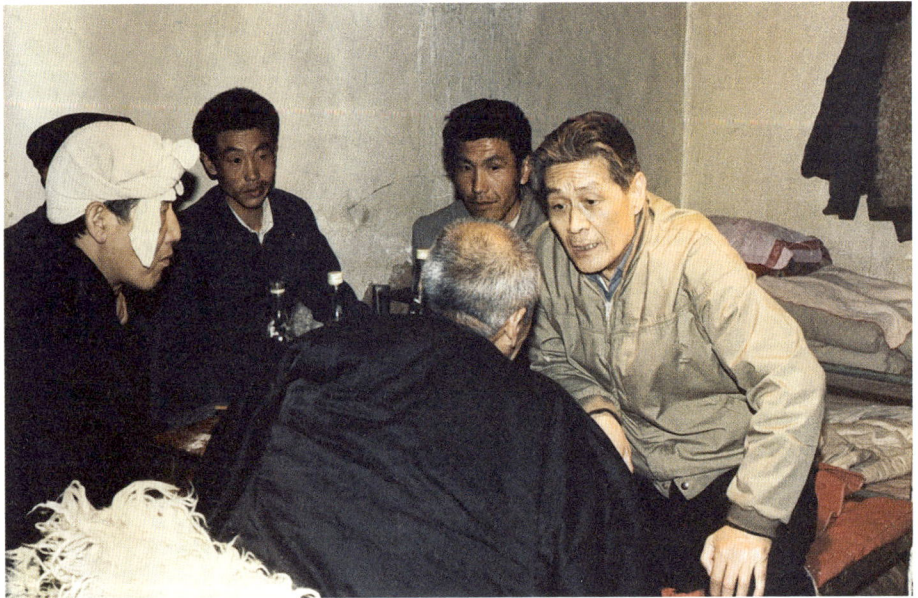

电视剧《将军暮年》中我演的老将军（右一）半夜跑到一个鸡毛小店和老百姓聊家常，这两位群众演员是秦腔"易俗社"的老导演（前左一、左二）

电视剧《板桥轶事》中饰演郑板桥（右），黄宗洛（中）、李士龙（左）饰演乡绅

《中国商人》中饰龙有海（中），巫刚饰田雨（右），陶慧敏饰辛萍萍（左）

根据白先勇同名小说改编的电视剧《冬夜》只有两个人物，由张瞳（右）和我饰演

电影《寡妇十日谈》中饰演刘药先，宋佳（左）饰演杨梅

结缘电影

我最早参加演的一部电影，是 1950 年拍摄的苏联影片《普鲁热瓦尔斯基》。普鲁热瓦尔斯基是 19 世纪俄国的一位探险家，到过全世界许多地方，也曾到过中国的北京和西北地区。影片到中国来拍外景，剧中必然有些中国人物，因此需要请一些中国演员参加，中央戏剧学院话剧团选派了田冲、耿震、方珀德和我参加该片的拍摄。青艺也有几位演员参加。

我在影片中演一个青年农民运动领袖，戏不多，场景就在后门桥帽儿胡同的一个王府，园子里曲曲折折的，还有假山。我的戏主要有两场，一场是王府门前，很多老百姓在这儿请愿，我演的青年农民站出来，激昂慷慨地说了一些反对官府的话，后来就被抓进去了。还有一场在王府园内戴枷铐的戏。

但这个电影最终没有在中国公映，因为它把俄国旅行家描写得如何英雄，中国如何愚昧落后，虽然社会背景是在晚清，但总有点大国沙文主义的味道，所以没有同意在中国放映。1952 年，孙维世排《钦差大臣》时，曾跟我说她看过。

此后，很长时期我都没再拍电影。1959 年国庆十周年，有些电影剧组来找过我，我也没有去，当时就一个想法：我的工作是在舞台上。

"文革"后，我们恢复演出了《蔡文姬》，演出反响非常强烈。1979 年，北京电影制片厂要把它拍成电影。我当时不赞成拍，我说："我都五十多岁

被"绑架"去拍了影视剧

了，不适合在银幕上演这些年轻的角色。"但多数演员有兴趣，而且剧院已经和北影达成协议，我也就无法不参加。我不赞成拍，主要是觉得它就是舞台上的东西，舞台上呈现出的艺术魅力，都是焦菊隐先生对话剧民族化探索的成果，《蔡文姬》从舞美到表演，很大程度上是虚拟化的，放在银幕上会很不协调。第三幕，蔡伯喈墓前董祀劝说文姬一场，在舞台上用黑幕布制造的意境，那种民族化的魅力，拍电影时被几棵实实在在的大树冲没了；最后一幕铜雀台摆放了很多盆花，原本写意的风格全变了。演员的表演在这种场景里很不协调。

如果想把剧目作为资料保留下来，还不如采取纪录片的形式。20 世纪 50 年代初期，我们看了很多莫斯科艺术剧院、苏联小剧院的舞台纪录片，就是话剧演出的实录，虽然略有些镜头的推拉摇移，但它能尽量保持不失去舞台的感觉。

现在北京人艺演出的戏，差不多都有录像，出了光盘，效果还可以吧。近些年电视台给我做专访，要用些戏的资料，我恳切建议他们用舞台演出录像，不要用电影版，因为从化装造型到表演，都不是舞台原貌了。

1982 年，北影拍《茶馆》，我也说我不适合，请他们换演员演，因为秦二爷这个角色开场时要很年轻，风华正茂，以我此时的年龄和形象，拍出来肯定不行。他们一再坚持，又请了王希钟为我化装造型，更主要还是两单位间的协议，由剧组原班演员参加，我也无法坚持，但我确实不愿拍。

电影《茶馆》就叫做故事片，但它基本上都是用舞台剧原来的样式，只是场景的空间稍稍扩大了一些，加上了极少量的外景。认真讲，《茶馆》就是一部舞台剧，而且是焦菊隐先生话剧民族化的经典之作，电影是难以体现的。还算幸运的是，电影由谢添导演，他是一位非常优秀的导演和演员，懂表演，尽可能留住些原剧的精华吧。

"被绑架去的王爷"——《末代皇帝》我演载沣

我第一次拍电视剧，是《末代皇帝》。这部戏的拍摄有一个渊源：金山在世的时候，创办了"电视艺术委员会"。金山考虑过的一个选题就是《末代皇帝》，当时的计划，就是要跟北京人艺合作拍摄。

1984 年，《末代皇帝》真要拍了，筹备时，演员名单包括了北京人艺很多演员，想让我演醇亲王载沣。按照习惯，我先看了剧本，并查阅了一些史料。

载沣史有其人，是溥仪的生父，很能干，曾经代表清政府出使外国谈判，很有点从政、外交的手腕，所以溥仪登基后，他当了摄政王。从人物关系来看，载沣是光绪的亲弟弟，他和光绪的母亲是慈禧的妹妹。这部戏的第一集，慈禧和光绪都已病危，由于光绪无后，慈禧临终立储时，选定了载沣的儿子溥仪继嗣。在历史上，载沣把年仅三岁的溥仪带进宫这一年，他 25 岁。

我这时已经五十多岁了，人又太瘦，从恢复演话剧《蔡文姬》《茶馆》开始，为了演这些年轻的角色，我都要经历繁琐的化装折腾，很受罪。我再也不想演这些比我自己年龄小很多的角色了，而且我也从来不拍电视剧。

我原本说好不演的，就忙着干自己的事去了。过了将近半年，忽然《末代皇帝》的导演、制片主任一起来找我，说："载沣还是得你演，马上就开拍了。"我一听都急了："不是都说好了吗？"他们说："哎！你先去，去了再说。"生拉硬拽地让我上了车，拉到剧组去。

后来我估计他们肯定也不是没找人，可能没找着合适的，事到临头，马上要开机了，还是把我硬拉了去。说是"去了再说"，去了还能再说啊！我还是坚持："我的年龄不适合演这个角色，化装也解决不了。"他们说："咱们不按这个实际年龄拍。"这怎么行？我说："你不按这个年龄？人物关系呢？有一场戏他是

315

被"绑架"去拍了影视剧

要抱着溥仪登基的，而且他是光绪的弟弟，演光绪的演员那么年轻，你能不管吗？"他们说："给你请化装师！电影《蔡文姬》、《茶馆》里是谁给你化的装？"我说："那是王希钟啊，北影化装的第一把手。"他们说："啊，那咱们把王希钟请来！"我说："这不行，你们这儿有化装师，而且组长还是教授。我不能单独请一个化装师。"他们说："不，让他们化装组去请。"

他们还真把王希钟给请来了。王希钟还不清楚是怎么回事就被拉来了，也没什么准备，化装材料也不全。导演说："蓝老师在这儿，你把他化年轻了就行。"王希钟对我还比较熟悉，就动手化了。他一边化装，我一边跟他聊天，我说："老王，我发现你化装有一个特点，你懂得人体解剖的结构。很多化装师不懂，就在那儿抹颜色。你是按照人的肌肤结构的变化，用颜色、线条把它们衔接起来了，所以看起来真实自然。"他说："是啊，我老跟他们说，有的人听，有的不听这些。"

王希钟也没来得及做准备，也就是了解我的脸部特点，但他确实有经验，看似随意地粘一点纱，用眉笔油彩勾一勾，不经意间，我就年轻了！在场的人也都愣了。而且，我更没料到，他给我化完装，剧组就直接拉我去拍戏了，事先也没告诉我，在颐和园拍了整宿的夜景戏。

到次日凌晨才结束拍摄，收工。回到住地，我也难马上入睡，当即给导演写了一封信，恳切希望别让我演了，好在还只拍了一夜戏，赶紧换人还来得及。但是根本没有回音，我也就无可奈何地继续拍下去了。

在《末代皇帝》里我的所有镜头中，只有那一次是年轻的，形象是好的。但王希钟以后也不可能再来，《末代皇帝》一拍就要两三年，他不可能一直跟戏；而且，他来专门为我一个人化也不合适。此后，就由另一位化装师按照他的手法给我化，应该说，这位化装师还是很认真的，但这技术哪能一下子就掌握呢，只能将就了。

既然已经拍了，我就得琢磨琢磨这个人物，弄清载沣的人物关系：一开始，他接到密诏，光绪告诉他，自己快不行了，可能要出事，载沣该怎样面对这宫廷和家族情况的巨大变化？慈禧驾崩后，他还得应付这些太后、太妃，以及同僚和周围所有的人，他该是怎样待人接物？这些都要从当时的历史环境、人物关系上去琢磨……这个人物有主见，但有很多人和事又是他难以应对的。

我给载沣找了一个属于他的人物形象特征，我让这个人说话有点口吃。一方面是他本身的生理现象，还有，他可以借着这个缺陷，在口吃的过程中思考，以应对复杂的朝廷政局纷争。很多年后，我到上海去看望程十发先生，他说："我到现在，还记得你抱着溥仪登基时说的'就，就，就——完了！'"

我演的这个人物应该说还可以。但这个戏也还存在些问题：剧本有些拘泥于历史，提炼不够充分；再，虽然梅阡担任总导演，但他对影视剧也不是太明白，也插不上什么嘴，所以还是由两位年轻导演周寰、张健民执导。到后来，梅阡也就不怎么来了。好在两位年轻导演确实很认真尽力。

《末代皇帝》里演溥仪的两个孩子，令我难忘，一个是我抱着"登基"的那个小演员，才三四岁大，跟个小人精似的。那天，我们在大殿等着拍戏。小家伙忽然说："蓝爷爷，咱俩配合得还不错啊！"我乐了："你，你多帮助我吧！"

还有演少年溥仪的蔡远航，当时顶多也就十岁。这个戏拍完，那时我身体特别差，小病不断。一天，我正躺在床上，忽然有个孩子来看我，是蔡远航。我很纳闷："你怎么来了？"他说他妈妈带他出来，忽然想到我就住在附近，就来了。他说："我特别想你。"我听了心里真是一热。这之后二十多年过去，前几年，在一次朋友的聚会上，我碰见剧院的一位没见过面的年轻演员孙茜，聊着聊着，她问我："蔡远航您认识吗？"我说："印象太深刻了，我那时病了，他才十来岁，去看我，我特别感动。"我突然有个感觉，问她："你怎么跟蔡远航认识？"她笑了："啊，认识。"我感觉到了，没错，她就是蔡远航的未婚妻。后来，她和远航来看我，我还找出一张当年合影的剧照放大了送给他们。

317

《末代皇帝》也有很多让我费劲的地方。我的装很费事，早晨天不亮就得起来，化完装统一出发，这就要用很长时间。有一次在故宫里拍戏，天不亮我就化好了装，一直等到下午天将黑的时候也没拍我的戏。我对导演组说："你们真行！就让我一天带着装，不拍我的戏？你通知的日程里有我的戏啊。"后来一块儿去吃晚饭时，我还说："你看，我卸装都得一个多小时，所以我为什么不愿拍戏，身体本来就不好，等到拍戏的时候已经没那个情绪，也没那个精力了。"

既然已经拍戏了，也引发我对话剧和影视剧创造的思考。舞台的空间有限，就算是首都剧场，我要排大场面的戏，这台口最多开到十一米宽，即使最后都顶到后墙了，台深能有多少？只能在这么大一个立体空间，这是舞台的局限性。但是，一个导演，就是要克服这局限性，一个好的导演，就要能利用这舞台空间的局限性，这是我做话剧导演的体会。我们的民族戏曲，以其虚拟性的特点，在一方舞台上，既可以展现千军万马的古沙场，也可以营造一个狭小的角落，比如王宝钏的破瓦寒窑。京剧常以四兵四将代表了千军万马，象征曹操八十万人马也只是"曹八将"，它烘染出赵子龙七进七出长坂坡的恢宏气势；最大的场面要数托塔天王率领的天兵天将了。焦菊隐先生话剧民族化的探索，内容丰富广泛。

影视剧不同，近景可以小到眼睛的局部特写，拍大场面可以在极其辽阔的外景地，这是另外一个天地。《封神榜》拍武王伐纣的作战场面，姜子牙站在战车上，俯瞰下面千军万马——这是一种和舞台上不同的感觉，包括镜头的推拉摇移，近景远景的切换，它有自身的手段和表现形式，也开始激发我的兴趣。我总是碰到什么就容易迷进去。

拍《末代皇帝》之前，都知道我从来不拍戏，也就不找我。但是拍了这个戏之后，再找我就不好推辞了。此后，在北京人艺，我算是拍影视剧比较多的。

回顾我拍过的那些戏，有的自我感觉还不错，或者拍摄过程中有些难忘的经历，也有的没什么意思。尽管每次我肯定要先看剧本，很多就推掉了，也有看剧本时觉得还不错，参加了，但拍出来并不好，或是我自己不喜欢。

也有些反应热烈，人们印象深的戏，我自己不满意。但也有些戏，可能由于剧本题材等原因，播出或放映收视率不高，人们印象不深，但我自己却很有兴趣，对自己创造的人物感到满意。

我没统计过到底拍了多少影视剧。人们印象多些的，可能还是《封神榜》和《渴望》吧。但就是这样两部戏，从接拍到完成，我都有若干纠结之处。

《封神榜》的姜子牙

1988 年，我正在扬州拍戏，这是我第一次到扬州。扬州是个久负盛名的地方，南朝宋人曾在《小说》一文中写过"腰缠十万贯，骑鹤下扬州"，这里历来文人荟萃，有清代的画家群"扬州八怪"，还有瘦西湖等景点，借此机会也正好参观游览一番。那时还没手机，联系不方便，隔一段时间我就给家里打个电话。有一天我打电话回家，狄辛告诉我："上海电视台找你。"我问什么事，她说："好像是要找你演姜子牙。"我说："这样，如果再来电话，你告诉他，过几天，我从扬州直接到上海。"恰值北京人艺要到上海演出，带五个剧目，《茶馆》是最后一个戏。我在扬州拍完戏，正好直接赴沪演出。从扬州出发那一天，我的三顿饭是在三个地方吃的。早晨在扬州吃早点，有七种包子，扬州人最主要是吃早餐，店名叫"富春"；吃完了过江到镇江，中午吃镇江小笼包，店名"宴春"，据说是清朝弟兄两个开的；然后再坐火车，晚上到上海吃晚餐。

我到上海后，上海电视台的人来找我。起初，我对拍《封神榜》还是有些兴趣，这是小时候看小说和"封神"题材的京剧的印象。小说《封神演义》的文学性算不得很强，不在中国古典四大名著之列，但是它的想象力特别丰富，把中国古代很多神话人物、神话传说的由来都汇集到这部书里了：哪吒出世，杨任的眼睛被挖、里面伸出两只手，两肋生翅的雷震子，包括姜太公的种种传说……特别生动，是我小时候觉得很有魅力很美的一个故事。

我还是先要求看剧本。他们说："剧本还在改。"我说："没关系，你们就把原来的先给我看。"但看完之后我觉得这个剧本不行。剧本是香港人改编的，就是那种过度商业化的写法，艺术格调不高。上海台的人也承认是这样，但是他们的决心很大。这个戏是正大集团投资，由上海电视台和正大集团，还有香港的一个文化公司合拍，那时是正大集团的《正大综艺》在央视播出最火的时候。

看我对剧本很不满意，他们告诉我："我们导演下一步主要就是抓修改剧本。"这个戏的导演郭信玲，一位女导演，是当年（1988年）全国电视剧"十佳导演"，曾拍过《故土》（根据苏叔阳的小说改编）、《大酒店》等电视连续剧，这两部戏我也看过，挺好的。我和郭导见面，感觉她确实也有些想法，人很实在，也很谦虚。我对制片主任说："你们把剧本改完后再给我看，我会尽快看完给你们答复。"他们劝我："您现在正好在上海，咱们先把合同签了吧，反正导演您也谈了，她会亲自抓剧本。您这次走了，将来是再把您请到上海，还是我们去北京找您呀？"我坚持要看了修改的剧本再定，但他们一再希望我签约，而且当时确实联系不方便，我不在家他们都很难找到我。我想，确实对这个神话故事感兴趣，小说原著摆在那儿，剧本应该也不会太离谱，就把合同签了。

没想到后来他们寄给我的剧本改稿，基本面貌改变不大，但也只好这样了。所以我就是在剧本的问题上大意了这么一下。我只好期望，剧本能尽力改善，还有导演的处理。我还把希望寄托在自己身上，我可以做些充分的准备，有些地方可以自己动手，特别是台词部分。后来我的台词有很多是自己改写的。顺带说点感想，现在有些写手（业内又称为"枪手"），或某些作家，语言功力真是不行，而且也不用心。

我回京后，1989年4月，通知我准备开拍。我就又去了上海。那天去试装、试服装，我一进去，迎面看到一排五颜六色的服装，还带着很多亮晶晶的塑料珠、片儿，我直觉：坏了！这个戏怎么会是这样？我问："怎么弄出这些服装？"没有人说话，过了些天，慢慢熟了，服装组才跟我说："我们情绪比您还大呢。我们的服装设计修改了六稿、七稿，我们自己都觉得比较满意了，但是最后，上边做了一个决定，用香港人的方案，就是现在这个样儿。"

香港方面的说法就是："我们拍商业戏有经验，你们搞的那个观众不喜欢，将来不卖钱。"但他们这套服装，实在是不伦不类，习惯性的粗制滥造。据了解，因为这个戏是合拍，前面已经闹了很多矛盾，最后上海台在服装造型上妥协了。

我听了这些，心里真的不是滋味儿。幸亏姜子牙的那几套服装，也还算勉强，我再和服装组商量点修改加工意见，还不算太离谱。

去上海以前，我打电话告诉剧组："北京在拍一个《封神榜》。"我是从报上看到的一条报道。他们说："我们知道，这个戏已经下马了。"北京拍的《封神榜》是唐远之演姜子牙，他是北京电影学院教授，北平解放前在焦菊隐的北平艺术馆，我们曾经合作过，个子很矮，但很会演戏。在我们开拍以前，北京这部《封神榜》的确下马了，但他们把已经拍了的剪成五集，做成录像带发行，上海台找来看了，也没劲，甚至有些低级趣味。但是它有个想法不错：戏里人物的坐骑，有骑墨麒麟的，还有骑老虎的，姜子牙是骑了一头四不像……所有人物的坐骑，都是用两个人装扮的，有点像舞狮子的那种形式。我们这个戏他们本来想用马装扮一下，但最终没有做到。我在没看北京拍的之前，也曾建议采用这种办法，可以做得很大，又可以做出各种造型，因为这各种坐骑是《封神演义》里很有特色的。但是最后所有人物都骑马了，缺失了颇有魅力的体现方式，有些遗憾。

开拍前的几个月，我在北京做了一些准备，把人物关系进行了梳理：年逾八十的姜子牙是元始天尊门下的小弟子，他前面有广成子、赤精子，还有文殊、普贤、观世音，以及南极仙翁等十位师兄，只有一个申公豹是他的师弟。他在元始天尊的十二大弟子当中，最愚钝、本事学得最差，但这个人最厚道。所以元始天尊派他下山，辅佐武王伐纣。这个故事叫《封神演义》，所有在这场战争中战死的，不论哪一方面的，不论是好人坏人，最后都封为神，包括纣王、申公豹，所有"助纣为虐"的各路仙魔也都封神。姜子牙奉师命下界，就是最后由他掌管封神。

我读了几部道教史和词典，还通过道教协会去了北京的白云观。我小时候去白云观，那时算是郊区了，要从阜成门城门口骑个小毛驴去。现在白云观已经是很近的地方了。我找到白云观的一位道长，向他请教。

他说："你要了解些什么？"

我说："有这么个戏，《封神演义》，您听说过吗？"

被"绑架"去拍了影视剧

"不知道！"他摇头。

人家是出家人。我就说："这个戏讲的是商周时期的道教。"

"那个时代还没有道教。"他觉得奇怪。

的确，那时代真没道教。我就说："这个故事里确实不叫道教，是明朝人写的一个小说，借用了一些道教的人和事，叫阐教。"他仍说不知道。

我只好说："姜子牙！"

"那知道！"

我继续："元始天尊？"

"那是道教的！"

"老子、广成子……"我又说了一些名字。"那都是。"道长确认了，说这些人物都是道教的，还给我讲了一些道教的派别，比如全真派……我问他："道教有没有一些，比方说除邪、作法、降妖、除魔这些的手法？"他说："这个有一点。"我赶紧问："这戏里有一点作法的情节，踏罡步斗，有没有？"他说："这个有。"就给我讲了一套掐诀念咒、踏罡步斗、做法事的规矩和手法。这些道教法术中的样式，虽然不会照样直接搬用，但总是给了我一些启发。

在《封神榜》的开机仪式上，所有演员出场跟媒体见面，让我头一个讲，我讲了一些民间传说，大意是：姜子牙、姜太公，历史上实有其人，助武王伐纣，到了东周分封，开始封建主义，第一个封的就是姜子牙，封于"齐"，现在山东的一部分。但这个戏属神话传说。民间关于姜子牙的传说很多，比如"太公在此，诸神退位"、"姜太公钓鱼，愿者上钩"……每人心中都有一个姜太公的形象。尤其是姜太公钓鱼、文王访贤的故事。但姬昌那时还没称王，还是西伯侯，他夜梦飞熊，就到处访贤，最后访到渭水河，姜子牙正在这里钓鱼。

但剧本里"访贤"这段戏有点儿不对了，它写成姬昌找到姜子牙，姜子牙觉得对自己有知遇之恩，一副感激涕零的样子。我说这样写人物关系不对，因为姜子牙下山，在渭水河钓鱼，就是在等西伯侯姬昌，这正是奉师命下界的任务——辅佐姬昌，但又不主动去找，要等着对方来找他。他钓鱼用的是直钩，"宁在直中取，不向曲中求"，就是专候姬昌来访。这才是传说中的"文王访贤"。

这段戏必须改，我重新结构，并动手草写了一稿，然后去找演姬昌的魏启明商量。魏启明是上海人艺的演员，曾主演过《陈毅市长》，非常有想法。我跟他说这场戏，还讲了一个传说：姬昌访到姜子牙，发现他就是自己梦见的贤人，请他辅佐自己。姬昌特意把姜子牙让到自己的车上，并亲自拉车走了八百零八步，走到自己的府邸门口，所以姜子牙保了周朝从西周到东周808年。我还设想，姜子牙是要登台拜帅，协助武王伐纣，而且是要被称为"相父"的，这段戏的后面最好让姬发——后来的武王，等在府门口，跪在车前，让姜子牙踩着他的背下车，这样可以充分铺垫主要人物之间的关系，引出全剧以后的情节发展。

魏启明也是个很喜欢琢磨戏的人，听了后很高兴，我们俩就又认真研究了。我说："怎么样，你跟导演谈谈？"他说："我可不能再谈了，我跟导演已经谈得太多，导演都有点烦我了。你是客人，从北京邀请来的，导演跟你拘着点面子，你好说话。"于是，我就去找导演了。

我跟导演郭信玲谈了对这场戏的构想，我说："民间传说关于姜子牙渭水河钓鱼、文王访贤广泛流传，剧本写得不对了，最好改一改。"郭信玲确实很认真，也尊重我，她说："好，但是剧本怎么改？"我说："想法统一了，我来改。"我就把改稿又梳理了一遍，拿给她看。

我重新写了"文王访贤"的整场戏：西伯侯一行三人去访贤，最后在渭水河边找到正在垂钓的姜子牙。我的修改稿主要是姬昌恭敬心诚地跟姜子牙搭话，然后姜子牙接了一句："姜尚在此等候多时了！"

渭水　遇，使姬昌和姜子牙之间情感深厚，所以"文王归天"这段戏，我想这样处理：姜子牙正在和众将议事，忽然心血来潮，感觉不对，掐指一算，原来是文王命在旦夕，就立即赶了回去。他们知交一场，但大业未成，文王就要归天，因此，我还建议姬昌在临终前，嘱命姬发在病榻前给姜子牙行跪拜礼，称姜子牙为"相父"。

这几场戏基本上是按照这些想法拍的。但是姬昌把姜尚接回府这场戏，没能

被"绑架"去拍了影视剧

完全按修改方案实现。在拍摄前，郭信玲导演特地来跟我说："蓝老师，这点实在没办法了，如果那样拍，我就得再拿出两天来去选外景，这个日程已经安排不下来了。马车这段戏只能在棚里拍。"我想已经这样了，再改日程也不现实，只好如此。最后，这场戏就在上影厂的摄影棚里拍了，只能让姜子牙跟姬昌都坐在马车里。原先设想的让姬昌为姜子牙拉车，姬发跪地接姜尚的场景就没能体现了。原剧本存在问题较多，我作为演员只能解决一部分问题，而且在拍摄中，导演也确有难处。

姜子牙在戏里有一些吟诗场景，我用了吟诵的方式，吟诵语调尽量随意。因为几千年前，还没有形成一种很规律的吟诵格式。

戏里姜子牙的所有武打动作，都是我自己做的，没有用替身，为此还发生了一点小过节：剧组原来有一位武术指导，好像和剧组相处不太好。后来又从香港找来了一个，很神气的样子，为了处理好合作关系吧，很多人都捧着他。有一次，要拍我的一场打戏，其实不太复杂，他没有征询我的意见，就说："蓝老师，您把服装脱下来给我。"我问："干什么？"他说："这段戏要开打，我来替您。"我说："如果连这点儿都不能做，我就不接这个戏了！这场戏不光是打，主要还是要演人物。你当替身，只能拍个背影，一看就是假的！"他还想坚持："这段戏的开打动作……"我也有点儿较真了："我告诉过你了，如果今天你坚持要替，那以后这个人物你来演。又没有高难度的翻滚，不就是这几个动作吗？"

这场戏是由一位副导演执行，他怕僵下去，就开机了。我和同场演员是研究过这场戏人物关系的，开始打起来，几个动作做完我就停下了，这位武打指导问："您怎么停了？"我说："你觉得下边该怎么接啊？""哦，哦，下边该换镜头，该对方接招了。"弄得他也有点儿紧张。他心里一定会想：这演员怎么这么难伺候啊！其实我跟戏组上上下下的关系都特别好，但这回我有点儿较劲了，我就是看不惯这种莫名其妙的摆谱儿，甚至莫名其妙的优越感。论能力吧，他还真是香港专业的武术指导，但是辈分比较晚。戏里演闻太师的施正泉是一位京剧演员，就是演京剧《智取威虎山》里李勇奇的那位，跟我关系特别好，问他：

"你们那个某某，认识吗？"他回答："那，那是我师伯。"施正泉又问："那某某呢？"他答道："那应该是我师爷。"施正泉很随意地说："噢，那几位还可以。"

我也不是故意怄气，我这样做还是有把握的，武术我也学过一些，作为演员，我的形体感觉是可以的。这些由我自己做，因为这是我塑造人物的一部分。但我也用过一次替身，姜子牙中了魔法，被群蛇缠身，那些滑溜溜的蛇，我知道是无毒的，但实在是发憷了，导演也不勉强我，请一位道具师来做替身拍了。

《封神榜》是和正大集团合拍，也是上海电视台的重点戏，花了不少工夫。郭信玲导演经验丰富，演员阵容庞大，除了我们四个外地演员之外，几乎包括了上海大多数院团，有上海人艺、上海青年话剧团、上海戏剧学院的，还有上海京剧院、沪剧院、上海昆剧院的，上影厂的……基本上囊括了上海戏剧影视界老、中、青三代的优秀演员；戏的人物、场景多，有三位副导演，三个组同时拍，赶进度。郭信玲驾驭这么大的一个戏组不容易，她很有经验，很稳重，遇事不急不慌，我们到新疆等地出外景，去的演员，不包括当地的群众演员，就有两百多人次，她都应付自如。制片主任由上海台能力极强的张国平、胡志明担任，拍戏时间长、人员多，移动性极大，如此纷繁情况下，调度有序。

从 1989 年 4 月开机，拍摄近十一个月，内景用了上影厂最大的摄影棚，外景地去了浙江建德和瑶琳两个大的岩洞，还有新疆哈密、敦煌、武夷山以及深圳等地，艰苦不少，乐趣更多。合作过程中，有很多让我感动的人和事。

上海朋友们知道我们长时间离开家不容易，对我照顾得无微不至。上海京剧院两位演员刘德利和范龙棣特别热心，他们都是能唱一出的武生。我们连着几天拍大场面，大夏天，把所有人晒得脸都快跟非洲人一样了，刘德利每天到现场都带一个西瓜，还带一个小勺，特意给我留一点，就因为知道我化装粘了很长的胡须，吃东西不方便，专门用这个小勺帮我吃。也是在拍作战大场面，两军对垒，我的戏在战车上，我在几天前刚摔了一下，上战车就有点费劲，忽然另一位武生演员刘长江跪在了车前，让我踩着他的背上去。我心想：人家也是演员，也是个角儿，我是谁？怎么能……但马上要拍戏，上千人的群众都准备好了，我也不能再拖，只能心一横，踩着他的背就上车了。忍不住泪下，又不好让人看见。

　　饰演李靖的刘安古，当时是宋庆龄基金委员会儿童剧院的院长，后来担任过上海剧协的秘书长。他对我照顾得特别周到。在拍戏过程中，多数时间我都待在上海或去外景地。刘安古每隔一段日子就请我到他家去吃一顿饭，今天请我吃上海菜，照顾我北方人的习惯，下次由他的夫人给我包饺子；秋天了，请我吃大闸蟹……让我这个异乡人没有孤寂感。

　　好几位上海朋友请我去他们家里吃饭，范龙棣、刘德利……有时还重了，年轻的才女徐娅也约了时间去她家，而且事先她全家研究菜谱，但我忽然想起，早已和上海新村（上海演艺界人员集中居住的地方）的几位朋友约定了这个时间，我赶紧找到徐娅，连连道歉！忙乱了，记混了，常常辜负朋友们的好意。

　　魏启明是我非常佩服的话剧演员。上海人民艺术剧院曾经在首都剧场演过《陈毅市长》，就是魏启明主演的。他演出了陈毅的神态，可以说到现在为止，是演陈毅最好的演员。而且他用功，用心，大有不做到极致誓不罢休的劲头。我跟他谈"文王访贤"这段戏的时候，我们俩一来一往，基本上就把这场戏谈得很具体了。他比我大一岁，我们合作特别高兴。

　　在武夷山，那天没有我们俩的戏，聊起武夷山特产武夷岩茶，最有名的是大红袍了，我是北方人，从没有喝过。魏启明提议："咱们去试试？"我们去了九曲溪的二曲，二曲边上有一幢二层小楼，叫茶观，我们找到茶观的主任。自我介绍后，这位主任很热心，把我们带到小楼上。那天，外面下着蒙蒙细雨，万物滋润，游人很少。主任打好水，给我们讲解岩茶要怎么泡，怎么斟。比如，斟茶要转圈倒，这样可以使每一杯茶的浓度相同，这叫"关公巡城"，每杯七分满，然后把最后的余津再一点一抬头，依次点入每个茶杯，这叫"韩信点兵"。说完他就离开了，说："你们自己慢慢品吧。"我和魏启明兴趣浓浓，外面溪上、山间云雾缥缈，好像整个武夷山只我们两个在品茗，共同感觉：武夷岩茶确有味道！我从此开始喜欢了工夫茶。我问主任："能不能帮我找点大红袍？"他说："可以啊！"没过几天就给我找来了，带包装的，好几盒。我问主任："武夷山只有一棵大红袍茶树，还有一个班的战士轮流站岗，一年才产七两，你怎么可能给我找到这么多？"他告诉我："这也是大红袍，但不是那棵树上的，是从那棵树剪的枝，扦插培育的，这是第二代树的，也算难得。"

《封神榜》拍完后，在我离开上海前，魏启明还专门请我到上海的红房子——当时上海最有名的一家西餐厅去换换口味。

施正泉让我难忘。他是京剧海派的"正"字辈，他们这一字辈总共有一百多个人，还有几位健在，比较有名的像老生关正明、唱花脸的孙正阳，施正泉也是其中之一。他比我小一岁，在上海京剧界也是突出的老演员，他传统方面的知识特别渊博，所以我们经常聊一些梨园行的掌故、《封神演义》的传说，等等。施正泉为人特别耿直，处世待人真诚，对看不惯的东西也敢仗义执言。

《封神榜》按照合作协议，香港方面要派四个演员来参加，一位演女娲，一位演赵公明（就是后来的财神爷，毛泽东著作中称其为"赵公元帅"的），一位演云霄，还有一位演姬伯邑考。其中，最认真的一位，是饰演伯邑考的汤镇宗。他在生活上没有什么特殊要求，大家在拍摄棚里吃工作餐，他也一起吃，而且他也是这四个人里最符合角色形象、表演上气质最好的。这是汤镇宗第一次在大陆拍戏，后来他在连续剧《外来妹》中演男主角，至今仍活跃在内地影视界。而其他三位香港演员，虽然算不上知名度很高的腕儿，却排场不小，吃饭要安排单间，单送西式大餐，但一演起戏来，就有问题了。化装师要给演赵公明的那位演员化装，要粘胡子，他不肯粘。化装师说："这个人物的造型设计，是要有胡子的。"他坚决不让粘，僵在那儿了。我正在一旁，忍不住说："这个戏赵公明不单要粘胡子，而且这个人是黑脸膛，还留着很长很浓的胡子，骑个黑老虎，'黑虎玄坛'，这神话传说上都有依据的。否则就全不对了！"施正泉也说："神话传说中赵公明是怎么回事，所有中国老百姓都知道，怎么能弄成个奶油小生！"我们两个这么议论，那位演员听了一声不吭，铁了心坚持以"俊男"样子，我们也明白了，他拍戏上镜就是为了让人们认出自己这张脸，根本就没想过还要塑造人物形象。跟这样的演员谈表演、谈人物创造只是空费口舌。最后导演来了，按说

被"绑架"去拍了影视剧

导演可以坚持这个人物造型，但是她碍于合拍已经有过几次矛盾，结果就这样算了。施正泉当场长叹一声："这个戏，将来有些人物就毁在这些地方！"我也说："中国古代神话是一种传统文化！随意乱来，糟蹋了。"

一两年后，我又去上海，想见见这些合作过的老朋友，先联系了刘安古，再约施正泉一起聚会，但他家的电话一直没人接。我们想：他大概去外地了？后来才知道，是那几天家里的电话没挂好。等他听说我来上海了，要找他见面，给我和安古打了好几次电话，我已经离开上海了，彼此都很遗憾。

《封神榜》拍摄周期长，有很多遗憾之处，但也有很多乐趣，借着拍戏出外景，东南西北去了很多地方，有些平日是很难有机会去的。

《封神榜》的内景是在上海电影厂最大的一个摄影棚里搭建的；外景曾经去过浙江两个最大的溶岩洞，一个在建德，一个在瑶琳，里面有很多奇形怪状的钟乳石，我们都是连夜在那儿拍摄，确实很漂亮。

到武夷山拍外景，在这里待了两个月，走遍了一线天、老虎嘴、鹰嘴岩、桃花源，特别是乘竹筏游九曲溪……所有的景点。所以后来我参与策划画《万里长江图》长卷时，我说了自己的体会：画山水，画祖国的江山，要有一个视觉感，就是在山上看水，在水面上看山。这就是我从武夷山游览时得来的。

在武夷山两个月，我看了一些各地的工艺品，有浙江青瓷、龙泉宝剑。那时还是一个新建的旅游点，来的人还很少，他们设立了一个龙泉剑的销售点。我们待的时间长，就订了几把宝剑，上面还刻上了我和造剑师的名字。其中有一把很重，说是研制仿古削铁如泥的宝剑，倒确实很锋利，这种剑当时只有两个人定，一个是当地一位老道长，再一个就是我。

到敦煌拍戏的时候，我的腿摔了，伤筋动骨的事儿总会拖些日子，但有些活动量不太大的戏还是要抓紧拍。等我的腿刚刚好一点，有一天，刘安古、姚明荣和徐娅三个人相约出去玩，我说我跟你们一起吧，他们有点担心："你行不行？""行！出去活动活动也有好处，再说，这些天也憋闷坏了。"

我跟他们去了两个地方，一个是鸣沙山月牙泉。我们先是租自行车骑一段路，然后骑骆驼到达目的地。上沙山的时候我们是走上去的，下的时候则是滑下来的。松滑的沙漠，连我这腿伤未愈都觉得很轻松。我不太明白，常说"风沙"，沙应该是随风移动的，但为什么这儿老聚集着一座高耸的沙丘，自古至今经年矗立？其他人也不知道为什么。这里的风景真是别有风味。

　　我们还去了白马寺。相传，龟兹高僧鸠摩罗什东传佛教，路经敦煌，他的坐骑白马夜间托梦，言说自己本乃上界天骝龙驹，奉佛祖之命送他东行，现已进阳关大道，自己将超脱生死之地，高僧到葫芦河将另有乘骑。次日鸠摩罗什醒来，白马果然已死去。当地佛教信徒遂葬白马于城下，修塔纪念，取名"白马寺"。

　　我们四个游玩回来之后，他们仨跟剧组的其他人说："今天我们去白马寺了。在白马寺还听见了马的嘶鸣声。"听者很惊讶："真的？""真的！"大家自然不信，但他们信誓旦旦地说："不信问蓝老师。"我接口说："对了，我真听见了，就在寺庙的后边。忽然就听见那么一声。"这一下大家真有点纳闷了，本来以为他们肯定是在编故事，但又都知道我跟大家从来不开玩笑。我说："我发誓，我绝对听见了。要是说谎，我的姓都倒着写。"这下大家都信了，说："明天咱们都去！蓝老师都说了。他肯定不会说谎。"——其实，我还真听见了，不过，不是真的马在嘶鸣，而是刘安古在学马叫，当时大家的兴致何其浓！

　　最让我兴奋的是，已经到敦煌了，剧组组织大家分批去参观莫高窟，敦煌研究院派了最好的导游，还给我们开了几个专业洞。这种"专业洞"的壁画是最精美的，不对普通游人开放，只有尖端专业人士获得批示后，才能一睹真容。

　　头一批去参观的人回来，有人跟我说："别去了，没劲！""啊？！"我一听都觉得惊讶，到了敦煌，说莫高窟没劲？我是学美术的，肯定要去！平时即使是自己专程到敦煌来，也难找着这样的机会。

　　敦煌的外景戏拍完，回程中在柳泉站等返京的火车，我在这里还买了一套《敦煌莫高窟壁画雕塑全集》。敦煌绚烂的艺术品，又一次唤起了我对绘画的兴趣。回去后，我专门写了一篇文章，说我现在专业是演戏，但最有兴趣的还是绘画，不过，我只能是一个驻足在美术门外的欣赏者，不敢陷到这里边去。

这个剧组人多，还真是应了那句话："林子大了，什么鸟都有。"也难免会发生一些不愉快，但有件事儿也太邪乎了！

我们在新疆哈密拍戏的时候，有一天，一位助理导演说："有老乡说今天要请你吃饭。"我很纳闷："没有啊？"他说："不是说好了吗？反正待会儿也没事了，你就一块儿吃饭去吧，我陪你去。"我跟这位助理导演也挺熟，那就去吧。结果去了，这家老乡我根本没见过，倒也很热情，只是说："我特意约请演姜子牙的吃饭。"我纳闷儿，没听说有这么个约会啊？助理导演说："蓝老师就是演姜子牙的啊。"老乡也没什么反应。待了一会儿，来了另外一个演员杨某，我也弄不清他是上海哪个单位的，但我这就明白了，原来是他跟老乡冒充，说他是演主角姜子牙的。他进门以后看见我在，略微愣了一下，好像也不太在乎，就大言不惭地自我吹嘘。那位老乡大概早听过他这一套，今天特意有事相求，说自己的女儿想去上海，希望有个门路找工作。杨某拍着胸脯应承："你放心，让她到我那儿去！我管她的吃住，上海各级各部门领导我都熟，人事局长、公安局长那儿，我说句话，给她安排个工作，没问题！"这一通吹嘘还真让老乡信以为真了，说好让女儿去上海找他。

回到住地，施正泉见我的神色、情绪都不好，就问我怎么了。我说："今天别提了！"我把刚才的事儿跟他说了，越说越气："这也太邪乎，太过分了！我得把制片主任找来，跟他说清楚！"我当即把制片主任张国平找来，把那个人冒充我骗人的事，一五一十向他汇报了，在这荒郊僻壤的地方，剧组出现这种冒充诈骗，人家老乡还真要把自己的女儿交给他，让他带到上海去，万一出了事……这肯定要出事！人家会说是"你们这戏里演姜子牙的那个演员"。这个我没法承担。张国平听了也很气愤，我说："你一定得派人去跟那位老乡说清楚，千万别信这个骗子的。"张国平后来也找那个杨某谈话，质问批评了他。

事儿还没完！

接下来，我们转到别的外景地，住在宾馆里。本来大家相处得都挺好，忽然一天，宾馆里有个女服务员反映："你们那里有一个人半夜里找我动手动脚。"一查，又是骗人的那个杨某！大家都很气愤，这人怎么这样！如此败坏剧组的名声！那天我们几个正好没戏，就在宾馆大厅里坐着等他。那个人知道事情败露了，躲在屋里不敢出来，但他也不能总不出来，一出来就想赶紧溜走，这时施正泉喝住了他："你怎么回事？！"他结结巴巴地回答："我，我没怎么啊？"施正泉痛骂他："你的心让狗吃了还是怎么的！"

《封神榜》剧组，创造气氛很好，合作近一年，也很和谐。我参加过的很多影视剧组，大多是很严谨认真、气氛和谐的。但真就出了这么个太出格的事，也难怪社会上对演艺界有时会产生不佳印象。也确有这种害群之马！

《封神榜》播出了，还出了录像带（当时还没有光盘），尽管我对这个戏还有些不满意之处，但观众的反应还不错。也由于上海电视台把它作为重点剧目，从导演、制片、摄像、演员阵容到各部门人员都很强，创造上也花了力气。这个戏小孩喜欢看，成年人也喜欢。应该也是一部成年人的神话故事吧。

开头说过，我从小就喜欢这部想象力丰富的神话小说，带着浓厚的兴趣演。人们问我怎么评价？自我感觉，姜子牙这个人物，我演得还算不错吧。

匆匆参加的《渴望》

我参加《渴望》也经过了一些曲折。还是在拍《封神榜》期间，赵宝刚来找我，说正在筹拍我国第一部室内电视连续剧《渴望》，想让我去演戏里的父亲王子涛。他是剧组的副导演，专门负责找演员。我曾跟宝刚合作过，听他说明来意后，照例请他先把剧本给我看。但剧本看完，我不想演。我说："剧本很好，但这个人物不在故事情节当中，如果我现在给你讲一个'渴望'的故事，不提这个

被"绑架"去拍了影视剧

人物，也照样能讲出一个完整的戏剧故事。"

赵宝刚说他们还要改剧本，我说那就改好以后再给我看。过了一段时间，我去《封神榜》的一个外景地拍戏。那天也真是凑巧，别人都出去拍戏了，我独自在宾馆大厅里，忽然前台的电话铃响，服务员也不在，我就过去接电话："你找谁？""找蓝天野。"我说："你是谁？""赵宝刚。"我说："你可真巧了！"那时也没手机，平时宾馆就算有人接电话，大多数时间我都会出去拍戏，还是要等我回来后转告给我，这回确实太巧了。宝刚说剧本改好了，我说："这样吧，我正在外地拍戏，你把剧本送到我家，我过几天就回去，马上看。"

我回到北京，把剧本修改稿看了，确实改了，但没有什么明显改变。我也知道，剧本不可能有根本的变化，要给这个人物硬加些戏，也不现实，而且会显得画蛇添足。所以我打电话给赵宝刚，决定把这个戏推掉。宝刚说："蓝老师，戏已经在拍，您到现场，跟作者、跟导演当面谈一谈。"又说："这个角色只想请您演，没考虑第二个人。"我听他都这么说了，那就去吧。

我到了剧组现场，见了两位编剧，但他们也没什么想法，而且根本没有打算再改的意思。我想，既然如此，那就算了。我也上了导演台，跟鲁晓威打了个招呼。在现场我不好说不演的事，回到家，我在电话里告诉赵宝刚和作者谈的情况，我说："这样我就不演了，你们还是请别人吧。"这时已经是腊月底，他们拍戏即将告一段落，要放假收工了。赵宝刚一听急了，说："那您赶紧定啊。因为马上就要拍您的戏了。"而且，当天夜里赵宝刚两口子还要赶火车回广西他岳父家。他说："这样，我让导演明天给您打电话。"

鲁晓威给我打了电话。他也不跟我谈演还是不演的问题，就说剧本要怎么改，他有什么想法……说了有半个钟头，电话旁边也没有个凳子，我就一直站在那儿听，大冬天的，我脑门儿上汗珠直往下滴，忍不住说："鲁晓威，这样吧，咱们先做个决定，我演！但是你明天得来一下，咱们商量商量这剧本怎么改。"

第二天，大年三十下午，鲁晓威来了。我说："我答应了演这个戏，肯定说了算数，一来昨天站在那儿接电话，我实在累得够呛，再有，春节假后，初五就要拍这个人物的戏了，现在年根儿底下，你们再找人也确实难，但剧本还是要做些修改。"他说："剧本我自己来改。"我们对剧本和这个人物交换了意见。

后来他还真是改了，而且还增加了两场原来没有的戏，其中一场是我跟小芳两人同时过生日，跟这个家有关系的所有人基本上都参加了，十几个人聚在一个厅里。这一场有十五分钟，是全剧中最长的一场戏。我也明白，剧本再怎么改，也不可能使这个人物有根本的变动，但他尽力了，总归是把人物丰富了一些。鲁晓威自己动手修改剧本，特别是后二十集，从三十一至四十集，他一边改一边拍戏；到了最后的十集，他是关在房间里改剧本。今天的改完了，马上刻蜡版油印，只能印几份。现场则交给赵宝刚去拍。赵宝刚就是从这儿开始了影视剧导演的路，他也真是有心人，拿下来了！后来他在导演上的成就绝不是偶然的。

《渴望》播出后引起了轰动，每到晚上，人们都聚集在家里看电视。这个戏出来几个演员：张凯丽原来拍了几个戏，没有太大的影响，但"刘慧芳"就火了；还有李雪健、黄梅莹……《渴望》之所以感动人，主要是因为它符合了人们的一个心愿——人们期望我们的现实生活里善良多，期望好人多。

摄制组也下了大功夫。比如同期录音，设备条件很差，为了达到最好的效果，剧组每天早晨起来的头一个任务就是——轰鸟。每天还有一个时间段不能拍摄，因为摄影棚是租了部队的两个篮球场改造成的，那段时间要运垃圾，录音就得停。录音师在现场穿着棉衣、羽绒衣，在连接远镜头跳到近镜头时，调整话筒的距离就在地上滚过去，不能出杂音，绝对刻苦认真，想了很多办法。

《渴望》确实有好几位演员塑造出极为生动的人物形象，打动了观众。张凯丽本人其实是个非常爽快的人，她创造了那么一个沉静、善良的妇女形象，使亿万观众落泪、动容，一时"满城争说刘慧芳"。

黄梅莹是一位非常优秀，却又很低调的演员。她演的王亚茹，是非常有个性，而本质极为善良真情的女性，听说剧组最初想邀请她的时候，很担心她会不喜欢这个角色，就只给了她一部分剧本，那些显露王亚茹性格偏于古怪的段落，没给她看。这也可能有点多余？或是因此她就接受了这个角色？我不得而知。但

被"绑架"去拍了影视剧

黄梅莹确实演得非常出色。

李雪健把宋大成演活了,感动了多少观众。而且他已经形成了自己独特个性的表演道路。在这个戏之前,我和雪健接触过,他在空政文工团演了形形色色的人物,都很传神。

吴玉华是在《渴望》拍摄之前,观众最熟悉的一位演员,缘于她演的《篱笆·女人·狗》收视率颇高。在这个戏里她演肖竹心,是一位温柔宁静的女性,但吴玉华本人也和凯丽相近,性格开朗而爽快。

郑乾龙是青艺的台柱子,前几年电视台录制《渴望》剧组重聚节目时,他重病住在医院,大家都极为关切。未几,这位优秀演员英年早逝。

《渴望》让观众感受了真情。

二十多年过去了,人们各忙各的,也不常见,但一段合作中的真情记忆还在。

没引起多少关注的《将军暮年》

影视剧的事有时很难说,有些戏播出了,观众喜欢,影响面大,有的几乎家喻户晓。但我参与过的有些反应热烈的戏,我自己不一定满意。可是有些戏由于种种原因,比如剧本、题材,尤其是地方台的小成本制作,尽管拍得不错,但很难产生多大影响,在非重点台的非重点时段播出一下,收视率不可能高,很多观众没看过。这些戏里,有的却是我自己喜欢的。

《将军暮年》是单本剧,上下两集,银川电视台的一个小剧组,单本剧的投资也不会太大,但是看完剧本,我还真是有点动心,我演一位暮年离休的老将军,感觉这是一个能够把我过去生活积累体现出来的角色,我能够把握这个人物,所以接了这个戏。我多年来喜欢到生活中去,也有些部队的生活积累,对生活中接触过的一些人印象深刻。心里早有演一个军人形象的创造欲望。

这个角色的原型，是宁夏一位退休的老将军，叫牛华成，当地人对他非常熟悉。开拍前我去拜访他，我们很谈得来。对我演这个人物自然很有启发。

戏里讲了老将军的两段生活，一段在20世纪60年代，一段在20世纪80年代。这两个年代我都经历过，身有感悟，我要把角色演成一个打过仗的军事干部，一位老将军，而不是军政委。我见过这样的人，脑子里有这样的形象。

有一段戏，60年代他还没完全退下来的时候，在一个大的练兵场，站在一张高桌子上，对下面围坐着的很多战士，进行演讲、鼓动，很长的一大段话。这段戏镜头围绕360°摇拍，一次连续拍下来。我演完之后，他们很惊讶："你还有这么一面？"我说："演员都会有各自的局限性，但是演员身上能够释放出跟他自身不一样的东西。越是跟他平时生活中有比较大的距离，有时反而更会激发他去找到人物感觉，就会更自如一点。"

拍到80年代后期一段戏：将军已经很老了，不管具体事了，他的老部下来看他，聊这个聊那个的，他已经很疲倦，也该送他们走了，但是呢，又觉得再见面的机会不那么多，不忍让对方离开。那种感觉我自己生活中也有过，所以我一直保持着这种状态，但演老部下的几个群众演员是剧组的工作人员，他们不是专业演员，不太容易入戏。导演急了，对他们嚷："你们看，蓝老师现在的状态多好，你们再不入戏……"我说："你别催他们。"我对军队这些人还是有些了解，那时我们人艺和各方面，包括部队的领导人，接触比较多，熟悉那个状态应该是怎样的。我要演的是一个司令员，我见过很多退休的将军，有的失落了，但一般都是闲不住，看似这个人物跟我距离比较远，但比较熟悉。

还有一场戏：老将军一天夜里没事，忽然自己换上便装，也没带警卫员，独自到大街上溜达。这部队发现老将军不见了，急得不得了。他的警卫员、参谋，一群人开着车，全城到处找。结果他一个人深更半夜溜达到一个鸡毛小店，跟几个老百姓坐在炕头上聊点家常，喝点酒。挺有意思的一场戏。

有一天晚上，导演带着我和舞美、摄像等人开车出去，现找拍摄外景，他们在街上转来转去，这儿不行，那儿不行，忽然，找到一个小旅馆，导演说："我们先进去看看。"结果进去老半天，一出来就说："咱们走！"我问："怎么啦？"他们说："咱们再找吧。"我说："那么半天了，再上哪儿找去啊，你们有没有一个理想的？"他们还是坚持说要再找。我有点急了："我进去看看！"他们拦着我："别进去了！"我说："你们等着。"我进去一看，说："这么好的地方你们不用，还上哪儿找去呀！"他们觉得脏，那当然了，就是那种最简陋的也最便宜的鸡毛小店，所谓正房，就里屋有一个大炕，但绝对真实。我说："就这个地方，多好啊！你找都找不来的。"他们确实是怕我忍受不了这环境。我说："干演员的，包括你们，讲究什么啊！找这么一个适合戏需要的地方，太不容易了。赶紧架机器！"

那天的戏是：小店里只有几个老百姓在那儿，老将军身着便装，人家也不知道他是干什么的，大家就一边喝酒一边聊天。那个小店确实脏，但整个拍出来的感觉特别好。那天他们也是现找的群众演员，起初我对这个有点儿担心，没想到这回真怪了！以往跟我一块儿演戏的，有些甚至是专业演员都不太会演戏，这次我忽然发现，有两位老的群众演员太会演戏了，真好！

在等着拍下一个镜头的空隙，我跟他们聊："你们两位是哪儿的？"——原来他们是西安易俗社的两位导演！那位老导演年龄比我还大一点，另一位原先是演员，后来也当导演了。易俗社是全国非常有名的、历史最长的秦腔剧团。1951年秋，我到甘肃去参加土改，路过西安，就看过易俗社演出的《李闯王》。我说："我当时看过你们的戏，有几段唱腔我都记得。"说着我就哼了几句。他们一听，说："对了，对了。"《李闯王》就是那位老导演导的。他们两位真是太会演戏了！后来剧本的台词我都不管了，就我们自己坐在那儿聊，他们以老百姓的身份，我没把自己当成什么将军，就以一个普通人的身份，聊点民生、过日子的事。真是太难碰到这么一个场景，也太难碰见这么两位老艺人！他们不是话剧、影视演员，说话没有演员的腔调，非常自然，但他们又懂演戏，就形成了一种过去不认识，但一见如故的感觉。这场戏真是非常好，我们演得过瘾！

对于老将军晚年从工作岗位上退下来后的生活，戏里原先没有什么更多的想法，就是他闲不住，到处去转，了解社会情况，比如去银川一个大的清真寺，后来又到六盘山，还有一段古长城……我建议他们增加一些生活气息浓的场景，晚上去大排档，到夜市吃羊肉串，碰到两个新疆人，聊他们的生意……我觉得还不够，对导演说："我再建议你加几场戏，其实都不费事。我们的领导人，包括周总理、贺老总、陈老总，有一个共同之处，工作之余，他们会特别关心两件事，一个文艺，一个体育。这既是他们的个人兴趣，也属于国家大事。你可以安排这么两场戏，跟你们体委联系，到女篮训练场，拍老将军看运动员训练，还跟她们聊技战术之类的……再联系你们宁夏京剧团，拍他去看演员练功，几个小时就拍完了。"最后这些也没都拍，因为时间紧，成本小，再联系这些也困难。

总的来讲，这部戏拍得不错。我对这次演的老将军算比较满意，演了一个和我自身距离比较大的，曾经领兵打仗，"烈士暮年，壮心不已"的老将军。

这个戏在中央台也播过，不是重点时间段，播一下也就过去了。

《板桥轶事》——四天半的郑板桥

郑板桥这个角色我错过了好几次。曾经有一部较大型的电视剧，是山东潍坊拍的，找我演郑板桥，我正在忙别的戏，后来就请了别人演。过了好多年，我到潍坊参加活动，潍坊市委书记见到我，还说："当时是我提议一定要让他们找你的。"我说："我知道，但是时间怎么也安排不开。"

1991年，极其偶然的一个情况下，在电视剧《板桥轶事》里，我还是演了郑板桥。那时我正要去杭州拍《中国商人》，走前一个星期刚把飞机票订了，晚上，吴桂苓给我打了一个电话，他正在给杨洁做制片主任。他说他上午看见我

被"绑架"去拍了影视剧

了，听我说起下个星期要到杭州去拍戏。他说："所以，有件事我就没给你说。后来又想一下，还是想跟你商量，有个戏，叫《板桥轶事》，是个单本剧，上下集，你看有没有可能来拍？"我对这个"扬州八怪"之一、当过七品县令的人物还是很有兴趣，就说："这样，那边在等着我开机，我也订好了机票，一个星期以后走。如果连来带去，我可以有完整的五天，能不能集中拍完我的戏？"他说："我跟导演商量一下。"一会儿，吴桂苓的电话又来了："定了，明天早上走，五个整天。"实际算下来只有四天半，因为第五天下午我就要准备离开了。

拍摄地点在河北正定，新中国成立前是华北大学所在地，1948年我到解放区，就住在这里。如今正定盖了一座"荣国府"，盖得比北京宣武区的"大观园"要好得多，建筑非常好，剧组在五天内，还真把有关我的戏全拍完了。

《板桥轶事》也是上下两集的单本剧。虽然时间如此仓促，但我拿到剧本，心里有底。我总认为，一个演员创造角色，不是从你接到这个剧本才开始准备，而是从你决心当演员那天就要开始的，心里要不断地酝酿：自己还想演一个什么样的人物？也许还根本没有人写过这样一个人物，但你心里要有很多想要创造的形象，有机会碰上了，就会迸发出创造欲望。我一直想演一个画家，中国历代很多书画家，特定的历史和曲折的人生造就了他们不同的个性，甚至是传奇性的，这些很吸引我。郑板桥是"扬州八怪"中很有影响的一家。其实郑板桥的书画并不是我特别喜欢的，但他与民间紧密相连的心性打动我。

人们对郑板桥大概不算陌生，他那句"难得糊涂"曾引得一众雅好者悬挂厅上（有些其实已经糊涂得够份儿了，也赶着附庸风雅）。"六分半书"、无根兰竹也都为业内熟知。

这个戏写的是郑板桥当潍坊县令期间的事，一位仗义执言的清官。我想，他个性中的那点质朴，以及对民间疾苦的关注，还能够在官场混迹，必然带有一种游戏人生的方式来处理人际关系，才能应付得了。这个戏里写他要判一个案子，知府来找他说情。他虽然是书画大家，但也只是个"七品官耳"，对待自己的顶头上司，不可能用一种大义凛然的方式拒绝，所以他的语言，就是用一种看似奉承的方式，"我知道，如果要是您，您一定会这么办"，戴高帽子，把对方捧得下不来台，他还是秉公执法了，弄得对方也没话说。这让人看起来好笑，但不是我在表演上刻意逗笑，而是角色自身的学识、文才自然带出来的幽默感。

也是在身居"七品官耳"的时期，郑板桥有不少作品，特别是他关心民生疾苦的诗句"一枝一叶总关情"，是他这一时期心境的写照，一位民间性很强的文人和清官，使得他还不同于像金农那种纯粹的文人。这些我心里早就积累了很多，所以时间虽短，我心无旁骛，直接进入人物，反而演起来比较自如。

演郑板桥，是我很喜欢也比较满意的一个角色。这个戏获得了当年电视剧最佳单本剧奖。只有一点非常遗憾，最后的配音不是我自己。当时没有同期录音，我走之前，还特意跟导演说："后期配音的时候，我自己配音，往返路费我自己出。"但是他们也难，究竟哪天配音，跟我的时间会不会冲突，都难绝对保证，而且要抢时间。他们请了当时配音界一位最好的演员，导演还特意希望配音演员："你尽量按照蓝老师原来的语气。"这很难，因为不同的演员总会有自己的理解和习惯。确实很遗憾，我创造一个人物，语言占的分量经常是更重要的，语言和行为应该是一个人物的整体。

尽管这个戏还获得"最佳单本剧"奖，但它还是没有多高的收视率。

电影《寡妇十日谈》的是是非非

1993 年，我拍了一部电影《寡妇十日谈》，是一个少数民族的故事。全剧故事情节发生在整整十天里，女主角是一个寡妇，名叫杨梅，是由宋佳演的。我演的角色刘药先，是一个地方郎中、民间游医，又卖药又治病。大致情节是：一个年轻的外乡鸬鹚客，每天撑着船、放鸬鹚打鱼，还有我演的刘药先，都喜欢这个寡妇杨梅。但她已经比较成熟，最后和我演的这个郎中结婚了。这部电影是肖风导演的，他和张艺谋、陈凯歌属于同一代，也是搞摄影出身，他夫人秦竟红也是搞摄影的。他们对电影镜头画面非常讲究，这部影片是他的导演处女作。

我演这个人物时，创造状态不错，比较自如，对一个地方郎中的各个方面，我做了充分的准备，比如中草药知识，我事先尽力去了解，又根据戏的需要，掌握了一些推拿技术。平日我腰不好，常去医院做按摩，"久病成医"，但这是技术活儿，拍戏前，又专门向大夫请教了专业手法。这个人物还有一场舞剑的戏，武术、剑法我还略有基础，在拍摄当地又找到一位武术师请教，然后自编了一段适合剧情的套路。这些都在表演中发挥了作用。关键是塑造人物，刘药先身上什么吸引了寡妇？成熟、有才艺，更主要是从眼和心的交流中产生。

这部影片主要是在湖南湘西凤凰县拍摄的，这里是苗族土家族地区，我的人物——刘药先的家就借用了沈从文的旧居。沈从文先生是中国文坛卓越的作家，但由于不公正的历史原因，受到批判，甚至遭人诬陷，新中国成立后不再创作了，到博物馆当讲解员，后来专注研究服饰、文物，又成为一位文物学家。北京人艺很多历史剧，《虎符》《蔡文姬》等，焦菊隐先生都是请他做服装顾问。沈从文先生在文学上的成就使人们敬佩，后来，他写的《中国古代服饰研究》，迄今为止，也是中国服装史上最好的一部书。沈从文先生是黄永玉的表叔，我也借这个机会，在凤凰县一位主任的陪同下，到黄永玉家里去。黄永玉当时在香港。

拍摄期间，有一天，正好没拍我的戏，突然，剧组有人回来，都非常气愤的样子，对我说，刚才拍戏时出事了，当地"沈从文研究会"一个成员，带着人闯到拍摄现场，强行阻止在沈从文旧居拍戏，硬说："你们有床上戏！不许玷污了我们尊敬的沈从文先生。"剧组跟他们讲道理，交涉了半天也没有结果，硬把戏搅停了。他们对我说："没根没据说我们拍床上戏？没影儿的事！而且我们是跟县里签了合同的，耽误我们一天，凭什么！"

正好他们县办公室主任也在，我对她说："你们这事办得可真不行，你们得问他们根据什么这么说？他们肯定也没看剧本。如果我在现场，我就要质问他：

'这个戏组里就两位女演员，你说哪位女演员有床上戏？你指的是谁？'"我还说："我跟你们关系不错，你可别让他们胡来。他们尊敬沈从文，我也很尊敬沈从文先生，沈先生我也认识。再说，要是有这种戏，我能来吗？他们有点侮辱人了吧？"最后我说："你们要是不管，我找他们去辩理！""别！别！别！"县办公室主任赶紧劝我。后来这事就算过去了，这部电影也还是按计划拍完了。这事儿令人哭笑不得，按说，他们的家乡情结，对自己家乡的文化名人怀着深厚感情，我也能理解，但这种强硬生事，也太不"沈从文"了。

后来我也想过，这部电影是不是根据什么人的小说改编的？原作或者原作者是否有些挂碍？这也只是我后来随意揣测，没有具体了解过。是几年后，我才听说，可能真是根据一部小说改编的。

《寡妇十日谈》的导演、演员实力应该是不错的，主演宋佳刚刚连续获得第十三、十四届中国电影百花奖最佳女主角奖，她很能演戏，也很执著，青岛人，形象非常好，她自己都说："我从哪个角度拍都可以，都好。"就是脾气不太好，但合作中，我了解她心地不坏，很真挚。当时宋佳带了张君秋的孙女张羽去演剧中一个小男孩，我们一路坐在火车上，还见张羽不满十岁小女孩的样子，拍戏时，她就剃了光头，直到拍完，也再记不起她留着小女孩儿头发的模样了。宋佳常常把脾气发在小张羽身上，我也劝过宋佳，别让孩子显得那么可怜。张羽从小跟着大伯张学津学京剧老生，嗓子挺好，也有韵味，但那时候戏校不提倡女老生，可惜了。前两年在一次聚会时，我又见到张羽，二十多年，长大了。

另一位女演员陈炜，直到现在也是影视剧里经常出现的好演员。

这部电影应该说拍得也可以，但是过了很久，还不见放映，我问他们，回答说审查没通过。后来肖风又找我拍《杨贵妃外传》，一个小成本电影，讲马嵬坡兵变后，杨贵妃实际上没死，后来流亡他乡，也有传说是回到了家乡故地。我演唐明皇，因为比较熟了，不好不去。可以说，我还算是适合演李隆基的，但他这一个小制作，场面处理会很受局限，不可能有太大的影响。

被"绑架"去拍了影视剧

登上张家界

　　关于《寡妇十日谈》没通过审查的情况，后来才得知，影片确实是根据小说改编的，小说作者大约受过批判，所以牵连了这部影片。当时"沈从文研究会"那些人，去拍摄现场闹，是否原小说里有些不当的情节？我不清楚，但这部电影里肯定没有。影片再审查，终于批准了，但就是因为作者的原因，有一条批示：可以放映，不许宣传。五年后，我在一个不大的城市拍戏，看到过这个电影的海报。

　　《寡妇十日谈》的拍摄地在湘西，借着这个机会，我去了凤凰县，还去了花垣县等地，这里属湘西苗族、土家族自治区，山水秀丽，有着浓郁的民族风情。我的戏拍完后，我说既然到了湘西，一定要去张家界看看，剧组起初不同意，怕担责任，后来看我平时上山下山还比较轻松，就同意了。还找了两个人跟我一起去，一位原来是北京什刹海体校的摔跤运动员，后来当了教练的张利华，人很实在，还有一位记者，他们自己也想去。

　　到了张家界，上山，我没问题。下山，下到半山腰的时候，是有点累。对我来讲，要不是因为拍戏，湘西这个地方，还有张家界，很难说什么时候会来一游。张家界作为中国的第一个国家森林公园,它的山水确实不一样,很有独特风情。我们玩得都很高兴,唯一令人不愉快的是,我们下山回来,那个记者专门找了一个饭馆,偷偷地说,要吃一条娃娃鱼。我烦透了!娃娃鱼是国家二级保护动物,还真有这样的人,为了满足一点口腹之欲,干这样的事吗?!

《武夷仙凡界》——二上武夷山

1994年,《西游记》的总导演杨洁要拍《武夷仙凡界》,让制片主任吴桂苓找我,演一个介于仙界和凡间的人物,就叫武夷君,希望继《板桥轶事》之后,再度合作。武夷山有两座有名的山峰,一个叫大王峰,一个叫玉女峰,这个电视剧讲的就是关于这两座山峰,以及武夷岩茶"大红袍"的神话故事:玉皇大帝的

电视剧《武夷仙凡界》
中饰演武夷君

被"绑架"去拍了影视剧

女儿玉女为了大红袍茶下界，来到凡间，和武夷山一个叫大王的青年相爱了，为天界所不容，武夷君为了拯救族人，支持大王和玉女的爱情，最后被天界处死了。我对剧本这个结局有点想法，跟导演说："这个人物叫武夷君，结尾最好和武夷山有直接关联。我重新结构了一场戏：最后把他带到天庭，武夷君坦然净言指责玉帝，然后，他纵身一跃，把自己融入到武夷山。这样可以和武夷君这个人物、名字扣在一起。"杨洁导演采纳了我的建议，我把这场戏重新改写出来。拍摄出来，最后有一个镜头，武夷君的形象在武夷山峰若隐若现。

在服装造型上，我也尽量形成自己的想法。这是个发生在古代的神话故事，人物造型总该更远古，甚至接近原始的风貌吧。武夷君的衣服，我用像麻袋的料子。开拍前，我对王希钟说："你再给我用树枝编一个帽圈，最好还带着一点树叶。"腰带我用了很粗糙的麻绳。这样，远古荒野的气息更浓郁一些。

这是我第二次去武夷山拍戏了，也是两个月的周期。我了解武夷盛景，那时狄辛身体还比较好，我建议她也去游览一趟，果然，各地景物依然那么诱人，不拍戏时，就到处转。

这次还有个难得的收获，武夷山地处福建、江西交界，属福建省崇安县（后改名武夷山市），县里一位女领导、人大副主任热心地邀我去黄冈武夷山自然保护区看看。她备了专车，我和狄辛，还有导演、桂苓、吕中都去了，真是大开眼界！展厅里，有一种很独特的蟾，头生双角，又似胡髭，俗名"角怪"，学名崇安髭蟾，据说是20世纪一位瑞典生物学家发现的，全世界只此地有这种动物，而且仅见此一只，因地处崇安，故以此名。还特地向我们介绍了展出的一只金斑喙凤蝶，说别看这小小蝴蝶，只有此地生长，而且也只发现一只，身价比大熊猫还要高！但展品是复制的，因为太珍贵了，而复制品乱真，说了我们都看不出来。

自然保护区的办公楼就建在山上，楼对面山坡上猴子跳来跳去，引得我们过去拍照合影。若非到这里来拍戏，这神奇的自然保护区还是绝难去到的。

偶然的《月落长江》

90年代，我精力全放在画画上了，还在中国美术馆举办了两次个人画展，这以后就不再拍影视剧。没想到，1999年，我又演了一部电视剧《月落长江》。导演傅靖生原来也是搞摄影的，大家都管他叫阿宝。最初他托濮存昕找我，小濮说："你就直接找他，更显得有诚意。"他就给我打电话，我看了剧本，觉得还可以。

在戏里，让我演老年席仁甫，年轻时（另一位青年演员演）是一个电厂老板，新中国成立前夕出国，加入了外籍，晚年又回中国，找自己的儿女、当年的合作伙伴以及年轻时的情人。这个角色戏不多，但很集中。而且导演确实有诚意，也听说他是很有想法的导演。本来我已经不拍戏了，也就暂且搁笔，演了这部戏。

这个戏的女主角是陈瑾，演我的女儿席小容。很多年前，有一部电视剧曾经邀请过我，那个戏里也是陈瑾演我女儿。当时因为一些意外的原因，我没去演。想不到，这次我们还是演了父女。

更没想到的是，戏里演我情人的是王姬，她是从年轻演到老，我看过她前几集拍的镜头，少女形象非常好，但我想象不出她演老年时会什么样？王姬进入北京人艺81班的时候，只有十九岁，大约二十年时光，三十多岁年纪，演我的情人？拍戏前，王姬见了我说："蓝老师，您看我化装化老了吧？"我说："你别这么化。"她走路也有意显老态。我说："你别这样，你看我现在走路都不这样，这算再给你上一次表演课吧，真的，你别演老。"她接受了建议，效果不错。

有两场戏很动情。一场是席仁甫跟于振亚交谈，两人回顾新中国成立前席仁甫给解放区捐赠物资的往事，于振亚是郭法曾演的，本来剧本里只是表现两个人的友情，结果我们演着演着，忽然觉得应该是另一种感觉，都有点动情了，就演成了一种颇带沧桑的激情戏。

再有就是最后一集，席仁甫见到女儿的那场戏：席小容本来家世很好，但后来父母逃亡，历经坎坷，现在孤零零一个人，在一所贫困的农村小学当教员，上课都是同时给两个班上。各级干部陪着席仁甫来参观。下课后，席小容给孩子们盛饭的时候，被叫过来，和席仁甫谈话。这时，父女两人终于正式见面了，但席小容还不知道眼前这位外宾，就是自己失散多年的父亲。这场戏席仁甫和席小容之间还有一段英语对话……

最后父女相认，席仁甫不想直接告诉小容自己是谁，想顺其自然地跟女儿相认。在教室前面的空地上和学生们联欢时，席仁甫走到几级台阶上，吹着口琴，吹出了自己当年写的歌《你在我也在》的曲调，起初，我并没有看小容，吹了两句后，我看到了小容困惑的目光，注视着她继续往下吹。小容犹疑地望着我，合着口琴的曲调，唱起了这支歌，这时导演给了陈瑾一个镜头，她走到一边望着我唱，唱着唱着，想起了这是小时候父亲教给她的歌，又慢慢绕回到自己原来的位置，望着我，想到了我应该是谁，不禁边唱边走上前来，这时我已经停止吹口琴，望着她，当她走到我身旁唱到"只要你在我就在"时，我们的手紧紧握在一起。然后小容唱着，想到自己这些年的历程，又走下台阶，依次走到她生命中几个重要的人身边，停留、歌唱，最后，她又看着我唱完了最后的几句，回到我身边，哭着："爸，爸！"我们拥抱在一起。两个人很自然地相认了。

拍这场戏之前，我还不认识陈瑾。到剧组后，我先拍的是其他部分的戏，一直没见到她。等到我们俩拍完这场戏，陈瑾对我说："我就是有意地先不跟您见面，因为在这个戏里今天咱们也是头一次见面。"带着这种期待而又陌生的感觉，我们演这场戏时，找到了父女分别几十年后重逢的心情。陈瑾是个好演员，这个戏她也确实演得很好。

最后一部——《记忆的证明》

我最后演的一部电视剧,《记忆的证明》。这部戏播出后,获得了 2005 年第 25 届飞天奖长篇电视剧一等奖,优秀导演奖、编剧奖,2006 年第 23 届中国电视金鹰奖优秀长篇电视剧奖,以及最佳导演奖等奖项。但剧组起初找我的时候,我并不想演。

导演杨阳,一位年轻的女导演,让她的副导演给我打电话,说有这么一个戏。我请他先拿剧本给我看。剧本很不错。请我演老年萧汉生,戏不算多,但是这个戏里的中心人物。他是在"二战"胜利前夕,被日本人抓去的八路军战俘之一,和其他国民党战俘、朝鲜战俘,还有普通劳工一起,被运到日本一个小岛上修建军事防御工事。他带头反抗,与日军进行了不屈不挠的斗争,最后成为唯一的幸存者。60 年后,他写了一部回忆录,因为如果他不写,自己过世之后,谁能够证明当时死在那里的人,是英勇牺牲的烈士,而不是叛徒?萧汉生的孙子结识了一个拍纪录片的日本女孩,为了实现重病的爷爷出版回忆录的心愿,到日本去调查已被埋葬了的证据。他和日本女孩找了当年几个与劳动营有关的日本人,要找到证据和证人很难。最终证据找到时,萧汉生也离开了人世。

这部戏很好,一个年轻的女导演为了这么一个严肃题材剧本,一准备就是好几年,这在当今太难得了,但我当时正忙着画画,已经不再拍戏,就婉拒了。

过了几天,副导演又给我打电话,说:"杨阳导演想去看看您,您放心,说好了,不是动员您演戏。"我说:"那来吧。"杨阳来了,进来在屋子里看了半天,说:"蓝老师,我知道您为什么不拍戏了。"她可能看着我这儿摆的各种石头、画完和没画完的画,知道我兴趣已经不在拍戏上。聊天中,她告诉我,她父母都是实验话剧院的,她是在实验话剧院的院里长大的。我大哥杜澎原来就住在那个院

被"绑架"去拍了影视剧

里，那儿很多演员我也熟。我就问她："就这么一个角色，你在实验话剧院会找不到人演？"她告诉我，她其实也想了很多人，包括实验话剧院的哪个叔叔伯伯，也包括人艺的演员，她都想过，但就是觉得想找一个像我这样的。后来又谈起她是怎么弄这个剧本的。她要走了，临走时，我真觉得她太不容易了，就脱口而出，说："杨阳，我去演。""您不是决心不演了吗？"我说："我去演！"真不是她动员我的，她没提一句再让我去演的话，没有，因为来之前就说好了的。我真是让她给感动了。一位女导演如此认真，从开始弄剧本，到最后完成历时四年多；这部电视剧拍完之后，她拍《白求恩》又是好几年。这么一个年轻的女导演，不赶潮流，坚持拍那些非常严肃的、主旋律的题材，能耐得住寂寞，太难得。

我第一次跟杨阳谈戏，是在她的工作室。厅里还养了好几只鸟，都没有关进笼子，就在屋子里任意飞。让我不禁感叹：现在导演的工作条件真好，我要是再年轻一点，也弄一个工作室。

这个戏，我不能说自己演得很好，因为我的准备不那么充分，但总归经历过八年抗战、北平的沦陷，比较懂得这段历史。杨阳还给这个人物安排了一些随意的戏，比方跟邻居在公园里转，随便拍几个镜头，随着人群一块儿打拳，一块儿票戏……也增添了一些生活气息。而我进组以后才知道，演我老伴的是徐秀林，她比我演得好，总是那么真实、动情！

在90年代，我还拍了不少影视剧，不一个个罗列了。甘肃兰州，福建福州，辽宁大连、山东淄博、青岛，还有南京、扬州、镇江，哈尔滨……天南地北跑来跑去拍。湖南潇湘厂我去拍过几部戏，其中一部是在橘子洲头拍的。

还有一个在武汉拍的电视剧，是根据白先勇同名小说《冬夜》改编的，这是我第一次接触这位作家的作品，我把他的书尽可能找来读了，很洗练，有自己对生活的独特视角。这个戏只两个角色，两个老朋友久别重逢，一个现居当地，一个定居美国，两人都已成为教授。很有味道的一部戏，是由我和张瞳演的。有个很深的印象，到了武汉，就开车把我们拉到郊区的一个山上去拍戏，那里有吃住的地方，一个小院、小楼，旁边一个摄影棚，是武汉电视台的拍摄基地。主要就一个场景。那天，剧组所有人坐车上山，没想到刚刚上路，武汉，一个南方城市，竟然开始下大雪；等我们到了山上，大雪封山，想下都下不来。困在这里十几天，断水，吃的水还能想办法接一点。那就正好集中拍戏了。

这不是唯一环境特殊的拍摄，那些年，拍戏会遇到极不相同的条件：豪华城市的超五星级酒店，边远贫困山区，各种季节，酷暑三伏也要穿戴皮衣皮帽捂得严严实实，天寒时节拍雨中戏。曾有一次，在大连，消防车喷水代雨，把我全身浇了个透，却连拍十条，那么大"雨"镜头里却看不见，我发现问题了："你们没把灯光照向'雨'上啊！"重拍，再重拍！

苦不算什么事儿，那时也还不老，我参加过的剧组绝大多数是很认真敬业的，创造探讨风气一般都很浓。我在塑造人物、适应影视剧手法等方面都有诸多体会。我人缘儿算好，收获了很多友谊，也增加了许多人生经历。

也偶有不快，个别戏里个别演员，好像只是混，有的也不是专业演员的年轻人，平时极活跃，轮到开拍了，人不见了，玩儿去了，或者服装带错了，去换吧！半天回来，还是错！有的居然问我："您能理解我们青年人吧？"……我不理解！甚至从没见过！但这是我所遇到极个别的，极其个别的！

合作中我见过更多才华卓越的演员，创造了非常优异的成就，我常琢磨：他们是怎么走出自己表演道路的，他们塑造人物的方法和诀窍是什么样的？从他们身上"学到了很多宝贵的东西"这大话不敢说，太难了，但确实学有所获。

拍影视剧没白干，得到很多乐趣和历练。

被"绑架"去拍了影视剧

十年「文革」

——种种不同色彩的记忆

2010 年春，我去电视台录制一个关于清明节的节目，我说，清明对我来讲没有太大的意义。我这个人，对一些事不大讲究，第一从来不过生日，再就是从来不搞祭祀不扫墓，没这习惯。但是我知道，清明是最好的种植季节。关于清明的祭奠活动，我终生难忘的，就是 1976 年所谓的"天安门事件"——在那年清明的前后几天，来自北京各个学校和单位，乃至全国很多省市的上百万群众，纷纷前往天安门广场，自发进行祭奠周恩来总理的活动。那几天，细雨纷纷，春寒逼人，我每天都去天安门广场，目睹了整个事件。人民英雄纪念碑前，整个广场，形成一片花圈的海洋，无数激昂深情的诗篇，还有那么多少年儿童，用稚嫩的小手认真系着一朵一朵小白花……入夜，十里长街，群众自发聚集来目送周恩来总理的灵车，……发生这样一场声势浩大的纪念活动，归根结底，是因为在十年"文化大革命"中，人们积累了太多的情绪。人民为痛失自己的好总理而悲伤，把积怒直指"四人帮"，人民都在关注着中国的命运。

　　"四人帮"恐慌了，下令一夜之间清除了天安门广场所有祭奠周总理的花圈，包括孩子们系上的那一朵朵小白花。

　　人民震怒了！誓以生命找回寄托哀思的花圈！

　　清明，我还是去了天安门广场，站在金水桥畔搭起的木台上，看到广场上发生的事。

　　那一年的清明特别冷，蒙蒙细雨，广场上一些青年人穿着栽绒领的短棉大

353

衣，蓝色的，灰色的，他们在寻找，找到了！那些花圈被放置在广场东南角的院子里，几个年轻小伙子翻过墙去，把花圈抢回来，一个个传递，又摆放在人民英雄纪念碑前。

天安门广场，这里就是毛主席 1949 年 10 月 1 日庄严宣布"中华人民共和国中央人民政府成立了"的地方。

这里就是第一面五星红旗升起的地方。

这里也是真情悼念敬爱的周总理的地方。

这里就是人民以生命与"四人帮"斗争，关怀祖国命运的地方。

"文革"之初，我遭遇的灰色幽默

十年最混乱动荡的岁月，给党和国家，给人民造成的损害，难以弥补。文艺界是重灾区，自然更躲不开无尽袭击。

从我个人来说，十载大好年华虚掷，身心受到的磨难，也无法挽回。但我在"文革"中的经历，又似乎像是一场灰色的幽默，有时又像一出黑色喜剧，随着处境时时改变，色彩不断幻化转换……

1966 年，"文化大革命"开始了，在文艺界，北京人艺首当其冲。但怎么也没想到，第一个受冲击的竟然是我！而且来势凶猛。

当时我住在首都剧场后四楼，这里基本上住的都是单身，成了家的起初只有我和于是之两家，我住这里是因为排戏、演戏方便，吃饭有食堂，图省事儿。

大约 5 月，我被派到河北梆子剧团导演《在街道上》，每天骑一辆自行车，一大早到前门外排戏，直到晚上才回到首都剧场的住处。

6 月初，一天晚上我刚回来，看见人们正在议论纷纷，说剧院有人贴了一张

354

大字报，就在三楼排练厅——这就是所谓的北京人艺第一张造反的大字报。什么叫大字报？我还纳闷，进去一看，墙上贴着几张粘接起来的大纸，从上挂到下，很长，上面用毛笔密密麻麻写了很多。

这张大字报把北京人艺说成是修正主义的，是文艺黑线的"大黑窝"、"大染缸"，而且还把修正主义的黑子弹恶毒地射向中南海，具体例子就是北京人艺演过莫里哀的《悭吝人》，戏里有一句台词——阿巴贡请客人吃饭，对厨师说："你可千万别做多了，够八个人吃的，十个人吃也行。"——这就是诬蔑社会主义。最后落款是剧院两位青年女演员。

我看了真有点啼笑皆非，不禁说："这也有点太胡扯了！"怎么会联系得上？莫里哀是好几百年前的法国人，这怎么跟现在、跟攻击中国的社会主义扯到一起了？类似的有好多。这时，我旁边站着的梁秉堃也在看。

梁秉堃是50年代后期调进剧院来的，在舞美处工作过，也当过演员，以后又搞创作了。1965年他跟我一起去越南半年，也算是共同经历过战争环境。

听我这么说，梁秉堃在旁边插了一句："咱们写大字报反驳他们！"我随口应了一声："行啊！"完了我就走了。

第二天一早我又出去排戏。晚上回来，有人看见我就说："你们的大字报贴出来啦！"我去排练厅一看，是贴出来了，梁秉堃写的，反驳昨天那张大字报，落款署名：蓝天野、梁秉堃。

其实，这张大字报里到底写了些什么，到现在我也记不太清。

贴出大字报以后，我也没多想，贴了就贴了。这时候，我感觉剧院大多数人都对大字报、对造反不理解。但也有一部分人，前一段参加过"四清"工作组，对"文革"要到来的前兆比较敏感。我当导演以后，排了两个戏，还挺顺，兴致正浓，现在又在河北梆子剧团导一出戏曲，满脑子全是导演处理啊、戏曲演员表演啊这些事儿，社会上发生了什么，浑然不知。对这疾风骤雨般袭来的"文化大革命"完完全全地不理解。当然，根本原因是我思想一贯正统。

355

十年"文革"——种种不同色彩的记忆

6月中旬，开始有外单位的人到北京人艺来造反，造反派之间互相支援，来的多数是演艺界的，北影厂、歌剧舞剧院，还有音乐学院……这些单位的造反派跟北京人艺的不大一样，北京人艺造反派大多数是青年人，这些外面来的人当中，甚至有曾是国民党嫡系军队政工队的，1948年我们演剧二队撤往解放区，此人还参加过追踪搜捕，还有个别的怕被人认出来，戴个大口罩遮住半个脸，现在都成造反派了？

很快，事态发展得已经无法控制。

6月14日的晚上，中央戏剧学院造反派来声援"受压"的北京人艺造反派。一见到我，人艺造反派就向中戏造反派介绍说："这就是蓝天野，围攻第一张大字报的就是他！"我觉得不可思议，要干什么？都是一种想闹事的感觉。那天晚上主要就是冲我来的，罪名就是第一个贴大字报围攻人艺第一张革命大字报。这张大字报虽然不是我写的，但我的名字署在第一位，而且梁秉堃说要反驳的时候，我也说了"好啊"，梁秉堃年轻，所以觉得这压制革命的能量都在我这儿。那一夜，北京人艺很多人的脑子都乱了，基本上都是一整宿没睡。

到15日凌晨了，我原定这天上午要去河北梆子剧团斜对面的开明剧场，一个老的戏曲剧场，《在街道上》连排，市文化局的领导要来审查。因为一夜闹得也睡不着了，所以天没亮我就骑车到开明剧场。我把值班的老头叫了起来，他惊讶地问："你怎么这么早就来了？"我说："我们那儿乱七八糟的，我一夜没睡，我找个地方，躺着稍微眯一会儿。"于是就在后台随便找了块幕布，躺在上面。他说他们梆子剧团的领导来过，待会儿还要来找我，让我等他们。

过了一会儿，他们的一位副团长来了，一见我就说："蓝老师，你赶紧走！北京市文艺界的造反派知道今天上午这儿要排戏，文化局领导还要来审查，特别是你要来，所以今天上午要来造反，你赶快走！"我还很纳闷："造反怎么都造到这儿来了，什么意思？！今天还有领导来呢！"这位女副团长说："领导心里面更不知道该怎么办了，心里都乱了！"连排被取消，我只好回去了。

这时北京市造反的声势已经很大，北京人艺也是一片混乱。按说，"文革"造反的对象应该是"走资本主义道路的当权派"，"当权派"就是掌权的嘛，可我从来没当过"官儿"，但北京人艺造反派较长一段时间，矛头都冲着我，并且也冲着狄辛来了。本来没狄辛什么事，但她也是对造反看不惯，一些朋友关心，日夜劝她站出来"支持革命"，她也听不进去，情绪更加激动。我们也真弄不明白，怎么就乱成这样？那时人们经常通宵不眠，议论纷纷。我和狄辛还到市委接待办去问：到底怎么看待现在的局面？中央和市委领导是什么态度啊？接待办的同志表示："这当然是不对的。"但其实他们也心中无底，不知道该怎么办。因为这时毛主席已经说过，彭真把北京市委搞成"针插不进、水泼不进的独立王国"。

在北京人艺，一件爆炸性的大事件突发，像台风地震般波及每个人的心，我和狄辛就被卷到"文革"浪潮的旋涡当中。

"废除党团组织"

1966年6月18日，在首都剧场前三楼宴会厅，召开了全院大会。当时的三楼宴会厅，就是现在的实验剧场。从1961年起，连着几年的除夕夜，周总理都是在这儿跟我们一起度过的。这一天，就在这里，北京人艺的造反派把党委成员都拉到台上去，我和狄辛也被拉上去，这阵势很紧张，连台下很多群众也摸不清要发生什么事。党委成员中，只有宋垠还是大大咧咧，厅里闷热，他又胖，拿着把大扇子扑哒扑哒地扇。

造反派说，现在的党委是修正主义的，宣布夺权。

造反派夺权后，成立了一个革委会，成员不完全是造反派，还有人事部门的，有剧场的，还有工人，也有作家。

但是北京人艺造反派更有特点，紧接着第二天，6月19日，他们又召开了全院大会，宣称"6·18"是一个不彻底的革命，夺权后成立的革委会，是匈牙利的"纳吉政府"，是修正主义的过渡政府。他们推翻了前一天刚成立的革委会，亲自掌权。所以这被打倒的对象就成了党委领导班子，当然还包括了我，而且把我当做比一般党委成员更重点的对象。

但6月19日造反派夺权，还不是最特别的，因为此时全国到处都有造反派宣布夺权。最令人无法接受的，是北京人艺造反派头头还郑重宣布："从今天起，北京人艺废除党团组织，三个党员在一起，以现行反革命论处！"这一宣布，北京人艺的党团组织就算废除了？！犹如一颗重磅炸弹引爆了！

造反派夺权，大家也就只能这样了，因为当时全国从上到下，造反浪潮越来越凶猛，声势浩大，这场运动又是毛主席发动的，人们也分辨不清，尽量去"理解"吧。但对废除党团组织，很多人反感，想不通。这一下引起局面混乱，把人们思想也弄乱了，不知道未来还会发生什么。有一天，居然有两个老同志来找狄辛，说她们要写一张大字报，拥护废除党团组织，让狄辛签名。狄辛说："这个我不能签，你们要出你们出。"怎么可以这样？她们还都是党员！说起来，狄辛的思想跟我一样正统，对这些真"理解"不了。

于是我和狄辛到处去跑，想找领导反映。找市委接待处已经没用了，因为市委本身也没了，彭（彭真）、罗（罗瑞卿）、陆（陆定一）、杨（杨尚昆）都已经被打倒了，新任北京市委第一书记的李雪峰也在风雨飘摇中。后来我们就去找市委宣传部的副部长白涛。白涛是一位女同志，北京人艺体验生活的时候，狄辛有一个比较长的时期待在北京电子管厂，白涛是当时这个厂的党委书记，工作作风、能力都很好，后来调任到市委宣传部。我们找白涛很久都没找到，后来听说她躲起来了，崇文门外东兴隆街有一个直属于文化局的小楼，她每天都要到那个小楼去一下，那里还有人值班。于是我们一大早就到那儿去找她。她没在，但估计她肯定会来，我们就一直等，等得值班的人都紧张了。到下午比较晚的时候，白涛终于来了。那个值班的人立即告诉她有人找她，所以她就想赶紧走。我出来把她拦住："白涛同志，你别再躲了，我们不想为难你，就是想问你一个问题，想知道你的看法，你怎么回答都可以。就是关于北京人艺造反派废除党团组织你怎么看？”白涛也很难，因为她是处在被冲击的位置，整天到处躲，没把她关起来就算不错了。她回答的大意是：我理解你们，但是我现在处在这种状况，也没办法回答你们，关于废除党团组织这件事，我只能告诉你们，我认为是不对的。

她只能有这么个意思，就很难得了。这个时候，没有一个人能对“文化大革命”给个结论。我们只有回来。

“文革”结束很多年以后，有一次聚会，白涛同志特意来参加，她是为了当年的事向我表示歉意来的。其实应该道歉的是我，在那种特别的年月，白涛同志的处境比我更糟，我不管不顾地造成她更加为难，确实幼稚得太不懂事了。时隔久远，她依然惦记着那次见面，是一位心胸坦荡、有担当的领导干部。

我成了重点被冲击对象

“文革”十年岁月中，出现几度反反复复。6月下旬以后，北京人艺的局势发生了一个变化。北京很多夺权斗争激烈的单位都被派进了工作组，开始了“反干扰”，稳定局面。派到北京人艺的工作组（后来成为“军宣队”）来自南京军区，人数不少，有十多个人，而且军阶都比较高。工作组进入北京人艺后，否定了造反派夺权，当然更否定了“废除党团组织”，也指出造反派主要是由于年轻，社会上一些错误思潮和势力影响了人艺造反派头头，为其提供了机会，这样就把造反派压下去了，组成了新的“革委会”，成员包括一些老同志、根正苗红的工人，也把我选进去了。

这一段时间，好像全国各地都把造反派给压制下去了，有了一段短暂的稳定，但党委是靠边站的。这段时间持续得很短。

没过多久，局势又发生了反复，要“横扫一切牛鬼蛇神”，这应该是从8月5日毛泽东在中南海大院里贴出了《炮打司令部——我的一张大字报》开始，实

359

际上是冲着刘少奇去的，要打倒刘少奇和邓小平的"资产阶级反动路线"。于是，造反派又重新上台。在"文革"的前几年都是造反派掌权。

　　"文革"要冲击的对象，按说主要是"走资本主义道路的当权派"和"资产阶级反动权威"，再就是有历史问题的以及现行反革命，"横扫一切牛鬼蛇神"嘛，但在相当一段时期内，在北京人艺，受冲击的重点还是我，这看来有点儿怪。我从来没当过领导，肯定够不上"当权派"的格儿，北京人艺建院时我才25岁，1966年"文革"开始时，我也才39岁，曹禺院长、焦菊隐先生、舒绣文大姐、刁光覃……比我年长一代卓有成就的演员，有好多位，"权威"也且轮不上我呢。至于其他，我身世简单、清楚，没碴儿。终究还是由于我首当其冲"围攻革命造反"，再加上坚持抵制"废除党团组织"吧，总觉得我是最直接跟造反派对着干的。当时好像有一种不言而喻的舆论，就是：蓝天野在北京人艺是最有能量的，甚至于认为，好像党委都听我的。

　　其实哪儿的事儿啊，北京人艺党委书记赵起扬烦我还烦不过来呢。有一次开大会，造反派批判赵起扬"招降纳叛"，问赵起扬对剧院一些人的看法，比如你对焦菊隐怎么看，对谁谁谁怎么看，其中问道："你对蓝天野怎么样？"答曰："先打后拉。"——他所谓先打后拉，就是因为我不听话。赵起扬这个人有很多的好处，但他有个毛病，就是"一言堂"。要想跟他有点不同意见，很难。大家都这样说，他自己也知道大家的看法。我有点儿个性过强，你说什么我就听着？不行，肯定做不到。所以赵起扬一直烦我，但是后来，我做了导演，排了《结婚之前》，又排了《艳阳天》，到这个时候他也觉得：蓝天野这几个戏弄出来了，还行。所以他说："对蓝天野，先打后拉。"——"为什么？""他有才。"

　　说实在，像这种对答，如果放在舞台上，可能引起台下的哄堂大笑。本来是要把我列为"走资派"赵起扬手下的"黑干将"，没想到，我却是个"走资派"眼里不听话的主儿。

　　但那一时期，我受到的"重视"确实超过了"走资本主义道路的当权派"和

"资产阶级反动权威"这些被揪出来的人。

这段日子算什么颜色，模模糊糊，灰色吧。

"开除党籍"——一场黑色幽默

造反派对我的敌视发展到极端，大概是 1966 年年底，他们把演员支部的全体党员召集到一起，开了一个党支部会，讨论开除我和狄辛两个人的党籍，肯定是觉得，不把我们打下去，就对他们是个威胁，因为我们始终坚持：你废除党团组织就是错的！共产党执政你怎么能废除共产党的组织？其实对这件事，多数人心里是想不通的。造反派很清楚，这是一个要害问题。

这个会由造反派主持，还把市文化局的党委书记找来了，全体党员进行讨论。在那种声势下，党员们很难表示反对意见，迫于造反派掌权的压力，这我很能理解，更主要是由于那时人们对发生这场"文化大革命"很不理解，有人自己也身在被批斗、被审查的处境。这时期，社会上的造反已经发展得越来越失控了，武斗、死人的现象也时有发生。我曾经在街上看见一位很年轻的中学女班主任，好像是因为她带的那班一个学生出什么事死了，所以她被抓起来，也就是二十岁出头的一个女孩子，被拉在大卡车上穿过市街，押解回学校……后果可想而知。连一些中央领导人、老革命家、爱国人士都难以自保，何况我等！

说起来也是自相矛盾，北京人艺的党团组织不是被"废除"了吗？"开除党籍"这样的事，还是要开党支部会通过，"怪事今年多"，党支部会是由造反派主持，重压之下召开的，在这种情况下，大家也只能举手。

但是，有件让我终生难忘的事，我们的刁光覃，快要表决了，就借口上卫生

361

间，躲出去了。等他估计表决过了，才又慢慢溜回来。这实在是太难得！我一辈子对他深怀敬意。没想到，我们有一位比他资格还老的女同志，一位红军时代的老革命，这时候好像要表现自己的积极性，扯着嗓门说："刚才举手的时候刁光覃出去了！让他表态！"——我听了都想笑。刁光覃没办法，只能含含糊糊地、不明显地算是表示同意。然后文化局的党委书记也被迫在表决上签了字，白涛虽然没来，也签了字，因为这事需要上级党委批准。对于这个表决，我说我保留意见，那种情况下，我也只有这一个权利。我明确表示，我没有错，而且召开这个会是违反党章的。

支部会一通过开除我们党籍的决议，紧接着造反派就在首都剧场召开了一个上千人的批斗大会，这是早就准备好了的。首都剧场观众席人都坐满了，还有从全国各地来北京串联的人，造反派公开宣布，开除我们两个人的党籍，还找了些人上来批我们。有的人上来批也是不得已，只是为了解脱自己，有的很野蛮。我们那位老大姐就坐在台底下第一排，她揭发："蓝天野，在'文化大革命'刚开始就到我们家了，鼓动我们参加围攻造反派。"我心想：我连你们家在哪儿都不知道呢！——我之前从未去过她家。

支部会和首都剧场千人大会结束之后，我立即找到剧院人事部门、党委办公室的一位同志，告诉她："我和狄辛不承认今天这个违反党章的会，也不承认'开除党籍'的所谓'决定'，我知道你现在也难，不要求你表什么态，但我必须对你表明我们的态度。"

整整过了半年，我又找到了人事处的那位同志，对她说："党章有一个规定，半年无故不交党费的，就以自动退党论处。现在半年了，我要不交，那是我的问题，所以我必须交。你收不收，自己决定。"她什么话也没说，就收下了。

以后，对我和狄辛"开除党籍"的这件事，自然而然地就不算数了，本来就是违反党章的，不能成立。就像演了一场戏，却如此乌云压顶，黑色幽默喜剧吧。

这段时间比较乱，隔几天就有一个最新指示，传出有什么讲话。这段过去后，让我和狄辛去对门工厂劳动了一段时间，让我们干的活儿比让党委和"黑帮"干的还要苦和累。

1967 年年初,《红旗》的第二、三、四期开始发表社论,提出关于干部的解放问题,要落实政策。其实我也不是干部,也列在干部解放的范畴里落实了。后来一段时期,运动就相对比较松了。

运动时紧时松的一段日子

但是这种相对平静的日子不长。

1967 年夏,整个社会动荡得很厉害,发生武斗,有的地方都出了人命。7 月底的一天,我从首都剧场出来,刚走到大门口,就看到街上从南往北过了 70 辆卡车,每辆卡车上都押着一个人,五花大绑,背后还插着一个招子,就像历史上那种要绑赴刑场似的。头一个,彭德怀!第二个,张闻天!彭德怀的头发被剃光了,还拉着口子,流着血。

北京人艺这时有一阶段实行全体集中住宿,就在我们首都剧场后面,当时四楼有两个小排演场,临时用木料搭几排连着的通铺,全院的人都集中在那儿,分成连、排、班,实行军事化。因为开始落实政策了,干部开始被"解放",书记、副书记都解放了。北京人艺分成了两个连,连长是舞台部门的两个工人,连的指导员一个是党委书记赵起扬,一个是副书记于民。

363

剧院也想搞点"文艺革命",当时有一个报道,38 军的先进卫生科,给一位妇女摘了一个几十斤重的大瘤子,于是就想写这个题材,派了一个创作组去河北保定,住在 38 军的军营,跟先进卫生科一起生活了一段时间。创作组中,有造反派,有一般的干部,我算是导演,还参加了核心组。那次把曹禺也带上了。

我们跟着先进卫生科,参加他们的手术讨论。38 军的军长裴飞正,特别魁

梧，两道浓眉，人也豪爽热情，他派了一位教导员跟着我们，提供军事方面的指导。为了进出军营方便，还给我们每个人发了全套军装。我们穿着军装跟军长等人拍的合影，很多人看了说："那个一看就是军长，你看起来还像个军政委。"

我们跟部队相处得非常好，等我们要回来时，让我们就身着军装，红领章、红五星帽徽，穿戴回来了。到了剧院，大家看我们全部新军装，还真有点精神头儿，挺高兴的。但是人艺的军宣队，觉得北京人艺还是文艺黑线的典型，竟然穿军装？不行！马上派人把军装还回去了。

去38军是要编出一个剧本来，最后是我把它给串下来了。但在这种时期，剧本能怎么写啊，矛盾冲突怎么表现？也就是一例手术成功的事迹。我们的解放军部队确实很感人，对我们也很热情，曹禺还老受表扬，但他更不敢写东西了。其实我也知道没法儿写，也就是在那混乱的年月，找个清静的环境，对熟悉生活还是很有收获罢了。

后来还去了青藏高原，派出了一个完整的剧组，当时"走资派"、"反动学术权威"都处在被审查中，我倒是已经解脱了，是唯一能派出去的导演。如果不是这样的机会，可能此生也难有去一次青藏高原、行走在昆仑山上的缘分。这段经历在关于体验生活的部分已有详细记述。

演剧队的历史风波

　　1967年12月，在"四人帮"控制下，上海《文汇报》刊登了题为"一个暗藏在革命阵营内的反革命别动队"的文章。《人民日报》头版头条也发表了一篇社论，题为"国民党演剧队是反革命别动队"。那时期，毛泽东还有这么一句话，"文化大革命是要革那些过去革过命的人的命"。

　　这样一来，演剧队成员就成了"历史反革命"，成为"文革"的对象。北京人艺有很多人以前是演剧队的，大多还是剧院的骨干力量。

　　国民党演剧队的真实情况，前面章节已详述过，其中的二、四、六、九队是受中共地下党领导的。建国以后，这四个队基本留在了原来所在的地区，演剧九队多数人成为上海人民艺术剧院的骨干；演剧四队、六队参与组建了湖南话剧团。1952年北京人民艺术剧院建立，演剧二队大部分人，田冲、胡宗温、刘景毅、苏民、狄辛和我，还有原演剧九队到达北京，经由演剧二队的刁光覃、朱琳、夏淳、梁菁等，都成为北京人艺建院之初的成员。

　　《人民日报》发表这么一篇社论，甚至说，演剧队的人还教中统特务化装术，诸如此类……后来得知，是上海人艺的原九队一个演员，在"文革"当中受审查的时候，乱揭发，胡编乱造，再一演绎，性质就完全变了。江青"四人帮"一伙抓住这个材料，如获至宝，大做文章。矛头就是冲着周恩来同志去的。"文革领导小组"，江青、康生、陈伯达等人，很清楚为了达到他们篡党夺权的阴谋，最大的阻力就是周恩来总理，他们始终没有停止要整垮周恩来同志的行动。

　　演剧队被推到风口浪尖上。"反革命别动队"这顶帽子也真够狠够大。

　　"文革"发展到这一时期，又紧张加剧起来，要"清理阶级队伍"，要清理历史的以及现行的反革命，"地富反坏右"等"公安六条"①分子，以及"走资派"、"反动学术权威"。按这种种"清理"，人艺够条件的还真不在少数。演剧队成员也逐渐被"似与不似"地纳入这一类对象里。

这时，出现了不少新的"革命组织"，派性斗争激烈，还竞相赛着"挖掘斗争对象"。

有一次，在首都剧场，我们被某一派集中审查，并拿出一个属于"被揪出来的"对象的表格让我们填。我说："知道你让我在这儿，就因为我是演剧队的，我告诉你，我不填你这个表。其他演剧队成员我不管，演剧队有多大的光荣，我不沾光，因为我参加得晚；演剧队有多少问题，我也不沾包，因为我是晋察冀城工部派到演剧二队的，不是一个组织系统的。如果你非让我说演剧二队，那我就说，这是党领导的，这连毛泽东都知道，是周恩来领导的。你们就这么弄？"这位发表格的同志是舞台部门的，人很朴实，原来和大家关系也很好，就是在运动中跟着干而已，我坚持不填这个表，他也没说什么，不填也就算了。

但是，毕竟有一个《人民日报》头版头条的社论，"国民党反革命别动队"这个帽子很厉害，"清理阶级队伍"继续开展，由"军宣队"掌握。很快，又把全院的被审查对象，或者叫"被揪出来的"对象，也包括演剧队成员，在"大楼"集中了一段时间。"大楼"位于史家胡同西口正对面，原来是我们的制作工厂，一栋很老的建筑，有两层楼，我们一直就管它叫"大楼"。我们这些

① 1966年12月由时任公安部部长的谢富治与陈伯达、张春桥等人炮制，于1967年1月13日，由中共中央、国务院颁布的《关于无产阶级文化大革命中加强公安工作的若干规定》，简称"公安六条"，其中第四条首次提出了一个21种人的名单。21种人包括：地、富、反、坏、右分子，劳动教养人员和刑满留场（厂）就业人员，反动党团骨干分子，反动道会门的中小道首和职业办道人员，敌伪的军（连长以上）、政（保长以上）、警（警长以上）、宪（宪兵）、特（特务）分子，刑满释放、解除劳动教养但改造得不好的分子，投机倒把分子，以及被杀、被关、被管制、外逃的反革命分子的坚持反动立场的家属。

人被集中在那里，天天坐着学习，算是条件好的了。这有两种情况，一种像曹禺、赵起扬、焦菊隐、欧阳山尊这些"走资派"，还有舒绣文、叶子这些知名老演员，作为"资产阶级反动权威"，都集中住在那里，不得离开；另外一种，我们这些人，多数都是住在自己宿舍，每天早上去，晚上回家，我们就戏称是"走读"的。

有一次，恰巧我去医院看病，回来听狄辛说，那天把剧院所有"被揪出来的"，都集中在首都剧场后边的院子里，排成一队，让一个一个报告自己是什么人。只听这个说："我是走资派。"那个说："我是叛徒。"最后快到演剧队的人了，狄辛想：我怎么说呢？正好她站在田冲的旁边，就问他。田冲是特别有个性、耿直的人，立刻回答："怎么说？共产党员嘛！"所以当问到狄辛"你说你是什么人"时，狄辛大声地回答："共产党员！"这周围顿时就跟炸锅似的。

所谓演剧队的问题，在当时是很严重的一个事件，后来慢慢也就不了了之了，特别是林彪垮台以后。不过在一段时间内还总是个问题吧，时不时想抓你一下。何况我还有个国民党少校军衔。

田冲在 1938 年演剧队成立前，就参加革命了，比"三八式"① 资格还老。他不单演戏特别有灵气，更是一个很有个性的人，有段时间他被关在首都剧场卫生间旁边的一个小黑屋里，即使这样，有一次开大会的时候，有两派组织因为派性斗争打一个人，田冲立刻就站出来，两手一张，就像京剧拉山膀似的，高呼："不许打人！"其实他自己还是被审查对象呢，但那些打人的，还真就让他的气势给镇住了。

派到人艺的军宣队换了好几拨，其中有一拨待的时间比较长，政委是个团长，叫张希文，人比较正直，他是军事干部，不是政治干部，但头脑里有政策观念。人艺一位老演员徐洗繁，以前当过国民党政工队队长（黄永玉年轻时就曾在

---

① 指 1938 年（含）以前参加革命工作的。

他的队里搞美术），也在演剧十队待过，人特别老实，演戏，也搞过别的专业，拍过剧照，还在医务室做过医生，人缘儿不错。在"清队"期间，有一次张政委在大会上公开说："徐洗繁，散会了你给我打两针。"其实就是表示一种信任的态度。所以普遍对张希文的印象比较好。后来他当了承德军分区的司令员，我们到承德演出的时候，见了他还挺高兴。

农场劳动——难得一段"绿色家园"生活

从 1968 年 10 月以后，开办"五七干校"之风席卷全国，干部全体下放劳动。北京市的干部比中央的运气好像还好点儿。中央的干部基本上都被遣送、安置到了河南、湖北和江西等十八个省区；文化部所属各院团学校多去了湖北秦城，颇有些"流放"的感觉；北京市的则基本上都在郊区的农场。

这时期，我被"冲击、审查"的处境过去了，"演剧队问题"也算结束了，还逐渐成为"骨干力量"。算是一种半受信任、半被控制使用的状态吧。

1969 年 8 月，北京人艺全体去了南口农场二分场。这是 50 年代苏联专家帮着修建的一个果木农场。技术活儿有些我干不了，但是一般力气活儿都干得不错，开始是"扩坑"，就是在砂石地上开掘大坑，再继续补种果树，后来我们这一班人专门搞积肥。当地农场干部都说："蓝天野干得不赖！"我确实对干农活儿有兴趣，以前参加土改，去房山岗上大队的那些经历，也还略有基础吧。

在南口农场待了几个月，日子过得还挺舒服。我们去的时候，正值鲜桃成熟，接着是葡萄，完了是苹果，品种还特多，"红香蕉"、"大金帅"，还有一种叫"印度"，青青的，看起来像没熟呢，特甜……

1970 年年初，我们挪到了大兴的团河农场。这里原本是北京一个劳改犯人的农场，因为"文革"，把他们疏散到边远地区。这里面积很大，我们和北京市系统的十几个剧团，还有"六旧"，就是旧文化局、旧文联、旧剧协等等，全都在这一带。

在团河农场期间，说是运动不能不搞，但开始时也没太多要搞的事，就自己种菜、积肥，我们一个单位就种了十三亩菜地。首都剧场花房老王，世世代代都是黄土岗花乡种花种菜的，他带着人负责管这十三亩菜园子，天天早晨起来摘菜，算是练功，我们吃的菜全部都是当天新鲜采摘的。在我们的住处，房子的三边都有养鱼塘，都成我们的游泳池了，还组织过游泳比赛，从军宣队、革命骨干到一般审查对象全都参加。记得女子组获得第一名的是"狗刨"式的。

有一段时间我参加了"专案组"，这个专案有点特别，要保密，所以让我们几个人远离团部，单独找了个很僻静的地方，这里有一排土房，不远又是一片养鱼塘，还有一片地。我们几个"专案组"成员除了"审案"以外，就自己整地种菜，我还在门前种了点儿老玉米，施肥、浇水，收成还真不错。郭家庆会钓鱼，我也喜欢钓鱼，我们每天都钓，就在那个鱼塘里钓。所以这段日子过得算是惬意，有时还骑上自行车，到黄村集上买点肉、菜，变着法儿地改善伙食。

我们在整地的时候，还从地里挖出过新鲜菠菜、鬼子姜，是以前住在这里的人储存的，直接埋在地里，就能保鲜，一冬过去，尚未开春，就能吃上新鲜蔬菜，也真算有口福了。

这排小屋老鼠甚多，屋里屋外都有！正好有只刚出生一个来月的小花猫溜到这儿来了，我们把它养起来，一物降一物，有了这只猫，老鼠立马绝迹，远远迁徙了。我们也没给小花猫起名字，该喂它了，就喊声："来，来！"它就过来用餐，于是顺其自然地叫它"来来"。

这段日子过得平静自在，还有，从南口农场到团河农场，我们每月有四天休假，算是每月四个周日集中放假，来回路上两天还不算在内。我们很多人都是骑自行车往返，那会儿年轻，骑上几个小时车也不算回事。

369

"运动"还在继续

"文化大革命"是要轰轰烈烈的，哪儿能就这么清闲啊！

在经过一段激烈，甚至是残酷的斗争之后，进入一个"落实政策"的时期，有人算是审查清楚了，有的干部开始"解放"，恢复了一定的工作。在团河农场，按照"军事化"的要求，全院分成两个连，连下面设几个班；一连由赵起扬任指导员，二连由原剧院副书记于民任指导员。劳动为主，运动依然不能停。

曹禺"老实"，被认为"罪恶"不大（实际是"民愤"不大），再加上他是文化名人，以前连周恩来总理都很关心他，所以从军宣队张政委到普通革命群众，对他都算很照顾。在下放农场时，曹禺一直和我分在一个班，在班里大家睡通铺，安排他和我并排而住。因为班里都是小青年和各部门工人，只有我刚刚人到中年，以前也接触稍多，还算略能理解他吧。

落实干部政策，相对平静一些，但曹禺心里还是无法平静，每天吃安眠药，有时半夜里还要"再吃一点儿小药"。运动还在进行，"大批判"也没说停止。有一天，《北京日报》整版发表了一篇点名批老舍的文章，点名就意味着"打倒"了，曹禺这一天反复看这篇文章，半夜，他又把这张报纸拿出来，借着月光再看，肯定是在思忖着：下一步会不会公开点名批我了？

北京人艺"革命群众"对曹禺还真是不错。在团河农场时，正值林彪"一号通令"发下，要"备战"，搞军事化，北京人艺也搞了几次半夜紧急集合，一声号响，全体打背包立即集体出发……曹禺哪儿会这个，背包那叫一个乱！仓促出来站队之后，总有人不声不响帮他整理一下。

但这时真正猛烈的是"批清"运动。从 1969 年到南口农场时，局势就发生了变化，从"中央文革小组"江青那儿下来一个指示，要清查"五·一六"反革命集团，我们这儿也开始了"批清"运动，"清理阶级队伍"。

我也随着落实政策逐渐成为"骨干"。前面说的那个"专案组"，就是清查"五·一六"反革命集团。这个"专案组"设立了两三个，我们是特别搬到那个偏僻之处的。除了我们"专案组"成员，还有几位工人，日夜看守被审查人员。

而被清查的"五·一六"反革命集团，则是原来的造反派头头、骨干，都是青年人！在江青一伙的号令下，一夜之间，他们基本上都被打成了"五·一六"分子。因为"上面"有指示，"五·一六"是一个具体的反革命组织，审来审去，他们还真承认了，什么时候在什么地方参加了"五·一六"集团，怎么参加的，谁介绍的，那屋子什么样，谁坐在哪儿，都说得清清楚楚、活灵活现的，还真成了那么个事。

在审查过程中，这些曾经是造反派的青年人，遭受了很重的打击，有一位甚至在审查期间跳楼摔折了腿，后来还因此落下一些伤残！但经过几个月后，张希文政委忽然传达了一个指示，这个所谓"五·一六"反革命集团根本不存在！全国上下这些被审查对象都落实政策。但经历了一场残酷的运动，他们身心受到的伤害却难抹去。我参加了这个荒谬的"专案审查"，是我在这场"文化大革命"中始终自责、纠结于心的事。

变化莫测、反反复复的"运动"

在团河农场后期，北京市文化局系统原先那拨军宣队撤走了，张希文政委也从北京人艺撤走。另一拨军宣队进驻，他们来北京人艺，目标很明确。北京市这个"独立王国"市委已经瘫痪，成立了"北京市革命委员会"，主管文化艺术、教育、体育、卫生的"文卫组"王组长，是军区在"文革"中提拔的一个副部长，紧盯着北京人艺这个"文艺黑线"最大的"大黑窝"，特意选派这批新的军宣队，来狠抓阶级斗争、路线斗争。10月，北京人艺被改名叫"北京话剧团"。

这拨军宣队里，最有能量的是那位彭副政委，营级干部，但很善用心思，以农民出身参军自诩，还去部队党校学过哲学。他还给我们讲哲学，也就是拿着党校的讲义照本宣科，诸如"闭锁的圆圈"之类，没什么实际例子，我估计他自己也没全明白。他随时开会都记人们的话。有一次批赵起扬说过一句什么话，赵起扬说自己没说过，彭副政委就说："我本上有。"他自己都说："我有个习惯，肯定把所有的都记下来，就算今天漏了一点儿，回去我也要一定把它补记上。"

对于我们这些人，他一时也说不出什么，因为演剧队的事情也过了，但又总觉得这是一股势力，觉得北京人艺是最黑的"大染缸"。他说："我在这儿都给腐化了。从小我是吃泥巴长大的，到了北京人艺，有一次我都去吃小馆了。"其实当时不过是有人没赶上吃食堂，就在外面的小饭馆吃了一点。他是湖北人，胡宗温就问他："你吃的那是观音土吧？"他一愣："你也知道？"胡宗温说："我是吃那个长大的。"

他确实不明白，我们这个来自五湖四海的队伍里，有多少人是在艰苦环境里坚持从事演戏的，有多少人是经历了抗日战争、解放战争的岁月走到今天的。他认定这儿都是"修正主义"，甚至是要"反党反社会主义"的，因为他就是被派来搞阶级斗争的。

我们在团河农场种稻子时，这活儿确实很累，像狄辛腰腿不好，还蹲下去插秧，坚持干下来了。我们这个班负责全部稻田的灌水，有时我从下午去看水，一看就是一夜，第二天早晨等上工的人给我带来饮水和干粮，吃了后才回去睡觉。我参加过土改，较长时期在农村体验生活，干力气活儿还行，拿把大锹，一锹土十几米以外，想扔到哪里位置绝对准确。我们这些人干活，从来就不惜力，是带着一种兴趣干的。但是这拨军宣队，说大多是农民出身，干活却不大行，挑秧时秧苗掉了，那位政委就一根一根地在那儿捡，我跟他说："您就别捡了，这秧苗一掉就不能用了。"

这位彭副政委还真有点儿"被腐化"了。他们后来撤走，可能无队可归吧，有的暂时留在市文化局，还每位给分了一套新房。彭副政委用剧院的角铁，做了个大玻璃鱼缸，还特制了捞鱼虫的网抄，在新居里养起热带鱼来了。这也是小事，够不上"修正主义"。我甚至替他高兴，不那么拘着了，人有点儿兴趣总是好的。

"半板儿"戏组、冬日拉练

　　"文革"当中，关于话剧，江青有一句话，叫"死了的话剧"。起初基本上不能排什么戏，到"文革"后期，稍稍松动，人艺也搞了几个小戏，还要搞一个大戏创作，写当时大兴大白楼农业劳模王国福。他当时有句很有名的话："小车不倒只管推。"1970年6月，刘厚明、蓝荫海，还有一个新来的大学生小王被派到大兴县大白楼村体验生活，写剧本，剧名《凤水东风》，因为写的是村里种大白菜，所以大家戏称为"《大白菜》组"。

　　《凤水东风》建组，凡是参加这个戏组的，就算参加"文艺革命"了，是文艺革命队伍里的人，我们这些没参加的，就自称是"队伍外的"。当时，样板团每个人每月补助十二块钱，我们这儿参加了这个"文艺革命"的，补六块钱，所以叫他们"半板儿"。

　　剧组到岗上体验生活，是这拨军宣队带着去的。我那时正被派到总后排戏，听说剧组到岗上了，就从总后出发，走了一天，也去了岗上村。

　　阔别多年，又见到了老主任吴春山。吴春山见到我也非常亲切，犹如隔世。他给我谈了他被批斗的情况，很残酷。军宣队的人见了吴春山都是满口"我们向您学习"、"是来接受改造的"，一看我跟吴春山这么熟，大觉意外，怎么蓝天野这个"黑线人物"会跟老主任吴春山、跟这儿的贫下中农乡亲这么熟？我心想：你们当兵的，可军民关系那么生分。北京人艺很多人在部队生活过，和解放军相

373

十年"文革"——种种不同色彩的记忆

处非常好。这拨军宣队是被路线斗争搞乱了头脑，他们也算是受害者吧。

1971年初春，冰雪尚未消融，"北京话剧团"的所有人，在军宣队的指挥下"拉练"，目标是平谷，从市内出发往东北方向走，一天大约走70里路，背着背包和吃的，晚上到达当天住地，各个班组在老乡家里自己做饭。

我有一天很倒霉。走黄龙峪那天，说是有一个车，可以把有些东西放在车上，轻装行军。我有两双鞋，就把其中一双搁在车上了，穿了一双旧篮球鞋，可橡胶鞋底下的棱都磨平了。正巧那天一过黄龙峪就下起了漫天大雪，爬山时，我这脚底下就特别滑，不知道摔了有多少个跟头。还算我身体灵活，碰到山坡上有树时，我就抓住一根树干，往前使劲悠一下，又赶紧抓住另一棵；要是没有树，就只能摔着走了。下山后，幸亏碰到霍焰，他借给我一双翻毛仿军鞋，底下带棱，我才不再摔了，兴奋得在冰地上跑起来。

我这时还算年富力强，过去也行过军，走这些路还没问题，可是我们很多老同志也被迫跟着拉练。包括焦菊隐，他身体已经很不好了，最后往回走的时候，怎么也撑不住了。我根据过去行军的经验，在半路上找了一个树杈做了个拐棍，看他实在不行了，就拿去给他用。但他还是得被迫走下去。

后来，焦菊隐先生重病住院，肝癌！不治离世。和这次"拉练"，能说没有关系吗？

有始无终的《风雪高原》

1971年9月，我在总后帮着排《风雪高原》，这个戏由总后勤部宣传部的一个副部长主管。戏都连排了，准备演出了，布景道具也都做了。这个副部长看完戏后做指示说："戏还是挺好，那天幕上，高原嘛再画点黑牛白羊。"我心想：这叫什么呀？那牛羊是活动的，往天幕上画？他肯定是去过高原，显示自己见过。但是总后文工团的团长赶紧应承："是、是！"那时候就是这样，上级指示必须无条件坚决服从，管你什么艺术创造、真不真实。我也是哭笑不得。

过了两天，这个副部长又来看了一次连排，看完讲话的时候，就语无伦次了，也不像往日那么神气了，先说剧本再改一改，然后什么还要集中一段时间学习，又扯到该冬储大白菜了……反正戏要停下来，没提要演出。这人怎么了？我真猜不出、摸不透。

戏要停下来，我就回单位了。几天后，他们请我吃了一顿饭，没怎么多说剧本的事，反正戏是要搁一搁。结果也没信儿了。过了些天我明白了，他做指示、戏即将准备上演的时候，发生了林彪叛逃的"九·一三"事件，当时还没公布，这位副部长肯定已经知道了。总后是这个事件牵扯比较重的单位。

林彪出事，在我们这里也引起了反应，1972年10月中旬到11月中旬，全团开始"批林整风"学习。11月18日，市文卫组来人宣布，北京话剧团成立"三人领导小组"，由原党委书记赵起扬、彭副政委和剧场经理杨全久组成，没有明确谁是主要负责人，只说由于赵起扬对剧院熟悉，也比较有经验，让他多抓一下工作，从此大家就称他为"赵多抓"。

"批林批孔"运动中遭遇"正人君子"

进入1973年，政治环境相对宽松一点，国务院都让那些老画家出来画画了，我们这里也想搞"文艺革命"，除了一个没完没了修改的《风水东风》之外，准备再建立几个创作组，其中，要搞一个大戏的剧本创作，题材未定，先下去体验生活，这个想法是我提出来的，我也就被任命为这个创作组的组长。还派了两个

1974 年在迁安铁矿体验生活，与马团长（右）合影

"文革"前不久分配来的大学生，一个小王，三十五六岁了，共青团员，还是在我们这个创作组办的退团手续。还有一个小蒋，女同志，人很随和。

"文革"前，有五个文科大学生分配到北京人艺，"小王"就是英若诚白传《水流云在》里提到的那个"小王"，他这个文科大学生，不知道四年都学了什么，可谓"极输文采"，让我带他搞创作，真是愁煞人也。后来我没办法了，就把于是之拉到这个组了。于是之来了后我还跟他说："你就安心搞创作，这两个大学生，我来安排，交给咱们了，也不能不带他们。"

体验生活，先确定去矿山。我们四个人转了好几个地方，像河南王屋山边的济源，有一个私人办的铁矿，还到了辽宁的鞍山、抚顺的露天煤矿。1973 年 12 月，我们到了河北迁安，这里是首钢的矿，有好几个矿点。我们还找到迁安县的一位女县长了解情况。最后把主要生活点儿确定在迁安铁矿，开始讨论写什么题材，最后，决定写开矿征地的事。因为开矿就要占农村的地，会有很多矛盾，剧名定为《工农一家》。

我在迁安跟很多人都很熟悉了，尤其是迁安的军代表马团长，他是一个炮师的团长，非常好样的一个人，"文革"中，首钢的总经理周冠五受冲击最激烈的时候，马团长把他接到迁安保护起来。首钢就是由周冠五一手操办起来的，到后来落实政策，他又回去任职，首钢离开他还真不行。这也充分体现马团长的政策观念强，周冠五后来还常到迁安矿山。

搞工业要修铁路，首钢有好几位铁路技术人员常到矿山来，他们有的后来还参加了修建青藏铁路，有的到现在还跟我联系。马团长非常豪爽，还有几位车间的骨干，他们知道我们这些人有的在"文革"当中也挨了整，对我们很信任。迁安矿招待所的李所长，新四军出身，跟我的感情特别好，因为到这里交通不方便，要在滦县转火车，我有时回北京，返回来时已是次日凌晨，他就干脆把招待所我的房间钥匙给我了，这样我就可以不用再去滦县，直接到大石河站再坐矿上的小火车回到矿指挥部，在半夜的时候，进招待所自己开门进房间。

在迁安生活时间较长，我们的构思慢慢成形了，两位大学生在创作上插不上手，只有我和于是之，我后来又把童超给拉来了。经过一段时间，剧本提纲出来了，就一边继续深入生活，一边动笔创作。

1974年，有一天，我忽然看见我们创作组的几个人，还加上了一个英若诚，在一间屋子里开会。（英若诚前不久刚出狱，我还把他拉到我导演的一个东北戏里演了一个角色，他还跟我聊到自己在监狱里养蜂、酿蜜这些事。）他们几个聚在一起开会，然后就整装出发了，肯定是又去了矿山，也没跟我打招呼。为什么？我是创作组组长啊。我怎么也想不出，心中有了不祥的预感。

果然，过了几天，工宣队副队长老王和人艺革委会的副主任路奇找我谈话。工宣队进驻北京人艺有些日子了，开始时有十好几个人，气势不小，有的穿着打扮可比人艺演员讲究多了，但他们工厂内部派性斗争很厉害，所以这些人大都撤回去了，只留下王副队长。这位王工宣在北京人艺是很有点名气的，跟军宣队那位彭副政委有的一比，都是习惯性地居高临下整人，区别是气势嗓门儿大，但头脑、文化就差了一截，更谈不上懂哲学了。路奇是位女同志，原来曾是老人艺乐队的，后来调到市委宣传部工作，被派到北京人艺"支左"，担任革委会副主任，人比较随和，没有要来整人的心思。

王工宣和路奇对我说："找你谈点事。你最近说过一句什么话没有？"我知道是出事了，但确实不明白："说什么话了没有？我天天都说，你们指的是什么呀？"他们也不好直接给我点出来，谈话就进行不下去了。最后，还是路奇提示了一句："你想一想，就是有关文艺黑线的。"

我脑子"轰"的一下，真蒙了。坏了！前不久，我们所有搞创作的，包括《凤水东风》创作组的两个人、我们《工农一家》创作组的几个人，还有另外两个创作组的，在一起学习江青的一个讲话。会议由我和刘厚明两个组长主持，有人念讲话稿。当念到第三部分的题目"防止文艺黑线复辟回潮"时，我就插了一句："这个提法是错的！"——这其实就是一种情绪，不只是我，在场很多人都有，但我就是这种脾气，口无遮拦。我说了之后，也没人接茬儿，这种话在当时是大有禁忌的。

路奇这么一提示，我才忽然想起来了，心想：坏了，这事严重了，批评中央首长讲话呀！批评江青啊！我心里快速地琢磨：他们怎么会知道的？那次会就这么十来个人，是谁可能去跟他们反映这个？但也顾不上多想，我得马上回答，真就只能是一边在那儿想，琢磨着怎么编，一边说。我头一句话就说："哦，你指的是这个呀！不是那么回事，我不是那么说的。"然后下面还得继续编，我说："那天就是我主持啊，有人在那儿念讲话稿，我说'防止文艺黑线复辟回潮'这个提法啊，我的意思就是说，文艺黑线复辟回潮是必然的，你不让它回潮是不可能的，它是客观存在，这个文艺黑线的流毒那么深，必然会回潮，所以说防止它，让它不出现，是不可能的。只能是，出现了黑线回潮，你跟它斗争。"我一边想一边编一边说，最后我强调："不是那么回事，我原话不是那样。"因为他们也不在场，也没法肯定我当时说的不是现在的这个意思。谈话告一段落，但问题肯定不算完。我摊上大事了！

378

虽然没有明说，我这个创作组组长是给撤下来了，被留下来受审查了。我反复思索，到底会是谁把我那天说的话往上边打了"小报告"呢？按说那个会是我主持的，要汇报也该是我去，那天所有参加学习会的，很多人的情绪和观念应该跟我是一样的，不过是别人的涵养比我好，不像我这么绷不住，容易发泄出来。这到底怎么回事？

从此，党支部会上就不断审查我这件事。女支部书记是被派来"掺沙子"的。什么叫"掺沙子"？就是"文革"中，对一些单位，像北京人艺这样"黑"透顶而又顽固不化的，犹如土地板结僵凝，必须掺进沙子，才能使之松动消解，派来"革命左派"人员，此即谓"掺沙子"。我们这位女支书，原是军区文工团的，要论"十七年文艺黑线"，她们那儿也够戗，但进驻北京人艺，肯定是"革命左派"了。毕竟是外单位派来的，平时待人尽量亲切和气，可到"阶级斗争"节骨眼上就"立场坚定"了。狄辛有一次摔得胳膊骨折了，手术后按医嘱需静养，支书说："你胳膊坏了，嘴没坏呀！"必须上班开会。还有位年轻演员因病行动不便，支书也命令一律要参加运动，不得已是由她爱人背着来开会的。

我的"问题"当然更是要抓的大事了。

虽然还是没明说，但明摆着就是要审查我。而且正在这节骨眼儿"批林批孔"运动也开始了，很快又加上"批邓、反击右倾翻案风"，党支部每次会都谈这个事。不过到这时候，我已经想好对策了。我说："我不知道这事怎么会变成这样。……我当时原话就是这么个意思，到现在为止，你们能说我这话不对？你们谁能说黑线复辟回潮是可以不让它回潮的？不可能嘛！"女支书就循循善诱："天野，你就承认了吧，这又不是敌我矛盾。"我说："哦，不是敌我矛盾，我没说过我就随便承认啊？支书同志，我要说你说过一句什么话，也够不上敌我矛盾，但你没说过，你能承认吗？""唉，你别这么说啊！""你刚才就是这么说我的啊！"……这会就没法开下去了，就变成斗嘴了。我也只能这么故意搅和。

会上，我们有一个演员，他人不坏，但演戏本事不大，头脑比较简单，蹦出一句："×××说你说的，你还说没说过！"我一听真愣了！这位×××是我

379

刚开始演戏就在一起的呀，还曾同住在一个屋，几十年了，我们是莫逆之交啊！他对江青、对"文艺黑线"、对"文革"的看法，跟我该是一致的呀，怎么是他把我揭发了？而且这事跟他没关系，组长是我，他干什么要去打这个小报告？难道他不知道这是攻击"旗手江青同志"的大事？这是出卖啊！不可思议。几十年莫逆之交的出卖，我无法理解，更难以承受！

最后还是路奇告诉我，这个事是谁说的。两个人，一个是我那位莫逆之交，一个是一位作家。我真是无语了。这两个可是在北京人艺群众心目中公认的最正人君子的。但是这件事也就没办法继续下去了，在支部会上，我也越来越放松，我甚至主动问："今天你们怎么不问我这事儿了？我这事儿还没弄清楚呢。"他们说："你不承认。"我就说："那我现在给你编一个，你承认不承认？"

后来这事就成开玩笑了，就不了了之了，再过些日子，就又把我派回到创作组去了。当然，创作组组长肯定不是我了。我还是跟创作组一起去迁安铁矿，人家也不知道发生了什么事，照样把我当成负责人看待，马团长还是那么热情，招待所李所长一直把我住的房间留着，还是把这个单间房钥匙交给我，因为这间房稍大，又比较空，所以开会谈剧本都在我这儿，那位负责矿山清查专案组的车间费主任，因为和我熟，才把他们内部比较重大案件的详情细节，包括一些材料，都向我们无保留地交了底。

经过一段时间，剧本写得差不多了，开始建立剧组，我作为创作组成员并担任导演，带着几十位演员去体验生活，包括胡宗温、狄辛、吕齐、董行佶等，到迁安铁矿，住在矿山附近的一个村子马兰庄，还去滦县找了那位女县长王兰芳。这个戏最后排出来了，连排过。但我心里的疙瘩一直解不开。

又过了一年，1975年夏天，很热很热。《工农一家》和《凤水东风》两个剧组的人，连导演带演员、舞美设计，去体验生活，选了邯郸一个地方，住在一个村口。这里又有村办的工厂，又靠近农村。这个地方以前我去过，比较熟，所以当地的领导来了，说要找蓝天野，其实我就在那儿，他们没认出来。因为我上一次去的时候是冬天，戴个大皮帽子，裹得严严实实的，现在是夏天，我正在院子里开会，热得连背心都没穿，肩上搭着一块大湿手巾。

夏天天长，有一天吃完晚饭，那位作家拉着我说遛遛弯儿。村口有一条小河，我们就在小河边上散步，一边聊着。他有意无意地说了这么一句："其实有的人吧，有时说了一些什么呢，并不一定他的本意就是这样。"他好像就是这么泛泛一指，但显然指的就是我说"防止文艺黑线复辟回潮"不对的事。既然他是泛泛而言，我也就泛泛地回应说："可也经常有的人，他说什么就是那么想的。"等于我就告诉他了，我是那么想才那么说的。他也就不好再往下接了。我对这位作家做这件事并没有太大的震动，因为我跟他的关系虽然还可以，但交往算不上多深。而且不管怎样，他还是想解释一下。我只是觉得：你怎么到现在还认为我那天的态度是错的？难道在你的观点中，谈"防止文艺黑线复辟回潮"，把文艺界整得那么惨，你真认为是对的么？不可能啊！

可我那位莫逆之交，连解释一下都没有，就像没事人似的。别的我都可以理解，就是不理解他们为什么会跑到上边去给我打这个小报告。你们能不知道这出卖的后果吗？到现在我也不能理解。

"文革"结束后不久，整党的时候，在党小组会上，每个人都要谈，我说："'文化大革命'中，我所有的表现，有认识清楚的时候，也有认识不清楚的时候，我都可以反思总结。但是到现在有一个问题我想不通，就是在'批林批孔'的时候，因为说我说了一句话，审查我。我现在可以告诉你们，我说了！但是我当时就是不能承认，承认我就完了。'反江青'这个罪名不是一般的啊！到现在，第一，我不明白，打小报告的是我的莫逆之交，相互了解，而且我觉得他应该跟我的观点是一致的，为什么他会出卖我？第二，我不明白，为什么到现在为止，他不来跟我谈这件事？"我当然是有意这样说的，用意很明白：我知道是谁给我打了小报告！如果还有谁不知道，我告诉你是谁干的。

刁光覃还在宽慰我："你现在心里也别这么想。"我说："老刁，你别劝我，要不是因为整党提起这事来，平常我也不想。但是你别拿'算了别计较'这样的话来劝我，我平常不想，但我想起来，就是要计较。"其实我也没那么多精力去计较，到现在为止，我觉得别的都无所谓，"文化大革命"中我自己也有很多糊涂的地方，我挨整不止一次，也做过有损于别人的事情。"文革"让我后来能"理解"，只有一条——这是毛主席发动的，还能有错？"文革"以后，有些当时造反派的年轻人向我们道歉，我说："别这样，你们后来挨整也够呛，那也是性命攸关。我也参与过审查你们，伤害了你们。"而且"文革"开始他们造反，也是受害者。"文革"后这么多年，谁还去纠结那些混乱年代的是非！我和一些年轻朋友相处很好，有的在工作中很愉快地合作，还有的在各方面给予我极大的帮助。

那个年代谁能都明白啊？不理解的也要"理解"，还要"紧跟"，谁能保证无过？但我这位"莫逆之交"为什么就不来和我说说这件事？"性命攸关"绝非妄加揣测，后来真的有人给江青写信，列举了很多条北京人艺"反江青同志"、搞"复辟回潮"的例子，头一个就是我那句："防止黑线复辟回潮的提法是错误的！"万幸，很快"四人帮"被抓起来了，这封信被千方百计追回来了！如果不是"四人帮"垮台，后果会怎样？我的至交不会不明白。

人们常感受到，"文革"中考验人的品质。那个由造反派监督开除我们党籍的支部会，就有一个刁光覃，感到要表决了，他借口上厕所躲出去，这人格就不得了，他那时也只能做到这样了，这让我一辈子铭记在心。但是，揭发我的这两位，他们给人的印象到现在为止都是最正人君子的，给人的印象是一辈子半句谎言都不会说的——当然人家也没有说谎，人家是如实"汇报"，但是这如实"汇报"就可能会造成……后果不堪设想！

我的至交后来肯定知道我在党小组会上说了这些，但还是从来没有找我谈。如果是我做了这么一件事，我肯定会找个机会，不管采取什么方法，向人家把事说清楚、道歉。谁在那个时候能绝对正确？谈开了就完了。但他没有。

就在我回顾这段往事，落笔时心中也不免顾忌。到现在，一些人心目中还认定，这么一位正人君子，从来不会虚伪，怎么可能……肯定是你蓝天野不对！那就没办法了，已是耄耋之年，再不说说，怕没机会了。再者，禀性难移，依然如当年管不住自己，冒出一句"这提法不对"，现在还是改不了脾气。

"四人帮"垮台了

1976年金秋时节,我去为北京市二轻局一个厂的业余剧团导演一个戏——李洪洲、李惠生、何冀平合写的《淬火之歌》。戏已经连排,准备演出了。10月初,李洪洲拉着我到一个僻静的地方,很认真地对我说:"我告诉你,'四人帮'被抓起来了,真的!"

"'四人帮'?"

"王、张、江、姚——王洪文、张春桥、江青、姚文元。"

这是我第一次听到此事。

很快,消息传开,举国上下都知道了。

中国得救了!"大快人心事,消灭'四人帮'。"

北京人民艺术剧院获得了重生。

群情振奋,但"较量"依然不止,流毒远未肃清。人们也在考虑该做些什么。这时候,狄辛被西安电影厂邀去拍电影了。有一天开大会,朱旭见到我,说:"天野,咱们再搞个创作去。"我说:"搞什么,这种情况能创作什么?"他说:"在这儿待着有什么意思,咱们借个机会,找地方游山玩水也好啊。"这倒引起我的兴致:"行啊,那倒可以。"

那天开全院大会,是"文革"中派驻到北京人艺掌握"斗批改"运动的几个人,回到人艺来说说当时的事情、执行的"路线",这是"文革"结束后的统一部署,叫做"讲清楚"。那位军宣队的彭副政委就讲不清楚了,半天也讲不清楚。但是路奇讲得比较客观,她把在当时那种情况下做得不对的地方,都一一谈到了,还向我道歉。她说:"蓝天野同志当时能认清江青的那一套。我还找他谈,甚至要审查他。我应该道歉!"对于路奇的讲话,大家报以热烈的掌声,因为她确实很诚恳。

轮到工宣队的王副队长了，他就讲最近怎样怎样安排……我插了一句话："别讲那些了，你就讲一讲，现在作为工宣队的领导，你怎么领导大家批判'四人帮'的？"他就站在那儿，半天下不来台。会后，很多人找我，让我别走，留下来一起肃清"四人帮"流毒吧。后来我跟朱旭说："还是走不了了。"

十载"文革"，北京人艺总处在风口浪尖上，到后期，政策虽逐步有些落实，但人艺又被狠狠地整了一下子，这关键在市文卫组王组长。说是"组"，来头可不小，"文革"发动始自北京市这个"独立王国"，彭真被打倒，中共北京市委瘫痪，成立了北京市革命委员会，文教卫体都归到一个口，统归文卫组管辖。这个王组长原是军区一个副部长，"文革"当中提拔起来的，来到北京市大权在握。文卫组副组长高戈，是原北京市委统战部部长。"批林批孔"之前，他们俩在北京人艺有一个"二进宫"的事件。

当时，北京人艺被认为是全市，乃至全国"文艺黑线"的典型，王组长指示办了一个叫"学习180小时"的活动，目标当然是加强改造北京人艺，但学着学着大家就都发牢骚。高戈来人艺讲话，肯定了学习有收获。但是过了几天，王组长和高戈一起来了，把高戈原来的肯定全给否了，高戈是旧市委干部，也不敢说什么。进而这位王组长又提出了十个"为什么"，大意是：为什么对赵起扬这么热，对江青这么冷？为什么对"文艺黑线"那么热，对革命样板戏那么冷？……十个问题其实也就是一个问题："学习180小时"反映出北京人艺的问题"深不可测"，必须坚决继续整。这次"二进宫"可着实厉害了，赵起扬本来已经复出工作了，这一下又成为重点批判对象。赵起扬毕竟做领导工作多年，还是坚持实事求是原则，这时那位有追记会议发言习惯的彭副政委的小本子，就成为批判的"利器"。王工宣也更底气十足，抓住我对"黑线回潮"那一句话，毫不放松。

问题是，现在"文革"结束了，"四人帮"倒台了，但一段时间，文卫组王组长仍身在其位，掌管北京市文化各界。

大家心情振奋，觉得北京人艺又可以获得新生。在拨乱反正、肃清"四人帮"流毒的过程中，起初，我们以会议意见的形式，反映了很多关于市文卫组、北京人艺的问题，但是从王组长那儿反馈回来的，却是说要清查北京人艺，要查出是谁在那儿扭转批判"四人帮"的大方向，把矛头针对北京市领导，而且点了两个人的名字，说一定要"查清楚蓝天野、林兆华是什么居心"。

王工宣如获御旨，腰杆儿又硬起来，一副誓死追查到底的气势。怪事难道还能继续？"文革"结束了，执行"四人帮"那一套的还要继续整人？无辜被整的人依然挨整？

当时有一位"文革"后期派来的老干部，叫张永康，任党委书记，很稳重，他顶着王组长的压力，反对王工宣专横跋扈的做法。他说，这个事不能这么做，这都是人民内部的矛盾，要允许大家说话。在"文化大革命"中，北京人艺这么些同志挨整，经历了那么多挫折，得允许大家说话。就算是有些话过头了，也可以理解。应该让大家把话说出来。

对文卫组王组长，特别是"二进宫"，抛出重磅的十个"为什么"，要把北京人艺置于死地，早就引起大家的激愤。"文革"结束了他仍在坚持那一套行为，更使人们无法忍受，于是大家把他的所作所为整理了详细的意见材料，派了几个年轻同志，直接把这些材料送交北京军区。军区文化部那些老领导都是革命经历丰富的前辈、文化艺术界颇有影响的人士，对这位副部长本就深有体会，见到送去的材料，非常重视。

准备复排《蔡文姬》

1977 年年初的一天，广播电台忽然通知我们，要播出《蔡文姬》的全剧录音。播出的时候，我们史家胡同宿舍的院子里空无一人，都在家里收听，这里可住着一百五十多家人呢！播出完毕，初春夜晚，大家全跑院子里来了，群情鼎沸，最兴奋的是那些孩子，当年我们演这个戏的时候，他们有的刚出生，大多还没有出生呢，虽然知道爸爸妈妈、叔叔阿姨是演戏的，但是没想到，尽管只是听，话剧竟然会这么有意思。

开始播《蔡文姬》录音，自然就会考虑：能不能复排演出这个戏啊？但最初，我们的反应却是："不排！"久违了的经典剧目，十年"文革"被当做"大毒草"批判，本就想不通，不服气，现在"解冻"了，也没有任何顾虑，为什么"不排"？只由于此时王组长还坐在文卫组的位子上，他居然给北京人艺发话："电台都播了，你们可以把《蔡文姬》整理出来。"噢，你整北京人艺整得那么狠，"为什么对'文艺黑线'那么热，对革命样板戏那么冷？"还有甚者，"为什么对江青同志那么冷？！"这些话在耳边还没冷却呢，现在你摇身一变，提出来了，明摆着想让我们演了好戏，抹掉你在"文革"中的表现。给你脸上贴金？"不排！"

过了些天，刁光覃和我又聊起了这件事，聊着聊着，有个共同的心思："怎么样啊，还是排吧？"当然，肯定想排。还能再演那些经典剧目，这都是我们曾经的艺术生涯中视为生命的。至于王文卫，不理会他就是了，"功劳簿上没有他的名"！而且，他肯定要调离。我们俩商量后，就提到党委会上了。

"文革"后重新恢复选出的党委会上，一致通过复排《蔡文姬》，由当初原班人员演出，并为所有主要角色安排了 B 组演员。

《蔡文姬》演出热烈，轰动！"文革"结束后，也陆续演出了一些话剧，都是现代题材的。但恢复一部保留剧目，尤其是一部古装、历史题材的戏，在全国是第一次。

这是一段金色的艺术生活。

画
缘

我这一生干过两种专业，画画儿，演戏，干得都很认真、很投入，却又几次三番地改变，变得都很突然，又都无怨无悔。我这个人随意性强，但专业这么大的事怎能由着性子地改呢？

幼时记趣

　　对画画儿的兴趣我在读小学前就有了，但我这个家庭，或者说家族，算不上是个文化世家，从文艺特别是美术上给我的影响是有限的。我最早的一些对于美的感受，全都来自日常生活中的一些民间娱乐，其中有些来自京剧，戏台上五颜六色的脸谱和服饰，变化多端的形象和动作让我着迷。还有一个特别吸引我的地方是庙会，尤其是白塔寺的庙会。

　　我小时候就住在白塔寺附近，白塔寺每逢三、四就有庙会，到了那天，人山人海，卖鞋帽衣物的、卖玩具的、卖膏药的，还有花鸟鱼虫、老北京小吃，当然还有各式各样杂耍、卖艺的，充满着一种很纯粹的民间民俗情趣。譬如儿童玩具，多是些刀枪面具，这些我已经不大喜欢了，觉得不过是小把戏，我已经看过很多京剧，觉得戏台上的，那才是"真的"，才带劲儿。倒是风筝、空竹，还有些小工艺品，如泥塑的人物、动物，中秋节又有兔儿爷，再有像捏面人儿，吹糖人儿，过年了还有年画，大都造型很简练，色彩独特，不知不觉间，这些民间风格熏陶着我，培养我最初始的审美观念。

审美取向也是一个取舍的过程。对一个孩子来说，他最初对美的判断从何而来？可能有环境、机遇等种种影响，也许又是最难说清楚的。

我小时候看年画，那时年画的内容有很多种，人们通常会喜欢那些喜庆的，像胖娃娃，年年有鱼（余）之类的，对这些我没兴趣。我喜欢的有神像，像门神，甚至包括每年一次的财神、灶王爷等，还有，年画里有一种戏曲故事，很质朴的风格，是年画里很有特色的，其实它上面的故事我都知道，主要是被这些画本身所吸引。它和戏台上的京剧不一样，人物造型有另一种趣味。

其实我们那个年代好些小孩，受到的一个很重要的启蒙影响，是小人书（现在叫连环画，或者应该说类似现在的连环画）。小人书成为那个年代很受欢迎的一种消遣。那时候很少有什么文化娱乐活动，电影院非常少，一般人都看不到电影，连收音机都很少，所以小人书成为最方便和廉价的文娱活动，不仅吸引小孩，不少大人也对它着迷。这些小人书题材很杂，其中最正经的还是那些公案、演义一类的，像《包公案》，后来演绎成《三侠五义》、《七侠五义》、《小五义》等，还有《彭公案》、《施公案》等等。《杨家将》那时候还不多，比较多的是《薛家将》、《呼家将》，还有一些时人编的武侠、剑侠、神怪故事，也大多是为了投人所好，仿佛内容越怪、越离奇，故事越复杂就越吸引人。还有的改编自当时流行的武侠、剑侠小说，像还珠楼主的两大著作《青城十九侠》、《蜀山剑侠传》，都是越写越离奇，甚至流于荒诞了。其实还珠楼主的文学功底还是不错的，但那时候很多小说家为了生计，都是一部没写完又写另一部，前面写了一些章节，后面该怎么接续，心里还没谱呢，就一点点地在报纸杂志上刊登连载，甚至很多这样的小说到了最后，都没有结尾。

小人书对我的吸引，首先是一个一个不同的人物造型，我惊异于画书的人有那么丰富的想象力。那些小人书的画基本都是手绘的，有的就是用毛笔画的。从最初喜欢看，到后来就自己动手画小人书，但总画不成，因为编不出多少故事来，而且只会用最简单的方式画几个人物，还不会补景，这时我还没上小学。

当时我们家住在一个大杂院里，有一家邻居，我一直也不知道他们家是做什么的，看上去是一个很普通的家庭。一到夏天，他们就自己动手做皮影，在家里演皮影戏。当然，他们做的也不是真正的皮影，不过是拿纸剪成各种人形，然后用一个小棍子支上，也不能像皮影那样胳膊腿关节处能活动。做好后，他们在窗户上糊一层纸，在屋里点一盏灯，"皮影"就投射在了窗纸上，还能演一些简单的故事。我们这个大杂院的大人小孩子，天天都看他们演，觉得很新鲜。可惜人家只演了几天就不演了，因为都是晚上演，外面暗，屋里亮，男主人说："不能演了，演一晚上，蚊子都跑到我们屋里去了！"

五六岁的时候，我开始上小学了，在所有学习的课程里，美术课是我成绩最好的，老有种想画点儿什么的愿望。

上小学期间，不记得是在几年级的时候，有一次写生作业，要求的是水彩画，那时我有点想法，就用了另一种方法画，后来这张画就留在学校的成绩室里了。学校的成绩室是用来存放历年来每个年级学生较好的美术作业的。这样一来，自己有兴趣，再加上外界的鼓励，所以我的美术课肯定是最好的。回顾这个经历让我很有感触：鼓励是一种很好的刺激，三言两语，也许就能把人的兴趣都抹杀了，但也可能就此激发起人的兴趣，影响人的一生。

还有一次，我们的图画课老师没来，由教国文的赵老师代课，他会画点儿画。有一次我看见他给靠近西四那儿一个什么小店画了张广告画，心里还纳闷：他当老师的还画这个啊？赵老师代美术课时，给学生出了个题目，画图案，这种图案带点儿工艺美术的性质。当时我产生了一个构思，我想不把整张纸画满，只在纸上角画一个花样，其余的地方留作空白。我觉得自己画得很有新意，但赵老师一看，当着全班同学的面就给我撕了，意思就是说：按你的本事，不应该画得这么差！我想跟他争辩又不敢，只能在心里暗自说："我这是有想法的呀！"我

画　缘

不服，真不服。老师说不行，得重新画。所以我回家以后，用一个晚上把整张纸画满了，这么画真要费很多工夫，因为当时没有什么绘图工具，就是要把所有花样横竖排列，画得都一样，这幅画得到了老师极大的赞扬，但我并没有觉得怎么不得了。其实，也就是费些工夫，画得仔细吧。

小学时我基本上什么都画，不过没怎么用过蜡笔，更多的是铅笔和水彩画。后来也开始画国画。如果说家庭影响，可能有一点，我大哥杜澎曾在京华美专学画，看到他画的画，或是他带回家的画谱，觉得挺有趣，也仿着画。那时画国画用的是我练字的元书纸，是一种黄色斗方大小的纸，比宣纸便宜。当时，从小学就开书法课，那会儿好像不叫书法课，就叫写字课，分大字、小字，起始是描红模子，以后过渡到临帖，用的是印成米字格的大字本和方格的小字本。家里大人们见我写的字受到人们夸奖，就规定我每天加写多少大字，这是家里少有督促我做的事，大概是觉得写好字有出息。

中学时代对画的兴趣

该上中学了。

我初一考入四存中学。四存中学坐落在西城府右街南口东侧，紧靠着中南海外墙半里多，它是以清初河北学者颜习斋、李恕谷写的《四存编》命名，取"存学、存性、存人、存治"之意。从20世纪20年代初至40年代末，办了近三十年。这所学校在北京乃至全国都是很特殊的一个学校，在课程设置上，它的国文课所采用的，不是通常教育部门规定的课本，全部是文言文，主要是颜李学说的代表文章，还选印了一些活页文选。可惜，我在四存中学只读了一年，所以也没打好中国古典文学的基础。

这时我有了一个学国画的机遇，四存中学的美术课就是中国画。我们的国画老师是画山水的，姓陈名小溪，字玄庵，是齐白石的弟子。同班多数同学都没接触过国画，而我还画过一些，就显得突出了。陈小溪老师看我喜欢画，也有画画方面的天分，就特许我课后到他的教员室去，实际就是学校专为他安排的画室，看他画，并要我把平日画的也带去，课外再给我多一些指点。那时求他画的人很多，他总是不停地画。我看他画看多了，也开始懂得绘画要掌握一些技法。

陈小溪先生不但是一位优秀画家，更是一位好的美术教育家。我大哥杜澎也是受了他的影响学画的。前几年我和国立北平艺专同班同学侯一民聊起往事，才知道他也曾在四存中学读书，受陈小溪老师影响而学画，成为卓越的油画家。

我在四存中学只读了一年，第二年就转学了。因为数理化这些理科的成绩都很糟糕，后来差得简直没法再学了，前面的不会，后面的想听都听不明白了，不及格，只能转学。因此我五年的中学生活，换了四个学校。

初二在平民中学，是一所私立学校，也是我唯一待了两年的中学，在这里读完了初中。高中我考进北京市三中，这也是个很好的学校，也是迄今唯一一所还与我有联系的中学，就是在三中，决定了我后来学画和演戏的道路。

中学的语文课，在课本之外，每周都有一堂作文课。没想到，第一次作文课的头一名，竟然是我。可能是对文科的兴趣起了作用吧，从上中学后，课外读新文化运动以来的书比较多了。

在平民中学时，作文课老师的教学方式很怪，他不给我们出题目，让我们自己想，随意写。有一次我对他说："老师，我想写一个小说，行吗？"他问："你有一个故事或一个提纲吗？"那时我还不懂什么叫故事，什么叫提纲，就老实说："没有，我就是想写。""可以！"他爽快地回答。于是，我就开始写了，后面要讲什么故事都还没想好呢，就开始写了。我写了一个开头部分，算是序曲吧，写一个渔村，村庄是什么样，外面有条河，河里的鱼、岸边的草怎样怎样……交给老师，他觉得还挺好，认为我描写得还有点儿味道。不过小说最后也没写完，因为我根本不了解渔村，不知道渔民生活是什么样的。倒是村口、溪流、鱼游的情景等等，我脑子里有。那是和同学到郊区钓鱼玩时，获得的清新印象。

在三中这一年的经历，对我的未来产生了极大影响。开学不久，我们班几个对文科有兴趣的同学决定要办一个壁报，倡议者是王纪刚（后来他成为《北京晚报》的总编辑）。所谓壁报，就是用整张大纸，画好报头，再选定稿件，设计好版面，把稿子抄写在上面。为了吸引人注意，要把整个版面尽力装饰美观，还要给文章配些插图，再画些漫画一类的美术作品。我们的壁报，我算是美术编辑吧，所有和绘画有关的事儿，都由我来干。

就在我们班筹办壁报的时候，听说高二班陈厚钧（现名冷林）、濮思询（也就是苏民）几乎与我们同时也在办壁报，已经在制作，马上就要贴出了，而且两份壁报的选址，恰恰同在两个教室中间的墙壁上，并排贴在一起。这样一来，到底是哪一方的稿子吸引人，哪份壁报画得漂亮？这就有点较劲了。苏民比我高一个年级，我听说他们班的美术编辑就是他，不由得在暗自估量着对方的美术水平，一来二去的，我们就认识了。

那时我对美术兴致更浓，到了痴迷的地步，甚至在课堂上心不在听课，常偷偷给老师画像。我第一次画的是一位教数学的李老师，觉得这位老师的长相很有特点，几笔就勾出他的轮廓来，画成一个漫画像，还真的非常像，一眼就能看出是谁，而且特传神。后来又画别的老师，有的几笔画不出来，就用复杂点的速写或接近素描的方式，也都能画得极像。回想起来，那时候已经有点功底了，特别是捕捉人物形象特征、造型准确的能力是比较强了。

后来苏民听说了这件事，有一天他到我们教室来找我，就隔着窗子站在外面对我说："听说你画了几个老师的像？把你那画像登在我们的壁报上吧，怎么样？"我答应了，对他说："好，我给你们每期提供一位老师的画像，干脆就叫《每期一师》。"所以我的《每期一师》是交给苏民他们班的壁报发表的。后来我们班办壁报的同学都埋怨我："你有这个，怎么不给咱们的壁报用啊？"我只得回答说："他来要了嘛，我原来也没想发表的。"原先我已经画了两三位老师了，所以《每期一师》就能供上稿，下面再接着画，基本上能延续下来。

这《每期一师》一出来，同学之间传开了，老师们肯定也会知道，但谁也没提这事儿，因为这一定是我在课堂上画的，到底是该鼓励还是该批评呢?

就是在三中这一年，我看了苏民他们演的话剧《湖上的悲剧》和《北京人》，这是我第一次看话剧。他们后来组建了沙龙剧团，成员有苏民，大学生里比较突出的是郑天健。《湖上的悲剧》的女主角是张洁琳，后来她因病去世，我还为她刻了木刻像，作为沙龙剧团油印专刊的封面。苏民在《北京人》里演曾霆。

在三中的这一年留给我的印象太深了。办壁报、第一次看话剧，都是极新鲜的，并由此执著于新文艺，热衷于读五四新文化运动的书。

在三中待了一年，高二转入辅仁附中。我还一直跟三中那些办壁报以及演戏的几个同学苏民、邓国封、黄风（居乃鹏）等保持联系。黄风和我在三中同班，他也开始喜欢话剧，但从不上台，一直搞灯光，后来在中央戏剧学院舞美系任教。我们几个人不断地聚会，谈论最多的是话剧，还一起去看戏，像1943年上海苦干剧团来京演出《大马戏团》和《秋海棠》，都是我们一起去看的。

北平艺专——索性学画吧

1944年，辅仁附中高二结束，我做了一个果断的决定，数理化功课我是学不好了，干脆学画去! 痛快点，把画画儿当成一辈了的专业去干。当时有两个美术学校，一个是国立北平艺术专科学校（简称国立北平艺专），一个是京华美专。我想北平艺专是国立的，实力应该比较强一点，就报这个学校吧，于是又找人打听怎么报名怎么考，都考些什么。

北平艺专开设有国画系、油画系、雕塑系、陶瓷系等，我考虑专业方向，国画到底画得少，除了在四存中学陈玄庵老师教过的那一些，没有更多的基础，就

395

画　缘

报考了油画系。虽然对油画了解也不多，但好在我画过速写，画过水彩，素描也练过，这些都是西画的范畴，心里比较有底。考前我也做了些准备，专业要考素描，画石膏像，当时石膏像不常见，我就到处找。正好我就读的是辅仁大学的附属中学，辅仁大学是教会学校，学校后面有一个很大的教堂，我也不记得从哪里听说的，教堂有间屋子里面有石膏像，就偷偷钻进那个教堂去找，还真让我找到了，于是每天都去那里，对着石膏像练习素描。整个教堂特别安静，也没人管我，我自己在里面专心地画，很晚才离开。偶尔也会碰见几个外国修女，但她们总是低着头走路，此外好像再没见到半个人影。

除此之外，我还必须做一件事：弄一个假文凭。因为报考北平艺专需要高中毕业证书，可我还没读完高中，就找地方买了一个。我看着他现场填写，加钢印，很快，一个证书就做好了。这种事在当时没人管，也很普遍，所以我去报名的时候，尽管那个文凭造得很粗糙，报名处的老师也就那么扫了一眼，随口问道："哪儿买的？"我没作答，他也不再问。当然，这种事在清华、北大这些名牌正规的大学，是绝对行不通。

我考艺专时，苏民正好高中毕业，他也决定专业学画，所以我们凑巧就同时报考了国立北平艺专。他在高中就已经学国画了，师从李智超先生画山水，所以他报的是国画系。考完之后，我们几个同学聚在一起，议论考得怎么样，绘画专业都应该没什么问题，聊到文化考试，苏民高兴地说："英文试题不难，有道题是中译英，其中一个单词是'艺术家'，这多简单啊！"大家问："你怎么翻的？"苏民干脆地说："arter！""arter？"我们不约而同都愣神儿了。他一看大家的表情，问："怎么了？"大家笑了起来。英文中"艺术家"的写法是"artist"，苏民只记得英文中称呼什么人，什么家，通常就在单词后面直接加"er"，所以等于是自己生造了一个词。其实，我们大家的英语也都不怎么样。

当时的北平艺专，考试只重专业，只要你专业好，即使你现在水平并不突出，如果老师看你有潜力，有灵气，就会千方百计地把你招进学校。

我估计我在考生中的成绩算是比较好的，因为当时报考艺专的，能在考前做了准备的，当然也有，但不会太多。不过，我在班里也不是最突出的，有几个同学，入学前就正式学过画，具备一定实力，而且很勤奋。华克雄，比我大几岁，是当时我们班里画得最好、最刻苦的一个，建国后参了军，有很高成就。还有洪波（原名刘培福），后来到解放区去了，1948年我在正定华北大学还碰见过他，建国后曾担任中央美术学院的党委副书记。女生中还有顾群（原名王志平），后来也到解放区去了。洪波和顾群在武强创作了不少新年画，成为这方面的代表。

我考入艺专后非常用功。我家住在西城，靠近西城根，艺专在东总部胡同的东口，那时候有城墙，我们学校出了胡同东口就是城墙了，出了城就是郊区。就是说，我每天要从西城根走路到东城根。当时正值北平沦陷，日本军国主义侵华时期，从我家到学校，中途只有一路所谓的公共汽车，从西安门开到东华门。要乘车我就得从家里走到西安门，下车后也要走一段时间。这路车只有两辆车对开，如果走到站台估计车刚开走，那就干脆别等，还不如走路快。起初，还找了辆自行车，这辆车就是在一辆旧女车上焊一根梁，而且那车胎叫个破啊，一天要瘪好几次，再补也不行。所以我多数上学都是靠走路，每天天不亮起床，一路要走将近两个小时。

到了学校，就一头扎在教室里画。从家里带一顿饭，一般是馒头和一点儿菜，但往往到了吃饭的时候，馒头就不够了。因为一年级开始学素描，画石膏像，用的是素描纸和炭条，要求准确，需要反复修改，但炭条不同于铅笔，修改要用干馒头擦。所以好多时候，带的馒头多半就用来改画了。这一年，我真的特别用功，到了学校很少出画室，偶尔下了课在外面稍微活动一下，还随手画速写，中午吃完饭接着画，一直画到天色晚了才离开学校，到家已经天黑了，有时还帮着干点儿家务活，晚上还在灯下画。但是将来想干什么，要当画家？有什么出路？因为那时候小，只有十七岁，也没怎么想过这些，就是觉得现在正正经经地学了，有人教了，一心就迷上了，钻进去，成天琢磨怎么画，怎么画得更好。

在艺专除了专业课之外，还有一些课外选修。其中有一个话剧组，听说是请了陈绵，但他从没来过，我倒是想参加呢，可这门课根本没开过。

397

画　缘

还有一门木刻课，请的是王青芳先生。他是当时木刻界的主要人物，也是国画家，是齐白石先生的学生，后来主要搞版画。他倒是坚持每周来，参加学的就只我一个人，所以他对我也特别热心地教。他给我一些木板，是杜梨木，又帮我买了一套刀具，然后告诉我怎么刻，我就自己想题材创作，刻完了交给他，他再拿去给我印出来。我学得很带劲儿，一直坚持学。

油画系一年级的主课就是画素描，画石膏像。有两个助教，其中一位主要管每天点名；还有一位是张振仕，他画得很好，但当时也是管点名，从来不教课。他家里有石膏像，到寒暑假的时候，由洪波联系，拉上我到他家里去画素描。张振仕自己也画，墙上挂着一些他的素描作品，我看他把石膏像立着摆、躺着摆，为的是锻炼掌握画的透视关系。去多了，他有时也给我们指点一下。

一年级快结束时，我们也尝试着画油画。开始，也没有全套的颜色，有同学找地方买到单色的桶装颜料，处理的，很便宜。同时，开始画人体素描，画模特了。但这段时间我去学校少了，从1944年冬天，苏民拉我去演话剧了。

那时油画系有三位老师，教一年级的是杨凝，教二年级的是刘荣夫，教三年级的是卫天霖。杨凝老师后来也去了解放区，改名左辉。卫天霖先生对印象派颇有研究，色彩运用非常好，和建国后以苏联画派为主的风格不一样。据说在中央美院时，卫天霖先生这种画风不被重视。50年代，派到中央美院的苏联专家马克西莫夫是俄国画派的代表人物，他在美院主要是给油画系的老师讲课，被卫天霖的画深深吸引了，对卫先生的色彩极为赞赏。

我和苏民不同系，但中学时的交情延续下来。如果我骑自行车去上学，就会约着一起骑车回家，并肩经过长安街，还时常先到西单附近王爷佛堂胡同他家里待会儿，聊画，也聊话剧。我还随意给他画过几次速写像。

苏民违背了他的老师李智超先生的嘱咐，在艺专一年级期间，就和孙其峰等同学在中山公园举办了联合画展。孙其峰和我们同年入艺专，和苏民同班，比我们年长几岁，入学的时候就已经画得非常好了，专业在学校算很突出的。他们办画展的时候，我凑热闹，每天都去展场，从那时就跟老孙——自青年时期我们就

看望当年北平艺专老同学，著名画家孙其峰学兄（右）

称他为老孙，很熟了，交往一直到现在。

"文革"后，1978年我们去天津演出《茶馆》。我几乎每天都去天津美术学院看老孙，有一天他为我画一幅墨竹，有人来催了几次让他去开教学会，他一直拖着画完了才去。老孙人缘好，使我和天津美院上下也都熟识了，像油画家张世范院长、老画家肖朗、溥佐诸公，以及他们的学生们。当年的青年才俊，如今都是画坛精英了，天津画界人才辈出，孙其峰兄这位美术教育家功不可没。

老孙，山东招远人，几十年乡音不改，永远带着淳厚随和的笑容，永远像兄长一样。他画写意花鸟，题材广泛；书法，兼长于各种书体，有鲜明的个人独特风格。我最欣赏他的汉隶对联。他还善于治印，功力深厚。

京津两地，咫尺天涯，如今都老了。两三年前，天津为孙其峰兄举办了一次大展，展示他各个时期的作品，也包括一些和朋友合作的画，居然也有这位津门画坛领军人物和我这个仍属业余画人合作的一幅。后来人们告诉我，老孙在展厅曾指着这幅画说："一眼就看得出来，这黑鹭是天野画的！"真是愧煞我了。

画　缘

绘画成了业余

1945 年，日本军国主义投降，抗战胜利了。但国共合作很快遭到国民党反动派的破坏，内战燃起。很快，民主运动高涨，尤其是学生运动迅猛展开，地下党领导把我们的主要活动安排在戏剧战线，所以学校就去得少了。当然，我们还得找一个身份做掩护，我想回到学校，继续学画，结果老师说："不行，你这么长时间没来了。"其实，如果我要再跟他说一说，可能也就行了。但我想，要不然我再考一次，还可以把基本功学扎实些。这时是 1946 年，徐悲鸿先生来担任校长。我第二次考入了北平艺专。

于是我又从一年级上起。这一次我的同班同学中，能记得起并且后来还有往来的，一个是侯一民，比我小一两岁，也没有高中毕业，是学校破例录取的，现在是卓越的油画家，1980 年曾做过中央美院的副院长。还有一个是李翰祥，聪明有才，后来成了香港文化修养很高的电影导演。

但我去学校的次数还是不太多，尤其是 11 月我参加了演剧二队，可能命中注定此生以戏剧为业吧，此后就没再去学校。但是在艺专不到两年的时间里，我学画真是特别用功，所以几十年后，我画中国画主攻花鸟，也还能画点人物，就是这个时期素描速写打下的基础。而且画画对我后来的戏剧专业，包括演戏和导演都有很大的作用。

就这样，对美术的爱好和兴趣一度被中断，在长期的舞台生涯中，我一门心思在演戏、导戏。但还是觉得，我一生中，最感兴趣的还是美术。

戏剧舞台成为正业，绘画只能是我的业余爱好了，只能有时随手画点素描速写什么的。尽管我常常有意识地控制自己，驻足在美术的大门之外，但是我个性中的随意性，也使我后来在遇到适宜的环境时，再次萌发对绘画的兴趣，重新捡起画笔。这要从 1961 年北京人艺到上海的演出说起。

摆脱不开的兴趣——兼记程十发、张正宇

1961 年北京人艺到上海演出，历时数月，金秋时节去，又转至杭州、苏州，年底才返回北京，带了三个戏：《蔡文姬》、《伊索》、《同志你走错了路》。演出之余，白天没太多事，有时开会，也有些游山玩水的机会。我就顺手画些速写，给参加会的人画像，那时我已经开始失眠了，半夜睡不着，还到洗手间对着大镜子画自画像。苏民也来了兴趣，在房间里画他的山水画，后来游苏杭时，写生，拟了些画稿。在我们的影响下，一些原来画过画的，还有些从来没有画过的人，也都拿个小本子画起来，有的画得还真挺像。当时真形成了点儿风气。

也是巧合，上海科影厂一位工作人员高欣武，原来是人艺的学员，知道我们来上海演出了，特意来看望，还提起一件事，说上海科影厂拍了一部专题片《任伯年》，想请狄辛给这部影片做解说，狄辛答应了。等整部影片制作完成后，科影厂请我们去厂里放映室看片子。我顿时被镇住了，拍这部介绍清末著名画家任伯年的专题文献片，真是下足了功夫，千方百计地查访，把全国各地博物馆、私人收藏的任伯年真迹精品都集中借来，精中选精地记录在这部影片中。

我当场抑制不住地问："这些原作还在不在？"厂领导说："刚装了箱，还没有运走呢。"我赶紧提出："能不能把这些原作给我们看一看？"人家看我们是北京来的客人，特别关照，说："这样吧，这部片子的艺术顾问是程十发，我们请程先生亲自来给你们介绍。"程十发先生来了，这是我们第一次见面，他带我们

去到科影厂的一处库房，许多存画的箱子，有的已经封装了，只待启运，我们真是幸运，抢在一天前见到了这么多精品原作。画太多了，程先生认真挑选，一幅幅地展开给我们看，逐一讲解。任伯年是海派代表性画家，画的题材广泛，最擅长人物，甚至有多件画像。那时画像叫写真，程先生特别展开一幅，是任伯年为朋友的写真，用毛笔直接在纸上画的，人物的面部非常传神，身上却只有寥寥数笔，为什么呢？画家在画上题字，大意是，深夜为友人画像，蜡烛快要点完了，就随手拿了张纸卷成一卷点燃，在纸卷燃尽之前这点儿时间，匆匆画完。这幅作品真是造型生动，笔墨洒脱，难得的神来之笔！

从这时起，我们和程十发先生相识，常常到他家去看作画，剧院一些喜欢画的人都去过，像苏民、郑榕，还有搞舞美的王文冲等，我去得最多，程先生还把他收藏的一些古画给我们看。

后来我了解到，程先生原先是学山水画的，由于接受任务画连环画，逐渐以画人物为主，他曾去云南深入少数民族地区采风，创作了《召树屯》等连环画精品，成为上海风格鲜明独特的人物画家，而且收藏颇丰，也是一位鉴定家。

我们的三个戏在上海演完之后，剧院又把《胆剑篇》调来演出。我这时跟程十发已经很熟了，就请他去看戏。当狄辛扮演的西施出场时，正好舞台上灯光也非常亮，程十发就在台下画速写，抓紧时间拼命画。后来他还在《新民晚报》上发表了一组他为《胆剑篇》中人物画的速写。我看到后很高兴，狄辛看到给她画的速写也很喜欢，因此，我曾专门去他家，对他说："狄辛想要一张你画的西施。"他欣然答应。过了两天让他的小儿子程助送来了。这幅画狄辛现在还挂在屋里，画得很简练，但笔墨精致，极为传神。

程十发对《胆剑篇》非常有兴趣，后来专门创作了一部连环画。我们剧院演员邱扬为他写的词，也颇具文采。程先生已经创作过几部连环画精品，而这一次，他的每一幅画面都很不一般，都是很别致的一些构图章法，甚至有几幅奇、绝、险的构思处理，成为连环画中难得的艺术精品。

"文革"后期，1975年，我到上海时曾专门去看望程先生，十几年没见，又

1989 年，到上海著名画家，我的好友程十发先生（右）家做客

历经劫难，都很激动。他说："我想给你画一张画，你演过屈原没有？"我说："没有，我们院一直没有排过。"我是很喜欢屈原的，在心中也酝酿着塑造一位诗人屈原形象的创作欲望，但是觉得郭沫若写的《屈原》，政治色彩浓了些。我心中想的是诗人屈原的形象。我说："这样吧，你随意画，我只希望你在画上多题点字。"过两天我再来他家，画已经挂在墙上了，左上角是屈原和婵娟，下面一片橘林，我一见就欣喜不已。而且程先生还把整篇《橘颂》都写上了，接下来还题记："屈子九章之一橘颂，奉十五年未晤一旦重逢之天野兄大政。"

后来中央电视台拍一部专题片《屈原》，想在片中用一幅他的画，他这时已经创作了不少关于屈原的作品，却专门给我写封信，说："我想来想去，还是给你画的那张比较好，你能不能借给他们用一下？"

这幅《橘颂》，十发兄真是花费心血之作。我不仅得到了一张珍品，同时还收获了一份真情。

京沪两地相隔，但凡有机会，我每次去上海总要去看望程十发兄，后来他在家乡松江修建了别墅，紧邻松江博物馆，同样的黑白相融的江南古建。他约我去小聚，那是 1989 年，我在上海拍戏期间。

又几年，听程助说十发先生病重住院，我找了个借口去上海，特地到医院看望他。那时，他思维依然敏捷，谈吐间仍很幽默，但只能躺在病榻上，难能下地活动。我俯身在他面前轻轻叙话，他的儿媳为我们留下了最后一张合影。

程十发先生是功力非凡、极富个人风格的人物画大家，且是水准极高的书画鉴定家。更可贵的是程先生的为人，他一生书画收藏甚多，就我曾见过的，其藏品水平之高，难有人与之比肩，就是国家级博物馆也不易有如此丰厚。但十发兄晚年，把自己绝大部分藏品无偿捐献给了上海博物馆。我还听说，在程先生任上海画院院长期间，正是大城市普遍住房困难之际，他尽了大量心血画了一批画，换来一笔资金，为上海画院职工盖了住房，这种情义和襟怀，令我景仰。

程十发先生离世，是中国画坛的莫大损失。前几年在北京举办了程先生的遗作展，其实也只是展出了私人藏家所收藏的部分作品，但也足以让对他了解不够多的北京书画界人士观后颇感震撼。

1961 年，张正宇也到了上海，和我们同住在锦江饭店。他就是从这个时候开始画猫的。正宇就职于中国青年艺术剧院，担任舞美设计总顾问。他的画多有装饰风格，书法功力极深，篆隶行草皆精。很多人不知道的一件事是，人民大会堂傅抱石和关山月合作的《江山如此多娇》，把毛主席亲笔题写的字，按照适合的比例放大到这巨幅画上去的，就是张正宇。他的画造型简练夸张，却又极亲切率真，绝无造作。人们称他为"老夫子"，他则自称"大阿福"。从上海回北京后，我和他往来较多，留得一些他各期的佳作。

"文革"后期，不少老画家被请出来画画儿，一日见到正宇新作斗方猫图，倍觉亲切，老夫子题数字曰："八年不见此猫矣！"大家异口同声道："唉，这几个字传出去，难说不又惹一场祸。"但毕竟正宇这一阵子心情大好，佳作甚多，且书画都更加老辣了。

可惜 1975 年唐山大地震波及北京，正宇率全家回无锡老家，一路颠簸，疲劳过度，返京后我去他家，见他躺在藤椅上晒太阳，消瘦乏力，已不复原来精神状态。不久他就住进了朝阳医院，再去探望他时，我心里非常难过。这么好的一个人，未几就离我们而去了。

难成藏画家

上海、杭州、苏州演出结束返回北京，对绘画的痴迷已经不可抑制。去故宫博物院看画，绘画馆、太和殿两侧陈列历代中国画精品无数，从已发现最早的一幅展子虔《游春图》，到清末任伯年、吴昌硕的书画作品，都看过不知多少遍了。有时个别展品做了更换，都吸引着我去再看几次。

延续着在上海去朵云轩的兴趣，北京的荣宝斋、宝古斋，还有墨缘阁成了我经常光顾之处。尤其是宝古斋，他们见我常去，是真心喜欢，就特地为我办了贵宾证，可以到后厅去看些精品书画，这是只供少数藏家内部参观选购的。宝古斋后厅几位师傅不是书画家，都是从小学徒，成为眼力很高的书画鉴定能手，他们见的东西多，学识渊博，眼光很厉害，尤其是赵存义，对我极为关照，还有老刘等几位。给我看的多是明清书画，从他们的讲解，使我对此道获益良多。老赵常告诉我，宋元的东西更高。我那时不很能理解，他总是说，看多了就懂了。

这些书画都是他们从全国各地收购来的。有我考虑想要的，他们就让我先带回家去，说："要挂在家里反复看上个半月乃至一两个月才能看准，再拿定主意要不要。"这样，我逐渐也从那里购得了几幅。

每年春节，宝古斋要办一次内部展览，把他们的藏品，尤其是这一年内收来的佳作集中展出来，供部分贵宾参观选购。也只是在这时候，我才得以见到一幅石涛的作品，墨菊斗方，尺幅不大，但却称得上精品，平时是见不到的。

我能有这个内部卡实属不易，那是为相当级别的藏家而设的，数量有限。平日我去后厅难遇到有什么人。我曾见邓拓去过，也听说康生常去，且此人喜欢书画，还颇有些眼光。但我肯定成不了收藏家，那时这些古字画非常便宜，但当时实行低工资制，只靠工薪收入，偶有些微稿费，也难入此道。一次春节大展，能照顾到我购得一幅，就算很不易了，我又见到另一幅闵贞所做《泛舟图》，简练笔墨勾绘出一人舟上奋力摇桨，搏击于江面，极为生动，很想再要，老赵说："只能给你留一幅了，有人还得不到呢，现在收东西太难了。"

多年后，我这少量藏画送给专业画家朋友了，对他们更有实际作用，我既自知成不了收藏家，何必做这不成气候的附庸风雅。回顾往事，这一段从故宫，从宝古斋，从程十发等一些画家朋友，包括也是我河北同乡人的赵存义等诸君那里，确实收获了不少知识。

幸遇恩师

1962 年是我这一生中的大幸之年，我遇到了两位好老师。

上海之行重又唤起了我对画的痴迷，接触的都是中国画，和我年轻时专业学的西画相比，感觉中国画仿佛有更深邃的东西，就更产生一种诱惑。

记不准在什么地方第一次见到李苦禅先生了。印象最清晰的是潘天寿先生在北京举办画展，展场设在中央美院陈列馆。估计有不少北京书画家是第一次见到潘先生的画，对他极具个性的画风颇感新鲜。看完展览后，在街上与李苦禅先生一路同行，向他问起潘先生笔墨风格，苦禅先生对我讲述得很细，我也得知，早年他们曾同在杭州美专任教，又都是画大写意花鸟，都欣赏并取法青藤、石涛、八大山人，时时共同切磋。"我跟老潘常在晚上，拿八大的画对着灯影，琢磨他是怎么用笔用墨的。"苦禅先生对潘先生这次展览颇多称赞，也直率而随意地讲些关于章法、笔墨可以怎样再有变化等等，仿佛依然是当年两位同事一起探讨的情境。他完全没去想，是在对我这个不大懂中国画的年轻人说。

苦禅先生豪迈质朴的性格把我打动了。

从那以后，我时时去看望李苦禅先生，看他作画。先生善谈，尤其对京剧谈兴更浓。屋里摆着京剧刀枪把子，得知先生早年正经学过戏，能演大武生，且是拜尚和玉老先生为师，我更加钦佩，这太难得了。京剧大武生多宗师杨小楼，尚派极少，苦禅先生是山东人，典型的豪侠性格，宗尚派真是很对路。先生见我这个话剧演员也痴迷京剧，心情更好。还有，我大哥杜澎原是苦禅先生的学生，也喜欢京剧，因此先生对我也就更亲切了。

那些日子我尽力处处留意看先生的画。在先生屋里，有一尺寸不大的横幅，是拓裱好的，几只麻雀，简约数笔，戏墨之作而天纵自然。先生顺手拿起一张不是宣纸的纸，边画边讲，画了荷花又画鹰，告诉我，这是抓兔子的鹰，和雕、鹫有什么区别等等。但先生画鹰是综合创作出来的，是他心中的鹰。先生常说："中国画高啊！""中国写意画不要太拘泥于形，重笔墨，更重神韵。"

常说"画如其人"，其实，不是所有画家都能达到这样的境界。但苦禅先生可以。其人其画使我敬佩。我对先生说："我也跟您学画吧！"先生平静地说："行啊，你画一些就拿来给我看看。"是这一天，确定了我此生重要的一个路标。

我开始每天画，隔几天就带上一卷，去请先生看，多数是苦禅先生常作的题材，间或也有其他感兴趣的东西，自己画得很投入，但当然还十分幼稚。先生却每次都一如平常那样乐呵呵随意为我指点，有时还给我补上几笔，或题上几个字，说："每过些日子，留起一两张，以后可以前后对照看看，有什么变化，进步了没有，能增加实际体会。"

我坚持画，乐此不疲，真的是此生对绘画兴趣更多于演戏。有时白天事多了，就深夜里画，反正我睡眠也不好。久了，甚至要控制自己，别老迷在画上，到底自己的"正业"是在舞台上！但经常还是无法控制地要画。

苦禅先生确实待我太好了，看到我略有进步，或在为我执笔示范时，总是耐心讲解："笔墨章法，我都告诉你了，要懂法，但不要拘泥于法，你还要画得随意。"先生还曾对来访者夸奖我说："在业余学画者中，天野算是有灵性的。"

先生几度身处逆境，对我仍是关切如常。1964年，又一次极左思潮波及文艺界，苦老受到荒谬的批判，愤而搁笔。当然，真让他丢下画笔是不可能的，只是那时起很少公开作画了，在生人面前更不画。一天，我去看望他，见先生案头画具确实是都盖起来了，显然多日未动。看到这种情形，我带去准备求教的习作就不好意思拿出来了，但先生依然含笑地说："又画了什么，打开来看看吧。"然后照例很有兴致地指点讲解，并铺开一张四尺整纸为我做画稿，只是这次用的是墨汁，画的是苍鹭荷花，随即题字："久不作画，不仅手生疏，亦感胆怯耳。章法虽稍具，但恨笔墨不充实之。天野老弟嘱作画稿，可自斟酌参用也。"在先生为我作的画中，这一幅是我最珍惜的，从中深深感受着老师的厚爱。

但60年代那些年，我在演剧这个"正业"上，确实是太忙了。1963年我开始向导演转行，戏还是要演，下不来舞台。我曾独自到农村去生活了半年，紧接着执导了第一部戏，带剧组去农村体验生活，又是近半年。1965年，我去访问越南，当时正是美军发动越战之际，我们在美军对越南北方日夜不停地轰炸的战争环境中，在基层走访又达半年。这段活动使我难于坚持习画，只是在心里记住苦老的教诲，随时随地留意观察自然生物百态。越南是水乡，多有水鸟涉禽，越南农村的孩子捕鸟的方法也极为独特。

访问越南返回北京后，次日我就去看望苦禅老师了。越南处在战争环境，有特色的东西不多，除了草编斗笠，就是一种牛角雕的工艺品。我带回两件，一件送给苦老，一件送给我的另一位恩师许麟庐先生。

随许麟庐先生学画，也是从1962年起。我每去苦禅老家中请教，总是来人不断，他的学生，京剧界的朋友，也有的是从外地慕名而来，甚至是不认识的，先生都热诚相待。而且苦老在中央美院执教，学生众多，都满心期望向苦老多学些。我切实感到苦禅先生太忙太累了。

正在这时，听说许麟庐先生想要每周日抽出一个时间带几个学生。我得知后，觉得机会难得，就告诉苦老："您太忙，我来少了学不到东西，来多了，又怕给您增添负担。去许先生那儿，也能多一点时间学。"苦老还是听我说起，才知道这件事，他非常高兴："好啊，一定要去，我们的画法是一样的。"

等我开始去许先生家学画时，第二周苦禅先生也来了。许先生分外高兴，说："二哥，你怎么来了？"十来位学生也颇为惊喜。苦禅先生和麟庐先生同为齐白石老人最得意的弟子，情谊更甚于亲兄弟。

许麟庐恩师算得上是手把手教我的，以画虾画鹰为例开课，用笔：中锋、偏锋、勾线、点染；用墨：干湿浓淡，都在示范中不厌其烦地让学生明白透彻。老师告诫道，中国画要懂法，但不拘泥于法，不束缚于形，重笔墨，贵在得神。

大约过了两个月吧，许先生感觉每周带学生太累，就停止了。最后一堂课，先生为每个学生画了一幅小品，留作纪念。当时老师没给我画，说来不及了。又说："天野，以后你随时到我家来吧，白天上班，晚上来也行，更清静。"

此后我真就常去许先生家，大多在晚上，有时给老师看看我近期的习作，更多是听老师讲画法，讲画坛掌故，其实都是随意聊天。一天晚上，先生兴起，说："上次没给你画，趁着安静，今天试试吧。"于是铺纸，思考片刻，作了一幅写意山水。这是我第一次见先生作山水画，这幅珍品我至今挂在厅里。

许先生在画界是出了名的热心豪爽，交游甚广。他当年开办的和平画店（后来合营并入荣宝斋）一经开张，就成为高品位的文人雅集之所。郭沫若、陈毅老总、邓拓、老舍、曹禺、艾青等常为座上客，白石老人、徐悲鸿先生也曾光顾，苦禅老、李可染、叶浅予、黄胄、黄永玉、张正宇等书画大家也都乐于来此看画、欢聚。我曾见在二楼有许多位画家一起看白石老人的画，有数十张，大家纷纷议论，哪幅堪称精品，哪幅是什么年代的作品，时而赞叹，时而被谁的一句话引得满堂哄笑。因为都是圈内熟人，自然鉴定准确无误。

许先生乐于助人，也时有外地画家来京，住在先生家里。我就见过孙墨佛老先生，白石老人门下的篆刻家刘冰庵等常住在先生家，先生还帮助他们解决困难，我亲眼见到先生为刘冰庵联系替人治印，以此获得一定的经济收入。

这一年，我能有缘先后随李苦禅先生和许麟庐先生两位大家学画，学到的，首先是两位老师的做人之道。若干年前，曾有报刊在教师节约稿，我当即写了《人品·画品·师品》一文，真情记述两位老师的恩泽。

1966年，"文革"开始，我被迫和两位恩师断绝往来长达数年之久。

"文革"后期，运动时紧时松，文化各界也都试着搞些"文艺革命"的创作活动。

1974年，我听说一些老画家又被请出来画画。我们驻外机构的办公场所，过去那些装饰都被当成"四旧"、"封资修"给毁掉了，墙上空空荡荡的，没有什么像样的装饰，总不能都挂上样板戏的剧照吧，所以请出一些老画家来作画。我听说苦禅先生也被请出来了，在外交部出国人员服务部画画，我马上去找他，到了那里，人家说他们已经离开了。我一想，索性直接到他家去了。

一见到苦禅先生，我们都很激动，没想到还能再见面，真有两世为人之感。我知道他是在"文革"当中受冲击最残酷最多的一位画家，因为他耿直，从不说一句违心的话，我自己也在"文革"当中受到冲击，所以再跟苦禅先生相见，真觉得分外珍惜和亲近。

可能是又能公开画画了，苦禅先生的精神状态看上去很好。我说："我去找您了，但是没找到。"他说："对啊，现在换了地方了，就在老六国饭店。"

老六国饭店位于台基厂南口，1974年，这里正空置着，就安排了李苦禅、吴作人、李可染、黄胄等四位画家来画画。我来这里找苦禅先生时，其他三位陆续离开。从这时起，每星期我至少要去三次老六国饭店，看苦禅先生作画。

苦禅先生没住在老六国饭店，他家离这里不远。每天清晨，先生从家里走路过去，开始作画，午饭后休息，下去再继续画一会儿，就回家了。每天都有家人陪着他去，有时是李慧文师母，有时是李燕或李健。遇到家人都有事，我就陪先生去。早晨我先到先生家里，待他收拾好东西，再陪着他一起出门。步行一路聊着到了老六国饭店他的画室。苦禅老师先坐下来休息，我就开始研墨，苦老说："磨墨，是人磨墨，墨磨人啊。"他这时候就开始构思，要画些什么。

这段时间倒是给了我一个良机，是我跟苦老学画最多的一个时期。能有那么多机会看先生作画，从构思到用笔、章法、设色到完成一幅作品的整个过程。先生这些日子给我讲画法也比较多，我也难得比较自在，画得比较多，时时拿来请老师指点。苦老兴致很高，说古人画法，聊京剧，也聊些家常。我还见先生翻出早年作的一批画稿，大多是以较大张的元书纸所作，章法都极具创意。

苦禅老此时心境大好，一种更展现其个性的画风流露于画面，笔墨也进入更高境界。这是先生创作欲望更旺盛的时期，我感觉，一种质朴而灵动的苦禅画派在形成。

这期间，也有一些人特意来看望苦老，但不像以前在家时那样人流不断，来的都是熟悉的朋友和学生，也都是刚知道他在这里画画，所以相对还是比较清静。有一次，只有我陪着先生在画室，他的学生蒋正鸿来了，带了裁好的纸，兴致盎然地说："先生，跟您要一只白鹰来了。"在此之前，我还没看过先生画白鹰，首次得见，看苦老当场画出的白鹰，不是用铅粉画，而是全以线条勾出造型，用补景的着色挤（衬托）出来的，意境动人。我惊羡不已，忙问正鸿："你还有没有纸？"正鸿又给我拿出来一张。这时离午饭时间也就还有半个小时了，老师情绪很好，当即又给我画了一张，且与前一幅鹰的姿态和构图全不相同，先用墨画完之后，抓紧时间用吹风机吹干，再以花青赭石着色，并略点些石绿，画成，就到午饭时间了。这幅先生随意画来的白鹰，只有半个小时，先生仍从容落笔，斟酌章法，笔下线条的功力，在近代中国画坛还没有人能达到。这幅画是我这一时期跟老师学画的一个纪念。以后，苦老发展探索，他的白鹰图成为表现其美学观和独到创意的代表之作。

这期间，我做了一件大家都觉得高兴的事。1974年，侯宝林先生敬慕苦禅老，很想前去拜望，侯宝林和我大哥杜澎是好朋友，知道杜澎曾是苦老的学生，

411

由我（右二）引荐著名相声演员侯宝林先生（右一）拜望李苦禅先生

就提出这个愿望，看杜澎能否为他引见，杜澎说："我也许久没和苦禅先生联系了，这样吧，让我的弟弟蓝天野帮你办这件事，他现在常到苦老那儿去。"

于是我就从中联系，苦禅老也很高兴，然后约定时间，我带侯宝林和杜澎前去，同去的还有北京人艺舞美设计王文冲。这段时间我参加一些有关绘画的活动，文冲常和我在一起。

苦老和侯宝林一见投缘，他们之间有很多相同的地方。侯宝林真情仰慕苦禅先生的修养和成就，苦老也对侯宝林为提升相声文化品位所做的贡献很是赞赏。而且他们都具有深厚的民族性，并且可以说，都与民间有很深的渊源。那次最高兴的可能是李燕了，他几乎熟记侯宝林所有相声段子的词，并且兴致勃勃地一一模仿，整个上午欢声笑语不断。我也很高兴为大家促成了这一次会面。

那天我带了相机，拍了很多照片。后来才发现，我认识苦老多年，从来没有一张和老师的生活合影。那时能有相机也很难得，但我拍的照片里肯定都没有我。待冲洗出来，真后悔当初只顾兴奋了，就没顾上请人为我和老师留一张合影。绝未料到，许多年后，李燕制作《苦禅大师》专题片时，在整理资料中发现了一张照片，上面有苦老和侯宝林，并且居然有我，是李燕拍的，多年来他也不记得曾经拍过，突然发现，打电话告诉我时，我真体会到什么叫意外惊喜了。

中午由我做东，在月坛公园一家饭馆用餐。点菜是侯宝林的活儿，他很认真地说："今儿的菜一半是下饭的，一半是吃着玩儿的。"这话从他嘴里说出来，也像个"包袱"。一来人们心情大好，大厨也确实手艺不错，一桌酒菜绝对丰盛美味可口。我记得准确无误：一桌八人，餐费十六元整。这在那个年代，算是合理的价格。

有了这次初识，侯宝林此后常去看望苦禅先生，大家都很高兴。

这时期，我也尽快去看望许麟庐先生。我知道老师肯定也受到了冲击，甚至遭人诬陷被整，这我深有体会。但看到恩师和师母都还身心安泰，我也放心了。许先生豪迈豁达，为人仗义，一些真情挚友都关心惦念他。老师这时还住在苏州胡同原址，见到老师，难免说起"文革"中的遭遇，倒是见他心情很好，重操画笔，仍旧那么洒脱大气。

但非常岁月，风云难料。很快，掀起一阵"批林批孔、反击右倾翻案风"的运动。江青一伙意在批邓，实际矛头是针对周恩来总理的。反映在画界，演了出"批黑画"的闹剧。简略回顾，大致是从黄永玉那幅"睁一只眼闭一只眼的猫头鹰"开始发难，引出众多老画家的"黑画"，我的两位恩师自然也难脱此劫。这其中就有许先生一幅白菜柿子果蔬菜图，题名《世世清白》，这还得了？你一个资本家，自称世代清白，不是反攻倒算是什么？苦禅先生一幅荷花，数一数，八个破荷叶，管你大写意的笔墨呢，那就是攻击"八个革命样板戏"！

413

我还真去中国美术馆看了那个"黑画展"，许多人都去了。据我冷眼观察，众多参观者中，多数是去欣赏的，因为实在机会难得，已经好多年没见过这许多位画家的作品了，一下子集中展出来，关心国家大事也是真，关注文化界动态也属实，一饱眼福之心更切。自然，警觉于"人还在，心不死"，必须亲临现场印证一下的"革命派"也会有。那年月，有些人的头脑被极度荒谬化也在所难免。

展厅中有位着军装的人，观看得很认真，驻足于一幅山水画前，画的前景是两棵树，这位问另一位："批林呢，这还在树林?！"这"树"不是树木的意思，那时有个"大树特树"的说法，有点儿"树立"的意思吧。

但人们经历多了，也习惯了。许多画家还在画，只是对周围更警觉了些。

在"黑画展"后不久，1975 年，我和王文冲共邀许先生和黄永玉来我们史家胡同宿舍，欢聚一日，且聊且画。记不清"批黑画"是怎样收场的了。毛主席也驳斥过：缺乏生物常识嘛，猫头鹰就是睁一只眼闭一只眼的嘛！

一年后，"四人帮"垮台，中国得救了。文化界又迎来春光一片。

"文革"结束后不久，要举办一次全国美术大展，华君武来请李苦禅先生作画参展，这当然是好事，先生绘成苍鹰一幅，其技艺之精湛，反映了老人的极佳心境。我觉得这是老人画风已臻巅峰的代表作。但意识形态领域真正改变也难一蹴而就，筹展者怕苦禅老画鹰或许还会引发疑虑，建议题材再斟酌一下吧，于是苦老又画了一幅红梅，题名《怒放》，仍是精品佳作。

自此，苦禅先生欣迎盛世，焕发了强烈的创作欲望，开创并形成了李苦禅画派，成为继青藤、八大，也是在传承白石老人之后，当代中国画大写意花鸟的第一人。白石老人一句话，"学我者生，似我者死"，是从美学上极为精辟的阐述，他的门人弟子，真能领悟并达到这境界的，当推李苦禅、许麟庐二位，当然还有山水画大家李可染先生。白石老人在题画词中说："苦禅仁弟有创造之心手。""众人皆学我手，英①也夺我心，英也过我，英也无敌，来日英若不享大名，天地间是无鬼神矣！"这不仅仅是白石老人对弟子苦禅的赞誉，更是对他将成为又一代宗师人物，以质朴的美学观做出的预言。

苦禅先生以其典型的中国民族性格，高度的爱国胸怀，对历代中国民族绘画至高境界的深研领悟，以毕生经历，对大自然的感受，汇成心中的大美，在他深

---

① 李苦禅先生名李英。

1992年，恩师李苦禅先生（右）观看话剧《茶馆》后，上台与我合影

厚的笔墨功力下，自然凝成苦禅画风。

譬如这时先生的白鹰，其笔墨及色彩，已经在美学上进入一种高境界。

我每去人民大会堂参加活动，都尽量争取早到，再看看《盛夏图》原作。这幅巨作是当代中国画的巅峰和荣誉。那是1979年苦禅先生所作。1981年，先生再作《盛夏图》，四张丈二匹接成的巨幅，整个创作过程被拍成了电影纪录片。纸铺满在大厅地上，先生只穿着袜子，俯身作画。以前先生曾对我讲过，作画工具多种多样，例如指画，就不只是以手指作画，还可以兼用蚕茧等，工具是人掌握的，能出效果就好。作《盛夏图》，先生以大容器储水汲墨，荷叶是由手握很大的丝绵团写出来的，工具并非主要，关键是已过耄耋之年的苦禅师，心雄体健，内涵修养、笔墨功力已臻化境。看先生作画，是一种艺术享受。

我每次看老师作画，都能感到那力透纸背的线条、点染。先生行笔一般很慢，不似有人如角斗士般使尽全身力气，那颇像《打渔杀家》中教师爷的功夫

415

画　缘

了。先生佳作的章法时见新意，时有奇绝布局，但多于险中求平淡，绝无造作之痕，而是一派率真，甚至若似漫不经心的感觉。这是最值得揣度的，我体会苦禅师是一种欲发先收、举重若轻的定力和境界。

许多人见过苦老晚年每天下午坚持用不少时间临帖。每次见他用元书纸对着碑帖作书，但和帖上字的结构、行笔不尽相似。先生说临帖是"怕老了手发抖"，我觉得他是在探索思考。先生书法一生认真，就是生活中随手写来也都一丝不苟。从几次纪念展中见到先生手札、信稿，特别是所藏碑帖上的题签等，都使人们获得感悟。所以苦老晚年写出"书至画为高度，画至书为极则"，把自古众人皆云的"书画同源"，阐述达到一个升华的地步。

"文革"后，重修齐白石老人墓，由苦禅先生为恩师书写墓碑"齐白石之墓"是最适合不过的了。1983年，应日本长崎孔庙之请，苦老书写仪门楹联："至圣天域泽天下，盛德有范垂人间。"苦禅老晚年留下书法作品甚多，我真心以为，当代书法，李苦禅先生堪为第一人。

麟庐师画展和寿庆

1994年，一句玩笑话，让我重拾画笔。在中国美术馆，1996年我举办了第一次个人画展（几次办画展的事在"晚年生活"章节中详述）。我特意去许麟庐老师家，请老师参加开幕式，也是请老师检阅一下我这个不专心学生的成绩。我为先生准备了专车，但老师和师母坚持自己坐公交车来，使我非常不安。先生宽厚，每一张画都仔细看，多予鼓励。尤其让我感动不已的是，先生为我的画展题词，说："我送给你八个字，'勤于笔墨，独辟蹊径'。"老师真是太了解我了，前四个字是老师知道我多年忙于演戏，动笔作画少，嘱咐我"勤于笔墨"，其实先

许化迟（右一）帮我展开当年许老为我画展题字《勤于笔墨　独辟蹊径》，给恩师（右二）及师母（右三）看

生以前就屡屡告诫："天野，要多画啊！"后半句"独辟蹊径"，让我体会更深，许先生承传白石老人"学我者生，似我者死"的深意，鼓励我走自己独特的艺术创作道路。师训难忘，从90年代初至今，我又圆了自己的画梦，二十年来坚持回归书画正业。至于何时能创出自己的蹊径？随缘，追梦吧！

两年后，1998年，我在中国美术馆举办了第二次个人画展。这是我自己拿准主意办的。既然决心画了，看看自己有没有一点儿长进。我请恩师许老题展名，当我去先生家时，先生已经认真写了数张纸，从中选出一张给我。

我对许先生说："您应该举办一次大展啊！"但先生平淡地说："不办。"师母都说："天野，你们多劝劝他，他总是说不搞画展。"我真觉得当世老画家中，许麟庐先生是大写意花鸟的领军人物，应该让人们见识一下。我也没见老师心情

画　缘

怎样不好。当然，这也是他一贯胸襟豁达所致。但先生还是说："不办展览。"

我告辞出来，先生送我下楼。我每次去，他都坚持一直把我送下楼直到车站。就在向外走的时候，先生又平静地对我说了一句："天野，其实我手里有画。"我明白，这是指真要办一个画展，作品是现成的。

过了些天，我和李燕、燕华说起此事，他们夫妇也都说："是啊，是该帮许叔叔张罗个画展！"

几年后，忽然接到许先生电话："天野，你来一趟，我要办个人画展了，你帮我送一部分请柬。"我分外高兴，马上就去了老师在方庄的家。进门后，先生先递给我一本杂志，是时尚家具类的。"看看吧，小九给我盖了座房子，不算大，就是从这头儿往那头儿找人，得用对讲机。"小九，是指老师最小的儿子，排行第九的许化迟。我翻看杂志上数十页介绍先生的别墅新居，果然很大，占地二十亩的面积，最妙的是保持了中国园林传统风格。

老师说："你们不是都鼓励我办画展吗？办！该请的人太多，有些演艺界朋友的请柬，你帮我送一下。"我欣然奉命，比办自己的画展还高兴。

许麟庐画展在中国美术馆开幕，作品布满正中三个大厅，观者如潮，好友、学生、业内业外爱好者……大展从总体上看，豪迈的气势迎面而来，一种震撼力的气场，而每一幅作品又都吸引人驻足细观。

我每天去，上午下午都去，随先生学画多年，一下见到这么多精品，且大幅甚多，机会难得。

许麟庐画展引发轰动，观者自然兴奋，媒体也极为关注，纷纷报道评论，报纸上通篇发表了黄永玉的文章。那天，许先生打电话来："天野，你再来一趟，好几家报纸要采访，我不习惯说，你帮我跟他们讲讲。"我遵师命前往，反正每天也要去展厅。先生还找了他另一个学生宋滌参加。各路记者纷纷提问，先生总是简单作答，让我和宋滌说。我想，多谈专业，报道也未必讲得清晰。我告诉诸位采访者："你们可以了解一下，许先生和他的老师白石老人的关系，就对先生的人品、画格知道得更清楚了。"众人对此也很感兴趣，然后更多是由王龄文师母像拉家常似的回顾往事：为什么许先生和"二哥"苦禅先生是白石翁最得意的弟子……印象最深的还有一件事，师母说，当年齐老师年迈怕冷，是王龄文师母用自己的一件黑丝绒坎肩为老人做了一顶帽子。大家经常看到的白石翁晚年照片，包括吴作人所作齐白石油画像上，老人戴的就是那顶黑丝绒帽子。

我为许老高兴。这一年里，他的子女，尤其是小九化迟为他办了四件大事：个人画展获得极大成功；同时出版了大型的精装本《许麟庐画集》，再有就是化迟选址以二十亩的面积，为先生修筑了庭院，仍以"竹箫斋"命名；并延续先生当年创办和平画店之意，在日坛一隅建成一座含画廊、文人雅集的场所，取名"和平艺苑"，环境、规模、布局、陈设都极尽精致，保持了当年和平画店的人气。

2006年秋天，许先生打电话，邀我去位于顺义的竹箫斋。因为前不久我曾对老师说过，今年天寒之前一定去看望他，以为就是这样约定在今天。我就和狄辛同去了。在路上才得知，今天是老师九十大寿，我分外高兴，事先没有准备，

看望许麟庐恩师（中），王龄文师母（左）

幸好因为是第一次到这新庭院，事先为老师选了一个盆景带去。

到达之后，化迟说："先在园子里看看吧。"他引领我一路看来，并讲述建造经过，令我大开眼界。曲回的甬路，四处的树木，每一棵都是精心挑选过的，树形别致各异，一群孔雀闲散其间，好几对石雕都是古意留痕，稍远处还有一座亭子，亭内悬挂着硕大的古钟，化迟让我用粗大的木柱体验一下撞钟，声音仿佛从凝重的远古传来。

然后才去厅堂画室拜见老师，忙说："事先不知道先生九秩大寿，匆促间也不及备寿礼了，实在不安。"许先生指着已摆放在几架上的盆景说："这就太厚重了，难得你们夫妇都来看我。"其实，今天先生大寿只是设家宴，除家人外，只我和狄辛夫妇，还有荣宝斋两位总经理马五一和雷振方受邀参加庆寿。振方也是许老的学生。先生如此厚待，我心中充满感激。

先生九秩高龄，心情大好，带我们看他长七米的画案，在这里每天作画，而且最小也是六尺整纸。化迟取出先生的近期画作，一一展开给我们看，题材多样，笔墨更健，且着色更丰富大胆，充满生机，画中洋溢的是老师的多彩心境。

一次温馨的家宴，许老儿孙绕膝，我们四人也融到了这和谐的家庭中，为恩师贺寿。竹箫斋有高级厨师，手艺不凡，今天更是奉上令人愉快的拿手菜，但还是有几道菜是由化迟亲自卜厨，"许老最爱吃小九做的饭"。

不久，许麟庐画展再次在中国美术馆推出，仍是布满中央三个大厅，都是先生在竹箫斋的近作，多幅为六尺整纸乃至丈二以上巨作，人们看到九旬的老画家笔墨苍劲不减，并更富童趣。

展览还有很别致的一部分，数十幅与师友弟子的合作，从白石老人为麟庐先生画上题字，许老当年与苦禅师兄的合作画，与其他至交好友合作的书画，以及众多门人学生所画，由许老补笔而成的作品。也有我画鹰先生补景的一幅。

北京展后，又连续去了山东等地巡展，引起广泛瞩目，影响深远。

就在写这些回顾往事时，化迟打来电话，说："老爷子要办95岁画展了，都是近期新作，并且请你作为弟子代表，在开幕式上说几句。"可不是吗，又五年过去了。许麟庐先生 95 岁新作展在北京画院举行，可谓隆重！书画名家、评论家、朋友、众多学生门人，还有各界人士、各路媒体云集。温家宝总理写了一封亲笔信，祝贺许老 95 岁大展。

许麟庐老师和王龄文师母到场了。

在人们像过年过节的欢悦心情中，画展开幕式启动。先由国家发改委主任宣读温家宝总理贺信，然后由红学家冯其庸和我作为代表讲话。这几天我一直在想，该讲些什么？今天见到老师亲临现场，坐在轮椅上，依旧是那么高兴，那么随和，但我知道，恩师老了！这使我回忆起半个世纪以来师生的情谊，那么就讲和老师曾经相处的种种难忘的经历吧。我没有能力，也不想随意去评介先生，只是诉说我的点滴真情感受。

95 岁高龄的许麟庐先生新作展，是画坛一个喜气洋洋的节日，观赏的人们不舍离去。一位也坐在轮椅上的老画家指着许先生的画，对我说："太自由了！"是，人画俱老，却更天马行空，挥写自如。

楼上大厅举办的学术研讨会聚满了人，不同于往常，大家就像亲人拉家常一样，表达对长辈的敬爱之情，叙述先生的人品艺品，赞美先生的为人和绘画都进入了一个极高的境界。每当一位发言者提到许老仗义待人或书画上的贡献事例时，在座就有人慨叹："这都应该写出来啊！"

知恩图报

我此生何其幸，遇到苦禅、麟庐两位恩师，世上有几人能同时有这样的机遇！引以为憾且愧疚的是，并非我不珍惜，人生道路的变化实难料定，只是在接近暮年之期我才又终于回归到绘画。我并不后悔大半生交给了演剧，但毕竟学画

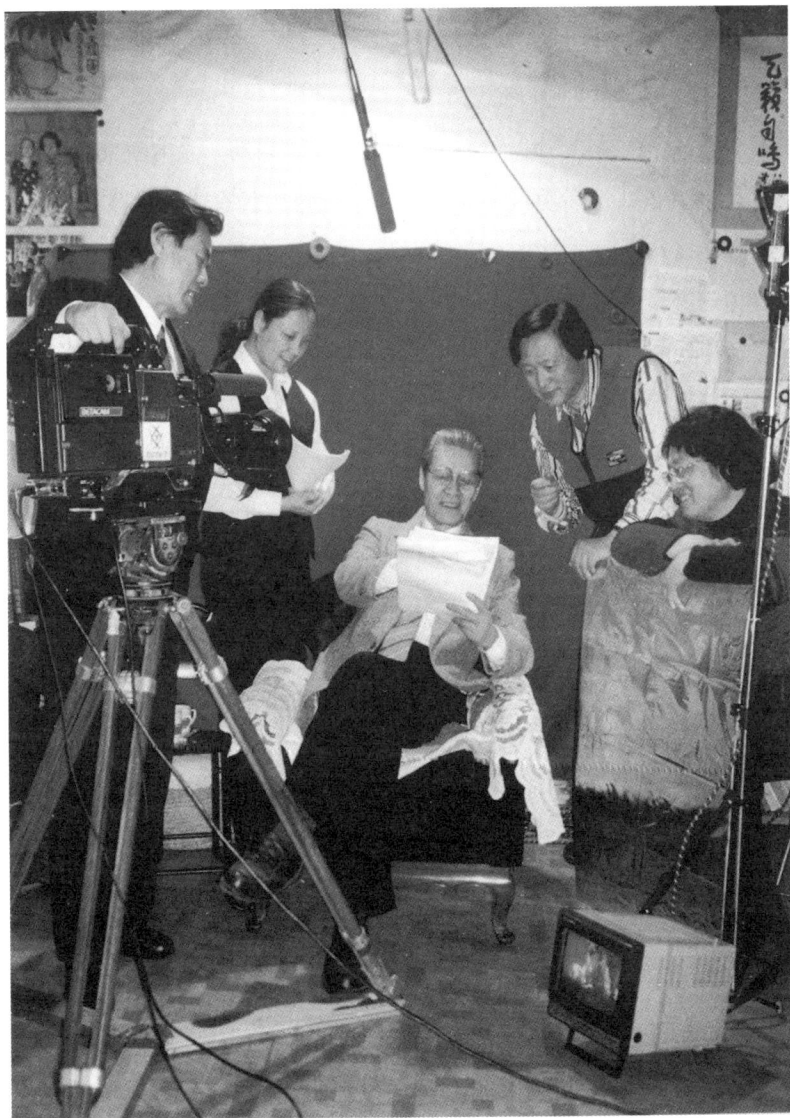

我（中）为十集专题片《苦禅大师》做艺术顾问兼主持人，拍摄中与李燕（右二）、孙燕华（右一）夫妇，摄像师武宝智（左一）及刘晓华（左二）讨论文本

途中一再中断，丢失了许多求学勤练的时光，能不遗憾？

知恩当图报，但我这个不专心的学生，许多年里都不知道自己能做些什么。后来终于给了我一点点机会。先是李燕、孙燕华夫妇花了数年心血，制作出一部《苦禅大师》的十集专题片，我以敬诚之心，争取为专题片担任了主持人，效果如何，不从专业角度衡量吧，我确实是以真挚之情投入的。随后，许老画展要去外地巡展，急需视频专题片，李燕夫妇继续担任制作，我也争取了做解说。这些总算稍尽我欲报师恩的心愿。

在纪念苦禅老诞辰 110 周年的系列活动中，除了参加各项展览、研讨之外，依然于 2010 年组织了京剧专场演出纪念，我和王铁成、张腾岳共同担任了演出的主持人，三出戏十分精彩，而且我们三人同是景仰苦老，又同是痴迷于京剧，联合主持理应有不错的效果。

2010 年，李慧文师母以高龄辞世，由孙女欣馨制成视频专题片《美人西去》，我也争取做解说，以报答师母生前对我的诸多关照。

语言是我的专业，数十年来，我曾为多部影视文献纪录片做过解说，也做过大型演出或庆典的主持人，这方面的经验和能力、取得的成绩都应该没有问题，但这些专题片不一样，我是在表述自己对老师的真情，是在回报师恩。

早该认识的黄永玉

在许麟庐先生家，我认识了黄永玉。

从上海之行又对画萌发了兴趣之后，很多活动交往都是和剧院舞美设计王文冲一起，而且大多是由他引领我。文冲年轻时在京华美专学中国画，专攻工笔人物、花鸟，科班出身，出了名的开朗幽默，热心结交。

"文革"后期，文艺各界略松动些时，一天晚上，我跟王文冲一起到许麟庐先生家去了。一个人走了进来，手里拿着一张画，给许先生看："今天画的。"我看了一眼，满纸黑底，一只黄色细瓣菊花，颇有特点，非中非西。再看来人，中等身材，样子很普通，却又觉得很不普通，到现在我也说不清当时的第一印象，反正是那种引人注目的神态，这倒不只是因为他穿着双拖鞋就来了。

　　我马上有个直觉：黄永玉。

　　就在这时，王文冲对我说："他就是黄永玉。"我高兴地对他说："老想见你，终于见到了。"黄永玉也说："是啊，咱们好像多少年以前就该认识了。"

　　从那以后，我们常常见面，经常晚饭后我到他那儿去，他偶尔也到我家里来。那时我住在史家胡同，他住在北京站路口美院宿舍内，相距甚近。这段时间里，我们海阔天空，无所不谈。永玉率直，我也坦诚，我自以为是性情中人，人皆认为属特立独行，但比起永玉好像又差了。

　　"文革"中，黄永玉全家被赶到院子北房一个犄角的小房子，是里外间，里屋是卧室，外屋是客厅兼画室。屋子很小，也就十来平方米，中央摆了个大木墩当桌子，旁边的凳子也是用整根的原木剖成厚板做的，有种原始的质感。直到现在，他在北京通州万荷堂作为画室的大厅里，桌凳也还是这样的。

　　这时，黄永玉已经开始作画了，每天至少画三张，勤奋，也极聪明，有才气。他原先是搞版画的，但他的作品典型地不是学院派，属于自学成才，年轻时为学画跑了很多地方，曾为烧窑做过搬运砖坯，还参加过一个文工队，在队里什么都干，主要是画，画布景，画广告，这个队的队长就是北京人艺的老演员徐洗繁。以后到了上海，跟丁聪、叶浅予等一起搞漫画活动，而他主要是搞木刻版画。再后来到了香港，已颇有成就。新中国成立后，他的表叔沈从文先生写信把他从香港邀回北京，在中央美术学院版画系任教。

　　黄永玉当时在那么个环境里，画画的条件肯定很差，那间小屋连窗户都没有。那天我又去他家，见墙上多了一幅画，让我惊异的是，他画了一个窗户，窗外晴朗的蓝天，好像屋里也真亮堂起来了。这就是黄永玉，什么情况下都自得其乐。因为这么小个屋子，东西都摆满了，没地方，他就靠墙竖起一块板子，上面挂块毡子，竖着画，用的是一个油画箱，但里面装的大多是别种颜料。有一次他向我自嘲又颇得意地说："我现在能有这个本事，如果我正在画，一听外面来生人了，几秒钟连纸、笔、颜料，所有家伙都收起来，一点痕迹都没有，就像要猴儿的一样。"老北京要猴的也是用一个箱子，要表演的时候，猴子把箱子打开，从里面拿出衣帽道具，演完了再往箱子里一收，外面就什么也没有了。这还是黄永玉，在这种逆境中保持着旺盛的创作状态。

黄永玉有一幅木刻代表作《春潮》，画面上一条大鲨鱼在波涛汹涌的海上翻滚着，远处，右上角是一艘小船，船上一人摇桨，另一人手里的鱼标刚刚出手，扎向鲨鱼，妙在系住鱼标的长索曲折翻展的动态，整个画面极具张力。我早就非常喜欢他这幅作品，就问他："你的版还在吗？"他说："我跟你说实话，版还在，但是没法印，因为印版画必需最好的油墨，现在没地方能找到。""我给你找！"我很高兴，专门找到印刷厂一位老工人去要最好的油墨。这位老工人是我捞鱼虫时认识的，是鱼友，我提出："你给我弄点最好的油墨，一定要最好的！"他说："你找我算找对了，给你一筒，这是专门用来印袖珍版《毛泽东全集》的，保证哪儿也找不到比这更好的了。"

第二天清早，我就拿了这桶油墨来给永玉，问："你看这油墨怎么样？能用吗？"他一看很高兴，说："这墨行！"

我们俩就整整印了一天。印版画确实不易，像他这样搞专业动作熟练的，也只能一个钟头印一张，换了我这个生手，两个钟头也未必能印出一张来。因此是由我帮着他，两个人一起印。除了给我印，他也顺便给他的孩子黑蛮和黑妮各印了一张。此外他还有别的代表作的版，也印了几张。一个上午干不完，他的夫人梅溪出去，在菜市场买回一条很大的红鱼，肯定是海鱼，我也叫不出名儿。梅溪把鱼做成两样，一盘红烧，一盘是怎么做法我也不懂，只觉得特别好吃。

有一天不知道怎么又聊起戏来，说起瑞士作家迪伦马特的《老妇还乡》，永玉赞赏不已。我又从剧院图书馆把这个剧本借来再读。他兴致勃勃地对我说：

"你将来什么时候排这个戏，我给你当舞美设计。"我也极为兴奋，但这只能是一种精神会餐，还能演这样的戏？没想到，"文革"之后，我还真的导了这个戏！

1982年，我在导演《贵妇还乡》的时候，真的很想找他搞舞美设计，也向剧院提出了，但当时有些难办，考虑到剧院有那么多位设计人员，都是十年没搞戏了，这种情况下从外面请人来，恐怕不合适。后来请他来，对已经设计好的图纸提意见，他还随手画了一些诸如轿顶的样式。

《贵妇还乡》演出后，《人民日报》准备为此剧发一版评论，问我请谁来写比较合适，我建议他们去找黄永玉。不久，永玉的文章在《人民日报》整版发表。2012年有一篇评论迪伦马特的文章，其中有些部分完全是照抄了永玉当年给我们的演出写的评论。黄永玉看到此文后特意写了篇文章斥责其抄袭行为，文中说："这是我当年给我的好朋友蓝天野排这个戏时写的一篇文章。"

2000年，与好友著名画家黄永玉（左）在万荷堂聚会

1976 年，我在导演《淬火之歌》的时候，有一天，作者之一李洪洲和我同去厕所，轻轻地对我说："告诉你，'四人帮'被抓起来了，真的！"很快，这个消息就四处传开了，人人振奋，但那些天还只是在传。一天下午，我正在黄永玉家，当时在历史博物馆工作的范曾来了，他是下班后还没回家，径直先到永玉家来，进门就大声说："黄先生，我告诉你们，'四人帮'垮台的事，今天我们那儿正式传达了！"虽然之前都已得知，但这是第一次听说正式宣布。这是我第一次见到范曾，也就自此来往多了，成为朋友。

这些年我和黄永玉联系少了，因为住得太远，也都很忙。我第一次去他在通州的万荷堂，是原西德驻华大使修德到北京来，黄永玉打电话约我去他那里聚会。以后，我和永玉也只能偶尔在一些什么场合见个面。

倒是北京人艺 60 周年院庆，演了《甲子园》，得知何冀平当年和永玉是同院邻居，于是还邀上郑榕、朱旭、徐秀林、京剧演员袁慧琴等一大伙人，到他的万荷堂热闹了一天。永玉事先就写了副对联，"人说八十不留饭，偏要吃给他们看"，众人在上面落笔签名。我说："这对联归我了！"但永玉说要在即将举办的90 岁大展上展的。只好作罢，怕将来也得不到手了。

重逢李翰祥

"文革"结束后，相当一段时间，和许多位画家有经常交往，是缘于我的艺专老同学李翰祥由香港来北京。

1978 年，北京电影制片厂要把北京人艺的舞台剧《蔡文姬》拍成电影，全部原班演员。那天我正在摄影棚，躲在一个角落休息，忽然听说有人要找我。待我起身见到来人，面熟却又一下子认不出来，愣住了。来人开口："我是李翰祥啊！""噢！"我一下子就认出来了：那面容，黑黑的皮肤，模样依稀，正是我1946 年第二次考入北平艺专的同班同学李翰祥！当年那个机灵小伙子，如今人到中年一壮汉。几十年没见了啊？李翰祥说："整整三十年了！"

我第二次入北平艺专的时间不长，大多数同学都生疏了，记忆清楚的有两位：侯一民和李翰祥，部分原因是他们也演话剧。那时，他们在建国东堂演过郭沫若的《棠棣之花》，李翰祥也登台演戏，这家伙聪明有才，住在学校，打球、演戏，很活跃，学画也透着股灵气。后来听说他去了香港。

30 年过去，现在已经是香港邵氏电影公司的大导演了，可李翰祥还是那么个脾气。"文革"中看过一些"内部片"，香港电影《倾国倾城》就是他导演的。这是他第一次回到内地来。

聊起当年，我的印象逐渐脉络清晰了，1947 年"反饥饿反内战"的学生运动浪潮中，李翰祥年轻气盛，冲在前面，受到反动当局的注意，北平待不下去了，经人介绍到上海找电影导演沈浮，又由沈浮介绍去到香港。香港这个地方不是那么好混的，为了糊口，曾经在街头为人画像，后来进入电影公司，干杂活儿，当过场记，但毕竟是北平艺专的高材生，文化修养在当时的香港，实属难得的人才，几部影片下来，成了邵氏公司数一数二的大导演！

此后，李翰祥就不断地公开来北京了，他看准了在内地拍电影的前景。有一次，他打电话给我，说今晚来看《茶馆》演出，要和我在散戏后见面，有事要谈。我约了人艺也曾是北平艺专同学的苏民和韩西宇一起，在剧场后台一间化装室小聚。翰祥略带兴奋地告诉我们，就在今天下午，他和电影局局长丁峤谈好，由他把《茶馆》拍成电影，并且还有了些初步构想，譬如这个戏里的裕泰大茶馆，感觉应该是坐落在北城，他想以鼓楼为背景搭一堂布景，再现老北京风情等等。我知道翰祥有很强的能力，想法也很有趣，甚至可能会很精彩，但这事太突然，并且我觉得似乎有些冒失了，老舍先生的大手笔，焦菊隐先生的精心处理，北京人艺这台演出所达到的舞台艺术境界，不是可以随便对待的。在还没有和北京人艺商量的情况下，电影局同意拍摄，后续事宜会很复杂。

1980年，北京人艺《王昭君》赴香港演出，翰祥每天从早到晚陪我们，每场演出都来，还一起游览宋城，逛商店，并邀请我和狄辛、苏民去他家做客，新

1980年，与夫人狄辛（左三）及田冲（左二）、赵韫如（右二）在香港宋城

画　缘

1980年，赴香港演《王昭君》。我（左三）和苏民（左一）在北平艺专的老同学、香港著名电影导演李翰祥（左二）天天来陪我们

建的别墅取名松园，由张大千题写。

我问起他拍摄《茶馆》的事，他说早已作罢了。除了各种手续、条款种种纷繁事项之外，主要考虑到这是个吃力不讨好的活儿，《茶馆》的成就摆在那儿，拍好了是必须的，稍有不足就难被认可。翰祥说，他到内地拍片是确定了的，正在筹备的还是清宫戏，杨村彬编剧，目前还在修改剧本的阶段。这就是后来拍摄的《火烧圆明园》和《垂帘听政》。这两部影片产生了相当不错的影响，港台电影人与大陆合作，李翰祥当属开创者。从此，翰祥更多在内地拍戏，为了工作方便，在北京买了房，和他那部可以生活兼创作的房车连在一起。

北平艺专是中央美术学院前身，李翰祥从初回内地开始，就和当年我们的同班同学侯一民、时任中央美院院长的吴作人老师等联系不断，还帮着自己的母校做了些力所能及的事情。

翰祥最后一次到北京，立即打电话给我，说这次要拍电视剧，一部改编自高阳小说《荆轲》的戏，还说："约个时间聚会一下，有兴趣的话，客串个角色，一起玩一次。"这话他说过几次了，提到过拍曹雪芹，还说"弄个本子，你来演杜甫"，都是在闲聊中随心所欲的畅想。这次来拍《荆轲》，在北京肯定会待很长时间，见面机会不少，我也就没有急于去看他。筹备之初，他请我们吃饭，我也因事没能去。狄辛曾和他有过一段合作，应邀赴约了。

完全没料到，突然剧组一位朋友打电话来，说李翰祥在拍摄现场心脏病发作，抢救不及而亡故！我震惊了，脑子里一片空白，一个干起事来生龙活虎的人，就这样走了？虽然我也知道他患心脏病多年，还在美国安过心脏起搏器，但毕竟太突然了！我悲痛不已，立即去邮局给他的夫人张萃英发了唁电。

剧组的朋友告诉我，那天，翰祥到拍摄现场检查准备工作，发现道具制作完全不符合他的要求，以他那个火暴脾气，大发了一通火，因为过于激动，引起心脏病发作，急送医院，但在途中就因抢救不及，撒手人寰了。

他这次在北京，时间不短，但我竟没能和他再见上一面。我的老同学，一位才华出众的电影导演，就这样过早地离开了。

老同学侯一民

侯一民，1946年和我在北平艺专同班，他报考时才十五六岁，是最年轻的，所以根本不可能有高中毕业学历，但当年的艺专并不讲究这个，而且徐悲鸿院长非常看重、特别指定要录取他。虽然我还是提前离校，他坚持学画，并成为油画界的中坚人物，但后来我们仍时有来往。

画　缘

应邀去老同学、著名油画家侯一民戒台寺家中，左起：狄辛、侯一民、蓝天野、邓澍

李翰祥来京后，虽然他是搞电影，但和侯一民联系最多。直到最后李翰祥追悼会，也是由侯一民致悼词。

晚年，北京画家最早修建别墅的是侯一民，选址极好，在戒台寺，庭院、回廊，墙外还借得半山红叶林。只是一民和邓澍夫妇不大擅理生活，我几次去他那里，大都是请村里一位大嫂做点锅贴稀饭。倒是他的画室、展厅宽敞丰实。

2010 年和他两次晤面。一次在世纪坛，他与众多学生联合，以素描手法绘制纪念汶川地震一周年的超巨幅画展，他邀我去参加开幕式，不巧我在外地，回京后立即赶去参观。刚进展厅就听见老侯在讲话，近前看，他正接受电视台采访，声音依旧洪亮，一年多未见，样子变了，蓄起胡须，更彰显他和善却耿直的风度。见到我去了，他顺势拉我也对着镜头讲了几句。

看画，全部素描手法凸显汶川大难及抗灾的题材，超巨幅长卷连接布在展厅全部墙上，不记得究竟有几百还是一千米了，反正是我见过的最长画幅。

老侯告诉我：给你画的像完成了，过几天去家里取吧。几十年前他就说过，他和邓澍要一起给我画像，但大家都忙，一直未画。前年说画，但我知道他正在搞大题材创作，也难顾得上，没想到突然被告知：已经画好了！

几天后我去戒台寺他家里取，进到展厅就见到了自己的画像，神情、手势都是我经常的状态。送给我的是复制品，不说还真看不出来。原作挂在他的陈列室，这也很好，我就从此和徐悲鸿院长、吴作人等诸师在一起了。

老侯告诉我，不久前他大病一场，入了重症监护室，甚至已经感受过灵魂出窍，可以称之为"疑似"死过一次又回来了。他说："那时的感觉是带彩色的。"我相信他所说的是真的感觉，但现在看他明明精神不错，红光满面的！

2011年我在中国美术馆办第三次个人画展，一民以画坛贵宾身份致词，不是套话，说的都是当年艺专同学旧事趣闻，仍是气力充沛，言之有物且动情。

和范曾的交往

再接着说范曾吧。

"文革"结束后那几年，我和范曾往来较多。当时我虽然还没回归专心画画儿，但兴致确实很浓。范曾人物画已开始形成自己的风格，他不无得意地认为自己狂，狂也没什么不好，若是无知而狂那才真要命呢。我看到的范曾确实有真才实学，天分加努力吧。他家的墙上，连卫生间的墙上都随处写着古诗文，真的是用功。狄辛曾在他的墙上看到有个别字随手写错之处，说给他，他总是认真地听，并立即更改，在学识上严谨。这些地方他不是瞎狂，是自信，搞艺术创作的人，自信是可贵的。他的用功在书法、画、古文学等方面都有深厚的底子。

1979年，偶然一次文缘，我结识了南京作家宋词，得见他与范曾诗的唱和，我自愧不如。古体诗词讲格律，用典，要有韵味，更要言之有物，诗言志。这些，

2009 年，在《群贤毕至》画展上，与范曾（左）看展出作品

我都不行。也有人喜作诗，离不开"龙腾虎跃"一类套话，就太"打油"了。

大家在一起聊画，总是很随便，有时候兴趣来了，几个人也合作一张，我这个业余画人也没什么顾忌，笔下倒还率真、随意。1980年，北京人艺《王昭君》赴香港演出，范曾花了两三天时间，画了一幅我和狄辛扮演的男女主角——《呼韩邪和王昭君图》，在香港演出做宣传，并用于剧场大厅。此前，范曾刚刚在香港举办了画展，这幅六尺整纸大幅作品颇受香港媒体关注。

美林创造大美

我很想说说韩美林，见面他总称我为老师，但我对他真心敬佩。

美林遭遇坎坷异于常人，其生命力之强也更胜常人，以无限的毅力、诚挚与天真对待生活和生命。我佩服他的创造力，他胸中总在不断涌动着创造。

他最初画那些小动物，因为他爱生命！当有人说他只会画些小东西，那就画巨幅的。我还特别佩服他做的那些大型雕塑，我觉得中国当代的城市雕塑是个弱

应著名画家好友韩美林之邀，每年都有聚会，右起：韩美林、蓝天野、狄辛、周建萍

项，很多地方广场中间摆个莫名其妙的不锈钢物体，毫无美感，算什么美术作品？画小动物的韩美林做大雕塑了，从大连海滩的群虎，就显示出非同一般的中国雄风，以后又陆续在不少城市矗立起韩美林的雕塑，为中国艺术争了口气。

美林创造种种类类的美，自己烧窑，火里出来形色各异的陶瓷，包括浓釉若滴的巨型钧瓷器物。

我更欣赏他设计的一些标识图案，国航的凤鸟，申奥的太极形体，简练、生动、传神，绝对的中国民族风格，这都是有渊源，有出处的。

近几年美林又一心钻研"天书"，这要费多少心血啊！历代石刻，远古岩画，发掘、收集、整理，还必须有很好的书法根底。韩美林是怎么突发奇想要做这件事呢？

前几时又收到美林两大本新画册，是山水画！韩美林画山水了，真美！祖国山河的美，笔墨色彩都自家风格，是美林"胸中丘壑"！韩美林，心里还会涌出多少林林总总的美啊？

生活磨炼了美林的生命力、创造力，但也摧残了他的身体，前两年见到他时，正在医院做手术。我和他，其实也不是常见。现在大约每年一次去他家小聚，都是濮存昕联系相约。每次，都是一番艺术享受，又有些担心他的身体。欣慰的是，我终于看到他构筑了一个温馨幸福的家！

美中不足

只是一个关于自己学画历程的章节，说到画界师友，居然洋洋洒洒写了这么多页。

常见有些画册或简介上，印了一堆与名人的合影，我看了就很烦。这里只是回顾半生师友情中，受到的若干熏陶和怀念，不想借此"炒作"。还有许多位给过我关爱帮助的挚友，没有记录在这里。

在"文革"后，我渐渐看到，有些在那个岁月的患难之交，情同莫逆，后来却结怨成仇，不共戴天。这肯定不只是文人相轻那么简单，都是中国艺坛的佼佼者，同是我的朋友，这些不愉快的矛盾，是我不愿看到的。我曾和濮存昕说过："能不能由你出面，请大家聚会一下，丢弃或者哪怕是缓和这些纠葛？"小濮说："我也想过，但觉得自己不够那个分量。"

随着时间推移，偶尔再多了解些许情况，我现在也觉得自己是否想得太简单了，有些结怨已深，是很难解开的。其实，就这样，各种生活，创作都随心所欲，也是一种安宁。

我自己何尝没有难解的扣儿，只是如今老了，渐渐看得淡漠多了，或者说，

朋友们来画室小聚，前坐者左起：李嘉存、狄辛、蓝天野、王敬之，后排左起：高善、郭正英、赵方、宗少山、丁文民、庄默石、赵纳、蒋效真

没有力气去看重了，何必自扰。干的是文艺，贵创造，能随心所欲是最佳心境。这不，正在本章节要完稿时，我的好朋友杨京岛告知：2011 年要帮我在中国美术馆再次举办个人画展的事，已经定在秋天。定了，就无法再犹豫不决了，压力不小！要用多少时间和精力再画一些，总要启动"创造之心手"，尽量选出并再画出一些尚能展出给人看看的。又是一次随意之为！

437

七十载风雨同舟

——我和狄辛的生活与合作

1954 年，我和狄辛郊游时

1955 年，我和狄辛在颐和园

2002 年，我和狄辛在三亚海边

1980 年，我和狄辛在家中

2004 年，和狄辛在我家小院灵璧石前

1946 年的狄辛

狄辛和我同龄。1946 年 11 月，我们两人先后参加了演剧二队，但我们来的渠道不一样，我之前在祖国剧团，直接受晋察冀城工部领导，也演了两年戏，主要任务是在学校开展进步民主运动，广泛联系各校的学生剧团，并组建开展北平剧联的活动。后来由于局势变化，上级领导指示一些骨干要疏散撤离，我和刘景毅、苏民就被派到演剧二队了。

狄辛比我参加二队早几天，之前她是高中学生，在北京上了两个中学，一个志成中学；一个华光女中，是教会学校。她在学校受到美术老师梁以俅的影响。梁老师也是老一辈美术界人士了，还曾经和鲁迅有过交往，他的夫人跟彭真的夫人是姐妹，因此接触党组织较早。梁以俅介绍狄辛参加革命工作，但当时他也缺少工作经验，居然让狄辛到街上一个图章店，刻一个十八集团军办事处的公章。结果人家不给刻。这算一种考察还是什么吧，反正是比较幼稚简单。还有，国民党当局接收后，把北平所有的学校都称作"伪"校，要重新考试，叫做"甄审"，引起普遍不满。梁以俅让狄辛反对国民党学校当局的做法，狄辛由于带头激烈抗议，最后被捕了。

445

1946 年为反对国民党当局"甄审"，狄辛带头抗议，被捕入狱，与难友出狱后合影。史哕（前右），程璧（后左），于明昭（后右）

每年与狱友聚会时合影，与史哕（右一），程璧（左二），周抚芳（左一）

狄辛被关在一所监狱里，名叫炮局，后来改称第一监狱，我姐夫石岚在北平解放前夕被捕也关押在这里。炮局是日本侵略者占领北平后修建的，关押着各种犯人，1946 年狄辛被捕入狱时，川岛芳子（即金璧辉）也被关在这里。和狄辛同时期被捕，并同一牢房的几个狱友，一直到现在，都和她是非常好的朋友：其中一个叫史哕，是在当时北平的学生运动当中比较活跃的，我在三中礼堂第一次看话剧《北京人》时，她也参加了；比她们年长些的程璧，新中国成立后曾担任北京外国语学院的书记。还有炮局监狱里一个看守，因为受她们的影响，等她们出狱后，也参加了党的外围工作，他的妹妹周抚芳、妹夫徐葵也跟狄辛这几位狱友保持几十年的友谊，至今仍不断有往来。她们的狱友还有一对夫妇，比她们的年龄大一些，是做军事情报的，当年妻子白羽在监狱里生孩子，还是狄辛帮着接生的，一个婴儿就生在狄辛手里。狄辛还帮助给刚出生的孩子洗尿布，照顾产妇。直到现在，几十年来她们这些当年同牢房的难友，都坚持在被捕入狱的那一天聚会。我也参加，史哕的丈夫李抗，程璧的丈夫吴惟诚，还有徐葵、周抚芳夫妇都参加。这种共患难的革命友谊，弥足珍贵。

狄辛被捕后，因为没有任何表明她有什么背景、是共产党的证据，关押了一些时间就放出来了，但出狱之后，学校当然也不敢再接收她了。正好演剧二队在各个学校民主活动中开展工作，和一些进步学生接触比较多，狄辛也认识了几位演剧二队成员，并经史哕介绍，参加了演剧二队。狄辛在此之前虽然没有参加过专业演剧，但在学校的文艺活动不少，还和同学师伟合演过《孔雀东南飞》。

当时演剧二队成员不算太多，演出每个戏都几乎全体演员上台，狄辛在二队担任最主要的一个角色，是《夜店》中的石小妹，焦菊隐先生做导演。《夜店》是当时很成功的一次演出，引起热烈反应，在焦菊隐先生的引导下，狄辛的石小妹也很出色。我在剧中演全老头，是和狄辛同场戏最多的一次演出。

解放战争迅猛发展，1948 年，根据我地下党领导的指示，演剧二队和祖国剧团成员陆续撤往解放区。我遵照晋察冀城工部部署，先抵达河北泊镇城工部所在地，然后去了在正定的华北大学。狄辛则通过另外的组织关系，到了山东解放

447

1967 年冬，当年与狄辛（右）同去解放区的老朋友吕虹（左）来京，在北海相聚

1981 年，吕虹（右）再次来京，到家里看望狄辛

区，和她一路同行的有张扬、吕虹夫妇，比狄辛年长几岁，带着一个正牙牙学语的小女儿清华和刚出生的二女儿小虹，也都是狄辛途中帮助照顾。并自此和张扬、吕虹这两位同志成为至交，六十多年来保持着革命友谊，联系从未中断。

狄辛在山东解放区青联工作，并参加了济南解放后的接管工作。直到北平解放前夕，华大文工二团到良乡待命的时候，她也辗转到达这里，参加了二团，大多数演剧二队和祖国剧团的同志，又重新聚集在一起。北平和平解放的当晚，华大文工二团首先进入北平城，主要任务是演出小节目宣传党的城市政策，我和狄辛还共同参加了一个小快板剧《想错了》，是刚从苏联归国的孙维世导演的。

1949 年，开国大典的同时，中央戏剧学院成立，华大文工二团转为中戏话剧团，我演《民主青年进行曲》后不久，狄辛演了《红旗歌》里的主角金芳。从1952 年北京人民艺术剧院成立，六十多年来，原来演剧二队和祖国剧团的一些骨干力量，始终在一起合作。我跟狄辛1954 年结婚。我们的结合，除了感情之外，一个重要因素是过去相互比较了解，我们思想、性格的共同点比较多。

449

1961 年的狄辛

　　我俩结婚之前，剧院很多人逐渐知道了，一个我们共同的好朋友李晓兰（后来因为剧院女演员多，1956 年调到中央广播剧团。我曾建议最好别调走她，因为觉得她演《北京人》中的愫芳特别合适）说："我前几天跟赵起扬说，狄辛跟蓝天野要结婚了，你知道赵起扬什么反应？"我说："我管他什么反应呢。"她说："赵起扬说，'哎呀，他们两人太合适了！'"赵起扬所谓的"太合适了"，我知道是指我和狄辛在性格、为人方面都有很多相像的地方。当然，有时太多的共同点，再加上个性都很强，我们几十年的共同生活不可能没有矛盾，这些矛盾有时就反映在一些琐事上，较真儿了，心情不大好的时候，就难一下子化解开，其实论起来真算不上什么事。但对待事物比较重大的看法和感情上，更多是共同的，这尤其在"文革"中，我们一起的经历和遭遇，充分体现出来。

　　我们性格上也有不一样的地方，狄辛热情，比较喜欢热闹，我更多的时候喜欢静，从小到步入中年，都比较内向，能安静一点就安静一点。生活兴趣也有很多不大一样的地方，我爱玩儿，对花鸟虫鱼、琴棋书画都容易着迷，有时买盆花，这个她还有兴趣，后来养鸟、养鱼，再往后玩石头，投入精力越来越多，她

好友聚会。宋垠（右二）、刘涛（左三）夫妇，苏民（右一）、贾铨（左一）夫妇，蓝天野（右三）、狄辛（左二）夫妇，每年聚会一次

剧院好友聚会，右起：吴桂苓、洪贞媛、吕齐、贾铨、苏民、狄辛、蓝天野、吕中、王宏韬、金昭

七十载风雨同舟——我和狄辛的生活与合作

半个多世纪的老友李树藩（左），如今90岁了，风度依旧，徐葵（右）仍在从事译书

半个多世纪的老朋友，前排右起：李抗、徐葵、程璧、白羽、史哕，后排右起：周抚芳、狄辛、蓝天野、吴惟诚

基本上是一个不反对、不干涉。我玩的这些，她偶尔也看一眼，也会觉得有点意思，但不像我那么过分地着迷。当然，也有很共同的地方，比如好朋友的聚会。业余爱好最一致的是京剧。

狄辛重感情，重友谊，喜欢人与人之间的真情交往。当年在狱中的难友，她是年纪最小，也最热心肠的一个，后来在演剧二队、华大文工二团，直到北京人艺，也总有很多人喜欢跟她交往。很多感情比较深的朋友惦记着她，她也惦记着很多人，相互信赖，愿意谈心里话，现在步入老年，她身体不好，常有一些朋友，隔几天就打电话来，敞开心地聊，一聊就很长时间，所以每次只要是她的电话，我就对家里的小保姆说："赶紧给奶奶搬把椅子过去。"

她上中学时生活艰难，有几位老师接济她，有一位女语文老师，同学们都称她"滕子严先生"，是北京的老教师，后来一直和狄辛有联系，在"文革"当中，我们受冲击最厉害的时候，还到首都剧场我们住的地方来看狄辛。狄辛也特别关心自己的老师，经常去看望滕先生。

狄辛为人真诚，这点跟我一样，但她对朋友的热心，比我更强。我的性格更淡，更内向，没有她在情感上更浓。她重视真诚的友谊，包括和一些中央领导人的接触，比如和周恩来总理、习仲勋副总理等的接近，都非常亲切真诚。周总理对北京人艺极为关心，"文革"以前，基本上我们所有的戏，他都来看过。

这里，摘录狄辛所写怀念周总理《不尽的思念》一文中的回顾：

1976 年 1 月 8 日，深夜里于是之忽然跑到我家里，他紧张地对我和天野说，刚才中央人民广播电台派车来，把李曼宜接走了，来人只说了一句："总理……马上走！"因为我们知道周总理重病住在医院，对这突然的消息，都惊愕得讲不出一句话，估量着是否真发生了我们最不愿面对的残酷现实。后来想到打开半导体收音机，听午夜广播，几个人都聚精会神地听，没有关于周总理的报道，沉重的心暂时缓了一些，然后每隔一个时辰就再收听新闻广播，几个小时了，还是没有。于是之走

周恩来总理看狄辛（坐左五）主演的《枯木逢春》后，上台与演职员合影，那天是三八节，周总理请全体女同志坐在前面

了，我和天野仍是忧心忡忡。

天将亮时，真就无情地报道了周恩来总理逝世的消息！有如重锤撞击着我们的心，茫然无望，半天谁也讲不出一句话来。

清晨，悲凉的气氛笼罩大地，阴沉沉昏暗暗，一夜未眠，我迎着凛冽的寒风一直走，走了很久，最后转到了王府井新华书店，很多人正在排队，等着买周总理的黑白照片绣像，我就排在队伍的后面。书店的绣像不多，很快就要卖没了，新华书店的售书员看到了我，就跟排队的其他人说："最后一张了，是不是让给后面那位女同志，给她。"他可能确实感觉到我的感情处于一种很难抑制的程度。我真感激书店的同志，如此体谅我的心。我捧着肖像走向东单路口，遥望着隐在深处的北京医院，站在那里默默地哀悼……

自北京人艺建院，受到敬爱的周总理的关怀厚爱是数不尽的，使人感到无比的幸福、温暖……

《枯木逢春》在剧场演出，那天总理来看戏，他因公务来晚了，戏散后总理走上台和同志们亲切握手合影。他说："前面的戏我没看到，你们再把前几场演一遍给我看好吗？"大家都兴奋地鼓起掌来，已经卸装的演员又重新化装，我们又重演了前两场戏，台下只有一位观众——周总理。大家都感到无比的欣慰。

《红色宣传员》是描写朝鲜女劳动青年盟员李善子不畏艰苦的精神。首场演出周总理来看戏，朝鲜文化代表团也来了。演出后总理接见了他们，并与之合影。邓大姐曾对我说："总理很欣赏这出戏，我们买了好多票请朋友们来看。"一天剧院通知我去中南海西花厅，说总理要请朝鲜代表团到西花厅做客，让我也参加。总理接见了代表团，赞扬他们写了这样感人的现代戏，还招待他们在西花厅吃饭，餐桌上四菜一汤，都是南方家常菜。总理的生活是如此简朴……

后来，根据总理的意见，决定把《红色宣传员》拍成电影，当时请了电影厂一位名演员扮演李善子。我觉得是很正常的事。可是有一天偶然见到总理，他对我说："这部戏没有让你去拍，你不会介意吧？"总理如此细致的关心，使我感到极为温暖……

《带枪的人》演出的最后一幕是群众场面，列宁在斯摩尔尼宫演讲，还有斯大林在场。演出结束后总理上舞台来，他说："大家不要动，就这样大家合一张影。"我们请总理和列宁站在一起。总理说："不，他们是前辈，我是他们的学生，怎么可以和他们平站在一起呢？"

于是这张照片上留下总理的侧影。（蓝天野注：那天恰好是我扮演斯大林。）

三年困难时期，回想起来可真是困难。好多同志仍是干劲十足，当时剧院演出减到每月只演二十场。而演出的主要演员可以多领一碗白菜汤以补充营养。

就是这一年的春节，首都剧场前楼宴会厅灯火通明，周总理请来好几位领导同志和我们共度除夕，邓大姐也来了，还有陈毅同志、习仲勋同志、王震同志等，使我们的春节热闹之极。我院方琯德同志从体委那里搞来一点黄羊肉，还有前台同志做的冰糖葫芦。总理进场就笑着说："你们搞得不错嘛！"他还带来了几瓶酒，一瓶是茅台，其他就是各种牌子的酒，以示春节的祝贺。总理还带领我们，还有王震等同志唱《洪湖水浪打浪》《南泥湾》，气氛非常热烈。休息时总理忽然说："你们为什么不请小超大姐出节目呀？！"大家兴奋地热烈鼓起掌来……邓大姐说："好吧，我会唱京剧《武家坡》，谁和我配呀？"我站起来表示我可以配唱，于是赶紧找来会拉胡琴的朱旭同志，邓大姐亮起嗓子唱着"八月十五月光明……"，我就接上王宝钏的唱词……

邓大姐出节目给春节晚会增添无限光彩，引起长时间的鼓掌。幸福欢乐的氛围充满会场，总理就是这样鼓舞我们去战胜困难。

1966年初春，在北京展览馆我们演出《像他那样生活》，一出歌颂越南抗美烈士的戏。听说总理来了，大家异常兴奋，满怀激情地演出。谢幕时，只见总理站在那里和观众一起鼓掌，他没有如往常那样上台与我们合影，我不禁有些惆怅之情……这是总理最后一次看我们的戏，也是我最后一次亲自见到总理的容颜……那时我们还不知道风暴即将来临。不久"文化大革命"狂风扫遍祖国大地，那是敬爱的周总理备受折磨的十年……

不久，"文革"冲击着北京人艺，曾被誉为"艺术殿堂"的北京人民艺术剧院，在"四人帮"眼里成为"大黑窝"，许多人都成了"黑线人物"。曹禺同志病重住进医院，我去看他。似乎自我感觉不好，他对我讲："我只求再见总理一面……"在重病中他仍念念不忘周总理。当时我很难过，此时此刻我到哪里去找总理啊！后来，恰巧我在街上遇见张颖同志，过去我知道她和总理接触比较多，我就拜托她把曹禺的心愿

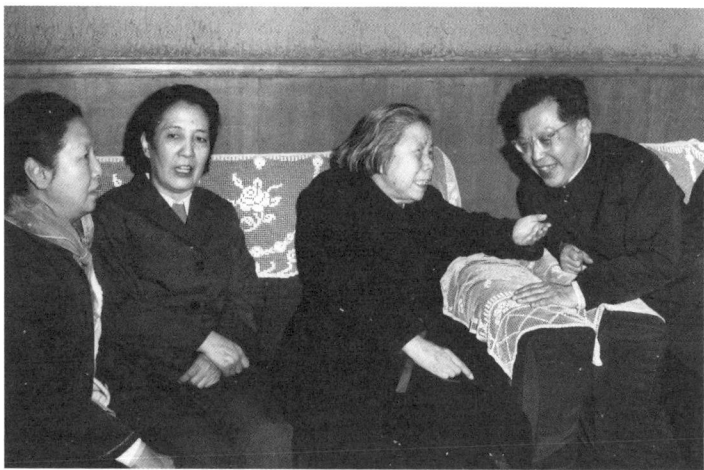

1978 年，邓颖超大姐（右二）到北京人艺，与曹禺院长（右一）、朱琳（左二）、狄辛（左一）见面

1978 年，邓颖超大姐（右一）又看望文艺界人士，狄辛与邓大姐握手

457

七十载风雨同舟——我和狄辛的生活与合作

及病情设法告诉总理，她没说什么就走了……后来我听说周总理曾派人去看过曹禺，我也就安心了……

　　十年的磨难过去了，我们更坚定的仍是遵照总理的关怀，努力去创造更美好的北京人艺……

　　狄辛和习仲勋副总理也很熟了，是对长辈诚挚自然的尊敬和友谊，和习总的夫人齐心大姐也很熟。习仲勋同志亲切待人，对北京人艺非常关心，经常来看戏，也多次来参加人艺的除夕联欢会。

　　也是在 20 世纪 60 年代初三年困难时期，习总用他的稿费请我们北京人艺几个演员吃了一次饭，想为我们增加些营养吧。去前，我和狄辛先到习总家里去，他准备带一点东西，我看到放东西的小柜子，是用木板钉的，也没有个柜门，就用块粗布当柜帘挂上。身为国家副总理，家里用具像普通百姓那样简朴，甚至更简陋！常听说习总生活朴素，我是亲眼得见了。

　　"文革"以后，文化复苏，1980 年《王昭君》赴香港演出，返回时经过广州，

习仲勋同志（右）看北京人艺演出《枯木逢春》后，上台与狄辛（左）合影

当时习仲勋同志落实政策复出，刚刚就任广东省委书记，住所还没安排定，暂住在宾馆一个普通套房里，我和狄辛一起去看望他和齐心大姐，经历了十多年的岁月，又得以再见面，自然都备感高兴和亲切。

后来，习仲勋同志又调回中央工作。我们有时去公园活动，经常看到习总清早步行穿过北海去上班，他也是用走路坚持锻炼身体。90年代，我们还住在市区，狄辛每天去景山晨练。齐心大姐也去，和狄辛，还有王昆、金昭等几位女同志每天在一起锻炼。

狄辛的演剧经历

狄辛是北京人艺演戏最多的女演员之一，主演的戏也多，这有一个学习和求索的过程。她从演剧二队直到人艺，也不断演了一些戏，也有些重要角色。而在20世纪50年代中期，她所具备作为演员的条件、气质、形象等各方面的潜质得到了发挥。

1954年，我去中戏表训班进修时，我们的老师苏联专家库里涅夫又特意到北京人艺教学和指导排戏，他还推荐了一部捷克斯洛伐克的神话剧《仙笛》，狄辛在剧中饰演森林女王。当时正好来了苏联一个演出团，狄辛用心看苏联化装师的化装方法，很快掌握了，并结合自己的条件，在舞台形象上的优势就展现出来了，而且她的声音条件也可以，能唱，表演也从苏联专家那里得到收益，这个人物显现出光彩。库里涅夫专家回到表训班，还对我称赞了她。

1956年，我从表训班毕业后，剧院让我主持办在职演员学习班，把我所学到的，搞一期表演教学。我强调"自愿参加"，也就是，有迫切学习愿望的演员，才能有更大的收获，狄辛积极争取参加学习。

也是在这一年，狄辛还有一个好的机遇，欧阳山尊从中戏导训班毕业回院后，准备导演《日出》，狄辛不在这个戏里，但她对陈白露这个角色非常有兴致，也只是有个学习实践的愿望，欧阳山尊很支持，并挤出一点排戏以外的时间，专门为狄辛排了不多的几次戏，也就是业务学习的性质吧。

当时，狄辛正在我办的演员学习班，那天，剧院突然派了一辆车，来接她去剧场，说有急事。因为当时正在演《日出》，演陈白露的杨薇病了，失声，但票都已经卖出去了，想到不久前导演欧阳山尊给狄辛排过几次这个角色，就让她突击去演了。但那么重的一个戏啊，当晚就要演出，狄辛只有一个上午的时间走场、背词……我因为要备课，也没去看。等她回来后，我问情况怎么样，她只说："唉，还算可以，总算演下来了。"

这次紧急突击演出的成功，基于狄辛自身的素质和刻苦努力，更进一步展现了她的才华。以后，她又继续轮换演了这个戏。

1959年我们为国庆十周年准备演出，排了三个新戏，她演了《悭吝人》中的爱丽丝，掌握了正确的表演方法，人物是比较出色的。《雷雨》也作为献礼剧目之一，最后审查时，换了两个主要演员，一个是把饰演周萍的于是之换成了苏民，再一个，就是把饰演繁漪的吕恩换下来，由狄辛来演。直到"文革"结束后复排《雷雨》，卅始时还是狄辛饰演繁漪。有一次曹禺院长在台下看彩排，对旁边的人说，狄辛表演有激情，把繁漪火热的一面演出来了。

从此，开始了狄辛演剧道路的兴旺时期，连续主演了《巴山红浪》中的秦桂兰、《枯木逢春》中的苦妹子、《红色宣传员》中的李善子等，有些虽不是女主角，却也是极重要的人物，比如《胆剑篇》中的西施等，都显露出光彩。

1963年，我们重排田汉的《关汉卿》，这是一个激情澎湃，极富文采，堪称经典却又很难演的剧本，1958年纪念世界文化名人关汉卿的时候曾演过，由焦菊隐和欧阳山尊联合导演，演员阵容、表演创造也都很强，但整体总觉得不是很理想。1963年由焦菊隐先生重排，他希望这个戏的风格要有激情。他说："我这次要请两位富有激情的演员来演关汉卿、珠帘秀。"最后决定由田冲和狄辛来演。

1947 年在焦菊隐导演的《夜店》
中，狄辛饰演石小妹

在莫里哀的《悭吝人》中，田冲饰阿巴贡（右），狄辛饰爱丽丝（左）

七十载风雨同舟——我和狄辛的生活与合作

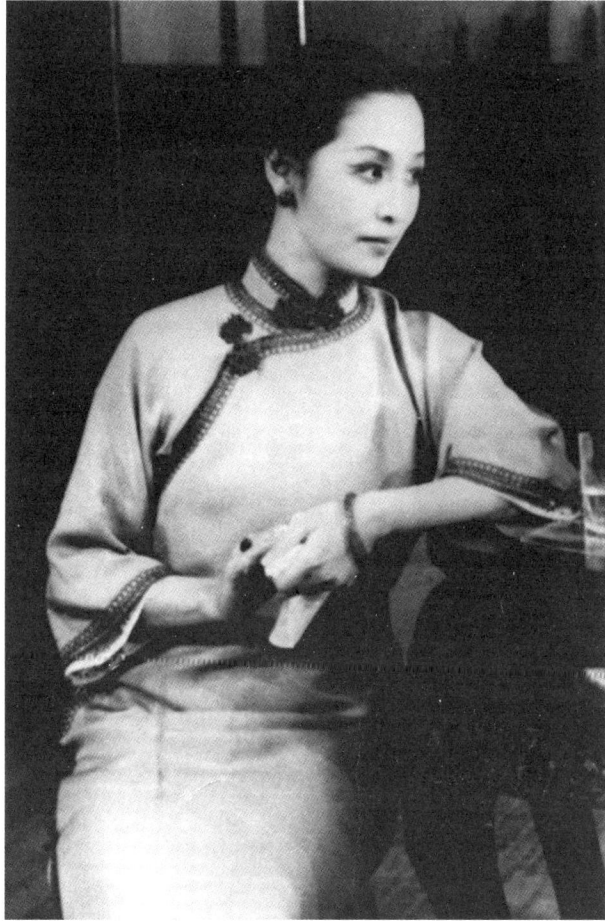

1959 年在《雷雨》中，狄辛饰演繁漪

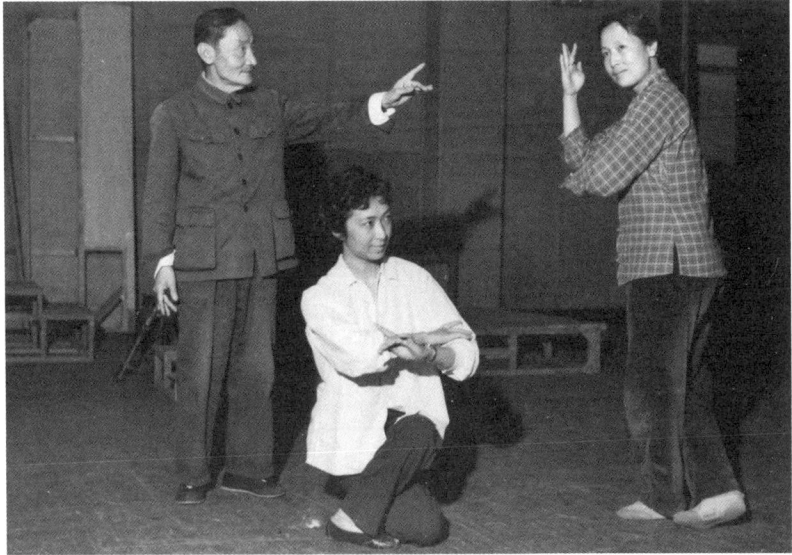

1963 年，狄辛（右）和林东升（中）为饰演《关汉卿》中珠帘秀，请沈盘生老师（左）指导练功

1963 年焦菊隐导演《关汉卿》，田冲饰演关汉卿（左），狄辛饰演珠帘秀（右）

1963 年，狄辛在《关汉卿》中饰演珠帘秀

1964年我导演《结婚之前》，狄辛（左）和林东升

狄辛在《胆剑篇》中饰演西施

1965年，狄辛主演《红色宣传员》中李善子，周恩来总理陪朝鲜文化代表团看戏后，与演员合影

1988年，狄辛主演《蜕变》丁大夫，作者曹禺（右）祝贺

1980年，曹禺院长（二排左三）陪国家主席李先念（二排左五）、国家副主席荣毅仁（二排左二）看狄辛（二排左六）、蓝天野（二排左四）主演的《王昭君》

焦先生当时想借此剧进一步探索话剧的中国学派，可惜的是，由于非艺术的原因，这个戏的演出没有达到预期的效果，被称为"未完成的杰作"。这也是焦菊隐先生最后导演的一部戏。

也是1963年，曹禺院长开始创作新剧《王昭君》，前两幕已经写出来了，有非常精美的创作构想，比如白发宫女孙美人和玉人石像的场景，他在写作过程中，这些想法都和狄辛谈过，因为这个剧本动笔之初，就已经决定将由狄辛来演王昭君。那一年狄辛36岁，正是创作状态和精力最好的时候。但由于文艺政策的变化，曹禺刚写成这前两幕，被迫搁笔，直到"文革"结束后，才重新提笔续写完成，并在1979年演出，还是由狄辛饰演王昭君，但这已是时隔十六年之后了。略感遗憾的是，曹禺先生续写的后半部剧本，与前两幕格调不很一致。但毕竟出自曹禺之手，《王昭君》连演一百余场，观众踊跃，1980年作为内地第一部赴香港演出的剧目，引起轰动。

"文革"后，除了《王昭君》，狄辛还主演了《老师啊，老师》等多部戏。就在离休后，她也还参加了苏民复排的《智者千虑必有一失》，尤其是还主演了曹禺《蜕变》中的丁大夫。狄辛把演戏视为生命中最重要的事，这里，摘录狄辛自己所写《那些戏外的功夫》一文中的章节，也许更能展现她对演戏的执著和付出的心血：

自1952年北京人艺成立，到1988年我离休，我将自己人生中最美好的年华留在了它的舞台上。北京人艺在建院后不到十年的时间，形成自己的演剧风格，它能有今天的辉煌、成长与发展，与引导演员探索正确的表演方法，以及戏外所下的功夫是分不开的。

关于深入生活

北京人艺建院后的第一件事，是把所有演员、导演、舞美等分成四个组下厂下乡，去深入生活。从1952年的6月份到将近年底，用了大约半年的时间。

轻工业方面，当时北京没什么有规模的工厂，就选了天津纺织一厂，我们组一行二三十人去的就是这里。我被分配到准备车间，这里的工作范围比较广，有充分的条件可以和工人多接触。我和工人们生活、干活儿都在一起，慢慢成为朋友，无话不谈。了解到她们过去备受盘剥，挨工头的打骂和欺凌，上下班都要搜身，没有一点做人的尊严，也体会到新中国成立后她们成为国家的主人，干起活来跟以前完全不一样的自豪心情。

要深入生活必然会天南海北去很多地方。比如1956年排演《双婚记》，也叫《瓦斯问题》，写东北的某个煤矿里老有瓦斯，给矿工的生命安全和生活带来了巨大影响。由刁光覃饰男主角鲁万春，我演女主角何大嫂，我们整个剧组到辽宁抚顺煤矿，生活了一段时间。

以前我只知道，新中国成立后，国家对矿工的待遇有很大提高，比如说，对患矽肺病的工人特供营养小灶，提供补助，但关于瓦斯问题了解并不多。真正来到煤矿跟工人们生活在一起，尤其是亲自下到了地下五百公尺的矿井，才切身感受到他们工作条件的艰苦，尤其是瓦斯的危害性。这里都是过去遗留下来的老矿井，瓦斯问题在当时很难解决，这不仅影响到矿工的身体和生命，还成为他们很大的心病，影响到他们的婚姻问题。本剧的男主角是一个模范矿工，女主角是以前某个矿工的遗孀，他们两人本来情投意合，但因为以前都有亲人死在瓦斯问题上，所以一直很犹豫，如果瓦斯问题还是解决不了，他们还要不要结婚？对于他们的矛盾心理，我在深入生活之后有了更加深刻的理解和体会。

1960年，排《星火燎原》，我们二三十个人，包括导演焦菊隐先生，到福建闽西老根据地龙岩去体验生活，一路上很辛苦，下了火车还要走很多里路才能到达我们要去的村子。这里是革命前辈邓子恢创建的根据地，当地农民谈起他来就跟老朋友似的，"子（读'几'音）恢呀子恢"地直呼其名。我住在一个当地有名的英雄模范张合地家里，他们的房屋建筑构造很有特色，房屋之间是相互连通的，不像北京的四合院，是各自分立的东南西北房。张合地当时有五十来岁，她曾经掩护过红军。有一次红军在她家附近的一个房子里开会，这个老妈妈知道白军来了，赶紧去给红军报信，在房子附近假装赶猪，提醒他们赶紧撤离。

老区的人看到我们是从北京来的，觉得我们就是和毛主席、邓子恢他们在一起的，因此对我们就像对待红军一样热情。那时正值困难时期，生活非常艰苦。艰苦到什么程度呢？我们在食堂吃的是"瓜菜代"，没有粮食，都是野菜、蔬菜，顶多能看到五六粒米，女同志相对能坚持一下，但很多年轻力壮的小伙子就不行了，一顿饭虽然吃了六碗，但很快又饿了，有时就站在旁边愣神儿。当时我们无论到哪里深入生活，作为干部、共产党员，只要是吃的东西，是绝对不允许向当地老乡购买的，所以同志们都一面与饥饿做斗争，一面坚持工作。

但是，在这样艰苦的条件下，我要离开的时候，张合地却送了我一筐鸡蛋！那时，我们就要走了，她一个人在屋子里半天不出来。"她那儿干吗呢？"我正在想，她就出来了，端了一筐的鸡蛋，能有七八十个，每一个鸡蛋上面点着一个红点，用了多大的心思呀！她坚持把鸡蛋塞在我手里，我的眼泪一下子就下来了。当时一个鸡蛋能卖五毛钱呢，她自己吃的都是"瓜菜代"，居然把自己一个个积攒下来的鸡蛋，全都拿出来送给我，这其中凝聚了多少她对红军深厚而又质朴的感情！我怎么也推辞不掉，只能接受这份美好的情意，正好当地带我们深入生活的一位同志的妻子刚生了孩子，我就把这些鸡蛋转赠给她了。

1963年，为了排演朝鲜剧《红色宣传员》，我们到了延边朝鲜族地区，住在农民的家里。他们有特殊的文化习俗，譬如吃饭时儿媳是不能上桌的，孙子却可以，即使他很小。我观察到，和汉族农民相比，朝鲜族农民有很鲜明的民族文化特色：他们常常聚会，每到一定时期，男女

469

老少就集中在一个广场里跳朝鲜舞，有各种各样的民族器乐伴奏，还有人拉小提琴……这种经历能够拓展我们的知识和眼界，丰富我们的阅历。

我们深入生活不管到什么地方，什么环境，都要跟那里的人们生活在一起，干活在一起，交成好朋友，对此我都很有兴趣，也不怕吃苦。1964年，蓝天野排演《结婚之前》，我演剧中的生产队大队长柳遇春。我们戏组来到顺义后鲁各庄，和农民在一起生活、劳动了两三个月。后鲁的庄稼以水稻为主，北京很少种水稻，后鲁各庄则可能因其特殊的水土，出产的稻米曾是清朝的贡米。这里的水稻种植方式也与众不同，不育秧，不插秧，直接播种。整个播种过程有一系列的步骤：首先是"抓（zhāo）洸（guàng）"，在尚未开春的时候，用一尺多宽的大四齿耙翻地，把冰冻了一个冬天的表层土翻转到下面，改变土性。翻完地之后，平地施肥，最后，就到了播种，叫"旱摆"，直接在旱地上面摆种子。

最苦的就是"抓洸"，大四齿钉耙本身就很沉，这么宽的钉耙翻开的泥土更是一大块，关键是还得光着脚，踩在还带着冰碴儿的泥里干活，但也只能在这个时间段进行，晚了就过季了。这个活儿过去只有村里最强壮的男劳力才能下，后来全国都向劳模学习，有一些年轻力壮不怕苦的女孩子带着争强好胜的较劲心理和好奇心理，也争取参加。我们那时年轻，也出于兴趣，试着跟她们干，确实是非常苦。我跟这些女孩子们相处得非常好。入夏时干完活儿，我会随她们去一个很远的地方洗澡，途中要翻越一道山梁，经过一段窄到只能通过一个人的小路，一边靠着峭壁，另一边是山坡。我们一路上总是说说笑笑的，时间长了，和她们成为无话不谈的好朋友，就像自家人一样相处。

《结婚之前》上演时，彭真同志看了，觉得我们演的北京农民还是比较真实的，全剧的农村气息也很浓厚，他特意找蓝天野问我们去体验了多久的生活。实际在去后鲁各庄之前，我们已经在山区农村演出、生

50 年代，狄辛（前右）在农村体验生活

471

1965 年，狄辛（右）与新凤霞（左一）、
李忆兰（左二）在焦庄户与当地农民合影

七十载风雨同舟——我和狄辛的生活与合作

活了几个月了，条件非常艰苦。有时在露天演出中，山风一来，布景片竟会像放风筝一样给吹跑了。再加上之后在后鲁各庄的几个月，那时确实长期、连续生活在农村，对京郊农村的生活比以前熟悉多了，演出的生活气息就比较真实。

掌握技能与才艺

演员要塑造鲜明的人物形象，就要了解各式各样人物的性格，提高文化修养，为学习、掌握各种才艺下功夫。

曹禺同志写了《胆剑篇》，我饰演西施。西施主要有两段戏，前面一段，她就是一个朴实的农村女孩子；在后面的一段戏中，却是以一个仪态高贵的王妃身份出现。如何才能更好地找到感觉？我从几方面做了准备，一个办法就是去学京剧。

我找到著名京剧演员李慧芳学戏。李慧芳多才多艺。我向李慧芳学戏时，她正好在教一个广西来的京剧演员学《贵妃醉酒》，我经常一大早来到中山公园，跟她们一起跑圆场，走台步，练嗓子。这一折戏很难，连唱带舞。那位同志是京剧专业演员，是有功底的，而我只是凭着对京剧的爱好，会唱几句。在这种情况下，学唱腔还算有点基础，学身段，没有幼功的底子确实不容易。但是，经过一段时间的苦练，我学了整折的唱段，也学会了卧鱼儿、弯腰等力所能及的身段。本事掌握在自己身上，一生受益。这样，我在穿起西施的服装时，就能逐渐找到人物的感觉，也找到了自信。

掌握技能和才艺不只是为了某一个戏做准备，日积月累会成为自身修养的一部分。1963年，剧院决定重排《关汉卿》，由焦菊隐导演，田冲饰演关汉卿，我饰演珠帘秀。此次重排，焦菊隐重新做了导演构思。譬如，我得以元杂剧一代名伶的身份，在舞台上演一折《窦娥冤》。焦菊隐先生说："我要把这个'戏中戏'，这个关汉卿敢写，珠帘秀敢演的

《窦娥冤》摆在台上。"

要在台上演这一折戏，我们几个演员得学昆曲。我演的珠帘秀是一代名优，要是不能把她演的角色演好，就很难让观众相信这个人物。由于元杂剧跟昆曲相对来说比较接近，所以这段戏是按照昆曲来做的。剧院请了一位昆曲老师沈盘生。我和饰演欠耍俏的周正（他在"戏中戏"里演山阳县令）等演员一起学了《窦娥冤·法场》一折。昆曲学起来很难，幸好我嗓子还可以，又跟李慧芳学过点京剧，所以学起来还算顺利。

因为"戏中戏"还需要对舞台调度、身段等做出处理，怀着极大的兴趣，我又去找了赵荣琛。赵荣琛是程砚秋的大弟子，是继承程派艺术最好的演员，也是文化程度最高的演员。他给我说了整折《窦娥冤·法场》，还帮我学了京剧的甩发等身段、动作。这个戏还有一个难题：珠帘秀在台上有时候要自弹自唱，弹的是琵琶。我专门请了一位老师，抓紧一切时间练习，也顾不得是不是扰民了。那时我住在剧场四楼，旁边的邻居成天听我弹琵琶，有时会来笑着提醒我："此时无声胜有声。"后来，我学会了两个曲子，一个《霸王卸甲》，一个《昭君怨》，一武一文。学了这些，就有信心进排演场，表演也比较自如了。

我对戏曲的学习不止用在《胆剑篇》《关汉卿》，演《名优之死》时，也有几出"戏中戏"，如《玉堂春》《乌龙院》《打渔杀家》的部分唱段。我们几个会点儿京剧的演员在幕后演唱。而且，为了演《关汉卿》而学的琵琶，十几年后在《王昭君》一剧中又用上了。"艺不压身"，知识、才艺的储备都是演员增强个人修养的一部分。离休后，我曾有机会得到一把很好的琵琶，可惜当我把琴谱找出来，准备再练琴的时候，把手摔伤了，不然它将成为我非常好的文化生活。

收获友情

在深入生活、学习才艺的过程中，我结下了很多深厚的友谊，收获

473

了真情。

我们去北京纺织厂体验生活，就交了很多朋友，她们中不少人后来成为新中国第一批从工人中提拔出来的干部、劳模，其中有两位一直跟我交往到现在。她们都是和郝建秀一代的人，后来担任了纺织部门的有关领导工作。几十年过去了，我们仍然是很要好的朋友。我跟李慧芳老师也是如此，一直都是很好的师友关系。

1965 年排演《红色火车头》，我们到黑龙江伊春市的南岔体验生活。这里地处小兴安岭，"毛泽东号"机车就是南岔机车车辆厂制造的，刘少奇同志也来这里视察过，我们还在这里排戏请车辆厂的同志们看。我们跟着火车司机师傅学开火车，这工作看似简单，就像他们说的"在火车头手柄上挂块儿骨头，狗都会开"，但是，真要应对各种复杂的路况和紧急情况，需要很丰富的经验才行。最后我们要离开的时候，工人们亲手做了检查火车用的小锤子相赠，上面还刻着我们的名字。"文革"期间，我受到冲击，有几位南岔的同志特意来京看我，当得知我的小锤子在抄家时与其他"黑材料"一起被抄走时，热情地开导我："没事，回去我们再给你做一个！"

回想起来，这些为了演戏而付出的功夫，是既辛苦又快乐的。长期积累和努力付出，都化在舞台上的片刻演剧中。

我和狄辛的合作

说起来，我和狄辛从 1946 年同时期参加演剧二队起，到华大文工二团、中央戏剧学院话剧团，再加上 1952 年北京人艺建院至今的 60 周年，基本上始终在同一单位演戏。但我们共同合作的次数不算太多，原因之一可能是剧院经常分队，而我们两个总不在同一个演员队里。即或不分队的时候，比如1959年集中力量排国庆十周年献礼剧目，我们又不在同一个剧组，狄辛参加《悭吝人》，我在《蔡文姬》里演了董祀。此后，狄辛大多在二队做副队长兼主演。

合作也有，比较重要的合作大体是这样几次：

最早的应该是1947年在演剧二队，由焦菊隐先生导演的《夜店》，狄辛演石小妹，我演全老头，同场戏算是比较多的。

再就是1957年，我从表训班进修毕业回院主办的在职演员学习班，狄辛主动争取参加。这一段合作我在"表演进修和表演教学"章节里详细叙述过了。

很值得回顾的一次，是1964年我转行导演，独立执导的第一部戏《结婚之前》，狄辛演剧中女主角大队长柳遇春。我说值得回顾，不只因为这是我第一次做导演，更由于恰在排这个戏之前，我们都分头有大量在农村体验生活的经历，创造出一部生活气息很浓的剧目。

此后我导演的戏中，也有些是狄辛参加演出的，《救救她》、《针锋相对》、《贵妇还乡》、《吴王金戈越王剑》……

在同台合作最充分的是《王昭君》了，但我和狄辛参加这个戏的由来不同。曹禺院长1963年开始写这部新作时，就已经确定由狄辛演王昭君了，而我是在十多年后，历经"文革"，曹禺院长1979年续写完他这部新作，北京人艺决定筹备演出过程中，我一句玩笑话，误打误撞，最后一个确定演呼韩邪大单于这个角色的。经历十多年，年龄增长，人生感悟多了，在表演方法上也有共同的理念，我们在联手演绎王昭君和匈奴大单于的排练过程中，交流探讨也容易形成默契。

作为建院时的年轻演员，狄辛多年来成为人艺演戏最多的女演员之一，一方面是因为她自身的条件，更由于她的追求，以及超乎常人的刻苦。在《王昭君》中，有很多戏需要她在舞台上跪下去，这很多人不知道，那一下对她来讲是件十分要命的事，我只能说我知道，但真正的感受是她自己。太难了，年龄渐长，腿伤日益加剧，在演戏上下的功夫，真的是拼命的。

475

她曾经两次获得"全国三八红旗手"，一次"北京市三八红旗手"；60年代初，文艺界"群英会"的代表；"文革"以后，出席全国妇代会的代表……这也是她的毅力、不断追求和付出得到的回报。

舍不断的舞台情怀和离休后的生活

"文革"刚刚结束后，狄辛是较早出去拍影视的，开始是西安电影制片厂邀她去拍《蓝色的海湾》，男主角原来是焦晃，但开拍不久，由于合作上的矛盾，西安厂决定换人。焦晃也是创作上很有个性的演员，就离开了。狄辛和摄制组里的几位演员都和焦晃合作很好，因此也不想继续了。西安厂以党组织的名义勉强

1981年，焦晃（左）来北京，到我家小聚，我（右）和狄辛（中）都曾与他合作，结下了友谊

剧院好朋友来看望狄辛，前左起：林东升、狄辛、严敏求、徐静媛，后：蓝天野

把她们留下拍完了。此后，焦晃成为我和狄辛共同的朋友，相隔京沪地，虽难经常会面，友谊保持至今。

后来狄辛又参加了两次电视剧，和剧组人员相处关系都非常好。但狄辛不怎么喜欢拍影视剧，她觉得自己的艺术生活更应该在话剧舞台上。

直到离休以后，她还参加了几个戏的演出，有方琯德导演的罗马尼亚剧作《流浪艺人》，还参加了苏民为87届学员班排的毕业剧目《智者千虑必有一失》。在方琯德导演曹禺的《蜕变》里，狄辛饰演了女主角丁大夫，这是她在北京人艺演的最后一部戏。

后来，她还参加了两次《流金岁月》的演出。所谓《流金岁月》，是由剧院离退休演员自己组织的剧目片段公演。头一次，我还曾劝她："你别参加了。"但她想演，跟苏民演了一段《雷雨》。后来我知道她特别难忘舞台，也和她演了一段《蔡文姬》。在排练的过程中，有人说："有这《蔡文姬》的选段，使我们要重视一下这演出的文化层次了。"因为原来选的，喜剧、甚至搞笑的多些。我们选的《蔡文姬》片段，是第三幕，蔡文姬夜晚在父亲墓前弹琴感怀身世，董祀劝解她的一场。但是我只和狄辛演了四场，因为原本由于日程安排，我只能演这几天。而且我演出之前脚趾骨折了，最初我还不知道，只知道脚疼。演完四场后，我赶紧去医院检查，真是骨折了。后来我到协和医院，找到以前给狄辛做手术的任玉珠大夫为我处置了，并告诉我全疗程的注意事项和日期，果然，"伤筋动骨一百天"才完全康复，她计算得很准。

但这次由私人组织的演出，颇有些不规范之处，几位被邀来的工作人员也对其操办过程中的问题啧有烦言。

狄辛很不走运，在一次骑车时摔伤了，股骨头骨折，幸亏吴桂苓帮助请了骨科任玉珠大夫做置换手术。手术是成功的，但恢复期很长，卧床期间开始了糖尿病的症状。这些伤病对她后来的工作和生活质量，都有非常大的影响。

最初，狄辛的身体状况保持得还不错，我们在市区剧院宿舍住的时候，狄辛糖尿病控制得也好，每天到景山公园活动、锻炼，和一些同事在一起，还新结识了几位很热心的朋友，心情也很好。腿伤康复到较好情况之后，还又演了戏，《蜕变》的丁大夫就是这时期演的。我们搬到距市区稍远的新居后，起初也还可以，有个小小的花园，她还时而拿起水管子给树木、花草浇水。只是手术经过多年后，走路时间长了会感觉疼，倒是骑自行车不用股骨部太吃力，会方便些。

但现在，狄辛身体状况不如以前。2010年起有过几次病，虽然原中华名人学会宋志英秘书长为她联系过几家医院，请了经验丰富的名医，一段时期诊治效果不错，但毕竟对健康产生了影响。前些年狄辛还尽量努力适应，到老年大学去学中国画，坚持了很久，从花鸟到山水，更主要是生活中增添了内容，而且和老师、同龄的同学都相处融洽，保持了比较好的心境。

再后来，对狄辛更不顺的是，她控制自己肌体的能力减弱，老摔跤。我设法备置了车，找了小保姆尽量照顾好她。我这个人原本是生活能力很差的，但生活是对人最好的历练，使得我必须也自然地变得比较具有掌控生活的能力，比如，现在我跟家政公司很熟了，他们给我推荐的，绝大多数都是很好的，都是每年被评为优秀家政服务员的。每次我都会跟她们说："奶奶身体不是太好，她能够独立生活，但是她的身体会影响她的心情，如果她有时候情绪不太好，你们别在意，她心眼儿非常好。我对你们只有一个要求，就是把奶奶照顾高兴了。"来的这些孩子真是都挺好的。

我现在生活规律也在变，以前外出较多，尤其是拍戏周期会长，每部戏少则一两个月，最长的近一年，甚至更多。也常有书画活动，各地的观赏石大展。但现在，除了极必要、实在推不掉的事，我很少去外地，也有年龄增长的原因，加上各样事多，太忙，已经多年不拍戏了，偶尔外出，总是头一天航班抵达，次日下午返回，一方面确实日程太紧，更重要还是由于狄辛的身体状况，虽然会有家人、子女、小保姆在照顾，但关键的时候，还是要我来做主。

如今，狄辛每天上午到附近转一转，保证有适量的活动，偶尔和朋友联系聚会，毕竟行动和精力不似当年。而我近年应召回归舞台，排戏演出频繁，狄辛也给予我极大的理解和支持。

共同生活一甲子，相互理解是必然的。央视《艺术人生》第一次给我做访谈节目时，把狄辛也请去了。录制过程中，朱军问她："对天野老师，您用一个字评价他，他的特点是什么？"她真的就一个字："直。"朱军又问："一个字，弱点是什么？"她又是一个字："倔！"其实这两个字就是一个意思。简练而精确地为我画了一个像。

挚友苏民

我和苏民由 1942 年在三中因办壁报而相识，因演戏而结谊，次年又同时考入北平艺专学画，没料到自那时至今，同学同窗，同台演戏，同期参加革命，60年代还同时转行做导演，并且一直在一起，到现在提笔写这一段落的时候，整整相交七十载（写这一章节时，正是 2012 年）。苏民出版了一本诗画集《戏外余兴集》，其中，有他给人艺三十多人写的诗，下面配有若干注释和说明，写我的那首诗的说明是："中学同学，艺专同窗，演戏同行，革命先后入党，……从演员转做导演也是同时……"我们不是那种很浓烈、讲哥们儿义气的朋友，当然也不是"君子之交淡如水"那种吧。我们是挚友，相交延年，这跟苏民的家教和他自己的个性有关——可以说，他是一个绝对不说谎话的人，也可以说，他是一个不会计算别人的人。他真的是"不会"。我们的性格很不一样，我这个人随意性太大，但是，我随意性再大，在他面前从来不用提防什么。再有，我们可能有一点是共通的，那就是"真"，待人真诚。

　　苏民自幼多才多艺，在三中读书时办壁报，会画画，又会演戏，思想活跃，艺术细胞很浓，所以他很自然地就成为这些活动中的主力。在年轻时业余演戏，参加戏剧运动，虽然他不是剧团的主要负责人，但肯定是其中的核心，这有他的专业能力因素，也有他的性格因素，他确实责任感极强，直到现在，老了，健康状况渐弱，还总是在考虑诸如北京人艺哪个年龄段的演员断档了，又得再吸收人，要办培训班了，……种种问题，殚精竭虑。

483

挚友苏民

和苏民（右）相识相交整七十年，并始终在同一学校，同一剧团、剧院工作

前几年，央视《艺术人生》给苏民做一期专访节目，我理所当然被邀去当访谈嘉宾。开始的时候，主持人朱军让苏民的夫人贾铨和我都各用三个词概括一下苏民，我说："一，苏民文化素养比较高；二，真诚；三，责任心强。"

访谈中，朱军问起他和贾铨是怎么相恋、结婚和几十年携手共同生活的。又恰好，他们结婚是我姐姐给牵的红线。他们结婚后，还有一段出乎所有人意料的事，贾铨被划成"右派"了，成为他们单位派系之争的牺牲品，受到很重的打击，一度患了神经官能症，但苏民对待这问题，就是很自然保持一种感情上的责任心，那个年月不好过，苏民以他真挚的情感和贾铨携手艰难共度。

那次访谈，贾铨谈了她和苏民几十年共同的经历，挺感动的，我中间跟朱军说："待会儿你再让我说两句。"等她说完了，朱军问我："蓝老师，您要说什么？"我说："我真是忍不住了再说几句，大家现在看着苏民是这样，但是苏民这几年身体很不好，他曾经报过病危，已经住过重症监护室，后来好容易从重症监护室出来，我们老两口到医院去看他，一进病房门，他们俩都没感觉，都正趴在床上写稿子呢。这样不行。而且还跟医院请假，说他排的那个戏，他还要再看一看，他教的学生，学的表演方法他感觉有点不太对了。回来后还挺担心。他有时跟我说'我累'，我说'你活该'，这个我可以给他道歉，这话不像话，但是，苏民，你能不能注意点自己的身体？！"

说这些后，我都没注意，朱军就问坐在一旁的濮存昕："濮哥，你，怎么啦？"就把话筒交给濮存昕了。小濮说："是交情，我让天野叔叔跟我父亲的交情感动了。这是他们一辈子的交情。"后来我在电视上看这期节目的时候，才知道小濮是在我说这些话的时候流眼泪了，被朱军发现了。

但是，我们之间这样的感情，平时也不是很浓，更像是淡淡的。去年下半年，北京人艺电视部由李春立负责，为苏民做一部十多集的专题，找我谈他。那天在我家里，一直谈到中午都过了很长时间，因为我和苏民认识的时间长，就是按时间段说，也要说很长时间，到最后，我说："这样，要做一个片子，要找人，肯定说的都是他怎么怎么好，我也说了他的优点长处，我全都说了，现在，我想跟你们说一点苏民的弱点。"他们说："好啊！"我说："我说了你们可以不用，但是可以帮着你们了解苏民。苏民是这样，他的弱点是跟他的优点混在一起的。比如说，他做什么事，包括他的创造，都很严谨，有准备，写计划。他演戏，剧本上密密麻麻的，都是记下来的心得。这是他的优点。他的弱点是有些拘谨。我希望，他应该更多是心里想的，记下来的东西不一定都有用。当然，有的也有用，像我这种懒得记，这是我的毛病。但是他的文化底蕴、素养，在我们这一代演员里算是高的，现在还能写一些古体诗，没有几个人，这需要真才实学，要讲韵脚，讲平仄，讲诗的意境，还得讲用典，这很不容易，他能做。他身上有书卷气，但是同时，他又有个弱点，书生气。他原来不完全是这样，从中学的时候我们就相识相交了，他是一个很有才气，流露出很浓的才华的人，他这个书生气，他这点拘谨，这么多年，把他的才华有点儿束缚住了，当然我说这些的意思，是因为我知道他现在导演了一部话剧《李白》，《李白》就充分把他的浪漫主义的才华释放出来了，这一点，我特别为他高兴。我高兴，不只是因为他导演了一部好

485

戏，而是他束缚了那么久的浪漫主义的才华，又涌动出来了。"

前些日子，李春立又找我谈曹禺，说起当时苏民问他做自己的专题时都找了些谁，他告诉苏民说："蓝天野谈的时间最长，而且我可以告诉你，他还说了你的弱点。"苏民也毫不在意，他也不清楚我都说了些什么，但我想他会很高兴，因为真诚。我特别不习惯，甚至不喜欢现在到处都是赞扬，不是不可以赞扬，好的，有作为，赞扬都是应该的。但现在我们生活中的空气污染物，有时是逢迎，虚伪，治理的办法是真诚。真诚，特别可贵。

苏民肯定也能说出我很多弱点，弱点什么人身上没有？说一个人的长处，夸赞的时候，也不一定都是真诚的；说一个人的弱点不一定就是恶意，没有友情，反而说不出来。

晚年生活

2002 年，我家小院灵璧石旁

2002 年，75 岁时畅游大海

难得休闲

2005 年，访问日本，在游乐园"海盗船"上玩一把

离休这件事

1987 年，我整六十岁的时候，主动向剧院人事部门提出：准时，你们给我办离休。我觉得没有什么必要再拖下去，因为就算我在职的这几年，实际上在剧院也没干多少事。我作为一个在职在编的导演，最长时间是隔一年半才能排一个戏，这样也确实干不出什么，专业处于半荒废状态，没什么意义了。

不管是作为演员还是导演，脑子里不停地有一些创造欲望，我有想法，但无法实现。我酝酿过几个戏，也向剧院提出来了，譬如我和日本戏剧界多年交往，建立了深厚的感情，一直希望导演一部日本戏，剧院也知道我和几位日本剧作家谈过，并已经请于黛琴译了一部水上勉先生的剧本，这是和剧院谈好的，但后来就像没那么回事。译成的剧本，连看也没看。我还选过莎士比亚的剧本，为此曾向孙家琇教授请教过。提出申请，还是没有回音。有的是没有回音，有的是后来让别人排了。我问为什么？说：你没提出来啊。我说我确实提了，但得到的回复就像是打哈哈："哦，以为你是吃安眠药以后，随便那么一说呢。"奈何！

所以长时间里处于无事可干的状态。"文革"以后，也的确又大干了一阵，不但是专职导演，而且恢复的保留剧目《蔡文姬》《茶馆》，还有新排的《王昭君》，都不停地演，我也下不了舞台。但是到后来，这些演出逐渐少了，我这个专职导演竟然没多少事可干了，我一直有个观念——我干什么，就干干脆脆、全心全意地干。表、导演专业都属于艺术创造，不是一种职务，怎么都是干，我在职不一定有事干，不在职我也闲不住。与其这样无所作为，我不如干脆把自己这方面的创作欲望封存起来。所以到时候了我就退了。

我办离休手续，还有个插曲。1987 年夏，我正在大连拍戏，有好多是在海里游泳的戏，一拍就是一整天。我不记得自己之前是打过一个电话，还是写了封信，特意跟剧院人事处的人说："你们等我这边的戏拍完了，很快回到北京，我亲自到剧院去，咱们当面办。"我什么事都想把它办得认真一点，利索一点。但是等我回来，人家已经把手续给我办了。是怕我反悔？其实我是第一个主动申请的，去意已决。

在我离休之后不久，有好多刚满六十岁的演员，他们的身体状况、表演经验都是最好的时候就陆续被通知离退休了，有的延长了一年，到了第二年，剧院明确表示"到时间就办"。所以一批人被强制离退休，有人无奈，有人愿意，也有人难免有情绪。有人参加过会议，听会上说："他们不是不办手续吗？我们给他们填表，给他们洗照片！就算办了。"这在当时有个说法叫"一刀切"，有人开玩笑说："我都给切了好几刀了。"我说："我没有，我是自己主动申请的。"

离退休制度是应该执行的，老演员离开了舞台，为中青年一代让了路，使他们有更多机会锻炼，也产生了效果。但是经验能力正丰的一批优秀专业人才就这样被搁置起来，不仅仅是艺术上或制度上的原因。艺术上传承的缺失，究竟有多少？我自幼数理化功课不好，算不过来。

怎样发挥这些正值盛年的艺术力量，事实证明还是很需要，也是可行的。事在人为。

重拾画笔，举办画展

离休了，没什么可留恋的，也没什么可遗憾的。

1996 年，为举办第一次个人画展作一幅丈二画

蓝天野画展

1996 年，在中国美术馆举办第一次个人画展，师母李慧文（右四）、李燕（右一）、孙燕华（左三）、凌子风（左一）、韩兰芳（右二）、方成（左二）与我（右三）和狄辛（左四）合影

晚年生活

许麟庐恩师（右二）和王龄文师母（左二）在画展与我（右一）和狄辛（左一）合影

2011年，朱军（前左）、许戈辉（前右）主持画展开幕式，画展由吴作人国际美术基金会、中国戏剧家协会、北京人民艺术剧院主办，银谷艺术馆承办，北京北电影视艺术学院协办

离休跟没离休有什么不同呢？甚至比我在职的时候还要忙，很多事我可以自己掌握了。也可能有点不同吧，因为我属于抗日战争时期的干部，抗战胜利 60 周年时候给我颁发了一枚纪念章。其他也就没什么了。

我离休确实离得干脆——不演戏了，不导戏了，也不看戏了。除去《茶馆》还偶有演出，不能不参加，到 1992 年最后一次演出结束后，我就完全离开话剧了。唯一看的一出戏，就是看了一场《蜕变》，因为是狄辛演的。

这时期，我到处忙着拍影视剧。《封神榜》《渴望》《中国商人》等都是我离休以后拍的，一个接一个地拍，当时在北京人艺我算是拍戏比较多的。拍戏还有一个很大的好处，让我天南地北跑了很多地方。再后来，我连电视剧也基本上不拍了。1994 年，又是一个偶然的机会，我开玩笑开出一个个人画展来。

当时，一位搞画廊的朋友李国良，帮一位外地画家举办了一个小型画展，开幕式有一些画家和演艺界人士参加，北京人艺也去了些人。画展结束后聚会时，李国良说："大家在文化活动方面，有什么要做的事，我尽量帮忙。"我都没经过大脑，就随便一说："我要是也办一个画展，你帮我弄？"在座好几位朋友都一愣："平常动员你，你都不画。好！你办画展我们都来。"我那时正拍戏比较忙，真是平常不画了，他们听我这么说，都拼命撺掇我搞画展。我说："这样吧，给我三年准备。""别三年了，太长了。"……没想到，这玩笑就变成真的了。

说完这话不久，我就到武夷山拍戏去了。这次我随身带上了速写本，两个月间随手画了些速写，有时也思考一些题材。拍戏回来，听国良说，他真去中国美术馆联系了，给我挤出一段展期和展厅。这一句玩笑开出来的画展，定了那就准备吧，那时我连画案都没有，就在书桌上铺起一块毡子，开始画了。第一张画的《牛背鹭》就是我在武夷山所见景象。

我自己也觉得这真有点儿随意过头了。我先定了要搞画展，然后才开始画。本打算准备三年，结果只有两年，1996 年办了第一次蓝天野个人画展。时隔多年，回头看看当时展出的画，有个别的现在再画也画不出来了，算有点儿率真之趣吧；但绝大多数都太幼稚了，笔墨功底太差，居然就挂在最高的艺术展馆了。

495

其实我心里想的是，展给自己看，或者说是用展览督促自己画。

1998 年，我又在中国美术馆举办了第二次个人画展。这次是我自己有意办的，既然已经画了，就再花两三年时间，再搞一次，督促自己画，看看有没有点儿长进。所以从 1994 年起，坚持动笔画，办了几次个人画展，也参加笔会。但毕竟我原来的正业是舞台，自知画画是业余的。

现在我不太说这个话了，因为人家还是要看你的水平如何。我也曾说："中国书画史上，当然各个朝代都有专业画家，包括宫廷画家，不但是专业而且是专职的。但中国历代很多大书画家，都是'业余的'，唐代颜柳欧赵，宋代苏黄米蔡，都是。最大一位'业余的'，就是宋徽宗赵佶，他在中国书画史上的贡献是不得了的，但是他的专业——皇帝没干好，干得都亡国了。"人们可以这样看我：你是演戏的，不知道你还能画画。但我自己不能这样衡量自己，既然干了，就应该当成专业去做。尽管我自知所学不精，成不了真正的画家，兴致而已。

自己感觉，我画画还是很认真，不想总画那些习惯性的千篇一律的题材。我

1996 年，李讷（右）看画展时与蓝天野（中）、狄辛（左）夫妇合影

早期的绘画经历对我后来演戏、导戏都很有帮助，现在回过头来，我演戏的那种创造状态和创造欲望，同样作用于绘画。我常在琢磨，还能画些什么自己有兴趣的东西？有时候，想的时间比动笔画的时间长。我还是把它当成一种创作，任何一门艺术，如果没有创造，就没什么意思了。

回归戏剧

现在我的生活又逐渐大不一样了。本来已经彻底远离了戏剧，前些年开始，又偶尔参加一下剧院的活动，因为现任的马欣书记，对我们这些离开剧院的老同志很热心，时而有些什么事，诸如首都剧场扩建，要筹建戏剧博物馆等等，常会找我们座谈，听听意见，不去觉得不好，要去就得做点准备，可问题是我离休后好多年，连戏都不看了，现在脑子里又需思考一下有关戏剧的事儿。

但在 2008 年，我又具体实际地接触了戏剧。这一年，张和平就任北京人艺院长，一个举措是恢复人艺的艺术委员会，邀我们六位离退休老同志参加，担任艺委会顾问。我以为也就是挂个名，那就参加吧。结果，第一次去开会，一听工作安排，我就脱口而出："还真干哪！"领导说："请你们，肯定是要发挥作用，但每次开会不是全体都来，尽量照顾老艺术家。"尽量减少了负担，但是就得看剧本了，要提出修改意见，或提出能否使用，成为剧院排演的剧目；一个戏的连排也要经艺委会审查，看完戏也得负责地准备意见。

参加艺委会，我们几个人当中，准备最充分的是郑榕，只要开会，事先他总要查资料、翻书，甚至要写出发言稿，我深为佩服他一贯的严谨作风。我也会仔细思考，认真准备，坦诚直言，不想说那些敷衍的话。但是，说真话有时候也会伤着人，甚至得罪人，老毛病了，也难改。我主要关注的是表导演问题。

艺委会是咨询机构。艺术问题还是要有的放矢，发现并且能解决点儿实际问题才好，清谈吧，也得说出点儿实在的。张和平院长的态度很明确："大家敞开谈，最后是我们领导班子做决定，承担责任。"领导有肩膀，是人艺之福。

既如此，就直言无忌了。我憋在心里的一个问题是关于"北京人艺演剧学派"的提法，我觉得这是后来编出来的一个词，原来没有。过去提"北京人艺演剧风格"，从"文革"前，在很多次党、艺委会上，曹禺、赵起扬就常提醒：咱们要慎重，老提"北京人艺风格"，人家未见得高兴，有的省市剧院已经表示不满了。所以，我们自己踏踏实实地做就行了。实事求是地说，北京人艺历经数年，确实有了自己的风格，但万莫以中国话剧的龙头老大自居！——怎么突然提出一个"北京人艺演剧学派"？演戏也就是那么点儿事，把它说成"学派"也罢，就算把它说成北京人艺演剧"体系"、"主义"，也还是那点儿事。问题是现在，我希望对北京人艺的演剧现状，盘一盘货。老一代的已经不在了或是退下来了；现在剧院的骨干力量，这一代大都五十多、近六十岁，可喜的是他们能够在正确的表演道路上，有独立创造人物的能力，延续了北京人艺的风格；近年新入院的一批青年演员，都是经过专业院校四年正规培训，条件很好，但是有人反映他们中有的表演不"合槽"？盘一盘库存，还保持了多少北京人艺的风格，或者说，相比北京人艺的辉煌时期，有什么样的不同？如果有差距和离格，问题在哪里？

表演问题的关键在导演，好的导演必然会关注表演，导演怎样引导，会影响青年演员的一生。北京人艺要传承和发展自己的演剧风格，关键在导演。

我也知道，"北京人艺演剧学派"是专家出于真心喜欢人艺的戏，经过认真思考提出来的，并说服了曹禺院长和主政的于是之第一副院长，召开了国际学术研讨会，出版了"学派"专著的。国内外戏剧家热心肯定了北京人艺。但称与会者一致赞扬"学派"，……更关键在于，为"学派"归纳的演剧论点，似乎并未全面了解和概括北京人艺演剧特点的实际，这样形成为定论，有待商榷吧。这问题我提得唐突了，本意是着重实际，为了北京人艺正常发展。

现在我的生活兜了一圈儿，又回归到戏剧。也说了一些经过思考的话，但是，说到点儿上了没有，对北京人艺的演剧发展有没有一点作用，不知道。

参加艺委会，和郭启宏比较熟了。接触中，颇感启宏文化底蕴深，有才，且为人正直。我曾萌发一个想法，对启宏说："你写一部《曹雪芹》，我有生之年，再导演一部戏。"他说："曹雪芹！太费劲了，得花多少时间，研究多少资料……"很遗憾，"曹雪芹"在我脑子里想了很久了，觉得启宏是能写这个题材的，但他不想写。此事终难做成。估计再过几年，我也没有那个气力了。

这几年人们都爱说："你们这一代的人里面，蓝天野身体最好了。"我也总是回答："你们去问，原来在我们这个年龄段的人里面身体最差的是谁？百分之百，公认是我。"没错，原先我绝对是身体最差的。《茶馆》演出600场纪念会那天，我站在那儿想，我们那一版《茶馆》的人，多数都不在了，健在的，也有几位身体不太好了。只是这两年，才感觉真是我算身体比较好的。

可能我活了大半辈子，到现在才把心放得平淡一点儿。2010年我在一个场合，碰见帮我搞第一次画展的几位朋友，一位是李国良，再一位是留着大胡子的柯文辉，当年我个人画展的序言就是他写的，文笔极好。二十年没见，柯文辉说："你现在的状态，我给你概括下，就是你能放下。"我说："也对，但是说实在的，我还不能做到完全放下。"他说："人要是所有的都放下，就没意义了。"

真正回归话剧舞台，是在2011年，重操旧业，在北京人艺、在首都剧场演了戏。

2011年是又改变我生活的一年，除了演戏，还有其他。

没料到的再一次个人画展

2011年8月，在中国美术馆再次举办个人画展，是我的好朋友、银谷艺术

晚年生活

馆馆长杨京岛热心提议，并为我承办的。京岛是海南岛人，一直在北京经营书画艺术馆。2003 年，他邀我和狄辛去海南，先到海口，经博鳌，一天一个地方，最后到三亚，下海畅游，选购大海螺，玩了个痛快。

2010 年，银谷艺术馆为我出版了《蓝天野画集》，列在《银谷艺术丛书》的"当代著名书画家第四辑"。这套丛书已出版十辑，第一辑是吴作人的，还有萧淑芳、沈鹏、邓林等书画家的。出版画册是银谷艺术馆的项目之一，筹办画展、制作文献纪录片等，都是他们经常的项目。目前正和中央电视台、新影厂合作拍摄系列文献片《百年巨匠》，介绍近百年来中国画坛大家的艺术生平。前四集是齐白石、徐悲鸿、张大千、黄宾虹，接下来要筹拍李苦禅、李可染、林风眠、吴作人、黄胄等专辑。在现已完成的《张大千》拍摄过程中，他们找了张大千在各地的家人，并到国外以及台湾广集资料，其制作态度之认真、严谨可见一斑。《百年巨匠》视角独特，资料丰硕，堪称巨制。

京岛提出为我再举办一次个人画展，由吴作人基金会主办，银谷艺术馆承办。说实在的，我真有点怕再办画展，会耗费很多精力，我很难有这个力气和时间了。但京岛的热心实难推却。我说："要办就还是在中国美术馆吧。因为有些地方举办画展，开幕式会请来不少人，很热闹，但平时参观的人就很少了。中国美术馆平时也总会有人来，它是大家熟悉的规范的美术展馆。"

京岛还真为我联系了中国美术馆，设法在 2011 年安排一个展厅。通常，中国美术馆是要提前一年半到两年预订的，而且还要经过馆方审查。京岛说："放心，只要您办，我们都全力以赴，所有事都不用您动手。"不用动手，我知道不可能。不是我在展览开幕式上露一面就行的事儿，我得把整个精力都放在上面，太耗费精力了！真是要掉层皮的事，而且我还得再积累创作一批作品，包括几幅大画。画画倒没什么，关键是全过程一些事我都要参与。京岛反复鼓励，我想既然要办，那就尽力而为、顺其自然吧。

世事变化难料。恰在这时我参加了北京人艺《家》的排演，时隔二十多年重登舞台，不敢大意，我说："你们先筹办着，我顾不上了。"排戏，特别是演出的时候，我别的什么事都不能做，不能分心。在三个月的排演期间，我基本没画。幸好在这之前我手里还积累了一部分作品。《家》演完之后，又陆续画了一部分，包括两幅丈二的《听涛观远》和《惊起一池鸥鹭》，是原来没画完的。

在筹备画展期间，我遇到了一个文化创意问题。

当时杨京岛正在加拿大，吴作人基金会派了几个人来，其中有一位文化创意专家，还有另外一个小艺术馆的人。向我介绍，这位专家的文化创意获过多少大奖。专家说："我们搞出一个创意，根据你的特点，这个展览以戏剧和绘画的关系为主题，开幕式不在美术馆举行，在首都剧场，完了之后，所有嘉宾走到美术馆。"我听了觉得不可思议，不就是个画展么，这么折腾？我问："这要好几百人呢，还有年老体弱的，要走多少时间？步行？开车？……"他们告诉我，请那个小艺术馆来，就是他们跟东城区交通大队熟，由他们去跟交通大队打交道。他们还设想，在首都剧场举办完开幕式后，到美术馆的一路上，穿街游行，还要带着最先进的扩音设备，让我和嘉宾们一边走，一边讨论戏剧和美术的关系。

我真有点儿坐不住了，不得不说："我画画就是业余的，但画展就是给人们看画的，或者说更多是展示给自己和朋友们看。我以前办个人画展，说实在点儿，就是兴趣。弄成那么热闹的形式，我配不上。而且让那么些名人在最繁华区域的大马路上走，这一路上想要采访、签名、合影拍照的得有多少人，不就乱套了？"他们坚持说："所以要联系交通大队啊。"我心想：别说交通大队了，公安部就不会批准。

我肯定不敢接受这个"创意"，这件事就好像过去了。我给尚在国外的杨京岛发了个短信，告诉他，这个做法我实在接受不了，太离谱。可能京岛把我的短信转给他们了，更可能我在短信里说了些"低俗"、"恶搞"之类偏激过头的话，也都转发去了，人家是很大的一位专家，国际国内都获过大奖的。不久，我收到以吴作人基金会的名义发来的十一条短信，介绍这位专家获过什么

501

大奖，策划过哪些艺术大展，为您这个画展费了很多心思，甚至说是因为这个创意（就是嘉宾一边在大街游行，一边通过最先进的扩音设备讨论戏剧和美术的关系），中国美术馆才通过了，没想到被您说成是"低俗"。专家听了只是淡淡一笑，说："不知者不怪。"还说，这个创意，已经在一个什么国际机构上"受到了热烈赞扬"，还特意介绍，在某个国家的某个城市就曾有过一个活动，全市的市民穿城游行……

听了这些，我给杨京岛发信说：别因为是一个特别的创意被美术馆欣赏了，才办这个展，那就不要办这次画展了。这样搞法，事情发展重了，公安部门会来调查。而且，让那么多位领导人、知名人士，包括年迈的老人坐着轮椅，在大街上招摇过市，人家愿意吗？吴作人先生如果还在世，吴先生会怎么看？

我说："如果跟美术馆的合约签了，有什么后续损失，完全由我个人负责。"

杨京岛肯定着急了，回复我说，吴作人基金会秘书长商玉生和萧慧夫妇要来找我谈，这个画展一定要搞。

接着，商玉生先生和萧慧夫妇到我家里来，劝我画展一定要办。我说："这创意你们觉得行吗？短信是以吴作人基金会的名义给我发来的，说美术馆展览部是由于这个创意才同意了这个画展。正好，本来我也没想再办个人画展，那就不要办了。你们是吴作人先生的女儿、女婿，我是吴作人先生的学生，你们觉得如果吴先生在世，听到这个创意他会怎么想？人家公安部门要来调查怎么办？"

商玉生先生说："是年轻人随意发来的短信，我已经批评他们了，画展一定要搞。"人家亲自登门，非常坦诚，使我难以说不。我只能表示："这样吧，你们让我和中国美术馆的人见一面，我得了解馆方到底对我有多少要求。前两次在中国美术馆办展，我和展览部以及几位副馆长都很熟了，当然，现在换届了，可能和以前要求不同，我就更需要了解。"但到了儿，我也没和美术馆的人见上一面。

演完《家》之后，赶紧集中精力筹办画展，演戏时不敢分心，到现在已经很仓促了，要专心再画些画，还要考虑很多细节。现在要我拿出布展方案来，我说我没有创意，画展最主要是把画挂起来，请大家看。我也有一点最简单的设想，迎展厅门内设一屏风，免得进入厅内就一览无余。蓝色底调，白色展名，依常例，也是为观众容易明白。开头是曹禺题的展名、前言、我的照片，再后挂了几幅剧照：《茶馆》、《王昭君》和刚演过的《家》，还有一个简介，让大家知道我是一个业余画者、现年84岁等等。这些展板是北京人艺宣传组郭娜做的，一个很有才的女孩子，专业是平面设计，北京人艺所有剧目的广告、说明书都是她做的。我对她说，只有一个要求：让人看明白，别花哨。

写到这里，我有些纠结。因为我知道吴作人基金会请来的专家，确实享誉国内外，大奖无数，有过很知名的文化创意成果。但我只是一个业余画人，身上担不起太沉重的包装，就好比一个自娱自乐的草根歌者，如果披上国际著名设计师手制、装饰着羽毛和花草，用来T台走秀的时装，那我就难以迈步了。

对不起，言重了。

杨京岛在加拿大还没回来，我们互相沟通。主办单位以吴作人基金会为主，按我前两次个人画展的做法，我提议：中国戏剧家协会和北京人民艺术剧院也作为主办单位。我的好朋友赵连城院长一直关注我，此次又为画展出了力，由他主持的北京北电影视艺术学院做承办单位。这些，京岛也都很同意。

北京人艺的马欣书记为了我的画展，不断热心地问："需要做什么？人艺全力以赴。"京岛从加拿大回来的时候是清早，当天下午就到北京人艺开会，会上和马欣书记对多项事：开幕式、展期、嘉宾名单、布展……逐一落实。

会后，马欣书记立即又召集北京人艺的各个部门开会，并带人找杨京岛，再去落实。开幕式的时候，北京人艺派出了几十个人，负责接待、发放纪念品、引导等各项事宜，所以那天来了那么多人，展厅门口还是保持了秩序正常，而且，在展期当中，每天上、下午都有人艺派出的两个人在展厅值守。

在中国美术馆，展期中每天人来人往不断，我的展厅更是观众甚多，我每天去半天，总会有朋友来，许多都是平日难得一见的；还不停为普通观众签名。专

503

为这次画展印的小册子每天都很快发完，银谷艺术馆馆长助理李萍萍想了个办法，把我的画册拿来放在美术馆的书店里，很多观众买来，继续找我签名。书店工作人员说："这里的展览，从来没有卖画册卖得这么多的。"

在我补充画了若干幅，并选定了展出的作品时，濮存昕告诉我说，他夫人宛萍正在经营一个专做画框的木器公司，愿意为我配制画框，她们公司的产品应该在全国属于最高水平的。我乐于接受了这份情，把已经装裱好准备参展的作品交给宛萍，她派人拉到山东济南的工厂去做了。几十个实木画框，包括两幅丈二大画的，制成后只能连夜运到北京，在清早进入北京市区，直接拉到中国美术馆展厅。布展时，我看到这些高端水平的画框，的确堪称全国第一流，把我这些业余画作似乎也抬高了层次，使整个展厅显示出雅致的品格。这是宛萍和她的合作人王经理，全部为我义务赞助的。

对这次画展，我只有一个想法：办得让大家都高兴。我提出的邀请名单，都是书画、演艺界相熟的朋友。但像于蓝、王昆、胡宗温、李承秀这些老大姐们，我专门派人去给她们送请柬，同时又诚恳地打电话说："请，我肯定要请你们，但我真的希望你们别来。"毕竟都年事已高，出门不太容易，别影响健康。

京岛又提出，想请北京市委宣传部长鲁炜同志，他来北京市不久就去了北京人艺，到了我们《家》剧组的排演场，几次见面，比较熟了，邀请他来参加画展开幕式时，他正好那天要参加市委常委会，只能说："没办法，头一天下午你布完展，我去看看吧。"开幕式的前一天，我本来想在展厅等他，他打来电话："我考虑这样不行，市委常委会我请假，我一定要参加开幕式。"

在开幕式上，我看到头一两排坐的，好多位是比我年长的，坐轮椅的就好几位，真的很感动，所以我的致谢讲话有很多都是即兴的有感而发。

在开幕式上，英国皇家塑像家协会司徒安夫妇也赶来了。他前不久刚为我做了一个青铜雕像。在我筹办画展之前听说他回英国了，所以我就没给他发请柬，没想到在开幕式前，收到他的短信说正在往这里赶。过了一会儿他又给我发一条

2011 年，胡宗温大姐抱病参加我的画展，现场观众见到她，极为兴奋

画展结束后，杨京岛馆长（后左三）邀各办展单位负责人在银谷艺术馆聚会，北京人艺张和平院长（前右三）、马欣书记（前左一）、丁立军主任（后左二）、吴作人国际美术基金会商玉生秘书长（前左二）及萧慧（前左三）、银谷集团王文军董事长（前右二）、北电影视艺术学院赵连城院长（后右二）、院长助理张巍巍（后右一）、银谷艺术馆馆长助理李萍萍（后左一）、济南紫禁庞贝经理宛萍（前右一）及蓝天野（前右四）、狄辛（前右五）合影

晚年生活

短信，说现在路上堵车，可能要晚到一会儿。开幕式上人多，起初我没看到他，后来在展厅陪来宾看画时，突然见到他和他的夫人冯莉莉。我问："你不是回英国了吗？"他说："我刚下飞机，听说你开画展，就直接奔这儿来了。"我很感动，他也非常高兴，因为以前他只知道我是演员，说："没想到中国的艺术家能做这么多事情。"

请朱军和许戈辉做画展开幕式主持人，一半是杨京岛的建议，本来我想在人艺请两位青年演员，或者就由我自己主持，宣布一下画展开始就是了。后来我给朱军打电话，说想请他来："如果你能来，再请一位女主持人，请许戈辉好吗？"正好不久前许戈辉刚采访过我一次。戈辉是我们北京人艺演员的孩子，是我们看着她长大的，我印象中十来岁的小女孩，现在已经是凤凰卫视的当家主持人了，而且大方、具有文化品位。朱军接到电话，说："哎呀！那个时间我在上海，是一个官方的活动，已经定了。蓝老师，您等一等，我看能不能把它推掉。"我听他这么说本来不抱什么希望了，既然时间已经定了，而且是官方的。没想到过了没多久，朱军来电话："蓝老师，那边的活动我已经推掉了，我也给许戈辉打了电话，下边的事儿您就别管了。"许戈辉当时在欧洲，在我的开幕式之前两天赶回来，她在电话里告诉我，很高兴来帮我的画展主持。真好！具体准备工作就由他们自己去做了，而且他们以前在央视有过很默契的合作。

出席开幕式的很多领导、嘉宾让我感动。

鲁炜部长真的从市委常委会请假，参加我的画展开幕式，并且以主人身份帮助关照其他领导同志。

民委主任马启智同志，原宁夏回族自治区主席，我们是因为玩石头认识的，也饶有兴趣地来了。

我当年在国立北平艺专的同班同学、杰出的油画家侯一民来了，他以朋友的身份讲话时，说了很多当年同学的故事。

也有很多遗憾和不周之处，由于仓促，分别拟定的邀请嘉宾名单，肯定漏掉了一些朋友。而到场的，譬如中国收藏家协会闫振堂会长来了，接待人员没有注意到，我是后来从照片上才发现的，很失礼了。

中国对外友协陈昊苏会长发来贺电；沈鹏先生事先专门打电话来，嘱以"蓝天碧野任翱翔"祝贺开幕式；更使我感动的是，我年轻时参加革命的第一位上级领导人、原城工部部长武光同志，以百岁高龄亲自拟词，由他的女婿书法家周大民书写对联，为画展祝贺。

第二天北京很多报纸，都报道了中国美术馆蓝天野画展爆满的情景。其实我的画展，主要就是兴趣，一个人能兴趣广泛点儿总是好的。

从结果来看，这次展览最大的收获是真情，那么重的人情。

开幕式那天我有个很大的遗憾，我几次要回到展厅，想和来的很多朋友见见面，但总被各种采访拦住，总是没能再回展厅。我们《家》剧组的很多成员来了，等了半天，有的到休息室跟我打了个招呼才走。因为那么多朋友没见到，我连夜写了一封致歉信，在北京人艺的网站上发了。

八天的画展，遇到很多让我感动的事。胡宗温大姐重病，做了手术，两天透析一次，她原来是我们这些人里身体最好的。我劝她不要来看画展，她说："我一定要去，什么时候去我不告诉你。"我说："那绝对不行！"她找了一天专门来了，观众看到她对她特别热情，可见当年她演的戏有多么深入人心。

展期当中，有一位是下午五点展览结束后来的，国务院原副总理吴仪。吴仪退休后生活得很惬意，天天游泳、打高尔夫，以前她的确太累，一天到晚都在进行贸易方面的谈判。今天来看画展，我想给她介绍一下我的情况，她打断我："你不用介绍，你的事我都知道，北京人艺我太熟了。"我刚说："我今年又演了个戏……"她接茬就说："《家》，我看了。"我还真不知道她什么时候看的。我给她看我三个戏的剧照，《茶馆》她看过，当看到《王昭君》中呼韩邪和王昭君的合影剧照时，她说："这是狄辛？"我说："我们两口子，在一个剧院，但很少合作在一个戏里。"她说："啊？你们是一家人？就这个是我不知道的，其他很多北京人艺的事儿我都知道。"

吴仪看画看得挺认真，我说："别的你自己看，那张画了两个灰鹤落在古

507

蓝天野为国务院原副总理吴仪（左二）介绍自己的画作，北京人艺副院长崔宁（右一）、银谷艺术馆馆长杨京岛（右二）陪同

柏树上的，是我年轻的时候在太庙（现在的劳动人民文化宫）看到的情景，根据记忆画的。"吴仪临走的时候，跟大家照相，说："在那张画（灰鹤）跟前照吧。"

画展结束之后，我继续忙了一阵子，包括要把画都收存起来，那么多装了实木框的画，一时很难找到地方。我的朋友徐小林先生专门在他们的公司为我腾出房子，大型画和其他尺寸的画框分别存放。还要做的一件事，就是了解北京人艺派出了多少人，包括开幕式和每天在展厅值班的，有多少人帮这次画展出了力。对所有帮助了我的朋友，我画一幅小画，或写一幅字，聊作报答，我欠情欠得太多了。特别是人艺马欣书记，我们想在展后编一本纪念册，居然找不着一张上面有他的照片。马欣同志亲自带人落实诸项准备工作，分派人员，甚至亲自动手带领人布展……但照片里就是没有他。幸亏展后北京人艺和赵连城院长参加了在银谷艺术馆的聚会，从这次的合影照片里，才找到有他的一张。

我的家乡——幼时离家老大归

　　我是河北省人，我们县叫饶阳，"饶"用我们家乡话念"yáo"（尧音），"深武饶安"，即深州、武强、饶阳、安平四个邻县，1952年前属于保定市，后来划归衡水专区，现在的衡水市。我1927年出生在老家饶阳县苌刘庄，在我刚满月时全家四代人迁居北京，按说我对家乡什么印象都没有，而且几十年忙于工作，特别是交通不方便，没有回过老家，但我的家乡情结一直比较浓。

　　这几十年来，我经常是碰到一个什么人，只要听他说话有点熟悉，我肯定就会问："你哪儿的人？"对方也往往回答："我河北的。""河北哪儿的？哪个

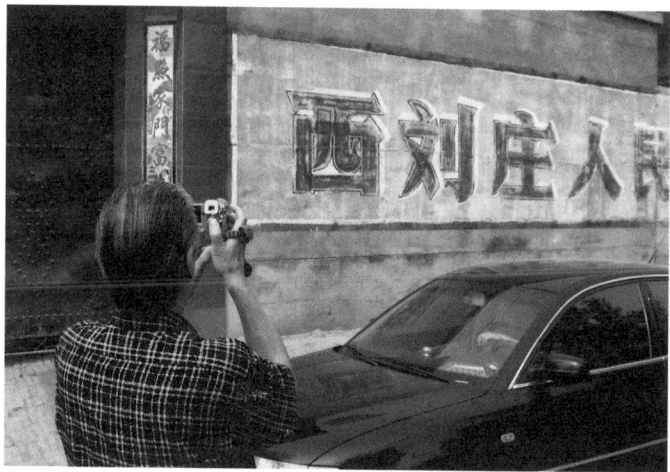

重回家乡，在村口摄像留念

晚年生活

县？"——基本上只要我这么问的人，回答都是我们县的，或者是邻县的。而且我的家乡话特别标准，当然，我的普通话肯定也特别标准，因为我自幼在北京长大，那时叫北京话、国语。我小时候，曾祖父还在，我祖父那一代弟兄三个，都在北京，还有我父系的其他一些亲戚也在北京，经常还有一些远房亲戚从家乡来北京走动；我母亲是武强人，我母系的一个舅舅、两个姨也都全家迁到北京了，他们都说家乡话，我在这么一个语言环境中长大，从小都是一口标准的家乡话。

过去由于交通不方便，我们家基本上没有人回过家乡，直到我六七岁的时候，我父亲、爷爷、奶奶在两个月当中相继故去，我母亲和我大哥运灵柩回去了三趟。我只是从比我年岁大的长辈、同辈亲戚口中，听说老家是什么什么样，知道路很远，而且家里也没什么近亲了，几十年都没有回去过。但总有一种情结，挥之不去。

我70岁那年，河北省辛集有一个皮货招商会，请了很多外商参会，也特邀我参加。借这个机会，我跟会议举办方说："好，我去，你帮我联系一下，我回老家饶阳看看。"对方满口答应。我又给我大哥杜澎打电话："回老家看看，你有没有兴趣？"他说："好，回去！"于是，我就和狄辛，还有我儿子、女婿一块儿开车去了辛集。我大哥的长子王丹蕾那时是中国曲艺家协会的秘书长，正带着一个团在石家庄演出，我们到了辛集后，我儿子开车把他接了过来。

参加完辛集的活动，第二天吃完早餐，大概九点钟我们出发了。辛集派了一个车，我儿子、女婿各开了一个车。辛集的同志带着我们先去饶阳县委，事先已经跟县委打了招呼，我大哥也找人了解了一下家里还有没有什么亲戚，结果五服之内①的近亲都没有了，只有同族的两家，也都联系好了。车行一个小时就到了饶阳县，县政协副主席、县委办公室主任都在等我们，他们又派了一个车，给我

---

① 五服指高祖、曾祖、祖父、父、自己五辈人，凡是血缘关系在这五代之内的都是亲戚。

们引路。我们那个村，原来叫苌刘庄，因为太大，后来分成了东刘庄、西刘庄，我们一说情况，县委的同志说："知道，你们属于西刘庄。"

到了西刘庄村口，有一个不大的加工厂，我们碰见一个小女孩，就问她我们一个本家在哪儿，她笑着说："你们问的，就是我家呀！"告诉了我们怎么走。

进村的时候，我们经过一个集市，那天正好赶集，很多人看到我，有的是认出我来了，有的是听说我今天回来，我就用家乡话跟他们打招呼。走着走着，看到路边有一个中年人，穿着一身中山装，正在等我们，他是我们同族的两家人中的一个，带着我们到另外一家去。那家的同族人，年纪虽只比我们大一点，论辈分却是我们爷爷辈的，在他家坐了半天，聊了些彼此知道或不知道的事，以及一些家乡的生活习俗、语言等话题，都挺高兴。最后临走时，我们要出门了，那位老人家问了一句："你们那王小丑没来呀？"——其实说的就是我大哥。我大哥杜澎走出门以后说："哎，说了半天我坐在那儿，他不知道就是我。"但我们这一族竟然还有人记得他的小名，这种感觉真是很亲切。

在离开的路上，我们跟带路的那位中年人论起辈分来，起初相互提了好几个名字对方都不知道，后来终于说到一个我们都知道的亲戚，我们问他："那你和他的辈分怎么论？"这样终于弄清楚了，这位中年人按辈分来讲，算是我叔叔辈的，名叫王宝琛。他对我们家族的情况还比较熟悉，我大哥问他，当年我祖父母和父亲的坟在什么地方。他告诉我们，这坟是早就平了，那一片现在都是连起来的地，据说"文革"当中还把我父亲的坟给挖了，说是坟里面有什么贵重东西，其实什么也没有。据说，刚把棺材打开的时候，因为封闭得好，那么多年了，父亲的皮肤一点都没变，但一打开就完了。我大哥想去上坟祭祖，堂叔王宝琛告诉我们："我只能凭印象，你们家的几座坟就在那个方向。"

我大哥因为在家中的长门长子长孙长重孙的地位，很讲究传统礼数，祭祖时，他摆了几块点心，弄了点酒，不烧香了，插了三根香烟，跪着磕头。他还在那儿念念叨叨的，对我爷爷、奶奶、爸爸说话，什么"你们现在怎么样？""在'文革'当中你们受委屈了，我们没办法保护你们，我现在跟弟弟来看你们了，

511

70岁时才得回家乡河北省饶阳县看看，我（左二）应县领导之邀，留诗题字

你们放心吧，我们现在这一代情况还不错……"我从小就对这些很不在意，甚至从来都没过过生日，但出于对大哥的尊重，也跟着一起祭奠。

临告别时，王宝琛堂叔问我："咱们什么时候还再聚聚？"我说："别管什么时候，你编一个理由，咱们就聚会。"堂叔说："你以后来方便，我家里有电话也有车，你打个电话我就去接你。"还问我需要些家乡的什么土特产品，到时候给我找。我说："我什么都不需要，我就记得小时候吃过一种东西，包粽子，粒儿很小，比小米粒还小，黄又发灰，我问过很多人，都不知道它叫什么。"他告诉我："你说的那叫'千穗谷'，这不是正经粮食，算是杂粮，没有人专门种，因为它产量太少，只是在地边上种一点。"我告诉他我对这个食物的印象太深了。他说："我尽量给你找，很难。"

我回去后过了些日子，堂叔给我写信，说给我找了十斤，说人家还不愿意给，因为太少了，他说了半天，说是我要的，都70年没回来了，最后才给弄了这么点。收到千穗谷的时候，正好春节将至，那几年的每年初二，我家兄弟姐妹的三代人都聚会，最初有七十多人参加，所以这一次聚会的时候我就想让大家都尝尝，包粽子是来不及了，我们是在饭店订了一层包餐的，我就把这些千穗谷带去，让饭店用蒸八宝饭的方法做出来，每桌给上了一份。

这次是我从婴儿时期离家后第一次回家乡，很强烈地感受到家乡人的亲切，路过集市的时候，那么多人跟我热情地说话；回来是走的另一条路，正赶上几个年轻小伙子在盖房子，可能因为我比较容易被认出来吧，他们一看见我，就打招呼。我感觉到：河北冀中人，民风真是非常淳朴。

从村子里出来，饶阳县的同志又把我们带回到县里，安排吃了一顿午饭，因为县长和书记都下乡检查工作了，还是由政协的同志接待。吃饭的时候，他们邀我们给家乡留点字。我大哥作了首诗，让我写。我说："你原来是学国画的，练过字的。"但他坚持让我代笔书写。我自己也写了一首打油诗：

离家七十载，
今日得还乡。
天涯多芳草，
最美是饶阳。

我们一行离开后，饶阳县委办公室何主任写了一篇报道，大意是说扮演姜子牙的蓝天野回家乡了，登在《衡水日报》的头版。衡水市政府这才知道我也是本地人。那一年我们是11月回去的，正好第二年的1月3日，衡水市在北京召开了一个新年茶话会，邀请了很多衡水籍的在京文艺界、新闻界人士。在会上自我介绍的时候，我一张口说的全是家乡话，他们都很惊讶，问我："你不是从小就离开家了吗？"我说："是呀。但我敢说，你们在座的说家乡话能跟得上我的，没几个。"主持茶话会的是衡水市委副书记郭华，他特意问我："你想不想找个机

晚年生活

会再去衡水看看？"我说以后要有机会肯定去。他说："春节期间有一个活动，到时候我派车来接你。"

不久之后，正月期间，衡水市委果真派车把我接去了。我到了现场才知道，这个活动是一个非常正式的演出晚会，印了很漂亮的晚会节目单，还从北京请了几位京剧名家，也有当地的著名演员，在一个礼堂演出，招待衡水市的两会代表委员。郭华副书记说："蓝老师，既然来了，就一定请你上台讲几句话。"我说："这是正式的演出，节目单都有，我上去算什么。"他说："不是！你来了，你不上去跟大家见个面，来宾不会答应。"盛情难却，只得应承，我就想怎么办，正好我画了一张画，上面还题了"家乡衡水纪念"，拿在手里卷着，这么着总算有个由头吧。等下面一个节目完了，他们就安排我上场了。

主持人介绍："蓝天野老师，大家都知道。这是他第一次回衡水，跟大家见面。"我上去后，第一句话先用普通话说："我自我介绍一下。"接下来，就用家乡话说我叫蓝天野，是河北省衡水市饶阳县苌刘庄人，我们那个村比较大，分成东刘庄、西刘庄……我这几句话一说完，台下立刻响起了很热烈的掌声，比其他任何节目的掌声热烈了多少倍，因为观众真没想到，他们自己在本地都不怎么说家乡话，我这个从小在外地长大的人，家乡话说得如此地道！

这次晚会以后，我还参加过家乡举办的几次活动，比如2006年衡水建市暨大京九铁路通车十周年庆祝，都是郭华副书记请我回去的。1996年"大京九"通车剪彩仪式，我在电视上看过。这条铁路线经过我们饶阳县就设了三个站。这是饶阳县第一次通火车，的确是一件大事，因为这里实在是太闭塞了，所以全县人民特别高兴，舞狮子、舞龙在车站欢庆。2006年中央电视台第十套节目有一个介绍农村的栏目，介绍乡村城市，正好衡水建市、大京九通车十周年是个大活动，所以举办了一个晚会。

我参加这个庆祝晚会的时候，看到一个节目是民乐演奏，央视主持人特别介绍说，这些民族乐器都是我们饶阳县的一个民乐厂做的，畅销海内外。我都不知道县里还有一家民乐厂，上次回来也没有听说，但我记住了这件事。

这次是在一个广场演出，郭书记跟我说："你得跟大家见见面。"见面就见面吧，主持人问我："你演点儿什么？"我说我不演节目。他考虑他们电视台要录像，有点犹豫，忽然他想出一个主意："这样吧，你换个地方，别从演员出场的地方上，你坐在观众席前面，到中场的时候，介绍你跟大家见个面。"

我坐好了，主持人说："下边这个节目完了之后你就上台。"但他还是劝我："你最好上去演点什么。"我说我不会。等轮到我了，我就在台下原地站起来，还是用家乡话自我介绍，大家一听我说家乡话，就拼命鼓掌，掌声又是比别的节目的要热烈得多。这位央视主持人有点愣了，问我："你这家乡话对吗？"我说："我这话绝对标准，现在当地的干部都不一定有我说得标准。"他不信，就问观众："他的家乡话标准吗？""标——准——！"台下观众异口同声地回答。他又愣了："你不是从小就离开了吗？"我说："是，但是我的语言环境不一样，我的普通话是标准的，但我的家乡话也绝对特别标准。"

这次活动让我记住了那个民乐厂，当时还听说我们衡水发现了一大片没有开发的湿地，就叫衡水湖，市委领导邀请我什么时候再回来看看。过了一段时间，我和狄辛带着儿子、女儿一起回到衡水市，市政协、市文联的两位主席，还有饶阳县邢县长和办公室何主任陪着我们，给我们找了一条船，在衡水湖上泛舟，只见湖光粼粼，浩浩荡荡，据说它的面积有十个西湖那么大，但可能因为季节的关系，没看到什么水鸟。我就问鸟在什么时候飞来，他们说最好的季节是5月，可惜后来一直也没有时间再去。

游完衡水湖之后，我们就直奔饶阳县参观民乐厂了。这个厂生产琵琶、二胡、扬琴等乐器，而且都是用红木制成的。参观的时候，市政协主席对民乐厂领导说："蓝老师来了，还不把你们这儿最好的乐器送给蓝老师一把？"我说我都不会用。后来他们听说狄辛练过琵琶，就找了一个好的琵琶让她弹着试试。狄辛说："不行，我没带弹奏的指甲。"她就在那儿稍微比画了一下。参观完了，乐器厂送了狄辛一把琵琶，也送给我一把二胡，都是特别好的木料做的。

快离开的时候，我儿子过来跟我说："这个乐器厂，就在咱们西刘庄的村口

515

上。"原来，他去给汽车加油了，回来时发现的，而且今天又是一个赶集的日子。从乐器厂出来，他们说上车，我说："等等，就在村口，我也不进去了，就去集上走走。"没想到在村口碰见了几个老乡，是我第一次回村时遇见过的，他们都还记得我，见着我都特别亲。我顺便问了一下我那两位本族的人，结果，才五六年，那位爷爷辈的老人和宝琛堂叔竟然都不在世了，那么现在老家的村里面，我们连本族的人都没了。

我们在饶阳的时候，邢县长一直陪着我们，他比较年轻、精神，人也实在，开车带着我们把整个饶阳县新开发的、正在建设的、规划中的各个区域都转了一圈，看到家乡一片片的果园、大棚，我的心情非常舒畅。邢县长还跟狄辛合影留念，真诚地对她说："真的就感觉您跟我老妈妈一样的。"

这次在衡水市，我们参加了一些活动，参观了衡水著名的内画。内画有京、冀、鲁、粤四大流派，其他派后来基本上不怎么发展了，衡水的一枝独秀，被文化部命名为"中国内画之乡"。衡水内画工艺美术大师叫王习三，他专门成立了一个"王习三内画研究所"，我先后去过他那里几次。他说："我现在手得保护了，有点吃力了，平常不画。"他画的东西，基本上都被国家保留了，也曾作为赠送世界各国元首的礼物。上楼后，王习三对我说："我们这里有个展览室，我请你去看，你会有个惊喜。"我一进去，迎面看见几个大字——"衡水籍名人堂"，满墙挂着大幅照片和简介，其中一个是我。我问他："这张照片是从哪儿找来的？"他说是从网上下载的。

后来我又回过一次衡水，因为我对民间工艺很感兴趣。我母亲的家乡武强，是饶阳的邻县，也是全国年画的几大生产基地之一。我这次回去，就是为了看看武强年画。衡水市文联主席已经换届了，继任是原衡水湖的王书记，他陪着我到武强县，这里有一个年画博物馆，当时在全国是唯一的，馆里除了收藏武强年画，还收集了不少全国其他大的年画基地，包括杨柳青、潍坊、桃花坞、朱仙镇等地的年画作品。

而且这里还展出了一块冀中的老版刻板，非常珍贵，因为在"文革"当中，原来的老版基本上都毁了，近些年有一次，县里在拆房的时候，发现了有人有意藏在房顶上的老版，很完整，非常难得。在博物馆里，我在一位师傅的指导下，把年画整个的制作流程，几层套色印刷，都尝试了一下。

在参观博物馆收藏的历史资料时，我们从清代留下的一些老式年画看起，当解说员介绍下面是抗日战争、解放战争时期留下来的作品时，我对大家说："下面的这个我给你们解说。"因为这一段时期的新年画，都是古元、彦涵等解放区艺术家，其中也包括我的两个艺专同班同学洪波、顾群的作品，我见过他们当时的作品，比如反映农村选举的"豆选"：几个候选人并排站着，背后摆着一张桌子，桌上放着几个碗，选民如果想选谁，就往他背后的碗里搁放一粒豆子。这就是我的同班同学顾群创作的。果然，一走到这个展区，都是我知道的这些人的作品，博物馆收集得相当齐全。

参观过后，我问他们："你们有没有老版的年画？"因为我去之前没有事先联系，他们没准备，所以仓促找了一点。后来衡水市文联王主席到北京来，专门给我带了一些老版年画，原先是挂轴的，我剪了一下，装到镜框里。

这就是我70岁以后，才跟家乡联系上了的经历。河北省是燕赵大地，所谓"燕赵之士，慷慨悲歌"，听说原来从北京到我们家乡饶阳，途中要经过一块石碑，上面刻着"燕南赵北"，因为在春秋战国时代，它的北边是燕国，南边是赵国。现在邯郸有一个武灵丛台，古邯郸就是赵国的都城，北京属古燕国地，所以称燕京。我曾请人给我刻了一方闲章——"家在燕南赵北"。

2009年11月，衡水市举办了一个比较隆重的"纪念董仲舒诞辰2200年活动"。衡水自古以来出了不少名人，其中一位就是汉代大儒董仲舒，他提出了"罢黜百家、独尊儒术"。听说山东曲阜的人到河北，很自豪："我们家乡有三孔，孔府、孔林、孔庙。"我们衡水的就开玩笑："没有我们的董仲舒，你们的孔子出不了那么大的名儿。"这次，我参加了一个书画展，有人写的是"天人合一"等词句，我写的是自己特别有兴趣的一句——"与其临渊羡鱼，不如退而结网"。

517

晚年生活

我们在家乡的亲戚，不管是我父系、母系的，还是本族的远亲全都没了，能够找到的，是出了五服，也不十分清楚是哪一支，现在也都过世了。关于我的家乡或家族的往事，原先我要是不知道，可以去问我的大表姐，她是我舅舅的女儿，年龄却比我长很多。我是我母亲40岁时生的，我舅舅的所有儿女——五个女儿、三个儿子都比我大。我这大表姐活到九十多岁，她在世的时候，有我不了解的就去问她，但是她已经不在了，所以很多事我再也弄不清了。

业余兴趣——"玩物未必丧志"

这个副标题让我有些犹豫，会不会起负面作用。二三十年前，我去山东博山，结识了一位画家高潮，有些投缘，他也是兴趣广泛，还送给我一株"蒲松龄故居"的常春藤，是他在邻近的蒲松龄纪念馆，从地上捡起的断枝培育成活的。交谈中，相互挥笔，我即兴写了一句，就是"玩物未必丧志"。

我喜欢玩儿，自幼就容易对各种玩物着迷，琴棋书画，花鸟虫鱼……琴，我不行，天生跑调儿，不通音律；棋，则大概除国际象棋外，都还试过，作家李洪洲组织了"首都文艺界围棋联谊会"，活动频繁，还多次邀请日本棋界人士来友谊比赛，我是这联谊会的理事，是唯一不下棋的理事。我年轻时喜欢围棋，但现在不敢下了，怕迷进去，终日背定式、打棋谱，肯定耽误专业，玩物丧志。

我养过鸟，做了一个能让鸟在里面飞的大笼子，制备了鸟窝，孵化出小鸟，还想要专为鸟空出一间屋，让它们飞得更痛快一些，但后来我把鸟连带鸟笼都送人了。我耗费不起那个精力。

我养热带鱼，包括在"文革"后期，运动比较松的时候也养，两个一米多的鱼缸，全套加温照明设备，真是累了一天，晚上关掉室灯，只打开鱼缸的照明灯，看着鱼群游动，千姿百态，确是悠然自得，忘却疲劳与烦恼！但还是不行，清缸、换水、喂鱼虫，甚至消毒，更甚者是总想再去淘换更好的品种，不行，不能沉迷进去！把鱼和鱼缸也都送人了。

也稍稍试过搞收藏，但这水太深！要花费多少时间和精力，才能让自己学会鉴定真伪？我肯定不愿做个伪行家，但达到张伯驹、张珩那样的真正鉴定大家，我今生无望。"文革"前，偶然的机会我对书画收藏发生了兴趣，开始是1961年去上海演出，时间比较充裕，在朵云轩结识了几位朋友，他们给我看了些任伯年、吴昌硕真迹，从此难放下了。回到北京，很快和宝古斋熟悉了，赵存义等行家是从学徒入门的，但见多识广，经验老到，他们为我办理内柜贵宾卡，看到店存的真品，在他们帮助下，逐渐长眼，对明清书画能看一些了，也收得几件。但我没有坚持书画收藏，因为我觉得错过了一个大好时机，"文革"刚结束那会儿，虽然坊间见到精品真迹比较难，但那时价格不高。只是"文革"误了人们十年光阴，都在致力挽回专业工作，未敢他顾。再以后，真品难得，价格失调，这水不想趟了。手里的少量书画藏品，由于我的画界朋友喜欢，就随手送给他们了，觉得比放在我手里有用。

学书作画，我虽自知仍只是业余，但毕竟这算一项专业的事，基本坚持，兴致不衰，或者叫做一门功课吧。

赏石

玩石头，这本是在较小范围人们的一种兴趣，现在喜欢的人逐渐多起来。

我最早对石头发生兴趣，是在1956年，郭沫若先生请北京人艺全体演员、导演、舞美人员参观周口店"北京人"遗址。我们一进展览大厅，迎面有一件很大的、镶嵌着石板的屏风，是一块完整的鱼化石，有成百条鱼，还是在游动的姿态，这大约是几千万年前的鱼，骤然遭遇了一场地壳变动，一下子就凝住了。这鱼群游动的画面特别吸引我，真想在自己家里能摆放一件。这当然不可能，那是在古代遗址挖掘出的国宝。但是，这个印象几十年来我一直难忘，太美了。

后来，我在很多的地方看到过精美的石头，但也没那个时间和精力收藏。

真正吸引我对石头产生兴致的，是1996年我在中国美术馆办画展期间，山东临朐在这里搞了一次奇石展，主要展出两种石，一种是当地产的齐彩石，另一种叫山旺化石，名字出自临朐的一个村名，展出的古生物化石有鱼、龟，还有整只的鹿、野猪……跟临朐来办展的人熟了，我说："找时间我一定到临朐去看看。"山东临朐是北方最大的石头市场。

我想起曾有一次拍戏，是在山东的一位退休的老将军家里，他家里摆了些很有特点的石头，我问他的石头是从哪儿找来的，他说每月当海水退潮的时候，都可以在海边捡，绿颜色的，就叫崂山海底绿石。他还说："你要是晚走几天，正是海水退潮的时候，我开车咱们一块儿去。"我很遗憾地说："不行，我的票都订了，明天必须走。"老将军的厅里还摆着一块很大的石头，他说这是临朐的石头，但那时"临朐"是哪两个字我都不知道。

第二年，我去青岛的一个朋友家里，在他家我又看到了崂山海底绿石，我说："你想办法帮我弄一块。"后来，我找了一辆车，先把我送到青岛的朋友家。他知道我要去，头一天专门到崂山去，给我找了一块。他说："我觉得这块很有特色，如果不喜欢，我家里摆的，你随意挑。"这块石头确实很好，它就成了我的第一件藏石。

520

从青岛离开，就直接开车到了临朐，在这里看了山旺古生物化石和其他石种的展馆，逛奇石市场，还到很多收藏者的家里去。最初，我看哪块石头都觉得好，这是初玩者都经过的一个过程。大家都跟我说："别着急，再多看看。"

在这里，我熟悉的第一位朋友是马杰，他热心带我到各家各处去看。马杰还精于根艺，其实我对用树根雕琢成型的作品兴趣不大，但马杰的根艺多是自然随形的。我见到他家里很大一件树根，天然无饰，变化绝妙！使我心动不已，但经多次犹豫才贸然向他开口，他爽快地送给我，成为我家厅里引人注目的精品，很多朋友来，见了都觉得惊奇，很喜欢。

崂山海底绿石现在资源很少了，原来它只属于个别人的爱好，大都是自己去海滩捡的，现在石头成了一个产业，资源枯竭殆尽，只能在藏家和石商手中才见得到了。

逐渐，我接触的玩石头的人就多了，在北京也有几位，较早认识的是季荣伦，他是名满京城"烤肉季"的传人，但他却精于宝玉石，又以藏石为乐。还有王铁珊，可谓赏石大家，当时任北京西城区园林局局长，一手筹建了北京奇石馆，从全国收购了最好的石头，这可以称得上是全国，应该是全亚洲、也是全世界最好的一个奇石馆。遗憾的是北京奇石馆正式建成了，他也从园林局局长的位置上撤下来了，这个馆没有发展，没有行家里手经营，可惜了。

引领我开始接触赏石圈的，是武警总队的大校石兵，他告诉我大连有一个全国性观赏石展览，带我去参加。带我去的还有孟庆贤。在大连，我第一次看到全国各地的各种石头，西北的葡萄玛瑙，广东的孔雀石，兰州的黄河石……看什么都觉得好。同时也开始广泛结识了各地赏石界的朋友。

石兵看石头眼光很敏锐，在洛阳，从一堆石头里发现了一件"长臂猿"，惟妙惟肖，当地人都后悔这样的精品怎么就被别人拿走了。后来，石兵曾调到宁夏，任自治区武警总队副大队长，阿拉善左旗近在咫尺，得天独厚，独到的眼力得到些独到的戈壁石精品。石兵真诚热心地帮过我很多忙。

孟庆贤在赏石界贡献很大。很长一段时间，各地石展都是由中国收藏家协会参与主办的，由老孟具体组织策划。老孟多才多艺，能书法，尤擅治印，后来又致力于画，也是由于共同兴趣，他热心帮助照顾我，始终不断合作、接触，一起去参加各种活动。

在我们要离开大连的头一天晚上，见到了匆匆赶来的陈西，虽只见了这一面，却从此结缘。次日上午，我们已经到了机场，陈西还打来电话，说他在这次展会上最看好的是一件玛瑙石切片，"玛瑙石呈椰林画面的很难得"！勾起我的兴趣，

521

但马上要起飞了，请他代劳，果然帮我弄到，再见面时交给我。陈西，赏石界的奇人，一生玩石执著，历尽惊险，他的传奇故事可以写成一部小说，却造就了一副看石头的独特眼光，我常常拿不准的时候就请教他。一个东北人，在银川当了宁夏奇石馆馆长，我去银川多次，每件石头都有个故事不说，而且在陈西的影响下，很多人开始喜爱石头，甚至痴迷。那时有一份影响颇大的赏石刊物《石道》，在柳州出版发行，却是陈西投资创办的。多年后，陈西把《石道》迁到银川了。再后来，他又创办、主编了《中华奇石》，这份期刊有个特点，每期都介绍了不甚广为人知的某地石种，引发了石界注意，也使这地区、这石种获益丰硕。

陈西带我去边界城市额济纳看胡杨林，回来的路上，带我到戈壁滩找石头。戈壁滩一望无际，但他知道哪里有一个专门找石头的区域，这个地方据说被专家论证过，是古人类打造石器的一个作坊点，有很多经古人类打造的石器，我在那里捡了很多，有一种叫石叶，很细的长条，扁片，还有砍砸器。他又邀我捡黄河石，我说："我原来坐过羊皮筏子，50年代初我去土改到兰州的时候坐过，现在能弄到吗？"陈西真弄来了，我们就坐上羊皮筏子漂流，沿着黄河岸边捡黄河石。当时已经开始涨水，河滩露出不多，其实捡石头也不是主要目的，玩的是意趣和回忆。

后来广西柳州在北京办了一次石展，都是柳州当地产的石头，又让我惊奇，更开眼界。恰好第二年柳州举办首届国际奇石节，我受邀参加。这次我在柳州待了完整的十一天，除了开幕式宴请等必须要出席的日程，每天出去转石头市场，陈西天天带着我，中午就在他的一个亲戚家的石店，吃完午饭，休息一会儿，然后下午接着转。柳州四个市场，我一天转三个，转了十一天，大开眼界。

这时我才悟到：为什么找石头不要着急。起初我确实看着哪个石头都觉得好，而且我有美术的根底，自以为赏石的品位不会差。时间长了才逐渐明白，看石头，还是要多接触石头，只有心里装的石头越多，好的石头见得多了，才能够有比较有鉴别，才能品味出真正精品的奥妙。

柳州地理条件可谓得天独厚，境内一条红水河，河水转到一个地方，就形成一个个不同的石种，来宾石、彩陶石、梨皮石，以及第一次国际石展时，刚刚发掘出的大化石、摩尔石，都属于水冲石，质地古朴，有的造型奇特，有的色彩纷呈，而且柳州石头市场的经营、运作都很规范，有"中华石都"的美称，吸引全国爱石人聚集到这里，包括也吸引台湾藏石家和石商驻扎于此。

以后，每两年一届的柳州国际奇石展我都去了，再后来，每年我都会自己去两三次，看石头，选石头。也就和当地很多赏石家非常熟了，从他们的经验获益良多。我很佩服的一位是李明，他手中藏石品格精到，我有什么想要物色的石头或看不准的时候，经常向他请教。我总说，我见过的最好的一块石头——虽然石头很难说哪个最好，因为各具特色——但是我到现在都觉得可以称为最好的一块石头，是李明收藏的一件来宾纹石。我听不少人说他有一块鱼形的纹石，有一次去柳州，和几位石友一起吃饭，我问李明："你那件纹石现在在哪儿？什么时候给我看看？"他说："好，吃完饭，你先回房间。"饭后，他跟我一块儿回去了。我问："你的石头呢？"他说："马上就会拿来。"他放在一个地方的保险柜里。过了一会儿，就有人开着车，专门把那块石头送到我住的房间。有几位朋友吃饭的时候听说了这事也一起来了，他们有的也只是耳闻，没亲眼见过。把石头摆在那儿一看，的确像一条鱼，这固然很好，但更精妙之处在于，它的卷纹的纹理，细腻如发丝，而且纹路变化多端，浑然天成。这是经过历代的火成岩，滚到水里去后，再经过一个个水旋涡的冲刷，按他们的话讲，就是水洗数度，终成此形，太神奇了！我看了半天，说："你这块石头真是好，而且我觉得尤为奇妙的一点，就是它有一个重要的部位，是没有纹路的。当然，这个纹路是很神奇的，我见过很多卷纹石，都没有达到这种地步，但是纹路再精致，如果全部都是，就太满了。恰恰正是因为这一点没有纹路，反而衬托出了那些纹路的美。"李明为这件石取名《律动》。

有一段时间，我总想找一块绿彩陶。柳州的多数石种，都是按地名命名的，比如来宾石、大化石等，只有这彩陶石的名字，是按照它本身的特色起的。称"彩陶"，它有釉面，又不像瓷那么光亮，更像陶器的表皮。我曾经在北京玩石最

523

富经验的王铁珊那里见过一件绿彩陶，特别引我心动。我对李明说："你就帮我找一块比王铁珊那件绿彩陶更好的。"我原来在柳州一个店里也见过好的，但是被我错过了。李明就带我到东环奇石市场去转，他当然很熟悉，但看到的绿彩陶都不是很满意，只有两块还可以考虑一下吧。天近傍晚，我们往市场外走。李明说："你觉得怎么样？刚才看到的，你如果想要，我去跟他谈。要不就再看一看，等一等？反正现在资源越来越少，精品更少了，可遇不可求。"

我们走出市场的时候，天开始暗下来。市场外有一排店，是玩石头比较精的几个人的店。李明进到一个店，里面一个人也没有，他喊了几声，也没人答应，他就径直走到靠墙的一个台子，一块石头上盖着一块丝绒，顺手一撩。我一看："就是这个！这是谁的？你帮我问问。"他说："这个啊，我的。"我说："怎么？"他笑了："这个店就是我的。""哦，"我说，"你这个让给我行不行？""你喜欢就行。"我问他多少钱，他说："刚才里面那个是什么价钱，你按那个价就行了。"其实这块石头他要是卖给别人，肯定这个价是不行的。但我想说的，不是便宜买到这一块石头的事，李明花两天时间带着我转，这份情谊是可贵的。

赏石界一些高手，因为见得多，所以他们看石头的眼光的确不一样，心里有一个标准和品位。接触多了，在赏石的审美上，确实学了很多，但有的时候，我也会有自己的发现。我家里现在摆着的一块来宾石胆，就是在李明的加工底座工厂里发现的。我去的时候，这块石头就那么在地上躺着，但立即吸引了我。我问："这块石头是谁的？"他说："这是来宾的人拿到这里来做底座的。"我说："你帮我问问能不能让给我。"我还真对它特感兴趣，浑然天成。我对这块石头有个感觉，是一种浑圆的造型，就请李明帮我做了一个方形底座。我把它看成一件雕塑家的作品，介乎罗丹和摩尔风格之间的一件雕塑。当然，这只是我从美学、从雕塑艺术的角度来观察的，是一种感觉。

柳州造就了许多位赏石家，比如，黄云波，他学过美术，有自己的公司，回到柳州后，很快集藏了不少令人称美的精品，我喜欢在他那里静静地品味。他后来专门收集摩尔石，如今"云波摩尔石艺术"，成为中国赏石界独具特色的奇葩。

我以为，他算是创立了赏石的一个流派，难能可贵。

还有高金龙先生，开始玩石头的时间并不长，但兴趣太浓，而且请全国诸多位赏石大家帮他看石头，直接和石商、石农打交道，得到精品甚多。柳州后来就借给他一个公园，他重新装修，把最好的石头弄来，太漂亮了。现在搬到北京，在一条新开启的文化街上，把原来在公园里的石头都运来了。

2007 年，中国观赏石协会成立，一直聘请我做高级顾问。在寿嘉华会长主持下，中国观赏石协会确实做了很多卓有成效的工作，推动了中国赏石活动的发展和品格提升。赏石界的朋友，很多对我非常热情，我也从他们那里学到了知识，曾有好几年，我基本上不玩石头了，近年又难抑制兴趣，只有让我非常心动的，我才要，不过，真让我动心又割舍不掉的，又太难找了。

或许是由于我最初见到的石头，是周口店那件鱼化石屏风，也因为对远古世界的憧憬，所以对古生物化石也极感兴趣。我较早接触的是临朐的山旺化石，后来了解到辽西和贵州是盛产古生物化石的地区。我略有小得，但不能更多收藏，特别是稀有品种，因为这是古人类学、古生物进化的重要科研资料，有严格的资源保护法，但由此结识了一位好朋友王丽霞。

丽霞看似是一位宁静美丽的女性，其实是难得的女强人。她原是辽宁省国土资源厅副厅长，中国观赏石协会成立，寿嘉华会长特意把她调来石协，做了大量工作，比如 2007 年"走近奥运"石展，就是她具体筹办的。后来还是自己要求回辽宁，在省国土厅主管古生物化石，我也得以由她引领去本溪、朝阳、义县等地，见识了辽西那些科研价值极高，又精美绝伦的古生物化石，孔子鸟、中华龙鸟、恐龙，多种远古植物，其中就有号称世界第一只鸟、第一朵花。

如今，王丽霞调任北京工作，主管全国古生物化石。丽霞待人热心，工作业绩更突出，在上海世博会的辽宁馆，有胆识地策划了古生物化石展，获得上海世博会"先进个人"称号，还被评为国家级劳动模范。

我玩石头只是从审美观念上去鉴赏，每个人有自己的修养和个性。但我从不参加"研讨会"，对赏石文化的研讨和论述上，有些，诸如"天人合一"、

525

"禅"意,我不大懂,也觉得拿来论赏石有些牵强,甚至有些误读,比如,古人一句"石尤近于禅",就引发对石与禅的长篇宏论,曾有佛学界、禅学家指出:论点解释不对了。"天人合一"是我的衡水籍同乡、汉代大儒董仲舒的话,它该有更深广的文化含义,随意冠诸赏石人与自然天成的石头间的关联,不能说不对,只是略感牵强。我问过一些朋友,为什么玩石头称作"天人合一"?也得不到很明确的答案,或者就因为,赏石人观赏的石头是大自然产物?但我少接触赏石文化研讨,更在于我的"实用主义",见到一件美石,心里只有一个世俗念头,得到它!

在赏石界,我很珍视一些朋友对我的关爱和帮助,敬佩他们对赏石执著的精神,比如桂林原地委书记唐正安,为了考察开掘桂林鸡血红碧玉,费尽了心血;银川市原人大常委会主任冯少康,是使宁夏回族自治区成为中国观赏石有重大影响地区的创始人,我每次去银川,都受到他的关照,他知道我画花鸟,还邀我有机会时,去宁夏一处鸟类栖息湿地;柳州被誉为"中华石都",成为赏石人向往之地,柳州市人大常委会副主任徐伟崇的执著和运作,起了重要作用;青海省观赏石协会毕崇毅会长,把赏石圈整顿得良性发展,推动了当地石种的发展。还有几位老一辈赏石家,西安的李饶,宜兴把三峡石玩得很有品位的来层林,南京致力于雨花石收藏的刘水,原国家旅游局局长何若泉……难以尽述,很多很多位都是我相交甚笃的师友。

你好，观众

90 年代初上海某杂志向我约稿，我写了一篇《你好，观众》。发表之前，编辑来电话，说他们把题目改了，改成了一个很抒情的名字。我觉得没什么实际含义，就提出："你还是用原来的名字吧。"这时文章已经排版了，人家觉得很为难，我坚持："我写的东西，有错别字你给我改，但是其他的，你不要改，包括题目。"编辑出于对我的尊重，费了很多事儿，最后还是改回来了。

　　我写《你好，观众》，就是想向观众问一声好。通常习惯把观众比作"上帝"，我不太喜欢这个比喻。我不信神，觉得对观众最好的称谓，就是"观众"。

　　时隔大约二十年，那篇文章没有找到，现在根据记忆再写。当然，也会有些新的感受和增删。

　　当年写这篇文章的时候，正是电视剧《渴望》刚刚播出不久，比较热，很多观众通过各种方式跟剧中的一些主要演员联系、写信，我也收到很多观众来信，有的还来找我。观众的真诚让人感动，但这个戏的观众，跟我以往的观众，跟现在所谓的"追星族"、"粉丝"（fans）不太一样。也曾经有看过戏的观众，比如"文革"以后，我们开始恢复一些原来的保留剧目，有的老观众写信来，谈他过去看过的北京人艺的一些戏，谈我演过的戏，或者我导演的作品；也有观众特别回顾自己是看了我们的哪些戏受到鼓舞，激发了革命热情，影响了他以后的人生之路的。有很多北京人艺的年轻观众甚至有些中年观众，没看过我演的舞台剧，但也有些小时候看过戏的观众，常说的一句话是："我是看着您的戏长大的。"但

529

经常遇到的，更多是在艺术欣赏层面交流的观众。

而《渴望》的观众，大多是被这个戏的内容所打动，各阶层、各个年龄段的观众心里产生共鸣，他们渴望现实生活中，好人更多，善良更多些。因此，他们想和剧中人物沟通、交流，时常就把演员当成了剧中的人物。

我参加的两部电视剧《渴望》和《封神榜》，都是从1989年到1990年拍摄的，《渴望》停机还稍迟些，但它是同期录音，后期工作不多，所以提前一步完成，当年的夏秋间就在全国的十个大城市同时开播了。南京在播了30集，还余20集没播出的时候，通过组织关系，约请剧组的制片主任、导演、主要演员去参加他们的活动，其间游览了夫子庙、秦淮河、中山陵，还去了紫金山天文台。天文台领导邀请大家写字留言，剧组的人都推着我："你写吧！"我不好再推辞。写什么呢？他们建议我写点这样那样祝贺的词，我想了想，写了一句："天际无涯一览中。"

南京这次活动特意组织了一个观众座谈会，剧中女主人公刘慧芳，名字起得比较大众化，仅在南京的一个区就找到好几十位同名的女观众，举办方特意从中挑了两位，她们与剧中的刘慧芳，在年龄等各方面的情况都比较接近。观众谈感受时，大多数人谈的都是关于剧情内容，剧中人和人之间的感情，引起了他们情感上的共鸣。

我发言时说："《渴望》这部戏为什么受欢迎？并不是它从编剧、导演、演员各方面都好得不得了，当然，没有这些作保证，也打动不了人；更重要的，是这个戏的内容反映出的东西，在观众心中引起共鸣。"在当时的社会环境下，人们经过十年"文化大革命"，特别希望我们这个社会、人间的真情多，善良多，好人多，这是人们心中真切、朴素的愿望。

此后，有一些外地组织的演出活动，也不断请《渴望》剧组的演员参加，我们去了也不演什么节目，就是和观众见个面，我有时也帮着主持晚会。

有一次，我去湖南的湘西土家族苗族自治州拍电影，在凤凰县待了比较长的时间。这里是沈从文和黄永玉的家乡，我的戏大多在沈从文的故居里拍。忽然有一天，凤凰县一中的老师、校长来找我，说："知道你来了，想请你到我们学校，给全校的师生上一堂政治思想课。"我说："这个不行！这你们弄错了，你们受感动，是因为《渴望》这个戏，或者说，你们来找我，是你们感觉这个戏里面我演的这个人物是一个好人，他很善良。但是，我就是一个演员，我不是戏里的这个人物，所以我没有资格去给你们上政治思想课。如果你们想让我跟学生们见见面，都是应该的，但是你们弄错了，真的弄错了，我只是一个演员，没有资格给你们去上政治思想课。"他们还是坚持希望我去，最后我只好说："只能是这样吧，你们正常上课，课不要停，找一天我到你们学校去。可能到哪个班看看学生上课，或者最好在你们有体育课的时候，在不影响教学的情况下，很自然地见个面。"最后，我们约好了一个时间。他们的校长说到时候派一个车来接我，我说："千万不要派车，而且距离很近，我走着去就行了。"

到了约定的时间，我一进凤凰县一中的操场，全校师生每人一个小马扎整整齐齐地坐着，一看就是从清早开始，静静地在那儿等了很久了，前面布置了一个主席台。我真觉得他们弄错了，但这种情况下也不能再说拒绝，我只能上台。

在主席台上，我大致说了这些话：第一，我真的当不起，你们弄错了，或者说，你们是从感情上把我这演员跟戏混为一体了，实际上，你们受感动是因为这个戏宣传了人间的善良、好人。但是我就是一个演员，所以我来，咱们见见面可以，但是让我讲政治思想课，我真的没有资格。你们今天可能很高兴，很受感动，但是你们让我受到的感动，真的超过你们。第二，我既然来了，我就借用戏里面的一句话，"好人一生平安"。现在的同学有机会，你们现在比我年轻的时候条件好了很多，因为我过去的经历使我知道，新中国为什么好；我经过了"文化大革命"，我就知道为什么我们现在社会稳定好，所以我希望你们做一个好人。第三，我知道你们每个人的情况不一样，但你既然上学了，就尽可能多掌握一点知识，多学一些技能，将来就能够为这个社会、国家做更多一些事情。

我说这些话的时候，台底下很安静。后来有人告诉我，凤凰县一中自从建校

531

以来有不短的历史了，但这是开全校大会纪律最好的一次。

一个演员，观众看过你演的戏后，当面或来信夸你，心里当然会高兴，这是最简单的一种喜悦；但是如果观众对这个戏的反应，是有感受和共鸣，被内容打动了，就会感觉：我干的这个专业，不光是娱乐观众，是在社会当中产生了积极的影响，这更激发自身的责任感。你会深深体会到，观众心中的这种真情、善良的东西是不容践踏的，谁要是在那儿欺骗观众，真是比卖假货还要坏。曾经有中央领导人接见这个剧组，一定要让我说几句，我说："现在社会上，不仅有这样的戏在宣扬一种真情，一种向上的东西；还有那些毒害观众，特别是毒害那些年轻的观众、读者的东西，也在泛滥，真的是影响很坏。"

相对来说，电视剧因为传播面广，比起话剧和电影拥有更多的观众群，我们的首都剧场坐满了，观众也只能容纳一千多一点儿，即使演 100 场，观众也不过十万多一点，所以电视的影响力确实比较大。《渴望》一播出，观众面是全球的，各个阶层、各个年龄段的都有，包括海外华人。我接到的观众来信，有一个小学生还把他的成绩单给我寄来了，表示他看过戏后的进步，但这成绩单是应该他自己好好保留的，所以我看完后赶紧给他寄了回去。有的孩子把自己画的画寄来了，有的孩子用稚嫩的笔迹写道："我就想让你做我爷爷！"我还见到过几位年轻人，他们讲："您给我签个字，我跟您照个相。我替我妈妈来圆一个梦，我妈妈最喜欢看您的戏。"我想，他妈妈在 90 年代初的时候应该还是年轻人，这个年龄段的观众全国各地都有。

甚至有一位中年观众，给我写了一封密密麻麻有十七页的信，把他从小的经历都倾诉了出来，经历之复杂坎坷，是难以言表的。他因为自己家庭生活的不幸，一直没有得到过父爱，真心诚意地想让我做他的父亲。他写这封信的确是很难，这是人家自己的隐私啊！但是我还是只能这样说："你想错了，你受到的感动，是因为这个戏，而我只是一个演员，这个我当不起。"最后他说："万一你就真的拒绝了我，请你千万把信寄还给我。"所以我就妥妥当当地，把信还给了他。我也为自己不能对他有实在的慰藉，心感歉疚！

《渴望》体现的是人间真情！对于所有把我和我饰演的角色混同的观众，我都告诉他们："不对，你想的是那戏里的那个人物，但我不是。我自己在生活当中，也没什么特别之处。"

《封神榜》也是从 1989 年到 1990 年初，和《渴望》基本上同时期拍摄的，它更多吸引观众的，是神话故事。这个戏是合资拍摄，所以先在海外播，后来又出了录像带，所以在国内比《渴望》晚播出两三年。整个戏在各方面有很多不尽如人意之处，我只能说自己尽了力。但我想，有些人喜欢这个戏也很自然，因为原著本身是一部通俗文学，很多小孩，包括成人都喜欢看，也可以算做一个成人童话吧。到现在，在一些场合碰到观众，说得最多的就是我演的姜子牙。

有这样一个现象，在很多场合碰到《封神榜》的观众，经常会这样说："我还是喜欢你们这一版的《封神榜》。"可能这个题材在 2003 年又拍了一版，我原来只是听说，没有看过，后来偶尔打开电视看到了一点，感觉拍摄方还是费了心思，请了一些知名度很高的明星，甚至有些不太重要的角色也请了知名演员。应该说，是一部拍得不错的电视剧。为什么有的观众会比较喜欢原来的一版，我没仔细去想，可能当时像我和施正泉、魏启明这一代演员，对中国神话传说比较熟悉吧。《封神演义》这部小说，相对来看，尽管文学性不算太强，但中国古代神话传说也是一种传统文化，它从古至今地流传下来，逐渐演绎形成一个个人物，一个个故事的来龙去脉。确实这个戏里出现的一些流传于民间的传说，我们依据自己多年的理解，把它们丰富到情节中去了。这应该是民族文化的重要特点。

话剧观众比起电视剧观众肯定要少，但观众在现场直接看到演员在舞台上表演，感受是不一样的。"文革"结束以后，电台播出了《蔡文姬》的全剧录音，我们也很快恢复演出了这个保留剧目。当时很多人艺的老观众也听到了这个录音，就给剧院写信，说听到人艺过去的声音，感觉非常亲切和怀念。有的观众把他以往所有看过的人艺的戏，他记得的演员，每一个演员每一个戏是什么情况……都一一列举了出来。印象非常具体。还有一个观众讲，我就是看了你们演的《青春的火焰》以后，申请入团的。《青春的火焰》是写苏联卫国战争的，女主角是狄辛。那时有很多这样的观众来信，提到自己过去看过哪些戏，受了哪些影响。

在很多场合，都会遇到一些老观众，提到过去我在舞台上演的一些戏。有一次我住院，大夫来查房，见到我，就称"董中郎"（《蔡文姬》中董祀的官称），其实他是留日进修的大夫，年纪也不大，算是刚进入中年。

人艺是有一批老观众的。

1988 年我们到上海去演出，这是继 1961 年之后，北京人艺第二次到上海巡演，带了五个戏，我参加《茶馆》的演出。有一天演完后，别的演员卸完装基本上都走了，我因为跟舞美谈点儿事，回宾馆时就比较晚了。一路上夜深人静，我走到一条街上，看见前边有个公交车站，只有一个人正站在那里等车。我也没太注意，刚从那儿走过，后边就传来一个声音："您是蓝老师吗？"我一回头，是个女孩子。我说："是啊。""哎呀！"她高兴极了，"我们是姐妹两个，双胞胎，刚才散完戏到后台去找您，别的演员都见到了，就是没见到您。我们在后台等了半天，还留下一个很大的签名本，交给别的演员了，让他们带给您，您回去肯定能看到。我姐姐有事先走了，她特别遗憾，我真没想到能在这里遇到您，太好了！我姐姐要是知道了肯定会特别高兴！"

第二天，这对双胞胎姐妹去宾馆取签名本，姐姐带了一个包，里面有很多剪报，都是关于我演出的报道。我很感动，因为那个时期我虽然也拍了不少电视剧，但很多还没有开播，观众能看到的是《末代皇帝》等不多的几部。我演话剧多半都是在北京，有时也会去外地巡回演出，到上海这只是第二次，这两位上海的女孩能对我这么熟悉，真是很不容易，而且她们对关于我的信息是非常尽力地收集了。后来这两个女孩还跟我通信、电话联系，妹妹曾经到北京，还到家里来看我，到现在已经有二十多年不见，听说她们的工作不是太顺利。她们这种执著跟现在所谓的"追星族"不一样，就是对戏剧的一种特别爱好。

我从 1987 年离休以后不再演话剧，而且也不再看戏了，只有《茶馆》每年演几场，要参加。在 1991 年为了亚运会演出过，1992 年又为建院 40 周年纪念演出，这是我最后一次在舞台上演《茶馆》。也就是后来被称为原版《茶馆》的"告别演出"，其实，当时并没有确定这就是最后的演出了，还在议论什么时候、会再去什么地方演。但很多观众已经敏感地在想，这些演员年龄渐老，很可能是我们这一版《茶馆》的告别演出，所以争着来看戏，过了许多年都有观众说：看过 1992 年的《茶馆》，太幸运了。也有更多观众说：太遗憾了，每天等，都找不到一张票。

1992 年的《茶馆》就这样被称作"告别演出"，每场演出反应都非常强烈，从第一场演出开始，每个主要人物出场，台下都是一阵热烈掌声，这在过去话剧演出是没有的，只有京剧才有这种"碰头好"的习惯；而且第一天演出结束，谢幕的时候，台下一些观众举起自制的白色圆领衫，上面印着"《茶馆》，1958—1992"，以后还想尽方法找演员签名。还有一场演出结束后，突然从台口上来几个小伙子，拉开一个自制的很大横幅，上面写着四个大字"戏魂国粹"。这个横幅现在就保存在北京人艺戏剧博物馆里。

在这轮演出过程中，每次散完戏，我出后台门口时，总有观众在那儿等着。我的习惯是，只要有演出，一般下午四点多就到后台了，基本是来得最早；但演出结束后，慢慢卸装，离开时基本上就没什么人了。所以看到有观众，知道是在等我的，因为别的演员都走了。这能在后台门口等的，是有点办法的，不然他来不到剧场后面；等走到首都剧场大门口，时间已经很晚了，还有一些在等的观众，多数都是年轻人。看起来，《茶馆》的观众，年轻人还是很多，而且对话剧的热爱是那么执著。我那时住得离首都剧场近，每天都是骑自行车到剧场，当每晚见到这些观众，我一定下车来，和他们打招呼，答应他们一切要求。观众鼓舞了我们，得到观众如此热情的认同，作为一个演员，必须用自己真诚的敬意回报观众！

2008 年，北京人艺恢复了艺术委员会，我们六位老演员、导演被聘为艺委

535

北京人艺博物馆举办观众讲座，
我讲的题目是《戏外功夫》

会顾问，既然参加，就得看戏，看戏时就见到了观众，虽然我曾彻底离开话剧舞台二十多年，观众还能够记得，对他们要求合影、签字，我都无权谢绝。

北京人艺博物馆请我去给观众做一个讲座，我推辞了很长时间，不是不想讲，主要是怕沟通起来有些障碍，因为现在的观众，我那个时期演的戏他们没有看过，他们熟悉的戏我又没看过。后来，我想了一个题目——《戏外功夫》，讲一个演员为了演好角色是怎么做准备的，包括体验生活，熟悉各方面知识和技艺，以及读书等等。讲座那天来了一些老的观众，其中有一位，年龄虽然比我小，也是老年人了，讲座开始前，进门就先塞给我一封信，把他对几十年来所有看过的北京人艺的戏和演员的印象都罗列了出来。

北京电视台给我做一期节目，现场有很多观众。有一个小伙子说，小时候家长经常带他看话剧，他去了直打瞌睡，有一次看《茶馆》，也睡了，等到我一出场，他立刻就清醒了，还记得我怎样快步进门，又怎样向前迈了两步，从此就爱上了话剧，直到现在。另外有几位北京人艺的老观众，不仅记得我演过的主要角色，甚至有些我没在说明书上具名的解说都记得。像欧阳山尊曾经排过的《三姊妹》，因为契诃夫的剧作中国观众比较难理解，所以欧阳山尊临时决定在每一幕开演前加一个剧情说明，由我上场担任解说。这时说明书早已印好，所以上面没有我的名字。对这些细节有些老观众都记得很清楚，说："说明书上都没登他的名字，还是那么认真。"另外，在《智取威虎山》中，导演焦菊隐让我在开演前先出场，把剧情发生之前的故事给观众讲述一段，然后，我把大幕推开，戏正式开始。这些细节老观众们也记忆犹新，对这些执著的话剧观众，我真心敬佩！

还有一位特殊的观众，李讷，毛泽东的女儿。十多年以前，我第一次跟李讷正式见面，是我们要去外地参加一个活动，乘同一个航班。当时她和张玉凤经常在一起参加活动。到了机场后，我看到李讷已经来了，就过去打招呼。李讷说："蓝老师，应该是我先过来。"我说："咱们不讲这个。"我们就坐在那儿聊。一聊，她对北京人艺的熟悉真让我没想到，包括我跟狄辛什么时候结婚的，我们俩一块演过什么戏，还有我跟苏民原来是三中同学，我演的哪个戏是什么情况等等。我听完她说的，很纳闷："李讷，你怎么会看这么多戏？"原来，她中学的时候跟所有同学一样住校，所以课余时间看了很多话剧。她说："我们那些同学都爱看戏，爱看北京人艺的戏，全看，而且北京人艺这些演员平时生活当中的一些事我们都知道。"看来这在当时的中学生中是一个普遍现象，那时没有电视，也没有各种"走穴"的演出，看话剧是一种很平常的文化娱乐，此外就是看电影了，看京剧的那是更少量的。

1983年《茶馆》在日本巡回演出，在大阪演出结束后，日本话剧人社特意给我们搞了一个茶话招待会。会上，坐在我对面的是个女孩，于黛琴说："这个女孩不是演员，是你的'饭'。""什么fan？"我没明白。她说："用汉字写出来就是吃饭的'饭'，意思就是喜欢你的观众。"但她那时也不太明白这个词的来历，后来知道了，这个词是英语"fan"的音译，表示单个的爱好者，它的复数形式"fans"音译过来就是我们现在常用的"粉丝"。于黛琴说，这女孩就是看了《茶馆》之后，强烈要求要参加我们这个茶话会的。

我感受到，不管是演话剧还是影视剧，只要演员认认真真地，创造出好戏，为观众奉献真善美的作品，对自己所从事的这个专业，就可以感到自我安慰，总比那种带给观众低级趣味要好吧，现在有时舞台上或影视中，甚至都不只是低俗，还可能有更不堪入目的东西，当然，这是极少的现象，但确实污染着我们纯真的观众。

近两年回归话剧舞台，在演出一场戏后，接到观众的电话或短信，说他们看过戏受到感动，止不住地流泪，引发思考，这要比得到对我表演的夸赞还要高兴、激动。这是观众的最高褒奖，我们的创造取得了应有的价值。

后 记

　　早在青少年时期，我就从电视上看到蓝天野老师在《封神榜》《渴望》等剧中塑造的形象，留下深刻印象。怎么也没想到，之后因为种种机缘，我逐渐走上戏剧的道路。2008 年春，北京人艺的几位老艺术家和中国戏剧出版社的两位老编辑聚会，我帮着拍照，第一次在生活当中见到了天野老师，镜头里，他一身中式服装，慈祥而有威仪。

　　2009 年春，得到中国艺术研究院话剧研究所刘彦君所长邀请，我参与该所与北京人艺博物馆的联合项目，与其他五位学者一起，分别研究人艺六位老艺术家的表演艺术，其中分配给我研究的，正是蓝天野老师。

　　研究蓝天野表演艺术的过程，也是我跟随天野老师学习鉴别表演方法的正确与否，以体现"活生生的生活"、塑造"鲜明的形象"为立足点鉴赏表演艺术的过程，更是直接感受什么是不懈地努力与追求，什么是生命不息奋斗不止，使自己的心灵得到升华与净化的过程。

　　2010 年，距我第一次在荧屏上见到天野老师已有二十年，在《勾勒舞台戏即诗——蓝天野表演艺术研究》一文即将完成之际，天野老师正式邀请我，与他一起撰写自己的回忆录。我非常感谢天野老师对我的信任，也深知他的书将会成为

539

宝贵的历史与学术研究资料，但那时我博士毕业后刚到北京联合大学工作，教务繁重、千头万绪，所以恳切地对他说明情况，表示如果我来参与，成书周期会比较长，但如果他能够容忍，我必将在工作之余全力以赴。天野老师欣然应允了。

更想不到的是，不只是我自己工作繁忙，天野老师也开始了惊人的工作历程，除了在京内外参加各种书画、访谈等活动，还演戏、办个人画展、导戏……他旺盛的创造力、精力，以及对人真诚，做事考虑周全细致、讲究方法的方式，也使我深受感动，获益匪浅。

不知不觉地，四年过去，天野老师又做了那么多事，书的厚度也不断增加，但篇幅有限！在本书反复修改的过程中，我充分感受到他作为一位导演的总体掌控能力，以及对文字的动作性、凝练的拿捏，用词的分寸……惭愧如我，只是做了一些简单的工作，却作为第二作者，接受了天野老师提携后学的良苦用心，我知道我不能辜负他的美意，这是他做人的信条，也是他作为艺术家的自尊。我辈受教了。我写下《蓝天野：一事能狂便少年》一文，刊登在《人民日报》文艺副刊"足音"栏目（2014年6月26日24版），是我用短短文字为天野老师做的"剪影"，向他致敬。

本书能顺利出版，要感谢中央戏剧学院学报《戏剧》编辑许健，他一听蓝天野老师要出版此书，立即推荐了三联书店的编辑颜筝。也感谢颜筝，工作认真细致，有热忱的专业精神。

在本书截稿之际，天野老师成功复排、演出了他在31年前执导的《吴王金戈越王剑》，而到本书出版发行之时，天野老师又会做出什么新的惊人之举？我期待着……

540

罗琦

2014年7月10日

于北京止止斋